부드러운 표

YAWARAKA NA HOHO

by Natsuo Kirino

Copyright © 1999 Natsuo Kirino

All rights reserved.

Originally published in Japan by KODANSHA LTD., Tokyo.

Korean Translation Copyright © Minumin 2009, 2019

Korean translation rights arranged with
Natsuo Kirino, Japan through THE SAKAI AGENCY.

이 책의 한국어판 저작권은 THE SAKAI AGENCY를 통해
Natsuo Kirino와 독점 계약한 ㈜민음인에 있습니다.
저작권법에 의해 한국 내에서 보호를 받는 저작물이므로 무단 전재와 무단 복제를 금합니다.

柔らかな頬
보드러운 볼

기리노 나쓰오 | 권남희 옮김

황금가지

| 차 례 |

| 1장 | **막차** 9
| 2장 | **느낌** 56
| 3장 | **표류** 115
| 4장 | **홍수** 174
| 5장 | **부표** 232
| 6장 | **근원** 308
| 7장 | **선창** 371
| 8장 | **소항** 457
| 9장 | **방류** 514
| 10장 | **사암** 542

옮긴이의 글 549

1994년 8월 X일 X요일

알 수 없는 행방, 깊어지는 의문
― 유카 양 실종 사건

    8월 11일 아침, 지토세 시 시코쓰코 초에 있는 이시마야 요헤이 씨 별장에서, 제판업을 하는 모리와키 미치히로 씨(44)의 장녀인 보육원생 유카 양(5)이 산책을 나간 채 돌아오지 않는다는 112 신고가 있었다. 1주일이 지난 지금도 유카 양은 발견되지 않았을 뿐 아니라, 아무 단서조차 얻지 못하고 있다. 도쿄에 거주하는 모리와키 씨 일가족은 여름 휴가를 이용하여 친구인 이시야마 씨의 별장에 놀러 와 있었다.
    현장은 해발 500미터의 별장 지역으로, 경사지이기 때문에 다섯 살짜리 어린이로서는 그리 멀리 가지 못했을 것이라 보고 수색대는 경찰견 다섯 마리를 투입하여 이시야마 씨 별장에서 반경 2킬로미터 이내의 산림 수색과 부근 별장을 탐문하였다.
    무엇보다 우려되는 것이 유카 양의 건강인데, 여름이라도 10도 이하로 떨어지는 고지대인 데다 먹을 것도 없으므로 산속에서 헤매고 있을 경우 다섯 살짜리 어린이의 체력으로는 절망적이라는 것이 관계자들의 견해다. 지역 주민들 사이에는 변태 성욕자의 소행이라거나 교통사고를 은폐하기 위해 데려갔다는 등의 소문이 떠돌고 있다.

　이에 대해 에니와 경찰서에서는 첫째, 현장은 별장지에서 가장 안쪽에 있어 외부 사람의 출입이 거의 없다. 둘째, 실종 당시 아래쪽에 있는 관리 사무소에서는 차를 보지 못했다. 셋째, 근처 별장에서도 수상한 사람은 목격되지 않았다. 넷째, 부근에는 교통사고 흔적이 없다 등의 이유로 '사건 사고에 휘말렸을 가능성은 생각하기 어렵다'고 말하고 있다.

1장
막차

1

이시야마의 정강이에는 어릴 때 철조망에 다친 흉터가 있다. 단단한 뼈 위에 난 갈색의 깊은 흉터다. 들판에서 다리를 삐끗하여 넘어졌는데, 철망을 빼느라 엄청나게 고생할 만큼 깊이 박혔다고 한다.

얼마나 아팠을까. 카스미는 소년 이시야마를 안쓰러워하며 그 흉터를 부드럽게 어루만진다. 사람들 눈을 의식하지 않고 울었을까. 그렇지 않으면 친구들에게 알리지도 않고 혼자 오기를 부렸을까. 그 남자를 좋아하게 된다는 것은 그 남자의 모든 시간, 모든 상황에 대한 상상을 키우는 것이기도 하다. 카스미는 그 시절의 이시야마를 만나 내 아이처럼 돌봐줄 수 있었으면, 하는 생각을 한다.

그러나 이시야마는 현재의 카스미밖에 흥미가 없으며, 현재의 카스미만 좋다고 한다. 이시야마는 서로 알기 전의 나에 대해서는 알고 싶지 않은 것일까. 어떻게 해서 지금의 내가 되었는지는 알고 싶지 않은 걸까. 카스미로서는 이해하기 어려웠다. 어쩌면 이시야마는 과거의 카스미, 아니 스스로의 과거를 부정하는 카스미의 마음을 어렴풋이 느끼기 때문에 그렇게 생각하는지도 모른다. 그것도 애정일까. 아무리 생각해도 이해할 수 없어, 카스미는 솔직하게 물어보기로 했다.

"왜 옛날의 나는 만나고 싶지 않은 거예요?"

"지금의 당신이 좋으니까."

이시야마는 같은 대답을 한다.

"옛날의 나 역시 나라고 생각하지 않으세요?"

"아니. 왜냐하면 난 좀 더 젊은 시절의 당신에게는 매력을 느끼지 않았으니까."

"더 옛날 말이에요. 만나기 전요."

"마찬가지 아냐?"

"그럼, 어째서 지금은 좋아하게 됐어요?"

"당신을 깊이 알고 있으니까."

도무지 대답이 되지 않는다고 카스미는 속상해한다.

"옛날에도 잘 알았더라면 지금처럼 좋아하게 됐을지도 모르잖아요."

그렇게 말하면서도 카스미는 그것이 거짓이란 걸 알고 있었다. 두 사람은 10년도 더 전부터 업무상 서로 아는 사이였다. 이제 와서 연인 사이가 되리라고는 전혀 생각지도 못한 일이었다. 더욱이 최근까지 카스미는 이시야마의 정강이에 이런 흉터가 있다는 것도 몰랐다. 정말로 상대를 '아는' 것은 지금부터인지도 모른다. 그렇다면 자신의 흉터도 이시야마는 아직 보지 않았다는 것이 된다.

　카스미는 이시야마의 흉터에 살짝 입을 맞췄다. 이시야마가 간지러운 듯이 다리를 움츠리며, 양팔을 뻗어 카스미를 끌어올렸다. 풀이 잘 먹은 시트에 부대끼는 등이 뜨거웠다. 근육 위에 약간의 지방이 붙은 이시야마의 탄력있는 몸이 카스미의 온몸을 조이듯이 껴안는다. 카스미는 그 감촉이 좋다. 그러나 돌아갈 시간이 임박해 있었다. 뚜렷한 슬픔과 막연한 불안감으로 카스미는 말했다.

　"가야 돼요."

　이시야마의 가슴에 얼굴을 묻고 있는 탓인지 카스미의 맑은 목소리가 그늘져 들렸다. 이시야마의 낮은 목소리가 그의 가슴을 통해 카스미의 귀에 바로 들려왔다.

　"응, 알고 있어."

　"다음엔 또 언제 만나게 될까요."

　이시야마가 침묵했다. 그 시간이 길게 느껴지자 걱정이 된다. 만날 수 없게 되는 것. 카스미는 그것이 두려울 뿐이었다.

　"나, 별장 사기로 했어."

　왜 지금 이런 말을 하는 걸까. 카스미는 이시야마의 가슴에서 얼굴을 들었다. 작은 조명에 하얀 천장의 반이 옅은 오렌지 빛으로 물들고 있는 것을 올려다본다. 그리고 천천히 시선을 돌려 수증기로 아직 부옇게 흐린 상태로 있는 욕실 유리창을 바라보았다. 이따금 뚝뚝 물소리가 나는 것은 수도꼭지가 제대로 잠기지 않은 탓이리라.

　이 작은 방의 하나하나가 안타까울 정도로 비참했다. 침대 위만이 두 사람의 세계다. 올려다볼 하늘도 없고, 누런 차광 커튼의 창밖에 어떤 풍경이 있는지 본 적도 없다.

문득 정신을 차리고 보니, 이시야마가 자신의 눈을 들여다보고 있었다.
"뭘 보는 거야?"
"천장."
"왜 내 얼굴 보지 않아?"
이시야마가 카스미의 시선을 억지로 붙잡았다.
"그것보다 왜 갑자기 별장 이야기를 하는 거예요?"
"별장이 있으면 당신과 자유롭게 만날 수 있기 때문이지."
이시야마의 검은 눈동자에는 아무것도 비치지 않는다. 무슨 뜻인지 몰라 카스미는 고개를 갸웃거린다.
"어디에다 살 건데요?"
"홋카이도 시코쓰 호(湖). 강이 많아서 낚시를 할 수 있어."
"그렇지만 너무 멀어요. 쉽게 갈 수 있는 곳이 아니잖아요."
이시야마는 카스미를 가볍게 떼어내고 몸을 일으키며 담배를 물었다. 괴로운 마음을 떨쳐버리고 싶다는 듯 어둠 속으로 연기를 토해낸다.
"그래야 집사람도 당신 남편도 올 수가 없잖아."
자신들의 관계가 그렇게까지 깊어졌던가. 카스미는 한숨을 내쉬었다. 기뻤다. 자신을 위해 이시야마가 별장을 산다고 말해준 게. 어느 날 갑자기 관계를 갖게 된 두 사람은 서로 기대기도 하고, 조금 거리를 두기도 하면서 2년이 넘게 만나왔다. 그랬던 것이 지금은 항상 안고 있고 싶은 안타까움과 죽어도 헤어지기 싫은 욕심에 몸부림치는 관계가 되었다.
하지만 이시야마의 결단은 견고한 벽처럼 느껴져, 카스미는 이제 다시 돌이킬 수는 없는 건가 하는 생각에 희미한 불안을 느꼈다.

"그래도 되나 모르겠어요."

"뭐가?"

"너무 대담해요."

이시야마는 카스미의 흔들리는 마음을 잡듯 카스미의 두 팔을 꼭 잡았다.

"난 당신을 만나고 싶어."

"나도 마찬가지예요."

카스미가 중얼거렸다.

"당신은 홋카이도 친정에 간다고 하면 되잖아. 난 낚시하러 간다 하면 되고. 어때?"

"그러네요."

얼굴을 돌렸기 때문에 자신의 복잡한 표정은 이시야마에게 보이지 않을 것이다. 확실히 카스미는 홋카이도 출신이다. 그것은 이시야마에게도 말했다. 그러나 열여덟 살 때 가출해서 고향을 떠난 후 한 번도 돌아간 적도, 연락을 해본 적도 없다. 그 이유를 이시야마에게 말한다 해도 도쿄 출신으로 부유하게 자란 이시야마는 공감하지 못할 것이다. 카스미는 자신에게 이시야마가 모르는 감정의 깊은 주름 하나가 더 있다고 생각했다.

카스미의 뇌리에 문득 성긴 잡초가 무성한 교정에서 바라다본 잿빛 바다가 떠올랐다.

곧 겨울로 향하는 바다는 거칠었다. 오른쪽으로는 와쓰카나이, 왼쪽으로는 오후미 곶까지 곧장 이어지는 해안선. 모래사장은 자갈 섞인 노란 모래로 덮여 있다. 해안에서 주운 돌은 어디서 흘러온 것인지, 단단하게 뭉쳐놓은 모래처럼 힘없이 부서졌다. 어린 시절에는 들개밖에 놀 상대가 없어서, 그 돌을 주워서는 혼자 깨며 놀았다. 어린 마음에도 이 바다를 보며 평생을 살아야 한다면, 차라리 죽는 편이 낫겠다고 생각했다.

중학교는 완만한 언덕의 중턱에 있었다. 학생 외에 인기척이라고는 없었지만, 축구 골대 근처에 언제나 새들이 무리지어 있었다. 새는 학생들이 쫓아도 날아가지 않고, 민첩하게 운동장의 흙덩이 위를 총총거리며 피해 다녔다. 바닷바람에 황금빛 국화가 흔들리는 모습, 낮게 드리워진 짙은 구름의 빛깔. 낡은 2층 건물의 교사 뒤를 올라가면 맨 위에는 애완동물 묘지가 있었다. 이따금, 삿포로 차 번호의 승용차들이 개나 고양이의 시체를 태우고 언덕을 올라와서는, 들판이 내려다보이는 묘지에 묻고 간다. 생긴 지 아직 얼마 되지 않은 탓인지 평평한 화강암의 무덤이 드문드문 있는 정도였다. 그 옆에 지면에 깊이 꽂힌 빨강과 분홍의 셀룰로이드제 풍차가 바람을 가르는 소리를 내며 돌고 있었다.

자전거를 탄 친구들은 인사도 없이 카스미를 추월해갔다. 바다에서 불어오는 차가운 바람에 감색 레인코트 자락을 펄럭이며, 카스미는 언제나 혼자 집에 돌아왔다.

카스미는 눈에 띄는 소녀였다. 남들과 다른 모습을 하고 있었기 때문이다. 사촌 언니에게 물려받은 레인코트는 다른 사람들과 같긴 하지만, 교복 스커트와 길이를 맞춰 단을 짧게 줄였다. 감색과 녹색의 체크무늬 머플러는 잡지에서 본 대로 흉내내어 묶었다. 직접 자른 단발머리 양옆에 꽂은 핀은 너덜너덜한 리본으로 만들었다. 학생 가방 따위는 들지 않고, 할아버지의 낡은 가방을 어깨에 비스듬히 메고 다녔다. 하지만 이렇게 연구해서 멋을 내도 누구 하나 알아주는 사람도 없다. 하교 길에 다른 곳에 들르려 해도, 제과점도

패스트푸드 가게도 없다.

　탄탄하게 다져진 언덕을 터벅터벅 내려가서 넓은 국도를 건너면 이내 자신의 집이 보인다. 아무것도 없는 모래사장에 우뚝 서 있는 자그마한 식당, 기라이장. 마을에서 한 곳밖에 없는 식당이 카스미의 집이었다.

　짧은 여름 동안에는 피서 온 사람들을 상대로 민박을 하고, 행락 시즌에는 드라이브 손님들을 상대로 식당을 하고, 진눈깨비 흩날리는 한겨울에는 마을 사람들이 모여서 노는 술집으로 바뀐다.

　카스미는 모르는 사람들이 찾아오는 가게가 실은 그리 싫지 않았다. 그러나 면을 삶거나, 덮밥에 소스를 부을 때 어머니의 지친 얼굴이며, 시종 계산대를 열어놓고 돈 계산하는 아버지의 무뚝뚝한 얼굴이 싫어서 가게에는 잘 들르지 않았다. 가게를 통하지 않고는 2층 자기 방으로 갈 수 없기 때문에, 매일 오늘은 어떤 손님이 와 있을까 상상하면서 나무 창살 문을 열었다. 낯선 손님이 있으면, 카스미는 계단 중간에 걸터앉아 이야기에 귀를 기울이며, 그곳에서 간식을 먹거나 숙제를 한다. 마을 사람들이 와서 남의 소문을 안주 삼아 아버지와 술을 마시고 있을 때는 방으로 들어왔다. 친구의 오빠나 언니 험담을 듣게 되는 게 싫었다.

　누구네 집 딸이 누구와 연애한다더라, 거디서 애를 뗐다더라, 그 집 아들이 형무소에 들어갔다더라…….

　언젠가 자신도 그 입방아에 오르내리게 될 건 불을 보듯 뻔한 일이었다. 이 마을 어른들은 마치 자신들의 생활이 너무 지루하니 애들이라도 빨리 커서 사고라도 쳐 안줏거리가 되어주길 바라는 것 같았다.

　그날은 삿포로에서 드라이브 손님들이 와 있었다. 가게 앞에 삿포로 번호판의 빨간 외제차가 서 있는 걸 보았을 때, 뭔가 일어날 것 같은 예감이 들었다. 드르륵 문을 열자, 켜져 있는 텔레비전의 와이드 쇼 사회자의 목소리가 시끄러웠다.

아버지가 기분이 좋은지 의자에 앉았다 일어섰다, 재떨이를 들었다 놓았다가 하고 있었다. 테이블에는 젊은 남자가 창을 등지고 앉아 맥주를 마시고 있었다. 얌전해 보이는 여자가 옆에 앉아 잔이 비기를 기다렸다가 맥주병을 들고 남자의 잔에 따르고 있다. 여자는 유행대로 눈썹을 굵고 짙게 그리고 루주를 빨갛게 칠한 화려한 화장이었지만, 젊다는 것말고는 별다른 매력이 없었다. 분홍빛 미니 스커트 아래로 나온 굵고 허연 다리는 오히려 역겨웠다. 카스미는 무심결에 눈을 감았다. 그런 여자여도 카스미의 아버지는 희색이 만면해서 상대한다.

어머니는 언제나처럼 불퉁한 얼굴로 열심히 뭔가를 깎고 있었다. 카스미가 돌아온 것도 관심 없을 것이다. 카스미는 어머니가 자신의 인생을 어딘가에다 버린 거라고 은근히 경멸하고 있다. 아버지는 카스미의 귀가를 기다리고 있었던 듯, "오!" 하고 기쁜 듯이 돌아보았다.

"얘가 우리 딸이랍니다."

"야, 아버지를 닮아서 미인이군요."

카스미는 남자의 눈에 호기심이 서리는 것을 곁눈으로 확인했다.

"카스미, 인사해라."

카스미는 꾸벅 고개를 숙였다. 남자는 웃으며 한쪽 손을 들었다. 검은 양복에 빨간 넥타이를 매고 있었다. 번쩍거리는 양복 옷감도, 펀치 퍼머도, 카스미에게는 영 밥맛없어 보였지만, 순수하고 젊은 어부답게 눈은 맑게 빛났다. 여자는 무표정하게 카스미의 옷차림을 바라보았다. 카스미는 곧 2층으로 올라갔다. 교복을 벗고 청바지와 스웨터로 갈아입고 내려와서, 예의 계단 중간에 걸터앉아 무릎 위에 턱을 괴고 남자의 이야기를 들었다. 남자는 낮은 목소리로 아버지에게 낙찰 뒷얘기를 하고 있었다.

학교 쪽으론 말이죠, 의외로 여자가 통해요. 여자를 좋아해요. 이런 호박같은 여자도 호색한들한테는 다 통한다니까요.

어쩐지 그 젊은 여자를 가리키며 하는 말 같다. 아버지가 들은 적도 없는 천한 웃음소리를 내고 있었다. 메뉴가 술로 바뀌자, 가게 안에는 따끈하게 청주 데우는 냄새와 마른 오징어 굽는 고소한 냄새가 떠돌았다. 카스미는 영어책과 사전을 펴고 모르는 단어를 찾기 시작했다.

"학생."

가까이에서 목소리가 들렸다. 고개를 든 카스미는 깜짝 놀라 사전을 덮었다. 남자가 몇 계단 올라와 있었다.

"이런 데서 공부하는 거야?"

"네."

계단 아래 막다른 곳에 자택과 공용으로 쓰는 화장실이 있다. 남자는 소변을 보러 왔다가는 무심히 계단을 올려다보다 카스미를 봤을 것이다. 카스미가 당황하여 2층으로 올라가려 하자, 남자가 팔을 뻗쳐 손목을 잡았다. 뜨거운 손이었다.

"학생, 나중에 뭐가 되고 싶어?"

"디자이너요."

"의상?"

"아뇨, 그래픽이요."

"그렇구나. 하지만 학생은 외동딸이라지?"

막차 17

"네."

 남자는 공범 같은 얼굴로 은밀히 웃었다. 가게 쪽에서 아버지가 여자에게 뭔가 정나미 떨어지는 말을 하는 소리가 들렸지만, 여자의 대답은 없다. 남자는 잠깐 그쪽을 돌아보더니 카스미에게 속삭였다.

 "여길 벗어나고 싶으면 나한테 연락해. 탈출할 수 있도록 돈을 대 줄게. 나쁘게는 하지 않을 거야."

 "정말이요?"

 카스미는 남자의 눈을 보았다. 남자는 조금 취한 듯하긴 했지만, 절대 농담을 하고 있지는 않았다. 진지한 얼굴로 깊이 끄덕였다.

 "네 마음은 나도 잘 아니까."

 남자는 주머니에서 명함을 꺼내 카스미 손에 쥐여 주었다. 고급스러워 보이는 명함이었다. 카스미는 그것을 책갈피 속에 끼웠다. 남자는 카스미의 반응을 보고서야 안심한 듯이 웃으며, 재빠른 동작으로 계단을 뛰어내려가 화장실로 들어갔다. 나와서는 더 이상 카스미 쪽은 보지 않고 여자에게 말했다.

 "그만 가자. 나, 취했는데 너 운전하지 않을래?"

 여자가 설마, 하며 처음으로 퉁명스런 소리를 내더니 두 사람은 웃으면서 계산을 마치고 나갔다. 카스미는 자기 방으로 돌아와 방금 받은 명함을 꺼내 책상 위에 올려놓았다.

 젊은 남자의 이름은 후루우치였으며, 삿포로 북부에서 건축 회사를 경영하고 있었다. 카스미는 그 명함을 지갑 속에 감춰두었다. 결국 카스미는 후루우치에게 연락도 하지 않았고, 아무런 부탁도 하지 않았다. 하지만 카스미에게 그 만남은 결심이라는 것을 하게 된 분기점이었던 것만은 분명하다.

"무슨 생각 하고 있는 거야, 어떻게 생각해?"

이시야마의 양손이 카스미의 볼을 부드럽게 감쌌다.

"너무 기뻐요."

그렇게 대답을 했지만, 카스미는 밀회를 위해서 사겠다는 이시야마의 별장이 기이하게도 자신이 버린 고향 근처라는 사실에 겁이 났다. 기쁨이 큰 만큼 자신의 죄가 깊다는 생각도 같이 들었다.

"어떻게 생각해?"

이시야마가 한 번 더 물었다.

"당신만 좋다면 내일 당장이라도 계약하겠어."

"정말 기뻐요. 하지만 나는 당장은 갈 수 없을지도 몰라요. 집안일도 바쁘고, 아이들도 어리고, 당분간 멀리는 가지 못해요."

이시야마는 애써 낙담을 감추며 제안했다.

"그런가. 그럼, 이렇게 하자. 올 여름 휴가 때, 시험삼아 모두 같이 가 보지 않겠어? 유카랑 리사도 데리고. 나도 가족을 데리고 간다면 별로 문제없을 거야. 모리와키 씨에게는 내가 말해둘 테니까."

"당신이 말한다면 그 사람도 거절하지 못하겠죠."

이시야마는 말이 없었다. 카스미의 남편, 모리와키 미치히로는 작은 제판 회사를 경영하고 있다. 이시야마는 큰 광고 회사의 그래픽 디자이너다. "모리와키 씨는 실력이 좋아." 하고 이시야마는 언제나 미치히로를 지명해서 일거리를 맡겼다. 이시야마의 지시가 있기 때문에 그 회사의 일을 받아 할 수 있다. 이시야마는 카스미도 전무로 있는 '모리와키 제판'의 단골로, 미치히로와 친구 사이이기도 했다.

"노리코에게도 말해 두겠어."

"노리코 씨에게 들키지 않을까요?"

"그 사람은 내 상대가 당신일 거라고는 생각도 못 해."

카스미는 시원스런 이마가 인상적인 노리코의 아름다운 얼굴을 떠올린다. 몇 번 만났을 뿐이지만, 모든 면에서 자신과는 정반대였다. 마흔인 이시야마와 동갑인 그녀도 디자인을 하고 있다고 들었다.

이시야마와 비슷한 환경에서 자라 그 나이에 맞는 침착함과 품위 있는 태도를 갖춘 우아한 여자. 기품 있는 그녀와 있으면 마치 자신은 야생 원숭이처럼 느껴진다. 모리와키와 카스미에게 거의 관심을 보이지 않는 것도 거슬린다. 하청업자라고 무시하는 건지도 모른다. 자신이 이시야마와 깊은 관계라는 걸 안다면 노리코는 심하게 충격 받을 것이다. 그것만으로도 자존심이 흔들릴 것이다. 아마도 의심할 생각조차 하지 않는 것은 카스미가 이시야마에게 어울리지 않는다고 생각하기 때문일 것이다.

카스미의 마음은 복잡한 생각에 사로잡힌다. 가끔 자신이 파멸할지라도 그녀에게 알리고 싶다는 거친 충동을 느끼는 일조차 있다. 그러나 그렇게 하지 않는 것은 이시야마와 두 번 다시 만날 수 없게 되기 때문이다.

카스미가 이시야마와 처음 만난 것은 모리와키 제판에 입사한 지 얼마 되지 않았을 때였다. 그래픽 디자이너가 되고 싶어 디자인 전문학교를 졸업했지만, 카스미에게는 좀처럼 기회가 오지 않았다.

여기저기서 다양한 아르바이트를 경험한 후, 사원이 달랑 네 명뿐인 미치히로의 회사에 들어갔다. 주요 업무는 사식과 조판. 그곳에서 현장 일을 배우고 디자인 공부를 계속할 생각이었지만, 잔업이 계속되는 환경에서는 도저히 무리였다. 잔업 수당도 없는 것과 마찬가지였고, 임금도 박했다. 부모의 원조가 없는 카스미는 겨우 생활하는 게 고작이어서, 공부를 하겠다는 의욕도 점차 죽어 갔다.

하지만 그건 그것대로 괜찮았다. 카스미의 목표는 우선 도쿄에서 혼자 살아가는 것이었으니까. 카스미는 주말에만 아파트 옆 술집에서 아르바이트를 시작했다. 그 수입으로 간신히 옷을 사거나 영화 구경을 하는, 빠듯한 생활을 이어나갔다.

이시야마는 카스미가 입사하기 몇 년 전부터 미치히로에게 대부분의 일을 발주하고, 직접 모리와키에 와서 작업을 지시했다.

이시야마는 "큰 회사들은 대충 하지만, 모리와키 씨는 실력이 대단해."하고 작업대 옆에 서서 오구(먹물을 찍어 선을 그을 때 쓰는 제도용구 — 옮긴이)를 긋는 미치히로의 민첩한 손놀림을 진지한 얼굴로 바라보며 감탄했다. 밝은 재킷을 걸친 이시야마가 회사에 들어서는 것만으로 잿빛의 좁은 사무실 안에 전혀 다른 바람이 불어오는 듯 상쾌해졌다. 그 바람은 카스미에게 지금껏 보지 못한 세계가 있다는 것을 일깨워 주었다. 사치와 여유 속에서 생겨난 매력과 능력. 카스미는 자신은 그 마을에서 겨우 탈출했는데, 출발점에서부터 다른 인간이 존재한다는 사실에 놀랐다. 여섯 살 연상인 이시야마는 완성된 세계에서 온 사람. 카스미의 흥미를 끌지 못했다.

"처음 만났을 때, 당신은 늘 건성으로 보였어."
"돈이 없어서 지쳐 있었어요."
"그렇지만 태평스럽던걸."
"어렸으니까요. 가난했지만 자유롭고 행복했어요."
이시야마는 고개를 갸웃거린다.
"어느 겨울 일요일에 신주쿠에서 우연히 마주친 적 있었지? 당신은 옷을 산 뒤였어. 귀엽다는 생각이 들어 말을 걸었는데 왜 그랬는지 즐거워하지 않았던 것 같아."

그때는, 하고 카스미는 석양이 지는 거리에 떠도는 배기 가스 냄새와 새 옷이 든 종이 봉투의 파삭거리는 감촉을 떠올렸다. 이시야마는 느닷없이 눈앞에 나타났다. 기노쿠니야 서점 아래 통로였다. 새 옷을 사긴 했지만, 카스미는 전혀 들뜨지 않았다. 그날 친구와 쇼핑을 나갔다가 마음이 우울해지는 사건이 있었던 것이다.

친구는 촌스러운 남자용 하늘색 코트를 질질 끌듯이 입고 나왔다. 그리고 카스미의 얼굴을 보며 곤란한 표정으로 웃었다.

"오키나와에서 갑자기 아버지가 오셨어. 겨울엔 도쿄에 한 번도 와본 적이 없다며, 이 화려한 코트를 입고 말이야."

그녀의 아버지는 택시 운전을 하고 있다고 했다.

"아무리 도쿄가 춥다고 하지만, 이런 색 코트를 입은 남자는 아무도 없어요 했더니, 돌아갈 때 나 주고 가려고 일부러 하늘색을 샀다는 거야. 촌스럽지만 싫다고 할 수도 없잖아. 부모란 건 참 쓸데없는 걱정까지 다 하는 사람들이야, 그렇지?"

싫은 척 말은 하지만 그녀는 행복한 표정이었다. 카스미는 친구의 코트를 새삼스럽게 쳐다보았다. 초가을 하늘처럼 아름다운 색의 코트는 친구에게 너무 컸다. 카스미는 부러운 마음으로 코트를 한참 바라보았다. 도쿄에 와서 처음으로 자기가 가족을 버렸다는 것을, 고향에서 탈출했다는 것을 후회했다. 모두 떨쳐버렸다고 생각했는데도 마음속에는 아직 그런 미련이 잠재되어 있다. 카스미는 자신에게 화가 났다. 동시에 외로워서 견딜 수 없어졌다.

그럴 때, 우연히 마주쳐서 "쇼핑했어? 즐거웠겠네." 하고 말하는 이시야마의 둔감함과 밝은 모습이 얄미웠다. 이시야마가 말을 거는 타이밍이 안 좋았다는 건 알고 있다. 그러나 카스미는 이시야마가 자신의 복잡한 감정과 상황을 생각지도 않는 것은 유복한 환경

탓이라고 맘대로 생각했다. 이시야마는 영화를 보고 오는 길이라고 거리낌없이 설명하며 카레라이스를 같이 먹지 않겠냐고 했다. 무슨 이야기를 했는지 전혀 기억나지 않는다. 그저 그 자리가 불편해서 빨리 집으로 돌아가고 싶을 뿐이었다. 그 후 몇 번 이시야마의 청으로 식사를 했지만, 한 번도 재미있다고 생각하지 못했던 것은 하늘색 코트 때문이었을 것이다.

"당신은 모리와키 씨를 사랑해서 결혼했어?"

이시야마는 오른쪽 손으로 쉼 없이 카스미의 몸을 애무하면서, 갑자기 핵심을 찌르는 질문을 했다. 돌아갈 시간이 임박하자, 이시야마는 이렇게 카스미를 힐책하는 것이었다.

"그 사람은 나를 구해 주었거든요."

남편에게 미안한 표현이라고 인정하면서도, 카스미는 정직하게 대답한다. 차비도 없어서 쩔쩔 맬 때면 카스미는 지갑 안에 넣어둔 후루우치의 명함을 꺼내서 바라보았다. 명함은 이미 모퉁이가 둥그렇게 닳아 있었다. 전화를 해볼까, 하고 수화기를 들었다가는 그냥 내려놓곤 했다.

그런 행동의 반복이었다. 명함을 받은 지 10년 가까이 지났다. 삿포로에 있는 남자에게 이제 와서 도움을 요청해봐야 소용없을 것이다. 게다가 후루우치가 하는 일이라는 것도 수상했다. 어쩌면 겉보기만 멀쩡한 인신매매범인일지도 모르는데, 이제 와서 아무것도 모르는 중학생처럼 굴 수도 없다. 카스미는 이미 20대 초반이었다.

카스미에게 손을 내민 것은 고용주인 미치히로였다. 미치히로는 카스미보다 열 살 연상이다. 등을 구부리고 조판하는 모습을 보면, 같이 일하는 초로의 직원들과 마찬가지로 이 작은 직장에서 만족하며 살아가고 있구나 하고 간단히 상상하게 하는 인물이었다. 먼

장래까지 읽을 수 있는 인생을 묵묵히 걷는 남자. 자신의 기술을 자랑스럽게 생각하는 남자. 카스미는 존경까지 하고 있었지만, 남자로 보지는 않았다. 미치히로는 절대 둔감하지 않았다.

어느 날 카스미가 점심을 걸렀을 때, 구석으로 카스미를 불러 낮은 목소리로 물었다.

"카스미, 점심 왜 안 먹지? 생활이 어려운 거 아냐?"

"아뇨, 별로."

"무리하지 마. 월급 가불해 줄 테니까."

그리고 미치히로는 쑥스러운 듯이 작은 목소리로 말을 이었다.

"그 대신 술집 아르바이트 그만두지 않겠니?"

"회사에 폐가 되나요?"

"아냐, 네 몸이 힘들 것 같아서야."

미치히로는 방세도 반을 보조해 주겠노라고 했다. 입사한 지 5년, 카스미는 이제 모리와키 제판의 경리도 담당할 만큼 일을 돕고 있어서, 카스미는 자신이 없어서는 안 될 사람이기 때문에 그만두지 말라는 뜻으로 받아들였다.

"고맙습니다. 그렇지만 저만 그렇게 해 주셔도 괜찮으세요?"

"괜찮아."

"어째서요?"

석연찮게 생각한 카스미는 단도직입적으로 물었다.

"널 좋아하니까."

미치히로는 거침없이 말해 버린 자기 자신에게 놀란 듯 입을 다문 채 고개를 숙였다. 카스미는 심장의 고동을 억누르며 낡은 빌딩 안에 있는 세 개의 작업대와 사식기 두 대를 바라보았다. 오후의 햇살이 비스듬하게 비치고, 틀어놓은 FM 방송과 세 명의 선배 직원이 진지하게 작업하는 소리 외에는 아무것도 들리지 않았다.

온화한 실내는 평소와 다를 바 없었다. 그때, 후루우치는 미치히로가 되어 나타난 거라고 카스미는 생각했다. 혹은 하늘색 코트라고. 반 년 후, 미치히로는 청혼했다. 카스미는 생각 끝에 받아들였다. 그런 인생은 생각도 못 했지만, 해 보는 것도 괜찮지 않을까 싶었다.

이시야마는 동급생인 노리코와 살림을 차린 지 오래되었다. 카스미가 미치히로와 결혼한 뒤 놀란 것은 이시야마와 미치히로가 개인적으로도 친하다는 것이었다. 카스미는 업무상으로만이 아니라, 이번에는 미치히로의 아내로서 이시야마와 친분을 갖게 되었다. 이시야마는 두 사람의 신혼집에 자주 나타났다. 하지만 미치히로와 카스미가 노리코에게 초대받은 적은 한 번도 없어서 이시야마가 어떤 가정생활을 하고 있는지는 수수께끼였다. 그저 이시야마에게 아이들이 하나둘 태어나는 것이 무엇보다 평안한 가정임을 말해 주는 거라 생각했다.

"당신과 이런 사이가 될 줄은 꿈에도 생각 못 했어요."
카스미는 이시야마의 품속은 감미로운 감옥이라고 생각하면서 중얼거렸다. 돌아가야 할 시간이 다가오고 있지만, 언제까지고 포로로 사로잡혀 있고만 싶다.
"그럴까."
이시야마가 우리 같은 팔을 조여 카스미를 단단히 가두었다.
"당신은 알고 있었을 거라 생각하는데."
"뭘요?"
"실례되는 말 해서 미안하지만, 당신은 만족하지 못해."

"내가, 무엇에요?"
"모든 것에."
하고, 이시야마는 말을 끊었다.
모든 것. 그것은 미치히로인가, 일인가, 자신이 선택한 지금까지인가. 그렇다면 자신은 어떻게 하는 게 옳았던 것인가. 왜 이시야마는 자신의 과거를 알고 싶어하지는 않으면서 그런 말을 하는 것일까. 카스미는 방구석의 어둠을 바라보았다.

재작년 봄이었다. 납품을 하기 위해 하치오지까지 간 카스미는 해질녘에야 회사가 있는 간다에 돌아왔다. 둘째 딸 리사를 낳은 지 아직 반년. 전철 안에서 손잡이를 잡고 졸 정도로 지쳐 있었다. 곧장 집으로 가고 싶었지만, 철야로 작업하는 미치히로와 직원들의 저녁 식사를 준비해야 하고, 경리 업무도 정리해야만 했다.
주문이 많아서가 아니었다. 급한 일들을 군소리 없이 해내지 않으면 회사가 살아남을 수 없는 상황에 처한 것이다. 컴퓨터가 보급되면서 사식 조판 작업은 급속도로 수요가 줄고 있었다. 카스미는 회사로 돌아가는 것이 고통스러웠다. 직원들이 카스미의 얼굴을 보면 노골적으로 시선을 돌리기 시작했기 때문이다.
카스미는 제일 고령인 직원 한 명을 해고시켰다. 언젠가는 모두 해고할 생각이었다. 기술자는 미치히로 한 명만으로 충분하니까, 그 인건비로 컴퓨터를 도입하고 컴퓨터를 만질 줄 아는 젊은 사람을 고용할 생각이었다. 그 계획이 알려졌는지 회사 분위기가 몹시 나빠졌다. 미치히로조차도 이따금씩 카스미를 책망하는 눈길을 감추지 않는다. 카스미의 고집과 결단력에 질린 기색이 역력했다.
가장 든든한 아군이 되어주길 바랐던 사람에게 배신당한 카스미는 외로웠다. 확실히 자신이 결단하고 실행하려는 일은 고통스럽다. 하지만 누군가가 단행하지 않으면 언젠가 자신의 가족은 길거리에 나앉게 될 것이다. 아무것도 하지 않고 그대로 무너져 내리는 짓은 절대 할 수 없다. 카스미의 원동력은 그곳에 있었는데, 이럴 때 미치히로는 마치 운명을 그대로 감수하겠다는 듯이 침묵하기 일쑤였다.

카스미는 전철 창 밖에 활짝 핀 벚꽃을 보았다. 푸르스름한 잿빛 하늘에 비친 분홍빛 꽃잎이 소름이 돋을 정도로 아름다웠다. 벚꽃은 이내 시야에서 멀어져갔다.

간다 역에 도착해 전철역 개찰구를 나왔을 때, 저녁 무렵의 차갑고 먼지 섞인 바람이 카스미의 옷자락을 파고들었다. 카스미는 카디건 앞섶을 여미며 왜 자신이 이렇게 더럽고 추운 거리에 있는 것인지를 생각했다.

예전 그 마을에서, 없는 것은 직접 만들어서라도 남들과 다른 치장을 하려 했던 건 왜일까. '나'라는 것을 필사적으로 주장하고 싶었기 때문이리라. 지금은 그럴 힘도 의욕도 없다. 바겐세일에서 산 어울리지 않는 스웨터와 바지를 입고 머리는 검은 고무줄로 동여맸다. 화장기 없는 얼굴에 육아와 생계에 지친 여자의 모습. 치장이란 걸 할 생각조차 할 수 없다. 느긋하게 벚꽃을 바라볼 여유도 없다. 카스미는 갑자기 자신이 비참하게 느껴졌다. 이것이 고향에서 탈출하며 꿈꾼 생활이었을까? 그날, 미치히로의 호의를 너무 쉽게 받아들인 게 아니었을까?

후루우치는 카스미 안에 있는, 아직 모양이 없는 결의를 그릇에 담아 형체를 만들어준 남자의 상징이었다. 카스미가 '나'임을 완곡하게 주장했기 때문에 생겨난 결의. 후루우치는 그것을 순간적으로 간파했다. 미치히로는 후루우치가 아니었다. 미치히로의 관심은 오로지 만족할 만한 조판을 만드는 것뿐. 카스미를 이해하려고는 하지 않고, 모리와키 제판이라는 자신의 세계에만 집착하고 있다. 미치히로의 구혼을 받아들였을 때, 자신은 확실히 오류를 범했다.

카스미는 멍하니 서 있었다. 해방감에 넘쳐 눈에 보이는 것 모두 신선함과 놀라움으로 가득 찼던 거리는 그 모습을 바꾸어 노골적으로 적의를 드러내며 무력한 카스미를 둘러싸고 있다. 카스미는 갈 곳을 잃어버린 듯한 느낌에 당황하며 저물어가는 도시를 바라보았다.

작은 술집들이 많은 모리와키 제판의 빌딩이 있는 거리는 개점 시간 전이라 인적이 별로 없었다. 비틀거리던 카스미는 전선줄이 둘둘 말린 술집 간판에 부딪쳐 다리에 파란 멍이 들었다. 정강이를 문지르며 고개를 들자, 가게 앞에 사용하고 난 물수건이 든 바구니가 아무렇게나 놓여 있었다. 내팽개쳐진 물수건의 차가움을 상상하자 금세 카스미의 몸에 소름이 돋았다. 너무 싫다. 이 무인의 난잡한 거리를 벗어나 미치히로에게 가야 한다. 카스미는 입술을 깨물고 거리를 걸었다.

모리와키 제판이 있는 낡은 빌딩의 현관에 들어섰다. 마침 엘리베이터가 닫히기 직전이다. 카스미는 탈까 말까 망설이다가 멈춰 섰다. 회사에 돌아가기가 싫었다. 막 닫히려던 문이 다시 열린다. 짙은 감색 재킷에 빨간 폴로셔츠를 입은 이시야마가 버튼을 누르고 카스미를 기다리고 있었다. 카스미는 자신도 모르게 그 모습에 이끌려 멈춰 섰다. 타요, 하는 듯이 이시야마가 그녀를 향해 웃는다.

카스미는 엘리베이터에 뛰어들어, 이시야마의 품속에 억지로 비집고 들어갔다. 자기가 모르는 낯선 세계에 가고 싶었다.

"무슨 일이야?"

이시야마가 놀란 표정으로 카스미를 안은 채 귓가에다 속삭였다. 카스미는 고개 들어 이시야마의 눈을 바라보다 키스했다. 느릿한 동작이었지만 강렬했던 기억이 난다. 입술을 떼고 나서 이렇게 말했다.

"벚꽃, 보러 가지 않을래요?"

이시야마는 잠깐 카스미의 진의를 묻는 듯 그녀의 눈동자를 들여다보았다. 카스미도 마주보았다. 이시야마의 눈에서 놀란 빛이 가라앉고, 이윽고 그곳에 신비로운 푸른빛이 감돌았다.

"괜찮긴 하지만, 갑작스러워서."

"나도 지금 막 생각났어요."

이시야마가 부드럽게 웃었다. 엘리베이터는 곧장 6층까지 두 사람을 데려갔다. 문이 열린다. 정면에 회사 현관이 보였다. 현관에 붙은 종이에 회사 이름이 쓰인 사식 문자를 읽는다.

모, 리, 와, 키, 제, 판.

형광등 빛이 유리창을 창백하게 비추고 있었다. 사식 치는 소리까지 새어나오는 것 같다. 카스미는 얼른 손을 뻗쳐 '닫음' 버튼을 눌렀다.

"어디가 좋을까."

이시야마는 내려가는 엘리베이터 안에서 그렇게 중얼거렸다. 카스미는 아무 말도 하지 않고 이시야마의 손을 끌고 빌딩을 나왔다. 술집 거리는 아직 불이 켜지지 않았다. 어두컴컴해지는 거리에서 카스미는 좌우를 두리번거렸다. 자기가 무엇을 하고 싶은지, 어디로 가고 싶은지, 왜 이시야마의 손을 끌고 왔는지 알 수 없었다.

"어디로 가고 싶어?"

막차

이시야마는 조판이 든 봉투를 든 채 카스미의 얼굴을 걱정스러운 듯 바라보았다.

"러브호텔."

카스미는 대답했다. 이시야마는 지나가던 택시를 세웠다. 행선지를 말하고, 카스미의 마음이 바뀔까 두려운 듯이 카스미의 얼어붙은 손을 양손으로 꼭 쥔다. 이시야마의 손은 따뜻했다. 카스미는 몸도 따뜻해졌으면 좋겠다고 생각하며 이시야마의 재킷 속으로 파고들었다. 차는 한 러브호텔 앞에서 멈췄다.

둘이서 들어간 곳은 더블베드만 덜렁 있는 작은 방이었다. 카스미의 마음에는 어째서 이시야마와 이런 곳에 있는 것인가, 하는 생각이 몇 번이고 끓어올랐다. 다른 세계에 가고 싶다는 생각의 끝이 이런 협소한 공간일 줄이야. 그러나 주저는 없었다. 이미 완성된 세계에서 안주하는 이시야마라면 상처를 입어도 된다고 생각했는지도 모른다. 끌리면서도 미워하는 이상한 감정. 카스미는 지금 이시야마를 유혹한 자신조차도 미워하고 있었다. 더블베드와 창 사이의 좁은 틈에 서서 말없이 카디건을 벗었다. 카디건은 얼룩이 진 카펫 위에 아무렇게나 떨어졌다.

"무슨 일 있었어?"

"괜찮으니까 안아줘요."

"어떻게?"

"당신 마음대로요."

따뜻한 음식은 아무 데도 없다. 자기는 굶주려 있는데……. 먼저 침대에 누웠다. 시트의 차가움에 몸이 떨렸다. 추워, 추워, 하고 카스미는 중얼거리며 시트를 뒤집어썼다. 난폭하게 시트를 벗겨낸 이시야마는 놀라는 카스미의 양팔을 눌렀다. 이시야마라면 부드럽게 대해 주리라 기대하고 있던 카스미는 배신당한 느낌이 들었다. 그의 거친 손길에 카스미는 몇 번이나 항의하며 소리를 지르기도 하고, 보복으로 이시야마의 살을 깨물기도 했다. 둘 다 쾌락과는 거리가 먼 거칠디 거친 행위였다.

이시야마는 카스미의 머리를 쓰다듬으며 말했다.

"다음에는 부드럽게 해줄 테니까 당신도 그렇게 해줘."

다음이 있다. 서로에게 가혹한 짓을 했다고 생각하면서도 이시야마는 아직 자신과 관계를 갖고 싶다는 것인가. 카스미는 놀라서 고개를 들었다.

"왜요?"

"누구여도 상관없었겠지?"

카스미는 할 말을 잃었다. 과연 이시야마 이외의 누구여도 좋았을까.

"그렇다고 생각하는군. 그렇지?"

"아니에요."

카스미는 엘리베이터 안의 이시야마에게 매혹되었던 자신을 기억하고 있었다.

"그렇다면 기쁜걸. 나라면 당신을 소중히 할 거야."

"그건 무슨 뜻이죠?"

"글쎄. 그때마다 생각하기로 하지."

후루우치가 카스미의 어린 결심을 굳게 해준 남자라면 미치히로는 쓰디쓴 현실이라는 형태로 그것을 맛보게 해 주었다. 그러나 이시야마하고라면 미지의 세계에 가까이 갈 수 있을 것 같은 생각이 들었다.

그날 밤, 두 시간 늦게 회사에 돌아오자 미치히로와 두 직원이

도시락을 사다 먹고 있었다. 우메보시에 붉게 물든 흰밥이 형광등 불빛 아래 몹시 차가워 보였다. 젓가락을 놓은 미치히로가 언짢은 얼굴로 카스미를 노려보았다.

"미안해요, 늦었어요."

"보육원에서 전화 왔었어."

"뭐래요?"

"뻔하잖아. 연락도 없이 늦으니까 그렇지."

"여기에 왔다 가면 어차피 늦었을 텐데요, 뭐."

카스미는 전기 포트에서 차를 따르면서 말대꾸를 했다.

"그런 문제가 아니잖아. 뭐 하고 온 거야? 이렇게 바쁜데 내가 도시락을 사러 가야 되겠어!"

직원들은 부부 싸움이라고도, 직원끼리의 싸움이라고도 할 수 없는 언쟁에 그저 묵묵히 도시락을 먹을 뿐이었다.

자신에게 가장 불만이 많을 초로의 남자가 안됐다는 듯이 카스미를 흘끗 보았다. 카스미는 그 시선에 상처 받는 자신을 느끼며 이시야마에게서 받은 조판을 책상 위에 올려놓았다.

"그건 뭐야?"

"공교롭게 아래층에서 만나서 받아온 거예요."

"그거 급한 거래?"

"몰라요. 직접 확인해 보면 되잖아요."

"못 말리겠군. 어린애한테 심부름을 시켜도 그것보다 낫겠다. 요즘 당신 해이해졌어."

확실히 해이해졌다. 하지만 어린 자식을 둘이나 데리고 일도 평소처럼 해낸다는 것은 마음을 다잡는 것만으로는 부족한 노릇이었다. 카스미는 자신도 모르게 속으로 비명을 질렀다. 이곳에는 인정도 없고 배려도 없다. 바로 조금 전까지, 미치히로가 찬밥을 먹는 동안 이시야마와 러브호텔에 갔던 것을 미안하게 생각했다. 그러나 문득 미치히로가 고향의 잿빛 바다처럼 느껴졌다.

　탈출. 이 생각이 꾸역꾸역 살아나는 것을 억누를 수 없었다. 이시야마의 '다음'이란 말이 카스미에게 유일한 구원이 되었다.

"정말 괜찮지? 산다."

이시야마가 카스미 위에 엎드려 눈을 보았다. 진의를 읽어내려고 필사적으로 들여다보고 있다. 엘리베이터 안의 이시야마를 방불케 했다.

"네."

"터무니없는 짓이란 생각도 들어. 하지만 아무도 없는 곳에 당신과 함께 가고 싶어."

"알아요."

"함께 가자."

"네."

키스를 나누면서 카스미는 눈을 뜨고 천장을 보았다. 그의 결심이 무언가를 떠올리게 했다.

카스미가 드디어 집을 나올 때의 일이었다.

양친은 카스미가 지방 고등학교를 졸업한 후, 혹 가출을 할까봐서 감시의 눈을 번뜩이고 있었다. 삿포로 전문학교라면 허락하겠지만, 도쿄로 가는 건 당치도 않다는 것이다. 카스미는 도쿄로 가고 싶었다. 삿포로라면 버스로 편도 세 시간이다. 그리 먼 곳이 아니어서 무슨 일이 있으면 끌려 들어올 가능성도 있고, 종종 양친이 사는 모습을 보러 올 것이다. 카스미는 받은 돈으로 몰래 도쿄 디자인 전문학교에 원서를 냈다.

삿포로로 나가지 않으면 도쿄에도 갈 수 없다. 삿포로 행 버스는 아침 저녁으로 두 대씩, 낮 1시, 그리고 밤 8시에 한 대씩, 총 여섯 대가 있었다. 밤 8시 버스는 시간표 옆에 작게 '막차'라고 씌어 있다.

기회는 그 버스밖에 없다고 생각했다. 밤에는 양친이 모두 가게 정리하느라 바쁜 데다, 술 마시는 손님들이 있으면 일에 쫓기기 때문이다. 게다가 카스미가 한밤중에나 삿포로에 도착하는 버스를 탈 리 없다고 방심하는 모습이 언뜻 엿보였다. 그렇다면 허를 찌르는 것이다.

카스미는 '막차'라는 글씨를 볼 때마다 그 버스로 이 마을을 빠져나가 두 번 다시 돌아오지 않으리라는 결심을 굳혔다. '막차'라는 쓸쓸한 글자를 볼 때면, 아무래도 두 번 다시 고향에 돌아오지 않으리란 다짐을 하는 카스미의 마음은 침울했다. 가고 싶지만 두렵다. 정말로 자신이 그런 엄청난 짓을 할 수 있을까. 후루우치에게 받은 명함은 카스미에게 부적이 되었다. 명함을 꼭 쥐고 날마다 '막차'를 타는 자신을 상상했다.

졸업식이 끝나자 양친은 매일 일찍 일어나 카스미의 방을 들여다 보았다. 잠시라도 모습이 보이지 않으면 교대로 버스 정류장을 감시했다. 카스미는 친구에게 부탁해, 조금씩 나눠서 나른 짐들을 버스 정류장 뒤에 있는 잡초더미 속에 감춰두었다.

결행을 결심한 밤. 카스미는 목욕도 하고, 양친과 같이 텔레비전을 보면서 여유로운 모습을 가장했다.

오후 7시 반이 지나자, 카스미는 텔레비전 소리를 크게 한 채 몰래 옷을 갈아입고, 2층의 작은 이중창을 통해 함석 지붕 위로 나갔다. 함석을 밟는 소리가 주위에 울릴 대마다 심장이 멎는 것 같았다. 가게에서는 어머니가 한가로이 설거지를 하는 소리가 났다. 이따금 계산대 소리가 삑삑거리며 들리는 것은 아버지가 매상을 계산하고 있는 것이다.

카스미는 휴우 하고 숨을 토하며 하늘을 올려다보았다. 초생달이었다. 3월이 다 지나고 있는데 차가운 담공기에 감은 지 얼마 안 되는 머리가 볼에 닿아 차갑다. 카스미는 모자가 달린 두꺼운 코트 속에 속옷과 스웨터를 몇 장이나 껴입어 거동마저 불편한 몸으로 지붕에서 뛰어내렸다. 쿵 하고 예상외로 큰 소리가 났다. 안에까지 들렸을까 싶어서 식은땀을 흘렸지만 아무도 나와 보지 않았다. 카스미는 걸어서 10분 정도 떨어진 버스 정류장까지 전력으로 달렸다.

국도는 차가 이따금 한 대씩 지나는 정도였다. 바로 옆에서 우웅 하고 바다 우는 소리가 들려왔다. 들판에 불어대는 바람도 덩달아 웅웅거리며 카스미를 위협한다. 오른쪽 볼에는 새카만 바다가 뿜어내는 엄청난 물 기운, 왼쪽 볼에는 역시 캄캄한 들판의 황량함이 느껴졌다. 카스미는 그 둘 다에게서 벗어나지 않으면 안 된다고 필사적으로 달렸다. 버스가 가 버렸으면 어떡하지, 캄캄한 밤에 혼자 남겨지는 건 아닐까. 걱정이 되어 견딜 수 없었다.

이윽고 버스 정류장에 도착하자, 카스미는 바로 손전등을 켜고 짐을 찾았다. 뒤쪽 수풀에 쓰레기용 비닐봉지에 쌓인 채 무사히 있었다. 카스미는 서둘러 짐을 짊어졌다. 잠시 후에 국도 저편에서 헤드라이트를 높이 켠 버스가 오는 것이 보였다. 카스미는 정신없이 손전등을 흔들며 신호를 보냈다.

"예, 삿포로 행 막차입니다."

운전사가 쉬익 하는 공기 소리를 내며 문을 열었을 때, 카스미는 진이 빠져 쓰러질 것 같았다. 카스미는 이상한 표정을 짓는 운전사를 무시하고, 제일 뒷자리에 앉았다. 달리 승객은 없었다. 버스가 달리기 시작한다. 주뼛거리며 뒤를 돌아보니 마을의 불빛들이 멀어져갔다. 드디어 해냈다는 기쁨과 앞으로의 생활에 대한 불안······. 희망이 있을 것인가? 실망만 있을 것인가······? 이때만큼 상반되는 두 감정을 함께 느껴본 적은 없었다.

이시야마의 제안은 '막차'와 같은 것이 아닐까. 그 생각이 카스미의 가슴속을 오갔다. 가출에는 성취감과 희망이 확실하게 존재했다. 이시야마와의 밀회에는 희망이라기보다 지금 같이 있는 기쁨, 그것밖에 없다. '막차'는 두 번 다시 돌아오지 않음을 의미하지만, 아무리 지금 생활이 폐쇄되어 있다 해도 카스미에게는 두 딸을 버린다는 것은 생각할 수 없는 일이다.

"아, 너무 늦었어요."

시계를 본 카스미는 벌떡 일어나 서둘러 옷을 입었다. 바닥의 어둠 속에 떨어져 있는 속옷을 주워 입고, 이시야마가 단추를 떨어뜨린 셔츠를 찾는다. 낙심한 듯 아직 침대에 있는 이시야마가 부드럽게 말했다.

"그럼, 조심해서 가. 홋카이도에서 만나자."

"네."

빙그레 웃으며 손을 흔들고, 카스미는 그 손으로 머리를 매만지면서 호텔방을 나왔다. 정사의 흔적이 자신의 모습에 역력히 남아 있을지도 모른다. 점검할 시간조차 없었다.

카스미는 나카노 역 앞에 세워둔 자전거를 타고 집으로 돌아갔다. 보육원에서 자모회 간사를 맡고 있어서 행사 준비를 하러 간다고 둘러대고, 집을 두 시간이나 비웠다. 요즘에는 이시야마가 카스미의 형편에 맞춰 집 근처까지 온다.

미치히로는 리사를 목욕시키고 있는지, 욕실에서 리사가 물장난 치는 소리가 들려왔다. 카스미는 욕실 문을 노크해서 미치히로에게 귀가를 알렸다.

"다녀왔어요."

수증기로 흐려진 욕실 탈의장 거울 앞에서 머리카락을 매만지며, 상기된 얼굴을 고쳤다. 이시야마를 만난 날은 여느 때보다 눈이 빛나 보인다.

"엄마, 어디 갔었어?"

다섯 살 난 유카가 카스미 옆에 서서 엄마를 올려다보고 있었다. 유카는 나이에 비해 날카로운 데가 있다. 카스미는 유카의 강한 시선에 잠시 당황하면서 생각해두었던 거짓말을 했다.

"커피숍. 미야 엄마랑 유키토 엄마랑 만났어."

"술 마셨어?"

"왜?"

"얼굴이 빨개."

유카는 경멸하듯이 말을 내뱉고는 텔레비전이 있는 방으로 달려갔다. 핑크색 잠옷으로 갈아입은 딸의 뒷모습을 보며 카스미는 세면대에 양손을 짚었다. 어린아이에게까지 거짓말을 하는 자신이 한심했다. 누구에게도 말할 수 없는 비밀을 안고 살아간다는 게 이런 것인가. 욕실 문이 열리고, 빨갛게 상기된 리사를 안은 미치히로가 나타났다.

"늦었네."

미치히로가 리사를 목욕 타월로 닦아주면서 카스미를 보았다.

"미안해요. 수다를 떨다가 그만……."

마흔네 살인 미치히로의 머리숱은 자꾸 적어졌다. 목욕을 하고 나오면 머리가 달라붙어 더욱 벗겨져 보인다. 카스미는 이 남자가 이시야마였다면, 하는 생각에 가슴이 메어왔다. 금방 정사를 마치고 온 자신의 죄가 두려웠다. 그러나 이시야마와의 밀회에는 죄책감을 가리고도 남을 기쁨이 있다. 절대 그만둘 수 없다. 그만둔다면 살아갈 수 없다. 이시야마와 만나는 것만이 지금 자신의 유일한 '탈출'이니까.

2

이시야마는 흐트러진 침대에서 꾸물거리며 담배를 피웠다. 어린 아이들을 두고 와서 시간에 쫓기는 카스미와의 정사는 언제나 어이없는 이별로 끝난다. 허둥지둥 옷을 입고 한 발 먼저 호텔을 나가면, 남은 이시야마가 샤워를 하고 방을 정리한 다음 계산을 한다. 이런 생활을 2년이나 해왔지만, 혼자 남겨진 시간에만은 도저히 익숙해지지 않았다.

좀 더 카스미와 함께 있고 싶다. 카스미의 당황하는 표정이며, 방황하거나 화내는 감정의 움직임을 하나하나 확인하면서 줄곧 바라보고 싶었다. 이시야마는 카스미의 치켜 올라간 듯한 눈과 도톰한 입술을 떠올렸다. 조금 전까지 이 손가락으로 만지고 있었으면서 그것이 아득히 먼 옛날의 일처럼 느껴진다. 카스미의 얼굴은 잘 보면 하나하나가 큼직하고 대담하지만 전체 밸런스가 섬세한 것이 참으로 여자답다. 이시야마는 미대 시절에 그린 데생처럼 카스미의 눈과 코와 입술의 모양을 떠올리며 공상의 붓으로 그려보려고 했다.

하지만 머릿속에 떠오르는 것은 카스미가 엎드려서 바닥에 떨어진 옷을 찾으려고 팔을 뻗치는 동작과, 자신과 만난 순간 기쁨이 쏟아지는 표정이었다. 카스미를 부분부분 나누어 생각하는 것은 이제 불가능했다. 자신에게 카스미는 자신이라는 남자를 비추는 귀중한 존재이며, 풍요한 미래로 이어지는 희망이기도 했다. 담배를 비벼 끄는 이시야마는 카스미를 손에 넣지 못하는 현실이 마냥 안타깝기만 했다.

그렇다고 홋카이도에 별장을 사는 바보 같은 짓을 해도 될지 어떨지, 실은 망설이고 있었다. 금전적인 문제는 아니다. 별장이라고 해도 홋카이도이기 때문에 가루이자와에 사는 것과는 사정이 다르다. 샐러리맨이 사기 힘든 정도의 액수는 아니다. 이시야마는 메구로 구에 상속받은 60평의 집이 있다. 생활도 그렇게 헤픈 편은 아니었다. 골프는 하지만 골프 회원권을 사고 싶다고 생각한 적은 없으며, 같은 디자이너 동료들처럼 외제 차에 열을 올리거나, 틈만 나면 해외여행을 하는 타입도 아니었다. 앞으로 들 돈이라면 두 아이의 양육비 정도겠지만, 그것도 그다지 걱정은 하지 않는다.

이시야마가 좋아하는 것은 낚시다. 휴일 아침 일찍 일어나 오쿠다마나 탄자와로 가서 혼자 적당한 자리를 찾아 강을 올라간다. 그곳에서 반나절 동안 낚싯줄을 드리워놓고 있다가 기분 좋게 돌아온다. 거의 돈이 들지 않는 취미다.

카스미에게 별장 이야기를 했을 때, 카스미가 했던 '대담해요'라는 한 마디가 마음에 걸렸다. 카스미의 마음은 알고 있다 하더라도, 정사를 위해 별장을 사겠다고 한 말이 카스미를 불안하게 했을 것이다. 하지만 좀 더 진심으로 기뻐해 주길 원했다. 너무 자기중심적인 생각일까.

지금 이시야마가 망설이는 것은, 이대로라면 별장을 사는 것이 오히려 카스미와의 관계가 단순한 애인 사이로 고정되는 게 아닐까 하는 불안이었다. 보이지 않는 미래에 돌을 하나 던졌다. 카스미는 그렇게 생각할 것이다. 이시야마가 꿈꾸는 것은 좀 더 먼 장래를 계산한 것이었는데.

 자신은 언젠가 회사를 그만둔 다음 이혼하고, 메구로의 집은 노리코에게 준다. 그리고 카스미도 이혼하게 해서 둘이 별장에서 산다. 이런 달콤한 공상을 은밀하게 키우고 있었지만, 거기까지 말을 꺼낼 용기를 내지 못해 머뭇거릴 때 카스미는 불안을 안고 돌아가 버렸다. 확실히 자신의 꿈은 유치했다. 하지만 실현 불가능한 것은 아니다. 아내와 아이들과 모리와키와 카스미의 아이들을 모두 희생시킨다면.

 이기적인 것은 백번 알고 있다. 그러나 이기적이 되는 데 이렇게 용기가 필요할 줄이야. 다른 것들을 모두 버리더라도 자기 자신으로 있고 싶다. 지금까지 생각도 하지 못했다. 만약 자신으로 있지 못한다면, 남은 생은 죽은 것과 마찬가지다.

 이시야마는 냉장고에서 작은 맥주 병을 꺼냈다. 조금 미지근했다. 마실까 말까 생각하면서 양손으로 병을 만지작거리며, 카스미가 없는 인생을 상상한다. 안 된다, 하고 고개를 저었다. 카스미와의 만남은 자신을 근본적으로 바꾸어 주었다. 깊은 골과 높은 꼭대기가 있는 감정의 법칙, 타인을 이해하는 것이 자신의 기쁨이 된다는 것, 안정과 충족이란 긴장에 의해 유지된다는 것……. 지금까지 그런 것들에 무관심한 채로 살아왔다. 일로 성공하기만 하면 그 다음 모든 것은 대충 해도 좋다고, 막연히 그렇게 생각하며 살아왔다. 카스미는 혼돈이었다. 그러면서 감정은 자유롭게 흐르고 있다. 그걸로 됐다. 달리 뭐가 필요하겠는가.

카스미가 가진 것은 이시야마에게 전혀 미지의 세계였다. 아직 모르는 부분이 많다. 이전의 이시야마라면 낯선 세계를 잠깐 들여다보기는 해도 그곳에 직접 들어가거나 머물 생각은 하지 않았을 것이다. 그런데 지금은 그 세계를 여행하는 것은 물론, 둘이서 지구의 저 깊은 곳까지라도 뛰어들고 싶다는 생각까지 하고 있다.

이시야마는 침대 위에 놓아둔 손목시계를 찼다. 밤 11시. 이렇게 쓸쓸한 방은 빨리 나가고 싶다. 하지만 노리코가 잠든 후에 들어가는 편이 나을 것 같다. 그는 맥주병 마개를 땄다. 거품이 병을 든 손을 타고 흘러내려 시계까지 적셨다. 이시야마는 옆에 있던 목욕 타월로 손을 닦았다. 잔에 따르지 않고, 병째로 마신다. 카스미가 사용한 목욕 타월이었다. 처음 모리와키 제판에서 카스미를 봤을 때의 일이 생각난다. 12년이나 전의 이야기다.

모리와키 제판은 솜씨가 좋았다. 그 솜씨에 반한 이시야마는 사환이나 모리와키네 영업 사원에게 원고를 건네지 않았다. 직접 들고 가서 모리와키 미치히로에게 설명하고, 조판이 완성되는 과정을 지켜보며 세세히 지시하는 것을 좋아했다. 일이 재미있을 정도로 순조로웠다. 제작국에서 제일가는 디자이너가 되려는 야심을 불태우며 그 성과가 보이기 시작할 무렵, 이시야마는 곧 광고업계에 자신의 시대가 으리라 확신했다.

늦더위가 극심하던 9월 초, 이시야마는 모리와키 제판을 찾았다. 근처까지 온 길에 맡겼던 신문 광고 조판이 완성되었는지 들러본 것이다. 그런데 처음 보는 아가씨가 작업대 앞에 앉아 있다. 올리브 그린의 탱크톱에 녹색의 작업복 같은 바지 차림으로 더워라, 더워라 하며 부채질을 하고 있었다. 기온이 35도나 되는데 에어컨은 고장 나 있었다. 그래도 직원들은 열심히 작업하고 있었다. 이시야마는 찌는 듯한 더위에 재킷을 벗고 흘러내리는 땀을 손수건으로 닦았다.

이시야마를 발견한 여자가 조금 귀찮은 듯이 일어섰다. 그 순간 길이가 짧은 탱크톱 아래로 깊은 배꼽이 보였다. 복장은 병사 같았지만, 피부가 희고 어깨에서 팔로 이어지는 부드러운 선이 여자다웠다. 힙이 예뻐서 헐렁한 바지가 퍽 잘 어울렸다. 게다가 자신이 발하고 있는 성적 매력을 모르는 듯한 난폭한 동작들이 오히려 귀여웠다. 재미있는 아이가 들어왔군, 하고 이시야마는 생각했다.

"누구세요?"

여자는 맑은 목소리로 거리낌없이 물었다.

"이시야마라고 합니다."

모리와키가 자신의 작업대에서 돌아봤다. 그 눈이 제일 먼저 여자에게 갔다가, 그 다음에 이시야마를 보고 손을 들었다.

"아, 어서 오세요. 조판은 끝났답니다."

여자는 용무가 끝나서 다행이라는 듯 이시야마에게 씨익 웃어보였다. 웃는 모습이 천진했지만, 손님을 대하는 태도로는 조금 무례했다. 묵묵하니 착실한 직원들만 있는 이 회사에서 괴짜 같은 인물임에는 틀림없다. 여자의 일거수일투족을 더위 탓에 러닝셔츠 차림이 된 초로의 남자들까지 흘끗흘끗 신경 쓰고 있다. 이 중장년층의 남자들뿐인 직장에서 제일 젊은 사람이 영업 사원, 다음이 사장인 모리와키였다. 모리와키가 구석의 소파로 안내해 주었을 때 이시야마는 여자를 가리켰다.

"신입 사원입니까?"

"예, 견습생이랍니다. 어이, 카스미. 잠깐 이리 와. 단골손님께 인사드려."
 카스미라고 불린 여자는 부채를 놓고 춤을 추듯이 다가왔다.
 "여긴 협공사의 이시야마 씨, 여긴 새로 들어온 하마구치 카스미입니다."
 카스미는 아직 명함을 만들지 못했는지 그냥 서 있었다. 크고 긴 손발이 거추장스러운 듯 어쩔 줄 몰라 한다. 천진하다기보다 마음이 들떠 있는 듯했다. 이시야마가 인사를 하자, 카스미는 여전히 딱딱하게 고개만 까닥하고 얼른 자기 자리로 돌아갔다. 눈치 없는 카스미를 보고 쓴웃음을 지으면서 모리오키가 직접 냉장고에서 보리차를 꺼내와 이시야마에게 권했다.
 "저 아이, 디자이너 지망생이래요."
 "오, 그래요?"
 이시야마는 가엾게 생각했다. 경쟁이 심한 곳이다. 살아남으려면 재능뿐 아니라 운도 필요했다. 제판 회사가 디자인실을 가지고 있는 곳도 있지만, 모리와키 제판은 순수하게 사식과 조판 만들기만 한다. 아마 주문에 쫓겨 실력도 연마하지 못할 것이고, 기회도 없을 것이다. 이시야마의 생각을 민감하게 간파했는지 모리와키가 덧붙였다.
 "뭘 묻거든 죄송하지만, 좀 가르쳐 주십시오."
 "제가 아는 거라면요."
 이시야마는 카스미 쪽을 돌아보았다. 갈색빛이 도는 짧은 커트 머리가 땀에 젖어 이마에 붙어 있는 것도 아랑곳하지 않고 제도 용구를 사용하는 연습을 하고 있었다. 그 배꼽에도 땀이 고여 있을까. 이시야마는 은근히 상상해 보았다.

"조판 쪽은 어떻습니까?"

모리와키는 테이블 아래로 손을 숨기며 'X' 표시를 했다.

"안 되더군요. 가르쳐주려고 해봤는데 그다지 적성에 맞지 않는 것 같아요. 발상이 기발해요. 어딘가 특이하더군요. 하지만 의외로 성실해 보이고 우리 회사엔 여자가 없으니까, 경리라도 시켜볼까 생각 중입니다."

"디자이너 지망생이라면서요?"

이시야마는 모리와키의 말투에 반감을 가졌다. 하지만 카스미를 보는 눈이 가늘어지면서, 모리와키는 그녀를 귀엽다고 칭찬했다. 이시야마는 색다른 바람이 부는 듯한 카스미가 마음에 들었던 만큼, 모리와키의 말대로 된다면 너무 시시하다는 생각에 실망스러웠다.

그날 밤, 이시야마는 모리와키의 청으로 신주쿠에서 술을 마셨다. 모리와키는 술에 취해 카스미 이야기만 지껄이고 있었다.

"그 아이, 좀 야생 동물 같은 느낌이 들죠? 과연 누가 잡아다 길들일까 싶어요. 뭐, 나야 나이가 많으니 어울리지 않겠지만,"

이시야마는 말은 그렇게 해도 마음은 있구나 하고 생각했다. 그때 모리와키의 나이 서른둘. 큰 제판 회사에서 독립해 회사를 만든 지 3년. 경영이 궤도에 올라 한숨 돌리던 무렵이었다.

"안 어울릴 것도 없어요. 그 아이는 몇 살이죠?"

"스물둘일걸요."

미치히로는 손가락으로 안경테를 자꾸 들어올렸다. 유연하고 호리호리한 체격의 미치히로는 이과 계통의 기술자 같은 외모를 하고 있다.

"우리 회사에 오기 전에는 디자인 쪽 아르바이트를 전전했던 것 같아요."

"자유분방하겠군요."

"주말에는 술집에서 아르바이트를 한다는데, 의외로 야무져 보여요."

이시야마의 말에 모리와키는 화가 났는지 얼른 감싸 주었다. 이시야마는 카스미의 배꼽을 떠올리며 가볍게 한번 놀아볼까, 하는 생각을 하지 않았던 건 아니었지만, 모리와키가 마음이 있는 눈치여서 포기하고 말았다. 남자들에게 카스미는 그렇게밖에 생각되지 않았다. 모두 카스미는 곧 더 좋은 일을 찾아 어디론가 가버릴 거라고 생각하고 있었던 것이다.

몇 개월 후, 동료와 점심을 먹고 들어온 이시야마는 접수계 옆에서 기다리고 있던 카스미를 발견했다. 카스미는 커다란 조판 봉투를 들고 대리석으로 된 현관 바닥을 신기한 듯 바라보고 있었다. 흰 티셔츠, 검은 카디건에 바지를 입은 차림이 마치 수학여행 가는 학생 같았다.

"모리와키."

이시야마가 회사명을 부르자, 카스미는 낙담한 얼굴로 돌아보았다. 좀 더 자유롭게 구경하고 싶었던가 보다. 이시야마는 그녀를 접수계 옆의 소파로 안내하고는 조판을 받아들었다. 이시야마가 봉투에서 조판을 꺼내 살펴보는 동안, 카스미는 카메라맨이며 모델들도 출입하는 광고 회사의 넓은 로비를 흥미로운 듯이 둘러보고 있었다. 이시야마는 카스미가 디자이너 지망생이라는 사실을 떠올리며 동경하는 모양이라고 생각했지만, 카스미는 동물원에라도 온 듯이 눈을 반짝이며 다양한 인물의 출입을 즐기고 있다.

"신기해요?"

"네. 재미있어요."

카스미는 자세를 고쳐 앉으며 웃지 않고 대답했다. 머리가 이전보다 길어서 어깨까지 내려왔다. 한 가닥 한 가닥 탄력 있고 윤기 있는 직모였다. 이시야마는 순간 카스미의 젖은 머리가 뺨에 붙어 있던 모습과 깊은 배꼽이 떠올라, 검은 카디건의 배 쪽을 보고 말았다. 그 위로 시선을 들자 카디건 틈으로 풍만한 가슴이 티셔츠를 밀어 올리고 있는 것이 보였다. 이시야마는 카스미가 아직도 자신의 매력을 발견하지 못했는가 싶어 안타까웠다.

"일은 어때요? 좀 익숙해졌어요?"

"네, 익숙해지고 있어요."

"모리와키 씨, 잘 가르쳐 주죠?"

이시야마는 모리와키의 딴 마음을 알고 있는 만큼 뜬금없는 질문을 했다. 카스미는 잠시 고개를 숙이고 생각에 잠기더니, 이렇게 대답했다.

"네. 저는 몇 년을 해도 그렇게는 되지 못할 거라고 생각합니다만."

그녀의 대답에 이시야마는 약간 당황했다.

"그렇지만 디자이너 지망생이라면서요, 아가씨는?"

그럴 필요 없잖아요, 하고 계속 말하고 싶었던 이시야마에게 카스미는 당혹스런 시선을 던지고 있다. 정확한 단어가 없어 찾고 있는 듯했다.

"그건 그렇습니다만."

"이제 안 해요? 혹시 하고 싶다면 우리 회사에도 아르바이트는 있을지 몰라요. 모리와키 씨에게 비밀로 한다면."

"그렇다면 됐습니다."

카스미는 딱 잘라 거절했다.

"의리 때문에?"

"아뇨, 그런 사태가 귀찮아서요."

"그렇지만 디자이너가 되고 싶어서 도쿄에 왔잖아요."

"네. 하지만 제 목적은 도쿄에서 혼자 사는 겁니다."

이시야마는 놀랐다. 좌절했다는 것도 아니고, 체념했다는 것도 아니고, 카스미에게는 뭔가 다른 계획이 있다고밖에 생각할 수 없었다. 도쿄에서 혼자 사는 게 목적이라니. 도쿄에 그다지 매력을 느끼지 못하는 이시야마는 고개를 갸웃거렸다. 그러나 '야생동물'이라는 모리와키의 평을 떠올리며, 참으로 핵심을 찌르는 말이라는 것만은 직감했다. 카스미는 여기서 생존하고 싶은 것이다. 과연 모리와키가 이 아가씨를 길들일 수 있을까? 방관자로서 재미있게 생각했다.

카스미가 도리와키와 결혼하기 2, 3년 전, 일요일 저녁에 신주쿠에서 우연히 마주친 일이 있었다. 이미 카스미는 사원들의 예상을 뒤엎고 모리와키 제판에 없어서는 안 될 존재가 되어 있었다. 조판 관리를 맡았고, 미치히로가 가장 애를 먹는 경리며 총무 일을 총괄했다. 이시야마가 한 번씩 들르면 카스미는 언제나 책상 앞에서 열심히 뭔가를 쓰고 있거나, 전화 응대에 쫓기고 있는 등 정신없이 바빠 보였다. 생존에 드디어 성공한 것일까, 생각하며 이시야마는 급격히 카스미에 대한 흥미를 잃어갔다.

혼잡함 속에서 만난 카스미는 지금까지 한 번도 본 적 없는 표정으로 혼이 빠진 듯 서 있었다. 이시야마는 말을 거는 것조차 주저되었다.

"카스미 양."

엉겁결이라서인지 카스미는 들고 있던 종이봉투로 얼굴을 가렸다. 이시야마는 방심하던 찰나를 들킨 게 당혹스러울까 봐 못 본 척했다. 하지만, 이시야마는 무심히 봐버린 카스미의 쓸쓸한 표정에 이끌렸다.

"쇼핑?"

"네, 스웨터를 샀어요."

이시야마는 어떤 색일까 하고 종이봉투 안을 상상했다. 카스미의 검소하면서도 세련된 복장이 마음에 들었다. 그 날도 남자용 같은 검은색 코트에 빨간 머플러 차림이었는데, 머플러 묶는 법이 뭐라 말할 수 없이 멋스러웠다. 다른 사람과 다른 분위기가 카스미 주위에는 떠돌고 있다.

"어떤 색?"

"예쁜 하늘색이요. 돈도 없으면서 바보같이."

"하늘색? 어울리겠는데."

"글쎄요."

평소와 다른 카스미의 침울한 목소리에 이시야마는 스웨터 따위는 몇 벌이라도 사주겠다고 말하고 싶은 것을 간신히 참았다. 그런 말을 했다가 이 여자에게 경멸당할 건 뻔한 일이었다. 그래도 발길을 돌리기가 아쉬웠다.

"괜찮다면 식사라도 같이 할까?"

이시야마는 미대 시절의 동급생인 노리코와 막 결혼 약속을 했을 때였다. 하지만 카스미라는 여자에게 다시 급격히 흥미를 갖게 됐다. 자신이 상상했던 여자가 아니다. 아니, 상상조차 미치지 않을 만큼 자신이 지금까지 만나왔던 여자들과는 달랐다. 그런 예감이 있었다.

카스미는 순순히 따라왔지만, 대화는 좀처럼 생기가 돌지 않았다. 무슨 일이 있었던 걸까. 이시야마는 카스미의 내부를 알고 싶어 미칠 것 같았지만, 카스미는 도무지 마음을 열려고 하지 않았다. 그 후에도 몇 번인가 만났지만, 결국 이시야마는 카스미의 단단한 벽에 튕겨 나올 뿐이었다. 자신은 평생 카스미의 매력의 비밀을 알 수 없을 것이다. 체념한 이시야마는 반년 후에 노리코와 예정대로 결혼해서 유복함과 안정을 약속 받은 결혼 생활에 들어갔다.

카스미와는 모리와키 제판에 갈 때밖에 만나지 않게 되었다. 카스미가 모리와키와 결혼한다고 들었을 때는 모리와키가 카스미를 이해할 수 있을까 걱정이 됐다. 카스미의 그 불안스러운 얼굴을 자신만이 알고 있다는 사실은 그에게 은밀한 기쁨이기도 했다. 하지만 흐르는 세월 속에서 그것조차도 잊혀져갔다.

2년 전 4월, 엘리베이터 안에서 갑자기 카스미가 그의 가슴에 뛰어들었다. 그 놀라움을 이시야마는 평생 잊을 수가 없을 것이다. 눈빛은 8년 전 신주쿠에서와 똑같았다. 불안으로 가득 차 방황하는 눈. 마음을 열지 않던 카스미가 이번에는 자기에게 열쇠를 건네주려는 것이다. 이시야마는 당황했다. 그러나 어떡해서든 카스미의 비밀을 알고 싶다던 생각이 때마침 파낸 수맥처럼 펑펑 쏟아 넘치는데 자신도 깜짝 놀랐다.

아까 카스미에게 서로 알게 되기 이전의 당신에게 흥미 없다, 예전의 당신에게 매력을 느끼지 않는다고 말한 것은 거짓말이었다. 아마 처음 만났을 때부터 좋아했을 것이다. 그것을 분명히 말하지 못하는 것은 카스미가 신주쿠에서 만난 자신에게 마음을 열지 않았을 때 생긴 상처가 강하게 남아 있기 때문일지도 모른다. 또 그 때문에 자신들은 쓸데없이 먼 길을 돌아왔다는 생각을 하기 때문이다. 그렇다, 자신은 카스미만큼 솔직하지 않다.

맥주 한 병을 다 마시고 난 이시야마는 샤워를 하러 욕실로 향했다. 손에는 카스미가 사용한 목욕 타월이 들려 있다. 뜨거운 물을 틀어놓고 하품을 참으면서 내일 업무 일정을 생각하자니 우울해졌다. 일이 재미가 없어졌다. 광고업계도 불황이어서 무난한 것밖에 추구할 수 없는 시대가 되었다. 디자이너도 슬슬 신구 교체 시기가 온 것이다. 자신은 디자이너라는 현장 사람으로 있고 싶은데, 광고 전체의 프로젝트를 통솔하는 디렉터의 자질을 요구하는 시대가 되어가고 있다. 이시야마는 그것이 고통스러웠다. 마음 한구석으로 회사를 그만두고 싶다는 생각을 하기 시작했다.

그러나 카스미에게 그런 생각을 말한다면 일을 그만두고 싶어서 두 사람의 관계를 핑계로 별장을 사려 한다고 애정을 의심받을지도 모른다. 이시야마는 갑자기 자신이 없어졌다. 과연 자기는 카스미에게 신뢰를 받고 있는 것일까. 카스미가 '대담해요'라고 한 한 마디. 그것은 진심으로 사랑하지 않는다는 증거가 아닐까.

의심 귀신인가. 그것도 연애의 함정임에는 틀림없다. 의심은 상대를 모두 손 안에 잡고 싶은데 잡을 수 없기 때문에 생겨난다. 이시야마는 질투의 일종이라고 생각했다. 그렇기 때문에 상대와 만나는 순간, 의심은 풀리고 의심의 깊이만큼 큰 환희를 얻게 되는 일도 있다. 이시야마는 카스미와의 사이에 걸려 있는 다리를 상상했다. 그것은 두 사람이 생각한 이상으로 강해, 충격에 잘 견딜 것이다. 이시야마는 이 정도라면 꿈쩍도 하지 않을 텐데, 자신은 대체 무엇을 두려워하는가 하고 생각했다.

이시야마는 집 앞에서 택시를 세웠다. 노리코의 취미로 담장 둘레에 심어 놓은 치자꽃이 어둠 속에 달콤한 향기를 뿜고 있었다.

고급 주택가도 세대가 바뀜에 따라 넓은 정원은 사라지고, 집장사들이 짓는 다세대 주택들만 들어서게 되었다. 하지만 이시야마의 집은 이시야마의 대가 되어도 아직 옛 모습을 유지하고 있다.

이시야마는 열쇠로 현관문을 열었다. 현관 앞 조명만 켜져 있고 다른 방들은 캄캄했다. 시간을 때우고 온 덕분에 노리코와 말을 나누지 않아도 될 것 같다. 이시야마는 마룻바닥을 살금살금 걸어 계단을 올라갔다. 2층 구석에 있는 침실 문을 살짝 열자 창가의 침대가 삐걱거렸다.

"불 켜지 마, 눈부시니까."

노리코가 몸을 뒤척였다.

이시야마는 어두운 불빛 아래서 옷을 갈아입기 시작했다. 노리코가 쿵쿵거리며 냄새를 맡았다.

"당신, 비누 냄새가 다르네."

"아까 술집에서 손을 씻어서 그래."

아내의 후각에 섬뜩했지만, 그런 노리코가 성가셔서 등을 돌린다. 노리코에게는 아무 불만도 없다. 학생 시절부터 마음이 잘 맞아서 여기저기 함께 놀러 다니며 지냈던 사이다. 취미도 고상하고, 집안일도 빈틈이 없다. 둘째가 유치원에 들어감과 동시에 자신도 작은 디자인 사무실을 만들며 현역으로 복귀했다. 언제나 예쁘게 몸치장하고 꾸미기 좋아하는 노리코는 그야말로 여성지에나 나올 법한 여자다. 어떤 남자라도 노리코와 결혼하면 노리코 같은 여자를 아내로 삼은 것을 행복해할 것이다.

휴일에는 고급 요리를 만들고, 아이에게는 손수 만든 케이크를 먹이는 좋은 엄마. 평일에는 즐겁게 일을 하러 가고, 백화점에 들러 찬거리를 사고, 간 길에 자기 옷과 책을 사기도 하고, 마음껏 우아한 생활을 즐기는 아내. 적어도 노리코에게는 카스미처럼 어디로 가버릴지 모르는 불안은 없다. 자신이 모르는 세계를 감추고 있지도 않다. 노리코의 세계는 모두 이시야마의 주변에 있는 누군가와 똑같았다. 혹은 잡지에 나오는, 영화에서 본, 알기 쉬운 세계. 자신은 노리코와 사는 한 예상할 수 있는 삶의 방식대로 밖에 살 수 없을 것이다. 앞을 읽을 수 있는 생활.

부족함이 없는 날들에 매력이 있을까. 노리코가 선택한 프랑스제 자동차 시트로엥보다 카스미가 언제나 서 있는 지하철 연결 부분, 노리코의 세련된 흰 오피스보다 저녁놀이 드는 모리와키 제판의 블라인드 그림자, 그 편이 풍요로움을 안고 있는 듯한 느낌이 드는 것은 어째서일까. 비교해서는 안 된다고 자제하려 해도 자꾸 떠오르는 사소한 비교가 이시야마를 괴롭혔다.

노리코가 이불을 둘둘 말고 잠에 취한 목소리로 말했다.

"아까 이즈미라는 사람한테 전화 왔었어."

이즈미란 노인은 시코쓰 호의 별장 개발업자였다. 결정되면 전화를 하겠다고 말했던 기억을 떠올리며, 이시야마는 결단을 내릴 때가 됐음을 느꼈다.

"당신, 별장 사려고? 이즈미 씨가 내일 전화 기다리겠대."

나무라는 어조였다. 한마디 의논도 없었다는 데 화가 났을 것이다. 이시야마는 폴로셔츠를 벗으면서 변명했다.

"그러잖아도 의논하려고 생각하던 참이었는데, 시코쓰 호에 물건이 하나 나왔대. 시코쓰 호에서 좀 더 들어간 산중에 있는데 강이 많아서 낚시하기가 좋다는군."

"멀잖아."

노리코는 아무 관심도 없는 듯했다.

"지토세에서 30분밖에 안 걸려. 가까워."
"가는 데 돈 들잖아."
"별로 안 갈 거야. 투자 목적인걸, 뭐.'
"그렇다면 또 모르겠지만……. 아버지한테 물어볼까?"
 노리코는 투자란 말을 듣고 일단 납득한 듯했다. 노리코의 아버지는 은행에 근무하고 있었다.
"아냐, 됐어."
 이시야마는 속옷과 티셔츠를 갈아입고 침대에 걸터앉았다. 노리코가 몸을 뒤척였다.
"목욕 안 해? 취했어?"
 하거나 말거나 상관없잖아, 그런 것. 이시야마는 괜히 뒤가 켕기는 마음에 소리를 지르고 싶은 걸 간신히 참았다. 전에는 아내의 비위를 맞추기 위해 애써 변명했지만, 최근에는 그것도 귀찮아졌다. 모르면 모르는 대로 그만이다. 그만큼 카스미가 좋았다. 카스미가 없으면 살아갈 수 없다. 역시 별장을 사자고 결심했다.
"이봐, 별장 사면 여름에 모두 같이 가지 않겠어?"
"좋아."
 노리코는 졸린 목소리로 말했다.
"모리와키 씨네 집도 같이 가자."
"왜?"
"모리와키 씨가 낚시를 가르쳐 달래."
 이시야마의 거짓말에 노리코의 쌔근거리는 숨소리만 들렸다. 안도감에 눈을 감고 이시야마는 전화를 준 이즈미 마사유키의 모습을 떠올렸다.
 지난 달 이시야마가 삿포로로 출장을 갔다가 별장 광고를 보고 현지까지 갔을 때의 일이었다. 이즈미 마사유키가 직접 차를 운전해서 시코쓰 호 별장지를 안내해 주었다. 이즈미는 별장지 주인으로, 나이는 70세. 자신도 아내와 함께 별장지에 살고 있다고 했다. 머리는 백발이었지만, 쭉 뻗은 허리와 거친 몸동작에 아직 예리함이 감돌아 노인이라기보다 연륜이 쌓인 남자를 느끼게 했다. 이즈미는 이시야마가 도쿄로 돌아올 때, 지토세 공항까지 배웅해 주었다.

"낚시를 하신다고요? 루어 낚시입니까?"

"예. 그쪽을 좋아합니다."

"난 말이지요, 이 차를 타고 나가서요. 강을 보고 여기는 잘 낚이겠다 싶으면 텐트를 치고 잠을 잔답니다. 그래서 항상 텐트를 싣고 다니죠."

"멋있군요, 제 꿈입니다."

"꿈이겠지요."

이즈미는 웃으며 이시야마를 보았다.

"참, 그렇지······. 당신, 사냥은 안 합니까? 한다면 다음에 한번 부르지요."

아뇨, 하고 고개를 젓는 이시야마에게 이즈미는 말했다.

"나는 홋카이도 사슴 사냥을 합니다. 해금(解禁) 전에도 쏠 수 있는 곳이 있었지요. 시라누카 초라는 곳입니다만. 홋카이도 사슴은 해를 끼치는 짐승이었기 때문에 맘껏 잡아도 됐어요. 사냥꾼들이 차에다 몇 마리씩이나 싣고 다녀서 말이죠. 흐르는 피로 도로가 새빨갛게 물들 정도였어요."

이시야마는 이 차에도 쌓아놓았나 하고 자기도 모르게 뒷자리를 돌아보았다.

"재미있습니까?"

"당연히 재미있지요."

"살생은 도저히 못 하겠더군요."

이시야마는 아스팔트 도로 옆으로 시선을 던졌다. 식림을 했는지 부자연스럽게 쭉쭉 뻗은 자작나무가 200미터나 늘어서 있는 것을 기이하게 생각하며 바라보았다. 이즈미의 이야기 내용과는 반대로 인공적이라는 생각이 들었던 것이다. 이즈미가 굵고 허스키한 목소리로 물었다.

"당신, 낚시하면 풀어주는 편이오?"

"예, 그렇습니다."

"어차피 상처투성이가 돼서 결국 죽게 돼요. 그것도 살생이죠. 홋카이도 남자는 그렇게 자신을 속이는 짓은 절대 하지 않습니다. 분명 어딘가에 수렵 민족의 피가 흐르는 탓이겠지요."

이시야마가 입을 다물자 이즈미는 보세요, 하며 막 건너던 다리 아래의 강을 가리켰다. 그야말로 송어라도 있을 것 같은 맑은 강물이 유유히 흐르고 있었다.

"5시 경에 와서 보세요. 남녀노소가 낚싯대를 들고 모여들 테니까요. 저녁 반찬을 구하러 오는 거죠."

그런 생활이 가능하다면 자신도 그렇게 될지도 모른다. 이시야마는 이즈미의 '수렵민족'이라는 말에 끌렸다. 카스미를 야생동물이라고 표현한 모리와키의 말이 아직도 마음 어딘가에 걸려 있기 때문이다. 카스미는 자신이 모르는 것을 가지고 있다. 자신이 수렵민족이 아니어서 알 수 없는 무엇인가를.

카스미가 태어난 땅에 한 채의 별장을 갖는다. 홋카이도라는 지역에 연연했던 것은 그 탓도 있었다. 이시야마는 바보 같은 사내라고 어둠 속에서 자신을 비웃었다.

2장
느낌

1

 올 곳에 온 것일까. 자신의 의지로 홋카이도에 다시 되돌아왔는데, 뭔가에 이끌려가는 듯한 느낌이 드는 것은 왜일까. 이시야마에게 이끌리는 듯한 느낌도 아니었다. 이시야마는 사람을 끌어들이긴 하지만, 자신을 따르도록 강요하는 남자는 아니다. 싫다고 하면 절대 요구하지 않는다. 그러면 만나고 싶다는 정열에 서로가 이끌린 것인가. 그것은 자신과 맞지 않다. 카스미는 자신이 결정한 일인데도 불편한 의자에 앉은 듯 안정이 되지 않았다.
 이럴 때는 틀림없이 뭔가 나쁜 일이 일어난다. 카스미에게는 선천적으로 타고난 감이 있다. 카스미는 주의 깊게 주변을 둘러보았다.
 마치 원시시대부터 자란 것 같은 커다란 수목들이 본토보다 거친 모습으로 무성했다. 물참나무, 참피나무, 분비나무 등 국립공원이기 때문인지 길가의 나무들에는 이름을 적은 푯말이 걸려 있었다. 글을 막 깨친 유카가 소리내어 하나하나 읽어나가더니, 싫증이 났는지 잠들어버렸다. 어두컴컴한 숲 속을 들여다보니, 햇빛이 닿지 않는 지면도 수목도 이끼와 함께 어둠에 젖은 흙색을 띠고 서로 한데 녹아 있었다.

 차를 운전하던 이시야마가 묵묵히 앞쪽을 가리켰다. 시코쓰 호가 홀연히 나타났다. 카스미와 미치히로는 거의 동시에 호수를 보았다. 잿빛의 흐린 물색은 하늘이 전혀 비치지 않았다. 파문 하나 없이, 마치 물이 아닌 다른 물질이 다량으로 모여서 솟아오른 것 같았다. 그 상상도 할 수 없는 양에 압도된 카스미는 가슴이 답답해졌다. 어두운 바다가 오른쪽 볼에 와 닿던 느낌이 기억난 것이다. 카스미는 호수를 보지 않으려고, 동글등글 매끄러운 돌멩이가 구르는 물가에만 시선을 던지고 있었다.

 차는 나들이 가는 차량들의 뒤를 이어 천천히 호반을 따라 반 바퀴 돌아, 다시 산길로 들어선다. 이윽고 오른쪽으로 균열된 아스팔트 포장의 좁은 길. 그 위에 청동을 입힌 아치형의 흰 간판이 걸려 있는 것이 보였다.
 '이즈미자토 별장지'라고 쓰인 아래어는 '거주자 외 출입금지'라고 씌어 있었다. 작은 산 하나가 모두 별장지였다.
 "별장에 가려면 여기서부터 올라가는데, 이 길을 곧장 가면 오자키라는 온천이 나오죠. 옛날에는 이 길이 없어서 저쪽 호반에서 배로 건넜다는군요."
 이시야마가 미치히로에게 길을 설명하고 있다.
 "국립공원인데 별장지가 있네요?"

미치히로가 별로 흥미없는 듯이 물었다.
"이상하죠? 국철 소유지였대요. 불하(拂下) 토지여서 시코쓰 호에서도 별장지는 여기뿐이라더군요."
호오, 하고 미치히로는 무슨 상관이냐는 듯이 비웃음 띤 맞장구를 쳤다. 유카와 리사 두 딸은 깊은 잠에 빠져 있다. 산속에 있는 큰 호수를 발견하고서야 드디어 목적을 다한 듯이 긴장됐던 차 안 공기가 풀어졌다. 백미러로 이시야마와 눈이 마주친다. '보고 싶었어, 지금 당장이라도 안고 싶어'하고 그 눈은 이야기한다. 미치히로가 돌아보았다.
"그리웠지?"
카스미는 놀라서 남편의 얼굴을 보았다. 이시야마가 보고 싶었냐고 빈정대는 줄 착각한 것이다.
"뭐가요?"
"뭐가라니, 당연히 홋카이도지."
"아, 예."
뛰는 가슴을 진정시키며 모호하게 대답한 카스미는 새삼 창밖을 내다보았다. 이번에는 이시야마가 물었다.
"카스미 씨, 홋카이도가 고향이죠. 어디세요?"
"루모이라는 곳이에요. 바닷가의 작은 마을이었죠."
"가보고 싶군요. 멋진 곳일 것 같아요."
이시야마가 앞을 보면서 말했다.
"도쿄가 더 좋아요."
카스미는 웃는다. 자신의 마음을 아무도 이해 못 할 거라는 체념을 깔고.
"도쿄 어디가 좋아요?"

이시야마가 속도를 낮췄다.

"사람은 많고, 공기는 탁하고······."

"그러고 보니 오늘 아침 배기가스 정말 지독하더군."

미치히로가 불쑥 말했다. 정말로 오늘 아침만큼 배기가스를 느낀 아침도 흔치 않았다. 잔뜩 찌푸린 데다 무더워서 창을 꼭 닫고 에어컨을 켜도 바깥에서 아황산가스 냄새가 배어드는 것 같은 느낌이 들 정도였다. 카스미는 열어놓은 차창으로 들어오는, 습하지만 차가운 산 공기를 맡았다. 오늘 아침 미치히로와의 대화를 떠올렸다.

"짐은 이것뿐이야?"

미치히로는 카스미가 어젯밤 꾸려놓은 여행용 가방을 가리켰다. 카스미는 끄덕였다. 가방 맨 밑에는 두 딸의 옷과 함께 몰래 산 새 속옷 몇 장을 감춰놓았다. 그 짐을 미치히로에게 들게 하는 꺼림칙함······. 가족을 배신하는 것은 언제나 자신이었다. 미치히로는 아무것도 모르는 얼굴로 여행용 가방과 백화점 종이 가방을 현관 앞까지 날랐다. 종이 가방에는 노리코에게 줄 선물로 자신이 직접 고른 와인이 두 병 들어 있다.

"뭐가 뭔지 모르니까 비싼 걸 사왔어. 우리가 대접해야 할 판인데 면목이 없네."

미치히로는 이시야마가 홋카이도 행 이야기를 꺼냈을 때부터 노리코가 신경쓰였다.

"상관없잖아요. 이시야마 씨도 교통비 많이 드는 곳에 초대해서 미안하다고 그랬잖아요."

"그럼 왜 초대하는 거지? 당신은 왜라고 생각해? 보통은 그 반대잖아."

미치히로는 고개를 갸웃거렸다.

"글쎄요."

요즘 들어 미치히로는 불평이 많아졌다. 카스미는 눈을 마주치지 않고 대답한다.

"당신이랑 친해서겠죠."

"그런가? 이시야마 씨 요즘 들어 별나게 더 나한테 신경을 쓴단 말이야."

"당신이 항상 비실대니까 그렇죠. 누구라도 신경써요, 그러면."

이럴 때의 카스미는 스스로도 놀라울 만큼 냉혹함을 가장한다. 자신이 그 원인인데도 그런 아내의 변화조차 눈치 채지 못하는 남편의 둔감함이 싫은 것이다.

"불황이니까 그렇지."

불황도 원인의 하나이긴 하겠지만, 시대의 변화에 따라가지 못하는 미치히로의 고지식한 장인 기질도 문제다. 카스미는 그것에 대해서는 침묵했다.

"홋카이도라면……."

미치히로는 카스미 쪽을 보았다.

"당신도 오랜만이겠군."

"고등학교 졸업한 후 처음이네요."

"가끔씩 찾아가고 그래."

네, 하고 카스미는 웃으며 얼버무렸다. 미치히로에게는 '부모님과 사이가 좋지 않아 거의 가출하듯 도쿄로 나와 그 후 연락이 끊겼다' 고 말해두었다. 미치히로가 이해했는지 어쨌는지 모르겠지만, 뭔가 사정이 있는 거라 생각했는지 더 이상 캐묻지 않았다.

결혼할 때는 구청에 직접 호적등본을 청구했다. 기재한 사항들을 보고 양친이 카스미가 사는 곳을 찾아올 수도 있겠지만, 아직 아무 일도 일어나지 않았다. 카스미는 그걸 다행이라 생각했고, 평소에는 거의 잊고 지냈다.

혹 만나고 싶은 사람이 있다면, 그건 양친이 아니라 그 후루우치라는 남자였다. 명함은 옛날에 버렸지만, 그 사실을 안타깝게 생각하지 않게 된 것은 세월이 흐른 탓일 게다. 지금 카스미의 마음에 가득 차서 뚝뚝 흘러넘치고 있는 것은 이시야마에 대한 사랑뿐이었다.

"엄마, 옛날에 홋카이도 살았어?"

옆에서 이야기를 듣던 유카가 카스미의 팔을 가볍게 쳤다. 엄마의 관심을 끌려는 그 동작이 귀여워서 카스미는 유카의 보드라운 볼을 양손으로 감쌌다. 유카는 그렇게 해 주는 것이 좋아 죽겠다는 듯 간지럽다고 쿡쿡 웃는다. 카스미는 다섯 살짜리 유카가 너무나 사랑스러웠다.

"아니."

"거짓말. 살았지?"

"살지 않았다니까."

단발머리에 양쪽으로 핀을 꽂은 유카는 어린 시절의 자신을 보는 듯 했다. 카스미는 그 얼굴에 빠져들었다. 자식은 잊었던 시간을 가지고 온다. 유카는 납득이 되지 않는지 신을 신고 있는 미치히로에게까지 물으러 갔다.

"아빠, 엄마는 홋카이도에 산 적이 있어?"

"글쎄, 모르겠는걸."

미치히로는 능청을 떨었다.

"하지만 할아버지도 할머니도 아빠네밖에 없잖아."

"엄마는 혼자야."

미치히로는 그 부분만은 진실을 말해 주었다.

버린 고향은 두 번 다시 갈 일 없는 현실감 없는 곳이었다. 그곳에서 살았던 기억조차 지금은 꿈속에서 있었던 일 같기만 하다. 카스미는 화제를 바꾸기 위해 두 아이를 재촉해 길을 나섰다.

유카는 비행기 안에서 기분이 좋지 않았다. 카스미는 잠이 들어 고무 인형처럼 축 늘어진 리사를 안은 불편한 자세로 유카에게 바깥을 보여주려고 했다. 모서리가 둥근 네모 창으로 파란 하늘과 하얀 운해가 보였다.

"저기 봐, 구름바다 보이지? 아, 예쁘다. 너 그렇게 비행기 타고 싶어했잖아."

카스미가 아무리 말해도 유카는 흘끗 쳐다보기만 할 뿐, 나이에 비해 작은 몸을 좌석에 묻고 고개를 푹 숙이고 있었다. 비디오를 찍어 주겠다고 하던 미치히로는 장기 휴가를 얻기 위해 철야 작업을 계속한 탓에 탑승하자마자 잠에 빠져들었다. 카스미는 그래서 신이 나지 않는 건지도 모르겠다고 생각했다.

"아빠가 많이 피곤하서. 비디오는 다음에 찍자."

"그런 건 아무래도 상관없어."

유카는 어른처럼 말했다.

"그럼, 왜 그래?"

카스미는 딸의 비위를 맞춰야 하는 게 성가시다고 생각하면서 물었다. 이미 자신의 마음은 먼저 간 이시야마와 함께 있었다.

"그렇지 않아."

유카는 고개를 저었다.

"가는 게 왠지 모르게 싫어."

"즐거울 거야. 근처에 시코쓰 호라는 커다란 호수가 있는데 말이지, 그곳에서 보트를 탈 거래. 루리코랑 류헤이라는 친구도 기다리고 있어. 루리코는 일곱 살이고 류헤이는 네 살. 딱 좋지?"

유카는 누가 속을까봐, 하는 듯이 입술을 꽉 다물고 대답하지 않았다. 아침에 그렇게 들떠 있던 모습은 어디로 사라졌는가. 지금 어린 딸을 가라앉게 만드는 것은 무엇일까. 자신이 고향에 대해 거짓말을 한 탓일까. 그렇지 않으면 카스미와 이시야마의 은밀한 계획을 눈치챈 걸까. 그건 있을 수 없다.

카스미는 몸속의 정열과 그 위에 샅겨나는 의심을 진정시키듯 소름이 돋은 살을 계속 비볐다.

한 번 더 밖을 내다보자 운해 사이로 새까만 산맥이 의외로 가깝게 보였다. 카스미의 등으로 차가운 기운이 달렸다. 빛나는 구름 아래 검은 산이 가려져 있다는 사실을 발견하곤 겁을 먹었기 때문이다. 몰래 가출하던 밤, 그 거친 바다 소리와 들판을 가르던 바람 소리가 생각났다. 그것이 버리고 온 세계의 최후의 저항이라 생각했던 것은 착각이었다. 어쩌면 지금부터 일어날 사건에 대한 암시였는지도 모른다. 그런 까닭 모를 불안이 순간 머리를 스쳐갔다. 그러나 이시야마가 자신을 기다리고 있다. 이시야마와의 밀회야말로 '탈출'이 아니었던가.

이시야마의 등이 눈앞에 있다. 카스미는 이시야마의 잿빛 티셔츠에 덮인 육체를 상상했다. 그리고 그 육체에 깔려 있는 자신의 모습도. 타인의 육체를 내 육체 속에 넣는다는 틀림없는 사실. 육체의 접합을 통해서밖에 알 수 없는 것. 카스미는 그것만이 지금부터 일어날지도 모르는 곤란을 물리칠 수 있는 유일한 힘이라고 생각했다. 노리코를 상대한다는 것 자체가 카스미의 마음을 무겁게 가라앉히고 있었다.

　차는 아치를 뚫고 들어가 좁은 산길을 올라가기 시작했다. 단층 건물의 사무실이 보였다. '이즈미자토 별장 관리 사무소'라고 작은 간판이 걸려 있고, 주변에는 황금빛 국화와 큰 톱풀, 마타리 등이 우거져 있었다. 카스미는 중학교가 있던 언덕을 떠올리며 그리운 홋카이도의 꽃들을 보았다. 미치히로는 뒤뜰의 빨랫줄에 시트며 타월 등이 가지런히 널려 있는 것을 보고 이시야마에게 물었다.

　"저기는 항상 누가 있는 건가요?"

　"미즈시마 씨라고 관리인이 살고 있어요. 자위대 출신이죠. 뭐, 제법 이것저것 아는 게 많더라고요. 낚시 요령도 가르쳐주던걸요."

　관리 사무소를 지나자 도로가 급격히 가팔라졌다. 길 양 옆은 울창한 원시림이다. 위로 올라갈수록 숲의 싱그러운 내음과 산이 내뿜는 습기가 강해진다. 그 질식할 듯한 냄새에 차 안에서도 숨이 막힐 것 같았다.

　"별장은 몇 채나 있어요?"

　"일곱 채요. 지금은 우리 집과 또 한 곳뿐이라는군요. 아아, 저기가 이곳의 주인집이랍니다. 이즈미 씨라고 하는 분인데, 그래서 이즈미자토라고 하나 봐요."

　관리 사무소에서 100미터 정도 올라간 곳에 붉은 지붕의 큰 주택이 우뚝 서 있었다. 도로의 경사에 따라 잔디가 조금 있고, 주위에 해바라기며 코스모스 등의 꽃들이 흐드러지게 피어 있다. 한랭지 별장답게 현관도 창도 이중 구조로 탄탄한 것이 스위스의 그림엽서에 나올 법한 멋있는 구조였다. 집 옆 차고에는 낡고 투박해 보이는 차가 한 대 서 있다.

"겨울에는 어떻게 지내지. 차가 없으면 거의 죽음이겠네요."
미치히로가 관심없다는 듯이 태평스럽게 중얼거린다.
"여기는 모든 것이 꽁꽁 얼어붙어서 겨울에는 대책이 없다더군요."
"이런 곳에다 별장은 너무 사치인걸요, 이시야마 씨."
미치히로가 어이없다는 어조로 말했지만, 이시야마는 진지하게 대답했다.
"아뇨, 살려면 못 살 것도 없다고 봅니다. 실제로 이즈미 씨는 여태 잘 살고 있잖아요."
"일은 어떡하고요?"
"일은 프리랜서로 하면 어떻게든 할 수 있죠."
"디자이너는 좋겠습니다. 자유로워서."
미치히로가 부러운 듯이 웃는다.
미치히로의 말에 이시야마가 복잡한 미소를 띠며 백미러 너머로 카스미를 보았다. 이시야마가 지금 말한 계획 속에는 아마 카스미의 존재가 바탕에 깔려 있을 것이다. 기쁜 반면, 홋카이도의 매서운 겨울을 알고 있는 카스미에게는 동화 속 이야기 같을 뿐이었다.
카스미의 마음속에 이 땅이 자아내는 막연한 불안이 일기 시작했다. 저 큰 호수 탓일 것이다. 고향 마을에 떠돌던 것과 같은 물의 기운을 느꼈기 때문이라고 생각했다. 카스미에게 물의 기운은 풍요로움이 아니다. 결코 저항할 수 없는 황량함의 상징이었다. 그러나 이시야마에게는 카스미의 불안이 전해지지 않는다. 이시야마와 자신과의 작은 엇갈림. 그런 안타까움과 동경으로 떠나는 게 아니었다, 고향으로 돌아오는 게 아니었다는 후회가 컸다.
스스키노에서 술집 체인점을 경영한다는 도요카와 가를 지나자 막다른 곳이 보였다. 그것이 산 꼭대기였다. 관리 사무소에서는 200미터 이상 산길을 올라온 곳이다. 차를 여러 대 주차할 수 있을 것 같은 탁 트인 장소가 나오고, 감색 지프가 있었다. 도요카와 가의 차 같다.

"여기가 주차장인가요?"

미치히로가 중얼거리듯 물었다.

"U턴 하는 장소이기도 하죠. 이 길에서는 두 대가 스쳐지나갈 수 없으니까요."

오른쪽은 경사면으로, 콘크리트의 가파른 계단이 붙어 있었다. 그 위가 이시야마의 별장이었다. 2층 건물로 통나무를 이용한 북유럽풍 구조. 집 앞은 이즈미 가와 마찬가지로 잔디를 깐 작은 정원이었다. 흰 그네를 타던 소녀가 이쪽을 내려다보고 있다. 이시야마의 장녀 루리코일 것이다. 카스미가 손을 흔들자 루리코는 기쁜 듯이 뛰어내려와 계단 쪽으로 돌아왔다.

"자, 다 왔습니다. 사양하지 말고 맘껏 쉬십시오."

노리코가 두 아이를 데리고 나타났다. 날염 무늬가 든 롱스커트와 잘 어울리는 티셔츠 차림의 우아한 모습이다. 만나는 것은 몇 년 만이다. 카스미는 침을 삼켰다. 절대 노리코에게 자신들의 관계를 들켜서는 안 된다. 그렇다고 해서 패배감을 맛보고 싶지도 않다. 조금은 미안함도 느껴지는 상대이다. 그런 느낌들이 마음속에서 하나로 뒤엉켜 카스미를 지치고 힘들게 했다.

이시야마는 아내 옆에 빙그레 웃으며 서있었다. 그 연기력을 본받아야 한다는 생각에 애써 웃음을 지어보였을 때, 노리코가 사람 좋은 표정으로 카스미를 맞아주었다. 기선을 제압당한 느낌이었다.

"어서 오세요. 오랜만이에요."

"초대해 주셔서 감사합니다."

미치히로가 형식적인 인사를 건넸다.

"이시야마 씨께는 저희가 항상 신세를 지고 있는데, 이렇게 뻔뻔스럽게 또 폐를 끼치게 되어서 정말 송구합니다."

"아뇨, 저희야말로. 남편이 많은 도움을 받고 있습니다. 누추한 곳입니다만, 부디 편히 쉬었다 가세요. 아이들도 만나기를 기대하고 있었답니다."

노리코의 말은 듣기 좋은 음악처럼 흘러간다. 이시야마의 아이들은 아무 말 없이 처음 만난 손님들을 바라보고 있다. 일곱 살인 루리코는 듬직한 체격에 커다란 눈이 이시야마와 퍽 닮았다. 반대로 네 살짜리 류헤이는 몸집이 작고 피부가 흰 편으로, 얌전한 얼굴이 노리코를 닮았다.

"좋은 곳이군요."

카스미는 조금 긴장한 듯한 아이들 손을 잡고 가파른 돌계단을 올라갔다.

"그러세요? 쇼핑하기도 힘들고, 얼마나 불편한지 모르겠어요. 뭐, 남편의 취미가 낚시라 포기했지만, 저는 이제 오지 않을 생각이에요. 여러분이 많이 이용해 주세요."

노리코는 이시야마를 흘겨보며 농담처럼 말했다. 미치히로가 사람 좋은 웃음을 띠며 말한다.

"저런, 아깝습니다."

"산길을 걸으려 해도 숲에는 길이 없어서 들어가지도 못하고, 차가 없으면 아무 데도 갈 수가 없는걸요. 할 일이 없어서 뭘 해야 할지를 모르겠어요. 난 삿포로 쪽이 좋아요."

'그러면 아내도 모리와키 씨도 올 수 없잖아'라고 했던 이시야마의 말이 떠올랐다. 모든 게 처음 생각 그대로여서 무서울 정도였다.

"아이들에게는 좋지 않습니까?"

미치히로가 수습하듯 말했다.

"네. 하지만 아무리 별장지여도 어느 정도는 설비가 갖춰진 게 좋지 않겠어요? 테니스 코트니, 수영장이니, 편의점이니 하는 것들 말이에요."

이시야마는 쓴웃음을 짓고 있다.

"상관없잖아, 아무것도 없어도. 난 기분만 좋구먼."

"당신은 낚시가 있으니까 그렇지."

"당신도 하면 되지. 재미있어."

"어머나, 뭘 낚을까 모르겠네. 저녁 반찬? 매일 밤 생선만 먹으면 물린단 말이야."

"그렇게 물릴 정도로 잡으래도 못 잡습니다, 부인."

사이좋은 부부의 대화였다. 카스미는 그 자리가 불편했다. 미치히로도 쑥스러워하며 호수 쪽을 바라보고 있다. 그러나 시코쓰 호는 높은 수목에 둘러싸여 이곳에서는 보이지 않는다. 유카와 리사는 벌써 정원의 그네로 뛰어가 있었다. 이시야마의 아이들이 그것을 불쾌한 듯 바라보며 항의하듯 노리코의 얼굴을 올려다보고 있다. 카스미는 두 아이에게 주의를 주기 위해 그 자리를 피할 수 있게 된 걸 다행이라 생각했다.

"참, 그렇지. 모리와키 씨. 점심 드셨어요?"

"네, 대충."

미치히로는 인사치레로 거짓말을 했다. 호반까지 내려가도 휴게소 식당밖에 없고, 남의 주방에서 점심을 만드는 것도 귀찮았다. 아이들은 양이 적으니까 차라리 그만큼 놀 수 있는 걸 더 기뻐할 것이다. 카스미는 미치히로의 대답을 듣고 가슴을 쓸어내렸다.
"별거 아니지만 샌드위치를 준비했어요. 좀 드세요."
노리코가 살갑게 권했다.
"아뇨, 괜찮습니다."
이시야마가 미치히로의 사양을 가볍게 무시하며 저녁 식사 제안을 했다.
"밤에는 호반 식당에서 징기스칸을 먹기로 하죠. 그럼 좀 쉬세요."
"그럴까요."
미치히로는 할 수 없이 응하며, 카스미를 돌아보았다.
"그래도 괜찮을까?"
"그러세요."
"자, 그럼 맥주나 마실까?"
카스미의 대답을 듣고 남자들은 짐을 들고 별장으로 들어갔다. 카스미는 갈 곳이 없어서 아직 여장도 풀지 못하고 노리코 옆에 서 있었다. 정원에서 노는 아이들에게 갈까 망설이다가, 그것도 노리코에게 실례가 아닐까 해서 머뭇거렸다. 카스미는 어설픈 자기 자신을 비웃어주고 싶었다. 익숙하게 사람을 대하는 노리코의 태도에 압도되었다. 오후의 햇살은 투명하고 눈부셨다. 노리코는 햇빛 때문에 눈을 가늘게 뜨며 카스미의 얼굴을 보고 웃었다.
"정말 오랜만이군요. 잘 지내셨죠?"
"네, 가끔 저희 집에도 좀 놀러 와주시요."
"미안해요. 남편이 늘 폐를 끼치는 것 같아서."
노리코는 정중하게 인사했다. 카스미는 어색하게 침묵했다. 순간 노리코는 아까의 미소를 잊었는지 공허한 시선을 숲 쪽으로 던졌다. 이시야마 때문이다, 라고 카스미는 직감했다. 여기에 있는 자기야말로 노리코를 괴롭히는 장본인이라고 생각하니 마음이 괴로웠다.

그러나 실제로 노리코를 상대하자, 이시야마의 아이를 낳았고 이시야마와 살고 있다는 것 등 모든 것이 부러운 한편, 같은 남자를 좋아한다는 묘한 연대감 같은 것이 은근히 생겼다.

"카스미 씨, 홋카이도에 온 적 있어요?"

느닷없이 노리코가 물었다.

"네, 있어요."

여기서 태어나서 자랐다고 카스미는 아직 말할 수 없다.

"난, 여기가 어쩐지 싫어요."

"무슨 말씀이신지?"

"잘 표현할 수는 없지만, 풀잎 같은 것들이 너무 커서 징그러워요. 원시 시절로 온 것 같은 느낌이에요. 저 숲 건너편에서 공룡 머리가 툭 튀어나올 것만 같은 거 있죠."

노리코는 바보 같은 소리를 했다는 듯이 쑥스럽게 웃었다.

"그리고 시코쓰 호 말이에요……. 미즈시마 씨에게 들었는데, 그곳은 화산호여서 호수 바닥에 나뭇가지가 있는데요, 물이 맑을 때는 흰 뼈처럼 보인대요. 동물의 시체 같은 건 나뭇가지에 걸려 떠오르지도 않는다더군요. 좀 꺼림칙하죠?"

노리코도 자신과 같은 기분이었다. 이시야마도 미치히로도 느끼지 못하고 있는데, 노리코와 자신만이 비슷한 것을 느끼고 있다. 그것이 이상했다.

"쓸데없는 소릴 했군요, 카스미 씨, 바쁘시죠? 그쪽 업계도 힘들다면서요?"

노리코의 말투는 연상의 여유를 느끼게 했다.

"네, 저희는 워낙 영세하니까……."

"다들 불경기인걸요."

노리코는 무던한 대답을 했다. 깊이 들어가는 이야기는 하고 싶지 않은 것 같다. 아니, 그보다 제판업 자체에 그다지 흥미가 없을 것이다.

"카스미 씨, 뭐 만들 거 있으면 사양하지 말고 우리 집 식료품을 쓰세요. 쌀도 계란도 많으니까요. 괜찮으시다면 제가 만든 것도 좀 잡숴주시고요."

"고맙습니다."

카스미는 가난한 학생처럼 고개를 숙였다. 아이들도 둘이나 있는데 노리코 앞에서는 아무것도 할 수 없는 미성년자가 된 듯한 느낌이 들었다. 버신을 하기 위해서 온 것인데 이시야마의 아내는 이렇게 친절히 대해준다. 과연 이시야마는 자신의 곤혹스러움을 알까. 이것도 '어긋남'의 하나임에 틀림없었다.

오후에는 아이들끼리 완전히 친해져서 정원에서 노느라 정신이 없었다. 이 별장은 가장 안쪽에 있기 때문에 차가 들어올 염려가 없다. 주위는 울창한 숲이어서 길을 헤갤 일도 없다. 돌계단만 주의한다면 아기를 풀어놓아도 괜찮을 정도였다.

별장 구조는, 1층에 욕실, 부엌과 현관 옆에 옷방으로 쓰는 4조 반짜리 다다미 방, 그리고 천장까지 트여 있는 큰 거실과 2층에 큰 침실이 세 개 있었다. 그 하나를 카스미네가 쓰게 되었다.

잠시 숨을 돌린 후, 어른들은 거실에 모였다. 가구는 디자인이 단순한 것뿐이었지만, 난로며 천으로 덮인 소파도 있었다. 난로 위에는 흰 야생화가 커다란 항아리 가득 꽂혀 있고, 아름다운 나뭇가지와 잎들로 장식되어 있었다. 노리코는 샌드위치를 권하며, 호두가 든 샐러드를 덜어주고 있다. 카스미가 낄 틈이 없다.
"여기는 큰곰이 나타나지 않겠죠?"
홋카이도는 처음인 미치히로가 정원의 아이들을 바라보면서 걱정스럽게 말했다. 이시야마가 캔맥주를 따서 미치히로에게 권했다.
"미즈시마 씨에게 들었는데, 나오긴 나온대요. 하지만 여기까지 내려오지는 않는다고 하더군요. 괜찮을 겁니다."
홋카이도 사람이라면 누구나 산에 들어갈 때는 곰을 걱정한다. 카스미가 그런 생각을 하며 시선을 허공에 두고 있을 때, 이시야마가 테이블 저편에서 자신을 보고 있다는 것을 느꼈다. 눈을 들어 아주 잠깐 동안 시선이 얽혔다. 그것만으로 가슴이 격렬하게 떨 정도로 기쁨을 느꼈다. 카스미에 대한 이시야마의 시선은 다른 사람들을 대할 때보다 부드럽고, 때로는 남자의 눈이 된다. 아마 카스미도 그럴 것이다. 그녀는 자신들에게서 농밀한 감정이 묻어나는 게 아닐까 염려스러워, 미치히로와 노리코의 얼굴을 훔쳐보았다. 두 사람은 곰 이야기를 계속하고 있다.
"곰도 헤엄을 친다면서요?"
"시코쓰 호에서 수영을 하다가 곰이 헤엄쳐오면 무섭겠어요."
"설마."
노리코는 즐거운 표정으로 웃었다. 미치히로는 노리코가 싹싹해서 안심인 것 같다. 그녀의 성격이 마음에 든 그는 노리코와만 이야기를 나누고 있다. 노리코는 미치히로를 상대하면서 테이블보 위에 흩어진 빵 부스러기를 양손으로 모아서는 재떨이에 버렸다. 남자들이 담배를 끌 때마다 빵부스러기가 타서, 토스트 냄새가 순간적으로 방 안에 가득해졌다.

 가족이 모이는 따뜻함이란 것을 알고 있는 여자였다. 더욱이 노리코는 이시야마의 교우 관계에 얽혀드는 것을 귀찮게 생각하지 않는 것 같다. 나이, 환경, 생활하는 모습 모두가 분명 자신과는 다른데도, 그런 것을 조금도 내색하지 않는 현명함이 있다. 미치히로가 가져온 와인도 몹시 기뻐해 주었다.

 "이렇게 비싼 와인은 산 적이 없어요. 어머나, 세상에……!"

 카스미는 결혼식에서 본 노리코 친구들의 귀티 나는 모습을 떠올렸다. 돈과 시간이 드는 취미와 의상……. 소녀 시절, 상상만 했던 생활이 그곳에 있었다. 자신의 결혼 상대가 부자라면, 하는 유의 유치한 공상.

 이를테면 정원에 좋아하는 꽃을 심어놓고, 해안에서 주워온 돌로 장식한다. 고향 해변에 뒹굴던 푸석푸석한 사암이 아니라, 남쪽 섬의 하얀 산호로 된 딱딱한 돌을. 집 안에는 정원에서 꺾은 꽃을 꽂아둔다. 그리고 고가의 가죽 의자와 윤기나는 나무로 만든 테이블 등 좋아하는 가구를 고른다. 중동 쪽에서 짠 주단. 색과 모양이 마음에 드는 차…….

 모두 꿈이었다. 고향에서 살았던 기억들이 꿈처럼 느껴지는 것과 마찬가지로, 그런 상상도 모두 꿈의 세계에 지나지 않는 것이었다. 카스미에게는 그 둘 사이에 있는 현실의 생활밖에 없다.

 하지만 이 세상에는 현실 생활이 카스미의 꿈과 일치하는 사람이 있다. 한쪽에는 해변 저편에 부모가 있고, 다른 한쪽에는 노리코 같은 사람이 있다는 것. 그것은 엄청난 놀라움이었다. 유치한 걸까, 카스미는 노리코의 은색 팔찌며, 손질 잘한 아름다운 피부를 바라보았다.

노리코 입장에서 보면 자신도 미치히로도 그다지 흥미 없는 상대일 게 뻔하다. 옷 하나를 봐도 미치히로는 수수한 폴로셔츠에 싸구려 바지. 자신은 결혼 전부터 입던 남자용 셔츠에 청바지라는, 슈퍼마켓에 갈 때나 입는 차림. 오페라도 그림도 소설도 모르고, 어음 결제밖에 생각하지 못하는 생활. 아이들의 옷도 뚜렷이 차이가 났다. 유카와 리사가 집 근처에서 산 싸구려 티셔츠 차림인 데 비해, 루리코는 노리코와 똑같은 천의 심플한 드레스를 입고 있어 그야말로 귀티가 난다.

하지만, 하고 카스미는 생각한다. 우리 마을에서 태어났다면 당신도 나처럼 되었을 거야. 그렇게 확신하면서 카스미는 노리코의 단정한 옆얼굴을 바라본다. 노리코를 질투하거나, 그런 환경을 부러워할 마음은 털끝만큼도 없었다. 그러나 역시 그 의문이 여름날 피어오르는 구름처럼 마음 한구석에서 고개를 들었다. 이렇게 멋있는 아내가 있는데 어째서 이시야마는 나 같은 여자를 사랑하는 걸까. 정신적인 빚도 열등감도 아니다. 인간이 갖는 불가사의라고나 할까. 그런 것이 카스미를 사로잡은 채 떠나지 않았다. 자신을 멍하니 바라보고 있는 카스미의 시선을 느낀 노리코가 부드러운 눈길로 그녀에게 말했다.

"카스미 씨, 왜요? 피곤하세요?"

"아뇨, 괜찮아요."

하고 카스미는 고개를 젓는다.

"피곤해 보여요."

노리코는 일어서서 얼음물을 가져왔다.

"차가운 물 좀 마셔 봐요."

정원에서 왁자한 소리가 들려왔다. 무슨 일인가 하고 보니 아이들이 한 노인을 데리고 왔다.

"손님이야."

"이즈미라고 합니다."

색 바랜 낚시용 조끼를 걸친 백발의 남자가 양손을 무릎에 모으고 몸을 구부리면서 정중하게 인사했다. 몸에 성가신 벌레가 붙어서 신경 쓰여 죽겠다는 듯, 그다지 내키지 않는 듯한 모습이었다. 그 기세에 일동은 쥐 죽은 듯 조용해졌다. 볕에 그을린 굵은 목에 깊은 주름이 몇 겹으로 져 있었지만 풍채는 좋았다. 흔들림 없는 수목 같은 인상을 풍기는 노인이었다.

"일부러 이렇게 오시다니 죄송합니다. 저희가 찾아뵈려던 참이었는데."

이시야마가 미안해하며 일어섰다. 이즈미는 마디 굵은 손을 내저으며 말했다.

"아닙니다, 지금 도요카와 씨 정원에 개가 죽어 있다고 해서 미즈시마와 함께 보러 온 것입니다. 오는 길에 들렀다고 하긴 뭣하지만, 모처럼 올라왔으니 인사라도 하고 가려고요."

"이 근처에 들개가 있습니까?"

미치히로가 놀란 얼굴로 말했다.

"아뇨, 없습니다."

이즈미는 고개를 저으며 쌀쌀맞게 부정했다. 그리고 카스미의 눈을 보며 이번에는 공손하게 머리를 숙였다.

"감사합니다, 사모님. 이런 보잘 것 없는 집을 사주셔서."

카스미는 어떻게도 반응할 수가 없었다. 이시야마 옆에는 그야말로 아내다운 모습으로 노리코가 있었고, 자신은 미치히로와 나란히 있었기 때문에 착각할 리가 없다. 그렇다면 이즈미의 착각은 뭔가 의도된 것인가? 이시야마도 움찔하며 순간 숨을 삼켰다. 노리코가 재미있다는 듯이 웃었다.

"이즈미 씨, 제가 이시야마의 처입니다."

"앗, 그렇습니까."

이즈미는 사과를 하는 것도 아니고, 노리코와 카스미의 얼굴을 번갈아 보며 고개를 갸웃거렸다. 자신이 틀린 것이 너무나 이상하다는 표정이었다. 이시야마가 당황하며 말했다.

"아내인 노리코입니다. 이쪽은 모리와키 씨 부부……."

"처음 뵙겠습니다."

이즈미는 미치히로에게 가볍게 인사했다. 미치히로는 여우에게 홀린 듯한 표정이었다. 분위기가 미묘해졌다. 노리코가 애써 무시하며 물었다.

"이즈미 씨, 그 개는 결국 누구네 개였나요?"

"휴가철이 끝나고 버려진 사냥개겠지요. 아니면 길을 잃고 헤매던 개든가. 그러나 여기까지 올라온 걸 보니 멍청한 개인 것 같습니다. 호반 근처에 있었더라면 찬밥이라도 먹을 수 있었을 거고, 관광객이 데리고 갈 수도 있었을 텐데……."

"왜 죽었을까요?"

"굶어 죽었지요."

"어머나, 저런……!"

"가엾군요."

노리코도 미치히로도 얼굴을 찌푸렸지만, 카스미는 아무 느낌도 없었다. 그런 개는 죽어갈 운명인 것이다. 어릴 적에 해안에서 들개와 놀던 기억이 났다. 개들은 카스미네 집에서 나오는 음식 찌꺼기들을 먹으며 살아갔다. 그걸 알고 있기 때문에 카스미에게만은 짖지 않았다. 이시야마가 이즈미에게 올라오라고 권했다.
"이즈미 씨, 앉으시죠."
"아니, 괜찮습니다."
이즈미는 분명한 거절 의사를 표시하고는 정원을 돌아보며 말했다.
"이봐, 미즈시마. 인사 안 드려!"
언제부터 그곳에 있었는지 중년 남자가 정원에서 얼굴을 내밀었다. 어린 아이를 좋아하는지 류헤이의 손을 잡고 있다.
"안녕하십니까. 미즈시마라고 합니다."
"이시야마 씨는 아시겠지만, 이곳 관리인이니 무슨 일 있으면 말씀해 주십시오."
미즈시마는 대머리에 다부진 체격을 가진 중년 남자로, 작업복에 고무장화 차림을 하고 있다. 영화배우처럼 콧날이 오뚝한 게 잘생긴 얼굴형에 목소리도 낭랑하고 크다. 단지, 부드럽게 보이는 눈이 어울리지 않았다. 노리코가 순간 불쾌한 표정을 지었다. 개의 시체를 처리한 손으로 아이들을 만지는 것이 싫었던 것일 게다.
"저희는 그만 실례하겠습니다."
이즈미와 미즈시마가 어이없이 돌아간 순간, 노리코가 크게 한숨을 쉬었다.
"미안해요. 왠지 피곤해서……. 잠깐 눈 좀 붙이고 와도 될지 모르겠네요."
"애들은 내가 볼게."
이시야마의 말에 "설거지는 제가 할게요." 하고 카스미도 거들었다.

노리코는 미안해요, 하고 말하면서 무거운 발걸음으로 2층으로 올라갔다. 카스미는 미치히로의 팔을 잡았다.

"당신도 피곤하죠? 줄곧 철야하고 와서. 좀 쉬어요."

그럴까, 하며 미치히로는 의자에서 일어나 허리를 폈다. 카스미도 이시야마도 기대를 안고 미치히로가 시야에서 사라지기를 기다렸다. 카스미는 스스로를 악마라고 생각했다. 서로의 배우자를 배신하고 멸시하고 상처 입히고 있다. 그러나 저항할 수는 없었다. 잠깐 동안 두 사람은 마비된 듯 마주보고 앉아 있었다.

"엄마는?"

갑자기 정원에서 루리코가 안을 들여다보았다. 이시야마가 침을 삼키며 아무 일도 없었던 척 담배에 불을 붙였다.

"엄마는 낮잠 자러 올라갔단다."

"또?"

루리코는 관심 없는 듯이 내뱉고는 다시 놀러 나갔다. 정원에서는 네 명의 아이가 땅에 구멍을 파서 거기에다 물을 붓는 놀이를 하고 있었다. 이시야마가 카스미를 쳐다보았다.

"옷방으로 갈까?"

"좀 더 있다가 가요."

"못 참겠어."

"그럼 먼저 가세요."

별장에 오기 전부터 옷방에서 몰래 만나기로 정해두었다. 이시야마가 자연스럽게 현관 옆에 있는 4조 반짜리 옷방으로 향한다. 카스미는 서둘러 부엌에서 설거지를 마쳤다. 2층에서 무슨 소리가 나는가 귀를 기울여보았다. 일단 아무 소리도 나지 않는 것을 확인한 후, 이시야마의 뒤를 좇았다. 스스로의 대담함에 다리가 다 후들거렸다.
 조그맣게 노크하자 이시야마가 문을 열어 주었다. 그리고 카스미를 끌어안았다. 높은 곳에 작은 창만 하나 있어서 빛이 잘 들지 않는 방으로, 곰팡내 나는 이불과 쿠션이 어지럽게 쌓여 있다. 그 안에 매트리스뿐인 폭 좁은 침대가 있었다.
 "보고 싶었어."
 카스미는 두근거리면서도 복도 쪽에 신경이 쓰였다. 성급한 이시야마는 카스미를 안고 바지 지퍼에 손을 댔다.
 "역시 안 되겠어요. 불안해요."
 그렇게 말하면서도 카스미는 이시야마의 손을 이끌어 셔츠 아래의 가슴으로 가져갔다. 흥분해 있었다. 가족이 모두 한 지붕 아래 있기 때문일까. 그렇지 않으면 이즈미에게 이시야마의 아내로 오인받은 때문일까. 어느 쪽이든 상관없다. 카스미는 스스로도 놀랄 정도로 흐트러져 있었다. 거칠어지는 숨소리를 죽여가며 이시야마에게 매달린다. 카스미의 흥분은 이시야마에게도 전해져 평소보다 그녀의 입술을 더 세게 깨물었다. 미안, 하고 이시야마가 헉헉거리며 사과했다.
 "피 나지 않았어?"
 그런 것은 아무래도 좋았다. 카스미는 그에 의해 부서지길 원하는 자기 자신이 제일 무서웠다. 카스미는 입술을 떼며 애원하듯 말했다.
 "이제 그만 가요."
 이시야마는 아쉬운 표정으로 팔을 풀어 주었다.
 "알았어. 내가 먼저 나갈게."
 이시야마는 손등으로 입술을 닦았다. 문을 열고, 복도로 나간다.

이윽고 괜찮다는 속삭임에 카스미도 뒤따라 나왔다. 출발 전의 약속으로는 어느 쪽이든지 바로 바깥으로 나가서 산책을 가는 척하기로 되어 있다. 카스미는 복도에서 순간 2층을 올려다보았다. 미치히로의 모습도, 노리코의 그림자도 없다. 이시야마는 이미 샌들을 신고 바깥에 나가 있었다. 카스미는 주방으로 향했다. 식기 선반의 유리에 비친 자신의 얼굴을 본다. 깨물린 입술이 조금 부어 있다. 카스미는 수돗물을 잔에 가득 담아 입술에 갖다 댔다. 화끈거림이 가라앉는다. 마음도 조금 진정되면 좋을 텐데, 하고 생각한다. 정원에서는 아이들이 여전히 환성을 지르며 놀고 있었다. 조금 전의 일은 백일몽이었나 생각될 정도로 온화한 여름 저녁이었다.

2

눈을 뜨니 아침 9시 가까운 시간이었다. 수면 부족 탓인지 몸이 무겁다. 이시야마에게 안겼던 기억이 마음뿐만이 아니라, 발가락 끝에서부터 머리카락 끝에 이르기까지 전신에 남아 있었다. 그것이 충실감이 되어 카스미의 피를 조용히 끓게 하고 있다. 바로 옆에는 과음한 미치히로가 코를 골며 자고 있었다. 미치히로에게 미안하다고 생각하면서도 이내 이시야마와 비교해 버리는 자신이었다.

이시야마와의 몸 어디에라도 항상 닿아 있고 싶었다. 이시야마와의 정사, 아니 그의 육체 구석구석이 마치 카스미를 위해 만들어놓은 듯 딱 맞았다. 그런 이시야마에게 안긴 채 아침을 맞고 싶다. 하룻밤이라도 좋다. 러브호텔에서의 짧은 밀회 때는 설령 몸을 포개지 않더라도 두 시간 이상 함께 있을 수 있다면 하고 생각했지만,

욕망이란 끝없이 커져가는 것 같다. 한 가지를 달성하면 조금 더, 또 조금 더 하는 식으로.

카스미는 가늘게 한숨을 쉬면서 가벼운 오리털 이불 속에서 기지개를 켰다. 시선을 들자 커튼 틈으로 흰빛을 띤 북국의 파란 하늘이 보였다. 이 지방에 와서 뭔지 모를 불안을 느꼈던 것조차 지금은 우스웠다. 카스미는 승리의 기분으로 다시 하늘을 올려다보았다. 그때, 뭔가 다른 조용한 기운을 비로소 느꼈다. 아이들은 언제 일어나 나갔는지, 이불만 빈 조개껍질처럼 남아 있었다. 카스미는 황급히 옷을 챙겨입고 계단을 내려갔다

아침 햇빛이 비스듬하게 들어오는 거실엔 알코올 냄새가 떠돌고, 한 줄기 빛의 띠 속에 가느다란 먼지가 몽실거리는 것이 보였다. 테이블 위에는 와인병과 빈 맥주 깡통, 뜯어놓은 안주 봉지가 아무렇게나 흐트러져 있다. 아침의 상쾌한 기분이 다소 깎이는 것 같았다. 그러나 정리를 뒤로 미룬 것은 다름 아닌 자신들이었다.

어젯밤 미치히로는 취해 널브러졌고, 노리코는 일찌감치 침실로 갔다. 그것을 좋은 기회로 카스미와 이시야마는 거실 소파에서 키스를 나누며 애닳게 몸을 섞었다. 카스미는 그게 잘못이지 생각하며 방안을 둘러본다. 하지만 동시에 뭔가 흔적을 남기지 않았나 확인하는 여유도 부릴 수 있었다.

카스미는 아이들을 찾기로 했다. 아무 데도 모습이 보이지 않고 목소리도 들리지 않는다. 교통사고 걱정이 없다고는 하지만, 이 조용한 산속에 있는 것 자체가 카스미의 불안을 부추겼다. 그뿐만이 아니었다. 자신과 이시야마가 각자의 가족을 배신하면서까지 욕망을 채우려 한 그것이 죄스러웠다. 오는 길에 보았던 무너져가는 별장처럼 숲에 빨려 들어간 건 아닐까. 그런 걱정이 마음속 밑바닥에

깔려 있다.

현관에 있을 아이들 신발은 하나도 없었다. 모두 아무 말도 없이 나간 게다. 현관 밖으로 나가서 운동화 끈을 묶고 있는데 마침 소변 보려고 일어난 듯 미치히로가 계단을 내려왔다. 아직도 술 냄새가 가시지 않았다.

"어젯밤에 늦게 잤어?"

"세 시쯤까지 마셨던 것 같아요."

"뒷정리도 안 했어? 남의 집인데."

미치히로는 야단치는 눈으로 거실 상태를 둘러보았다.

"이시야마 씨가 그대로 두라고, 하기에 먼저 잤지. 당신도 취해 고꾸라졌으면서 뭘요."

카스미는 자책감을 은밀히 감추며 항의 같은 대답을 한다. 스스로도 교활하다는 생각이 든다. 하지만 미치히로는 순순히 사과했다.

"미안, 일에 너무 지쳤나 봐."

일이란 말이 나오는 순간, 미치히로는 괴로운 걸 떠올렸다는 듯 양손으로 푸석푸석한 얼굴을 비볐다.

"아이들은?"

미치히로는 눈이 부신 듯 눈을 가늘게 뜨며 정원을 바라보았다.

"모두 멋대로들 나갔나 봐요. 잠깐 바깥에 나가 찾아보고 올게요."

"나도 갈래."

둘이서 밖으로 나왔다. 기온이 낮아 반소매 티셔츠 한 장으로는 쌀쌀했다. 호수를 싸고 있는 저편 산기슭에 하얗게 안개가 끼었다가 수면으로 천천히 사라진다. 반대로 파란 하늘의 색깔이 점점 짙어진다. 아름다운 여름 아침이었다. 카스미는 돌계단을 내려가 길에 내려섰다.

"어디로 갔을까?"

두 사람은 검은 아스팔트 길을 내려가기 시작했다. 카스미의 마음에 가득한 것은 미치히로를 속이는 것에 죄책감을 느끼지 않게 된 자신을 발견한 것이었다. 자신과 이시야마는 확실히 각자의 부부 관계를 당가뜨리며 새로운 관계를 부지런히 구축하고 있다. 무서울 정도의 속도로. 곧 어느 쪽인가에 파멸이 오리란 것은 알고 있었다. 한쪽이 무너지면 다른 한쪽도 마찬가지일 것이다. 자신들은 길 가장자리를 걷고 있다. 카스미는 길 가장자리를 따라 나 있는 도랑을 보면서 생각했다. 도랑 안에는 죽은 벌레들이며 마른 나뭇잎들이 떨어져 쌓여 있다. 자칫 잘못해서 도랑에 떨어지면 그것들에 묻히게 된다. 하지만 마음 한편에는 그래도 좋다고 생각하는 자신이 있었다.

5미터 정도 내려가자 오른쪽으로 도요카와의 별장이 보였다. 어제 이즈미가 도요카와의 정원에서 죽은 개를 치웠다고 한 이야기가 생각났다. 그때, 언덕 아래에서 아이들의 시끌시끌한 소리가 들려왔다. 달려가 보니 도요카와의 별장 앞에 아이들이 있는 것이 보였다. 젊은 남자가 도로 한가운데 앉아 있고, 아이들은 그 주변에서 재잘거리며 나뭇잎을 줍고 있었다.

"엄마!"

카스미의 모습을 제일 먼저 발견한 유카와 리사가 이쪽을 향해 달려온다. 경사가 가팔라서 금방 품속에 뛰어들지 못했다.

"저 사람은 도요카와 오빠야."

젊은 남자는 천천히 일어나 반바지를 입은 엉덩이의 흙을 털면

느낌 83

서 카스미 부부가 오기를 기다리고 있다. 유카가 기세 좋게 카스미의 배에 몸을 부딪쳐 왔다. 어깨가 들썩거릴 정도로 숨을 헉헉거리고 있다. 어느 틈에 제일 좋아하는 초록색 티셔츠를 찾아 입고 있었다. 밤에 빨아서 말렸다가 매일 입혀주지 않으면 심통을 부리는 옷이다.

"말도 없이 나가면 어떡해."

"잘못했어."

"어디 갔었니?"

"저 아래 집에 갔었는데 자는지 문이 닫혀 있어."

"어느 집?"

"이즈미 할아버지 집이요."

루리코가 대답했다.

아이들이 저마다 한마디씩 떠들었다. 네 명 다 이즈미 씨네 집까지 갔다 되돌아온 것 같다. 카스미는 어이없어하며 미치히로를 쳐다봤다. 젊은 남자가 고개를 빼듯이 인사한다.

"안녕하십니까."

"도요카와 씨세요?"

"네."

수줍은지 도요카와의 아들은 시선을 옆으로 돌렸다. 눈은 작고 몸은 야윈 편이며, 큰 키에 붉은빛이 도는 머리를 뒤로 묶고 있다. 카스미는 한여름에만 고향의 해변가에 살던 남자를 떠올렸다. 20대 중반의 남자는 고등학생인 카스미에게 2년 넘게 텐트를 치고 야영을 하고 있다고 말했다.

"2년간 인도며 파키스탄 등지를 여행했단다. 돌아오고 싶지 않았지만 비자가 끊겨서 할 수 없이 돌아왔지. 티켓을 보니까 나리타나 삿포로 중에 하나를 고를 수 있게 되어 있더군. 어느 쪽으로 할까 고민했지만, 아직 돌아가고 싶지 않아서 삿포로를 선택했어. 그렇지만 마음에 들지 않아서 여기저기 해변을 돌아다니다 겨우 이곳에 오게 된 거야. 난 어쩐지 여기가 제일 마음에 들어."

"어디가 그렇게 좋아요?"

"글쎄."

남자는 자기도 모르겠다는 표정으로 고개를 갸웃거리며 검은 모래를 보았다.

"인도나 파키스탄은 어떤 곳이에요?"

카스미의 질문에 남자는 구름 낀 하늘을 올려다보며 잠깐 생각에 잠겼다.

"시간이 흐르지 않아."

남자는 그렇게 말하며 희미하게 웃었다. 카스미는 외국에 나가보았던 남자도 이런 해안을 마음에 들어한다는 것이 놀라워 매일 놀러 갔었다. 남자는 바위 그늘에 작은 오렌지색 텐트를 치고 그곳에서 거의 잠만 자며 살고 있었다. 음질 나쁜 작은 카세트로 같은 테이프를 되풀이해 들으면서. 그리고 지미 클리프의 「더 하더 데이 컴」 부분이 나올 때면 반드시 기분 좋은 눈을 하고 행복한 미소를 지었다.

그가 물통에 물을 받으러 카스미의 집에 오면 아버지는 노골적으로 싫은 얼굴을 했다.

"일하지 않는 놈은 먹지도 말아야 해."

남자는 그때마다 빙그레 보일 듯 말 듯한 미소만 지을 뿐 아무 말도 하지 않았다. 폭풍이 온 날 밤, 결국 남자는 텐트를 접어 어디론가로 사라져버렸다.

도요카와네 장남 도요카와 모토히코의 얼굴은 그 청년과 닮았다. 카스미는 그 청년이 환생한 건가 싶어 자세히 바라보았다.

"아주머니, 형네 집에 개가 죽어 있었대요."

류헤이가 카스미에게 일부러 말해 주러 왔다. 미치히로가 리사를 업고 걷기 시작한 건 그 다음이었다. 미치히로가 그랬어? 하고 돌아본다.

"어디서 죽었어요?"

카스미가 모토히코에게 묻자, 그는 집 쪽을 돌아보았다.

"정원에요. 어머니가 뭔가 지독한 냄새가 난다고 해서 아버지가 가봤더니 죽은 개가 있어서 한바탕 난리였지요."

"그럼 시간이 꽤 지났단 말이군요."

미치히로가 불쾌한 얼굴을 했지만, 모토히코는 담담했다. 남의 감정에 전혀 개의치 않는 것마저 그 남자와 똑같았다.

"네, 그런 것 같아요. 정원 같은 곳은 보지 않으니까 아무도 몰랐답니다."

"미즈시마 씨는 그걸 어떻게 치웠어요?"

"글쎄요, 뭔가 비닐 봉지를 갖고 와서 '냄새야, 냄새야'하면서 이즈미 씨와 둘이 넣어 가는 것 같았습니다."

류헤이가 자지러지게 웃었다.

"냄새야, 냄새야."

유카도 재미있어하며 같이 따라 한다.

"냄새야, 냄새야"

모토히토는 장난치는 아이들을 보며 소년 같은 얼굴을 하고 웃었다.

"너희들, 그만 해."

하고 제일 큰 루리코가 두 사람을 말렸다. 노리코의 어조와 조금 닮았다.

"그럼, 정원에서도 냄새가 나지 않을까요? 그런 냄새는 좀처럼 빠지지 않을 텐데."

"그렇지만 정원에는 아무도 가지 않으니까요. 어머니가 어차피 눈이 내릴 거니까 괜찮대요."

"믿기지 않아. 나 같으면 질색을 할 텐데."

미치히로는 돌아가는 길에 몹시 불만스러워했다. 눈이 내리니까, 라는 이유가 석연찮은 것이다. 카스미는 미치히로라면 소독을 하고 흙을 전부 버릴지도 모른다고 생각하며 재미있어했다. 여기서는 눈이 내리면 땅이 얼어서 반년 동안은 감춰진다. 그리고 봄이 오면 모두 잊어버린다.

10시가 지나서 겨우 일어난 이시야마는 아침에 일어난 아이들의 모험담을 듣고 유쾌해했다. 그는 담배를 문 채 자랑스럽게 보고하는 류헤이의 머리를 쓰다듬으며 웃었다. 수염이 아무렇게나 자라 있고 목소리는 갈라져 있다. 낡음을 한 티셔츠를 입고 있어 커다란 견갑골과 척추의 홈이 두드러져 보였다 카스미는 이시야마에게 달려가 안기고 싶은 충동을 필사적으로 눌렀다. 이시야마의 체취를 맡고 싶다. 척추를 손가락으로 어루만지고 싶다.

이시야마는 잘 다듬어진 대리석처럼 매끄러운 남자였다. 옷매무새도 단정하고, 재주 많은 손끝으로 가지런한 글씨를 쓰고, 난폭한 언행도 조잡한 일도 싫어한다. 하지만 지금의 이시야마는 흐트러지고 까칠한 모습이다. 그것이 새로운 매력이 되어 카스미의 마음을 사로잡았다. 카스미는 이시야마를 받아들일 수 있는 더 많은 그릇을 갖고 싶다고 생각했다.

아침에 느낀 몸과 마음의 충족감이 조수가 밀려나가듯 빠져나감을 느꼈다. 지금 당장이라도 그를 갖고 싶다. 이시야마에 대한 새로운 갈망이 카스미를 괴롭혔다. 연옥(煉獄)이었다. 카스미는 자신을 진정시키기 위해 심호흡을 한 후 눈을 감았다. 문득 자신을 관찰하고 있는 노리코의 차가운 시선을 느낀 그녀는 얼굴이 굳어졌다. 이시야마의 목소리가 들려왔다.

"좋아, 내일은 이즈미 씨 집 대문을 막 두들겨 깨우자."

류헤이의 얼굴에 득의양양한 미소가 떠올랐다. 노리코의 갈색 빛 도는 머리칼이 어제와는 전혀 다르게 푸석했다. 머리칼을 양손으로 감싸 올리는 모습에 심한 노여움을 억누르는 기색이 역력했다.

"그런 장난을 치면 폐가 되잖아."

"농담인 거 뻔히 알면서……. 정색하지 마."

이시야마의 얼굴에 분노의 빛이 서렸다. 노리코는 금세 미간을 찌푸린다. 두 사람은 2층에서 내려왔을 때부터 분위기가 심상치 않았다. 계단을 밟는 발소리마저 컸다. 어젯밤의 일이 들통난 것일까. 카스미는 불안해서 견딜 수 없었다. 카스미는 류헤이와 리사의 손을 잡았다.

"우리 정원에 가볼까?"

그들은 기뻐서 뛰어나갔지만 유카만은 우뚝 멈춰서서 평소와 달리 언짢은 얼굴로 이시야마 부부를 올려다보고 있었다. 싸움을 싫어하는 미치히로는 이시야마 부부의 모습을 보자마자 좀 더 자겠다고 얼른 2층으로 올라가버렸다.

"아이들은 들으면 들은 대로 하고 싶어하니까, 이상한 소리 하지 마."

카스미는 정원을 바라보며 커피를 마시는 척하면서 귀를 기울이고 있었다. 미치히로처럼 자리를 떠나면 좋겠지만, 끝까지 이시야마를 보고 싶었다.

"그런 짓은 아무리 아이들이라도 안 해. 오버하지 마."

"오버가 아냐. 당신이야말로 괜히 정색하네."

"다른 사람도 있는 데서 그만 해."

카스미를 의식한 이시야마의 말에 카스미는 노리코를 돌아보았다. 노리코의 눈에 가시가 있다. 카스디는 조용히 그 시선을 마주 받았다. 죄책감 따위는 이미 사라지고, 오로지 이시야마를 사랑한다는 자신감만이 있었다. 여기서 파멸한다면 그래도 좋다고 생각했다. 노리코는 낮은 목소리로 말했다.

"카스미 씨 있어서 그러는 거지?"

"무슨 뜻이야?"

"아무 뜻도 없어."

노리코는 질린 듯이 말하며 카스미에게 일단 사과했다.

"미안해요, 카스미 씨. 흉한 꼴 보여서."

"아뇨."

유카가 어리둥절한 모습으로 어른들의 대화를 듣고 있다. 카스미는 유카의 손을 잡고 억지로 베란다로 데리고 나왔다. 유카는 끌려 나오면서 줄곧 미간을 찌푸리고 있었다. 자신과 자신의 가족들이 나쁜 짓을 했기 때문에 이시야마와 노리코가 싸우는 거라고 생각한 것 같다.

"유카. 아이들끼리 산책 갈 때는 엄마한테 꼭 말해야 돼."

카스미가 이른 아침의 산책에 대해 못을 박자 유카는 끄덕이며 기분이 나아진 듯 곧 아이들이 노는 곳으로 달려갔다. 카스미는 거실로 돌아왔지만, 이시야마의 모습은 없고 노리코는 차가운 등을 보이며 주방에서 점심 식사를 위해 국수를 삶으려 하고 있었다. 카스미는 침실로 돌아가 미치히로 옆에서 책이나 읽어야겠다고 생각하며 계단을 올라가려 했다. 차가 없으니 마을에 나갈 수도 없고, 부근에는 산책할 장소도 없다. 눈앞에는 내려가는 외길뿐. 울창하고 어두운 원시림에 갇힌 기분이었다.

"카스미 씨."

노리코가 돌아보며 불렀다. 카스미는 계단 중간에서 멈춰 섰다.

"네."

"적당히 해둬요!"

얼어붙었다. 노리코와 눈이 마주쳤다. 분노와 증오만 담긴 거라면 차라리 낫다. 노리코는 자신을 경멸하고 있었다. 카스미가 힘겹게 물었다.

"무슨 말씀이세요?"

"다 알고 있어요. 더 이상 말하지 않게 해줘요."

노리코는 내뱉듯이 말해놓고 다시 휙 돌아섰다. 펄펄 끓는 물에 국수 다발을 넣고 있다. 국수는 금방 삶아질 것이다. 노리코가 그 뜨거운 물을 거칠게 버리는 모습을 떠올리며 카스미는 계단을 올라간다. 한 계단 오를 때마다 어금니를 꽉 깨물며 마음을 다졌다. 어떻게 해야 좋을까, 라는 생각은 하지 않았다. 노리코는 미치히로에게도 자신에게도 아이들에게도 지금까지와 다름없이 대할 것이다. 그렇다면 자신들도 지금까지 대로 할 수밖에 없는 게 아닌가. 그것이 배신이란 걸 알고 있지만, 이시야마를 만나기 위해서 온 거니까.

미치히로는 아무것도 모르는 채 입을 벌리고 자고 있었다. 카스미 부부의 방은 현관 바로 위여서 정원을 내려다볼 수 있다. 카스미는 레이스 커튼을 걷고, 창틀에 턱을 괴고 앉아 멍하니 바깥을 내다보았다. 네 명의 아이들은 잔디에서 술래잡기를 하고 있었다. 아이들의 구김살 없는 모습에 새삼 반한다. 그들은 이시야마 부부의 싸움 따위는 곧 잊을 것이다.

그러나 아이들의 기억 속에 생각지도 못했던 것들이 남아 있는데는 가끔씩 놀라게 된다. 방금 전 유카의 겁먹은 얼굴을 떠올리며, 카스미는 이 사건이 유카의 마음에 어떻게 남을 것인가 생각했다. 언젠가 그것이 다름 아닌 카스미 탓이란 걸 알게 됐을 때, 딸은 그녀를 미워할까? 그런 것은 아무래도 좋다. 황야의 바람을 정면으로 맞고 있는 것만 같다. 카스미는 양손에 얼굴을 묻었다.

정원 구석에 이시야마가 서 있었다. 이시야마는 담배를 물고 아이들을 보는 척하면서 카스미에게 손목시계를 가리켰다. 그리고 오른손 손가락을 두 개 폈다. 새벽 두 시다. 카스미는 끄덕였다.

어둠 속을 발소리 죽이며 걸어가자 이시야마의 향이 난다. 비누 냄새와 몸에 물든 강 냄새. 카스미는 그 가슴에 뛰어들었다. 그때의 엘리베이터 안에서와 똑같았다.

"잘 왔구나."

"당신이야말로. 노리코 씨에게 들켰어요."

"알고 있어. 내가 잘못했어."

"그렇지만, 난……"

"아무 말도 하지 마."

귓가에 속삭이다 두 사람은 손을 잡고 미끄러지듯 현관 옆의 작은 방으로 들어갔다. 곰팡내 나는 방. 캄캄하다. 하지만 그런 게 무

느낌 91

슨 문제인가. 두 사람은 옷을 벗는 시간도 안타까워 서로를 안은 채 차가운 매트리스뿐인 침대 위를 뒹굴었다. 캄캄한 어둠 속에서 카스미는 위에 있는 이시야마의 살을 손으로 더듬으며 얼굴을 만져보았다. 정강이에 있는 흉터까지 발가락으로 만져보며, 온몸으로 그를 확인했다.

"언제까지고 이렇게 있고 싶어요."

"이렇게 있자."

"언제까지?"

그 말을 물은 후, 자신은 무엇을 찾고 있는 것인가 하고 카스미는 생각했다. 이미 파멸은 보이고 있었다. 파멸 속에서 두 사람만의 새로운 세계를 만들 수 있을 것인가.

비록 지극히 찰나이지만, 이 습하고 어두운 방은 확실히 두 사람만의 새로운 세계였다. 이시야마가 카스미의 안에 들어왔을 때, 카스미는 신음인지 비명인지 모를 소리를 질렀다. 이시야마와 이대로 살 수만 있다면 아이들을 버려도 좋다는 생각마저 했다.

8월 11일 아침. 카스미는 베갯머리에서 부스럭거리는 소리에 한번 눈을 떴다. 유카와 리사가 벌써 일어나 옷을 입고 있었다. 두 아이는 똑같이 초록색 티셔츠에 흰 반바지를 입고 있다.

"벌써 일어났어?"

"엄마, 잘 잤어?"

유카가 베갯머리에 와서 들여다보았다. 자고 일어난 뒤라 가지런히 자른 앞머리가 여기저기 뻗쳐 있었다. 카스미는 손으로 머리를 고쳐주며 유카에게 물었다.

"지금 몇 시니?"

"몰라."

다섯 살인 유카는 아직 시간 관념이 모호하다. 대신 옆에서 잠이 깬 미치히로가 손목시계를 보고 대답해 주었다.

"7시 전이야."

"조금만 더 자게 해줘, 부탁이야."

미치히로가 슬슬 일어났다.

"그럼, 오늘 아침에는 내가 먼저 일어날게."

"고마워요. 유카 추우니까 카디건 입히세요. 리사도."

딸들이 티셔츠 위에 검은 면 카디건을 걸쳐 입는 것을 확인했다. 눈을 감았다 뜨자, 유카가 들여다보고 있었다.

"엄마, 졸려?"

"곧 일어날게, 미안."

카스미는 유카의 얼굴을 두 손으로 감싸며 머리를 쓰다듬어주었다. 그걸 본 리사가 샘을 부리며 쫓아와서 곧 똑같이 해 주었다. 카스미는 세 사람이 방을 나가는 소리를 들으면서 눈을 감았다.

이 이불 속에 들어온 것은 불과 세 시간 전이었다. 카스미는 오리털 이불의 따뜻함에 싸여서 더 뜨거운 이시야마의 몸을 생각한다. 감촉의 반추일 뿐이지만 얼마나 행복한 일인가. 카스미는 이시야마를 피부로 되새기고 있었다. 눈을 뜨면 현실이 기다린다. 노리코와 싸우는 현실. 조금 더 꿈속에 표류하고 싶었다.

얼마만큼 잤는지 모른다. 어이, 하고 미치히로가 흔들어 깨울 때까지 카스미는 꿈을 꾸고 있었다. 카스미와 이시야마와 유카가 시코쓰 호에서 보트를 타는 꿈이었다. 산이 바로 옆까지 다가와 있고, 물은 믿을 수 없을 만치 깊다. 그 표면에 세 사람은 덧없이 떠 있었다. 이시야마는 노도 들지 않고 산을 바라보고 있다. 잔물결이 일어 보트가 살랑살랑 흔들린다. 카스미는 불안해서 견딜 수 없는데 이시야마와 유카는 즐거운 듯이 웃으며 카스미의 눈을 바라보고 있다. 마치 이 세 사람이 가족인 듯한 분위기의 묘한 꿈이었다.

"어이, 유카가 없어졌어."

카스미는 놀라서 벌떡 일어났다. 시계를 보니 7시 45분. 대체 무슨 일이 일어났는지 영문도 모르고 서둘러 옷을 입었다.

"어떻게 된 거예요, 대체?"

"아까 모두 같이 산책을 갔는데 말이야. 리사가 쉬가 마렵다고 해서 내가 집 안으로 들어온 동안 유카 혼자 또 나갔나 봐. 바로 뒤를 따라 나갔는데 아무 데도 없어."

"그런 바보 같은……!"

당황하여 목소리가 떨렸다. 곧 찾을 거야, 무얼 초조해하는 거야, 하고 생각하면서도 어젯밤 아이를 버려도 좋다고 생각했던 일이며, 방금 막 꾼 꿈의 광경이 뇌리에 떠올라 카스미를 미치게 했다.

"집 안에는?"

"봤어. 보지 않은 곳은……."

미치히로는 말을 끊었다.

"이시야마 씨네 방뿐."

"설마, 거기야 없겠죠."

카스미는 순간 그들을 깨워서 방안을 찾아볼까 생각했지만, 기우로 끝날지도 모르고, 아침부터 소란을 피우는 것도 미안한 생각이 들어 포기했다. 미치히로도 같은 생각이었는지 "바깥이야, 절대." 하고 잘라 말했다.

복도에서는 남은 아이들 세 명이 조용히 우유를 마시고 있었다. 카스미는 유카가 없는 것을 눈으로 직접 확인하자 순식간에 캄캄한 불안에 휩싸였다.

"여기에 있어야 돼. 엄마랑 아빠랑 언니 찾아올 테니까."

아이들은 어두운 얼굴로 일제히 끄덕였다. 유카에게 뭔가 나쁜 일이 생기고 있다. 아이들은 아무리 어려도 그것을 안다.

카스미와 디치히로는 애타는 마음을 감추면서 별장 주변의 산길을 샅샅이 뒤지고 돌아다녔다. 비어 있는 별장의 복도까지 들여다보았지만, 유카는 아무 데도 없었다. 외길의 끝에서 유카가 어딘가로 간다면, 길을 내려갈 수밖에 없을 것이다. 어른이라도 길 하나 없는 원생림이 무성한 산속으로 들어가는 건 어렵다. 그런데 유카의 모습은 길 어디에도 없었다.

"좀 더 자세하게 이야기해 봐요."

카스미는 산길을 뛰어 내려가 매서운 목소리로 미치히로를 추궁했다. 운동화 끈이 풀리고 몇 번이나 발목이 삐끗했다. 미치히로 역시 당황한 탓에 말이 잘 나오지 않았다.

"그러니까 말이야, 넷이서 도요카와 씨네 집 아래까지 산책을 갔었어. 그런데 리사가 쉬를 하고 싶다고 해서 모두 같이 별장까지 돌아왔어. 유카는 좀 더 놀다 가자고 불만스러워했지. 그래서 잠깐 기다리라고 달래놓고, 서둘러 리사를 화장실로 데려갔어. 돌아와 보니, 유카만 없는 거야. 루리코와 류헤이에게 '유카는?' 하고 물었더니, '혼자 계단을 내려가 길로 나갔다'고 하지 않겠어. 세 아이를 별장에 두고 찾으러 갔지만, 내려가도 내려가도 나타나지 않는 거야. 이즈미 씨의 집에 가도 오지 않았다고 하고. 남아 있는 아이들이 걱정돼서 일단 되돌아와서 당신을 깨운 거야."

"리사가 화장실에 가 있던 시간은 몇 분 정도구요?"

"불과 3, 4분일까……."

"그렇다면 이즈미 씨네까지 갔을 리가 없잖아요. 거기는 어린아이 걸음으로 7, 8분은 걸릴 거예요."

따지는 듯한 어조로 말하는 자신을 느끼자, 카스미는 눈물이 쏟아질 것 같았다.

"미안해요."

"아냐, 그래서 도요카와 씨에게도 갔었지만 거긴 아직 자고 있었어. 귀찮다는 얼굴을 한 부인이 나와서 '몰라요, 안 왔어요. 따님 얼굴은 본 적도 없어요'라고 하더라고."

"어떤 사람이에요?"

"남자 같은 아줌마였어."

"그 집 아들은?"

"있었어. 그렇지만 자고 있어서 모른대."

"대체 어떻게 해야 좋을지 모르겠네."

조그만 발소리가 토닥토닥 등 뒤에서 들려왔다. 유카인가 하는 기대를 안고 돌아보았지만, 루리코였다. 불안해서 뒤를 따라왔을 것이다. 작은 어깨를 들썩이며 숨을 헉헉거렸다.

"아주머니."

"루리코, 집으로 돌아가자."

카스미가 안아주자, 루리코는 카스미의 눈물을 보고 같이 울먹거렸다.

"아주머니, 유카 어떻게 됐어요?"

"몰라, 루리코. 아무도 오지 않았지? 차도 오지 않았지?"

"몰라요."

루리코는 울상을 지으며 고개를 저었다.

차로 데려갔다면 소리가 났을 것이다. 걸어서 내려가기에는 시간이 부족하다. 유카는 당연히 산길에 있어야 하는데 아무 데도 없다. 대체 어디로 가버린 걸까. 하늘에 떠 있을지도 모른다고 카스미는 하늘을 올려다보기까지 했다. 먼 산자락에 흰구름이 걸려 있는 초가을의 푸른 하늘. 아무것도 없다. 어디에도 없다. 카스미는 미칠 것만 같았다.

그리고도 한참 동안 미치히로와 각자 길을 맡아 산길 여기저기를 찾아보았지만 소용없었다. 찾다가 지쳐 별장으로 돌아온 것이 9시 지나서. 미치히로는 계속 산을 찾아보겠다고 해서 카스미는 혼자 집에 들어갔다. 노리코가 일어나 있었다. 걱정스러운 창백한 얼굴을 하고 카스미를 맞이한다. 아이들은 얌전하게 노리코가 준비해준 후레이크와 소시지로 아침 식사를 하고 있었다.

"유카, 있어요?"

"아뇨."

카스미는 자신의 얼굴이 추하게 경련을 일으키고 있을 거라고 생각했다. 노리코는 결심을 한 듯이 말을 꺼냈다.

"카스미 씨, 미리 말해두겠지만……."

"뭐죠?"

"난 아무리 당신이 밉다고 해도, 절대로 그런 짓 하지 않아요."

"알고 있습니다."

"아이들은 관계없으니까요."

"네."

"빨리 찾았으면 좋겠어요."

노리코는 그렇게 말하고 시선을 돌렸다. 노리코에게는 노리코의 자존심이 있다. 카스미는 알고 있었다. 노리코가 손목시계를 보며 초조해했다.

"이럴 때 뭘 하고 있나 몰라, 지금······. 남편을 깨우고 올게요."
"됐습니다."
카스미가 막아섰다.
"제가 가서 신고해달라고 부탁하고 오겠습니다."
카스미는 노리코가 싫은 얼굴을 짓는 것도 신경쓰지 않고, 계단을 뛰어 올라가 이시야마의 방문을 세게 노크했다. 이시야마는 세 개 있는 침실의 하나를 혼자 사용하고 있었다.
"이시야마 씨, 죄송합니다. 좀 일어나주세요."
"네."
잠긴 목소리가 들리고, 이내 이시야마가 문을 열었다. 머리가 흐트러지고 티셔츠가 말려 올라가 있다. 이시야마는 카스미의 얼굴을 보고 미소를 지으려다 심상치 않은 분위기를 깨달은 듯 얼굴색을 바꿨다.
"무슨 일이야?"
"유카가 없어졌는데, 경찰에 신고 좀 해 주세요."
"뭐어? 어딘가에 있는 거 아닐까?"
이시야마는 태평스레 말하다 카스미의 눈에 서린 눈물을 보자 갑자기 당황했다. 카스미는 지금까지의 일을 간략하게 이야기했다. 이러는 동안에도 유카가 여기서 더욱 멀어져갈 것 같아 초조해졌다. 땅속에라도 묻혀 산소를 점점 잃어가는 건 아닐까, 조바심 나서 견딜 수 없는 공포. 이야기를 다 들은 이시야마는 단언했다.
"없어질 리가 없어."
"그렇지만 아까부터 계속 찾고 있었어요. 어째서 믿지 않는 거예요!"
카스미의 목소리가 찢어지듯 터져나왔다. 이시야마는 한방 맞은 듯이 전신이 굳어졌다. 카스미는 너무 심하게 말했다고 이내 후회했지만, 터져버릴 것 같은 심장은 도저히 진정되지 않았다.
"미안. 나도 곧 찾으러 나갈게."
이시야마는 카스미의 어깨를 안고 달래며, 재빨리 입술에 키스했다. 카스미는 그대로 이시야마의 품속에 쓰러지고 싶은 충동과 싸웠다. 우뚝 서 있는 카스미를 두고 이시야마가 먼저 계단을 뛰어내려갔다. 곧 카스미가 뒤를 따라오자, 이시야마는 여기저기 전화를 걸기 시작했다. 이즈미, 도요카와 등의 이웃과 관리인 미즈시마. 이즈미에게서 시코쓰 호 옆의 주재소에 전화해달라고 부탁했다.
"아무 데도 없어. 어떻게 된 걸까?"
미치히로가 지치고 허탈한 모습으로 별장으로 돌아왔다. 대신 이시야마가 찾으러 나갔다. 어른들이 핏기 가신 얼굴로 우왕좌왕 하자, 다른 아이들은 숨을 죽이고 방구석에서 조그맣게 웅크리고 있었다. 소심한 리사는 흐느껴 울었다. 10시가 지나자 갑자기 카스미가 소리쳤다.
"도요카와 씨 집이야. 그 집에서 숨기고 있을 거예요."
이봐, 하고 미치히로가 어깨를 안으려 했지만, 카스미는 스스로도 믿을 수 없을 정도의 힘으로 뿌리쳤다. 악의를 품은 어른이 딸을 데리고 갔을 거라는 확신이 마음속에서 떠나지 않았다. 갑작스럽게 일어난 유카의 실종이라는 사태에 어떻게 대항해야 할지 알 수 없었다.
"분명히 누군가가 유카를 숨기고 있는 거예요."
카스미는 주방을 왔다갔다하고 있는 노리코에게도 화가 났다.
"뭘 보는 거예요! 자기 자식이 아니니 상관없다는 거예요!"
노리코가 리사를 안고 슬픈 듯이 고개를 저으며 2층으로 올라간다. 루리코와 류헤이도 엄마를 달래듯이 따라간다. 그것도 충격이었다. 자신의 가족은 한 명이 빠짐으로써 무너져가고 있다. 그런데 노리코는 평안하다. 카스미 속에 있는 야생 기질이 사냥감을 향해 포효하는 듯한 화풀이였다.

"당신, 적당히 좀 해둬! 좀 침착하라고."

미치히로가 카스미의 어깨를 잡고 세게 흔들었다. 목이 힘없이 앞뒤로 흔들린다. 하는 대로 내버려두던 카스미는 포효를 남편에게로 돌렸다.

"당신이 똑똑히 보고 있지 않아서 그런 거잖아요!"

이즈미와 미즈시마, 경찰관 세 명이 거실 입구에서 곤혹스러운 표정으로 서 있었다. 시종 이들 부부를 보고 있었던 것이다. 이즈미도 미즈시마도 어제와 똑같은 차림에 얼굴 표정도 같았다. 카스미는 자신의 딸과 개의 시체가 똑같은 취급을 받는 것 같아 불쾌해졌다.

"뭐예요, 무슨 용건이세요?"

앙칼진 카스미의 목소리에 이즈미가 침착한 얼굴로 말했다.

"부인, 침착하세요."

이즈미는 카스미의 어깨를 토닥거렸다. 순간 이시야마와 같은 강 냄새가 코끝에 와 닿았다. 카스미의 몸에서 갑자기 힘이 빠졌다. 자신은 이시야마가 옆에 있어 주길 원하고 있음을 비로소 깨달았다.

"이쪽은 주재소의 와키다 순경입니다."

와키다는 젊은 남자로 한랭지에 살고 있는 탓인지 뺨의 모세혈관이 선명하게 도드라졌다. 그 때문에 사람이 순박해 보여 어딘가 의지하고 싶긴 했다. 와키다는 가볍게 경례를 한 후 미치히로에게 물었다.

"상황부터 설명해 주시겠습니까?"

방구석에 서있던 미즈시마는 쓰고 있던 모자를 벗고 안됐다는 듯이 카스미를 보며 말했다.

"부인, 걱정 많으시겠습니다."

이즈미가 담배에 불을 붙이고, 가지고 온 지도를 와키다에게 보이면서 단언했다.

"여긴 당신도 알겠지요. 절대로 없어질 리가 없소. 이상한 얘기 아니오?"

"그렇군요."

"개를 내달라고 요청해줘요, 와키다 씨."

"삿포로에서 온다고 합니다."

카스미는 개란 경찰견을 말하는 것긴가, 하고 생각했다. 미치히로가 함께 지도를 가리키면서 오늘 아침 있었던 일을 설명하고 있다. 카스미가 크게 한숨을 내쉬자, 그 소리가 들렸는지 와키다가 돌아보았다. 카스미는 순경모를 쓴 이마에 구슬땀이 맺혀 있는 것을 무심히 보고 있다.

"곧 본서에서 사람들이 나올 테니 너무 염려하지 마십시오, 부인."

와키다와 이즈미에게 다시 재촉을 받으며 미치히로가 같은 얘기를 처음부터 다시 설명하기 시작했다.

"역시 없는데."

이시야마가 핏발 선 눈을 하고 돌아왔다. 카스미는 일어서서 이시야마의 얼굴을 보았다. 이시야마가 달려와서 카스미의 어깨를 안았다.

"절대로 무사할 테니 너무 걱정하지 말아요."

"네."

이시야마와 카스미를 둘러싼 사람들의 눈에 뭔가 다른 빛깔이 번지고 있다. 두 사람 사이의 신뢰가 바람처럼 전해지는 것이다. 카스미는 도전적으로 그런 남자들을 노려보았다. 당신들이 뭘 알아, 우리들 일을 뭘 아냐고! 미치히로와 눈이 마주쳤다. 미치히로는 처음으로 의심스러운 얼굴로 카스미의 눈을 들여다보고 있었다. 주위를 의식하지 않고 이시야마가 카스미의 등을 어루만졌다.

"괜찮아요. 당신은 여기서 기다려요. 꼭 찾아올 테니까."

"네."

이시야마가 자신에게 다정스러운 것은 같은 죄를 지었기 때문이다. 원인을 함께 만들었기 때문이다. 둘 다 자식을 버려도 좋다고 생각했던 순간이 있었다. 그러기 때문에 더욱 자신들의 죄가 두렵고 그런 만큼 누구보다 서로에게 가장 큰 위로가 되는 것이다.

도요카와 부부, 형사들, 산 수색을 의논하러 온 소방대원 등이 번갈아 나타났지만, 카스미는 그저 고개만 숙이고 있었다. 모든 대답은 미치히로와 이시야마가 대신했다.

1주일이 지났다. 그러나 유카의 행방은 묘연했다. 아무런 흔적도 정보도 없다. 마치 귀신이 데려가기라도 한 듯이 유카는 홀연히 사라졌다. 노리코는 아이들을 데리고 도쿄로 돌아가고, 도저히 일을 쉴 수 없는 미치히로와 이시야마도 리사와 함께 할 수 없이 도쿄로 돌아가게 되었다.

세 사람이 돌아가는 날 오전, 별장 앞의 콘크리트 계단에 앉아 있던 카스미는 이시야마가 등 뒤에서 다가오는 것을 느꼈다. 낚시를 그만둔 이시야마의 몸에서는 더 이상 강 냄새가 나지 않았다.

"카스미."
"어떡하죠?"
이시야마의 얼굴을 정면으로 보며 카스미의 입에서 나온 것은 그런 말이었다.
"유카는 어디로 간 걸까요. 난 어떻게 해야 하죠?"
"찾아야지. 분명히 살아 있을 거야."
이시야마는 카스미의 차가운 손을 잡았다.
"그렇겠죠."
카스미는 힘없는 눈으로 원생림을 건너다본다. 식물의 에너지가 떨어지는 것이 느껴졌다. 산은 겨울 준비를 시작하고 있었다. 밤이 되면 한층 기온이 떨어진다. 그때마다 유카가 어딘가에서 얼어 죽은 게 아닐까 더욱 괴로워졌다. 카스미의 초조함을 알고 있는 만큼 이시야마도 힘이 없다.
"지금부터 하는 말 화내지 않고 들어 주겠어?"
"화를 내요?"
그녀에게는 화를 낼 에너지라곤 남아 있지 않다. 카스미는 처음 만난 사람처럼 이시야마를 본다.
"유카가 없어진 것은 내 책임이야. 내가 이 별장을 사서 당신을 무리하게 오게 했기 때문이야. 나는 그게 견딜 수가 없어."
"견딜 수가 없어요?"
카스미는 이시야마의 까칠해진 얼굴을 보았다.
"그래, 당신이 이렇게 고통스러운 일을 당한 걸 견딜 수가 없어. 게다가 노리코가 경찰 조사를 받는 것도."
"무슨 말이에요?"
"나와 당신 사이를 의심하는 사람이 있어. 경찰에서 그걸 이유로 노리코를 심문했었나 봐. 끝까지 모른다고 버티긴 했다지만, 나와 당신의 관계가 조금이라도 새면 노리코의 입장은 더 곤란해져. 질투심에서 유카를 어떻게 했다고 생각할 거야. 아니, 우리 모두가 의심받을지도 몰라. 그러니까 우리 이야기는 아무에게도 하지 않기로 약속해 줘.”

카스미는 얼굴을 들었다.

“없었던 일로 하자는 말……?”

“없었던 일로 하자는 말은 안 해. 있었던 일이니까. 단지, 그런 사실을 남들에게 말하는 것만은 하지 말자는 거야. 그러지 않으면 노리코가 의심을 받게 돼. 모리와키 씨도 상처받을 거야. 엉망진창이 되어 모두 상처만 받게 돼. 나는 그것도 견딜 수 없어.”

이시야마의 결의가 이미 과거형이 되어 있다는 것을 느끼면서 카스미는 에니와 봉우리 꼭대기에 낮달이 뜨는 것을 바라보고 있었다.

“끝이란 말인가요?”

“끝이 아냐. 난 당신을 사랑하는걸.”

이시야마는 길 쪽을 신경 쓰느라 자꾸 뒤를 흘긋거리며 말했다. 미치히로는 리사를 데리고 이즈미 씨네 인사를 하러 갔다.

“그럼 어떻게 해야 돼요? 이제 만나지 못하나요?”

“만나지 못해.”

이시야마는 저 밑에서 겨우 쥐어짜는 듯한 목소리로 말했다.

“당신을 무슨 얼굴로 봐. 나 때문에 당신은 아이까지 잃었는데. 난 견딜 수가 없어. 그러니까 조금만 기다려 주지 않겠어?”

“기다려요? 얼마나요?”

“유카를 찾고, 나도 정리가 될 때까지.”

"당신은 뭘 정리하는데요?"
"노리코와의 관계. 그러려면 시간이 걸려. 미안해."
 이시야마는 담배에 불을 붙여 오른쪽의 작은 정원을 바라보고 있다. 그네 아래 류헤이의 것으로 보이는 노란 플라스틱 장난감 삽이 떨어져 있었다. 그 선명함이 아프게 눈을 파고들었다.
"응? 기다려 주겠어?"
 이시야마는 카스미에게 물었다. 카스미는 묵묵히 자신의 운동화를 내려다보았다. 이시야마는 한 번 더 애원했다.
"카스미, 기다려 주겠어?"
"뭘 기다려요."
 카스미는 경악하는 이시야마의 눈을 정면으로 바라보았다.
"뭐라니, 날 기다려 달라고."
"기다려서 어떻게 하라고요? 당신은 지금 당장 나를 도와 주지 않잖아요. 그렇다면 의미가 없어요."
 카스미는 고개를 저으며 작은 목소리로 중얼거렸다.
"알 수 없는 미래를 위해 뭔가를 기다리는 것, 난 할 수 없어요. 지금까지 한 적도 없고, 하고 싶지도 않아요. 내겐 언제나 지금밖에 없어요."
"그렇군."
 이시야마는 한숨을 쉬었다.
"당신은 언제나 그랬어."
"지금 당신이 나와 함께 있어줄 수 없다면 난 혼자 유카를 찾을 거예요."
"같이 있어줄 수는 없어, 미안해. 내게는 아직 가족이 있어."
 흐느끼는 소리가 들리는 듯했지만, 카스미는 이시야마를 보지 않았다. 발소리와 이야기 소리가 들려온다. 미치히로가 리사를 데리고 돌아온 것 같다. 이시야마는 일어서서 아무 말도 없이 별장으로 들어갔다.

세 사람과 아이들이 오후 비행기로 돌아간 후, 카스미는 텅 빈 별장에 혼자 있었다. 앞으로 한 달은 있을 예정이었다. 자신이 없을 때 유카가 돌아오는 일이 있어서는 안 되기 때문이다. 해가 지면 카스미는 방을 하나하나 둘러보았다. 어두운 구석에서 유카의 속삭이는 소리가 들려오는 듯했다.
"엄마, 엄마……."
유카는 숨바꼭질이라도 할 생각인가. 카스미는 미소를 흘리며, '빨리 나와'하고 몇 번이나 불렀다. 마지막에 현관 옆의 옷방으로 향했다. 이 방은 그날 밤 이후 한 발도 들인 적이 없다. 카스미는 문에 귀를 기울였다. 안에서 이시야마와 자신의 헐떡이는 소리가 들려온다. 새로운 두 사람만의 세계라고 생각한 것은 그 순간뿐이었다. 하지만 자신은 그 때문에 살아왔던 것이다. 카스미는 문에서 귀를 떼며 처음으로 작은 오열 같은 걸 터뜨렸다. 이시야마가 보고 싶었다. 유카가 보고 싶었다.
인터폰이 울렸다. 카스미가 혼자 되기를 기다렸다가 유카가 돌아온 것일까. 카스미는 눈물을 닦고는 은근한 기대를 안고 문을 활짝 열었다. 감색으로 저문 하늘을 등지고 도요카와 일가가 서 있었다. 남자처럼 머리를 짧게 깎고 커다란 남자용 재킷을 입은 부인이 낮은 목소리로 말했다. 화장기 전혀 없는 얼굴에 목소리는 퉁명스러웠지만, 그래도 동정하는 빛이 깔려 있었다.
"모두 돌아가셨다면서요. 혼자 쓸쓸하실 것 같아서."

"감사합니다."

카스미는 실망을 감추지 않고 대답했다.

"괜찮다면 저희 집에서 저녁 식사라도 같이 하시지요."

장남과 퍽 닮은 눈을 가진 남편이 말했다. 그는 술을 많이 마시는 모양인지, 검푸르고 굵은 멧돼지 목을 하고 있었다. 그 뒤에서 장남이 고개를 숙이고 서 있다.

"감사합니다. 하지만 마음이 내키질 않아서."

"그러시겠지요. 그럼, 나중에 가져다 드릴까요?"

카스미가 그것도 사양하자, 부인이 어렵게 말을 꺼냈다.

"실은 저희는 내일 돌아간답니다. 이 별장을 팔려고요. 유카가 실종되어서 매매가 좀 어렵게 됐지만, 애초부터 그렇게 할 예정이었으니 언짢게 생각하지 말아주세요."

"어째서요?"

"유카가 돌아왔을 때 아는 사람이 없으면 안 될 것 같아서요."

장남이 슬픈 듯이 얼굴을 찡그렸다. 순간 카스미의 두 눈에서 주르륵 눈물이 흘렀다. 정원에 개가 죽어 있는 걸 대수롭지 않게 생각했던 것은 어차피 팔 집이기 때문이었다. 눈이 내릴 때쯤에는 이곳에 없을 테니까. 아무도 없는 별장지. 자신은 겨우 그 마을에서 탈출했다고 생각했는데……. 유카를 이렇게 쓸쓸한 곳에서 잃어버렸다. 불쌍한 유카를 생각하니 눈물이 그치질 않았다. 사람들 앞에서 소리내어 운 것은 이번이 처음이었다. 세 사람은 서로 얼굴을 마주보며 머뭇머뭇 서 있다가 곧 돌아갔다

그날 밤, 미치히로의 전화 뒤에 이시야마에게서 전화가 왔다. 공중전화인 듯, 등 뒤에 몇 명의 남녀가 이야기하는 소리며 차 소리가 시끄럽게 들려왔다. 카스미는 그런 도쿄의 소리들이 그립게 들렸다.

"혼자 외롭지 않아?"

"괜찮아요."

카스미는 거짓말을 했다.

"난 아무것도 못 하겠어. 유카에게도 책임감을 느끼고, 당신에 대해서도 그렇고. 어떻게 해야 좋을지 몰라서 낚시와 담배를 끊기로 했어. 뭔가 고통스러운 것을 같이 겪어야만 할 것 같아서. 바보 같지만."

"그럴 거 없어요. 노리코 씨는요?"

"힘이 없어. 나하고는 거의 말도 하지 않아. 내가 당신을 이렇게 만든 것에 그 사람은 그 사람대로 화를 내고 있어."

"그렇군요."

"그래. 난 아무에게도 용서받지 못할 거야."

이시야마는 쓸쓸히 말했다.

"난 그런 생각한 적 없어요."

카스미에게는 상대를 용서한다거나 용서받는다는 발상이 없었다. 카스미의 상대란 항상 자신뿐이다.

"그래? 고마워. 어쨌든 난 유카를 찾을 때까지 기다릴 거고, 당신이 건강해지기를 기다릴 거야."

카스미는 매일 인근 산을 걸어다니며 유카를 찾아다녔다. 그리고 에니와 서에 들러 뭔가 새로운 정보가 없나 알아보는 게 일과였다. 에니와 서까지의 길을 미즈시마가 매일 자신의 차로 태워다 주었다.

카스미가 별장 앞길에서 미즈시마가 오기를 기다리고 있자, 평소보다 늦게 그의 차가 올라왔다. 옆에 이즈미의 아내, 쓰타에가 빨간 블라우스를 입고 앉아 있었다. 쓰타에는 차 안에서 카스미에게 정중하게 인사했다.

카스미는 쓰타에와 몇 번 만났지만, 만날 때마다 특이한 여자라고 생각했다. 예순이 넘었는데도 요염해 보이는 그녀는 바깥 세상에 무슨 일이 일어나는지 통 관심이 없는 것 같다. 취미는 정원 가꾸기와 요리며, 겨울에는 집 안에 틀어박혀 수예에만 몰두한다고 했다. 자기 별장지에서 어린아이가 없어졌는데도 남의 일처럼 '어디에 묻혀 있는 걸까?' 하고 중얼거려 미치히로를 격노하게 했다. 그 쓰타에가 함께 있는 것이 카스미는 이해가 되지 않았다. 미즈시마가 차에서 내려 정중하게 사과했다.

"부인, 죄송합니다. 실은 제가 지금 사모님을 삿포로에 모셔다 드려야 된답니다. 그래서 대신 사장님이 오시기로 했으니 그 차를 이용해 주십시오."

카스미가 끄덕이자 두 사람은 황급히 차를 돌렸다. 쓰타에가 빙그레 웃으며 인사했다. 전화로 해도 될 것을. 또 기왕 온 거라면 호반까지만 태워다 줘도 혼자서 어떻게 해볼 텐데. 카스미는 이해할 수가 없어 더욱 짜증스러웠다. 하지만 쓰타에가 자신을 보고 싶어서 여기까지 올라왔을 거라 생각하기로 했다.

일단 별장으로 돌아가 추위에 대비해 옷을 하나 더 걸치고 있는데 차 소리가 났다. 이번에는 이즈미였다. 이즈미는 검은 다운재킷을 입고 있어 평소보다 젊어 보였다.

"부인, 타세요."

이즈미는 차 문을 열며 소리쳤다.

"번거롭게 해서 죄송합니다."

카스미가 조수석에 타자 이즈미는 차를 금방 출발시키지 않고 카스미의 옆얼굴을 보았다.

"부인, 면허 갖고 있습니까?"

"아뇨, 없는데요."

"그렇지만 소형차라면 연습만 하면 금방 운전할 수 있을 겁니다. 경찰에 말하지 않으면 되겠죠."

"무슨 말씀이세요?"

"내가 중고 소형차를 마련해드릴 테니까, 여기 있는 동안 그걸 타고 다니세요."

"감사합니다. 그런데, 어째서?"

"아뇨, 우리 집사람이 질투를 심하게 해서요. 앞으로는 이렇게 태워 주지 못할 것 같습니다."

카스미는 어이없어하며 이즈미를 보았다. 이쪽은 딸을 잃어 제정신이 아닌데 쓰타에는 질투를 하고 있다. 얼마나 터무니없는 일인가.

"그렇지만 저를 태워주는 분은 미즈시마 씨인데요."

거기까지 말하고 처음으로 카스미는 쓰타에의 질투가 이즈미가 아니라 미즈시마를 대상으로 한 거란 걸 깨달았다. 이즈미는 떨떠름한 표정으로 차를 몰았다. 빈집이 된 도요카와의 별장 옆을 지날 때, 이즈미는 카스미에게 말했다.

"부인, 나는요······. 부인의 딸이 없어져서 얼마나 충격을 받았는지 몰라요. 이런 일이 우리 별장지에서 일어난 것을 정말 미안하게 생각합니다. 반드시 책임을 지겠습니다."

어떻게 책임을 지겠다고 하는지 상상이 되지 않았다. 또 이즈미가 어째서 책임을 느끼고 있는지도 이해할 수 없었다. 단지 유카의 일도 도요카와네 개의 시체와 마찬가지로 이즈미에게는 자신의 별장지에서 생긴 성가신 일 가운데 하나일 거라 생각했다. 산 아래도로로 나와 호반 가까이 가자, 이즈미는 탄식처럼 카스미에게 물었다.

"이시야마 씨는 별장을 파실까요?"

"글쎄요. 어떻게 할까요. 전 모르겠는데요."

"이시야마 씨 마음을 모르신다고요?"

이즈미는 카스미의 얼굴을 보았다. 그럴 리가 없을 거라는 표정에 카스미의 얼굴이 굳어졌다. 이즈미에게는 특별한 감이 있는 것 같다. 에니와 서까지 가는 내내 카스미는 창 쪽으로 고개를 돌린 채로였다. 그 해, 이즈미와 이야기할 기회는 그것뿐이었다.

소형 자동차가 생기는 순간, 카스미는 자유를 얻은 듯한 기분이었다. 자신의 어디에 이런 행동력이 있는가 싶을 만큼 카스미는 정력적으로 산길을 달리고, 이곳저곳 집들을 찾아다니며 뭔가 정보가 없는가 묻고 다녔다. 가끔씩은 차에서 내려 미끄러지듯 빠르게 겨울로 향하는 단풍 짙은 산길을 걷고, 서릿발 선 흙길을 타박타박 밟으면서 유카를 찾아다녔다.

거친 홋카이도의 숲. 얼어붙을 듯 차가운 대기. 그 모든 것을 증오한 자신에게 이 땅이 복수하는 거라고 생각했다.

어느 날, 언제나처럼 카스미가 에니와 서에 얼굴을 비추자 아사누마라는 새로운 담당 형사가 작은 방으로 불렀다.

"부인, 잠깐 이야기 좀 할까요?"

"뭔가 있었나요?"

카스미의 기대를 받은 아사누마는 곤란한 듯 머리를 긁적였다. 하지만 그 눈에는 적잖은 호기심도 담겨 있었다.

"실은 도내에서 유카 양과 꼭 닮은 아이를 알고 있다는 정보가 있었습니다."

"어디예요?"

카스미의 눈이 반짝였다.

"루모이 군 기라이란 마을입니다."

그 자리에 못 박히듯 멈춰선 카스미에게 아사누마는 말을 이었다.

"그것도 30년 전의 이야기라는군요."

자신의 이야기다. 자신의 어릴 때와 꼭 닮은 유카의 얼굴을 보며, 아이가 시간을 데리고 온다는 생각을 한 적이 있었다. 지나간 시간이 여기에도 나타난 것이다. 카스미는 허탈했다.

"당신 아닌가요?"

"맞습니다."

"당신, 그곳 출신인가요? 본적은 나카노로 되어 있어서 그런 줄만 알았는데요."

"결혼하면서 남편의 호적으로 들어갔지만, 전 루모이 군 기라이 마을 출신입니다."

"그렇군요. 그 전화를 준 사람 말이 행방불명인 아이와 똑같이 생긴 딸은 벌써 옛날에 마을을 떠났다고 하더군요."

"부모님과 잘 맞지가 않아서."

카스미는 우물거렸다. 설마 전화를 한 사람이 어머니나 아버지는 아니었을까 걱정이었다.

"고등학교를 졸업한 후 한 번도 돌아가지 않았습니다."

"설마 당신 가출한 건가요?"

"아뇨, 그런 건 아닙니다. 저, 전화를 준 사람은 누구라고 하던가요?"

아사누마는 평범한 이름을 말했다. 카스미가 모르는 이름이었다.

카스미는 양친이 아니라는 사실에 안도의 한숨을 내쉬면서도, 자신이 버린 고향에서 다시 이런 형태로 발견된 것에 분함을 삼키고 있었다.

"저…… 저에 대해서는 그 사람들에게 이야기하지 말아주세요."

"그건 그렇게 하죠. 하지만 당신, 부모를 아프게 하면 안 돼요. 모든 것은 인과응보로 되돌아오는 법이니까."

카스미는 양친에게 자신 역시 어느 날 갑자기 사라진 유카와 같은 존재였던가, 라는 생각을 비로소 하게 되었다. 인과응보. 남들이 그렇게 생각한다는 것이 고통스러웠다.

며칠 후 귀경을 앞두고 시코쓰 호반을 자동차로 돌면서 카스미는 문득 호수의 물이 불은 듯한 느낌이 들어 수면을 들여다보았다. 하지만 호수는 평소와 마찬가지로 파문 하나 없이 고요했다. 저 바닥에 있는 뼈의 숲 속에 유카가 살고 있을지도 모른다. 이시야마가 낚은 물고기처럼. 지금까지 상상한 적도 없는 가능성이 머릿속에 떠올랐다. 에니와 서에서 호수를 수색한 것도 알고는 있었지만, 카스미는 유카가 누군가에게 잡혀 있는 게 틀림없다고 믿고 있었다.

카스미는 자동차를 길가에 세워놓고 떨리는 가슴을 진정시키며 수면을 바라보았다. 잔물결이 이는 넓은 물웅덩이를 보고 있자 그 기운에 휩싸여드는 것 같은 느낌에 소름이 끼쳤다. 카스미의 가슴에 말로 표현할 수 없이 깊은 분노가 구토처럼 끓어올랐다. 카스미는 자기도 모르게 물가로 뛰어 내려가 축축한 땅 위에서 발을 동동 굴렸다. 어째서 유카가 이런 꼴을 당해야 하는가. 아사누마의 말처럼 자신이 부모를 버렸기 때문인가. 자신이 이시야마와 밀회를 나누었기 때문인가. 내 죄 때문에 딸을 빼앗기게 된 거라면 끝까지 싸울 것이다.

카스미는 물가의 동그란 돌을 주워 호수에 던졌다. 돌은 그리 멀리 가지 않고 물소리도 없이 호수 속에 가라앉았다. 그것이 자신의 무력함을 나타내는 듯해서 카스미는 몇 개고 계속 돌을 던졌다.

나는 오로지 혼자서 여기에 있다. 유카도 어디선가 혼자 있다.

분노는 이윽고 엄청난 슬픔으로 바뀌었다. 카스미는 자갈투성이인 물가에 엎드려 오열을 터뜨렸다. 카스미의 표류는 지금부터 시작이다.

3장
표류

1

　카스미는 어둠과 소음에서 벗어난 것에 안도하며 고개를 들었다. 지하철 도자이 선은 나카노 역에 다가오면서 지상으로 올라왔다. 하지만 겨우 보이는 하늘은 밤이라 착각할 만큼 어둡다. 유리창에 커다란 물방울이 내리치면서 굵은 물줄기가 등 뒤에 흘러내렸다. 그것을 맞는 모든 것이 낱낱이 폭파될 듯한, 세찬 비가 쏟아졌다. 전철은 빗방울을 좌우로 떨쳐내며 나카노 역 홈으로 미끄러져간다. 소나기를 만나버렸다. 카스미는 내릴 준비를 하면서 어디선가 우산을 사야 한다고 생각했다. 하긴 우산이 있어도 이 빗발이라면 옷이 그대로 젖게 될 것 같다.
　역 계단을 뛰어 내려가며 손목시계를 본다. 이미 5시가 지났다. 비를 좀 피했다 가려고 해도 시간이 없다. 지금부터 볼일을 마치고,

바로 무사시사카이에 있는 아동 보육원에 리사를 데리러 가야 하기 때문이다. 이럴 때는 시간에도 마음에도 여유가 없는 생활을 하고 있다는 것이 더욱 실감나 스스로가 한심해진다.

가판대에서 파란 비닐우산을 샀다. 카스미는 조그만 우산을 든 채, 역 구내에 우뚝 멈춰서 있었다. 물방울이 튀어 처마 밑까지 적실 정도의 빗발 때문에 감히 나갈 엄두가 나지 않았다. 비명을 지르며 역 구내에 뛰어드는 승객들은 모두 물장난이라도 치고 온 것처럼 머리도 옷도 흠뻑 젖었다. 한동안 기다려 보는 편이 좋겠다고 생각하는 카스미에게 중년 남자가 말을 걸어왔다. 카스미의 얼굴이 순간 풀어졌지만, 이내 외줄타기 하는 사람처럼 긴장된 얼굴로 돌아간다. 유카가 없어진 후부터 카스미의 얼굴은 쾌락과는 무관한 이상한 표정으로 굳어져 있었다.

카스미는 목을 빼고 비 오는 하늘을 올려다보았다. 비는 도저히 그칠 기미가 보이지 않았다. 택시를 타면 얼마나 편할까. 언제나 시간에 쫓기는 것과 마찬가지로 경제적으로도 여유가 없었다. 하지만 오늘이 11일이라는 사실이 카스미의 마음을 간단히 바꾸어놓았다. 11일이니까 택시를 타고라도 민첩하게 움직여야 한다. 11일이니까 괜히 구두쇠 짓을 하면 후회할 일이 생길지도 모른다. 11일이니까 마중 갈 필요도 없는 보육원까지 리사를 데리러 간다. 그것은 예전에 돌이킬 수 없는 실수를 저질렀던 기억에서 생겨난 절실함이었다. 카스미는 방금 산 우산을 펴들고 마음을 단단히 다잡고는 택시 승강장까지 걸어갔다.

택시는 몇 분 만에 옛날 카스미가 살던 맨션 앞에 도착했다. 현관 앞에서 기다리도록 운전사에게 부탁하고 카스미는 현관으로 들어간다. 결혼해서부터 2년 전까지 8년이나 살았던 곳이라 이 건물에 대한 모든 것을 숙지하고 있다. 전부 84가구. 우편함은 물론 쓰레기 수거장의 열쇠 비밀번호까지 아직 기억하고 있었다. 거실과 주방이 딸린 방 두 개짜리의 맨션은 그리 넓은 편은 아니었지만, 나카노 역에서 가까워 맞벌이 하는 자신들에게는 아주 편리했다.

　카스미는 자신의 방이었던 호수가 기록된 우편함을 바라보았다. 그곳에 뭔가 중요한 것이 배달되어 있지 않을까 확인하고 싶은 마음이 굴뚝같았다. 낯익은 관리인은 퇴근한 듯, 관리실 창에는 볕에 그을린 목면 커튼이 쳐져 있다. 카스미는 인기척이 없는 것을 재빨리 확인한 후 비밀번호를 돌려 스테인리스로 된 우편함 문을 살짝 열어보았다. 광고 우편물과 팸플릿들만 쌓여 있었다. 실망한 채 다시 닫는다.

　관리실 옆에는 주민들을 위한 코르크 보드로 된 게시판이 있었다. 카스미는 그 게시판 구석에 붙은 한 장의 작은 전단을 보았다. 사식으로 친 글을 복사한 간단한 메모였다. 얼룩 하나 없는 그것은 마치 장례식 안내문처럼 만지면 죄라도 받을 것 같은지 낙서 한 줄 없이 깨끗했다. 한 달 전과 똑같이 아무런 변화 없이 그곳에 붙어 있는 것을 카스미는 오히려 낙담하며 바라본다. 이 전단을 새로운 것으로 교환하고, 관리인에게 별일 없었나 묻는 것이 매달 11일 카스미가 하는 일이었다. 전에는 가엾게 생각하며 이야기를 잘 들어주던 관리인도 최근에는 슬슬 피하는 눈치였다. 사람이란 모든 것에 익숙해가는 법이다. 카스미는 슬픔이라고도 체념이라고도 할 수 없는 감정으로 타인의 무관심을 바라보는 것이다.

　　유카에게.
　　아빠와 엄마는 아래에 적힌 주소로 이사를 했단다.

모두들 기다리고 있으니까 꼭 연락해 주렴.
무사시노 시 사카이마치 6-3-6, 전화 0422-36-00XX
모리와키 미치히로, 카스미, 리사

현관문이 열리며 격렬한 빗소리와 습한 비 냄새가 들어왔다. 카스미가 돌아보자 빨간 레인코트를 입은 채 어린 남자아이의 손을 잡고 있는 여자가 인사를 했다. 우산을 접으며 카스미에게 말을 건다.
"비가 엄청나군요."
"그러게요."
우산에서 빗방울이 떨어져 눈 깜짝할 사이에 타일 바닥에 물이 그득해졌다. 레인코트에서도 물방울이 끊임없이 뚝뚝 떨어진다. 전단을 압정으로 고정시키고 있는 카스미의 등 뒤에서 여자가 나지막한 목소리로 물어왔다.
"실례지만, 이 종이를 붙이신 분인가요?"
"네, 그렇습니다. 모리와키라고 합니다."
여자는 호기심 가득한 눈으로 카스미의 눈을 정면으로 바라보았다.
"저, 어떻게 된 사연인지요. 전 작년에 이사를 왔는데 항상 이 종이가 궁금했어요."
"우리 딸이 홋카이도에서 행방불명이 됐어요."
여자는 깜짝 놀라며 안타깝다는 듯 가슴을 눌렀다.
"홋카이도라고요?"
카스미는 익숙한 어조로 담담하게 이야기했다.
"네. 아는 사람의 별장이 시코쓰 호 근처에 있어서요. 그곳에서 어느 날 아침 갑자기 실종됐답니다."

"저런, 가엾어라. 따님이 몇 살인데요?"

"다섯 살이요."

"경찰은?"

"물론 수색을 해 주었어요. 경찰견까지 데리고 갔는데 결국 행방을 찾지 못했어요."

"사고인가요?"

"사고인지 사건인지 모르겠네요."

"어머나……. 언제 일이에요?"

"벌써 4년 전이군요. 여기 살았었는데 재작년에 이사를 한 게 마음에 걸려서요. 아이가 돌아왔을 때 아무도 없으면……."

"그렇겠군요."

젊은 엄마는 자기 아이가 당장이라도 사라지지 않을까 두려운 듯 아이의 손을 꼭 잡으며 눈에 눈물조차 그렁거렸다.

"관리인이 친절한 분이어서 여기에 연락처를 붙여놓으라고 해서요. 매달 11일이면 보러 오는 거랍니다."

"11일이요?"

여자는 의아한 얼굴을 했다.

"네, 8월 11일에 없어졌거든요. 오늘이 7월 11일이죠. 한 달 뒤면 만 4년이 되는군요. 벌써 아홉 살이 되었겠어요."

여자는 슬픈 표정으로 말없이 끄덕거렸지만, 속으로는 '살아 있다면 그렇겠죠…….'하고 생각할 거라고 카스미는 상상했다.

'살아 있다면.' 이 말이 사람들 사이에 금기가 되어 있는 것은 알고 있었다. 아무도 유카가 살아 있다고는 생각하지 않는다. 하지만 카스미만은 유카가 어딘가에 살아 있다고 믿고 있다. 그것은 이제는 신념이라기보다 신앙에 가까워져 카스미의 행동을 규제도 하고, 용기를 주기도 한다. 유카를 잃고 얼마 되지 않아 허둥대며 탄식만 하던 시절에는 생존이라는 것은 한낱 희망에 지나지 않았다. 그것도 앞이 보이지 않는 절망의 어둠에 사로잡히면 금세 사라지는 덧없는 희망이었다.

"어디에 있는지 모르겠지만, 벌써 3학년이면 글도 읽을 수 있을 테니까 이걸 읽을 수 있겠죠."

카스미의 말에 여자는 곤혹스러운 표정을 지으며 모호하게 끄덕였다.

"빨리 찾았으면 좋겠네요."

"네, 뭐든 정보가 있으면 이곳으로 전화 주세요."

"그야 당연하죠."

무거운 분위기에서 해방된 듯한 안도의 표정이 여자의 얼굴에 떠올랐다. 그것을 무시하고 카스미는 맨션을 나왔다. 빗발은 조금 약해졌지만, 격렬하지만 않다 뿐이지 곧 그치리란 예감은 빗나가고 본격적인 비가 내리는 밤이 되었다.

세워둔 택시를 타고 "앞 신호에서 좌회전 해 주세요." 하고 말한다. 택시가 출발하자 카스미는 차창에 이마를 대고 예전에 자전거로 딸을 태워다 주던 추억이 서린, 비에 젖은 어두운 길을 바라보았다. 그리고 이 길에는 또 한 가지의 추억이 있다. 이시야마와의 밀회를 위해 자전거를 달리던 길이기도 하다.

"여기서 기다려 주세요."

카스미는 번화가에 있는 벽돌 건물 빌딩 앞에서 택시를 세웠다. 우산을 쓰지 않고 빌딩으로 달려간다. 선술집이며 미용실 간판들이 나와 있는 작은 엘리베이터 홀에 나카노 맨션에 붙어 있던 것과 같은 전단이 붙어 있다. 이곳의 전단도 전혀 더러워지지 않았다. 그저 엉뚱한 장소에 어울리지 않는 쓸쓸함만이 가득했다.

유카는 이 빌딩 맨 위층에 있는 무인가 보육원에 3년이나 다녔다. 만에 하나, 유카가 어린 시절의 기억을 되짚어 여기로 돌아온다면, 하는 생각에 전단을 붙여놓은 것이다. 차로 돌아오자 카스미의 모습을 살피던 기사가 궁금한 표정으로 물었다.

"분실물이 있습니까?"

"예, 뭐……."

적당히 얼버무리면서 카스미는 그 표현이 맞다고 생각했다. 지금까지 4년간 줄곧 분실물을 찾아 헤매고 있다. 그때 자신은 아이를 잃어도 좋다, 버려도 좋다고 생각했으니까. 카스미는 가슴속에 무거운 쇳덩어리가 얹혀 있음을 느끼며 한숨을 내쉬었다. 이런 사소한 일을 계기로 카스미의 상념은 언제나처럼 허무하고도 당당한 순례를 시작한다. 기사가 말을 거들었다.

"아니면 고양이를 잃었다든가."

카스미는 와이퍼가 바쁘게 움직이는 앞 유리를 바라보고 있었다. 누가 무엇을 잃었는지, 자신이 찾고 있는 것이 대체 무엇인지 알 수 없게 돼버렸기 때문이다. 확실히 카스미는 유카라는 이름의 딸을 계속 찾고 있다. 하지만 4년이 지난 지금, 그녀는 유카만이 아닌 또 다른 뭔가를 잃어버린 거라고 생각했다. 그것이 무엇인지는 알 수 없다. 운전사는 실례 되는 질문을 했다고 생각했는지, "이쓰카이치 가도로 가겠습니다." 하고 빠르게 내뱉은 후 입을 다물어버렸다. 조용해진 차 안에서 카스미는 눈을 감았다.

"역 어느 쪽에 세울까요?"

피곤한 탓인지 깜빡 잠이 든 것 같다. 어느 틈엔가 무사시사카이에 도착해 있었다. 불빛에 비춰 시계를 보니 6시가 지났다. 카스미는 아동 보육원이 있는 아동관의 방향을 알려 주며, 역시 기사에게 기다리라고 하기로 했다. 택시를 타고 다녀서 자신은 편했지만 차가 밀리는 탓에 마중이 늦어진 것이 못내 마음에 걸렸기 때문이다. 동생인 리사 일은 언제나 뒤로 제쳐놓고, 없어진 유카에게만 몰두하는 자신에 대한 가책도 없지 않았다.

급히 아동관에 들어서자 리사는 가방을 메고 발을 동동 구르며 현관에서 카스미를 기다리고 있었다. 다른 아이들은 이미 다 돌아가고, 리사만 남아 있었다. 카스미는 리사의 짧게 자른 머리를 쓰다듬어주었다. 초등학교 1학년인 리사는 쭉 뻗은 체격에 남자아이처럼 활발하다. 하지만 유카와 같은 예민함은 없다. 은근히 비교하는 카스미다. 이런 순간이면 으레 그 아이가 있었다면 조화가 잘 이루어졌을 텐데, 하고 생각하게 된다.

리사의 몸에서 급식으로 나온 듯한 스튜 냄새가 났다. 오랜만에 맡는 냄새였다. 카스미는 그리움에 사로잡혀 멍하니 서 있었다. 아이들은 아침에는 자기 집의 냄새를 풍겨도 저녁이 되면 보육원의 냄새에 물들어 있다. 유카도 그 무인가 보육원에서 그랬다. 단지, 유카는 간식으로 나오는 과자 냄새를 폴폴 풍길 때가 많았다. 그것도 안타까운 추억의 하나였다.

"비 오잖아, 엄마. 우산은?"

리사는 입을 뾰족하게 내밀었다.

"택시로 와서 괜찮아. 먼저 가서 타."

"왜? 왜 먼저 타는 거야?"

리사는 불안한 듯 카스미의 얼굴을 보았다.

"엄마는 선생님과 할 이야기가 있어."

"무슨 이야기?"

"오늘 11일이잖아. 그래서……."

"아, 유카 이야기구나."

오늘은 가족에게 특별한 날이었다. 실종되던 당시의 유카보다 나이가 많아진 리사는 언니를 이렇게 부르게 되었다. 카스미는 그 이상함에 가끔 가슴이 쓰릴 때가 있다.

리사는 포기한 듯 혼자 나갔다. 없어진 유카의 일이 모든 생활에서 우선한다는 것을 리사는 철이 들면서부터 깨닫고 있었다.

아동관은 신발장이고 뭐고 모든 것이 아이 크기로 작다. 카스미는 거인이 된 듯한 기분으로 신을 벗었다. 손님용 슬리퍼를 갈아신고 안쪽 직원실로 향한다. 선생님은 두 사람밖에 남아 있지 않았다. 카스미는 파트 타임으로 일하는 낯은 주부에게 인사를 했다.

"선생님, 오늘 11일인데 뭐 달라진 거 없습니까?"

"11일?"

트레이닝복 차림의 30대 교사는 당혹스러운 듯 흑판의 스케줄표를 한번 보고, 동료의 얼굴을 보았다.

"뭐였죠?"

카스미는 동료가 재빨리 눈짓을 한 듯이 보였다.

"저, 오늘은 제 큰딸 유카가 없어진 날입니다만."

유카는 보육원생일 때 실종됐기 때문에 아동관과는 무관하지만, 그래도 카스미는 매달 확인하지 않고는 견딜 수 없었다.

"아, 예. 아무것도 없었습니다, 이번 한 달은. 기억하고 있지 못해 죄송합니다."

"아뇨, 혹시나 해서 여쭤봤습니다. 그럼 이만."

"예, 안녕히 가세요."

이 이야기만 끝나면 어째서 무겁고 암울한 분위기에서 해방된 듯한 목소리와 표정이 되는 걸까. 아주 잠깐 들여다본 암흑에서 밝고 안전하고 당연한 일상으로 돌아가게 된 것에 안심한 걸까. 딸이 없어진 후 자신들의 일상은 줄곧 암흑이어야 하는 걸까.
"엄마, 택시로 마중 온 거 처음이네. 왜? 11일이어서?"
"아니, 비가 와서."
그렇게 대답은 했지만, 카스미는 11일이 아니라면 택시를 타지 않았을 거라는 사실을 순간 잊고 있었다. 자신들의 일상생활이 다른 사람들과 마찬가지로 밝고 안전한 것으로 바뀌는 것은 언제쯤일까 하는 생각에 빠져 있었기 때문이었다.

그날 밤, 미치히로는 평소와 달리 귀가가 늦었다. 카스미는 자신이 돌아온 후 급한 일이 들어왔나? 하고 걱정하면서 쌀을 씻었다. 카스미는 저녁 식사 준비를 위해 한 걸음 먼저 퇴근한다. 유카의 밥그릇과 젓가락도 챙겨놓고, 카스미는 리사와 간단한 저녁 식사를 마쳤다. 유카가 언제 돌아와도 문제없도록 식사는 반드시 한 사람분을 더 준비하고 있다. 설거지를 하고, 카스미는 홋카이도에 전화를 걸었다. 처음에는 미즈시마의 집이었다.
"여보세요, 모리와키입니다만……."
"아, 안녕하십니까."
말을 채 끝내기도 전에 미즈시마의 큰 목소리가 들려왔다. 듬직한 체격을 떠올리게 하는 힘찬 목소리였다.
"모두 안녕하시죠?"
"예, 잘 있습니다. 저……."
카스미가 질문을 하기 전에 미즈시마가 앞을 가로막았다.

"벌써 11일이군요. 안 그래도 달력에 표시해두어서 언제쯤 전화벨이 울릴까, 기다리고 있었습니다."

"그쪽 날씨는 어떤가요?"

"오늘은 쾌청합니다. 기온 26도, 습도 18퍼센트였습니다. 구름 한 점 없는 참으로 여름다운 좋은 날씨였습니다."

카스미는 그 하늘 아래를 혼자 걷고 있을 유카를 상상했다. 상상 속의 유카는 언제나 행복에 가득 찬 모습이었다.

"뭔가 정보는 없었나요?"

"특별한 것은 없었습니다."

하고 미즈시마는 미안하다는 듯 슬픈 목소리로 대답했다.

"그런데 말이죠, 별장에 있는 간판의 사진 말인데요……. 그건 유카가 다섯 살 때잖아요. 그 사진은 정말 귀엽지만, 제 생각에는 이제 벌써 초등학생이 되었을 텐데 그 사진으로는 좀 그렇지 않나 싶습니다."

"그렇군요. 얼굴이 달라졌을지도 모르겠군요."

카스미는 메모해 두었다. 유카가 사라진 이시야마의 별장 앞에 '이 근처에서 여자아이를 발견하신 분은 연락 주십시오'라고 쓰인 간판을 걸어준 것은 이즈미였다.

"예. 그리고 도요카와 씨가 갑자기 놀러 오셔서 깜짝 놀랐습니다."

"도요카와 씨가요?"

감색 하늘을 등지고 서 있던 일가의 모습이 선명하게 떠올랐다. 장남은 이미 대학을 나왔을 것이다. 아직도 예의 그 희미한 미소를 짓고 있을까.

"예. 장사는 여전히 날개 돋친 듯 잘 된다 하더군요. 아들은 은행에 취직해서 머리도 단정히 잘랐대요. 도요카와 씨도 걱정 많이 하셨습니다. 유카 어떻게 되었냐고. 그 사건은 모두에게 상처로 남아 있습니다."

"그렇군요."

"죄송합니다. 모리와키 씨가 가장 괴로울 텐데 이런 말을 해서."

"아닙니다. 그런데 이즈미 씨 사모님은 건강하세요?"

"예, 건강합니다. 어제도 삿포로까지 영화를 보러 가겠다고 하셔서 모시고 다녀왔습니다. 12월에는 3주기가 되니 세월도 빠르군요."

이즈미 마사요시는 파산의 충격으로 구시로의 수렵장에서 사냥총으로 자살했다. 카스미는 그 소식을 들었을 때, 이즈미가 헤어질 무렵에 '책임을 지겠다' 고 한 말을 떠올렸다. 자살의 원인은 파산이라고 했지만, 이즈미가 유카 때문에 죽었을 거라는 생각이 들 때도 있었다.

"정말 슬픈 일이었어요."

"사장님은 책임감이 강하셨으니까요."

미즈시마도 사무치는 듯 말했다.

별장지의 경영 주체가 바뀐 후에도 미즈시마는 계속해서 관리 사무소에서 근무했다. 그러나 별장을 사는 사람이 없어 지금은 이즈미의 자택 한 가구만 남은 유령 마을이 되어가고 있다. 미즈시마는 혼자 남은 쓰타에의 개인 직원이라고 해도 틀린 말이 아니었다. 어쩌면 그 요염한 미망인과 함께 살고 있는지도 모른다.

"저, 부인……."

미즈시마가 말하기 곤란한 듯 어렵사리 말을 꺼냈다.

"이제 이즈미 부인에게도 전화를 하실 거죠?"

"네, 그럴 생각입니다만."

"이런 말씀 드려도 언짢아하지 마시기 바랍니다만……."
미즈시마는 애써 말을 고르고 있다.
"저 말이죠. 이즈미 부인은 몸이 안 좋으십니다. 그러니 이제 부인에게는 전화를 하지 말아주세요."
"무슨 말씀이세요?"
"유카의 일은 제가 책임지고 수색을 계속하겠습니다. 이즈미 부인은 그냥 놔 둬주십시오."
"제 전화가 귀찮으시다던가요?"
"아뇨, 그런 게 아니고요. 이즈미 부인은 매달 부인에게서 전화가 걸려오면 책임을 느껴서 몹시 힘들어하십니다."
"전 그저……. 별일 없는가 하고……."
"알고말고요. 그 마음은 잘 알고 있습니다. 그저 말이죠, 이렇게 매달 정해놓고 전화하시면 괴로워하는 사람도 있다는 거죠."
쓰타에에게는 유카의 실종 따위 아무 관심도 없는 일이다. 어렴풋이 알고는 있었지만, 카스미는 아무것도 잡을 것 없는 어두운 구렁텅이로 한없이 떨어지는 듯 탈진해 버린 느낌에 휩싸였다. 이렇게 유카의 존재는 모두에게 잊혀져가고 있다. 자신의 문제가 타인에게는 별것도 아닌 문제라는 걸 느낄 때, 표현할 수 없는 고독에 괴로운 법이다.
"죄송합니다."
미즈시마는 전화 저편에서 머리 숙여 사죄하듯 비통한 목소리로 말했다.
"마음 상하게 해서 정말 죄송합니다."
"아뇨, 괜찮습니다."
"죄송합니다. 그렇지만, 부인. 제가 반드시 유카를 찾을 테니 안

표류 127

심하십시오. 그런데 다음 달에 여기 오실 거죠?"

"네, 갈 예정입니다."

카스미는 해마다 8월이면 현지에 갔다.

"그렇습니까. 그럼 기쁜 마음으로 기다리고 있겠습니다."

기쁜 마음, 마치 여행이라도 가는 듯이 말하는군. 카스미는 아무에게도 말할 수 없는, 설령 말한다 해도 이해받지 못할 위화감을 안에서만 끓어오르는 열처럼 주체하지 못했다. 그리고 유카의 실종에 관계된 사람 모두 이 사건을 과거에 묻어 버리고 싶어한다는 것을 느꼈다.

언제 귀가했는지 눈앞에 남편 미치히로가 서 있었다. 카스미가 퇴근하며 보았을 때보다 더 까칠했다. 쉰이 가까워지자 미치히로의 얼굴에는 아무리 닦아도 지워지지 않는 피로가 새겨졌다. 원래부터 마른 체격이 더 야위어갔다. 유카 문제뿐만이 아니라 최근 경영이 순조롭지 않은 게 그를 힘들게 하는 것이다.

예전의 이시야마처럼 미치히로의 실력을 칭찬해 주는 사람도 없고, 지금은 수요조차 줄고 있다. 동업자들은 점점 폐업하고, 살아남기조차 어렵다. 카스미가 사원을 해고하고 컴퓨터를 구입해 경영을 개선하려고 애를 쓰기도 했지만, 유카의 실종으로 더 이상 거기에 신경을 쓸 수 없어지자, 사사로운 개혁도 얼마 안 가 시들해졌다. 마지막으로 남아 있던 사원도 올해 그만두고, 미치히로 혼자서 일을 계속하는 상황이었다.

"어서 와요."

카스미는 수화기를 내려놓았다.

"나도 좀 전에 들어왔어요."

"그랬군. 급한 일이 들어와서. 지금 다시 나가야 돼."

살아남으려면 큰 제판 회사의 긴급 업무를 하청 받는 수밖에 방법이 없었다. 대개 젊은 사람들이 싫어하는 철야 업무였다.

"고생이네요. 나도 가고 싶지만 오늘밤에는 오가타 선생 댁에 가야 되기 때문에."

"또야……?"

미치히로는 얼굴을 찡그렸지만 카스미는 무시했다.

"그것보다 이시야마 씨에게 전화 좀 걸어주겠어요? 오늘 11일이 잖아요."

이시야마와 현지 경찰에 전화를 넣고 상황을 듣는 것은 미치히로의 일이었다.

"오늘 아침에 했어."

미치히로는 갑자기 중력을 느낀 듯 얼굴을 들지 않았다.

"했는데, 아무도 받지 않았어."

"그럼 내가 할까요?"

"아냐, 됐어. 실은 말하지 않았지만……. 몇 달 전부터 연락이 안 돼. 어디로 옮긴 것 같아."

카스미는 미치히로의 얼굴을 바라보았다.

"자택에는요?"

"요즘은 전화해도 아무도 받지 않아. 나도 귀찮아서 그냥 거짓말 했었어."

빨리 연락을 취해서 아무 일도 없냐고 물어야만 마음이 놓일 텐데. 카스미는 초조해하며 손톱을 물었다. 자신이 매달 11일에 별나게 연연해하는 것은 알고 있다. 그러나 이렇게 퍼즐을 하나하나 끼워 맞추지 않으면 카스미는 앞으로 나아갈 수 없을 것 같은 기분이 들었다.

"아마 이사 갔을 거야."
"연락처는 몰라요?"
"응."
"그럼, 유카에 대해서는 앞으로 누구에게 물어야 돼요?"
"이제 됐어, 그건."
미치히로는 작은 목소리로 내뱉듯이 말했다.
"그 인간들은 이제 그냥 내버려 둬."
"왜요?"
"계속 책임을 추궁당하는 것 같아 기분이 좋지 않을 거 아냐."
"하지만 전화 정도만 받아 주면 되잖아요!"
카스미는 자기도 모르게 큰소리를 지르고 있었다. 방구석에서 텔레비전을 보던 리사가 참을 수 없다는 듯이 방을 나갔다. 카스미의 본심은 마치 화상으로 생긴 물집을 터뜨려 나오는 투명한 액체처럼 갑작스럽게 막을 찢고 표출되었다. 특히 오늘 카스미의 마음의 막은 쉽게 터졌다. 미치히로는 이야기를 바꿨다.
"아사누마 씨에게는 전화했어. 하지만 정보는 아무것도 없대."
아사누마는 에니와 서의 담당 형사다.
"골프만 치고 있으니 그렇지!"
미치히로는 쓴웃음을 지었지만, 카스미는 진심으로 화내고 있었다. 아사누마가 유카의 수색에 그다지 열심이지 않았기 때문이었다.

욕실에서 물소리가 들려온다. 직장으로 다시 돌아가야 하는 미치히로가 잠시 사용하는 것일 게다. 그 틈에 카스미는 수화기를 들고 단축 다이얼 단추를 눌렀다. 이시야마의 회사 번호였다. 사건 후, 광고 회사를 그만둔 이시야마는 요코하마에 레저용품 가게를 열었다. 장사는 잘 된다는 소문이었다. 그러나 몇 번을 걸어도 '현재 사용하지 않는 전화번호입니다'라는 안내가 집요하게 반복될 뿐이었다. 이시야마의 자택에도 전화를 해 보았지만 아무도 받지 않는다. 가슴이 뛰었다. 카스미는 수첩을 뒤져 큰맘 먹고 노리코의 사무실에 전화를 걸어보았다.

"네, K디자인 사무실입니다."

8시가 지났는데 잔업이라도 하고 있는지, 마침 노리코가 전화를 받았다.

"노리코 씨, 카스미예요."

노리코와 이야기하는 것은 사건 이후 처음이었다. 노리코가 숨을 들이키는 것이 느껴졌다.

"카스미 씨요? 오랜만이군요. 유카는 어떻게 됐어요?"

"찾지 못했습니다."

"그래요……. 안됐군요."

노리코는 가라앉은 목소리로 말했다. 전화 저편에서 동료들의 통통 튀는 이야기 소리가 들려온다.

"이시야마 씨는 어떻게 되셨어요? 오늘 11일이어서 전화했더니 아무도 안 받아서."

"아, 몰랐군요."

노리코가 지친 목소리를 낮춰 말했다.

"실은 우리 작년에 이혼했어요."

"몰랐습니다."

카스미는 망연했다.

"그럼, 그 사람과 끝난 거예요?"

노리코는 속삭이는 목소리였지만 단도직입적으로 물었다. 이혼을 거치며 노리코도 마음에 칼을 품게 된 것 같다고 생각했다.

"네. 그때 일은 정말 죄송하게 생각합니다."

"됐어요, 유카가 그렇게 되어서 당신도 힘들잖아요."

마치 고소하다는 듯한 말투에 카스미는 입을 다물었다. 노리코의 악의가 세월이 흐른 지금에 분출되는 걸 견딜 수 없었다.

"그럼, 이시야마 씨는 어떻게 되셨어요?"

"글쎄요, 연락이 없어서 모르겠어요. 빚더미에 올라앉아 힘든 모양이에요."

"빚이 있었나요?"

"그래요. 결국 일이 잘 풀리지 않았던 것 같아요. 그렇게 되기 전에 저는 메구로의 집을 받아뒀지만, 최근에 이사했어요. 사무실과 아이들 학교 중간쯤으로."

노리코는 그 장소를 가르쳐주지 않았다. 카스미는 인사를 하고 전화를 끊었다. 이시야마는 '정리할 때까지 기다려 줘'라고 별장 앞 계단에서 카스미에게 애원했다. 이시야마는 정리를 끝낸 것이다. 일과 가족을 잃고. 자신도 어딘가로 사라져 버리고. 지금 어디서 무얼 하고 있을까? 그 상상은 유카에게로 이어졌다. 두 사람 다, 어떻게 지내는 걸까? 카스미는 4년 전 여름의 고독을 기억하고 있다.

"누구한테 전화했어?"

티셔츠에 트렁크 차림의 미치히로가 젖은 머리로 앞에 서 있는 것을 보고 카스미는 그제야 정신을 차렸다.

"이즈미 씨 부인이요."

거짓말을 했다.

"뭐래?"

"이제 전화하지 말래요."

그것만은 진실이다.

"신경 쓰지 마. 모두 익숙해져서 그래."

"익숙해지다니요. 무엇에요?"

카스미는 얼굴을 들고 미치히로의 눈을 바라보았다. 미치히로는 담배에 불을 붙여 연기를 토해내면서 빈정거리는 어조로 대답했다.

"이 사태에 모두 우리만큼 심각하지 않아. 단지 그것뿐이야. 세상이란 그런 거야. 이봐, 매달 11일에 여기저기 전화하는 것도 이제 그만둘 때가 되지 않았어?"

"어째서요?"

"올해로 4년째야. 모두 진절머리가 났을 거고, 뭔가 있으면 그쪽에서 연락을 해올 게 뻔하잖아. 그러니까 그만둬. 게다가 당신도 좀더 현실을 받아들이며 살아가는 편이 행복할 거야."

카스미는 미치히로가 무슨 말을 하고 싶은지 도무지 알 수 없었다.

"난 현실을 받아들이고 있다고 생각해요. 유카가 없어진 현실. 우린 멀쩡하게 살아가고 있잖아요? 그 당시는 죽어 버릴까 싶을 정도로 고통스러웠어요. 살아 있는 것만으로 충분히 현실을 받아들이고 있다는 증거잖아요?"

"하지만 우리가 죽을 수 없는 것은 리사가 있기 때문이야. 그리고 유카가 행방불명이 되었기 때문이야. 그렇지? 그 아이의 생사를 알 때까지는 죽을 수 없어. 그렇지?"

"그래요."

"그런 건 정말 살아 있는 게 아냐. 당신은 유카가 틀림없이 살아 있다는 희망을 가지고 있어. 그러니까 아무리 세월이 흘러도 이 운명을 받아들이지 못하는 거야. 요컨대 당신은 현실을 진짜로 받아들이지 않는다는 거지. 꿈속에서 살고 있어. 이봐, 그래서는 언제까지고 끝나지 않을 거 아냐. 절망하는 것도 필요하다고."

"절망하는 것은 그 애가 죽었다는 거잖아요."

"그걸 인정하는 게 고통스럽다는 건 알아. 그럼, 앞으로의 인생을 그렇게 계속 찾아다니기만 할 거야?"

미치히로는 피곤한 모습으로 눈두덩을 비볐다.

"난 말이지, 조금씩 지치기 시작했어. 유카를 생각하면 가엾지만, 이제 어쩔 수 없다고 생각할 때도 있어."

"포기했군요."

카스미는 남편에게 배신을 느끼고 미간을 찌푸렸다. 단번에 끝모를 슬픔이 끓어오른다. 미치히로는 카스미의 표정 변화를 가슴 아픈 듯 바라보았다.

"포기에 가까워. 그렇게까지 찾아도 없으니 지금은 정말 귀신이 한 짓인가 싶은 생각도 들어. 게다가 당신이 계속 그런 상태면 나와 리사는 어떡하란 말이야. 당신이 그렇게 희망을 갖고 꿈속에 있는 동안 살아 있는 사람은 영원히 기다리기만 해야 하잖아."

"그게 무슨 말이에요?"

"이봐, 이제 나와 리사를 용서해줘. 아니, 이시야마 씨네도."

"용서라니요?"

카스미의 안색이 창백해졌다. 미치히로는 계속했다.

"당신은 아무도 용서하지 않았어, 한 번도. 그러니까 그렇게 힘든 거야."

"잘 모르겠어요. 설명해 주지 않으면 모르겠어요."

"당신은 내가 잠시 유카에게서 눈을 뗐다는 걸 용서하지 못해. 리사가 쉬를 하고 싶다고 말한 것을 용서하지 못해. 그리고 이시야마가 별장에 초대한 것을 용서하지 못해. 그렇지 않아?"
　미치히로는 눈을 내리감은 채 빠르게 이야기했다.
　"틀렸어요."
　카스미는 분명히 부정했다. 표적에서 너무도 빗나간 이야기였다. 용서받지 못할 짓을 한 것은 자신이며, 이시야마였다. 그러나 그것은 동시에 용서받을 일이기도 했다. 주위의 용서를 받지 못할 배신행위였지만 이시야마와 자신은 그 때문에 살 수 있었던 거니까. 카스미에게는 자신을 포함해서 용서받지 못할 인간이란 건 없다고 생각했다.
　"어떻게 틀렸을까······. 뭐, 됐어. 다음에 이야기하지."
　미치히로는 한숨을 내쉬며 방을 나갔다. 카스미는 거실 한가운데 우두커니 서 있었다. 방은 밝은데도 어두운 밤바다를 혼자 표류하는 듯한 불안한 느낌이 들었다. 같은 생각을 갖고 있어야 할 이시야마조차도 육지를 향해 혼자 헤엄쳐 가버렸다.

　카스미는 미치히로가 직장으로 돌아간 후 리사를 재우고 집을 나섰다. 비는 아직 내리고 있다. 우산을 쓰고 어두운 주택가를 걸었다. 조그마하고 아담한 주택들이 늘어선 모퉁이를 지나 낡은 다세대 주택지를 빠져나온다. 이윽고 낡은 단층 건물이 보였다. '오가타'라는 문패가 걸려 있었다.
　카스미는 오가타의 집에서 가깝다는 이유로 일부러 나카노에서 무사시사카이로 이사를 왔을 정도로 오가타라는 초로의 남자를 열심히 찾아다니고 있었다. 오가타의 집 정원에는 커다란 중고 버스 한 대가 억지로 비집고 들어가 엉덩이를 내밀고 있는 듯한 폼으로 서 있다. 버스에는 바퀴가 없다.

안채는 어두웠지만 버스 안은 발전기가 있어 마치 야시장처럼 창백한 조명들이 환하게 켜져 있었다.

"안녕하세요."

카스미는 버스 계단에 젖은 우산을 놓고 문을 노크했다. 문에 붙은 플라스틱 간판에 '파라다이스 회'라는 매직 글씨가 쓰여 있었다.

"누구세요?"

남자 목소리가 들렸다.

"선생님, 카스미예요."

"카스미 씨? 어서 들어와요, 어서."

카스미보다도 몸집이 작은 초로의 남자가 문을 열었다. 버스 안은 창을 닫아둔 탓에 무더웠다. 선풍기가 목을 돌리며 차 안의 후텁지근한 공기를 휘젓고 있었다.

"덥죠? 모기가 들어와서 창을 닫았어요."

"밤늦게 죄송해요, 선생님."

카스미는 우산 밖으로 나와 있던 반팔 티셔츠의 소매가 젖은 걸 신경 쓰면서 안으로 들어갔다. 먼저 온 손님들이 있었다. 두 명의 중년 여성이 구석에서 조용히 성경을 읽고 있었다. 카스미는 여자들에게 인사를 한 후 오가타 앞에 정좌했다.

오가타는 흰 칼라의 셔츠에 잿빛 바지 차림으로 작은 방석 위에 앉아 있다. 그 차림은 일 년 내내 변함이 없다. 겨울에는 그 위에 소매가 닳은 재킷과 보풀 투성이 스웨터를 걸치는 게 전부인 검소한 차림이었다. 예순이 조금 넘었지만, 눈매가 강하고 얼굴이 젊어 보이는 편이다.

"오늘이 11일이군요. 뭔가 일이 있었나요?"

오가타는 오늘이 카스미에게 중요한 날이라는 것을 알고 있다. 카스미가 끄덕거렸다.

"네, 여러 가지."

"좋은 일은 아니군요."

"네, 이시야마 씨가 이혼했대요. 게다가 빚도 많고 행방도 모른다고 부인이 그랬어요."

"이시야마 씨가?"

오가타는 믿을 수 없다는 얼굴을 지었다.

"어떻게 된 걸까."

여기서는 미치히로에게 이야기할 수 없는 모든 것을 이야기했다. 카스미는 오가타가 믿는 기독교 신자는 아니었지만, 오가타를 상담 상대로 매일 찾고 있었다.

"그 사건 후, 노리코 씨와 사이가 나빠졌나 봐요."

"하지만 당신은 그걸 바랐던 거 아닌가요?"

"아뇨."

카스미는 고개를 옆으로 저었다.

"전 단지 함께 유카를 찾아 주길 바랐을 뿐이에요."

"그런 건 철없는 아이 같은 생각이죠."

"어째서요?"

카스미는 정색을 하고 오가타의 얼굴을 쏘아보았다.

"아닙니다, 아니에요."

오가타는 쓴웃음을 지으며 카스미를 달래듯이 오른손을 잡았다.

"그래서 당신은 그걸 어떻게 생각하나요?"

그렇게 무더운데 오가타의 손바닥은 땀 하나 나지 않았다. 매끄러운 손바닥에 손을 맡기고야 비로소 안도한다.

"역시라고 생각은 했지만 몹시 외로웠어요. 예전의 나는 무슨 일이 있어도 태연했는데, 유카가 없어진 후로는 완전히 무기력해져서, 내가 내가 아닌 것 같아요. 견딜 수 없어요."

"그건 당연한 일이죠."

오가타는 카스미의 손등을 어루만졌다.

"당연한 겁니다. 인간이란 약한 동물이니까. 예전의 당신이 너무 강했던 겁니다. 난 지금의 당신 쪽이 오히려 더 좋아요."

"그렇지만 저는 싫어요."

"자신을 싫어하는 동안은 진정한 행복이 찾아오지 않아요."

오가타는 단언했다.

"그래도 할 수 없어요. 하여간 전 지금의 제가 싫은걸요."

카스미는 떼를 쓰는 아이처럼 같은 말을 되풀이했다.

"정말 싫어요. 이내 휘청거리는걸요. 대체 왜 이렇게 된 건지 모르겠어요."

"너무 아픈 일을 겪었기 때문이겠죠."

오가타는 진지한 얼굴로 카스미를 바라보았다.

"어쩔 수 없어요. 원래대로 돌아가려면 시간이 걸려요."

"선생님, 마음을 안정시키려면 어떻게 하는 게 좋을까요. 전 하루 종일 마음이 이상해요."

"어떻게 이상해요?"

"그날 하루를 다시 한 번 시작하고 싶다고 생각하기도 하고, 실패는 용서받을 수 없다고 생각하기도 하고……."

"그렇지만 다시 시작할 수 없잖아요. 그럴 때는 어떻게 하죠?"

오가타는 웃었다. 웃으면 앞니가 몇 개 빠진 것이 보인다.

"어떻게도 되지 않아요. 그저 그렇게 하루를 보내고 있어요."

더듬거리며 설명하면서 자신은 불행하다고 카스미는 생각하고 있다. 어떻게 해야 좋은가. 출구는 전혀 보이지 않았다.

"뭔가 당신이 욕심내는 것을 기도하면 어떨까요? 당신은 뭘 갖고 싶은가요?"

"유카가 발견되는 것이요."

"그 다음에는?"

"제가 어떻게 하면 편해질까 하는 것. 제가 편할 때는 선생님께 이야기할 때밖에 없어요."

오가타는 모서리가 둥글게 닳은 검은 성서를 살짝 어루만졌다. 카스미는 그것을 곁눈으로 보면서 빗소리를 듣고 있다.

2

카스미는 종종 이상한 상상을 한다. 유카가 다른 누군가로 모습을 바꿔, 언젠가 자기 앞에 나타나지 않을까 하는 상상 말이다. 그때, 유카가 어떤 모습이 되어 있어도 카스미는 쉽게 알아차릴 자신이 있다. 길바닥을 헤매는 강아지나 담장 위를 다니는 도둑고양이, 주택가에 피는 냉이로 변한다 해도 카스미는 유카란 걸 알 수 있을 것이다. 창을 열었을 때 들어오는 아침의 차가운 공기에 섞여 있다고 해도, 카스미는 그곳에 유카가 있다는 걸 느낄 수 있을 것이다. 그러나 이렇게 기다리고 있는데도 유카는 아직 아무 데서도 나타나지 않는다.

매년 8월 11일이 가까워지면 미치히로와 카스미는 리사를 데리고 시코쓰 호반에 갔다. 이즈미자토 근처의 민박에 머물면서, 유카가 사라진 산길을 더듬어가며 이곳저곳을 찾아다닌다. 카스미는 우리 대체 무엇을 찾는 것일까, 하고 늘 생각했다. 성장한 유카가 걸어 다니는 모습인가, 지금까지 얻을 수 없던 사실인가. 아니면, 누군가 유카를 데려갔던 흔적인가. 그렇지 않으면 유카의 환상……. 카스미에게는 그 모든 것이 이유가 되었다. 자신이 범한 죄를 하나하나 더듬어 보는 시간이기도 했다. 이시야마와의 셀 수 없는 밀회, 두 사람만의 은밀한 약속, 그 좁은 다다미방에서의 일, 노리코의 고뇌를 알면서도 그만두지 못했던 일, 미치히로의 둔감함을 경멸했던 것.

어쩌면 유카가 말을 하지 못하는 뭔가로 모습을 바꾼 게 아닐까 하는 상상을 하게 된 것은 작년 여름이었다. 예전의 이시야마 별장에서 도요카와 별장의 폐허를 지나 숲을 바라보고 있을 때였다. 가련한 클로버, 어린 후박나무, 산토끼, 심지어는 밟고 다니는 마른 흙조차 유카일지도 모른다는 생각에 카스미는 뛰는 가슴을 억누르며 사방을 둘러보았다. 길가에 선 미치히로는 카스미가 유카의 이름을 부르면서 숲을 헤매는 것을 낙심한 표정으로 바라보고 있었다. 두 사람은 숲 속과 도로로 나뉜 채 나란히 걷고 있었다.

"뭘 봐요?"

길가의 달맞이꽃 너머로 두 사람의 눈이 마주쳤다.

"아냐, 당신 괜찮은가 싶어서."

카스미는 미치히로의 눈을 노려보았다.

"난 이상하지 않아요. 당신이야말로 그 아이의 무덤을 찾고 있었죠."

"무덤?"

미치히로는 갑자기 멍한 얼굴이 되어 초점이 맞지 않는 눈으로 사방을 둘러보았다.

"당신은 아사누마 씨와 똑같아요. 유카가 살해되어 이 산 어딘가에 묻혀 있을 거라 생각하고 있어요. 당신들의 눈초리는 똑같아요. 무의식적으로 유카의 무덤을 찾고 있는 걸요."

"그렇진 않지만……."

미치히로는 우물거렸다.

"아뇨, 그래요. 그래서 나는 그 아이의 생명을 찾아야겠다고 생각했어요. 나 혼자만이라도 그 아이가 살아 있다는 걸 믿어야 한다고 생각했어요."

미치히로는 말이 목에 걸린 것처럼 우물거릴 뿐 아무 말도 하지 않았다. 카스미는 남편에게 등을 돌려 다시 숲 속을 향했다. 가슴 언저리가 분노로 가득 차올랐다. 유카가 분명 어딘가에 살아 있다는 희망, 그 때문에 그들 부부는 죽을 수도 없다. 유카도 자신들도 생과 사의 결론이 날 때까지 영원히 허공을 떠돌 것이다. 이렇게 허무한 것이 운명이라면 절대로 받아들일 수 없다. 아니, 받아들여서는 안 된다고 카스미는 생각했다. 잃어버린 작은 시계를 계속해서 찾는 것이야말로 같이 시간을 보내는 것이 아닐까……. 미치히로는 거기서 이탈한 것이다.

카스미는 언제나 자신은 유카라는 이름의 작은 시계를 잃은 거라 생각했다. 자식은 시간을 나타내는 존재이다. 임신해서부터 한 주 한 주를 헤아리고, 세상에 태어나면 그 아이가 산 세월이 부모의 기록이 된다. 풍요로운 미래가 가득 찬 시간. 그리고 서로의 기억 속에서 풍화하는 시간. 그 모든 것을 새기는 것이 자식이다.

카스미는 인생에서 시계 한 개를 잃었다. 유카라는 이름의 시계는 지금 어디에 있는지조차 모른다. 카스미는 유카라는 시계를 잃어버린 채 천천히 망가져가는 공포를 느꼈다. 아무도 알아 주지 않는다는 공포. 아니, 한 사람 있다. 유일하게 오가타가 자신을 이해하리라고 카스미는 믿고 싶었다.

7월도 중순이 지났다. 네 번째의 시코쓰 호 행이 가까워지고 있다. 좀처럼 갈 준비를 하지 않는 미치히로 때문에 카스미는 애가 탔다.
"비행기 예약 안 해요? 티켓이 있나 모르겠어요."
"올해는 당신 혼자 가지 않겠어?"
"왜요?"
"돈도 들고, 가도 소용없다는 생각이 들어서."
카스미는 소파에서 만화를 보고 있는 리사의 귀를 신경쓰며 목소리를 낮춰 물었다.
"소용없다고요? 유카가 죽기라도 한 것처럼 말하는군요."
"그런 게 아냐. 그렇지만 난 더 이상 그곳에 가는 게 싫어. 가도 아무것도 없으니까 더 슬퍼지기만 해. 이런 곳에서 유카가 없어졌다는 생각을 하면 미칠 것 같아. 당신은 그렇지 않아?"
"나도 미칠 것 같아요. 그러나 그 아이를 위해서 가야 한다는 의무감이 있어요."
"알아. 당신 작년에 내가 유카의 무덤을 찾고 있다고 말한 적 있지. 그 때, 더 이상 그곳에 가지 않을 거라고 다짐했어. 난 분명히 또 유카의 무덤을 찾을 거야. 유카가 죽었다고 생각하고 싶은 게 아냐. 살아 있기를 바라고 있어. 하지만 정신을 차리고 보면 무의식적으로 그러고 있는 거야. 내 마음이 유카의 일을 끝내고 싶어한다는 증거일지도 몰라. 그래서 유카를 위해 난 집에 있는 편이 좋을 것 같아."

"난 그곳에서 유카가 혼자 있다는 생각을 하면 미쳐 버릴 것 같아요."

"알고 있어."

미치히로는 몇 번이나 고개를 끄덕였다.

"그런 상상을 하면 나도 괴로워. 하지만 살아 있다면 어떤 제보라도 들어왔을 거야. 지금까지 아무것도 없었어. 경찰도 줄곧 수사를 하고 있지만, 아무것도 나오지 않았잖아."

"유카가 죽었다 생각하고 새로 시작하고 싶은 거로군요."

카스미는 미치히로의 변화를 증오했다.

"시작하다니?"

미치히로는 정말 의외라는 듯이 되물었다.

"무엇을 시작한다는 거야? 하나를 끝내려고 하는 거야. 그것은 의식적으로 그렇게 하지 않으면 안 돼. 요전에 말했지, 절망하는 것도 필요하다고."

"어째서요?"

"의식하지 않으면 끝나지 않기 때문이야. 이건 그런 문제라고."

"그렇지만 오가타 선생님은 그런 생각 안 해도 된다고 했어요."

카스미의 말에 미치히로는 분노가 치민 듯이 얼굴을 찌푸리며 소리쳤다.

"그 점쟁이 말이야? 난 당신이 불쌍하다는 생각에 아무 말도 하지 않았지만, 당신이 그런 걸 믿을 줄은 몰랐어."

"선생님은 점쟁이가 아녜요."

카스미는 조용히 항의했다.

"단순한 종교가예요. 난 종교를 믿는 건 아녜요. 선생님이 나를 알아주니까 기뻐서 가는 것뿐이에요."

"그건 좋아. 그가 당신을 지탱해 주고 있다는 것은 알고 있어. 그러나 무엇을 하든 돈이 필요해. 고용한 탐정이나 점쟁이에게 지금까지 들인 돈이 얼마라고 생각해? 200만 엔 이상을 쓰고 있어."

"오가타 선생님은 돈을 받지 않아요."

"그래. 하지만 선물 정도는 들고 가지, 가끔은 기부도 할걸. 게다가 오가타 씨 때문에 이사까지 했어. 유카를 찾는 것이 우리의 미래에 얼마나 부담을 주는지 한 번이라도 생각한 적 있어?"

미래에의 부담. 카스미에게는 엄청난 상처가 되는 말이었다. 유카를 찾는 일은 카스미가 살아간다는 말과 동의어였다. 장래의 뭔가를 위해 기다리는, 뭔가를 위해 참는 것. 카스미는 미래를 내다보며 준비하는 일 따위 하지 못한다. 지금까지도 해오지 않았다. 오가타는 현재의 카스미가 필요로 하는 소중한 사람이었다.

입을 꾹 다물고 있자, 미치히로는 이내 사과했다.

"말이 지나쳤군, 미안해. 그렇지만 이것만은 알아주길 바라는데, 당신은 리사가 어떤 마음으로 살고 있는지 생각한 적 있어?"

"있어요. 그 아이에게는 많은 것을 희생하게 해서 미안하다고 생각해요."

"그렇다면 좀 더 현명하게 생각해 봐. 매년 여름 휴가 때마다 우리는 유카를 찾는다고 홋카이도로 갔지. 아직 어린 리사의 여름 방학을 그런 식으로 보내는 게 좋다고 생각해? 모두 유카의 일로 힘들고 슬퍼하지. 그렇지만 뭔가 이상해. 언제까지 이렇게 살아야 되는 거야? 경기도 좋지 않은데 이러다간 우리 모두 무너지고 말아."

이 말만 남기고 미치히로는 리사를 보러 거실로 나갔다. 혼자 남겨진 카스미는 흐트러진 마음을 안고 우두커니 있었다. 방 공기가 탁하고 후텁지근하다.

　탈출. 미치히로가 고향의 잿빛 바다와 똑같이 느껴지는 날들이 있었다. 그럴 때, 이시야마란 눈부신 존재를 만나는 것이 카스미의 탈출이었다. 지금, 카스미는 없어진 유카라는 감옥에 갇혀 나갈 수 없다.

　한밤중에 카스미는 오가타가 있는 버스로 향했다. 불은 꺼져 있었지만 오가타가 이따금 버스에서 잠을 잘 때가 있다는 것을 아는 카스미는 버스 문을 힘껏 두들겼다.
　"선생님, 모리와키예요."
　"아, 예. 잠깐만 기다려요."
　당황하는 흔적이 역력한 대답 뒤에 발전기 스위치를 켜는 소리가 났다. 이윽고 불이 켜졌다. 문이 열리고, 눈이 부신 듯한 표정의 오가타가 카스미의 얼굴을 어둠 속에서 바라보고 있다. 파란 파자마를 입은 모습이 어울리지 않았다.
　"웬일이세요, 갑자기?"
　오가타는 안경을 급히 걸치고 카스미의 얼굴을 걱정스러운 듯 바라보았다.
　"남편이 올해는 시코쓰 호에 가지 않겠대요. 가도 소용없다고요. 소용없다는 말이 너무한 것 같아요."
　그렇게 호소하면서, 말하고 싶은 것은 그런 게 아니었다고 생각했다. 하지만 입에서 나오는 말은 공중에 번지기만 하고 제대로 모이지가 않았다.
　"어쨌거나 들어와서 이야기하세요."
　창을 열어놓은 채 모기향을 피우고 있었다. 먼 곳을 달리는 차

소리와 벌레 소리만이 들려올 뿐 주위는 조용했다. 오가타는 붉은 카펫을 깔아놓은 바닥에 얇은 돗자리를 깔고 홑이불 한 장을 덮은 채 자고 있었던 것 같다. 카스미는 돗자리 옆에 털썩 주저앉았다.

"죄송해요, 이렇게 늦게 올 생각은 없었는데."

오가타는 어디선지 부채를 꺼내 와서 천천히 부채질을 해 주었다.

"아니, 괜찮아요. 그건 그렇고 요즘 당신한테 여러 가지 일이 생기는군요. 이시야마 씨도 어디론가 사라졌다 하고. 어때요, 이제는 그립지 않아요?"

카스미는 그 물음에는 대답하지 않았다.

"선생님, 옆에 누워도 돼요? 피곤해요."

오가타는 놀란 듯이 눈을 동그랗게 떴지만, 좋아요, 하고 이내 끄덕여주었다. 카스미는 오가타가 자고 있던 돗자리 위에 누웠다. 오가타가 부채로 바람을 보내준다. 부드러운 바람에 머리칼이 날려 볼에 와닿는다. 어린 시절로 되돌아간 듯한 그런 기분이 좋았다.

홋카이도의 짧은 여름, 시보로에서 오신 할머니가 카스미가 잠들 때까지 이렇게 부채질을 해 주었던 기억이 났다. 부채질을 할 만한 더위는 아니었지만, 카스미는 할머니에게 잠들 때까지 그만두면 안 돼요, 하고 응석을 부렸다. 어딘가 풀어진 듯한 오가타의 목소리가 들려왔다.

"남편이 뭐라고 하던가요, 카스미 씨."

"유카 문제를 매듭짓지 않으면 가족들이 버텨내지 못할 것 같다는 말을 했어요. 난 그건 뭔가 잘못된 생각 같아서 어떻게 하면 좋을까 하고……."

"남편은 현실적인 사람입니다."

"그럴지도 모르지만······."
"그야 당연히 사람마다 제각기 의견이 다른 법이죠."
"제가 잘못된 걸까요?"
"잘못되지 않았어요. 난 당신 생각을 좋아해요."
"제 생각이라니요?"
"뭐가 뭔지 모를 부분이라고나 할까."
"혼란스럽단 얘기겠죠."

카스미는 반듯이 드러누운 채, 버스 천장에 켜진 알전등을 바라보았다. 이시야마와 만났던 러브호텔에서 천장을 바라보던 일이 생각났다. 은은한 조명으로 반은 오렌지 빛으로 물든 천장. 수증기로 흐려진 욕실 문. 그런 것들이 그립고, 또 안타까워 눈물이 솟구쳤다.

"왜 그래요?"

오가타가 묻는다.

"또 뭔가 생각이 떠올랐군요."

카스미는 대답하지 않고 양손으로 눈두덩을 눌렀다.

"선생님, 불 꺼도 돼요? 사모님께 혼날까요?"

"우리 집사람은 아무 말도 하지 않아요."

오가타의 아내는 안채에서 신자 뒷바라지를 하고 있었다. 그곳에는 가출한 아가씨며, 주부, 파산한 남자, 자살에 실패한 노인 등이 살고 있었다. 오가타의 버스는 교회인 셈이다. 오가타는 일어나서 기지개를 한번 켜더니 전등을 껐다. 버스는 어두워졌다. 이윽고 가로등과 달빛으로 천장만이 조금 밝아졌다. 반대로, 창에서부터 그 아래는 어두워서 누워 있으면 어둠의 침대에 묻혀 있는 것 같다. 카스미는 눈을 감았다. 부채 바람은 여전히 멈추지 않고 온화한 바람을 보내주었다. 자신이 아직 아무것도 모르는 아이로, 저 해변에 있는 자기 집에서 지내고 있는 듯한 느낌이 들었다.

오가타를 소개해준 것은 전에 모리와키 제판에 다녔던 야마시타였다. 야마시타는 예순을 넘은 노인으로, 사식을 치는 것은 사원 다섯 명 가운데 제일이었다. 렌즈가 없어서 감으로 사식을 치던 시절 그의 실력은 한 치의 오차도 없어, 가히 신의 손에 가까웠다고 한다. 그러나 눈이 나빠진 후로는 회사 한쪽 구석에서 팔릴 것 같지도 않은 레터링을 몇천 자나 꾸준히 쓰는 노인이 되고 말았다.

미치히로가 짐짝 취급하는 것을 보다 못해 카스미가 제일 먼저 해고한 사람이 야마시타였다. 그런데 유카의 사건을 듣고 회사까지 일부러 찾아왔다.

"카스미 씨, 심려가 크죠? 이건 어떨지 모르겠지만, 일단 한번 가져왔으니 읽어보세요."

미치히로가 자릴 비우기를 기다렸다는 듯이 찾아온 야마시타는 주머니에서 한 장의 종이를 꺼내 카스미의 손에 쥐어 주었다.

"뭐죠?"

"무사시사카이에 특이한 사람이 산다는군요. 좋은 사람이라고 평판이 자자합니다만. 유카 일을 상담해 보면 어떨까 해서요."

카스미는 종이를 보았다. 갱지에다 등사판으로 찍은 조잡한 전단이었다. 거기에는 이렇게 씌어 있었다.

〈파라다이스 회〉
오늘 너는 나와 함께 파라다이스에 있을 것이니라.
오가타 소스케

"이게 뭐예요? 좀 수상한 곳 같은데."

카스미는 전단을 돌려 주려 했다. 야마시타는 돋보기 안에서 실제보다 몇 배는 커 보이는 눈으로 카스미를 바라보았다.

"그게 말입니다. 갔던 사람의 이야기로는 성실한 성경 연구회라고 해요. 모두 모여서 서로 성경을 읽을 뿐이라는군요. 단지 말이죠, 고민이 있는 사람들이 많이 모여서 이 오가타 씨란 분을 따르고 있대요."

"그럼 신흥 종교?"

야마시타도 고개를 갸웃거렸다.

"나도 잘 모르겠군요. 점쟁이도 아니고."

"전 성경에 흥미 없어요."

카스미는 지푸라기라도 잡는 심정으로 소문난 점쟁이들을 찾아간 일이 있었다. 하지만 대부분 실망할 일밖에 없었다. 그래서 야마시타가 준 전단에도 별 흥미를 갖지 않았던 것이다.

"그렇지만 말입니다, 갔던 사람들 이야기로는 오가타 씨란 분은 아주 인품이 훌륭해서 출입을 하는 동안에 그 영향을 받아 운세가 좋아진다고 하더군요. 이상한 영감탱이 같긴 하지만요. 한번 가보는 게 어때요? 저, 이건, 사장님께 말씀하지 말아주세요. 사장님은 그런 것 싫어하시니까."

야마시타는 그렇게 다짐을 시키고는 부리나케 나갔다. 확실히 미치히로는 비과학적인 것을 싫어했다. 카스미가 가끔씩 점쟁이에게 기대는 것을 나무라지는 않지만, 좋게 보지도 않았다. 오가타라는 남자는 믿을 수 있을 것인가. 카스미는 매달리고 싶다는 생각과 또 실망하기 싫다는 생각이 뒤섞여 어떻게 해야 할지를 몰랐다. 며칠 후, 큰맘 먹고 전화를 걸어 보자 오가타가 직접 받았다. 식사 중인 듯했다.

"죄송합니다. 지금 밥을 먹는 중이라서."

수화기에서는 음식물을 씹는 소리가 들려왔다. 카스미는 그 태평스러움에 어이가 없었다. 오가타는 몇 초 후 헛기침을 했다.

"실례했습니다. 어디신지요?"

"저, 전단을 받은 모리와키라고 합니다. 한번 찾아뵙고 싶습니다만."

"어서 오십시오. 저는 어떤 분도 거부하지 않고, 두려워하지 않습니다."

거부하지 않고, 두려워하지 않는다. 카스미는 그 두 가지가 다 지금의 자신을 속박하고 있다고 생각했다.

"전 성경에 대해서도 모릅니다만."

"상관없습니다. 흥미 있는 분께는 그런 이야기를 하고, 없는 분께는 다른 이야기를 합니다."

카스미는 오가타의 교회가 있는 무사시사카이 역에서 내렸다. 역 계단을 내려가자, 여름 저녁놀이 상점가를 비스듬하게 비추고 있었다. 카스미는 손수건으로 땀을 닦으면서 사람과 차로 복잡한 상점가를 걸어갔다. 도중에 과일가게 앞에서 복숭아를 보았다. 노란빛을 띤 껍질이 연한 복숭아 빛으로 물들어 있는 둥그렇고 아름다운 과일. 보드라운 솜털에 덮여 상처 입기 쉬운 부드러운 과일. 고향에서는 좀처럼 팔지 않았다. 이걸 보면 항상 유카의 얼굴이 생각나곤 했다. 카스미는 한참 동안 복숭아를 바라보다 한 무더기를 사버렸다. 그러나 정원 앞에 있는 파라다이스 회 버스를 보고 놀라 발길을 돌리려 했다.

"오늘 전화 주신 분입니까?"

안에서 소리가 났다. 온화하고 너그러운 목소리에 사람을 편안하게 하는 힘이 있다. 카스미는 멈춰 섰다.

"네."

"기다리고 있었습니다. 들어오세요."

카스미는 버스 계단을 올라가 안을 들여다보았다. 좌석을 모두 떼어내고, 붉은 카펫을 깔아놓았다. 몸집이 작고 야윈 노인이 손짓을 했다. 그 진지한 눈길에 카스미의 갈등이 사라졌다. 카스미는 구두를 벗고 올라가 권하는 대로 커버를 씌운 방석에 앉았다.

"무슨 일이십니까?"

카스미는 유카의 실종 사건 전말을 이야기했다. 이야기하는 동안 오가타는 고개를 갸웃거리며 눈을 감았다. 움직이지 않는 버스에 앉아서 놀고 있는 듯한 이상한 기분이 들어, 카스미는 어느 틈엔가 이시야마의 이야기까지 해 버렸다. 그것은 아무에게도 말하지 않기로 약속한 것이었지만, 카스미는 낯선 오가타에게 모두 토해 놓고 해방된 자신을 발견했다.

"참 안됐군요. 해 드릴 수 있는 일이라면 뭐든지 하겠습니다."

오가타는 천천히 눈을 떴다. 많은 점쟁이와 경찰은 동정하는 척하면서도 종종 카스미를 의심하는 얼굴을 감추지 않았다. 사실 당신 행실이 바르지 못해서 사건이 일어난 거 아니냐, 또는 당신이나 당신 남편이 죽인 거 아니냐, 하고.

그러나 카스미가 본 것은 눈물로 흐려진 오가타의 눈이었다. 카스미에게 내린 운명을 함께 슬퍼해 주고 있다. 이 남자는 자신을 동정하고 있다. 슬픈 경험을 한 사람은 어느 틈엔가 상대의 기만을 꿰뚫는 감을 익히게 된다. 카스미는 오랫동안 이야기를 계속했다. 오가타는 카스미의 이야기가 끝나자 가볍게 헛기침을 했다.

"이런 말 해서 미안하지만, 혹시 마음속으로 누군가 수상하다고 생각하는 사람이 있습니까?"

"물론 있어요. 이즈미 씨, 이즈미 씨의 부인, 미즈시마 씨, 도요카와 씨네 식구 가운데 누군가가 아닐까. 그리고 노리코 씨를 의심했어요. 그렇지만 모두 알리바이도 있고, 유카를 감추는 일이 물리적으로 불가능했어요. 지금은 외부 사람이 데려간 거라 믿고 있습니다."

"그럼 이시야마 씨를 의심한 적은?"

"없습니다."

카스미는 단호히 고개를 저었다.

"그 사람은 절대로 그런 짓을 하지 않아요. 나를 위해 살고 있다고 믿고 있어요."

"그럼 남편은?"

카스미는 순간 말문이 막혔다. 오가타는 카스미를 곤혹스럽게 하는 질문이라는 것을 알고 미안한 듯한 표정을 지었다.

"솔직히 말하면 있습니다. 나와 이시야마 씨의 사이를 알고 분노해서 한 짓은 아닐까 하고. 하지만 곧 생각을 바꾸었습니다. 친자식을 그럴 리가 없다고, 그를 의심한 나는 악마라고."

대답하면서 자신이 악마라고 생각한 순간은 그 별장에서 몇 번이나 있었던 기억이 떠올랐다. 오가타는 계속 물었다.

"남편도 당신을 의심한 적이 있다고 생각하세요?"

"있을 거라 생각합니다."

설령 가능성이 없어도 그 동기를 생각하는 것이 범인 찾기를 위한 추리인 것이다. 늪 밑바닥에서 부글부글 끓어오르는 거품처럼 솟아나는 의심들. 의심은 의심을 낳게 된다. 카스미는 자신이 부끄러워졌다.

"사람의 마음은 보이지 않아요. 보이지 않는 것은 대부분 소중한 거죠. 그걸 생각하는 것이 종교입니다. 나는 그런 일을 하고 있으니 당신이 부끄러워할 일은 아무것도 없어요. 오히려 이런저런 생각을 하는 편이 좋습니다."

카스미는 오가타의 양말에 난 구멍을 바라보았다.

"저, 선생님, 딸은 살아 있을까요?"

"어떤 말을 듣고 싶습니까?"

오가타는 카스미에게 되물었다.

"난 점쟁이가 아니어서 모릅니다. 그렇지만 당신이 듣고 싶은 말이라면 할 수 있습니다. 말은 도구니까, 당신이 편해지는 거라면 무엇이든 할 수 있습니다. 무슨 말을 해도 좋아요."

카스미는 가만히 있었다. 이시야마가 '기다려 달라'고 했을 때, 지금 같이 찾아 주지 않는다면 말은 의미를 갖지 않는다고 생각했다. 그런데 지금의 자신은 위로라도 좋으니까 마음 편한 말을 듣고 싶다.

"살아 있습니다, 분명히. 이걸로 됐죠?"

오가타는 밝게 말했다.

"고맙습니다."

"자, 또 들르세요. 당신과 이야기하는 것이 재미있군요."

카스미는 잊고 있던 복숭아를 봉지째 내밀었다.

"오는 길에 샀습니다."

"오, 복숭아!"

오가타는 기쁜 듯이 웃었지만, 봉투를 도로 밀어냈다.

"당신을 닮았군요. 당신이 드세요."

표류 153

아이의 뺨을 닮았다고 생각해서 사온 건데.

"절 닮았다고요?"

"네. 당신은 과일처럼 향기가 나고 예뻐요. 또 오세요."

카스미는 내심 기뻤다. 오랜만에 잊고 있던 감각이 되살아난 듯한 느낌이 들었다.

그날 밤, 미치히로는 의심스러운 듯이 전단을 손가락으로 튕겼다.

"난 싫어, 이런 거. 성경 연구회니 뭐니 말은 그럴 듯하게 하지만, 어떤 사이비인지도 모르잖아. 달콤한 말을 해서 신자를 늘리는 것뿐이야. 먼저 파라다이스 회라는 이름부터가 수상해."

"그렇지만 오가타 선생님은 좋은 분이에요."

"알 게 뭐야. 처음에는 달콤한 말로 동정하는 척하는 법이야, 원래. 포교할 땐 누구나 다 그래."

유카가 실종된 사실이 보도되자마자 종교 단체의 유혹이 끊이지 않았다. 그러나 오가타가 파라다이스 회에 가입할 것을 권유했던가. 그런 몸짓을 조금이라도 보였던가. 아니, 그러지 않았다. 카스미는 그 정원에 있는 버스에서의 일을 떠올리며 고개를 저었다. 오가타는 자신에게 사람의 마음을 생각하라는 말밖에 하지 않았다.

"돈을 받았겠지."

"아녜요. 가져간 복숭아조차도 당신을 닮았으니 당신이 드세요, 라고 했어요."

"뭐야, 바람둥이 영감 아냐."

미치히로는 경멸하듯이 내뱉었다.

그게 뭐가 나쁜가. 그로 인해 기분이 좋아지지 않았는가. 카스미는 미치히로의 이해를 얻는 것을 포기했다.

부채 바람이 멎었다. 카스미가 눈을 뜨자 오가타가 카스미 옆에서 팔베개를 하고 있다. 부채 바람 대신 낡은 선풍기가 고개를 돌리기 시작했다. 바람이 들어올 때마다 습한 정원 특유의 곰팡내 나는 바람이 카스미의 머리를 나부끼게 했다.

"카스미 씨, 내 신자 가운데 이런 사람이 있어요. 벌써 칠순이 가까운 할머니인데, 물론 나보다 연상이죠. 그 사람에게 어째서 예수 그리스도를 좋아하는가 물었더니 백인 남자여서래요. 멋있기 때문이라는군요. 그래서 신앙을 갖게 되었대요. 그렇지만 난 그걸로 좋다고 생각해요. 아니, 어쩌면 그게 전부가 아닐까 싶어요. 사람이 사람을 동경하거나, 욕심내는 것 말이죠. 또 다른 신자는 남자인데 그리스도에게 사랑을 느낀다고 해요. 그래서 성경을 필사적으로 공부한대요. 멋있는 이야기죠?"

"선생님, 그렇지만 선생님은 보이지 않는 것을 보는 것이 종교라고 했잖아요. 외견에 이끌려 종교에 들어서는 건 이상하지 않나요?"

"이상하지 않아요. 보이는 것은 언젠가 소멸해요. 아름다우면 아름다울수록 소멸하는 것이 슬프고, 허무해요. 그렇기 때문에 인간은 보이지 않는 것을 생각해요. 마음이나 진실을요."

오가타의 손가락이 카스미의 가슴에 살짝 닿았다. 카스미는 눈을 감는다. 쾌락이라기보다 평안함이 그곳에 있었다.

"복숭아 같은 가슴. 허무한 육체."

카스미는 웃음을 터뜨렸다.

"무슨 말 하는 거예요, 선생님."

"이제 이시야마 씨 생각나지 않아요?"

"……생각나요."

"안기고 싶다고 생각하죠?"
"생각해요."
"그러면 만나면 될 텐데. 고집 부릴 이유는 아무것도 없어요. 그렇게 하지 않으면, 당신은 평생 괴로워할 겁니다."
고집을 부리는 것은 아니었다. 카스미는 그때 이시야마를 겁쟁이라 생각했다. 자신은 함께 있어 주길 원했다. 그러나 겁에 질린 남자를 잡을 만큼의 기력은 잃고 있었다. 카스미는 유카가 없어져서 이미 제정신이 아니었으니까.
오가타의 앙상한 손이 티셔츠 안의 맨살을 부드럽게 어루만진다. 어두운 안채에서 은은히 노랫소리가 들려왔다. 리사도 한창 좋아하는 소년 그룹의 노래였다. 카스미가 그쪽으로 얼굴을 돌리자 오가타가 속삭였다.
"저건 그제 가출한 여자아이가 듣고 있는 겁니다."
식객들은 오가타를 '아버지', 그의 아내를 '어머니'라고 부른다. 그들의 식비가 오가타 본인의 재산과 교회의 기부에서 나오는 것임을 안 것은 최근의 일이었다. 카스미는 조그맣게 웃었다.
"선생님, 저 아이에게도 이런 짓 해요?"
"설마. 당신뿐이에요."
카스미는 오가타 쪽으로 돌아누웠다.
"그럼 그 사람이 시코쓰 호에 가지 않는 것은 할 수 없는 일이겠군요."
"할 수 없죠."
오가타는 단호히 말했다.
"당신은 남편과 전혀 다른 사람이니까요."
"목적은 같은데요?"

"글쎄요, 그것도 어떨지 모르겠군요. 부부지만 참 이상하죠."

오가타는 손을 멈추었다.

"그런데 말입니다, 슬슬 뭔가 변화가 있을 것 같은 느낌이 들어요. 느낌이지만."

"어떤 일이요?"

카스미가 몸을 일으켰다. 오가타는 카스미의 티셔츠에서 손을 빼내며 양팔을 베고 똑바로 누웠다.

"그건 모르겠군요."

"어떤 변화일까요?"

카스미는 이유도 없이 설레는 가슴을 억누르며 오가타의 안경 속에 있는 고요한 눈을 바라보았다.

"그것도 모르겠어요. 단지, 당신은 최근 4년간 전혀 변함없이 유카 일만 생각해왔죠. 그러니까 슬슬 상황에 뭔가 변화가 있어도 될 거란 생각이 들었습니다. 그건 당신 외부의 문제일지도 몰라요."

"외부라고요?"

"그래요, 바뀔 때는 외부에서 바뀌어요. 그리고 그것에 맞춰 당신 내부가 바뀌죠. 그것이 무엇인지는 나도 모르겠지만."

"그럼 유카가 발견될지도 모르겠네요."

"좋은 일인지 나쁜 일인지 모르겠지만, 상황이란 것은 마지막에 극적으로 바뀔 수가 있어요. 오늘 당신은 나와 함께 파라다이스에 있습니다."

오가타는 이해하기 어려운 말을 중얼거렸다. 오가타의 말이 성경의 가르침을 밑바탕으로 하고 있다는 것은 알지만, 카스미는 무슨 뜻인지 도무지 이해가 가지 않았다.

"전에 말이라는 건 도구라고 말씀하셨는데, 그 말을 제게 하시는 이유는 어째서죠?"

"말은 도구지요. 특히 나의 것은 장사 도구. 그렇지만 말입니다, 드물게 피와 살을 뚫고 들어오는 말이 있는데요, 이건 참 좋은 거예요."

카스미는 이 빈티 나는 노인이 좋았다. 고통스러운 날들을 그럭저럭 견딜 수 있었던 것은 그가 있어준 덕분이었다.

며칠 후의 일이었다. 카스미는 언제나처럼 귀가 후, 리사를 데리고 문 닫기 직전의 슈퍼마켓에서 급하게 장을 보았다. 도중에 리사를 위해 서점에 들렀다가 돌아오자 미치히로가 기다리다 지친 모습으로 현관에서 나왔다.

"어서 와. 늦었네."

카스미는 무거운 쇼핑 봉투를 일단 내려놓았다.

"미안, 좀 늦었죠."

"아냐, 납품이 빨리 끝나서 일찍 온 거야."

"그래요. 곧 저녁 준비할게요."

"됐어, 천천히 해. 잠깐 이야기할 게 있는데."

만화영화 시간 놓치겠다며 뛰어 들어가는 리사의 뒷모습을 지켜보면서, 미치히로와 카스미는 현관 앞에서 낮은 소리로 이야기를 나누었다.

"무슨 일이에요?"

"방송국에서 전화가 왔어. 또 행방불명된 아이들을 특집으로 하는데 우리한테 나오지 않겠냐고."

아아, 이것이 오가타가 말한 '변화'였던 것이다. 드디어 외부에서 변화가 찾아왔다. 카스미는 들뜬 목소리로 말했다.

"나가요!"

카스미의 반응에 미치히로가 의아한 표정을 지었다.

"괜찮겠어?"

"괜찮아요. 오가타 선생님이 슬슬 뭔가 변화가 있어도 좋다고 하셨는걸요. 분명 이 일이겠죠. 그러니까 나가지 않으면 안 돼요."

"오가타 선생이?"

미치히로의 말에는 불신이 나타났지만, 카스미는 모르는 척했다.

"네."

"난 상관없지만, 또 남들의 구경거리가 될 텐데?"

미치히로는 복잡한 표정을 지었다. 유카가 실종된 지 2년째 되던 해 같은 프로그램에 출연한 적이 있었다. 뭔가 제보가 들어왔으면 하는 바람으로 승낙을 했지만 결과는 무참했다. 익명의 전화나 편지가 무수히 날아와 불쾌한 경험만 했기 때문이다. 가장 많은 것이 동정과 격려. 그리고 종교 단체의 포교였다. 무엇보다 카스미의 마음을 가장 아프게 했던 것이 제보와 비방과 중상이었다.

'유카는 내가 키우고 있습니다. 아주 잘 있으니 걱정하지 마세요' 라며 전단지의 사진을 합성시켜 만든 사진을 동봉해 온 편지도 있었고, '홋카이도에서 돌아다니는 모습을 보았다'라는 가슴 뛰게 하는 편지도 있었다. 그때마다 아사누마 형사에게 통보해서 일일이 진위를 확인했지만 대부분이 장난으로 보낸 거짓 제보였다. 개중에는 혹독한 내용의 것도 있었다.

'너희가 자식을 죽인 것을 알고 있다. 너희 자식은 시코쓰 호에 가라앉아 있을 것이다. 상자에 넣어서 한밤중에 몰래 호수로 나가 빠뜨렸겠지. 콘크리트 벽돌 같은 무거운 돌을 달아놓았을 거야.'

'남편이 범인이다. 친딸을 폭행하려다 반항하자 죽여 버린 것

이다.'

'부인이 이시야마 씨와 함께 호텔에서 나오는 걸 본 사람이 있다. 사실은 이시야마 씨의 자식이어서 남편이 죽였다는 것을 알고 있다. 부인은 매춘부고 남편은 살인마다.'

'별장 소유주의 아내가 수상하다. 질투로 죽인 게 틀림없다.'

'자신들의 주의 부족으로 아이를 잃은 주제에 공중파를 사용해서 호소하다니 언어도단이다. 그런 틀려 먹은 인간은 시베리아로 가라.'

떠올리기만 해도 다리가 후들거리는 분노를 또 맛보아야 하다니. 그것이 미치히로가 꺼리는 이유였다.

"이번엔 뭐가 올지 몰라. 난 상관없지만 당신 괜찮겠어?"

"네. 나가 보죠. 뭔가 있을지 모르잖아요. 이번에는 그런 느낌이 들어요."

미치히로는 한참 동안 말이 없었다. 카스미는 계속 이야기했다.

"만약 아무 제보도 없다면, 올해는 나 혼자 시코쓰 호에 가겠어요."

"괜찮아? 내가 안 가도?"

"네, 우리는 의견이 다르니까요."

카스미가 딱 잘라서 말하자, 미치히로의 눈에 거절당한 자의 슬픈 그림자가 스쳤다. 카스미는 상처를 주어서 미안하다고 후회했지만, 이미 마음은 돌이킬 수 없었다. 비슷한 감정을 전에도 경험한 듯하다고 느낀 것은, 욕실 거울 앞에 섰을 때이다. 미치히로에게서 멀리 떠날 결심을 한 순간의 일이었다. 거울에는 오랜만에 상기된 자신의 얼굴이 비치고 있었다.

3

 버스가 없다. 정원 끝에 코를 들이민 듯한 형태로 놓여 있던 버스가 사라졌다. 카스미는 놀라서 오가타의 집 앞에 멍하니 서 있었다. 텔레비전 출연 이야기를 보고하려고 신나서 찾아왔는데 이게 대체 어찌된 일인가. 카스미는 버스의 무게로 파인 마른 정원 흙을 내려다보았다.
 "모리와키 씨."
 안채에 들러 부인에게 물어보려고 현관으로 돌아섰을 때, 뒤에서 누군가 어깨를 툭툭 쳤다. 이곳에서 곧잘 마주치는 중년 여성 신자였다. 사립중학교의 국어 교사라던가, 얼굴 모습은 졸려 보이는데, 눈이 번쩍 뜨일 것 같은 분홍과 녹색의 야한 옷을 입고 다녀서 눈에 띄는 여자였다. 오늘도 노란색 반팔 투피스에 파란 백을 든 복장이었다.
 "놀랐죠?"
 "네."
 "나도 어떤가 보러 왔더니 버스가 없어서 놀랐어요. 설마 교회가 없어지리라곤 생각도 못 했는데."
 교사는 갈 곳을 잃은 듯 어떡하지, 어떡하지, 하고 몇 번이나 중얼거렸다.
 "어떤가 보러 왔다는 건 무슨 말이지요?"
 "모르시는군요."
 교사는 안채 쪽이 신경 쓰이는지 잠깐 동태를 살핀 후 낮은 소리로 말했다.
 "선생님은 지금 시련을 겪고 계세요."

"무슨 말씀이세요?"

"왜 1주일 전에 가출해서 온 아이 있잖아요."

교사는 안채 2층을 가리켰다. 카스미는 한밤중에 찾아왔을 때, 창으로 소년 그룹의 노래가 흘러나오던 것을 떠올렸다.

"네, 얼굴은 보지 못했지만."

"그 아이가 아직 열세 살이었대요. 이케부쿠로에서 잡히는 바람에 겨우 알게 됐죠. 매춘을 했대요. 나도 설마 내가 가르치는 아이들과 같은 나이라고는 생각도 못 했어요. 그 아이, 짙은 화장까지 하고 다녔거든요. 적어도 스무 살은 넘은 줄 알았어요. 그 아이가 가출한 사실을 알고 있으면서 선생님이 감싸주신 거죠. 게다가 그 아이가 선생님에게 성적인 행위를 강요당했다고 경찰에서 거짓말을 했나 봐요. 그래서 선생님은 엊그제 경찰에 체포됐답니다."

"나올 수 있을까요?"

"글쎄요. 당장은 무리겠죠."

"버스는요?"

"글쎄요, 어떻게 됐을까요. 부인이 화가 나서 처분했을지도 모르죠. 오가타 선생님, 가끔 신자들에게 그런 장난을 했다고 하니까. 모리와키 씨도 예뻐하셨으니까, 곧 형사가 올지도 몰라요."

교사는 카스미에게 신자도 아닌 주제에, 라고 하는 듯이 심술스런 표현을 했다. 카스미도 지지 않았다.

"당신은 어땠어요?"

"내가 어때서요?"

교사는 불끈해서 파란 백을 꼭 쥐었다. 카스미는 에나멜 백에 남은 손가락 흔적을 보지 않으려 했다.

"어째서 내가……?"

"아무것도 아녜요. 안녕히 가세요."

카스미는 교사를 밀어젖히고 걷기 시작했다. 밤의 버스 창 아래로 지는 어둠. 그곳에 푹 묻혀 있으면 마음이 평안해졌던 기억을 떠올린다. 두 번 다시 밝은 곳으로 나가고 싶지 않아진다. 버스가 없어졌으니 그 어둠도 오가타와의 대화도 끝이다. 카스미는 낙담하며 집 방향으로 걸으면서 밤하늘을 올려다보았다. 구름 낀 하늘에는 별 하나 보이지 않았다.

거실에 들어가자 미치히로가 말없이 텔레비전을 가리켰다. 카스미는 미치히로의 뒤에 서서 뉴스를 바라보았다. 오가타의 버스 교회가 비치고 있었다. 높은 발판 위에 놓인 나이 든 신자들을 위한 나무 상자. 바닥에 깔린 카펫과 운전석이 있었던 위치에 있는 선풍기. 그곳에 가서 오가타와 이야기한 것은 불과 5일 전이었는데, 영상으로 보니 한참 오래된 일처럼 느껴졌다.

"역시 사이비였어, 그놈은."

미치히로는 '그놈'이라고 불렀다.

"이번 일은 오해일 거예요."

"무슨 소리 하는 거야."

미치히로는 들을 생각도 않고 조소했다.

"당신이 속은 거야. 일부러 이사까지 오다니."

"됐잖아요. 도움을 받은 사람이 있으니."

"사기꾼한테 도움을 받은 게 기뻐?"

미치히로는 의아하다는 표정을 짓는 카스미에게 내뱉듯이 말했다.

"그놈은 이름이 뭔가 하는 방주랍시고 하나부터 열까지 흉내를 냈대. 버스 교회도 설교도 말투도, 모두 흉내를 냈대."

어찌 됐거나 상관없다고 카스미는 생각했다. 미치히로가 어째서 화를 내는지 알 수 없었다.

'드물게 피와 살을 뚫고 들어오는 말이 있는데, 이건 좋은 겁니다.'

뚫고 들어온 것이 오가타의 피와 살이 아니었다고 해도 카스미는 도움을 받았으니 그걸로 된 거다.

유카의 행방을 모르는 채 3개월이 지났을 무렵, 이시야마가 모리와키 제판을 찾아온 일이 있었다. 11월말, 아침부터 차가운 비가 내리던 날이었다. 사건 이후 이시야마의 주문도 끊겼기 때문에 조심스럽게 노크를 하고 들어온 남자가 이시야마라는 사실에 카스미는 의자에서 일어서다 말고 멈추었다. 이시야마는 카스미의 얼굴을 보며 미소지었다.

"잘 있었어?"

"네, 그럭저럭."

"유카, 걱정이군."

화장실에 갔던 미치히로가 물소리와 함께 나왔다. 미치히로는 이시야마의 얼굴을 보고 놀람과 초조의 표정을 동시에 지었다. 어째서 이제야 찾아왔는가, 책망하고 싶은 걸 거라고 카스미는 생각했다.

"오랜만입니다."

"그 후 어떻습니까, 유카 쪽은?"

"전혀. 할 수 없이 일을 하고 있긴 하지만 의기소침이죠. 카스미도 울기만 하고."

"죄송합니다, 와 보지 못해서. 면목이 없어서 얼굴을 들 수 없었습니다."

"왜요. 이시야마 씨가 왜요."

그렇게 말은 하지만, 미치히로도 홋카이도에 자신을 초대하지 않았더라면 딸이 실종되지 않았을 거라는 생각을 버리지 못하고 있었다. 이시야마는 비에 젖은 레인코트를 소파에 걸치더니 갑자기 바닥에 무릎을 꿇었다.

"죄송합니다. 정말 책임을 통감하고 있습니다. 소중한 따님을 행방불명되게 해서……."

"무슨 말씀입니까. 일어서 주세요."

미치히로는 당황하며 이시야마를 일으켜 세우려 했지만, 이시야마는 엎드린 채 완고히 고개를 숙이고 있었다. 카스미는 아무 말도 하지 않고 이시야마의 등을 바라보았다. 그 등에 감겼던 자신의 팔. 생각은 언제나 그곳에 이른다. 자신도 모르게 눈물이 쏟아져 카스미는 창 쪽으로 시선을 돌렸다. 이윽고 이시야마가 일어서더니 미치히로에게 머리 숙여 절을 했다.

"유카를 하루 빨리 찾으시길 매일 기도하고 있습니다. 이만 실례하겠습니다."

이시야마는 돌아서면서 카스미를 보더니 두터운 봉투를 건넸다.

"이게 뭐예요?"

"유카를 찾는 데 드는 비용으로 써 주십시오."

"이시야마 씨, 잠깐만요."

이시야마는 카스미의 소리를 무시하고 나갔다. 카스미는 반사적으로 미치히로 쪽을 보았지만, 미치히토는 받아 둬, 하고 끄덕인다. 카스미는 봉투를 들고 이시야마의 뒤를 쫓았다. 엘리베이터 문은 코앞에서 닫히며 카스미를 밀어냈다. 이시야마는 문을 열고 자신을 기다려 주지 않았다. 카스미는 봉투를 든 채 계단을 뛰어 내려갔다. 빌딩 현관에서 금방 우산을 펴고 걸어가는 이시야마를 뒤쫓았다.

"기다려요, 이시야마 씨."

이시야마는 돌아보며 슬픈 표정을 지었다.

"기다릴 수 없어."

"어째서요."

"당신이 먼저 기다릴 수 없다고 했잖아."

카스미는 내민 봉투를 든 채 그대로 얼어붙었다.

"그것과 이건 다르잖아요."

"같아. 우리는 유카의 일이 있는 이상, 더 이상 만날 수 없어. 당신들도 힘들겠지만 나도 괴로워."

"알고 있어요."

"그럼, 건강하기를."

이시야마는 카스미에게 손을 흔들었다.

"이시야마 씨, 이건 뭐예요?"

카스미는 봉투를 한 번 더 내민다.

"유카의 위자료? 아니면 나와 관계를 끊는 위자료?"

"뭐든 좋아, 그냥 돈이니까. 써 주면 고맙겠어."

이시야마는 그렇게 말하며 손가락으로 카스미의 볼을 만졌다. 손가락은 따뜻했지만 카스미의 등에는 한기가 느껴졌다. 그리고 그것은 작은 떨림으로 바뀌었다. 이시야마가 빗속을 달려가며 이쪽을 한 번도 돌아보지 않았기 때문이다.

봉투 속에는 위로금이라고 쓰인 속봉투에 100만 엔짜리 지폐 다발이 세 개나 들어 있었다. 회사에 돌아와서 미치히로에게 보였다.

"받아둬, 그 인간들 부자니까."
미치히로는 사식을 찍으면서 카스미 쪽은 보지도 않고 말했다.

8월. 연일 무더운 날씨가 계속되었다
 텔레비전 방송국 앞에서 차를 내려 현관까지 걸어가는 동안, 카스미와 미치히로는 잠깐 동안 햇볕을 받았다. 마중 나온 차 안의 과다한 에어컨 바람으로 건조해진 피부가 순간 하얀 햇빛에 되살아난 듯이 풀어졌다. 땀이 분출할 것 같아졌을 때, 방송국 자동문이 열렸다. 냉기가 카스미의 몸 표면을 다시 에워쌌다. 인공적인 냉기는 카스미의 갑옷이었다. 땀이라든지 눈물이라든지 자신의 몸에서 배어나는 것을 절대 타인에게 보이지 않도록 주의해야 한다. 이제부터 또 세상과 마주서지 않으면 안 되므로.

 텔레비전에 출연하면 어떤 경우를 겪게 될지 모르지만, 카스미는 더 이상 두렵지 않았다. 오가타가 말한 '변화'가 있다고 한다면 이 프로그램일 것이기 때문이다. 그런 확신이 카스미를 평소보다 적극적으로 만들고 있었다. 조그만 분장실로 안내되어 카스미는 양쪽 벽에 붙은 거울에 비친 자신의 얼굴을 보았다. 눈빛이 강해졌다. 한 벌밖에 없는 여름 양복을 입은 미치히로가 거울 너머로 카스미를 보았다.
 "빌어먹을. 눈물 짜게 만드는 건 질색이야. 이런 짓 하는 대신 제보라도 많이 들어온다면 모르겠지만."
 "들어올 거예요, 많이."
 "어떻게 알아."
 "오가타 선생님이 말했는걸요."

오가타의 이름이 나오는 순간 미치히로는 어처구니가 없다는 듯 말했다.

"당신은 아직 그런 걸 믿고 있어?"

노크 소리가 났다.

"네."

미치히로가 문을 연다.

"모리와키 씨, 오랜만이에요."

담당 연출자인 호자카라는 여자였다.

"이번에도 협조해 주셔서 감사합니다."

"아, 지난번에는 고마웠습니다."

미치히로가 인사를 한다. 2년 전 같은 프로그램도 그녀가 만들었던 것이다. 청바지에 티셔츠, 화장기 없는 얼굴에는 햇빛에 그을려 수많은 주근깨가 있었다. 카스미와 비슷한 나이로 보이는 호자카는 카스미에게도 인사했다.

"일부러 이렇게 오시게 해서 죄송합니다. 요전에는 전혀 도움이 되지 못해 면목이 없군요."

"천만에요. 다루어 주신 것만도 고맙지요. 저희에겐 사건이 잊혀지는 것이 가장 고통스러운 일입니다."

카스미의 말에 호자카는 오호 하며 감탄하는 얼굴을 했다. 2년 전에 출연했을 때 카스미는 울기만 하고 좀처럼 말을 할 줄 몰랐다.

"그렇게 말씀해 주시니 저희도 방송을 하는 보람이 있네요. 뭔가 제보가 있었으면 좋겠습니다만. 하지 않는 것보다는 하는 편이 확실히 좋다고 믿고 있습니다."

호자카는 의사가 충분히 전달됐다고 생각했는지 기쁜 듯이 말했다. 그리고 갖고 있던 대본을 미치히로와 카스미에게 건넨다.

"프로그램 진행표입니다. 지난번과 별로 다른 건 없습니다만, 방송 시작하기 전에 한번 읽어봐 주세요."

카스미는 대충 훑어보았다. 예상한 대로 행방불명된 자식을 가진 다섯 가족이 불려 와서 각자의 사건 전말과 피해자 가족의 이야기, 그리고 제보 소개를 하는 구성이었다. 카스미네는 두 번째 출연이었다.

"그리고 말이죠, 이번에 새로 취재를 했습니다만, 이시야마 씨의 소식 들으셨습니까?"

호자카는 목소리를 낮췄다.

"글쎄요, 뭐죠?"

미치히로는 카스미의 얼굴을 보았다. 글쎄요, 하고 카스미도 고개를 가로젓는다.

"최근 별로 연락하지 않고 지내십니까?"

"네. 전까진 매달 전화를 하고 있었습니다만, 최근 이사를 했는지 전화가 닿지 않아서 걱정하던 참이었습니다."

그들은 이제 내버려 두자고 말한 주제에, 하며 카스미는 미치히로의 얼굴을 훔쳐보았다.

"이혼하신 것은 아세요?"

미치히로가 경악했다. 노리코와의 통화에서 이미 알고 있던 카스미는 묵묵히 고개를 숙였다.

"언제요?"

"벌써 1년이 되었다고 부인이 말씀하시더군요. 저희도 연락을 취할 수가 없어서 부인의 가족 쪽으로 연락을 해 소식을 들었습니다. 이혼을 한 후 자제 분들은 부인이 맡아서 키운다고 하시더군요."

"이시야마는요?"

표류 169

"어디로 갔는지 모른다더군요. 이시야마 씨 본가에도 여동생만 남아 계시는데, 아무것도 모른다고 하셨습니다."

"요코하마 회사는요?"

"정리하셨답니다. 실은 그쪽도 순조롭지 못해서 부도가 났다고 들었어요. 사업을 더 확장하려던 것이 원인이었다고 업계 분들이 말씀하시더군요."

호자카는 걱정스러운 듯이 말했다.

"빚쟁이들에게 쫓기고 있다는 소문도 있고요."

미치히로는 충격을 받았는지 심각한 얼굴이 되었다.

"유카의 일이 원인인가."

"아이가 실종된 가족의 주변에는 여러 가지 일이 일어나죠. 있는 소리 없는 소리 다 들으며 망하는 경우도 있고, 이혼도 많고, 극복해야 할 일들이 많은 것 같아요."

호자카는 여러 가지 사태를 머릿속으로 떠올리기라도 하는 듯 띄엄띄엄 대답했다. 미치히로는 몰랐다는 표정으로 호자카의 말이 끝나기도 전에 질문을 던졌다.

"그 사람의 연락처 좀 알 수 없을까요?"

"글쎄요. 부인도 모른다고 하시던걸요."

호자카는 고개를 갸웃거리며 카스미를 보았다. 그 눈길에서 카스미는 호자카가 이시야마와 자신의 소문을 알고 있다고 확신했다. 이것이다, 이 눈길이다.

카스미는 '세상'의 가시란 것을 생생하게 떠올렸다.

미치히로는 곤혹스러운 듯한 자세로 팔짱을 끼고 묵묵히 있다. 상속받은 유산도 많고, 연줄도 많은 이시야마는 반드시 성공하리라 생각했기 때문일 것이다.

"설마, 일이 그렇게 될 줄은 몰랐군요. 게다가 이혼이라니. 그렇게 제일선에서 활약하던 사람이……."
"안됐네요."
카스미는 겨우 한마디 거들 수 있었다.
"지금쯤 어떻게 지내고 있을까."
미치히로가 쓸쓸히 말했다.
카스미는 창밖을 내다보았다. 매립지의 바다가 오후의 햇살을 받아 반짝반짝 빛나고 있다. 고속도로를 달리는 차들의 앞 유리가 강한 빛을 반사하며 순식간에 사라져갔다.

환하고 밝은 텔레비전 방송국 스튜디오에서 미치히로와 카스미는 무대장치용 베니어판으로 가려진 먼지 냄새 나는 구석에 서 있었다. 곧 프로그램이 시작하니 가까이에서 대기하라고 해서, 두 사람은 젊은 남자들이 부산하게 돌아다니는 것을 멍하니 바라보고 있다. 똑같은 경우를 당한 가족들은 서로 말도 나누지 않고, 한결같이 슬프고 초조한 시선에 어둠만 가득 담고 있었다. 이 프로그램에 나감으로써 뭔가 제보를 얻게 될지도 모른다, 그런 생각만으로 차례를 기다리고 있다.
카스미는 이미 낯이 익은 다른 가족과 목례를 하면서 그들의 얼굴에 새겨진 상실감이 자신들의 것과 같은 종류인지 확인하는 자신을 발견했다. 그러나 오늘의 자신은 다르다. 미치히로가 카스미의 얼굴을 돌아본다.
"괜찮아?"
"네."
"이시야마의 일, 신경 쓰지 마."

"알고 있어요."

"그렇지만 좀 놀랐는걸. 연락이 안 되어 이상하다고 생각하긴 했지만."

이윽고 프로그램이 시작된다는 안내가 나오고, 미치히로와 카스미는 자리에 앉았다. 사회자만 다르고 2년 전과 거의 똑같은 프로그램이 시작되었다.

그 전화가 걸려온 것은 프로그램이 다 끝나갈 무렵이었다.

"잠깐만요. 모리와키 유카 양에 대한 제보가 들어왔다고 합니다."

사회자의 목소리에 스튜디오 안이 술렁거렸다. 미치히로는 바짝 긴장했다. 카스미는 엉겁결에 미치히로의 얇은 양복 소매를 잡는다. 사회자의 흥분한 목소리가 크게 들려왔다.

"어디 사시는 분이죠? 네? 오타루 시라고요?"

나이 든 여자의 목소리가 스튜디오 안에 울렸다.

"정확한 게 아닐 수도 있으니 이름은 말하지 않겠습니다. 저는 오타루 근처에 사는 사람입니다."

"네, 홋카이도 오타루 시군요. 알겠습니다. 말씀하세요."

"최근에 이웃에 사는 남자가 여자아이를 데리고 와서 살고 있는데요. 말하기는 그렇지만 부랑자 같은 사람입니다. 모두 걱정하고 있죠. 그런데 그 아이 이름이 '유카'라는 것 같았어요."

"그것만으로는 좀 불확실하네요."

"그런데 그 아이는 남자와 전혀 닮지 않았답니다. 남자도 너무 젊기 때문에 모두 이상하다고 말들 합니다만. 지금 텔레비전을 보고 있자니 스튜디오에 있는 어머니의 얼굴과 아주 닮은 것 같네요. 설마 하고 생각했지만, 아무래도 마음에 걸려서 전화를 드렸습니다.

이게 다입니다."

　텔레비전 카메라가 카스미의 정면으르 왔다. 카스미의 심장은 당장이라도 터질 것 같았다. 리사는 미치히로를 닮았다. 자신을 닮은 여자아이는 이 세상에 한 사람, 유카밖에 없다. 오타루의 여자가 본 여자아이는 유카가 틀림없다.

　이것이 오가타가 말한 '변화'인 것이다. 밀폐된 어두운 방에 한 줄기 빛이 들어오는 듯한 느낌이었다. 카스미는 자신의 얼굴이 희망으로 밝게 빛나는 것을 모니터로 확인했다.

4장
홍수

1

 꿈을 꾸지 않게 되었다. 잠은 언제나 갑자기 찾아오고, 마치 짧은 죽음을 거쳐 이 세상에 되돌아온 듯이 모두 잊고 눈을 뜬다. 매일이 이런 반복이었다. 수면제 탓이라는 것을 알고 있었지만, 막상 꿈을 잃고 보니 자신이 텅 비고 얄팍한 껍질이 된 듯한 느낌이 들었다. 그뿐인가, 눈을 뜨고 있을 때조차 현실인지 꿈인지 알 수 없게 될 때가 있다.
 사고는 물의 흐름과 비슷하다. 물은 여기저기로 흘러가면서 끊기기도 하고, 모이면서 기세를 더하기도 하고, 탁하게 고이기도 한다. 꿈속의 공포와 기쁨과 신기함. 꿈의 내용은 가느다란 물길에 대한 기억이었다. 꿈이 있기 때문에 현실은 확고하고 흔들림이 없었다. 지금의 자신은 양 기슭에 콘크리트를 발라 만든 수로를 따라 얌전히 흘러가는 물이다. 자유롭게 흐르겠다는 의지 따위는 가질 수 없는 물. 아무 생각 없이 정해진 일들만 소화시키는 따분한 나날들. 따분한 현실과 꿈의 상실이 보기 좋게 나란히 흘러가고 있다. 이 아침에 눈을 뜨는 것 역시 꿈이 아니라고는 말할 수 없다.

우쓰미 준이치는 한참 동안 침대에 누운 채 아파트 천장을 바라다보고 있었다. 커튼 틈으로 들어온 햇빛이 오랜 세월 동안 담배 연기로 누렇게 바랜 합판 보드를 비춘다 밝은 부분이 찌그러진 평행사변형으로 보였다. 바깥은 화창하다. 기온은 25도 이상. 이것이 오늘의 현실이다. 나뭇잎을 흔드는 바람소리가 은은히 들린다. 우쓰미는 목면 셔츠와 맨살 사이에 들어오는 상쾌한 바람의 감촉을 떠올렸다. 이런 화창한 여름날에 마른 바람이 불어오면 기분이 좋을 것이다. 우쓰미는 북국의 여름밖에 모르는 자신이 안타까웠다. 하와이나 타히티 등 남국의 섬에 부는 바람은 더 뜨겁고 습하겠지. 그 바람은 어떤 냄새가 날까.

삿포로 근교에서 태어나 경찰관인 아버지의 부임지를 함께 전전한 우쓰미는 홋카이도를 떠난 적이 없다. 홋카이도를 벗어난 적은 신혼여행으로 도쿄에 갔을 때뿐. 그것도 불과 3박 4일의 여행. 아버지와 같은 경찰관이라는 직업상 긴 여행은 허용되지 않았다.

아내는 아쉬워했지만, 우쓰미는 도쿄 같은 곳은 한 번이면 충분하다고 생각했다. 해외에 가고 싶다는 바람도 가진 적이 없다. 그런데 오늘 아침의 우쓰미는 태어나서 처음으로 남국의 섬에 가 보고 싶다는 생각을 하고 있다. 해변가에 앉아 밀려오는 파도를 바라보면서, 지금까지 느낀 적 없는 바람을 맞으며 하루를 보내고 싶다.

상상의 날개를 펼치는 것은 기분이 좋다는 증거였다. 우쓰미는 눈을 뜨면 무의식적으로 그날 기온과 날씨, 그리고 자기 컨디션의 변화를 체크하는 버릇이 생겼다. 그렇게 하면 저기압과 기온 차이에 아주 민감해진다.

인간은 자연 속에서 살고 있다. 당연한 것을 병이 들 때까지는 전혀 깨닫지 못했다. 눈이 내려 길이 얼면 두꺼운 옷을 입으면 되고, 따뜻해지면 옷 하나를 벗으면 된다. 지금 우쓰미는 그런 식으로 추위 더위를 이겨온 건강한 육체를 잃어가고 있다. 아주 약간만 습도가 높아도 금방 몸이 나른해지고 구토가 난다. 육체의 고통이 큰가 적은가에 따라서 자신을 둘러싼 자연의 변화를 느낀다는 것은 놀라움이다. 이런 것이야, 하고 우쓰미는 생각한다. 살아 있다는 실감은 육체를 통해 느끼는 것이다.

우쓰미는 오른손으로 명치 중앙을 찬찬히 눌렀다. 예전에는 그 부위에 위가 있었다. 지금은 없다. 손가락으로 가볍게 누르면 둔통이 복부 전체에 천천히 퍼져 통증이 가실 때까지는 시간이 걸렸다. 그 시간이 점점 길어지고 있다. 아픔은 이윽고 전신에 깃들어 느낄 수도 없게 되겠지. 각오는 하고 있지만 과연 견딜 수 있을지는 알 수 없다. 병이 인간에게 고독을 강요하는 것은, 육체의 아픔과 괴로움은 누구하고도 공유할 수 없기 때문이다. 육체는 지극히 개인적이어서 그것을 말로 전하려는 노력은 너무나 무력한 것이었다. 하물며 우쓰미는 말에 의지해 타인에게 뭔가를 전하고자 노력해 온 인간도 아니다. 아니, 타인과 서로 완전히 이해한다는 것은 처음부터 환상이라고 생각하며 살아왔다.

우쓰미는 티셔츠를 들치고 명치 위쪽에서 배까지 나 있는 수술 자국을 손가락으로 만져보았다. 알몸으로 있으면 기다란 지렁이가 배 위에 누워 있는 것처럼 보이는 흉한 흔적. 위암 수술을 받은 것은 1년도 전이어서 붉은 기가 점점 희미해져 가고 있다. 하지만 너무 마른 탓에 얇은 피부 위로 드러나서 눈에 잘 띄었다.

나는 지렁이를 한 마리 기르고 있다. 뱃속에는 폭탄도 있다.

우쓰미는 몇 번이나 지렁이의 머리에서 꼬리까지를 손가락으로 어루만졌다. 얌전하게 있어야 돼, 하고 중얼거리면서 티셔츠를 가만히 내린다.

침대 옆에 CD플레이어가 놓여 있다. 우쓰미는 팔을 뻗어 스위치를 켜고 CD를 올렸다. 스티브 레이 본의 블루스가 큰 소리로 흘러나왔다. 매일 몇 번씩이나 되풀이해서 듣고 있다. 몇 번을 들어도 질리지 않았다.

우쓰미는 눈을 감았다. 베이스 저음에 상체를 흔들고 있는 동안 자신을 잊고 황홀해져 간다. 제일 좋아하는 곡「텍사스 플러드」로 바뀌면 우쓰미는 외운 가사를 따라 불렀다. 그리고 벌렁 드러누운 채 왼손 손가락으로 블루스 코드를 누르며 프레이즈를 마구 치는 흉내를 냈다. 야윈 팔에 안긴 상상의 기타로. 기타를 치기는커녕 만져본 적도 없다. 하지만 지금은 칠 수 있을 것 같은 느낌이 든다.

프레이즈에는 흥미가 없었는데 어째서 스티브 레이 본을 좋아하게 됐는지 생각해본 적이 있다. 짚이는 것은 그가 비행기 사고로 뜻하지 않은 죽음을 당했다는 사실이었다. 우쓰미는 병원에서 돌아오는 길에 라디오로 우연히 그 이야기를 들었다. 지금은 이 세상에 없는 남자의 연주가 자신을 행복하게 하고, 잠깐이나마 황홀감을 주는 신기함. 곧 죽음으로 갈 자신에게 사자(死者)가 보내는 선물이었다.「리틀 윙」이 시작되었다. 우쓰미는 이 곡도 마음에 들었다. 작곡자인 지미 헨드릭스도 역시 사자이기 때문이다.

오늘도 할 일이라곤 아무것도 없다. 충분하다고 생각했던 시간도 다 지나가고, 이윽고 종말이 찾아온다. 우쓰미의 인생은 시한부다.

그런 그에게 음악은 시간이 흐르는 것을 잊게 해 주지만, 그 자체로 시간을 흐르게 하는 것이기도 하다. 이 프레이즈를 몇백 번 들으면 자신은 소멸할 것인가.

몸 전체로 리듬을 새기고 있던 우쓰미는 가슴 답답한 피로를 느꼈다. 시트 속에 누워서 숨을 토하며 눈을 감았다. 커튼 틈으로 새어 들어온 여름빛을 감은 눈 위에 잔상으로 느낀다. 햇빛. 우쓰미는 남국의 섬나라에 가는 일은 아마 없을 거라고 생각했다. 어울리지 않는다. 자신은 이 방 두 개짜리 좁은 집에서 사자가 초대하는 블루스를 들으면서 죽어가는 것이 어울릴 것이다.

CD가 끝났다. 우쓰미는 최근 습관이 된 수면 의식 못지않은 기상 의식을 겨우 끝내고 천천히 몸을 일으켰다. 체온 재는 걸 잊었다는 것을 깨달았다. 황급히 누운 탓에 담즙이 역류해 입 속에 쓴맛이 가득 퍼지고, 그 자극으로 숨이 막혀왔다. 콧속을 톡 쏘는 느낌이었다. 우쓰미는 휴지로 입과 눈물을 닦았다. 위를 제거하면 분문부(식도와 위가 연결된 곳―옮긴이)의 기능이 없어지기 때문에 담즙이며 췌액까지 역류해 올라오는 경우가 있다. 그것을 깜빡 잊었다.

체온계를 겨드랑이 아래 꽂는다. 어차피 죽을 건데 무엇 때문에 열 같은 걸 재는가. 웃어젖히고 싶은 기분과 언제까지나 이대로 있고 싶으니 '열아, 나지 마라'하고 바라는 기분이 교차하여 당황한다. 이 체온을 재는 작업도 날마다 정해진 순서대로 하면, 자기 자신을 매일 관찰하는 태도를 가질 수 있을 것이다. 요는 모든 것에 자율적이라는 것이다. 전자음이 울리고, 우쓰미는 체온계의 디지털 표시를 들여다보았다. 36도 8분. 성실하게 검온표에 적어 넣는다. 이것으로 겨우 아침 의식을 마쳤다. 우쓰미는 한 달 전에 15년간 해 왔던 경찰 생활을 그만두고 요양하는 몸이 되었다.

경찰학교에서 이불 개는 법을 철저하게 익힌 우쓰미는 방이 아무리 흐트러져 있어도, 침대만은 깔끔하게 정리해야 마음이 편했다. 침대 정리를 마치고, 옷을 갈아입기 위해 커튼을 연다. 어두컴컴한 방에 빛이 쏟아짐과 동시에 똑똑똑 빗소리가 났다. 쾌청하다고 믿고 있었는데 어느새 여우비가 오고 있다. 음악에 신경을 쏟고 있어서 빗소리를 느끼지 못한 것 같다. 우쓰미는 햇빛 속의 비를 한참 동안 바라보았다.

조그만 세면실 거울을 바라본다. 서서히 야위어가다 최근 들어 급격히 말라서 볼이 홀쭉해진 우쓰미가 있었다. 177센티미터에 72킬로그램이었던 체중은 56킬로그램으로 줄어 다른 사람 같은 얼굴이 되었다. 그 시선 역시 다른 사람의 것이었다. 불만족스런 표정으로 자신을 노려보고 있다. 뭐가 부족한 건지, 뭐가 갖고 싶은 건지, 우쓰미는 아직 대답을 찾을 수가 없다. 마치 말라빠진 들개 같다고 생각했다.

수염을 깨끗이 깎고, 조금 긴 머리는 포머드로 단정하게 넘겼다. 시대에 뒤처진 리젠트 스타일이지만 마음에 들었다. 헤어스타일을 바꾼 적이 없어 경찰서 내에서도 괴짜 형사로 통했다. 괴짜이기 때문에 성적은 누구에게도 지지 않았다. 그것이 긍지였지만, 지금은 의미가 없어졌다. 지금부터 한정된 시간을 어떻게 보내야 좋을지, 우쓰미는 전혀 감이 잡히지 않았다. 시간을 주체하지 못하면서도 시간이 흐르는 것을 두려워하고, 죽음으로 향해가는 '현재'라는 것을 아무리 노력해도 받아들일 수가 없다.

우쓰미가 위암 수술을 받은 것은 1년 반 전의 일이다. 위통이 쉽게 가시지 않았다. 약으로 억제했지만, 그것도 듣지 않게 되고 급기야 등까지 아파왔다. 식욕이 떨어지고, 갑자기 야위기 시작했다. 그때, 우쓰미에게 퍼뜩 떠오르는 생각이 있었다. 우쓰미의 가계는 원래 야윈 체형으로 위장병이 많다. 할아버지도 아버지도 사인은 위암이었다. 그러나 서른셋 젊은 나이에 설마 내가 하는 생각으로 병원에 가지 않았다. 그것뿐만이 아니었다. 파출소 근무를 하다 겨우 형사가 된 것이 5년 전, 게다가 염원하던 도 경찰 수사 1과에 근무하게 된 지 2년. 실적을 올려야 한다고 침식을 잊을 정도로 일에 열중했던 시기였다. 정기 검진을 가는 시간도 아까워하며 여기저기 뛰어다니기 일쑤였다.

그 무렵 결혼 때문에 일시 휴직 상태였던 아내 구미코는 간호사 일에 복직해 있었다. 휴일에 근무처인 다키가와에 있는 종합병원에서 돌아온 아내는 우쓰미의 모습에서 심상치 않음을 한눈에 알아보고, "부탁이에요. 제발 검사 받으러 가요."하고 진지한 얼굴로 애원했다. 그래도 응하지 않은 우쓰미가 병원에 가게 된 것은 잠복근무를 한참 하던 중 구토와 함께 격렬한 위통으로 쓰러진 게 이유였다. 슈퍼마켓 강도 살인 사건 수사 중에 우쓰미는 내부에 내통자가 있다고 판단하고, 의심이 가는 아르바이트 남자를 미행하고 있었다. 건강이 수사에 영향을 끼친다면 방치할 수는 없다.

눈보라가 치던 날 우쓰미는 아버지가 예전에 다니던, 그리고 임종도 맞았던 마코마나이에 있는 병원을 찾았다. 동료들에게는 알리고 싶지 않다는 고집 때문에 경찰 병원이 아닌 민간 병원을 선택한 것이다. 우쓰미는 경찰 내의 누구도 신용하지 않았다. 동료는 적이고, 상사는 이용만 하는 존재, 범죄자는 이익을 초래하는 고객. 범죄를 증오하며 사회정의를 위해 일한다는 그런 발상은 처음부터 갖고 있지 않았다. 그것이 우쓰미의 '일'의 정체였다.

　아버지를 문병하러 왔을 때는 새로 지은 병원이었는데, 다시 와서 본 병원은 연녹색 외벽 곳곳이 얼룩져 더럽고 불결한 곳이었다. 건물 안에 들어가자 복도며 벽에 환자의 동선을 지시하는 원색의 굵은 테이프가 붙어 있었다. 우쓰미는 초등학교 과학실에 있던, 먼지를 뒤집어쓴 채 서 있던 인체 모형을 떠올렸다. 적색과 청색의 혈관이 손가락 끝에까지 달리는 인형. 그때 처음으로 우쓰미는 무거운 병일 거란 예감에 사로잡혔다. 접수창구에 있는 젊은 여자에게 묻자, 아버지의 주치의였던 의사도 이미 퇴직했다고 한다.

　"위장과는 오늘 가타기리 선생님입니다."

　그 의사여도 상관없다고 대답했다. 여자는 초진 환자용의 용지를 건네며 마음에 걸리는 증세들을 상세히 적으라고 시켰다. 우쓰미는 연필로 용지에 '위통, 구토, 식욕부진, 체중격감'이라고 썼다가, 마지막 말만 시커멓게 지웠다.

　가타기리라는 의사는 우쓰미와 거의 나이가 비슷한 땅딸한 남자였다. 입고 있는 백의의 팔이 꽉 조이는 것 같다. 뚱뚱한 사람을 싫어하는 우쓰미는 눈을 돌린다. 우쓰미가 증세를 이야기하는 동안, 가타기리는 침착하지 못한 모습으로 무릎을 계속 떨고 있었다. 우쓰미는 이 의사가 마음에 들지 않았지간, 이것도 자신이 선택한 거라 생각하니 이상하게도 화는 나지 않았다. 가타기리는 우쓰미의 위 엑스레이 사진을 보면서 말했다.

　"궤양이라고 생각합니다만, 만에 하나, 종양이 숨어 있으면 안 되니 내시경 검사도 하고 오세요. 이야기는 그 다음에."

　우쓰미는 엑스레이 사진을 올려다보며, 마음속으로 이렇게 생각하고 있었다. 뭐야, 아버지와 똑같잖아. 엑스레이 사진에는 위의 주둥이에서부터 위 한 가운데까지 농도가 다른 부연 것이 퍼져 있었다. 우쓰미의 아버지는 위의 분문부에 생긴 암으로 세상을 떠났다. 아직 경찰학교 생도였던 우쓰미는 이 병원에 불려와 충격으로 시종 엎드려 있는 어머니와 함께 사진을 보며 설명을 들었던 것이다. 우쓰미는 용기를 내서 말했다.

"선생님, 이거 암 아닙니까?"

"글쎄요, 이것만으로는 뭐라고 할 수가 없군요. 아까도 말했지만 내시경 검사를 해 보지 않으면 아무 말도……."

가타기리는 당황스러운 모습으로 의자를 뒤로 뺐다.

1주일 후, 내시경 검사를 끝낸 가타기리는 우물거리며 말을 꺼냈다.

"표면에 그다지 변화는 보이지 않습니다만, 좀 딱딱한 것이 마음에 걸립니다. 안에 종양이 있을지도 몰라요. 그러니 확인하는 의미로라도 조속히 수술을 하는 쪽이 좋겠습니다. 직장에 양해를 구해서……. 일은 어떤 일을 하시나요?"

"형사입니다."

가타기리는 놀란 표정으로 우쓰미의 얼굴을 올려다보았다.

"경찰병원이 있잖습니까?"

"거기는 싫어서요."

그렇게 대답하면서 우쓰미는 아버지도 자신과 같은 심경이었을까, 생각했다. 가타기리는 그런가요, 하고 모호하게 끄덕이며 벽의 달력을 바라보았다. 우쓰미는 목 뒷덜미에도 살이 붙기 시작한 가타기리의 후두부에 대고 말했다.

"선생님, 표면에 나오지 않는 암도 있습니까?"

"예, 안에 숨어 있는 것이 있습니다. 좀처럼 발견되지 않는 데다

다른 장기들에 전이되기 쉬워서 위험하죠."

"제가 그렇습니까?"

"설마요."

가타기리는 놀란 모습으로 돌아보았다.

"모두 걱정이 되어서 그렇게 말씀하십니다만, 당신의 경우는 위궤양이라고 생각합니다. 단지, 위궤양과 암이 공존하는 경우도 드물게 있기 때문에 조직 검사를 하지 않으면 확실히 말씀드릴 수 없습니다."

"상관없습니다. 말씀해 주시는 편이 저게는 도움이 되니까요."

"왜죠?"

가타기리는 의아한 듯이 우쓰미에게 굴었다.

"왜라니요? 제 몸이지 않습니까."

"그렇지만……."

가타기리는 말을 얼버무리며 간호사와 시선을 마주쳤다.

"부인을 모시고 와주세요. 그때 이야기하도록 하죠."

"아내는 관계없습니다. 제 일이니까요."

가타기리의 말에 우쓰미는 화가 났다. 난 어린애가 아냐, 우습게 보지 마! 그렇게 소리치고 싶었지만 애써 참았다. 간호사는 눈을 내리뜬 채 있고, 가타기리는 생각에 잠긴 듯이 오른손으로 끊임없이 턱을 만지고 있다.

"아버지도 할아버지도 위암이었기 때문에 각오는 하고 있습니다."

"그렇습니까. 우리 병원의 방침과는 다릅니다만, 환자 분께서 희망하신다면 할 수 없군요."

가타기리는 한숨을 내쉬었다. 한참 말을 고르는 듯 사이를 두었다가, 겨우 입을 열었다.

"내시경 검사로는 아마도 위 입구 부분에 종양이 생긴 것 같습니다. 그러나 아직 초기인 것 같고, 퍼진 형태가 아닌 듯하니 수술로 깨끗이 제거할 수 있을 거라 확신합니다. 조기에 발견된 암의 치료율은 97퍼센트니까 안심하십시오."

"그렇다면 어째서 말하지 않았습니까?"

"저희 병원은 환자 본인에게는 통보하지 않는 것이 방침이랍니다."

"선생님의 생각은요?"

"저요?"

가타기리는 의외란 얼굴로 우쓰미를 보았다.

"전 치료 방침을 환자에게 제대로 전달하고 치료 방법을 결정하고 싶습니다. 정말 그렇게 생각합니다. 하지만 환자 분도 여러 타입이 있으니까요."

"전 알고 싶습니다. 그러니까 앞으로 그렇게 해 주십시오."

"알겠습니다."

말은 그렇게 했지만 가타기리는 본의는 아니라는 얼굴로 입을 삐죽거렸다.

"선생님. 아까 선생님이 말씀하신 것입니다만, 정말 전부 제거합니까?"

"괜찮습니다. 환자 분의 경우 점막하층 내에 멈춰 있습니다. 지금 발견된 게 천만 다행입니다."

우쓰미는 가타기리에게 본심을 이야기한 것에 만족하고 있다. '좀 더 의심을 품고 뒤를 캔다'는 평소의 직업의식을 잊고 곧 돌아갈 채비를 했다.

바깥은 이미 어두컴컴해졌지만, 눈보라는 여전했다. 버스 정류장까지 걷는 도중 땅에 쌓인 눈이 흩날려 우쓰미의 검은 코트 자락을 펄럭이게 했다. 차가운 칼날 같은 바람이 우쓰미의 가슴속까지 파고들어 명치를 얼게 했다. 그때 욱 하고 치밀어오는 격심한 통증에 우쓰미는 숨이 막힐 것 같아 그 자리에 멈춰 섰다 . 그러나 우쓰미의 마음은 해방감으로 가득 차 있었다. 우습게도 암이라는 것을 알았다는 것으로, 지금까지 암이 아닐까 하는 의혹이 겨우 해결된 것이다. 그것보다도 지금, 우쓰미의 머릿속을 차지하고 있는 것은 수술로 쉬는 동안, 수사 중인 슈퍼마켓 강도 살인 사건을 어떻게 할까 하는 것뿐이었다.

사건이 일어난 것은 한 달 전. 교외에 있는 중간 규모의 슈퍼마켓에 폐점 후 대상을 노리고 두 남자가 사무실에 쳐들어왔다가, 마침 잊고 간 물건이 있어서 되돌아 온 여점원을 찌르고 달아났다. 미수에 그친 것도 포함해서 비슷한 사건이 여러 건씩 일어났으므로, 수사본부에서는 외부인 범행설이 주류가 되어 있었다. 우쓰미 혼자 내부자의 소행을 주장해 왔다.

겉으로 보기에는 그곳만이 강도 사건 다발 지점에서 벗어나 있다는 극히 궁색스런 이유였다. 하지만 우쓰미에게는 현장을 보았을 때부터 냄새 나는 구석이 있었다. 부근에 학생, 아르바이트, 직장인 등 젊은 남자들이 사는 아파트가 많은 탓이다. 도시를 떠돌아다니는 놈들은 눈에 띄지 않으면 무슨 짓을 하는지 모른다. 이것이 우쓰미의 지론이고 근거였다.

우쓰미는 가설을 뒷받침하기 위해 점찍어둔 아르바이트 학생을 미행하고 다녔다. 실패하면 비웃음거리가 되지만, 성과를 올리면 금세 영웅이 된다. 그런 세계에서 자기한테 불리한 도박에 나섰는데,

여기서 쉬어야 하다니. 우쓰미가 암 수술 때문에 쉰다고 하면 기뻐할 동료 몇몇의 얼굴이 떠올랐다. "우쓰미 녀석, 아예 죽어 버리면 좋을 텐데."라고 저주하는 소리까지 들리는 것 같다. 자신이 같은 입장이라면 그렇게 말할 것이다. 더욱이 병이 출세에 방해가 되지 않을 거라 단정할 수도 없다. 그만큼 성적을 더 올리지 않으면 안 될 것이다. 우쓰미의 머리에는 자신의 병마보다도 그런 것들이 떠오를 뿐이었다.

며칠 후, 조직 검사 결과가 나왔다.
"유감스럽지만, 역시 암세포가 검출되었습니다. 그러나 거의 완치할 수 있는 초기 암이라고 생각되니 힘써서 치료해봅시다."
재차 가타기리의 선고를 받은 우쓰미는 위의 전부, 혹은 일부 적출 수술을 받는 것에 동의하고, 입원과 수술 날짜를 정했다. 2주 후에 위와 비장의 적출 수술이 있었다. 가타기리는 간단히 말했다.
"성공이니 안심하고 요양에 신경을 써주십시오."
식사를 한 번에 할 수 없게 된 것과 식후 갑자기 혈당이 내려가고, 댐핑 현상(위 절제 수술을 받은 환자가 헛구역질, 구토, 가슴 뜀, 발한 등의 이상을 호소하는 증세 ― 옮긴이)이 발생하는 등 한동안은 불쾌한 일 투성이었다. 그러나 목숨이 없어진 것이 아니다. 체력을 회복하기 시작하자 식욕이 되살아났다. 먹으면 체중이 불고, 안색도 좋아졌다. 한 달 동안 입원 치료한 후 우쓰미는 다시 일로 복귀했다. 식이요법을 따르는 식사는 만들기도 섭취하기도 불편하고 시간도 배로 들지만, 목숨이 살아 있어 좋아하는 일을 다시 할 수 있다는 것이 그저 기쁠 따름이었다.
그는 경찰 수사 1과에 배치된 지 2년, 경찰에 입문해서 12년 만에 목적을 이루었다. 도마코마이 경찰서 순경에서 경위 임관 시험을 통과한 것이다. 도 경찰 수사 1과의 형사가 되는 것이 경찰학교 시절부터 우쓰미의 목표였다. 곰이 나왔다는 통보 외에 사건이라곤 일어나지 않는 지루한 피서지의 파출소 근무를 거쳐, 겨우 도마코마이 경찰서로 돌아와 형사가 되었다. 그 후 눈에 띨 수 있는 일이라면 모두 했다. 회의에서는 적극적으로 발언했고, 타다 버린 자전거를 일부러 방치해 놓고, 그것을 몰래 가져가려는 중학생을 선도하기까지 했다. 마음에 들지 않는 상사여도 아부와 선물을 잊지 않았고, 동료에게 아무리 미움을 받더라도 오로지 실적 올리는 것에만 전념했다. 그 결과 손에 얻은 것이 도경 1과 형사다. 여기서 병으로 쓰러진다는 건 생각도 하고 싶지 않다. 곧 건강을 되찾을 거라 믿었던 우쓰미는 매일 항암제 복용도 게을리 하지 않았다.

직장에 복귀한 우쓰미에게는 충격적인 뉴스가 기다리고 있었다. 우쓰미가 쫓던 학생이 갑자기 다니던 학교를 그만두고 행방을 감추었다. 우쓰미가 겨우 한 달 입원하고 있던 동안 학생은 타이밍 좋게 어딘가로 숨어버렸다. 수사는 아무런 단서도 없고, 사건은 미궁에 빠져드는 양상이었다. 수술만 받지 않았더라면 그 녀석을 연행할 수 있었을 텐데, 그러면 서내에서 한 건 우쭐댈 수 있었을 텐데. 우쓰미는 속이 타고 분했다. 물론 자신이 은밀히 쫓던 학생의 도주를 상부에 보고할 필요는 없다. 내 몸에 이익이 되는 게 아니라면, 사건이 해결되지 않아도 좋은 것이다.

그것이 우쓰미 준이치란 이름의 형사였다.

수술한 지 1년 가까이 지났을 무렵, 우쓰미의 몸에 다시 이상이 생겼다. 감기에 걸린 것처럼 항상 전신이 나른했다. 그리고 사라졌다고 생각했던 둔통이 다시 나타났다. 불안해진 우쓰미는 가타기리에게 물었다.

"선생님, 암은 완전히 제거가 된 거죠?"

"제거했습니다. 그러나 담즙의 역류로 식도염을 일으키고 있군요. 환자 분의 몸은 이제 분문 기능이 없어서 말이죠. 약을 조제해 드리겠습니다."

처음에는 효과가 있었지만, 이내 약을 먹어도 통증이 가시지 않았다. 구토가 우쓰미를 덮쳤다. 식욕이 다시 떨어지고 10킬로그램 이상 체중이 줄었을 때, 우쓰미는 가타기리에게 따져 물었다.

"낫지 않잖습니까, 선생님? 솔직히 말씀해 주세요. 전에도 말했지만 제 몸이니까요."

"나쁜 조직은 전부 걷어냈기 때문에 그런 일은 없다고 생각합니다."

"수술하는 쪽이 낫다면 다시 수술하겠습니다."

"그럴 필요는 없습니다. 너무 고통스러우시다면 입원해서 링거를 맞으셔도 좋습니다만."

우쓰미가 화내는 모습을 보기 싫은 듯 가타기리는 시선을 돌리며 같은 말을 되풀이한다. 결말이 나지 않겠다고 생각한 우쓰미는 그날 밤부터 몰래 가타기리를 미행하기 시작했다.

6시에 병원 근무를 끝낸 가타기리는 볼보를 타고 눈길을 달려 귀가한다. 자택은 남구에 있는 분양 맨션이다. 가타기리의 가족은 대학 강사인 아내, 장모, 그리고 어린 딸. 1주에 한 번은 숙직으로 병원에 머문다. 그런 것들은 일단 조사가 끝났다.

그런데 토요일 밤, 가타기리는 집에 곧장 돌아가지 않고 시티 호텔 주차장에다 볼보를 세웠다. 바에서 젊은 여자가 가타기리를 기다리고 있었다. 우쓰미가 처음 병원을 찾았을 때, 접수계에서 가타기리의 이름을 가르쳐준 여자였다. 두 사람이 방으로 사라지는 것을 확인한 우쓰미는 다음 주에 병원으로 갔다.

복도에서 가타기리를 기다리고 있자, 가타기리는 풀이 잘 먹은 가운 소매를 걷으며 급한 모습으로 복도의 빨간 테이프 위를 걸어왔다. 빨간 테이프는 소화기과로 향하는 경로였다. 가타기리는 구석에 서 있는 우쓰미를 발견하고 깜짝 놀랐다.

"우쓰미 씨 아니세요?"

"안녕하십니까."

"오늘은 어쩐 일로. 어디 안 좋으십니까? 아프세요?"

우쓰미는 가타기리와 나란히 걷기 시작했지만, 건강한 사람의 보조를 따라갈 수 없어 이미 숨이 차올랐다. 엉겁결에 가타기리의 어깨를 잡았다.

"괜찮습니까?"

가타기리는 멈춰 섰지만, 그 눈은 겁에 질려 있었다.

"선생님, 재발한 거죠?"

"무슨 말씀이세요. 궤양 이야기입니까? 전부 도려냈으니까 그럴 일은 없을 겁니다."

"그럼 어째서 검사를 하지 않는 겁니까?"

"희망하신다면 해 드리겠습니다."

"그런 대답으로 만족할 거라 생각합니까. 내 목숨을 가지고 그렇게 간단히 말하지 마세요, 선생님."

우쓰미는 위협적인 태도를 보였다. 가타기리는 놀란 모습으로 우쓰미의 말라서 움푹 팬 눈언저리를 보았다. 우쓰미는 웃어보였다.

"앞으로 얼마 남았습니까, 선생님."

"그건 말할 수 없습니다. 사실이 아니니까요."

우쓰미는 파충류를 연상케 하는 감정 없는 눈으로 가타기리를 노려보았다.

"선생님, 그렇다면 묻겠습니다. 접수 창구의 아가씨와는 어떤 사이입니까. 그 머리가 짧고 아담한 아가씨, 그런 타입 좋아하십니까?"

"그건 대체 무슨 뜻입니까? 실례군요!"

조용한 우쓰미와 반대로 가타기리는 격했다.

"아무 사이도 아닙니다. 게다가 우쓰미 씨에게 그런 소리 들을 이유도 없습니다."

우쓰미는 가타기리와 여자가 만났던 호텔의 성냥을 아무렇지 않게 꺼냈다. 가타기리는 재빨리 성냥을 보더니 당황했다. 가운 주머니에 넣었던 양손을 꺼내 힘없이 옆으로 떨어뜨리는 가타기리를 보며 우쓰미는 계속했다.

"부인에게 말하지 않길 원한다면 선생님도 분명히 말씀해 주십시오. 난 내 일은 내가 알아서 정하고 싶습니다. 시간이 없으니 쓸데없는 짓들은 무엇 하나도 하고 싶지 않습니다."

가타기리는 경련을 일으키며 애써 웃음을 지으려고 했다.

"협박이군요, 그야말로."

"그렇게라도 하지 않으면 선생님은 아무 말도 하지 않을 것 아닙니까. 그건 내게 실례되는 일 아닌가요?"

가타기리는 얼굴을 일그러뜨리며 '형사는 정말 싫어'하는 표정을 노골적으로 지었다.

"하지만……."

"하지만 뭡니까. 난 목숨이 걸려 있습니다. 당신은 내가 죽는다

해도 아무것도 잃을 게 없잖아요. 화가 난다고요. 아시겠어요?"
 가타기리는 마음을 먹은 듯, 고개를 끄덕거렸다.
 "알겠습니다. 이야기하죠."
 하고는 복도 구석에 있는 소파로 우쓰미를 안내했다.
 두 사람은 나란히 갈색 비닐 소파에 앉았다. 소파의 표면은 복도를 기어다니는 한기 탓에 싸늘했다. 두 사람이 동시에 앉자 삐걱거리는 소리가 났다.
 "이런 곳에서 이야기하다니, 미안하군요."
 가타기리는 약간은 허둥대는 모습으로 눈을 이리저리 돌렸다. 진료 시간이 끝나 환자의 모습은 거의 없고, 병원 직원과 간호사들만이 바삐 걸어다니고 있다. 우쓰미는 가타기리의 몸짓을 보고 이미 단단히 각오를 했다.
 "괜찮습니다. 전부 말씀해 주세요."
 "그렇습니까. 그럼 말하겠습니다. 수술을 할 때 알았습니다만, 당신의 종양은 상당히 진행되어 있는 스키루스라는 종류의 악성이었습니다. 5퍼센트 정도의 발생률인데 정말 유감스럽습니다. 초기라고 말씀드렸지만, 그건 당신이 동요할 것을 생각해서 한 거짓말이었습니다. 죄송합니다. 이런 경우, 의사도 어떻게 해야 할지 고민하게 되죠."
 "더 자세히 말씀해 주십시오."
 우쓰미는 분하다는 어조로 가타기리를 사정없이 다그쳤다.
 "예. 스키루스는 표면으로는 거의 나오지 않고 뿌리 내리듯이 침투해 가는 것이 특징입니다. 우쓰미 씨의 경우는 장막까지 와 있었습니다. 그리고 파충성 전이를 일으켜서, 상당히 광범위하게 침투되어 있었습니다."

"전이는 어디에……?"

"림프절, 간이죠. 최대한의 처치는 했습니다만, 수술로 적출할 수는 없었습니다. 정말 죄송하지만, 오늘날의 의학으로는 어쩔 수 없는 것입니다. 언젠가 말씀드려야 한다고 생각하고 있었습니다. 나도 고민 많이 했습니다."

우쓰미는 쓴웃음을 짓지 않을 수 없었다. 감은 정확했지만, 수사의 뒷마무리가 엉성했다. 아니, 어차피 늦었다. 범인은 도망간 후다.

"내가 좀 더 빨리 왔으면 좋았을까요?"

가타기리는 어두운 얼굴로 고개를 저었다.

"빨리 오셨더라도 알기 어려운 암입니다. 적어도 위의 출구였다면 금방 자각 증세가 나타날 텐데요. 장소도 분문부였고……. 우쓰미 씨가 운이 나빴다고 하면 큰 실례인 것 같고……. 나도 한심하지만."

"그렇습니까."

우쓰미는 천천히 끄덕이며 팔에 진료 카드를 안고 담소하면서 이쪽을 향해 오는 두 젊은 간호사를 보았다. 두 사람 다 젊음으로 볼이 탱탱하다. 약간 통통한 몸에 힘이 넘치고 있었다. 저런 모습으로는 두 번 다시 돌아갈 수 없다. 자신에게는 쇠약과 죽음만이 기다리고 있다. 처음으로 우쓰미는 몸에서 힘이 빠질 정도의 충격을 느꼈다. 우쓰미는 지나가는 그녀들에게서 간신히 시선을 떼고 가타기리의 창백한 얼굴을 보았다.

"선생님, 저는 앞으로 얼마쯤 더 살 수 있을까요?"

"1년 정도는."

가타기리는 딱 잘라 말하며 우쓰미의 얼굴을 보았다.

"그럼, 이제 무엇을 해도 소용없겠군요."

"그건 생각하기에 따른 거겠죠. 목숨을 연장하기 위한 거라면 여러 가지를 생각할 수 있습니다."

우쓰미는 한참 동안 생각한 후 말했다.

"선생님, 그런 거라면 전 항암제 관두겠습니다. 그렇게 괴로운 짓을 하며 연명해도 침대 위에서 허덕거려야 한다면요."

"미안합니다."

"아뇨. 선생님 탓이 아닌걸요."

가타기리는 깊이 머리를 숙였다.

"정말 무력해서 죄송합니다."

"그럼, 이제 오지 않겠습니다."

"그건 곤란합니다. 제가 돌볼 수 있기 해 주십시오. 앞으로의 일이긴 합니다만, 음식을 넘기지 못하게 될지도 모릅니다. 게다가 황달도 생길 수 있고요. 그럴 때는 도와드리겠습니다."

우쓰미는 아무 말도 하지 않고 소파에서 천천히 일어났다. 가타기리는 침을 삼키며 우쓰미를 지켜보았다. 우쓰미는 자신의 등에 와 닿는 가타기리의 시선을 느끼면서, 복도를 걸어갔다. 암이라는 진단이 내려졌을 때 최악의 사태도 예측했어야 했다. 하지만 자신은 어떤 이유에서인지 나을 거라고 믿고 있었다. 일밖에 머릿속에 없었기 때문이다. 돌아보니 아직도 가캬기리가 서 있다. 우쓰미는 되돌아갔다.

"선생님, 한 가지 잊었습니다."

"뭔가요?"

가타기리의 시선에는 이제 망설임조차 없다. 그는 우쓰미의 얼굴을 정면으로 바라보았다.

"그 수술은 어차피 해도 소용없었던 겁니까?"

"소용없었던 것은 아닙니다. 열지 않으면 알 수 없었을 테니까요."

"하지만 수술이 반년 정도 늦어진다고 어떻게 되진 않았겠죠."

"어떻게 되는 건 아니었겠지만……."

가타기리는 우쓰미의 진의를 파악하기 어려웠던지 고개를 갸웃거렸다.

"빌어먹을!"

우쓰미는 신음했다. 가타기리는 이해할 수 없다는 얼굴을 하고 멍하니 서 있다.

"됐습니다, 선생님. 제 이야기니까."

우쓰미는 발길을 돌렸다. 해도 소용없는 수술이었다면 하지 않는 편이 나았다. 왜냐하면 그 수술 때문에 자신은 슈퍼마켓 강도 살인 사건의 범인을 놓쳤다. 염병할. 우쓰미는 또 자신을 저주했다.

병원의 정문 현관 앞에 서자 쉬익 하는 소리를 내며 자동문이 열렸다. 정면으로 차가운 바람이 세차게 불어왔다. 순간 숨을 쉴 수 없어서 엉겁결에 뒤로 비틀거린다. 이렇게까지 약해진 것인가. 건강했던 자신은 이제 아무 데도 없다. 몸이 이렇게 쇠약해져 간다면 곧 일을 그만둘 수밖에 없었다. 우쓰미는 자신이 할 수 없는 일로 수치를 당하는 것만은 질색이었다. 초동(初動) 수사의 오산. 빗나간 예상. 인생 최대의 실수. 그러나 이상하게 눈물도 나지 않는다. 자신의 불운을 한탄하지도 않았다. 단지, 죽음은 이런 것이라는 체념에 가까운 생각뿐이었다.

어느 틈엔가 해가 저물어 별이 나와 있다. 사람들의 발길에 밟힌 눈이 병원을 둘러싸고 있다. 우쓰미는 병원 건물을 올려다보았다. 낮 동안은 지저분하게 보이던 건물이 눈과 조명으로 아름답고 근엄

하게 보인다. 우쓰미는 아버지가 사망한 병실 쪽을 보았다. 적어도 죽음의 장소만은 아버지와 다른 장소로 하자. 두 번 다시 이 병원에 발을 들여놓지 않으리라. 아버지는 여러 가지 관을 온몸에 꽂은 채, 20일간 한마디도 하지 못하고 죽어갔다. 그런 임종은 절대 맞고 싶지 않다.

차를 돌리는 곳에는 눈이 깨끗이 치워져 검은 아스팔트 포장이 드러나 있었다. 그 표면에는 한기로 얼음막이 엷게 끼어 있다. 우쓰미는 발을 헛디뎌 넘어지지 않도록 살금살금 조심해서 걸었다. 전신에 힘을 주면 조금 숨이 찼다. 이제 곧 얼어붙은 길은 걸을 수 없게 되겠지. 의식과 행동을 일치시킬 수 있는 동안은 일을 하자. 곤란해지면 그때 그만두자. 우쓰미는 그 시기를 이번 여름으로 정했다. 단순한 감이었지만, 그의 감은 언제나 정확했다.

주차장에 세워둔 차로 돌아왔다. 차 안은 너무 추워 온몸이 떨렸다. 평소라면 곧 난방을 틀 텐데 우쓰미는 이를 달달 떨면서도 라디오 스위치를 켜고 있었다. 그도 생명이 다 됐음을 선고받았을 때만큼은 감상적이 되는 것 같았다. 그때 격류처럼 기타 프레이즈가 큰 소리로 흘러나와 우쓰미의 전신을 감쌌다. 우쓰미는 캄캄한 차 안에서 달달 떨며 끝까지 들었다. 그것이 스티브 레이 본의 블루스였다.

우쓰미는 죽을 끓이고, 두부와 시금치를 넣은 맑은 장국을 만들었다. 식욕은 없지만 먹을 수 있는 동안은 뭐든 할 수 있을 것 같은 생각이 들었다. 그 기분을 지속시키기 위해서도 먹지 않으면 안 된다. 우쓰미는 기계적으로 음식을 섭취하는 데 상당한 시간을 소비했다. 거의 고행이었다. 평소보다 세 배 이상의 시간을 들여 식사를 마치고, 티셔츠와 양말을 벗었다. 그리고 책상 앞에 앉았다. 기분이 좋을 때 하려고 미뤄둔 일이 있었다.

우쓰미는 서랍에서 엽서를 몇 장 꺼내 신세진 상사들에게 편지를 쓰기 시작했다. 조서를 작성하기 위해 연습한 펜글씨처럼 힘이 들어간 글자들을 깨끗하게 나열했다.

삼가 올립니다.
무더운 여름, 이노우에 경감님 별고 없으신지요.
도마코마이 서 시절에는 많은 신세를 졌습니다.
정말 감사했습니다.
이미 들으셨을 거라고 생각합니다만, 저는 병으로
요양을 하기 위해 6월 말일자로 퇴직하였습니다.
이노우에 경감님의 추천으로 염원하던 도경 1과에 배치되었는데, 은혜에 보답하지 못해 대단히 송구스럽게 생각합니다.

거기까지 쓴 후 우쓰미는 펜을 놓았다. 경찰서에 돌아갈 일 없으니 이런 것 쓰지 않아도 상관없지 않은가, 하는 생각이 들었다. 안부 편지를 쓰거나 선물을 보냈던 것은 조금이라도 위로 올라가겠다는 야심이 있기 때문이었다. 지금 이런 일을 해봐야 아무 의미도 없다. 우쓰미는 엽서를 찢어 쓰레기통에 던져 넣었다.

여우비는 그치고 플라타너스 잎에 묻은 물방울이 여름 햇빛을 받아 반짝였다. 젖은 도로가 금세 말라간다. 바람이 죽고 아침보다 습기가 높아진 탓인지 더 더워졌다. 이렇게 무더우면 몸이 힘들다. 우쓰미는 아침의 상쾌했던 기분을 떠올리자, 조금 아쉬운 생각이 들었다. 처마에 매달아놓은 빨랫줄에 빨래를 널고 있는데 전화가 울렸다.

"오늘은 좀 어때요?"

아내였다. 다키가와의 종합병원에서 간호사를 하고 있는 구미코는 한 달에 두세 번, 비번인 날에 삿포로에 돌아오지만, 그 이외는 병원의 직원 기숙사에서 생활한다.

"컨디션은 좋아."

"그래요. 식욕은 있어요?"

"아까 죽을 끓였어. 잘 먹고 있어."

"다섯 끼 다 잘 먹어요?"

"아니, 세 끼가 고작이야."

"안 돼요. 그러면 영양 부족이 돼요. 열은요?"

마치 병원에 있는 것 같다고 생각하면서 우쓰미는 사무적으로 대답한다.

"오늘 아침에는 36도 8분. 어젯밤에는 재는 걸 잊었어."

"그래요. 오늘 휴일이니까 지금 바로 출발하려고 하는데, 좋아요?"

"좋아."

"해질 무렵이 될 거예요."

"알았어."

공중전화의 잡음을 우쓰미의 귀에 남기고 전화는 끊겼다. 우쓰미는 방을 둘러보았다. 깨끗이 정리된 침대. 작은 책상과 의자. 양복장과 서랍장. 둥근 탁자. 방은 깨끗이 정돈되어 있었다. 먹고 난 물컵 하나 나와 있지 않고, 휴지도 떨어져 있지 않다. 구미코가 와도 아무것도 할 일은 없다. 그만큼 아내의 귀가는 우쓰미에게 기쁜 일이 아니다.

홍수 197

구미코를 알게 된 것은 우쓰미가 스물다섯 살 때. 도마코마이 서 근무 시절이었다. 시내 한복판에서 약간 벗어난 곳에 경찰서가 있었고, 그 반대편 종합병원에 구미코가 근무하고 있었다. 입원하고 있는 교통사고 피해자에게 사정 청취를 들으러 가기도 하고, 싸움으로 다친 폭행 피해자를 데려가기도 하고, 경찰관이 병원에 갈 일은 의외로 많다. 구미코는 외과 간호사여서 우쓰미와는 여러 차례 이야기를 나눈 적이 있었다. 특별히 인상적인 얼굴은 아니었지만, 행동이 민첩한 데 호감을 느꼈다. 어느 날, 교통사고 처리 문제로 병원 접수계에 서 있는데 지나가던 구미코가 불렀다.

"우쓰미 씨, 언제 영화 보러 가지 않겠어요?"

우쓰미는 놀라며 단정하게 간호사 캡을 쓴 그녀의 웃는 얼굴을 보았다. 어째서 내게? 싶은 생각에 이유를 묻고 싶어서 그러마고 했다. 서로의 비번 날을 맞추는 데 시간이 걸렸지만, 어찌어찌 해서 첫 번째 데이트를 했다. 영화표도 구미코가 구해놓았고, 식사를 할 레스토랑이나 바까지 정해져 있었다. 경찰관인 우쓰미가 직업인으로서, 아니 실적을 생각하며 합리적으로 일하는 것을 제일 우선으로 생각하듯이 구미코도 역시 간호사로서 우수하고 잘 훈련된 병사 같은 사고를 몸에 익히고 있었다. 그것을 실생활에 잘 적용하는 여자라고 생각했다. 여분의 감상이 없다. 우쓰미는 그것이 마음에 들었다.

"당신도 보기와 달리 성실해 보여서요."

구미코는 구미코 대로 우쓰미에게 말을 건 이유를 설명했다. 우쓰미는 자신이 성실해 보이는가 하고 내심 쓴웃음을 지었다. 성실하다는 건 어떤 것인지 구미코에게 거꾸로 묻고 싶었다. 우쓰미는 사회정의를 위해 경찰관이 된 것이 아니었다. 우쓰미 내부의 사회정의와 관계있는 감정을 굳이 말하자던, 범죄자와 그 예비군을 경멸하는 마음뿐이었다. 어차피 변변찮은 쓰레기들이니 자신의 성과를 올리기 위해 존재하는 '손님'이다. 치안이 나빠지면 검거 수가 늘어나 좋고, 비행 청소년은 얼마든지 조작해서 선도할 수 있기 때문에 좋다. 그런 것밖에 생각하지 않는데, 그것이 구미코에게는 성실한 경찰관으로 비쳤다니…….

우쓰미의 마음은 홍수처럼 야심으로 가득 차 있었다. 동료를 짓밟고 올라가 1등이 되고 싶다. 윗사람들에게 인정받고 싶다. 그런 생각만으로 살아갔다. 어째서 도경 1과에 가고 싶은가, 하고 묻는다면 그곳이 홋카이도 경찰의 정점이자 꽃이기 때문에, 멋있기 때문이라고 우쓰미는 대답했을 것이다. 어째서 꽃인 일을 하고 싶은가, 하는 이유를 생각할 마음은 털끝만큼도 없었다. 우쓰미의 대지는 홍수에 덮여 전혀 보이지 않았다. 그래서 우쓰미는 구미코를 챙겨 주지 않아도 좋을 상대라고 생각했다. 여자는 있으면 있는 대로 상관없고, 없어도 그리 아쉽지 않은 존재였다. 구미코는 그 점, 응석부리는 일도 없고, 손이 가지 않아 편리한 여자였다.

"나와 결혼해 주지 않겠습니까?"

우쓰미가 구미코에게 결혼을 신청한 것은 교제한 지 1년 후였다. 문제를 일으키지 않는 처자가 있다는 것은 경관으로서의 의무이기도 하다. 요컨대 결혼할 필요가 우쓰미 쪽에 생긴 것이다.

"좋아요."

구미코는 기쁜 듯이 대답했다. 구미코는 민첩하게 히다카에서 낙농 일을 하는 부모를 만나러 가서, 또 여러 가지 절차를 결정해 왔다. 결혼식, 손님, 답례품, 살 곳. 우쓰미는 은근히 자신의 선택이 옳았다고 생각했다.

하지만 우쓰미는 자신이 구미코를 너무 무르게 보았다는 것을 아직 눈치 채지 못했다. 결혼 후, 구미코는 간호사 일을 계속하고 싶다고 고집을 부렸다. 그렇다면 전근할 때는 데리고 갈 수 없다. 의도한 것과 다른 결혼 생활이 될까 두려워한 우쓰미는, 그렇다면 자신과 헤어져도 좋으냐고 공갈에 가까운 설득을 했다. 구미코는 결국 꺾였다.

그러나 구미코가 퇴직해서 전업 주부로 들어앉아 있던 것은 불과 4년. 우쓰미가 도마코마이 서로 돌아와 형사가 되었을 때, 두 사람 사이는 험악해졌다. 드디어 형사가 되어 날아갈듯이 기뻤던 우쓰미는 자신의 일에만 열중하여 구미코를 안중에도 두지 않았기 때문이다. 구미코는 스스로 다키가와로 가서 일할 병원을 찾았다. 그리고 무작정 집을 나갔다. 우쓰미는 말렸지만 구미코는 이렇게 말했다.

"난 간호사를 하기 위해 태어났다고 생각할 때도 있어요. 그런데 당신은 내가 하는 말에 귀도 기울이지 않아요. 당신은 자기 일밖에 생각하지 않는다고요."

그것이 민완이라고 불리는 일견 성실해 보이는 경찰관, 우쓰미의 홍수에 덮인 대지였다. 결국 두 사람은 타협점을 찾지 못하고 별거하게 되었다. 두 사람 사이에는 아이도 없었기 때문에 우쓰미는 반은 무너진 가정을 가진 괴짜 형사가 될 수밖에 없었다. 그것이 우쓰미에게 남들보다 실적을 더 올려야 한다는 집념을 갖게 했는지도 모른다.

병을 얻은 지금, 구미코는 우쓰미에게 부드러워졌다. 휴일마다 삿포로에 와서는 우쓰미를 돌봐주려고 한다. 좀 더 잘 돌봐줄 수 있도록 다키가와로 이사오라는 말도 했다. 그러나 우쓰미는 그것도 구미코의 직업적 태도에 지나지 않는다고 생각했다. 가망 없는 말기암 환자에 대한 간호. 구미코는 그 일을 완벽하게 하고 싶은 것이다. 우쓰미는 자신의 편의만으로 구미코와 결혼한 것을 그녀가 아직 용서하지 않고 있을 거라고 생각한다.

침대에 누워 있다가 어느 틈엔가 잠이 든 것 같다. 현관 벨이 울려 눈을 뜨니 바깥은 이미 어둑해져 있었다. 점심 때의 약속을 까맣게 잊고 있던 우쓰미는 어두컴컴한 복도에 서 있는 화장기 없는 구미코의 모습을 보고 놀랐다.

"너무해요. 잊었어요?"

"그러고 보니 온다고 했었군."

구미코는 대답하지 않고 예의 간호사 특유의 관찰하는 눈으로 우쓰미의 전신을 위에서 아래까지 훑어보았다. 쇠약해지고 있는 모습을 검사하는 듯한 눈빛. 그것이 불쾌해서 우쓰미는 언짢은 투로 말했다.

"그런 눈으로 보지 마."

"그런 눈이라니요, 어떤 눈이요?"

환자란 원래 정서불안이라고 생각해서인지, 구미코는 그다지 신경 쓰지 않는 태도로 유행에 뒤처진 운동화를 벗었다.

"건강해 보이는걸요."

거짓말이다. 더 말랐다고 생각하고 있을 것이다. 우쓰미는 아무 말 없이 흐트러진 침대를 고치러 되돌아갔다. 그러자 구미코가 황급히 따라 들어왔다.

"내가 할게요. 당신은 환자니까 앉아 있어요."

"됐어. 내 방이니까."

티셔츠에 청바지, 가방은 검은 배낭. 오랜만에 타인의 눈을 신경 쓰지 않고 자신의 길을 고집하는 여자의 모습이었다.

"당신은 참 든든한 간호사야."

우쓰미의 입에서 빈정대는 것도 뭣도 아닌 그런 말이 흘러나왔다.

"그래요. 나, 간호부장 자리를 노리고 있는걸요."

구미코는 돌아보며 그저 농담이라고만은 할 수 없는 어조로 대답했다. 한 때 수사 1과의 형사가 되고 싶었던 남자와, 지금은 간호부장을 노리는 여자. 어느 쪽도 상대는 생각하지 않았다. 그런데 직업인으로서는 무서우리만큼 우수하다. 우쓰미는 맞지 않는다고 생각했지만, 어쩌면 그들 부부는 더없이 닮은 인간이었다고 생각하며 쓴웃음을 지었다.

구미코는 사 온 재료를 꺼내 저녁 식사를 만들어 주었다. 생선찜, 죽, 야채조림. 병원식 같이 소화가 잘 되는 것들뿐이었다. 두 사람은 말없이 저녁을 먹었다. 어색해진 구미코가 텔레비전을 켰지만 흥미가 없는 우쓰미는 화면을 보지 않았다.

"내 속도에 맞추지 않아도 돼."

"알아요."

그러나 구미코는 천천히 입맛 없다는 듯 생선을 뒤적거리고 있다. 우쓰미는 열심히 씹으면서 아내에게 물었다.

"병원에는 나 같은 환자가 많겠지?"

"네."

"그 인간들은 뭘 하고 있어?"

"네?"

"죽을 때까지 뭘 하고 있냐고. 항암제를 맞거나, 방사선 치료를 하면 암이라는 사실이 다 알려지겠지?"

"그렇죠."

구미코는 젓가락을 놓았다.

"제각기 달라요. 하지만 낮에는 건강하다가도 밤이 되면 모두 의기소침해져요. 기분이 우울해지는 것 같아요. 숨을 못 쉬겠다고 30분 간격으로 간호사를 부르는 남자가 있는데요. 그 사람, 이제 마흔두 살인데 폐암 수술을 했어요. 하지만 아무도 어떻게 할 수가 없잖아요. 우선 달려가서 다리라도 주물러 주려고 생각하지만, 가면 괴로워서 헐떡거리면서도 소리를 지르는 거예요. '뭐 하러 왔어!' 하고. 아니면 '너 따위가 온다고 어떻게 되는 게 아냐!' 하면서. 어떻게 해야 좋을지 몰라 간호사실로 되돌아오면 또 벨을 눌러요. 밤새도록 그 일을 되풀이하는 거예요. 이쪽도 완전 녹초가 되어버리죠."

"그리고?"

"전직 형사도 있어요."

"형사?"

"네. 벌써 일흔 정도 되었는데 매일 밤 자면서 소리를 질러요. 같은 방 사람들이 불평을 해서 이유를 물어보았더니 사람을 죽이는 꿈을 꾼대요. 뭔가 우습기도 하지만."

"그리고?"

"비참한 이야기는 얼마든지 있어요."

갑자기 구미코는 당혹스러운 듯 말을 얼버무린다.

"좀 더 즐거운 이야기를 하는 편이 좋겠죠."

"괜찮아. 그냥 해."

"어째서 듣고 싶은 거예요?"

"당신은 내가 모르는 지옥을 알고 있기 때문이야."

"지옥? 지옥이라고는 할 수 없어요. 인간의 당연한 모습인걸요."
"그럼 그 당연한 것을 더 말해봐."
"잠깐만요."
구미코는 모호한 대답을 남기고, 텔레비전을 돌아보았다.
"나, 이 사건 기억나요."

갑자기 구미코가 그렇게 말하며 손가락으로 가리켰다. 화제를 바꾸려는가, 하고 조금 화가 나서 텔레비전을 돌아보았다. 재연 드라마를 통해서 이즈미자토 별장의 어린이 실종 사건에 관해 설명하고 있었다. 저런 일이 있었지. 우쓰미의 기억 장치가 움직이며 4년 전 여름, 이웃 에니와 서 관할에서 일어난 미해결 사건을 상세하게 떠올렸다. 도쿄에서 온 여자아이가 별장지에서 행방불명이 되었다. 막다른 산길 꼭대기에서 없어졌는데, 차 소리도 나지 않았고, 수상한 사람도 목격되지 않았다. 온 산을 수색해도 발견되지 않았다. 한때는 부친 범인설도 나온 묘한 사건이었다. 그때의 우쓰미는 도마코마이 서의 형사로 있어서, 에니와 서를 지원하러 나갔기 때문에 관계자도 보았지만, 담당이 아닌 이상 쓸데없는 머리나 체력을 쓰지 않으려 했다.

"안됐어요, 저 부모들."

구미코는 소파에 앉아 고개를 숙이고 있는 부부를 쳐다보았다. 우쓰미도 흘끗 눈길을 던졌다. 아버지는 피곤이 밴 표정으로 시선을 떨구고 있고, 30대 후반으로 보이는 어머니는 큰 한숨을 내쉬었다. 그 어깨가 내려가는 것을 우쓰미는 멍하니 바라다보았다. 아버지는 알고 있었지만, 어머니의 얼굴은 처음이었다.

마침 그때, 스튜디오에 전화가 들어왔다. 사회자의 흥분한 목소리가 들린다. 행방불명된 여자아이를 보았다는 증언이었다. 구미코가 이야, 하고 소리를 질렀다.

"저 전화 정말일까요? 그 아이, 안됐지만 죽었을 거예요, 그죠?"

우쓰미는 죽이 든 그릇을 테이블 위에 내려놓았다.

"아마도."

"하지만 희망을 버리지 않는군요."

'지금 텔레비전을 보다 보니, 스튜디오에 있는 저 어머니의 얼굴과 아주 닮아서 전화했어요.'

아내의 이야기 소리 중간에 제보자의 그 목소리만이 귀에 들어와 우쓰미는 자신도 모르게 시선을 돌렸다. 화면 가득 어머니의 얼굴이 비춰졌다. 희망이 흘러넘치고 있다. 하지만 그 얼굴의 기조를 이루고 있는 것은 커다란 공동을 메울 수 없는 고독이었다. 우쓰미는 어딘가에서 본 듯한 표정이라고 생각했다. 오늘 아침 거울 속에 있던 자신의 얼굴과 같았다. 아이를 잃었다는 현실과 타협하지 못하는 여자. 여자의 불행이 우쓰미의 마음속에 가라앉아 있던 무엇을 건드렸다.

"나, 저 아이 찾아줄 거야."

우쓰미의 중얼거림에 구미코가 고개를 들며 처음 만난 사람처럼 우쓰미를 보았다.

2

우쓰미는 오랜만에 꿈을 꾸었다. 과장과 동료들에게 자신이 형사실에 돌아왔음을 보고하는 꿈이었다. 동료들은 우쓰미를 보고 놀란 얼굴을 짓기도 하고, 어깨를 두드리며 제각기 격려의 말을 건네주기도 했다. 그때마다 우쓰미는 웃음 띤 얼굴로 고맙다는 인사를 했다. 우쓰미는 볼살이 쏙 빠진 여윈 얼굴도, 골격이 드러난 마른 몸도 아닌, 예전의 건강하던 몸 그대로였다. 자신의 책상 앞에 앉아 머그잔이 없는 걸 깨닫고, 아, 퇴직할 때 버렸지, 생각하는데 잠이 깨버렸다. 우쓰미가 꿈속에서 기뻐한 것은 다시 일을 하게 된 것과 뜻하지 않았던 동료들의 따뜻함 때문이 아니었다. 병이 나은 것에 환희하고, 두 번 다시 돌이킬 수 없는 육체를 다시 얻은 것에 감사했다. 죽을병에 걸린 자신이 꾸는 꿈은 역시 안타까웠다. 그러나 우쓰미는 수면제를 먹고 잤는데도 꿈을 꾼 게 기뻤다.

어제와 마찬가지로 여름답게 활짝 갠 좋은 날씨다. 몸의 컨디션은 좋지 않다. 눈을 떴을 때부터 가벼운 복통이 있고 몸이 나른하다. 뭔가를 하려고 생각하자, 몸도 머리도 배신을 하는 것 같다. 마치 지금부터 하는 일이 얼마나 무리인가를 알고, 암세포들이 기뻐 날뛰는 듯하다. 하지만 그 꿈틀거림은 분명 우쓰미의 물줄기가 콘크리트를 뚫고 새로운 수로를 발견했다는 증거이기도 했다. 아직 금이 간 정도이지만, 물은 곧 그쪽으로 스며들어 길을 만들어갈 것이다. 우쓰미는 배를 누르고 천천히 일어나면서 쓴웃음을 지었다.

세수를 마치고 아침 식사인 죽을 불에 올려놓고, 따뜻한 물로 입을 적셨다. 그리고 도쿄의 텔레비전 방송국에 전화를 넣어 보았다. 여기저기로 돌려지던 전화는 마지막에 프로그램 담당자인 호자카라는 여자에게 연결되었다. 아나운서 같은 톤 높고 달콤한 목소리의 소유자였다.

"삿포로의 우쓰미라고 합니다. 어제 텔레비전을 봤습니다만, 그 이즈미자토 사건으로 좀…….."

"제보입니까?"

말이 끝나기도 전에 호자카는 힘을 주어 물었다.

"아뇨, 아닙니다. 저는 막 퇴직한 형사입니다만, 그 사건에 흥미가 있어서요. 좀 조사해 보고 싶은 생각이 들어서."

"구체적으로 설명해 주신다면?"

"개인적인 흥미입니다. 당시 저는 에니와 서 이웃 동네의 도마코마이 시에 근무하고 있어서, 그 사건이 줄곧 마음에 걸렸습니다."

"어떤 목적인지 여쭤도 될까요?"

경계하고 있다.

"모리와키 씨라는 분께 도움이 되어드리고 싶습니다."

대답은 그렇게 했지만 우쓰미는 자신의 말의 진위를 생각하고 있다. 솔직히 말하면 순간적인 호기심에서 나온 것에 지나지 않는 것이다.

"저, 그것은 '선의'입니까? 그러니까 '무상으로'라는 겁니까?"

호자카는 우쓰미의 진의를 확인하기 위해선지 알기 쉽게 문맥을 잘랐다.

"그렇습니다."

"그렇습니까? 고맙습니다. 모리와키 씨 부부도 자원봉사 해 주실 분이라면 기꺼이 환영할 거라 생각합니다."

자원봉사라는 말이 낯간지러웠다. 그러나 무상으로 조사를 해준다는 것이니 자원봉사는 자원봉사다.

"그렇다면 모리와키 씨의 전화번호를 가르쳐드릴 테니 모리와키 씨의 허락을 얻은 후 활동해 주시겠습니까?"

"그건 상관없습니다만, 전 먼저 오타루의 제보를 자세히 알고 싶습니다."

"알겠습니다. 서류를 가져와서 다시 전화 드리겠습니다. 전화번호를 말씀해 주시겠습니까?"

우쓰미는 번호를 말하고 전화를 끊었다. 죽이 끓고 있다. 달려가서 냄비 뚜껑을 열고 된장국에 넣을 것들을 썰고 있는데 전화가 울렸다.

"여보세요. 모리와키 카스미라고 합니다만."

호자카라고 생각했는데 느닷없이 그 어머니에게 걸려왔다. 우쓰미는 텔레비전에 비친 얼굴을 떠올렸다. 이런 목소리를 하고 있구나. 우쓰미는 약간 나지막하고 맑으면서도 긴장한 어조를 천천히 감상했다.

"지금, 도쿄 텔레비전의 호자카 씨께 전화를 받았습니다만, 유카를 찾아 주신다고 들었습니다."

"예, 그러고 싶습니다."

"감사합니다. 정말 감사합니다. 아이도 한 명 더 있고, 남편도 저도 일을 하고 있어서 말이죠. 도쿄에서는 좀처럼 생각대로 되지 않았는데, 정말 감사합니다."

한 통의 전화만으로 벌써 나를 신용한다는 건가. 우쓰미는 카스미의 무방비함에 어이가 없었다. 카스미 내부에 당장이라도 터져 나올 듯한 감정이 가득 채워져 있음이 느껴졌다. 노출된 고독. 그 얼굴은 지금, 희망으로 밝게 일그러지고 있을 것이다.

"도움이 될지 어떨지 모르겠습니다만. 당시, 이웃 서에 있었기 때문에 사건의 개요도 잘 알고 있습니다."

"저, 경찰에 계신 분이세요?"

갑자기 카스미의 말투에 불신이 흘렀다.

"전직 형사입니다. 그래서 모리와키 씨 사건을 지원하러도 갔었습니다."

"그러세요?"

카스미의 목소리는 순간 침울해졌다.

"그렇다면 사건에 대해서 아주 잘 아시겠군요."

"알고 있습니다."

"에니와 서의 아사누마 씨도 아세요?"

"담당 형사입니까?"

"네."

"만난 적은 없습니다. 와키다라면 알고 있습니다만."

카스미는 잠시 침묵했다. 이윽고 결심을 한 듯 말했다.

"모처럼 전화를 해 주셨는데, 그렇다면 됐습니다. 마음 써 주신 것은 감사드립니다."

우쓰미는 놀라서 따져 물었다.

"그게 무슨 말씀입니까. 경찰이면 안 됩니까?"

"아뇨, 그런 의미는 아닙니다. 경찰 분들에게 실망했다고 말씀드리면 실례겠지만, 그 비슷한 심정이라서요."

과연 그런 것이었나. 우쓰미는 얌전하다고 생각했던 모리와키 카스미의 의외로 강인한 자세에 초조함을 느꼈다. 당시, 현장에서는 별장주와 행방불명된 아이의 어머니가 그렇고 그런 사이라는 소문이 있었는데, 그 부분을 캐고 드는 것이 진절머리 났던 모양이라고 생각했다. 우쓰미 속에 있던 벌레가 꿈틀거리기 시작했다. 범죄자는 인간쓰레기라고 생각했던 평소의 강한 경멸감이었다. 카스미는 그 인간쓰레기일까, 아니면 뭔가 자신이 모르는 비밀이 있는 걸까. 캐고 싶어 견딜 수 없다.

"정말 죄송합니다. 마침 내일 삿포로로 가니 직접 조사하겠습니다. 고마웠습니다."

"내일 말입니까? 오타루 건은 제가 조사한 후 오시는 게 어떨까요?"

우쓰미는 오타루의 제보 따위는 엉터리 제보라고 생각했다. 조사하는 것은 식은 죽 먹기다. 어째서 그렇게 고집을 부리는 걸까. 우쓰미에게는 카스미의 심정까지 배려할 만한 너그러움은 털끝만큼도 없었다.

"아뇨, 가겠습니다. 유카는 4년 전 8월 11일에 실종됐습니다. 매년 그 무렵이면 홋카이도에 가고 있습니다."

오늘은 8월 8일이었다.

"그건 왜죠?"

카스미는 지긋지긋하다는 투로 말했다. 아마도 카스미는 우쓰미가 지금까지 알아 왔던 경찰들과 별다를 바 없다는 결론을 내린 것 같다.

"모르시겠지만, 이것도 뭔가의 고비라고 생각합니다. 그것이 저희 마음입니다. 어쨌든 죄송합니다만, 이번 건은 거절하겠습니다."

카스미의 어조에는 두 말을 못 하게 하는 힘 같은 것이 있다. 우쓰미는 따를 수밖에 없었다. 알겠습니다, 하고 끄덕거리면서도, "몇 시 비행기로 오십니까?"하고 넌지시 묻는 것을 잊지 않았다.

"오후 1시입니다만."

카스미는 이상하다는 듯이 대답했다.

우쓰미는 전화를 끊고 들떠 있는 자신을 발견했다. 명치의 통증은 이미 잊고 있었다.

죽은 다 눌어붙었다. 우쓰미는 혀를 차며 죽을 다 버렸다. 우쓰미는 냄비 바닥에 눌어붙은 것을 주걱으로 긁어내고 흐르는 물로 씻으며, 모리와키 카스미의 목소리를 떠올리고 있었다. 가끔 나타나는 모리와키 카스미라는 여자의 강한 말투, 그것과 대조적인 불안함. 무엇이 그녀를 충동질하는 건가 그녀는 무엇을 찾고 있는가. 그녀의 불안은 무엇인가. 그리고 그녀는 무엇을 했는가. 모두 알고 싶었다. 이 사건에 끼어드는 것이 자신의 건강에 해를 끼칠 것은 예상하고 있다. 하지만 우쓰미는 뭔가를 쫓는다는 행위에 자신도 놀랄 정도의 기쁨을 느끼고 있었다. 죽을 다시 끓이는데 이번에는 호자카에게서 전화가 왔다.

"모리와키 씨에게 전화 왔었죠?"

"예, 내일 오신다더군요."

"네, 지금까지 아무것도 얻은 게 없었기 때문에 이번에야말로 뭔가 있지 않을까 하고 흥분하고 계세요. 우쓰미 씨 전화를 기다리고 있을 수 없다고 해서 전화번호를 가르쳐드렸습니다."

"괜찮습니다."

우쓰미는 카스미에게 거절당한 건 입 밖에도 내지 않고 대답했다.

"제가 이런 말씀 드리긴 뭣하지만, 부디 잘 부탁드립니다. 그리고 참고가 될 만한 자료를 팩스로 보내고 싶습니다만."

"지금 팩스로 바꾸겠습니다."

이윽고 팩스가 열 장 가까이 종이를 뱉어냈다.

우쓰미는 시간을 들여 천천히 아침 식사를 하면서 호자카에게서 온 자료를 훑어보았다. 이즈미자토 별장지 어린이 실종 사건의 개요와 신문 기사 스크랩, 유카의 사진. 이 정도라면 우쓰미도 입수할 수 있다. 그리고 어젯밤 텔레비전 방송국으로 온 제보를 메모한 것. 제보 제공자의 이름과 전화번호도 쓰어 있다. 그러나 텔레비전에서 본 이상의 새로운 것은 아무것도 없었다. 허위야, 하고 우쓰미는 새삼 생각했다.

　작년 봄부터 아사리 해변에 있는 한 어부의 집에 젊은 남자가 살고 있다. 근처 터널 공사장에 일하는 것 같기 하지만 정확하지는 않다. 그 남자는 열 살 정도의 여자아이를 데리고 있는데, 아이의 아버지라고 생각되는 나이도 아니고, 아이도 전혀 닮지 않은 것이 항상 마음에 걸렸다. 그 여자아이는 '유카'라고 불리는 듯했다. 게다가 텔레비전에서 본 어머니를 퍽 닮은 것 같아, 이 아이가 아닐까 하고 전화했다.
오타루 시 아사리마치 오쓰카(66세) 여

　우쓰미는 식사를 마치자 곧 소화제를 먹었다. 혈당치가 급격히 내려가는 것을 막기 위해 방바닥에 벌러덩 드러누웠다. 옆에 있는 팩스 용지를 들고 드러누운 채 한 번 더 처음부터 읽었다. 오후에는 에니와 서의 아사누마라는 형사를 찾아가보려고 생각했다. 이야기를 해본 적은 없지만 이름은 알고 있다. 현역 때라면 아사누마는 절대 말해 주지 않겠지만 다행히 지금 우쓰미는 퇴직하였다. 뭔가 얻어낼 수 있을 것이다.
　어떻게 수사를 할까. 몸에 익은 습관으로 '수사'라는 말이 불현듯 떠올랐다. 우쓰미는 놀라 고개를 가로젓는다. 결코 수사가 아니었다. 우쓰미에게 '수사'는 위쪽의 평가만이 목적이었다. 그렇기 때문에 이놈이다 싶은 용의자를 철저하게 고문하고, 미끼를 던지기도 하고, 거래도 하고, 때로는 속임수도 쓰면서 나쁜 잔머리와 오로지 많이 돌아다니는 것으로 승부를 보는 것이다. 또 짓밟고 일어서야 할 동료가 있어서, 비밀은 최대한 혼자 품었던 혼자만의 일이기도 했다. 지금부터 자신이 하는 일은 '수사'를 흉내낸 일에 지나지 않는다. 아니, 전혀 다른 것이라고 우쓰미는 생각했다. 먼저 범인 같은 건 아무래도 상관없다. 사실 아이의 생사도 아무래도 좋았다. 모리와키 카스미의 비밀을 아는 것도, 어젯밤 자신과의 공통의 뭔가를 발견하고 싶다고 생각했던 것도, 실은 죽을 때까지의 시간 죽이기, 아니, 오락에 지나지 않는 것이었다.

에니와 서까지는 차로 약 한 시간 정도 걸렸다. 그 정도라면 아직 피곤하지 않다. 우쓰미는 새 티셔츠로 갈아입고, 검은 재킷을 손에 들고 방을 나왔다. 아파트 앞의 보도에 심은 피라칸타(장미과 쌍떡잎식물의 한 종류 — 옮긴이)의 그림자는 전보다 길어졌다. 한여름의 햇빛에도 슬슬 가을 기운이 스며들어 온다. 우쓰미는 그것을 자기 죽음의 전주처럼 느꼈지만, 파란 하늘을 올려다보며 애써 그런 생각을 떨쳤다. 언제까지 이런 노력을 계속해야 할까. 언제 자신은 노력의 허무함을 알까. 우쓰미의 마음은 어둡게 물들고 있다.

아파트 뒤 주차장에 세워 둔 색 바랜 은회색 차 앞에 섰다. 가는 모래 먼지가 희미하게 몸체에 쌓여 있다. 체력이 떨어져 핸들이 몹시 무겁게 느껴진 뒤부터는 잘 타지 않게 되었다. 아이들에게 안성맞춤의 놀이터가 되었던지, 보닛 위에도 운전석 문에도 비뚤거리는 글씨로 '바보', '죽어라' 하는 낙서가 있다. 확실히 나는 바보다, 그리고 이제 곧 죽는다. 우쓰미는 호기심에 찬 자신이 우스워 견딜 수 없었다. 퇴직 전에는 아니, 병을 얻기 전까지는 생각지도 못했던 행동을 취하고 있다. 문을 열었다. 차 안에서 담배 니코틴 냄새와 태양에 데워진 먼지 냄새가 동시에 풍겨왔다. 우쓰미는 시트에도 쌓인 모래 먼지를 털고 스티비 레이 본의 카세트를 틀고 출발했다.

아사누마와는 에니와 서 옆의 패밀리 레스토랑에서 만나기로 했다. 우쓰미가 오렌지 주스를 홀짝거리면서 창가 자리에서 기다리고 있자 초로의 차분한 남자가 들어와 손을 들었다.

"우쓰미 씨입니까? 기다리게 해서 죄송합니다."

아사누마는 멋쟁이였다. 골프를 해서 태운 듯 가무잡잡한 얼굴에 백발이 잘 어울렸다. 금테 안경을 끼고 감색 여름 바지에 베이지색 골프 셔츠 차림은 마치 대기업 간부나 부동산 회사의 사장으로 보였다. 아사누마는 자리에 앉기 전에 메이커 제품의 명함 지갑에서 명함을 꺼냈다.

"아사누마입니다."

"우쓰미입니다. 죄송합니다, 명함이 없어서."

아사누마는 스스럼없이, "아뇨, 괜찮습니다."하고 손을 저으며 자리에 앉은 후, 검은 바지에 흰 티셔츠 차림의 우쓰미를 찬찬히 관찰했다.

"당신이 우쓰미 씨입니까. 이름은 많이 들었습니다만."

"그건, 어디서?"

"괴짜 민완 형사가 있다고 말이죠."

아사누마는 농담처럼 말했지만, 금테 안경 속의 심술궂은 눈이 반짝거렸다. 이 녀석, 고상한 척하면서 본심을 드러내고 있군. 우쓰미는 얼굴에는 나타내지 않고 내심 그렇게 욕을 해댔다. 아사누마의 빈정거림은 이어졌다.

"도마코마이의 야쿠자들이 안도의 한숨을 쉬고 있다죠. 우쓰미 씨가 없어져서 사건 조작이 줄었다고."
 우쓰미는 모호한 미소를 띤 채 듣고 있다. 아사누마는 시치미 뗀 얼굴로 아이스커피에 빨대를 꽂으며 눈을 치뜨고 우쓰미를 보았다.
 "왜 그만두셨습니까. 도경 1과에 가셨잖습니까? 거기까지 갔으면 엘리트인데."
 "자택 요양 중입니다."
 "오, 어디 몸이 안 좋은가요?"
 우쓰미의 헐렁한 양복 언저리를 보았다.
 "위암입니다."
 이렇게 대답하며 우쓰미는 아사누마를 보았다. 어깨로 바람을 가르며 다니던 인간이 한물가는 순간 기세가 등등해지는 족속은 많다. 맞서려는 태세를 자연스럽게 갖추게 된다. 하지만 아사누마는 실례되는 말을 했다고 생각했는지, 시선을 돌리며 옆자리에 놓인 여름용 재킷에서 주섬주섬 담배를 꺼냈다. 마음이 약한 사람이군. 우쓰미는 마음을 고쳐먹고 당당하게 나가기로 했다.
 "이즈미자토 별장지의 어린이 실종 사건 말입니다만, 좀 들려줄 수 없겠습니까?"
 "상관없습니다. 그런데……."
 아사누마는 일회용 라이터로 담배에 불을 붙였다.
 "우쓰미 씨가 어째서 다시 흥미를 가지십니까?"
 "저도 그 사건 지원하러 갔었습니다. 하루뿐이었지만요. 현장으로."
 "아, 그렇죠."
 아사누마는 생각이 난 것 같다.
 "총동원이었으니까요."

"헬리콥터도 떴었죠. 그래도 발견하지 못했지만."
"정말 어려웠죠, 그 사건은."
아사누마는 자신의 게으름을 감추듯이 웃었다.
"그래, 어째서 듣고 싶은 겁니까?"
"아뇨, 한가해서 아이나 찾아줄까 싶어서요."
"농담이시겠죠."
아사누마는 웃음을 참으려고 고개를 떨구었다. 그리고 그 얼굴에는 이렇게 씌어 있었다. '아이는 이미 죽었다. 너도 알고 있겠지, 형사는 항상 나쁜 쪽부터 추리한다는 것을.'이라고. 우쓰미는 무시하고 못 본 척했다.
"아뇨, 진지합니다."
"우쓰미 씨, 그건 당신의 새로운 일입니까? 일을 하면서 우리에게 온 제보를 공짜로 손에 넣겠다는 것입니까?"
"일이 아닙니다. 단순한 취미입니다. 그러니까 제보는 필요 없습니다. 이 이상 뭔가 더 얻은 게 있습니까, 아사누마 씨?"
우쓰미는 자료를 가리켰다. 자신의 무능함을 일깨우는 듯한 태도에 아사누마는 무참해졌다.
"그럼, 뭐가 듣고 싶은 겁니까?"
"굳이 말하자면,"
우쓰미는 가게의 천장을 쳐다보며 말했다.
"아사누마 씨의 감상……이라고나 할까요."
우쓰미는 스스로도 뜻밖의 말이 튀어나와서 깜짝 놀랐다. 아사누마도 놀란 표정으로 되물었다.
"감상이라니요? 무슨?"
"그 사건에 대한 감상 말입니다."

"그런 걸 들어서 뭘 하게요?"

아사누마는 참던 웃음을 흘린다.

"글쎄요. 저도 잘 모르겠습니다만. 평상시 하던 대로가 아니라 지금까지 하지 않았던 방법으로 해 보고 싶어서요. 그래서 여태 묻지 않았던 걸 물어 볼까 해서."

"무슨 말을 하는지 하나도 모르겠군요."

"미안합니다."

우쓰미는 솔직하게 머리를 숙였다.

"전 이제 형사가 아니기 때문에 다른 발상을 해 보기로 생각했습니다."

"오호, 이번에는 탐정입니까?"

아사누마는 야유했다.

"멋있군요."

"아뇨, 일이 아니라니까요."

손을 저으며 부정한다.

"단순한 인간, 단순한 남자. 그런 입장에서 듣고 싶습니다."

"선문답을 하자는 건 아니겠죠."

진절머리 나는 듯, 아사누마는 빨대로 아이스커피를 전부 빨아 마셨다. 딸그락 하고 얼음이 부서졌다.

"요컨대 말이죠, 아사누마 씨는 현역 형사입니다. 사건을 많이 떠안고 계시죠. 저도 아사누마 씨의 입장이라면 이렇게 뻔뻔스럽게 찾아온 놈에게 아무 말도 하지 않겠습니다. 그런 걸 다 알기 때문에, 제가 모르는 제보를 들으러 온 게 아닙니다. 단지, 그 사건을 조사한 감상을 듣고 싶은 거죠."

"알겠소. 그런데 어째서……."

"제가 형사를 할 때, 감상 따위는 가져 본 적이 없었기 때문입니다. 아니, 가질 틈이 없었죠."

우쓰미에게는 위화감이 전부였다. 뭔가 다르다, 어딘가 이상하다, 그 위화감이 언제나 발화점이 되어 사건의 핵심에 도달해 간다. 수사의 성공만을 추구했기 때문에 사건을 해결한 후에도 감상을 가질 생각조차 하지 않았다. 범행이라는 사실과 범인이라는 대상, 자신에게 오는 포상, 그 이외는 아무것도 기억하지 않는 경우가 많았다. 그렇게 지내온 우쓰미인 만큼 지금 스스로 놀라고 있는 것이었다.

"나도 없습니다, 그런 건."

아사누마는 퉁명스럽게 담배를 꼬나물었다. 두 사람 사이에 압축된 공기층이 형성되어 그것에 짓눌린 듯이 두 사람은 잠자코 있었다. 그러나 아사누마는 우쓰미의 솔직함에 뭔가를 느꼈는지 갑자기 머리를 들었다.

"감상이라고 하니 한 가지 생각나는 건 있군요."

"뭐죠?"

"그 아이가 정말 있었던가 하는 것. 유카라는 이름의 아이는 실존했던가 하고 진심으로 의심한 적이 있죠. 사라진 방법이 너무 이상하지 않습니까?"

아사누마는 진지한 얼굴로 하늘을 바라보았다.

"그렇게 탐색을 했는데 나오지 않을 리도 없고. 사고라면 흔적이 있을 텐데 그것도 없고. 다섯 살짜리 여자아이에게 실종될 의사가 있었을 리 만무하니 누군가의 소행인 게 뻔한데, 흔적도 없고. 귀신이 감췄든가, 처음부터 그런 아이가 없었던 게 아닐까 하는 생각이 들더군요. 하지만 물론 사진이 멀쩡히 있으니 틀림이야 없겠죠."

"아이를 본 것은 이시야마 씨 일가뿐인가요?"

"아뇨, 그 미즈시마와 이즈미 부부와 도요카와 아들이 봤대요. 확실히 유카라는 이름의 아이가 있었다고. 제일 영리하고 귀여웠다는군요."

"그럼, 역시 있었군요."

우쓰미가 혼잣말을 하자 아사누마는 코웃음을 쳤다.

"이봐요, 우쓰미 씨. 그만뒀다고 해서 당신까지 엉뚱해지지 말아요."

"그런 견해도 참 신선하구나 싶어서요."

아사누마는 팔짱을 끼고 우쓰미를 말끄러미 바라보았다.

"신선이라. 당신은 그런 견해와는 거리가 먼 타입이었지. 마력으로 범인을 잡는 느낌이었으니. 부친은 달랐죠."

우쓰미는 깜짝 놀라며 아사누마의 얼굴을 보았다.

"저희 아버지를 아십니까?"

"알죠. 난 처음에 삿포로의 엔야마 서에 있었어요. 당신 부친은 그곳에서 형사를 하고 있었지요. 좋은 사람이었지만, 부친도 일찍 돌아가셨죠?"

우쓰미는 아사누마의 '부친도'라는 말에 충격을 받았다. 얼굴이 붉어지고 맥박이 빨라지고, 등에 식은땀이 흘렀다. 곧 죽음이 찾아오리라는 것은 충분히 알고 있다 해도 타인의 입에서 그 말을 듣게 되니 역시 충격이었다. 아직 수행이 모자라는군, 하고 우쓰미는 태연함을 가장하느라 애를 쓰면서 생각했다. 하지만 아사누마는 우쓰미의 동요를 전혀 눈치 채지 못하는지 태평스레 새 담배에 불을 붙였다.

"그건 그렇고 어젯밤 텔레비전 탓으로 아침부터 허탕만 쳤네."

홍수 219

"오타루 건 말입니까, 그건 어떻게 됐습니까?"

"그거 순 엉터리였어요. 가까운 주재소에 억지로 가 봐달라고 부탁을 했더니, 남자아이더랍니다. 부인이 와도 실망만 할 텐데."

"내일 모리와키 씨 부인이 온다고 하더군요."

아사누마는 떨떠름한 얼굴로 끄덕였다.

"그래요. 매년 이맘때쯤이면 오죠. 이제 아무것도 더 나오지 않을 거라 생각하지만, 마음이 안 놓이는가 봐요. 엄마니까 어쩔 수 없겠지만, 뭔가 단서가 없을까 하고 필사적이죠. 그 정도 되고 보면, 오로지 그것만을 위해서 살고 있는 듯한 느낌이 들잖아요? 매달 11일에는 어김없이 전화를 걸어오죠. 11일만 되면 책망 받는 것 같아서 괴로워 죽을 지경이랍니다."

"그것 때문에 살고 있는 느낌?"

앵무새처럼 우쓰미가 따라서 말하자, 아사누마는 골프 셔츠에 묻은 실밥을 손가락으로 뜯었다.

"남편 쪽은 시간이 흐르면서 포기한 것 같은데."

시간과 더불어 포기할 수 있다면 얼마나 좋을까, 하고 카스미는 생각하고 있지 않을까. 우쓰미는 문득 그런 생각을 했다. 동시에 사건의 당사자를 이런 식으로 상상한 적이 없으며, 또 자신이 여러 가지 상상을 할 만한 사건을 손댄 적도 없다는 걸 깨달았다. 우쓰미는 갑자기 현역인 아사누마에게 슬플 정도로 질투를 느꼈다. 자신이 담당이어서 처음부터 이 사건에 관여했다면 상황은 어떻게 되었을까. 양상은 조금 달라졌을지도 모른다. 아니면 골치 아픈 사건이라고 일찌감치 포기하고 좀 더 검거율이 높은 쪽으로 향했을까. 지금의 우쓰미는 과거 자신의 일조차 몰랐다. 아사누마는 생각에 잠긴 우쓰미의 모습에는 전혀 관심도 없이 지루하다는 듯 팔에

낀 금시계를 들여다본다. 우쓰미는 아사누마와 좀 더 이야기를 나누고 싶었다.
"지금은 아무것도 없습니까?"
"아무것도 없죠."
아사누마는 우쓰미의 홋카이도 사투리를 흉내내며 손을 저었다.
"이즈미라는 노인이 구시로에서 엽총으로 자살했을 때는 뭔가 관련이 있지 않을까 하고 의심했지만. 그것도 전혀 상관이 없는 일이었고."
"그 건에 대한 감상은요?"
"또 감상인가요?"
아사누마는 질렸다는 얼굴로 우쓰미를 흘깃 보았다.
"특별히 없어요. 점점 미즈시마만 우쭐해지겠군 하는 생각을 했을 뿐."
"미즈시마? 알고 있습니다."
우쓰미는 미즈시마도 이즈미도 알고 있었다. 이즈미는 지방에서 유명한 실업가였고, 미즈시마는 유카 사건으로 떠오른 인물이었기 때문이다. 그러나 굳이 아사누마의 입으로 인물평을 들으려고 입을 다물었다.
"미즈시마는 자위대 출신인 바보 같은 놈이죠. 남의 명령을 받기만 하다가 실사회에 나와서는 적응하지 못하는 놈. 군대에 오래 있다 보면 일상적으로 정해진 일만 하는 게 편해지는 모양이죠. 마흔 넘어서도 하사밖에 되지 못했다고 하니, 알 만하죠. 요즘도 이즈미 씨 부인에게 사랑을 받고 있는 것 같아요. 미즈시마는 이즈미 씨가 자위대 지원회 회원이었던 이유로 고용돼 이후로도 은혜를 많이 입었다는 소문입니다."

"아까 우쭐거리게 되었다는 건 어떤 뜻입니까?"

아사누마는 새끼손가락을 펴보였다.

"미즈시마는 말이죠, 이즈미 씨 부인의 이거랍니다. 아이가 없어진 아침, 미즈시마의 알리바이를 깨지 못한 건 부인과 그 짓을 하고 있었기 때문이죠."

"이즈미는 그걸 알고 증언했습니까?"

"그렇죠. 전날 밤부터 집에 와서 머물고 있었다고 증언했어요. 아침도 같이 먹었다고. 그 탓에 미즈시마는 개처럼 시중들고 있을 겁니다."

개라면 형사도 마찬가지다. 난 무엇을 시중들고 있었던가, 하고 우쓰미는 생각했다. 경찰 조직이 아닌 것은 확실했다. 그러나 그 경찰 조직이라는 실체가 없는 것에서 칭찬받고 싶고, 평가받고 싶은 의식은 강하게 있었다. 아니, 그것이 전부였다. 나는 대체 무엇을 했던가. 우쓰미는 고개를 갸웃거린다.

"미즈시마는 어째서 자위대를 그만두었을까요. 그렇게 자신에게 맞는 곳이라면 평생 있어도 될 텐데."

"모르죠. 롤리타 콤플렉스(소아성애자 — 옮긴이)란 소문이 있어서 말이죠, 그걸로 뭔가 있었던 게 아닐까 하고 꽤 조사를 했지만, 함구령이 내려서 실패했습니다. 하지만 말이오, 당신……. 조사해 보면 각기 나쁜 버릇은 있어요. 확실한 것은 아무것도 알 수 없었지만, 단순한 것은 도요카와네 별장뿐이었소. 매가가 떨어진다고 당장 별장지를 팔아서 이즈미 씨의 원망을 사긴 했지만."

"그 아들은 어떻습니까."

"전과 없음. 골프와 다이빙을 좋아하는 도련님 타입이죠. 아이들에게 장난을 치다 죽일 만한 배짱은 없어요. 그 나이에 골프를 치니 싱글이 될 만하죠."
　골프를 좋아하는 아사누마는 분한 듯이 말한다.
　"도요카와도 단순한 술집 주인입니다. 모친이 좀 잔소리가 심한 편이지만, 뭐, 어느 집에나 여자들은 그렇죠. 계속해서 감상도 말할까요?"
　아사누마 쪽에서 장난처럼 말했다.
　"도요카와는 모두 결백해요."
　"그렇습니까. 그럼, 이시야마는 어떻습니까?"
　"어디서부터 나왔는지 이시야마와 모리와키 부인이 그렇고 그런 사이라는 소문이 있었죠. 아이가 이시야마의 아이가 아닐까 하는 말도 나왔을 정도죠. 아니면, 부친에 의한 원한 범행이 아닐까 하는 의견도 있었고. 하지만 헛다리 짚는 소리들입니다. 그 아이는 모리와키 부부의 자식임에 틀림없었어요. 이시야마는 집안도 좋고 멋있는 전형적인 도쿄 사람이고요. 도저히 그런 엄청난 짓을 할 것 같지가 않았죠. 이시야마가 카스미와 그런 사이란 걸 눈치챈 아내 노리코가 한 짓은 아닐까, 생각도 했지만 정황상 가능하지 않았습니다. 그 별장에 아이를 숨긴다는 건 물리적으로 무리, 그렇기 때문에 절대로 외부 소행이죠. 누군가가 그곳 별장지에 들어와서 바람처럼 아이를 데리고 사라졌다. 구미호인지도 모르죠."
　아사누마는 창밖을 바라보았다. 억새풀이 무성한 들판 저편에 지토세 공항에 착륙하는 비행기가 배를 보이며 초저공 비행을 하고 있었다. 굉음은 들리지 않았지만, 동기의 흔들림은 전해지는지 가게 주변에 심어놓은 자작나무가 희미하게 흔들렸다.
　"이야, 음력 7월 중순이 지나니 벌써 가을이네. 겨울은 정말 넌덜머리가 나."

"정말 그렇습니다."

"골프도 못 하고 말이죠. 난 퇴직하면 골프에 묻혀 사는 게 꿈이거든요. 하지만 아직 주택 융자금이 남았으니 분명 슈퍼마켓 경비원 같은 거나 하게 되겠죠. 그러면 휴일도 불규칙해질 거고. 뭐, 경비원 자리라도 있으면 다행이지만."

넋두리라고도 할 수 없는 아사누마의 혼잣말은 계속된다. 자신은 이번 겨울을 넘길 수 있을까. 아사누마는 그런 우쓰미의 마음속 걱정 같은 건 느끼지도 못할 것이다. 우쓰미는 아사누마의 생각을 차단하듯이 물었다.

"모리와키 카스미는 어떻게 생각하세요?"

그렇다, 나는 모리와키 카스미에 관한 감상을 듣고 싶었던 것이라고 우쓰미는 생각했다. 아사누마는 금방 대답하지 않고 주머니에서 경찰수첩을 꺼내 안에 씌어 있는 메모를 읽었다.

"감상을 말하는 건가요?"

"예, 뭐든."

"감상은 잘 모르겠다고 하는 겁니다. 처음에는 도쿄에서 별장에 놀러 온 부인인가 하고 생각했죠. 미인이고, 몸매도 좋고. 젊은 경찰들도 난리였죠, 멋진 여자라고 말입니다. 그런데 이 사건이 신문에 보도되자 도내 한 마을의 남자에게서 전화가 왔어요. 행방불명된 여자아이와 꼭 닮은 아이를 알고 있다고 놀라서 조사해봤더니 30년 전 얘기였던 겁니다. 그 마을에서 없어졌다는 여자아이는 바로 모리와키 씨 부인이었죠. 마을에는 알리지 않았지만 깜짝 놀랐죠. 아무것도 모르는 처음 오는 낯선 지방에서 딸이 행방불명되었으니, 정말 불쌍하다고 모두가 필사적이었는데, 사실은 그런 게 아니었던 겁니다. 홋카이도 출신이래요, 그 여자. 그걸 주위에도 숨기고 있었던 거죠."

우쓰미는 몸을 앞으로 내밀었다.

"홋카이도 어딘가요?"

"루모이 군의 기라이 마을이란 곳이오."

"기라이 마을? 들은 적도 없는데."

"해변가의 시골 마을이죠. 오비라 위쪽의. 인구 500명. 정말 놀랐습니다."

아사누마는 홋카이도 사투리로 말하고는 경찰수첩을 덮었다.

"옛날 성은?"

"아마, 하마구치였을 겁니다."

"그럼 아사누마 씨도 카스미에게 감쪽같이 속았겠군요?"

"그렇죠. 도쿄에서 온 미모의 부인이라 생각했는데, 설마 가출한 사람일 줄이야."

"수색원은 냈었습니까?"

"아뇨."

고개를 젓는다.

"하지만 열여덟 살 때 마을을 떠난 후 연락을 끊은 것 같아요. 부모를 버린 독한 여자죠. 모두 그 말을 듣고 실망해서, 게다가 이시야마와 그런 사이라는 소문도 돌아서 어딘지 모르게 차갑게 대한 감은 있군요."

우쓰미는 그런 경위들을 손바닥 들여다보듯 잘 알 수 있었다. 경찰관도 사람이다. 수사원의 심증으로 스사에 열이 오르기도 하고, 주의가 산만해지기도 하고, 헛다리를 짚기도 한다. 카스미에 대한 실망이 수사의 방향을 흐려놓지 않았다고는 말하지 못할 것이다.

"그래요, 홋카이도 여자였군요."

홍수 225

"깜짝 놀랐죠?"
"이야, 재미있네요."
"재미있을까."
아사누마는 불퉁해졌다.
"하긴 곁에서 보기는 재미있겠지만."
"죄송합니다."
"그렇지만 말이죠, 카스미는 그런 얘기 한마디도 하지 않아요."
아사누마는 '씨' 자를 붙이지 않았다.
"여간 야무진 여자가 아니라서 말이죠."
"알겠습니다. 정말 감사했습니다."
"이 정도로 됐습니까? 그런데 어쩐지 뭔가에 홀린 듯 마구 떠들어버렸군."
아사누마는 일어서서 상의를 손에 들었다.
"죄송합니다. 사례도 못 하고. 여기는 제가 계산하겠습니다."
"그럼, 건강하시길. 잘 해봐요."

이제 만날 일도 없다는 말처럼, 아사누마는 우쓰미의 어깨를 탁 탁 쳤다. 아사누마가 나가자 우쓰미는 피로를 느끼고 비닐 커버의 소파에 깊숙이 앉았다. 몸이 나른하다. 식욕은 없지만, 슬슬 식사를 해야 할 시간이었다. 우쓰미는 웨이트리스를 불러 메뉴판을 부탁했다. 튀김 우동을 시키고 지도책을 가지러 차에 간다. 카스미의 출신 마을이 어디에 있는지 찾아볼 생각이었다.

루모이 군 기라이 마을은 루모이와 하보로의 중간에 있는 해안의 작은 마을이었다. 도내를 나간 적이 없는 우쓰미는 가본 적조차 없다. 어제 아침, 남국의 섬나라에 가서 뜨거운 바람을 맞고 싶다고 생각했던 기억을 떠올렸다. 모리와키 카스미, 아니 하마구치 카스미는 그곳에서 무엇을 하며 살았을까. 분명 어제의 자신 이상으로 낯선 땅에서 맞아본 적 없는 바람을 쐬고 싶다고 생각했을 것이다. 겨우 탈출했을 텐데 마치 누군가가 불러들이기라도 한 듯이 홋카이도에서 딸을 잃다니. 우쓰미는 카스미의 기구한 운명을 생각했다.

튀김 우동이 나왔다. 우쓰미는 껍질을 조심스레 벗겨서 마른 새우를 먹고, 면을 한 가닥씩 건져내듯 먹었다. 옆 테이블의 젊은 여자가 놀란 듯이 바라보며 웃음을 참고 있다. 하지만 우쓰미에게는 생존이 걸린 엄숙한 작업이었다. 타인의 눈 따위는 신경도 쓰이지 않는다. 우쓰미는 필사적으로 씹고 삼켰다. 다 먹는 데 30분은 족히 걸렸다.

소화제를 먹고, 한숨 돌린 후 바깥을 내다본다. 이번에는 막 이륙한 비행기가 기수를 올리고 혼슈를 향해 날아오르는 참이었다. 억새풀이 우거진 들판에 석양이 지고 있다.

삿포로에 돌아온 것은 오후 6시가 지나서였다. 차가 막혀 두 배 가까운 시간이 걸렸다. 우쓰미는 주차장에 차를 세우고는 편의점에서 두부와 간장을 사서, 다리를 질질 끌며 방으로 돌아왔다. 한시라도 빨리 방바닥에 눕고 싶다는 생각을 한 순간, 전화가 울렸다.

"여보세요, 우쓰미 씨 되십니까?"

낯선 남자의 목소리였다.

"그렇습니다만."

"저는 도쿄의 모리와키라고 합니다. 어제는 친절하게 도움을 자원해 주셔서 감사합니다."

모리와키 미치히로였다. 지금까지 여기저기에다 수없이 감사 말을 해봤을 거라 생각되는 낯익은 어조였다. 우쓰미는 식탁 위에 꺼내뒀던 물병을 들고 한쪽 손으로 뚜껑을 열어 생수를 마셨다. 미지근했다.

"그게 말이죠……."

설명을 하려는데 모리와키가 가로막았다.

"아내에게 들었습니다. 모처럼의 도움을 거절해서 죄송합니다. 야단쳐 두었습니다. 저는 꼭 도움을 받고 싶습니다."

"도움이 될지 모르겠습니다."

"아뇨, 선생님의 마음이 기뻐서 전화 드렸습니다. 저, 내일 아내가 그쪽으로 찾아뵐 겁니다. 아이의 일로 흥분되어 있어서 실례가 있을지도 모르겠습니다만, 부디 언짢아하지 않으셨으면 합니다."

"요컨대 남편께서는 좋다는 말씀……?"

"물론입니다. 개인이 하는 일은 한계가 있으니까요. 게다가 무상이라고 하셔서 감격하고 있습니다. 솔직히 말씀드려서 돈이 이제 얼마 남지 않아서……."

남편 쪽은 현실적이다. 우쓰미는 웃었다.

"그래서 말입니다. 저 오타루의 제보 말입니다만, 저는 아무래도 믿을 만한 게 못 된다고 생각합니다. 솔직히 어떻게 생각하십니까?"

"에니와 서의 아사누마 씨가 연락하지 않았습니까?"

"아내가 전화를 받는 것 같았는데, 저한테는 아무 말도 없습니다."

미치히로는 의심스러운 투로 말했다.

"그렇군요. 실은 뭔가 착각이 있었던 것 같습니다."

"아, 역시. 그런 게 아닐까 싶어서 걱정하고 있었습니다. 전에도 몇 번인가 그런 엉터리 제보가 있어서요. 하지만 이번에는 얼굴이 닮았다고 해서 아내도 희망을 갖고 있었는데……."

"현지에 가셔도 헛수고일 겁니다."

"그렇습니까……."

미치히로는 생각에 잠긴 듯했다.

"그러나 아내는 꼭 오타루에 가겠다고 고집을 부리니, 혹시 동행을 부탁드려도……."

"가죠. 내친걸음이니."

"그러면 적어도 교통비는 저희가 부담하겠습니다. 아무것도 못 해드려 죄송합니다."

"알겠습니다. 그런데 부인의 숙소는?"

우쓰미는 스스럼없이 물었다. 모리와키도 별 의심 없이 삿포로 역 옆의 비즈니스호텔 이름을 가르쳐주었다. 이것으로 흔적을 좇는 수고는 덜었다.

"그럼 잘 부탁드립니다."

전화를 끊으려고 할 때 우쓰미가 황급히 불렀다.

"모리와키 씨, 잠깐만요."

"예?"

"카스미 씨는 홋카이도 출신이라 하더군요."

결심을 하고 던진 질문에 잠시 침묵이 흘렀다. 이윽고 망설이는 듯한 목소리가 들려왔다.

"그렇습니다. 그게 뭐가……?"

"아사누마 씨에게 들었습니다만, 가출한 뒤 전혀 연락을 취하지 않았다고 하던데요?"

"그렇습니다."

"그렇다면 이번 사건이 친정과 관련이 있다고 생각한 적은 없습니까?"

"그 말씀은?"

미치히로는 의외라는 목소리였다.

"단순한 상상에 불과한데요. 손녀를 한번 보고 싶어서 친정 식구가 데려갔다든가."

"있을 수 없습니다."

모리와키는 단언했다.

"어째서요?"

"카스미가 결혼한, 아니 도쿄에 있는 것조차 그쪽은 모르는 것 같기 때문입니다."

"모리와키 씨는 그게 납득이 됩니까?"

"할 수 없잖습니까!"

모리와키는 큰 소리를 냈다.

"카스미가 싫다고 하는데, 그 이상의 것은 물을 수가 없죠. 단지, 혼인신고를 했으니, 호적을 떼어서 조사해 보면 알 수도 있었겠죠. 그걸 하지 않는다는 것은, 그쪽도 정나미가 떨어졌기 때문이라고 생각합니다."

"어째서 그렇게 의절했을까요?"

"글쎄요, 저도 모르겠습니다. 카스미가 말을 하지 않으니까요. 그렇지만 그것이 딸이 없어진 것과 무슨 상관이 있습니까?"

"모르겠습니다."

우쓰미는 어두컴컴한 방 안에서 만난 적도 없는 남자와 그 남자의 아내에 대한 이야기를 하는 것이 이상했다.

"전 관계없다고 생각합니다. 무슨 목적인지 모르겠지만, 나쁜 어른이 딸을 데려갔을 거라고 생각합니다. 만약에 친척이 범인이라 해도 용서할 수 없습니다. 아뇨, 우쓰미 씨께 하는 말이 아닙니다."

　어쩌면 그런 이야기를 부부 사이에 주고받았을지 모른다. 우쓰미는 미치히로에게도 사건의 '감상'을 듣고 싶어 견딜 수 없었다. 그러나 제 아무리 우쓰미여도 당사자에게 묻는 것은 꺼려졌다. 주저하는 동안 전화는 끊겼다. 나는 대체 무엇을 하고 있는 것인가. 우쓰미는 명치의 둔통이 시작된 것에 진저리를 치면서 점차 떨어져가는 기온을 피부로 느꼈다.

5장
부표

1

빨리빨리, 하고 분주한 소리가 났다. 공항 통로 뒤에서부터 사람을 밀치며 일가족이 우루루 나온다. 여행 가방과 커다란 종이 가방을 든 아버지. 어린아이의 손을 잡은 엄마. 배낭을 짊어진 초등학생으로 보이는 남자아이가 열심히 뒤를 쫓아온다.

카스미는 왼쪽에 붙어 서서 길을 비켜주며 뭘 저렇게 서두르는 걸까 하는 표정으로 뒷모습을 멍하니 지켜보았다. 함께 비행기를 타고 지토세 공항에 도착한 사람들은 거의가 관광객들로 유쾌한 듯 큰소리로 떠들며 통로를 막고 있다. 일가족은 그때마다 서로를 찾고 부르며, 애가 타는 표정으로 밀치고 밀리면서 앞으로 나갔다.

카스미는 주위를 둘러보았다. 흰색의 벽, 활주로가 보이는 커다란 창, 잘 닦여진 바닥. 카스미가 이용하는 도쿄의 역들은 어디나

기능 위주였다. 보이지 않는 먼지를 일으키며 사람들이 오간다. 홈마다 껌이 붙어 있고, 흘린 음료수가 굳어 시커멓게 얼룩져 있다. 더럽고 시끄러워도 카스미는 그곳이 좋았다. 이 건물은 냄새가 없고 너무 밝다. 현실감이 몸에서 빠져나가는 듯한 그런 위험한 감각이 생길 것 같았다. 저렇게 서두르는 가족이 없었다면, 이렇게 발을 옮기는 것조차 의식하지 못했을지 모른다.

카스미는 나일론 가방을 고쳐들었다. 겨우 3박4일의 여행인데 조금 크다 싶은 가방을 들고 온 데는 이유가 있다. 이 안에 유카를 위해 새 옷과 신발을 사서 넣어온 것이다. 텔레비전에 출연하여 오타루에서의 제보를 얻은 다음 날, 당장 백화점에 가서 샀다.

유카는 초록색을 좋아했다. 행방불명이 된 아침에도 초록색 티셔츠에 흰 반바지, 검은 카디건을 입고 있었다. 그래서 올리브그린색의 티셔츠와 바지를 골랐다. 신발은 검은색 운동화. 키티 캐릭터가 그려진 손수건과 체크무늬 머리띠도 샀다. 혹시나 하는 기대와, 실망했을 때 자신을 어떻게 진정시킬까 하는 생각들이 어지럽게 카스미의 머릿속을 돌아다녔다. 그것과 다른 차원에서 또 한 가지의 결심을 조용히 마음속에 굳히고 있었다.

어젯밤, 똑같은 옷을 사서 입힌 리사는 '유카하고 똑같네'하고, 짧은 머리에 머리띠를 하고 새 신을 신고 방안을 돌아다녔다. 그리고 걱정스러운 얼굴을 했다.

"엄마, 그 아이가 유카가 아니라면 그 옷 어떻게 할 거야?"
"어떻게 할까."
카스미는 같이 고개를 갸웃거렸다.
"난 똑같은 거 있으니까 필요 없을 거그 말이야."

"그러네."
"버리는 건 아깝고."
 카스미는 어른의 머리 둘레보다 조금 작게 나온 머리띠를 손에 들고 바라보았다. 카스미의 손바닥에 쏙 들어간다. 아이들의 머리가 이렇게 작은가. 카스미는 무심결에 리사의 머리를 본다. 리사는 여섯 살이기 때문에 더 작다. 아홉 살짜리 아이의 몸 크기를 짐작할 수 없었다. 부디 살아만 있었으면, 하는 생각은 늘 하지만, 정작 유카가 어느 정도의 체격으로 성장했는지는 상상할 수 없다. 아이를 아홉 살이 될 때까지 키워본 적이 없기 때문이다. 자신은 마음속에서 실체가 없는 환상의 아이를 키우고 있었다.
"버릴지도 모르겠구나."
 그렇게 말하고 나서 카스미는 스스로도 놀랐다. 다행히 리사는 이미 관심 없어진 듯 텔레비전에 빠져서 돌아보지도 않았다. 카스미는 머리띠를 종이 가방에 넣었다. 아사누마의 이야기로는 오타루의 아이가 유카일 가능성이 희박하다고 했다. 그는 '늘 있던 허위 제보입니다. 기대하지 않는 편이 좋습니다'하고 말했다. 그 말을 듣고 마음이 흔들리기 시작했다.
 만약에 그 아이가 유카가 아니라는 게 확실해진다면, 자신도 유카처럼 사라져 버릴까 하는 생각이 퍼뜩 떠올랐다. 그때까지는 생각해 보지도 않은 일이었다. 이것이야말로 오가타가 말한 '변화'일까?
 카스미는 유카가 무사히 돌아오기 위해서는 자신들이 도쿄에 머물러야 한다고 굳게 믿고 있었다. 물결 사이사이로 떠올랐다 가라앉는 부표처럼. 유카가 돌아오면 어떻게든 사는 곳을 알리기 위해, 전에 살던 집에도 다니던 보육원에도 전단을 붙여놓은 그녀였다.

하지만 이제 도쿄에 머무르며 기다릴 수는 없다. 유카가 사라진 홋카이도에서 찾아다니며 살아가면 된다. 마음의 틈새로 비집고 들어오는 이 생각을 쉽게 제거할 수 없었다. 카스미는 가슴을 졸이며 유카를 기다리는 생활에 상처받는 자신을 느꼈다.

아직 리사가 있다. 카스미는 하나 남은 딸을 바라본다. 리사는 리모콘을 들고 여기저기로 채널을 바꾸었다. 좋아하는 광고를 즐거운 얼굴로 따라 부르고 있다. 옛날에는 동생에서 지금은 외동딸이 되어버린 아이. 없어진 언니 때문에 많은 것을 참고 견뎌야만 하는 불쌍한 동생. 하지만 리사는 그래서 더욱 듬직해졌다.

만약 자신이 실종된다면 이번에는 아이를 버리는 것이 된다. 리사를 버릴 수 있을까. 없어진 아이 때문에 남아 있는 아이를 버리다니. 카스미는 유카 때문에 버리는 것이 아니라 아이를 잃은 자신 때문에 버리는 거라고 생각했다.

아사누마가 '인과응보'라는 말을 했다. 양친은 해변가 식당에서 라면이니 덮밥 등을 팔면서 가출한 외동딸을 지금의 자신처럼 찾아 헤맸을까. 부모를 버리고 그 배신이 원인이 되어 아이를 잃고, 다시 또 한 아이와 남편을 버리려는 제멋대로이기 짝이 없는 여자. 그것이 자신의 본질이었다. 그런 자신이 자신으로 있으려면 이렇게 주위 사람을 슬프게 하는 일이 계속될 뿐이다.

그런 생각을 하자, 카스미는 이시야마가 별장을 사겠다고 결심한 이치를 비로소 알 것 같았다. 이시야마는 모든 것을 버리고 자기 멋대로 살기 위해 노력했던 것일지도 모른다. 순풍에 돛단 듯이 살아온 이시야마였기 때문에 대단한 결심이 필요했을 것이다. 그런데 그때의 자신은 두 사람의 밀회만이 '탈출'이라고 생각해서 이시야마에게 진심으로 찬성할 수는 없었다. 아니, 믿지 않았다. 탈출은 도주이다. 카스미는 그런 거라면 지금 자신은 모든 것에서 달아나고 싶다고 생각했다. 그렇게 하지 않으면 자신은 자신이 아니게 된다. 언젠가부터 그런 생각에 휩싸이기 시작했다.

자정이 지난 시간, 카스미는 리사의 침대 옆에 서 있다. 리사는 모로 누워서 입을 반쯤 벌린 채 깊이 잠들어 있다. 베갯머리에 유카와 나란히 산 옷이 곱게 놓여 있고, 베개 위에 머리띠가 구르고 있었다. 머리띠를 한 채 잠이 든 리사가 귀여웠다. 카스미는 미소를 지으며 옷 위에 머리띠를 올려준다. 낮은 에어컨 소리 사이로 리사의 건강한 숨소리가 들려왔다. 카스미는 안심하며 자신은 이 아이를 진심으로 사랑하고 아끼고 있다는 생각을 해본다.

하지만 아직 부족하다. 리사에게 부족한 게 있는 것은 아니다. 리사는 이대로 건강하게 살아갈 것이라는 안도감이 자기 내부의 뭔가를 부풀게 하여 불균형을 낳게 한다. 그 정체는 다른 한 아이가 어디서 어떻게 지내는지 모른다는 막막한 불안감이었다. 안정 속에 있는 한, 불안은 영원히 자신을 괴롭힐 것이다. 그러면 차라리 불안 속에 몸을 던지면 어떨까. 카스미는 어느 틈엔가 가슴 앞에 양손을 모으고 있다. 오가타가 자주 하는 몸짓이었다. 카스미는 오가타라면 지금의 자신에게 뭐라고 말해줄 것인가 생각했지만, 상상이 되지 않았다.

카스미는 어젯밤의 결심을 반추하면서 출구를 찾아 빌딩 안을 헤매고 있다. 가도 가도 똑같은 기념품 가게만 늘어서 있다. 짐을 든 관광객들이 해산물과 유제품을 구경하고 있다. 작년에는 쉽게 찾았는데 올해는 출구가 어딘지 모르겠다. 카스미는 유카의 정보를 얻어서 홋카이도를 다시 방문하고 있다는 사실에 흥분하고 있었다. 아니, 오랜만에 혼자 있어서 흥분하는 것인지도 모른다.

작년에도 재작년에도 항상 세 식구가 나란히 이 공항에 내렸다. 그때는 몇 번이고 들여다 보았던 실의의 바닥을 터덜터덜 걷고 있다는 생각밖에 들지 않았다. 그러나 아무리 작은 확률이어도 이번에는 희망과 통하는 것이 있다. 실망이르면 그 다음에는 도주. 그러면 도주의 끝은?

모른다.

카스미는 이윽고 '출구'라고 쓰인 계단을 찾아 아래로 내려갔다. 넓은 창으로 흰빛을 띤 파란 하늘이 보인다. 채도가 낮은 북국의 여름 하늘. 매년 찾아올 때마다 그리움은 사라지고, 다시 익숙해져 가는 옛날의 그 하늘. 카스미는 어두운 호수 밑바닥에서 수면 위로 떠오르듯 눈을 감고 어깨에 힘을 뺀 채 상체를 될 수 있는 한 활짝 폈다.

전철을 타고 삿포로로 향한다. 삿포로 역 매점에서 오타루의 지도와 저녁에 먹을 도시락을 사서 역 바로 근처에 있는 비즈니스호텔에 투숙했다. 방은 싱글베드만 달랑 있을 뿐, 이 이상 좁게 만들 수 없겠다 싶을 정도로 좁고 초라했다. 낯선 도시에, 한낮에 그리고 홀로 있는 쓸쓸함과 허전함이 느껴진다. 그러나 마음은 차분했다.

처음 도쿄에 나왔을 때 손바닥 만한 하숙집을 둘러보던 날을 떠올린다. 하숙집은 학교에서 소개해 준 곳 가운데서도 가장 싼 방이었다. 욕실은 없고, 화장실과 부엌은 공용. 가출을 해서 돈이 없으니 어쩔 수 없었다. 삿포로 전문학교에 등록금을 낸다고 받은 돈으로, 도쿄 학교에 내고 남은 몇 푼과 몰래 모아온 용돈뿐. 이불과 가재도구를 사고 나니 바닥이 나버렸다. 냉장고와 텔레비전을 갖는다는 건 거의 꿈에 가까웠다. 그러나 주변에 있는 모든 것이 궁상스러워도 당시의 카스미에게는 무엇과도 바꿀 수 없는 풍족함이 있었다. 드디어 독립했다는 생각에 만족스러웠다. 지금의 기분이 그때와 비슷하다.

저녁 무렵, 카스미는 아사누마에게 전화를 했다. 아사누마는 당혹스러운 목소리로 받았다.

"안녕하십니까, 부인. 벌써 이쪽에 도착하셨습니까?"

"네, 지금 삿포로에 있습니다. 내일, 오타루에 가 보려고요."

"그거 제가 말씀드렸죠. 허위 제보니까 헛수고라고. 저도 그쪽 서에 연락해 봤습니다."

"남자아이라고 하던가요?"

"그렇습니다. 그것도 멀쩡한 가정의 아들이라 합니다. 제보자가 타지 사람이라서 모두 화를 내고 있다더군요."

"그렇지만 저를 닮았다고 하니까, 아니더라도 한번 보러 가고 싶어요."

"아, 그래요. 그야, 그렇겠죠."

아사누마는 쥐어짜는 듯한 목소리로 혼잣말을 했다. 동정심이 깃든 목소리에는 귀찮은 기색이 역력했다.

"어쨌든 내 눈으로 확인해 보겠어요."

카스미가 단호히 말하자, 아사누마는 조금 차가운 어조로 동의했다.

"뭐, 부인이 그래야 마음이 놓이신다면 그렇게 하는 편이 좋겠죠."

"바쁘신데 감사했습니다."

전화는 대답 없이 쌀쌀맞게 끊겼다. 카스미는 침대에 걸터앉아 작은 창으로 저물어가는 하늘을 보았다. 내일 현지에 확인하러 간다. 아이가 유카라면 얼마나 좋을까. 그러나 설령 유카라 해도 지금까지 잃은 것이 너무나 커서 카스미는 그 상실감을 어떻게 메워야 좋을지 모를 것 같았다.

침대 옆 테이블에 있는 전화번호부에 눈이 갔다. 문득 자신에게 탈출할 결심을 하게 해준 후루우치란 남자가 생각났다. 카스미는 벌떡 일어나 두터운 전화번호부 페이지를 넘겨보았다. 후루우치 건설 주식회사. 그 이름은 변함없이 있었다. 너덜거릴 정도로 갖고 다니며 주소와 전화번호를 외워버렸던 명함. 전화를 해 볼까. 이 대담함은 카스미가 방에 혼자 있다는 사실과 해방감의 반증인지도 몰랐다. 몹시 주저하면서 누른 전화번호였지만, 전화는 어이없을 정도로 금방 연결됐다.

"후루우치 건설입니다."

젊은 여자의 달콤한 목소리였다.

"모리와키라고 합니다만, 사장님 계십니까."

"어디의 모리와키 씨입니까?"

여자는 또박또박 배운 대로 대사를 읊는다. 카스미는 순간 주저했다.

"도쿄의 모리와키입니다."

"사장님은 지금 자리에 안 계십니다. 곧 돌아오시니, 전화 드리도록 하겠습니다. 전화번호를……."

도쿄라는 것만으로 납득했는지 여자는 빠른 어조로 묻는다.

"알겠습니다. 그럼, 다시 걸겠습니다."

카스미는 후루우치가 없는 게 다행이라고 안도하며 전화를 끊었다. 자신은 대체 무엇을 하려고 한 것일까. 후루우치가 전화를 받아도 할 말은 하나도 없다. 그 해안가 식당에 있던 여중생 따위 옛날에 잊었을 게 뻔하다. 20년도 전의 일이니까.

카스미는 나일론 가방에서 유카를 위해 산 옷을 꺼내들었다. 사이즈 130. 신장 130센티미터의 아동복은 참 어중간한 크기다. 이 아이를 다섯 살 때 잃었다. 그것은 후루우치가 자신에게 관심을 갖고, 명함을 준 데서부터 시작되고 있다. 카스미는 다시 침대에 누워 자신의 기묘하다고도 할 수 있는 운명을 생각한다.

전화벨이 울렸다. 카스미는 벌떡 일어났다. 심장이 멈출 것 같았다. 후루우치일까. 그럴 리가 없다. 호텔 전화번호를 말하지 않았고, 결혼한 성으로 전화를 했으니까. 그러나 후루우치와 자신과는 특별한 끈이 있다. 그렇다면 이 전화도 그럴지 모른다는 묘한 확신도 있었다. 운명이 바뀌는 느낌이 든다. 수화기를 들자 귀에 익은 남자의 목소리가 들려왔다.

"여보세요, 모리와키 씨입니까?"

"예, 그렇습니다만."

"삿포로의 우쓰미입니다."

아아, 하고 카스미는 당혹스러운 듯한 탄성을 냈다. 왜 당혹스러웠는지 카스미는 스스로도 우스웠다. 작은 소리로 웃자, 우쓰미는 침묵했다.

"죄송합니다. 잠깐 착각을 해서."

"아, 그렇습니까."

"어떻게 이곳을 아셨는지……."

카스미는 약간 기분이 나빠졌다.

"남편께 부탁을 받았습니다."

"어떤 것을요?"

"부인과 함께 유카를 찾아달라는 전화가 있었습니다."

카스미는 이번에는 정말로 당혹스러의하며 입술을 깨물었다. 우쓰미라는 남자는 지금은 현역이 아니어도 경찰 냄새를 풍기고 있다. 낮게 깐 목소리는 남에게 공갈치는 데 익숙해져 있다. 같은 목소리를 경찰에서 수도 없이 들었다. 그 분노와 한심함을 당사자에게 설명할 수는 없다. 잠자코 있자 우쓰미가 말을 계속했다.
"어쨌든 내일 차로 마중 가겠습니다. 오타루에 가실 거죠?"
"그렇습니다."
"9시경이 어떻습니까?"
"네."
아무 결정도 할 여유를 주지 않는 어투에 할 수 없이 동의한 카스미는 애써 인사를 했다.
"바쁘신데 감사합니다."
전화는 끊겼다. 카스미는 불과 얼마 전 아사누마에게도 같은 인사를 한 것을 떠올리며 쓴웃음 짓는다. 갑자기 경찰에서 받은 굴욕적인 조사와 젊은 경찰들이 낮은 소리로 소곤거리며 히히덕거리는 소리가 되살아났다.
'이시야마 씨와 당신, 그렇고 그런 사이라는 소문이 있던데, 설마 사실이 아니겠죠?'
'인과응보입니다.'
'행방불명 된 아이는 대부분 집안 인들의 소행일 경우가 많죠.'
그러나 유카를 찾기 위해서라면 자신이 받은 상처 따위 아무래도 좋았다. 자신에게 그 이야기를 하지 않았던 남편에게 분노를 느낄 뿐이었다. 카스미는 시계를 보고 시간을 확인한 후 모리와키 제판으로 전화를 했다.
"모리와키 제판입니다."

뜻밖에 미치히로의 밝은 목소리가 들렸다.
"저예요. 아까 도착했어요."
"당신이군. 어때, 그쪽은?"
"뭐가요?"
"날씨라든가……."
"날씨는 좋아요. 저기요, 아사누마 씨에게 전화했더니 허위 같다고 하네요. 그렇지만 내일 확인하러 가 보려고요."
카스미는 구체적으로 말하지 않았다. 이 눈으로 확인할 때까지는 알릴 수 없었다.
"응, 확인해 줘. 안 그러면 계속 마음에 걸릴 테니까."
미치히로의 등 뒤에서 복사기의 웅웅거림이 반복적으로 들려온다.
"당신, 우쓰미란 사람에게 전화했다면서요."
"했어. 자진해서 도와주겠다고 하는데 이용하는 게 낫잖아."
"이용이라고 하지만, 함께 가는 건 나예요."
"그게 어때서?"
미치히로는 불퉁하게 말했다.
"당신이 혼자 가는 것보다 훨씬 낫지."
"신용할 수 있어요?"
"무슨 소리 하는 거야. 편할 거란 의미였어."
"그렇군요, 확실히."
"마음에 안 들어? 왜 거절했어?"
"전직 형사라고 하잖아요. 당신도 나도 경찰이 얼마나 미덥지 못한지 알잖아요. 우리 입장에서는 전혀 생각해 주지 않고, 편견으로만 가득 차서."

"사람에 따라 다르겠지. 아이들처럼 무슨 그런 소릴 하고 있어."

미치히로가 하는 말은 정론이지만, 어딘지 될 대로 되라는 분위기였다. 카스미는 자신과 우쓰미에게 귀찮은 걸 떠맡기려는 듯한 미치히로의 태도에 새삼 화가 났다.

"어쨌든 나 몰래 멋대로 그렇게 정하지 말아요."

"당신이야말로 아사누마한테 온 전화 내게는 말도 하지 않았잖아."

"내가 먼저 가서 확인하고 싶었어요."

"뭔가 들키고 싶지 않은 비밀이라도 있는 거 아니야?"

급격히 바뀐 미치히로의 어조에 카스미의 얼굴에서 핏기가 가셨다.

"무슨 말인지 모르겠네요."

"거기서 누군가와 만날 계획이라도 있는 거 아니냐고."

"누구라니요, 누구요?"

카스미는 터무니없는 시비에 분노가 치밀기는커녕 어이가 없었다.

"이시야마와의 일, 내가 모를 거라고 생각했어?"

앗, 하고 엉겁결에 카스미는 짧은 비명을 질렀다. 복사기 소리는 어느 틈엔가 사라졌다. 석양이 비치는 모리와키 제판의 바닥에 생긴 빛과 그림자 사이에서 수화기를 귀에 대고 서있는 미치히로의 모습을 상상할 수 있었다.

"처음에 경찰에서 그런 소리를 들었을 때는 황당했지. 그럴 리가 있을 리 없다고 어질게도 감싸줬고……. 심지어는 딸을 죽인 범인으로 지목될 뻔했으면서 내가 어리석었지. 그 녀석이 이혼할 때까지도 그런 소문은 믿지 않았지만, 어쩌면 사실일지도 모른다고 최근에야 생각하기 시작했어."

미치히로는 말을 끊었다.

"그래서 지금은?"

카스미의 조용한 반문에 미치히로는 갑자기 다그쳤다.

"어떻게 된 거야, 사실인 거야?"

"사실이에요, 미안해요."

카스미는 어이없이 낮은 목소리로 사과했다. 사태를 수습해야겠다는 생각은 처음부터 없었다. 미치히로는 이를 악무는 듯한 소리를 냈다.

"더러운 짓 하고 다녔단 말이지. 언제부터였어?"

"사건 나기 몇 년 전부터."

미치히로는 말을 잃은 듯이 크게 한숨을 내쉬었다.

"미안해요."

"그러면 유카는 어째서 없어진 거야."

"글쎄요."

카스미는 중얼거린다.

"모르겠어요. 그것만은."

"모르다니, 당신 정말이야? 이봐, 돌려줘. 내 딸을 돌려달라고!"

미치히로는 몇 번이나 되풀이했다.

"분명 너희 연놈들 탓일 거야. 돌려줘!"

딸을 돌려줘, 네 탓이야. 미치히로의 말은 끊이지도 않고 계속된다. 눈을 감은 채 카스미는 수화기를 통해 전해오는 미치히로의 저주가 들판을 가로지르는 바람이라고 생각했다. 미치히로의 목소리는 점점 오열을 띤 울음소리로 변해갔다.

"넌 이제 필요 없어."

"알겠어요."

카스미는 조용한 목소리로 대답한다.

"돌아가지 않겠어요."

"그래. 그렇게 해 줘. 마음의 정리가 안 돼."

"유카는 어떻게 해요?"

"유카는 내 딸이야. 죽도록 보고 싶어."

"계속 찾을게요."

"됐어. 난 모두 포기했어. 유카와 너 둘 다 죽었다고 생각할 거야. 넌 영원히 찾아다니든지 맘대로 해. 는 리사와 둘이서 살아갈 거야. 그 아이는 날 더 좋아하니까."

"그렇군요. 리사를 잘 부탁해요."

미치히로는 울고 있었다. 카스미는 가만히 수화기를 내려놓았다. 이상하게 눈물은 나지 않는다. 침대에 다시 걸터앉아 팔짱을 낀 채 생각에 잠겼다. 미치히로는 드디어 그렇게 원했던 절망을 손에 넣었다. 이제부터는 행방불명이 된 지 4년이나 된 딸을 포기하고, 카스미를 미워하며 살아갈 것이다.

오타루의 결과를 볼 것도 없었다. 지금 막 카스미는 진짜 표류에 나선 것이다. 그것도 파도가 거칠고 사나운 바다에서. 그날 밤, 카스미는 꿈을 꾸지 않고 자기 위해 호텔 냉장고에 있던 미니 위스키 병을 비웠다. 꿈속에서는 도저히 달아날 수 없기 때문이다.

다음 날 아침, 창으로 보이는 하늘은 잿빛 구름이 드리워진 음울한 날씨였다. 카스미는 자신의 기분을 나타낸 하늘이라고 생각하며, 생수를 마셨다.

냉장고 안에 어젯밤 먹지 않고 넣어둔 도시락이 포장도 뜯지 않은 채 있다. 카스미는 도시락을 열었다. 염분이 하얗게 드러난 연어가 바싹 말라 있다. 밥은 딱딱하고, 양상추는 누렇게 시들었다. 그러나 먹지 않을 수 없다. 여기서 살아남아야 해, 하고 카스미 속의 무언가가 다그치고 있다. 카스미는 차가운 도시락을 먹기 시작했다. 그때, 노크 소리가 났다.

문을 열자 복도에는 리젠트 스타일의 머리에 눈매가 매서운 남자가 서 있었다. 검은색 양복에 흰 티셔츠 차림은 성실한 직장인으로 보이진 않지만, 남자에게는 자신을 견고한 틀 속에 가둬두려는 답답한 인상이 강했다. 외꺼풀의 눈 탓인지 고집이 세 보이는 얼굴에 어두운 눈빛. 살이 빠져 양복이 헐렁거릴 정도로 말랐다.

"모리와키 씨입니까?"

"네, 그런데요."

"모리와키 씨죠?"

카스미가 너무 멍하니 있다고 생각했는지, 남자는 한 번 더 다짐하듯 물었다.

"네."

"저는 우쓰미입니다."

"우쓰미 씨?"

"그렇습니다. 어제 전화로 말씀드린 전직 형사입니다."

카스미는 까맣게 잊고 있던 우쓰미와의 약속을 떠올렸다.

"9시에 아래에서 만나기로 했는데 내려오지 않으시기에……."

"죄송합니다, 깜빡 잊고 있었습니다."

카스미의 대답에 우쓰미는 별 거리낌 없이 방 안을 들여다보다가는, 얼굴을 찡그리며 빙긋이 웃었다. 그 시선의 끝에 작은 테이블 위의 도시락이 있었다.

"식사 중이시군요."

"네."

"그럼, 아래에서 기다리겠습니다."

우쓰미는 재킷 주머니에 양손을 넣었다. 그러자 굵은 어깨뼈가 양복 겉감 위로 두드러졌다. 카스미의 눈이 그곳에 멈춘 것을 알았는지 우쓰미는 그 시선을 막듯 문을 닫았다.

카스미는 갑자기 눈앞에 나타난 우쓰미라는 남자에 대해서보다도 오타루에 간다는 중요한 용무를 어째서 잊고 있었을까 생각했다. 아마도 오타루의 결과에 따라서 내리려고 생각했던 결단을 이미 어젯밤 내렸기 때문일 것이다. 무사시사카이에는 이제 돌아가지 않는다. 카스미는 호텔의 작은 프런트로 내려갔다. 우쓰미는 담배 자동판매기 앞에서 이쪽으로 등을 돌리고 서 있었다. 카스미는 우쓰미가 보기 전에 살짝 체크아웃을 마쳤다. 이제부터는 가지고 있는 돈을 되도록 아껴 써야 했다.

"죄송합니다. 많이 기다리셨죠."

돌아서 있는 우쓰미에게 말을 걸자, 으쓰미는 프런트 쪽을 보았다가 나일론 가방으로 시선을 옮겼다.

"오늘도 여기에?"

"네. 이 안에는 아이의 옷이 들어 있어요."

"그렇습니까. 그럼, 갈까요."

어딘가 차가운 우쓰미의 말투에 카스미는 의문이 들었다. 우쓰미는 무엇 때문에 도움을 주겠다고 나선 것일까.

"죄송합니다."

"괜찮습니다, 정말로. 한가하니까요."

"어째서 퇴직을 하셨는지……?"

부표   247

"병 때문에요."

카스미는 우쓰미의 유난히 마른 모습을 모른 척하고 훑어보았다. 쇠약해져가는 몸보다 어울리지 않는 맑은 눈빛이야말로 불길한 예감이 들었다.

"편찮으신데 이렇게 도움을 주시다니……."

스스로도 끈질기다고 생각했지만, 카스미는 도저히 그 화제에서 벗어날 수가 없다. 우쓰미의 진의를 잘 모르기 때문이었다.

"자진해서 나선 겁니다. 이런 말 들으시면 기분 나쁠지 모르겠지만, 그냥 시간 때우기입니다. 전 아이가 없으니 모리와키 씨의 기분도 충분히 이해하지 못할 거고."

"시간 때우기라고요?"

카스미는 되물었다. 자신에게는 이렇게 진지한 일인데 남에게는 한낱 시간을 때우기 위한 위안에 지나지 않는다니. 우쓰미는 눈빛만은 풀지 않고 가볍게 웃었다.

"미안합니다. 아무것도 소일거리가 없다는 말을 그렇게 표현했습니다. 내 시간이 모리와키 씨에게 도움이 됐으면 합니다."

카스미는 우쓰미의 시간이 어떤 것인지 알 리가 없다. 이 남자는 어째서 유카의 실종 사건에 관심을 갖는 걸까.

"어쨌든 갑시다."

우쓰미는 손때가 묻어 지저분한 자동문으로 먼저 나갔다. 호텔 부근은 작은 도매상 거리로 점퍼 차림과 수수한 양복 차림의 남자들이 바쁘게 오갔다. 카스미는 일단 닫힌 자동문을 다시 열고 밖으로 나왔다. 어제보다 꽤 쌀쌀하다. 아마 20도 이하일 것이다. 카스미는 청바지 위에 검은 나일론 점퍼를 걸쳤다. 산 속은 이미 가을 냄새가 나겠지, 하고 먼 하늘을 한번 올려다본다. 여기서부터 차로 한 시간쯤 더 가면 유카가 없어진 산에 도착할 것이다. 카스미는 혼자서 소형 자동차를 타고 산길을 돌아다니던 4년 전의 일을 떠올렸다. 그때의 슬픈 기억과 불안함은 아무도 모를 것이다. 누구도 이해하지 못할 체험. 어쩌면 그것이 자신을 강인하게 만들어왔는지도 모른다.

우쓰미는 도로 건너편에 노상 주차 시킨 잿빛 국산차를 가리켰다. 카스미가 끄덕이자 우쓰미는 차가운 바람에 재킷을 펄럭이면서 길을 건넜다. 마른 몸의 우쓰미가 걷는 모습은 서두르는 발걸음에도 불구하고 어딘지 늙은 동물 같은 쓸쓸함과 쇠락함을 느끼게 했다. 카스미는 우쓰미의 등을 따라가며 힘겹게 말을 걸었다.

"저, 미치히로는 뭐라고 하던가요. 수사 비용은 도저히 낼 수 없습니다만."

"자원봉사니까요."

"그럼, 기름값 정도는 내겠습니다."

"그래요, 고맙군요."

우쓰미는 그리 기쁘지도 않다는 표정으로 카스미를 돌아보며, 머리만 까딱 숙였다. 그 각도는 홀쭉해진 볼을 더욱 두드러지게 했다.

우쓰미는 조수석 문을 열어 주었다. 보닛과 문에 '바보', '죽어라'는 낙서가 있다. 카스미는 깜짝 놀랐다. 지금의 자신에게 하는 말이 아닌가.

"이거, 지우지 않으세요?"

"괜찮습니다, 그런 것."

"보기 흉하지 않나요?"

"괜찮습니다. 실제로 바보 같은 짓 하고 있으니까요."

그것은 자신도 마찬가지. 우쓰미는 고개를 숙인 카스미에게 뜻모를 사과를 했다.

"미안합니다. 모리와키 씨, 신경 쓰지 마세요. 난 지금까지 바보 같은 짓을 하지 않아서 지금의 나를 좋아합니다."

한참 타지 않았는지 차 안은 먼지가 부옇게 쌓여 있다. 카스미는 지저분한 조수석에 앉았다. 우쓰미는 천천히 차를 출발시키면서 자연스러운 동작으로 테이프를 넣었다. 카스미가 모르는 영어 노래가 낮게 흘러나왔다.

"시끄럽습니까?"

"아뇨, 괜찮아요."

"미안합니다. 최근 이것밖에 듣지 않아서."

"이건 무슨 노래예요?"

카스미의 질문에 우쓰미는 대답하지 않았다. 카스미는 무시하는 건 아닌 것 같고, 남에게 알리고 싶지 않은가 보다고 생각했다. 우쓰미는 음악과 함께 자신의 껍질 속에 들어가 앉은 듯 입을 다물어, 갑자기 존재감을 잃은 듯했다. 카스미는 우쓰미에게 신경을 쓰지 않아도 되자 그제야 긴장이 풀려, 틈에 뿌연 먼지가 잔뜩 낀 창틀에 팔을 기대고 바깥을 내다보았다. 시내는 차가 많이 밀렸다.

"따님이 실종된 장소에는 언제 갑니까?"

우쓰미가 입을 열었다. 카스미는 왼쪽 차선에 줄지어 서 있는 승용차를 바라보고 있었다. 영업 사원 같아 보이는 남자가 핸들에 만화를 올려놓고 열심히 읽고 있다.

"내일 가려고요."

"이즈미 씨네 집에서 머무는 게 어떻습니까?"

"그 부인은 그런 것 싫어해요."

"아, 과연."

우쓰미는 내막을 아는 듯한 얼굴로 끄덕인다. 우쓰미가 어디까지 사건을 알고 있는지 내심 의심스러웠는데, 어쩐지 모든 것을 파악하고 있는 것 같다. 안심이라고도 불쾌감이라고도 할 수 없는 묘한 기분이 들었다.

"이즈미 씨를 아세요?"

"알죠. 그 노인은 지방 유지였으니까요. 게다가 그 사건 때 저도 지원을 나갔거든요."

"미즈시마 씨도 아세요?"

"네."

그는 미즈시마에 관해서는 언급을 피했다. 도로 정체가 끝난 후에도 우쓰미는 묵묵히 법정 속도를 지키며 지루할 정도로 안전 운전을 했다. 카스미가 테이프에서 흘러나오는 노랫소리를 가로막으며 입을 열었다.

"우쓰미 씨, 아사누마 씨에게서 들으셨어요? 오타루의 얘긴 별것 아니더라는 거요?"

"아뇨, 전혀 모릅니다."

우쓰미는 오른쪽으로 지나가는 트럭을 흘끗 쳐다본 후, 거침없이 대답했다. 트럭 짐칸에 젖소 너덧 마리가 실려 있었다.

"허위 제보란 말인가요?"

"모르겠어요. 그래서 확인하러 가는 거랍니다."

"그런 건 형사에게 가보라고 하면 되잖습니까."

"그래도 직접 확인해 보고 싶어요."

"지금까지 아사누마의 수사에 불만이 있었군요."

우쓰미는 날카로운 눈으로 카스미를 보았다.

"누가 수사하든 마찬가지겠죠."

갑자기 차 안이 조용해졌다. 우쓰미는 카세트테이프를 꺼냈다. 카스미는 아무 말도 하지 않고 도로 중앙선을 보고 있다. 카스미네 집 앞의 넓은 국도는 추월 금지를 위해 노랗게 칠해져 있었다. 그래서 어렸을 적 카스미는 중앙선이라는 것은 노란색이라고 생각했다.

"내가 하면 다를 거라고 생각합니다만."

우쓰미가 입을 열었다. 자아도취나 회한과는 무관한 쓸쓸함이 감돌아 카스미는 무심결에 우쓰미의 야윈 얼굴을 쳐다보았다.

"무슨 말씀이세요?"

아뇨, 하고 우쓰미는 말을 하려다 곧 귀찮은 듯 웃고 말았다. 카스미는 자기 자신의 이야기를 하려다 포기한 걸 거라고 생각했다.

"요컨대 우쓰미 씨가 담당 형사였다면 사건은 잘 해결됐을 거라는 말씀이에요?"

"간단히 말하면 그렇죠."

"쉽게 그런 말씀 하지 마세요. 저희는 진지하니까요. 점쟁이들도 다 똑같은 말을 하죠. 결과론으로 말하는 사람들이 제일 싫어요."

카스미는 강한 어조로 말했다. 우쓰미는 쓴웃음을 지었다.

"사람들이 모두 조금씩 사실을 감추고 말하지 않는다고 합시다. 그럼 일들도 조금씩 엇갈려서 기괴하게 되겠죠. 모리와키 씨 역시 뭔가 숨기고 있을지도 모르고, 남편 역시 뭔가 숨기고 있을지 모르죠. 이시야마 씨입니까? 그 사람도, 그 사람의 부인도 모두 마찬가지입니다. 죽은 이즈미란 노인네도 무슨 생각을 하고 있었는지 모르는데, 아무도 제대로 수사를 하지 않았지요. 아이를 찾는 데 최선을 다하지 않았던 거죠. 그래서 나였다면, 하는 생각을 하는 겁니다."

"당신이었다면 어떻게 하겠어요?"

"철저하게 인간관계를 조사할 겁니다."

"조사해서 뭐가 나오는데요. 유카가 나오나요? 시체가 나오는 거 아녜요?"

카스미는 도전적으로 말했다. 우쓰미의 마음에 깔려 있는 진의란 것은 악의가 아니라 야망의 일종이라고, 겨우 감정의 심지를 파악한 듯한 느낌이 들었다. 야망이든 악의든, 카스미에게는 뭐여도 상관없는 일이었지만.

"모리와키 씨에게는 미안하지만, 만약 시체가 나온다면 입건을 할 수 있죠."

"입건해서 뭐가 어떻게 되는데요?"

"유괴 살인이라는 큰 죄가 되죠."

"그걸 해결하면 당신은 훌륭해지는 건가요?"

우쓰미는 전방을 향한 채 끄덕였다. 어느 틈엔가 고속도로를 달리고 있었다.

"하지만 저는 그런 것은 이제 아무래도 상관없습니다."

"그만두었기 때문이겠죠."

"그래요. 경찰에는 두 번 다시 돌아가지 않을 테니 상관없어요."

"그럼, 어떻게 하고 싶어요?"

카스미는 초조했다.

"처음부터 이상하다고 생각했어요. 자원봉사라고 하지만, 이해가 안 가요. 어째서 당신이 조사해 주는 거죠?"

"글쎄요."

우쓰미는 남의 일처럼 고개를 갸우뚱거렸다.

"나도 모르겠습니다."

우쓰미가 운전하는 차는 차 안의 심각한 대화와 상관없이 천천히 고속도로를 달려간다. '오타루 33km'라는 이정표가 나왔다. 빌딩이 죽 늘어선 도시에서 비슷한 주택들이 줄지어 선 단조로운 경치로 바뀌었다.

"부모는 자식을 죽이지 않는 걸까요?"

우쓰미가 느닷없이 물었다.

"그건 저희에 대한 의심입니까?"

카스미는 전날 밤 완전히 헤어진 미치히로를 떠올리면서 반문한다.

"일반론입니다. 난 그런 부모자식 간의 정을 몰라서."

"그런 생각 해 본 적 없습니다."

그러나 리사를 버릴 결심을 한 것도 일종의 자식 죽이기가 아닐까? 카스미는 내심 두려웠다. 우쓰미는 카스미의 동요를 느끼지 못하고, 계속 주절거렸다.

"내가 아는 사건 가운데는 꽤 있었습니다만. 친자식에게 보험을 들어 놓고 돈을 노려서 죽이기도 하고, 금속 방망이로 때려죽이기도 하고. 젊은 부부가 자식을 벌한답시고 죽인 사건도 있고 부지기수였죠."

"그런 게 유카 사건과 무슨 상관이에요. 전부 똑같은 사정이 있는 건 아니잖아요. 당신은 아까 자식이 없어서 모르겠다고 하더니, 정말 그렇군요."

"아사누마 씨는 자식이 있는걸요. 하지만 당신은 그의 수사도 마음에 들지 않았잖습니까. 경찰은 대체 어떻게 해야 좋은 걸까요?"

"난 경찰이 아니어서 모르겠어요."

"그럼, 이시야마 씨에 대해서는 어떻게 생각하세요?"

"어째서 이시야마 씨에 대해서 묻죠?"

카스미는 우쓰미의 옆얼굴을 보았다. 우쓰미가 움푹 파인 눈을 이쪽으로 돌렸다.

"아뇨, 어떻게 당신들은 홋카이도까지 왔을까 싶어서요."

카스미는 가슴 속에서 몇 가지 답을 준비하면서 이것이 우쓰미의 수사법인가 보다고 생각했다. 그건 이미 모두 끝난 일이었다. 다시 문제 삼는다기보다 회고하는 데 지나지 않았다.

"이시야마 씨는요."

카스미는 크게 한숨을 내쉬었다.

"그 사람들에게는 정말 안된 일이었다고 생각해요. 이혼도 한 것 같고, 이시야마 씨는 행방불명이 되었고……."

우쓰미는 놀란 듯이, 저런, 하고 큰 소리를 냈다.

"어째서 행방을 모르는 거죠?"

"사업에 실패했다고 들었는데 잘은 모르겠어요."

"빚쟁이들에게 쫓기고 있기라도 한 건가요?"

"형사님들은 역시 나쁜 쪽으로만 상상하는군요."

"아뇨, 행방이 묘연해지는 데는 대체로 그런 배경이 있습니다."

"반드시 그런 것만도 아니잖아요. 어째서 그런 식으로밖에 생각하지 못하는지 모르겠어요. 우쓰미 씨의 상상을 초월하는 일이 있을지도 모르잖아요."

카스미는 부표를 생각한다. 사람이 사라질 때는 뭔가에 쫓기고 있다는 이유만은 아닐 것이다. 누군가의 부표로 살고 있었는데, 그것이 허무해졌을 때. 혹은 부표를 잃어 바다에 가라앉을 때.

"확실히 그런 발상은 해본 적이 없군요."

의외였는지 우쓰미는 놀랄 만큼 솔직하게 중얼거렸다. 카스미는 거기에 대답하지 않았다. 고속도로 오른쪽에 이시카리 만(灣)이 나타났기 때문이다. 동시에 구름이 걷히고 태양이 모습을 나타냈다. 잔잔해진 바다에는 햇빛이 반짝반짝 빛난다. 갑자기 차 안이 밝아졌다. 바다를 본 우쓰미는 이야기를 바꾼다. 머리의 포마드가 빛을 반사한다.

"모리와키 씨, 오타루에 간 적 있어요?"

"아뇨."

"언덕의 사면에 붙어 있는 납작하게 생긴 도시지요. 아사리 해안은요?"

"물론 없어요."

"분명히 깜짝 놀랄 겁니다."

우쓰미는 조그맣게 웃음을 흘렸다.

"그래도 일단 명색은 해수욕장이니까."

카스미네 집 앞의 해변도 해수욕장이었다. 7월 말에서 8월 중순까지 20일 정도는 검은 모래로 수영복을 물들인 남녀들이 넘실거렸다. 카스미는 그 기간에만 가게를 도왔다. 삿포로에 사는 우쓰미가 그 해변을 본다면 아사리를 비웃을 수는 없을 것이다. 카스미는 어린 자신이 수영복을 입고 해변을 걷는 모습을 문득 생각했다. 어느새 그것은 유카의 얼굴이 되고, 몸이 되었다. 유카는 이웃에 사는 초등학생에게 물려받은 빨간 수영복을 입고 사암을 주워서는 깨고, 또 주워서는 깨고 있다. 카스미는 양손으로 눈을 눌렀다.

"괜찮습니까?"

우쓰미가 카스미의 얼굴을 들여다본다. 걱정한다기보다 카스미의 마음속에 무엇이 일어나고 있는지 알고 싶다는 표정이다. 카스미는 눈을 들었지만, 우쓰미를 보지 않고 창밖의 스쳐지나는 풍경들에 시선을 돌렸다. '아사리 출구'라고 쓰인 이정표가 머리 위를 지나가자 가슴이 심하게 두근거리기 시작했다. 오쓰카라는 할머니가 본 아이는 남자아이라고 한다. 희망은 허물어지고 있다. 하지만 아직 카스미의 가슴 속에는 포기할 수 없다는 생각이 몰래 숨어 있다가 한 번씩 일어나 꿈틀거린다. 그것이 잃은 것을 찾아 헤매는 고통이다.

우쓰미는 고속도로를 내려갔다. 여름풀이 무성한 야트막한 언덕을 지나서 차는 바다를 향해 달려간다. 이윽고 작은 역이 나왔다. 역 앞은 작은 광장이었고, 그 옆으로 차가 겨우 스쳐 지날 수 있을 만큼 좁은 길이 바다를 따라 이어졌다. 아사리의 중심가였다. 도로에는 피서객들의 것으로 보이는 승용차가 일렬로 주차되어 있어, 그러잖아도 좁은 길을 막고 있었다. 도로변에는 초라한 상점 몇 개와 주민들의 집이 드문드문 있다. 그리고 다른 건물과 어울리지 않게 화려한 리조트 호텔과 새로운 편의점이 나란히 서 있었다.

집들 뒤로는 이내 바다가 펼쳐져, 카스미는 커다란 물 기운을 느끼고 문득 긴장했다. 그것은 언제나 카스미의 인생을 따라다니고 있다.

"여기입니다."

우쓰미는 역 앞 광장에 주차했다. 지친 모습으로 위 언저리를 누르고 있다. 이마에는 식은땀이 흐르고 있다.

"어디 안 좋으세요?"

카스미가 묻자 우쓰미는 언짢은 듯 눈을 돌렸다.

"배가 좀 아픈 것뿐입니다. 곧 나을 겁니다."

"저기 가서 물이라도 좀 사올까요?"

편의점을 가리켰다.

"괜찮습니다. 가지고 있으니까."

우쓰미는 운전석 뒷주머니를 가리켰다. 그곳에 생수병이 있었다.

"하지만 차가운 게 낫지 않을까요."

"따뜻한 편이 낫습니다. 난 위를 도려냈기 때문에……."

"그럼 쉴 곳을 찾아볼게요."

카스미는 우쓰미를 남겨두고 문을 열고 밖으로 나갔다. 순간 햇빛이 가려지며 차가운 바닷바람이 불어왔다. 카스미는 금세 잿빛으로 변해가는 하늘을 올려다보았다. 이상할 정도로 바다 냄새가 나지 않는다. 그러나 근처에 바다가 있다는 압박감만은 또렷이 존재하고 있다. 익숙한 감각이었다.

카스미는 편의점에 들어가 카운터의 젊은 여자에게 커피숍은 있는가 물어보았다. 음식점이라곤 역 앞 국수집뿐이라고 한다. 할 수 없이 차로 돌아왔다. 우쓰미는 좌석을 뒤로 젖혀서 눈을 감고 있었다.

"우쓰미 씨. 국수집밖에 없다고 하네요. 차에 좀 누워 계세요. 전 오쓰카 씨를 만나고 올게요."

"그럼 나중에 가겠습니다."

우쓰미는 양손으로 눈을 가린 채 카스미의 얼굴을 보지 않고 대답했다. 카스미는 조용히 문을 닫았다. 우쓰미의 지친 모습이 마음에 걸렸지만, 그걸 신경 쓸 때가 아니었다. 만에 하나라도 유카가 있을지 모른다고 생각하자 마음이 급했다. 카스미는 역사 앞에 있는 공중전화에서 오쓰카에게 전화를 했다.

"모리와키라고 합니다만."

"아, 텔레비전에 나왔던 분이군요."

"그렇습니다. 지금, 아사리에 왔습니다만……."

"역시 오셨군요. 미안합니다. 뭔가 내가 착각을 한 것 같습니다."
당황하는 모습이 눈에 보이는 것 같았다.
"만나도 별로 도움 될 게 없을 것 같아서……."
"모처럼 왔으니까 뵙죠."
오쓰카는 머뭇머뭇 호텔 이름을 말했다. 편의점 옆에 있는 리조트 호텔이었다. 그곳의 주인이라고 한다. 카스미는 작은 광장을 가로질렀다. 우쓰미의 차 옆을 지나갔지만 우쓰미는 카스미를 의식하지 못하고, 배에 손을 얹은 채 멍하니 하늘을 보고 있었다. 표정이 조금 온화해졌다. 위통이 가라앉고 있는 모양이다.
"실례합니다."
카스미는 호텔의 작은 프런트에 섰다. 리조트 호텔이라고 간판은 걸려 있었지만, 프런트 옆 벽에 세련된 침실 사진이 붙어 있는 걸 보니 실은 러브호텔 같았다.
안에서 소리가 나며 몸집이 큰 노파가 나왔다. 금색 실이 든 보라색 스웨터에 노란색 바지의 화려한 차림으로 스웨터에 어울리지 않게 빨간색 루주를 바르고 있다.
"아, 미안합니다. 내가 오쓰카랍니다."
오쓰카는 카운터 위에 굵은 팔뚝을 올려놓았다.
"지난번에는 전화 주셔서 감사합니다."
"아뇨, 뭔가 도움이 되고 싶었는데, 이렇게 됐네요."
그녀가 간살스럽게 웃었다.
"저, 착각이란 게 어떤 건지요?"
"내가 본 아이는요, 남자아이였어요. 텔레비전에서 내 목소리가 나갔잖아요. 그랬더니 바로 이웃에서 전화가 왔더라고요. '당신이 말하는 아이는 남자애야. 중학교 1학년짜리, 올해 중학교 들어간

아이라고.'하면서요. 부끄럽고, 미안해서 어쩔 줄 몰랐지요. 형사님한테도 한참 야단맞았답니다. 호호."

"에니와 서의 아사누마 씨요?"

"맞아요. 게다가 어부의 집에 정착했다고 했는데 사실은 다르대요. 원래 그 집주인이래요. 사진 보여줄까요?"

오쓰카는 카운터 아래에서 갈색 봉투에 든 사진을 꺼냈다.

"무슨 사진이에요?"

"중학교 입학 사진. 어제 그 집에서 가져온 거예요. 경찰이 모리와키 씨 오면 이 사진 보여주라고 화를 내서요."

"보여주세요."

카스미는 냉정하게 말하며 사진을 손에 들었다. '이소하마 중학교'라고 사진 아래 인쇄되어 있는 서른 명 가까운 중학생들의 단체사진이었다. 오쓰카는 말없이 앞 열에 있는 한 남학생을 가리켰다. 좀 큼직한 학생복을 입은 턱이 좁은 소년이 눈부신 듯 얼굴을 찡그리고 있었다.

"확실히 남자아이군요."

카스미는 자신을 조금도 닮지 않은 데 화를 내면서 겨우 말을 내뱉었다.

"이름도요, 조금도 닮지 않았어요. 유타카래요."

"유타카를 유카로 잘못 들으신 거예요?"

오쓰카는 수줍게 웃었다.

"부끄럽군요. 난 원래 타관 사람이라 그 집 사정을 잘 몰라서."

"오쓰카 씨는 어디 출신이신데요?"

목소리가 힘을 잃어간다. 실제로 그런 건 아무래도 상관없었다.

"삿포로요. 그 뒤로 나도 여기서 장사하기 힘들어져서 아주 곤란

하답니다."
"그러세요."
"하지만 미안하군요. 너무 가여워서 도움을 주려고 전화를 했는데, 이렇게 터무니없는 일이 돼 버려서. 여기저기서 전화가 와서 난리였어요. 경찰에서도 왔고."
"어디어디서 전화가 왔었어요?"
카스미는 이상하게 생각했다.
"방송국이라든가, 하여튼 여기저기요. 정말 미안합니다."
오쓰카는 카스미에게서 한시라도 빨리 벗어나고 싶어 안절부절이었다.
"알겠습니다. 그럼, 그 집에 가 봐도 소용없겠군요."
"예, 폐가 될 것 같으니 그것만은 참아 주세요."
카스미는 착잡한 마음을 추스르며 정중히 머리를 숙였다.
"그럼 실례하겠습니다."
"아, 그리고 이것 받아 넣어두세요."
오쓰카는 카운터 아래에서 봉투를 꺼내 내밀었다.
"뭐죠, 이건?"
"성의 표시입니다."
"감사합니다. 기꺼이 받겠습니다."
카스미는 인사를 하며 순순히 받아들였다. 전에는 기부를 완고히 거부했지만, 아이를 계속 찾는 일은 현실적으로 돈이 필요한 일이었다. 카스미가 주저 없이 받아들자 오히려 오쓰카가 어이없어했다. 갑자기 행동이 쌀쌀해졌다.
"그럼, 고생하세요."
하고 돌아서려 한다.

"저, 잠깐만."

카스미가 불렀다. 오쓰카가 귀찮은 듯이 돌아보았다.

"그 애가 어째서 저를 닮았다고 생각하셨는지요?"

"그것도 말이죠……."

오쓰카는 카스미의 얼굴을 차가운 눈으로 관찰하고 있다.

"실물을 보니 다르네요. 모두 나의 망상일지 모릅니다."

"그럴 겁니다, 분명."

카스미는 내뱉듯이 말하고는, 황당해하는 오쓰카를 뒤로하고 호텔을 나왔다. 여태 추리뿐만이 아니라 타인의 망상에까지 이렇게 휘둘려왔다. 그것도 100건이 넘는다. 카스미는 지금까지의 경험을 이것저것 떠올렸다.

'유카 양이 틀림없어요. 똑같은 아이를 이웃에서 봤다니까요.'

'유카라는 이름의 전학생이 왔어요. 어디서 데리고 온 애 같은 걸 보니 유카 양이 맞을 거예요.'

길가에 자라는 여름풀 그늘에서 카스미는 가방에 넣은 봉투를 꺼내보았다. 풀로 단단히 봉해 놓았다. 봉투를 뜯어서 안을 들여다본다. 1만 엔짜리가 두 장 들어 있다. 오쓰카는 그 중학생이 있는 이웃집에도 현금이 든 봉투를 주었을 게 틀림없다. 가엾은 일이군, 하고 카스미는 씁쓸하게 웃는다. 하지만 웃음은 점차 일그러져갔다.

앞으로 어떻게 해야 좋을까. 집에 돌아가지 않고 혼자 유카를 찾겠다고 결심은 했지만, 그것은 오타루의 정보를 확인한다는 목적이 있었기 때문이었다. 카스미는 호수 바닥의 진흙 속으로 점점 빠져드는 듯한 기분에서 도저히 벗어날 수가 없었다. 그대로 길바닥에 주저앉고 싶다. 우쓰미와 함께가 아니라 다행이었다. 이런 모습은 남에게 보여주고 싶지 않았다.

호텔 앞에서 오른쪽으로 뻗은 해변이 보였다. 해수욕장이 있는 것 같다. 카스미는 바다 쪽으로 걸어갔다. 해는 그대로 구름에 가려져 있다. 하늘은 흐리다. 비가 오려는지 바다에서 찬바람이 불고 있다. 카스미는 해변을 둘러보며 깜짝 놀랐다. 너무나 좁았다. 길가에서 파도치는 곳까지 불과 몇 미터. 모래사장은 없고, 강 하류에나 있을 법한 커다랗고 둥근 돌들이 구르고 있다. 돌에는 검은 해초가 달라붙어 있다. 바다 색 역시 검다.

좁은 해변에 마치 장난감 같은 목조 방갈로가 몇 채 나란히 있다. 그 옆의 구멍가게 같은 집에는 '얼음'이라고 쓰인 깃발이 꽂혀 있다. 연인이나 가족들이 추운지 바위에 앉아 웅크린 채 잔잔한 바다를 바라보고 있다. 방갈로 앞의 취사장에서는 빨간 수영복 차림의 여자가 엄청난 양의 양배추를 썰고 있다. 목욕 타월 두 장을 연결해서 만든 임시 샤워실. 이동 화장실. 그런 것들이 모두 수 미터 폭의 해변에 복잡하게 존재하고 있었다. 처량한 해변이다. 카스미네 집 앞의 해변은 이런 것들이 없는 만큼 이곳에 비하면 차라리 광활한 편이었다.

카스미는 돌길을 밟아 물가에 다가갔다. 파도도 전혀 없고, 검은색의 바닷물도 밀려들지 않는 그곳은 그저 탁하게 고여만 있었다. 조그만 고둥조차도 검다. 카스미는 그것들이 둥근 돌에 다닥다닥 붙어 있는 모습을 보고 징그러워서 비경을 질렀다. 생물의 냄새가 나지 않는 검은 바다. 이런 곳에 유카가 있을 리 없었다.

카스미는 몸을 구부려 손가락으로 바닷물을 만져보았다. 차가웠다. 이 바다를 따라 북쪽으로 가면 고향에 닿을 것이다. 갑자기 자신이 표류하고 있다는 생각이 되살아나자 눈물이 볼을 타고 내렸다. 눈물은 카스미가 서 있는 돌 위에 뚝뚝 떨어졌다. 그 눈물의 얼록조차 검다. 우쓰미의 목소리가 들렸다.

"카스미 씨."

황급히 눈물을 닦고 돌아본다.

"어떻던가요?"

우쓰미가 도로에 서 있었다. 안색은 좋지 않지만 상쾌해진 표정이다. 카스미는 조심해서 돌 위를 걸어 우쓰미에게로 돌아왔다.

"실패였어요. 남자아이인데다 중학교 1학년이래요. 사진도 보여줬는데 아니었어요. 오쓰카 씨는 삿포로 사람이어서 아무것도 모르고 전화했대요."

우쓰미는 고개를 옆으로 돌린 채 아무 말도 하지 않았다.

그 눈은 날카롭게 바다 저편을 보고 있다. 우쓰미는 알고 있었던 게 틀림없었다.

"알고 계셨어요?"

"어느 정도는."

"그렇다면 일부러……. 죄송합니다."

자신이 직접 보고 확인하도록 배려한 건가, 아니면 자신의 반응을 확인하고 싶었던 건가. 카스미는 우쓰미를 올려다본다. 우쓰미는 눈을 가늘게뜨고 해변의 광경을 건너다보고 있다.

"괜찮습니다. 유감스러웠겠군요."

"이제 괜찮으세요?"

"예, 다 나았습니다."

우쓰미는 그런 질문을 피하는 것 같다.

"국수집에라도 들렀다 갈까요. 벌써 3시네요."

우쓰미가 동의하자 카스미는 앞서 걷기 시작했다. 한 집밖에 없는 역 앞의 국수집에 들어가 어두컴컴한 구석에 자리를 잡았다. 여종업원 두 사람이 텔레비전 앞에서 뭐가 우스운지 깔깔거리다, 카스미와 우쓰미를 흘끗 돌아볼 뿐 아무 말도 하지 않았다.

카스미는 기름때 낀 방석 위에서 생각에 잠겼다. 오가타라면 지금의 자신에게 뭐라고 말해줄까. 그 생각만이 머릿속에 가득하다. 오가타의 말을 듣고 싶었다. 표류하는 뗏목의 노를 젓는 사람. 육지는 여전히 보이지 않는다. 메뉴를 보고 있던 우쓰미가 얼굴을 들고 멍하니 있는 카스미에게 말했다.

"뭐 드실래요?"

카스미는 그제야 제정신으로 돌아왔다. 두 사람의 동태를 살피던 종업원이 주문을 받으러 왔다. 카스미는 뜨거운 메밀국수를 주문하고 우쓰미는 우동을 시켰다.

"실망하셨습니까?"

카스미는 당연하지 않느냐는 듯이 큰 한숨을 내쉰다.

"그래도 여기에 없어서 다행이란 생각도 들어요."

카스미는 가게 안을 둘러보았다. 가게라기보다 어질러진 남의 집 거실에 들어와 있는 듯한 느낌이 들었다. 주방은 언뜻 보기에도 지저분하고, 가게 구석에는 읽다 만 신문이며 벗어 놓은 옷들이 놓여 있다. 주문을 받은 종업원은 다시 의자로 돌아가서, 연예계 소식을 전하는 버라이어티 프로에 빠져들었다.

"어째서죠?"

"잘 모르겠어요."

카스미는 힘없이 대답한다. 실제로 몰랐다.

"아, 그렇지."

카스미는 가방에서 봉투를 꺼냈다.

"오쓰카 씨에게서 받았어요."

"돈인가요?"

"네, 2만 엔이나 들어 있어요. 이거, 괜찮으시다면 우쓰미 씨께……."

"됐습니다. 돈은 별로 궁하지 않으니까요. 퇴직금과 보험도 있고."

우쓰미는 얼굴을 들지 않고 대답했다.

"하지만 치료하는데 돈이 들잖아요."

"아뇨, 이제 들지 않습니다."

우쓰미는 딱 잘라 거절했다. 너무나 매정하고 완곡하게 거절하는 모습에 카스미는 어떤 예감이 들어 온몸에 소름이 끼쳤다.

"어째서 들지 않는데요?"

"이제 병원에는 가지 않기로 해서요."

우쓰미는 식힌 우동을 한 가닥 한 가닥 정성스럽게 집어서 야생 동물처럼 진지한 얼굴로 씹기 시작했다. 카스미는 병원에 가지 않는 이유를 물어볼까 생각했지만, 그만두기로 했다. 거기까지 알 필요가 없는 사람이었다.

국수집을 나오자 차가운 바닷바람은 그치고, 기온이 점점 올라가고 있었다. 태양이 구름 사이에서 빼죽 얼굴을 내밀었다. 차 문을 연 순간, 구토물 냄새가 났다.

"토하셨어요?"

"죄송합니다. 냄새가 납니까? 청소를 했는데……."

"그런 건 괜찮습니다만."

"위통과 구토는 자주 있습니다."

카스미는 우쓰미에게 운전을 맡기고 돌아가는 것이 걱정스러웠다.

"제가 운전을 할 수 있으면 좋을 텐데 면허가 없어서요."
"삿포로까지는 30분도 걸리지 않으니까 괜찮습니다."
"그럼, 삿포로 역에서 내려 주세요."
"호텔은 우리 집 방향이니까 태워다 드리겠습니다."
 우쓰미는 시험하냐는 듯이 말한다. 카스미는 할 수 없이 조수석에 앉은 채 단 며칠 동안이라도 희망을 갖게 해준 도시를 어이없이 뒤로했다.

2

 어느 틈엔가 잠이 들었다. 카스미는 "모리와키 씨." 하고 부르는 우쓰미의 목소리에 잠이 깼다. 당황하여 주위를 둘러본다. 차는 이미 비즈니스호텔 앞에 도착해 있었다. 낮은 빌딩이 즐비한 도매상 거리는 역 부근인데도, 인적이 끊기자 변두리 같은 쓸쓸함이 감돌았다. 한여름이지만 쌀쌀한 날씨 탓도 있을 것이다. 두터운 구름 사이로 서쪽 하늘로 기울어가는 태양의 혜미한 윤곽이 엿보였다.
"아직 5시 전이군요."
 오타루에서의 일이 마치 꿈처럼 멀리, 그리고 거짓말처럼 아득히 느껴졌다. 미리 예상했다고는 하지만 또 하나의 낙담이 쌓였다. 마음속은 실망으로 가득하다. 이제부터 어떻게 할까……. 카스미는 막막한 심정으로 비즈니스호텔의 눈에 띄지 않는 입구를 바라본다.
"내일 아침에도 같은 시각에 오겠습니다."
 우쓰미의 말에 카스미는 더 이상 거짓말하는 것이 바보 같다는 생각이 들었다.

"죄송합니다. 우쓰미 씨. 저, 실은 여기 체크아웃 했답니다."

우쓰미는 이유를 굳이 묻지 않는 대신 입가에 조금 심술궂은 미소를 띠웠다. 카스미는 우쓰미가 그것을 알고 있었을 거라고 확신한다. 자신이 이야기할 때까지 기다리고 있는, 우쓰미의 그런 방식이 마음에 들지 않았다.

"알고 있었죠?"

"아뇨, 몰랐습니다."

우쓰미는 지친 표정으로 외면한다.

"이 근처에 싼 여관은 없을까요?"

"시코쓰 호까지 가면 되잖습니까. 어차피 내일 갈 거잖아요."

"그렇습니다만."

유카가 사라진 곳에서 혼자 보내는 건 역시 자신이 없어서 삿포로 시내에 있고 싶었다. 그러나 그렇게는 말하고 싶지 않다.

"요즘은 여관도 잡기 힘들 테죠."

"그럼, 근처의 캡슐 호텔은 어떻습니까?"

"예, 좋아요."

우쓰미는 고개를 갸웃거렸지만, 이윽고 천천히 차를 출발시켰다. 카스미는 뒷좌석에서 유카의 옷이 든 나일론 가방을 들고 내릴 준비를 했다. 우쓰미는 바로 앞의 빨간 신호에 멈춰 카스미 쪽을 돌아보았다.

"모리와키 씨, 왜 그곳에서 나왔습니까? 그렇게 비싸지도 않을 텐데요. 1박에 6000엔 정도죠?"

"그래도 비싸요. 저, 당분간 집에 돌아가지 않고 유카를 찾아다닐 생각이니까요."

"당분간이라면 어느 정도나?"

"글쎄요, 돈이 허락하는 한. 떨어지면 여기서 일을 해서라도."
"댁에 있는 따님은 괜찮습니까?"
"네. 남편에게 맡겼어요."

울고 있던 미치히로. 이제 만나지 못할 또 한 명의 딸. 카스미는 시선을 떨어뜨렸다. 검은 아스팔트에 또렷이 새겨진 횡단보도의 흰 선 위를 통행인의 신발들이 가로질러 갔다. 그 신발들을 눈으로 좇는 동안 우쓰미가 자신의 표정을 엿보고 있는 것을 느꼈다. 카스미는 불쾌해져 얼굴을 돌린다. 신호가 파란색으로 바뀌었다. 좀처럼 속도를 내지 않는 우쓰미 때문에 초조해진 뒤차들이 클랙션을 울렸다. 우쓰미는 등 뒤를 한번 노려보고 느릿느릿 사거리를 지나 왼쪽의 작은 빌딩 앞에 차를 세웠다. 우쓰미가 사이드 브레이크를 당기면서 묻는다.

"찾아다니겠다고 하지만, 어떻게 찾아다닐 겁니까. 뭔가 계획이라도 있습니까?"

"아뇨, 특별히 없어요."

카스미는 '찾기'라는 것의 막연한 의미를 생각한다. 그것은 '돌아가지 않기' 위한 핑계이다.

"어쨌든 저는 집에 돌아가지 않기로 했습니다. 그러니 그 사람에게도 보고하지 말아주세요."

"네."

우쓰미는 알 수 없다는 얼굴로 끄덕이며, 야윈 손으로 뾰족한 턱을 자꾸 어루만졌다.

"남편과 싸우기라도 했습니까? 무슨 일이죠?"

"형사님은 이내 그렇게 받아들이는군요. 돌아가지 않는다고 하면 싸움. 싸움이라고 하면 원인. 모든 일이 전부 확실하지 않으면 안 되는군요."

카스미의 반발에 우쓰미는 태연히 대답했다.

"누구나 생각하는 것을 제일 먼저 묻는 것뿐입니다."

"그럼 당신의 부인이 집에 돌아오지 않는다고 한다면, 부부싸움을 했는지, 원인은 뭔지, 자로 잰 듯이 생각해도 괜찮겠어요? 좀 더 다른 이유가 있을지도 모르는데."

"우리 집에 대해서 뭘 아십니까?"

카스미는 우쓰미가 몹시 언짢은 표정을 지어서 깜짝 놀랐다.

"정말이세요? 우연이군요."

"우리 집은 됐습니다. 그것보다 저 때문에 남편과 싸움이라도 한 겁니까?"

"그것도 있지만, 그 뿐만은 아닙니다."

"가정불화란 말이군요."

"댁은 무슨 이유로 부인이 나가셨어요?"

우쓰미는 카스미의 말에 쓴웃음을 흘렸다.

"모리와키 씨, 갈 곳이 없다면 우리 집에 오지 않겠습니까?"

카스미는 우쓰미의 뜻밖의 제안에 멍해졌다. 우쓰미는 핸들에 양손을 얹고 전방을 바라보고 있다.

"우쓰미 씨 댁이요? 부인이 뭐라고 할 텐데요?"

"아내는 다키가와의 병원에서 간호사 생활을 하고 있습니다. 뭐, 아내가 같이 있다 해도 별로 상관은 없습니다만."

"그렇지만 어째서……?"

"돈이 아깝다면서요."

조소하는 듯한 우쓰미의 말투에 카스미는 자기도 모르게 본심을 말한다.

"그야 그렇지만, 당신이 어째서 저희 사건에 흥미를 갖는지도 모르는데 괜찮을까요."

"상관없잖습니까. 난 위암입니다. 곧 죽습니다. 당신에게 돈을 가로채려는 것도 아니고, 협박하려는 것도 아닙니다. 스스로도 어째서 당신의 사건에 흥미를 갖는지 모르겠습니다."

거침없이 나온 우쓰미의 말의 무게에 놀라 카스미는 우쓰미의 눈을 들여다보았다. 마주보는 우쓰미의 눈빛은 맑고 강했다.

"병이 그렇게 위중하세요?"

"어렴풋이 눈치 채셨잖습니까. 눈만 보견 압니다."

카스미는 아무 말도 하지 않고 고개를 숙인다. 퇴근길인지 왼쪽 빌딩에서 남녀 사원이 열 명 정도 무리지어 나왔다. 모여서 회식이라도 가는 것인지, 왁자하게 떠들면서 도로를 점령하고 있다. 카스미는 결심을 하고 이런 제안을 했다.

"그럼, 이렇게 하지 않을래요? 난 당신을 간병할 테니 댁에 무료로 있게 해 주세요."

"간병?"

우쓰미는 빈정대는 표정이다.

"죽을 때까지요? 얼마 안 됩니다."

카스미는 잠시 말을 잃었다가 힘겹게 다시 이었다.

"나는 그 동안 유카를 찾아다니겠어요."

"나도 함께 찾겠습니다."

"왜죠, 그 이유는?"

"모르겠습니다."

"대체 뭘 모른다는 거예요?"

카스미는 좀처럼 핵심에 다가가지 못하는 것에 몹시 안달하며 자기도 모르게 우쓰미의 검은 재킷 소맷자락을 거칠게 잡았다. 살이 없는 손목이 앙상하게 드러났다.

"우쓰미 씨, 어째서예요? 이유를 말해 주세요. 곧 죽을 거라는 당신이 어째서 흥미를 갖는 거냐고요."

우쓰미는 난폭하게 카스미의 손을 뿌리쳤다. 힘은 강해서 튀어나온 손가락뼈가 카스미의 손등에 닿자 상당히 아팠다.

"모른다고 했잖습니까. 그런 건 아무래도 상관없잖아요!"

"상관없지 않아요. 상관도 없는 일에 의심을 받는 것은 언제나 제 쪽이라니까요. 어떻게 된 건지 모르겠어요."

"나 역시 모릅니다. 단지, 죽기 전에 지금까지 하지 않았던 방식으로 수사를 한번 해볼까 생각했을 뿐입니다. 당신에게 무슨 일이 일어날지 알고 싶습니다."

"시간 때우기라고 하지 않았던가요?"

"그것도 있습니다."

"내가 이렇게 고통스러워하는 일이, 당신이 잘 죽어가기 위한 재료가 되는 건가요? 시간 때우기가 되는 건가요?"

카스미는 화가 나는 것을 억제할 수가 없었다. 환자에게 잔혹한 말이라고 생각하면서도 확인하지 않고는 견딜 수 없었다.

"나 역시 죽음을 바로 눈앞에 두고 있는 것은 큰 고통이오. 당신이 그걸 알기나 해요?"

"안다고 생각해요."

카스미는 낮은 목소리로 대답했지만, 자신은 없었다. 또 아이를 잃어버린 자신과 죽음을 향해 가는 우쓰미와 어느 쪽의 고통이 더 큰지도 비교할 수 없었다. 목숨이 한정되어 있는 것을 아는 것도 고통스러운 일일 것이다. 그러나 한편으로는 우쓰미와 자신의 경우가 뒤바뀌어도 상관없을 것 같기도 했다. 우쓰미도 비교의 허무함을 느꼈는지 갑자기 힘없는 소리로 중얼거렸다.
"뭐, 됐습니다. 갑시다. 아, 지쳤다……."

우쓰미의 아파트는 그곳에서 열 블록 정도 북쪽으로 더 올라가 약간 외진 곳에 있는 새로 생긴 주택지에 있었다. 우쓰미는 들판이나 마찬가지인 월세 주차장에 차를 세웠다. 주차장이라 해봐야 빌리는 사람들의 이름이 매직으로 아무렇게나 씌어진 나무판이 땅에 일정한 간격으로 꽂혀 있을 뿐이었다. 마치 묘표 같다는 생각을 하며, 카스미는 우쓰미의 이름이 다 지워져가는 나무판을 바라보았다. 그것은 잡초 더미 속에서 금방이라도 쓰러질 것 같았다. 우쓰미는 모르타르로 외벽을 바른 목조 아파트를 가리켰다.
"저집니다."
카스미는 우쓰미의 뒤를 따라 계단을 올라갔다. 2층 끝에 있는 우쓰미의 방은 거의 아무것도 없이 깨끗했다. 큰 병을 앓고 있으면서 거기에는 약 냄새도 타인의 간호 흔적도 없었다. 카스미는 평소에도 혼자서 이런 생활을 하는가 보다고 상상했다. 우쓰미는 안쪽 방문을 열며 돌아보았다.
"잠시 좀 누워 있겠습니다."
카스미는 점점 어두워지는 방에서 막연히 우쓰미가 일어나기만을 기다렸다. 테이블 위에는 몇 종류인가의 약봉지가 놓여 있다. 그걸 보면서 카스미는 죽을병에 걸려 있다는 것은 대체 어떤 것인가를 생각한다. 해가 지듯이 목숨이 사그라지는 것일까. 해가 저물면 서서히 방 구석구석이 어둠에 녹아들고, 한여름에도 발끝으로 냉기가 스며든다. 언제까지나 밝은 햇빛 아래 있고 싶은 인간에게는 그것만으로도 공포스럽다. 시간이 흐른다는 것을 의식하게 되기 때문이었다. 자신도 유카라는 시계 한 개를 잃고, 환상의 시간을 좇고 있었던 것은 아닐까. 빨리 시간이 지나 유카의 존재 그 자체를 잊어버릴 수 있다면, 하는 생각이 드는 반면, 이대로 가다 유카가 자신을 잊어버릴지도 모르겠다는 초조함이 들기도 한다.

요컨대 살았는지 죽었는지 모르는 아이를 안고 있는 자신도, 죽음을 눈앞에 둔 우쓰미도 시간이 공평하게 흘러가는 이 현실과 타협할 수 없는 인간들이다. 카스미는 차가워진 맨발을 의자 위에 올려 두 손으로 잡고, 가능한 한 몸을 움츠렸다. 세상에 달랑 혼자라는 사실이 안타까웠다.

어두컴컴해졌다. 우쓰미는 일어날 기적도 없다. 카스미는 할 수 없이 텔레비전을 켰다. 마침 6시 뉴스가 막 시작됐다. 국회의원들에 대한 이야기가 끝나고, 스포츠 뉴스로 바뀐다. 이윽고 리사가 즐겨 보던 만화 영화가 시작되는 순간, 카스미는 텔레비전을 껐다. 네모난 상자가 발하던 파란빛이 사라지자 실내는 캄캄해졌다. 카스미는 숨이 막힐 듯한 압박감을 느끼며, 황급히 일어나 돌아다니면서 불을 켰다. 현관등, 머리 위의 형광등, 부엌, 세면실, 화장실. 빛에 그을린 다다미방의 네 모퉁이가 또렷하게 나타났다. 그림자는 사라지고 모든 것이 밝디 밝은 형광등 아래 부각된다. 자신의 얼굴조차도 빛나고 있을 것이다. 카스미는 새로 태어난 기분이 들었다. 오타루에서 유카를 발견하지 못하면 돌아가지 않겠다는 결심. 오늘은 그것을 실현한 기념할 만한 날이 아닌가. 기라이 마을을 떠난 후 두 번째 탈출이다. 그러나 이 탈출은 가출 때와 달리 희망이란 게 거의 없다. 지금부터 어떻게 해야 좋을까. 카스미는 낯선 방에 우뚝 서 있다.

배가 고팠다. 카스미는 우쓰미의 작은 부엌을 들여다보았다. 기름이 튄 흔적이 있는 벽에 반찬 만드는 법과 죽 끓이는 법, 야채 손질에 관한 메모가 붙어 있었다. 작고 가지런한 글씨로 간결하게 써놓았다. 우쓰미의 아내의 마음 씀씀이일 것이다. 그것을 보면서 죽을 한 홉 끓이고, 전기밥솥에 밥도 했다.

반찬이 없어서 찬거리를 사 와야겠다고 나서려는데 덜거덕거리는 이 안 맞는 소리와 함께 문이 열렸다. 우쓰미가 티셔츠에 파자마 차림으로 침실의 어둠과 밝은 거실 사이에 우두커니 서 있다. 그는 카스미를 보고 당혹스런 표정을 지었다. 당혹이라기보다 혐오에 가깝다.

"몸은 어떠세요?"

"잠깐 빈혈이 있었던 것뿐입니다."

"기분이 안 좋으신 것 같군요. 사람이 있는 게 성가시다는 표정이네요."

"잘 아는군요."

우쓰미는 지친 얼굴로 방바닥에 가부좌를 틀고 앉았다.

"아프세요?"

"아뇨, 몸이 나른해서요."

"반찬이 없어서 뭘 좀 사오려고 하는데 뭐가 좋을까요?"

"먹고 싶은 것 사세요. 난 식욕이 없으니까."

"그러세요? 그럼, 소화가 잘되는 것으로 골라볼게요."

무리하게 먹으라고 해 봐야 소용없을 것 같다. 카스미는 좁은 아파트 현관에서 신을 신었다. 우쓰미가 만 엔짜리 지폐를 불쑥 내밀었다.

"괜찮아요?"

카스미는 우쓰미의 야윈 얼굴을 올려다보았다. 우쓰미는 귀찮은 듯이 끄덕거렸다.

"괜찮아요. 좋아하는 것 사세요. 어차피 다 쓰지도 못할 텐데요, 뭐. 아, 그리고 가는 길에 생수와 두루마리 휴지도 좀 사다 주세요."

"다 쓰지 못해도 부인이 계시잖아요."

"가정부 겸 간병인을 고용했다고 생각하면 그 사람도 이해하겠죠."

과연 그렇구나, 하고 카스미는 지폐를 받아들어 청바지 뒷주머니에 넣었다. 우쓰미가 없으면 가정부라도 해서 살아가면 된다. 벌써 우쓰미가 죽은 뒤를 생각하는 자신에게 놀라며, 이것이 아무 상관 없는 타인과의 거리구나, 하는 걸 실감했다. 문득 오가타가 생각났다. 오가타는 온도도 농도도 처음부터 자신과 비슷한 드문 사람이었다. 카스미는 오가타가 보고 싶었다.

이웃 슈퍼마켓에서 생선과 야채를 사서 돌아오는 길에 공중전화로 이즈미 가에 전화를 걸었다. 미즈시마에게 볼일이 있었지만, 밤에는 이즈미 쓰타에와 함께 있을 확률이 높다고 생각했기 때문이다. 예상대로 미즈시마가 받았다.

"부인, 전화 기다리고 있었습니다. 벌써 여기 도착했습니까?"

미즈시마가 평소와 달리 다급해하자 카스미의 고동이 빨라졌다.

"네, 어제 도착했어요. 뭔가……."

"실은 어떻게 연락을 해야 하나, 고민하던 참이었습니다. 남편께 전화를 했습니다만, 가르쳐준 호텔에도 부인이 안 계시고……."

"뭔데요, 무슨 일이 있었어요?"

카스미는 물과 식료품이 든 무거운 봉지를 바닥에 내려놓았다.

미즈시마는 카스미의 기대를 배반하는 것을 두려워하듯이 말했다.
"아뇨, 죄송합니다. 유카의 일이 아닙니다. 별것 아닌지도 모르겠습니다만, 오늘 이시야마 씨가 오셨습니다."
"이시야마 씨가요?"
"예, 깜짝 놀랐습니다. 별장을 팔러 온 이후 처음이니까요. 부인도 보고 싶으시죠? 그런데 아주 많이 달라지셨더군요."
"어떻게요?"
"딴 사람 같았습니다. 뭐, 책임은 느끼고 계시겠지만, 글쎄요……."
미즈시마는 말끝을 흐렸다.
"어떤 식으로 변했는데요?"
"잘 표현할 수는 없지만……."
카스미는 갑자기 이시야마에 대한 호기심이 일었다. 그 세월 동안 이시야마는 어떻게 변했을까.
"만나고 싶어요. 벌써 갔나요?"
"오늘은 호반에서 머문다고 했습니다만……."
미즈시마는 계속 말을 분명하게 하지 않는다. 알리고 싶지 않은 것이라도 있는가. 카스미는 거듭 물었다.
"이상한 모습이었나요?"
"부인, 최근에는 만나지 않으셨지요?"
"네, 그래요."
"음, 이런 말씀을 드려도 되는지 모르겠는데……."
미즈시마는 잠깐 주저했다.
"이시야마 씨 이혼하셨죠? 실은……. 젊은 여자를 데리고 왔답니다. 깜짝 놀랐어요."

카스미는 반사적으로 돌아보았다. 슈퍼마켓 유리창에 비친 자신의 모습. 밤의 어둠을 배경으로 노란 수화기를 든 채 놀라서 입을 벌리고 있는 자신의 얼굴이 몹시 늙어 보였다. 눈 아래 기미가 두드러지고, 입술 끝이 처져 있다. 이시야마가 여자와 있다. 이시야마와의 연애는 이미 끝난 거라고 생각했으면서, 미즈시마의 보고에 충격을 받았다.

"여보세요, 부인!"

미즈시마가 부르는 소리가 들렸다.

"네."

하고 당황하며 수화기를 고쳐든다.

"이시야마 씨는 호반에 머문다 하셨으니, 내일 오전 중에 오시면 만날 수 있을지도 모르겠습니다."

"네에."

"뭔가에 쫓기는 듯 말씀하시던데요. 우리 사모님은 그런 것 싫어하는 분이시잖습니까. 아마……. 우리 집에는 이제 들르지 않을 겁니다."

이미 이즈미 가를 '우리'라고 부르는 데 익숙해진 미즈시마가 낯설기도 했지만, 카스미는 이시야마가 여자를 데리고 왔다는 사실에 충격을 받았다. 하지만 세월이 흘렀지 않은가. 카스미는 전화를 끊고 다시 유리창에 비친 자신의 모습을 들여다보았다. 아니다, 자신도 변했다. 마음은 똑같지만, 얼굴에는 깊은 슬픔에 잠겨 세월을 보낸 흔적이 역력하다. 카스미는 이시야마에게 외면당한 듯한 쓸쓸함을 안고 돌아왔다.

"다녀왔습니다."

노크를 하고 문을 연다. 우쓰미는 방 한가운데 누워 있다가, 아,

미안합니다, 하며 벌떡 일어났다. 물소리가 들렸다. 욕조에 물을 받고 있는 모양이다. 카스미는 현관 입구이 무거운 쇼핑 봉지를 내려놓았다. 신을 벗고 있는데 우쓰미가 다가와서 봉지를 들어올렸다. 아까보다 기분이 좋아진 것 같았다.

"괜찮아요, 무거워요."

거절했지만, 우쓰미는 말없이 쇼핑 봉지를 부엌으로 옮겨놓았다. 카스미도 곧바로 뒤를 따라가서 재빨리 식사 준비를 했다. 끓여놓은 된장국이 있기에 데워서 그릇에 담았다. 작은 테이블에 그릇과 젓가락을 놓고, 두 사람은 마주앉았다.

"무슨 일이 있었습니까?"

우쓰미가 죽을 뜨기 위해 숟가락을 들고서 중얼거린다.

"아뇨, 왜요?"

"감이죠."

"어떤……."

이야기하고 싶지 않은 카스미는 딴전을 부렸다.

"형사의."

"오늘 이시야마 씨가 나타났대요."

카스미는 밥을 입에 넣으면서 이야기했다. 익숙하지 않은 전기밥솥이라 물이 적었는지 밥이 되직했다. 하지만 금방 지은 밥이라 맛있다.

"모리와키 씨, 어디에 전화했습니까?"

우쓰미는 자연스럽게 물었지만, 형사의 눈으로 묻고 있는 것을 카스미는 놓치지 않는다.

"미즈시마 씨네요. 아니, 이즈미 씨의 집에요."

"여기서 전화해도 될 텐데……. 전화요금 같은 건 신경쓰지 마세요."
"고맙습니다. 앞으로 그렇게 하겠어요."
우쓰미는 쓴웃음을 지으며 죽을 떠서 고행을 하듯 입으로 가져간다. 천천히 씹어서 삼킨 후, 우쓰미는 카스미의 눈을 정면으로 보았다.
"이시야마 씨는 왜 나타났을까요?"
"글쎄요, 그건 모르겠는데요."
카스미는 우쓰미가 만든 두부 된장국을 먹었다. 아내의 메모대로 만들었는지 간이 싱거웠다.
"호반 쪽에 머문다고 했으니, 내일 가면 만날 수 있을지도 모른다고 미즈시마 씨가 말했어요."
"이시야마는 어떤 모습이었다고 하던가요?"
"많이 바뀌었다더군요."
카스미는 이시야마가 여자를 데리고 왔다는 말은 하지 않았다.
"그럼, 만납시다."
"사정 청취를 하는 건가요?"
카스미는 웃었다.
"그런 건 안 합니다. 난 그 사람에게 감상을 듣고 싶을 뿐입니다."
"감상? 어떤 감상이요?"
"그 사건에 대해서죠, 뻔하지 않습니까?"
우쓰미는 생선조림의 가시를 바르면서 얼굴도 들지 않고 말했다. 왜 감상일까, 카스미는 젓가락을 놓고 생각에 잠겼다.

벽장에 있는 이불은 우쓰미의 아내가 사용했던 것 같다. 깨끗했지만 베개 커버에 검은 머리카락이 한 가닥 붙어 있었다. 카스미는 그걸 주워서 버리고, 그 베개를 베고 누웠다. 이상한 기분이었다. 그제까지 존재조차 몰랐던 타인의 집에 와서, 그 아내의 이부자리에 누워 잠을 청하고 있다는 것이. 카스미는 이불에 누운 채 4년 전의 오늘밤 일을 떠올리고 있다. 카스미와 이시야마는 다음 날 아침 일어날 사건을 상상도 하지 못하고 죄를 지었다.

이시야마는 매년 8월 11일이면 자신이 이즈미자토를 방문한다는 것을 알고 있을까. 알고 있으면서 나타난 거라면, 카스미가 보고 싶어 온 건지도 모른다. 모르고 왔다고 해도, 그곳에 여자를 데리고 온다는 것은 너무 무신경한 일이다. 카스미는 이시야마에게 심한 분노를 느꼈다. 이시야마가 여자를 데리고 왔다는 사실에 자꾸 신경이 쓰인다. 질투 따위는 생기지도 않을 것 같은 먼 과거의 일인데, 자신만이 여태 헤매고 있는 것 같다서 슬프고 화가 났다. 카스미는 이불에서 빠져나와 우쓰미의 침실 문을 조용히 열었다. 불은 꺼져 있었지만, 침대에 누운 우쓰미가 이쪽을 보았다. 카스미의 방에서 나오는 불빛에 비쳐 말라비틀어진 나무처럼 골격만 앙상한 남자가 카스미를 노려보고 있다.

"뭔가요?"

"잠깐 이야기해도 될까요?"

"아뇨, 아까 수면제를 먹어서 곧 의식불명이 될 겁니다."

카스미는 아무 말도 하지 않고 우쓰미의 침대 속으로 미끄러져 들어갔다. 우쓰미는 불쾌한 얼굴을 했다.

"뭡니까. 이시야마 씨 생각을 하니 흥분이라도 된 겁니까?"

"그래요."

"이시야마와 그런 사이라는 소문은 사실이었군요."

카스미는 대답하지 않고 우쓰미의 앙상한 어깨에 코를 댔다. 입고 있는 티셔츠에서 세제 냄새가 희미하게 날 뿐 무취였다. 우쓰미는 어깨를 비끼며 카스미를 떼어내려 했다. 카스미는 그대로 꼼짝도 않고 있다. 우쓰미가 강한 힘으로 밀어냈지만, 카스미는 침대에서 나오려 하지 않았다.

"그만두세요."

우쓰미는 옆으로 돌아누웠다.

"난 못 합니다."

"당신에게 그런 것 기대하지 않아요."

카스미는 조소했다. 우쓰미는 한 번 더 말했다.

"이시야마와 그런 사이였군요. 그래서 당신 가족 일가는 시코쓰 호까지 갔던 거군요."

"그래요."

카스미는 어이없어하며 사실을 인정했다.

"그런데 누가 소문을 냈어요?"

"아뇨, 아무도 그런 소문은 내지 않았습니다. 현장 분위기로 안 거죠. 은밀하게 속삭이는 모습이라고나 할까요. 조서에도 아무도 그런 이야긴 쓰지 않았습니다. 도쿄에서 조사하면 나올 거라고 아사누마는 생각했겠지만요."

"도쿄에 갔었어요?"

"수사가 사실상 종결되었기 때문에 가지 않았죠."

"나랑 이시야마 씨의 일이 유카의 실종과 관계가 있나요?"

"글쎄요."

"거기에 무슨 문제가 있나요?"

"모르겠군요. 그래서 나는 당신에게 무슨 일이 일어났는지 알고 싶은 겁니다."

"남편이 내게 이제 필요없으니 돌아오지 말라고 했어요."

"당연하겠죠."

"당신이 미치히로였다면 그렇게 말할까요?"

"말하지 않습니다."

"어째서요."

"처음부터 필요하지 않으니까."

우쓰미는 지친 듯이 눈을 감았다. 쑥 꺼져 들어간 눈이 해골처럼 보였다.

"그 사람은 지금 여자를 데리고 왔대요. 그 사람의 간청으로 홋카이도까지 왔는데 내 아이만 없어졌어요. 이미 일어난 일은 어쩔 수 없다 하지만, 도저히 포기가 안 돼요. 무엇을 포기할 수 없는 것인지 나도 잘 모르겠어요. 유카인지, 찾고 있는 시간인지, 그 사람과 함께 보낸 시간인지, 모든 걸 통째로 잃어버린 나 자신인지. 의외로 맨 마지막 것인지도 모르겠어요. 내 쪽은 아무것도 끝나지 않았으니까요. 그건 너무 불공평하잖아요. 당신도 자기만 죽는 건 불공평하다고 생각하지 않아요? 그런 생각 있을 거예요. 그러니까 우리는 닮았어요. 아닌가요?"

우쓰미는 말이 없었다. 들여다보니 우쓰미는 어느 틈엔가 잠이 들었다. 카스마는 우쓰미의 얼굴을 보다가, 이불을 걷어내고 우쓰미의 전신을 보았다. 분명히 건장한 체격이었을 텐데, 지금은 굵은 골격만 그 흔적으로 남아 있다. 야윈 가슴이 상하로 움직일 때마다 얇게 코를 고는 듯한 소리와 호흡을 반복하고 있다. 그것만 아니라면, 약간 입을 벌리고 자는 우쓰미는 마치 시체 같았다. 시체라면 이야길 해도 상관없겠지. 카스마는 우쓰미의 어깨에 또 코를 묻었다.

"오가타 선생님에게도 말하지 않은 게 있어요. 너무 추하다는 생각이 들어서요. 이 참에 솔직히 말하지만, 난 솔직히 노리코 씨를 의심했어요. 그 사람이 나와 이시야마 씨의 관계를 전부터 눈치 채고 있다가, 유카를 어떻게 하려고 계획한 게 아닐까. 그렇잖아요. 나를 가장 힘들게 하는 일은 내 아이를 건드리는 일 아니겠어요. 그래서 노리코 씨가 아침의 짧은 시간을 노려서 그 아이를 죽여서 어딘가에 숨겼다, 그리고 자신은 시침떼고 자고 있었다. 그렇게 생각했어요. 상상 못 할 일은 아니잖아요. 아니, 인간이란 게 무슨 짓을 할지 모르잖아요. 그 사람, 그렇게 예쁜 얼굴을 하고 우아한 척하고 있지만, 속으로는 무슨 생각을 할지 아무도 모르죠. 그렇죠? 당신도 형사였으니 그렇게 생각할 거예요. 아니면 남편이 나와 이시야마 씨와의 사이를 알고 발작적으로 자기 딸을 죽인 게 아닐까 하고 생각한 적도 있어요. 우리를 고통에 빠뜨리기 위해서. 하지만 지난 4년 동안 남편은 몹시 괴로워했어요. 그래서 그런 짓을 할 사람은 아니었구나 생각하긴 했지만. 아니, 노리코 씨도 남편도 그런 짓은 하지 않았을 거라고 생각해요. 왜냐하면 현실주의자에다 단순한 사람들이거든요. 그런 사람들이 자기 인생에 치명적이 될지도 모르는 일을 했을 리 없죠. 그건 나의 감으로 알 수 있어요."

카스미는 스스로 납득한 듯이 끄덕거렸다. 우쓰미가 신음하며 몸을 뒤척였다. 뒤척일 때 무거운 뼈만 남은 팔이 카스미의 옆구리에 닿았지만, 카스미는 아랑곳하지 않고 계속 이야기했다.

"지금, '자기 딸을 죽인 게'란 말을 썼죠. 그런 말 죽어도 입에 올리고 싶지 않았는데, 사실 마음 저 밑바닥에서는 이제 살아 있지 않을 거라 생각하고 있어요. 그러면서 찾으러 다니는 것은 나 자신을 속이는 짓인지도 몰라요. 빨리 해방되고 싶은데 그게 안 되니까, 그 아이를 자신을 위해 이용하고 있을 뿐인지도 몰라요. 그런데 이시야마 씨는 혼자 어딘가로 가버렸어요. 선수를 친 거죠. 선수를 치는 걸로 하자면 당신도 마찬가지군요. 죽어가는 게 두렵긴 하지만, 한편으론 부러워요."

우쓰미는 옆으로 누운 채, 긴 숨을 들이쉬었다 내쉬었다 했다. 잠이 깊이 든 것 같다.

"저기, 어때요. 무서워요?"

카스미는 우쓰미의 옆구리를 찔렀다. 뼈에 툭 닿았지만 우쓰미는 미동도 하지 않고 호흡을 하고 있다.

"그렇게 자고 있어서 아무것도 느끼지 못하겠지만, 악몽을 꾸고 있는 그곳에서 벗어날 수 없다면 차라리 죽는 게 낫겠죠. 그렇지 않아요?"

우쓰미는 대답을 하지 않는다.

"난 아직 악몽 속에 혼자 남겨진 듯한 느낌이 들어서 미치겠어요. 남편은 혼자 빠져나갔어요. 일과 리사가 있는 현실을 향해서요. 나와 이시야마씨에 대한 증오도 탈출하는 데 일조했겠죠. 그 사람은 고통스럽겠지만 증오라는 것은 현실을 이 악물며 포기하고 사는 것도 되니까. 아닌가요? 그리고 리사는 사랑스럽지만 내게 그리 마음을 주지 않아요. 이상하죠, 자식인데. 짐작가는 이유는 있어요. 아이가 하나 없어지면 남은 아이에게 더 사랑을 쏟을 것 같은데, 그게 아니었거든요. 나는 없어진 아이만 좇고 있었어요. 리사가 없어졌더라면, 더 빨리 포기할 수 있었을지 몰라요. 똑같은 자식이어도 그런 차이가 있더라고요. 무섭죠? 나도 내가 무서워요. 그 아이는 뭔가 알게 되면서부터 줄곧 내가 늘 유카만 찾아 헤매고 다니는 것을 봐왔으니, 자신은 늘 두 번째란 걸 알고 있었던 거예요. 그런 탓인지 남편만 잘 따랐어요. 나와 두 번 다시 만나지 못하게 되더라도 그리 쓸쓸해하지는 않을 거라 생각해요. 나의 악몽은 그 사건 이후, 내 자신이 내가 아니게 되었다는 거예요. 도저히 돌이킬 수 없어요. 돌이킬 수 없는 동안은 무엇에도 흥미가 없어요. 어떻게든 살아야지 생각하는 것도 유카가 있는데 죽어서는 안 된다고 생각할 때뿐. 나는 죽어 있는 건지도 몰라요. 그래요, 당신보다 먼저 죽은 인간이라고 생각해 주세요."

카스미는 우쓰미의 팔을 살짝 꼬집었다. 코를 골던 우쓰미는 낮게 신음소리를 냈다. 카스미는 꼬집은 곳을 부드럽게 어루만져주었다.

"미안해요. 아팠어요? 당신, 죽어가는 거 고통스럽죠. 분명 무척 두렵고, 고독할 거예요. 고소하다고 생각하는 건 아니에요. 그렇게 잘 아는 사람도 아닌걸요. 아까도 말했지만, 부럽기도 해요. 이시야마 씨는 나를 두고 먼저 갔고, 당신도 먼저 죽으러 가는군요. 나는 악몽 속에서 홀로 일생을 마칠지도 몰라요. 그런 게 싫어요. 절대로 하마구치 카스미답지 않아요. 그래서야 잿빛 바다만 죽어라 바라보며 사는 것과 다를 바 없잖아요……"

이야기를 하다 지친 카스미는 우쓰미의 등에 대고 크게 숨을 토했다. 순간, 우쓰미의 숨소리는 고르고 온화해졌다.

3

아스팔트로 포장된 산길에 검은 띠 같은 것이 떨어져 있는 걸 우쓰미가 차로 받았다.

"뱀이다."

우쓰미의 중얼거림에 뒤돌아보니 차에 치인 뱀은 의외로 하얀 배를 보이며 꿈틀거리고 있었다. 뒤에 오던 빨간 차가 그걸 피하려고 당황하며 핸들을 꺾는 것이 보였다.
"검은 뱀이라니, 본 적도 없어요."
카스미는 길한 징조라는 느낌이 들어 얼굴을 찌푸렸다.
"그래요? 검은 뱀, 본 적이 없습니까?"
"없어요."
"곧잘 나온답니다. 모리와키 씨도 홋카이도 출신이죠?"
우쓰미는 스사에도 참여했고, 아사누마를 만나 이미 자신에 대한 정보를 입수하고 온 것일 게다. 경찰에게밖에 말하지 않은 사실을 지금은 민간인인 우쓰미가 지적하는 것이 지극히 불쾌했다. 카스미는 대답하지 않았다. 우쓰미는 끈질기게 묻는다.
"아닌가요?"
"그런데요."
"그런 것 감춰서 뭐 합니까. 사실인 걸……."
우쓰미는 언짢은 듯이 앞만 본다. 우쓰미가 운전하는 차는 국도에서 내려서서 다시 오자키 온천으로 향하는 좁은 길로 들어서던 참이었다. 산속이지만 바로 옆에 시코쓰 호의 물 기운이 느껴지자, 카스미는 긴장했다. 여기서부터 조금 더 가서 산을 오른쪽으로 올라가면 이즈미자토 별장지에 도착하는 것이었다.
"일부러 숨기는 건 아니에요. 그저 생각하고 싶지 않아서 말하지 않았던 것뿐이에요."
"가출했기 대문입니까, 시골 출신이기 때문입니까?"
우쓰미는 웃었다. 오늘의 우쓰미는 공격적이다. 그것만으로도 평소와 다른 활력을 느끼게 했다.

"그런 이유만은 아니지만, 그런 걸로 해두죠."
"가출이란 게 그렇게 꺼림칙한 건가요?"
카스미는 우쓰미의 빈정거림을 흘려듣는다. 기라이 마을에 있던 시절의 답답함과 괴로움을 이야기한들 어차피 제대로 전해질 리 없다. 카스미는 자신을 보고 금방 이해한 것은 저 후루우치뿐이었다고, 우쓰미의 움푹 팬 옆얼굴과 생기 도는 눈을 보며 생각했다.

카스미는 새벽녘 우쓰미의 침대에서 눈을 떴다. 우쓰미는 이불을 전부 빼앗아 덮고 깊은 잠에 빠져 있었다. 카스미는 파자마 위에 아무것도 걸치지 않고 새벽의 냉기에 몸을 움츠리고 있었다. 이불을 좀 덮으려고 당겨보았지만, 우쓰미는 마치 몸을 보호하는 껍질처럼 단단히 마른 몸에 이불을 둘둘 감고 있었다. 포기한 카스미는 몸을 일으켜 턱을 괴고 우쓰미의 얼굴을 들여다보았다. 입을 약간 벌리고 자는 평온한 옆얼굴. 그 움푹 꺼진 눈과 광대뼈 아래의 검은 그림자에 곧 찾아올 죽음의 조짐이 서려 있었다. 카스미는 추워서 바들바들 떨며 자신은 죽어가는 남자에게 대체 무엇을 고백한 걸까를 생각하면서 침대에서 빠져나왔다. 자신의 이불 속으로 돌아왔지만, 시트는 한여름인데도 싸늘했다. 그 새로운 냉기가 자신의 체온으로 따뜻해질 때까지는 시간이 걸릴 것이다. 잠은 이미 달아나버려서 카스미는 이불에서마저 빠져나왔다. 우쓰미의 침대도 비어 있던 이불도 자신을 따뜻하게 맞아주지는 않는다. 앞으로도 계속 그럴지 모른다. 카스미는 그대로 한숨도 자지 못하고, 네 번째의 8월 11일 아침을 맞았다.

"당신의 고향에도 한번 가보고 싶은데, 갈까요?"

"왜요?"

"얼마나 변했는지 보고 싶지 않아요?"

"별로."

"당신 양친도 있을 거 아닌가요."

"아마."

"걱정되지 않습니까?"

우쓰미는 의외라는 얼굴을 했다. 그 눈에 호기심이 엿보인다.

"돌아가셨을지도 모르는데."

"그렇다면 그것대로 어쩔 수 없는 일이죠."

"냉정하군요."

우쓰미는 고개를 갸웃거린다.

"그곳에 따님이 있을지도 모른다는 생각은 한 적 없어요?"

실은 그런 상상을 몇 번이나 했었다. 상상 속의 유카는 그 해변에 있는 기라이장 앞에서 놀고 있다. 자신이 늘 그랬듯이 아이의 손아귀 힘으로도 쉽게 부서지는 사암을 주우면서, 세찬 바닷바람에 촉촉해진 머리와 피부에, 그 바닷바람이 날아온 보드라운 모래를 온몸에 묻히고.

"상상한 적은 있어요."

"그럼 어째서 확인하지 않는 겁니까?"

"절대 있을 수 없으니까요. 그 사람들이 그런 짓을 할 리 없어요."

"당신의 부고가 당신 대신에 손녀를 데리고 갔을지도 모르잖아요. 만약 그렇다면 복수라기보다 다시 시작하고 싶다는 의미겠지요. 무엇을 다시 시작하고 싶을까요. 육아일까, 인생일까. 뭐, 다시 시작할 수 있어서 좋을 게 있기야 하겠지만요. 난 그렇게 생각하지 않아요. 다시 태어나도 형사로 있고 싶으니까. 그런 의미에선 대충 행복한 인생이었을지도 모르겠군요."

우쓰미는 오늘 아침부터 말수가 많아졌다. 카스미는 우쓰미의 이런 변화를 자신이 우쓰미의 침대에 들어가 한순간이었지만 마음을 연 탓이라고 생각했다. 뜻밖에 이시야마가 자기 앞에 나타났기 때문이다. 이시야마에 의해 열린 자신의 과거의 문이 지금 우쓰미라는 남자를 들어오게 하고 있다.

"이봐요, 우쓰미 씨. 바보 같은 상상 그만둬 주실래요?"

우쓰미는 반짝거리는 눈으로 카스미를 보았다.

"나는요, 모리와키 씨. 현역일 때는 상상 같은 거 해본 적이 없습니다. 발이 퉁퉁 부르트도록 돌아다니며, 리스트를 체크해나갔을 뿐이지요. 점심은 발이 머문 곳에서 대충 때우고, 뭘 먹었는지 기억도 안 나죠. 그런 일만 했습니다. 상상하면 할수록 현실에서 멀어진다고 생각했습니다. 상상은 내 일의 천적이었죠. 어째서인지 모르겠지만요. 그래서 그것만큼은 하지 않았습니다. 한데 지금은요, 어찌된 이유인지 상상하는 것이 재미있어 견딜 수가 없어요."

카스미는 우쓰미가 사건에 빠져 있다고 생각했다. 사건은 우쓰미에게 식욕과 정기를 주고 영문을 모르는 활력을 채워주고 있었다. 오늘 아침의 우쓰미는 잘 먹고, 잘 떠들고, 감정이 숨쉬고 있다. 자신이 앞으로도 수면제로 잠에 떨어져 있는 우쓰미의 귀에 자신의 본심과 의심을 계속 속삭여주면 우쓰미의 상상도 점점 부풀어 갈 것인가. 그런 우쓰미가 어쩐지 기분 나쁘게 느껴진다. 쇠약해져 가는 우쓰미에게 그렇게 해서라도 활력을 불어넣어주고 싶은 자신 역시 불쾌하다. 길 한가운데에서 꿈틀거리며 고통으로 몸을 뒤틀던 검은 뱀이 자신의 마음속에도 있다. 카스미 속의 악의와 의심, 누구에게도 말할 수 없는 진심을 우쓰미라는 남자를 통해 바깥 세상에 풀어놓으려 하고 있다.

　카스미는 무심히 창밖으로 눈을 돌렸다. 아까 뱀을 피해가던 빨간 차가 아직 뒤에 오고 있다. 여기까지 함께라면, 오자키 온천에라도 가는 것일까. 카스미는 몸을 구부려 왼쪽 사이드 미러를 들여다보았다. 새빨간 BMW다. 무성한 녹음으로 우거진 수목과 겨룰 수 있을 만큼의 반짝거림을 자랑하려는 듯, 법정 속도를 지키며 느릿느릿 달리는 우쓰미에게 바짝 붙어 따라온다. 화려한 커플 선글라스를 낀 호스티스 풍의 여자와 애인인 듯한 남자가 타고 있었다. 여자는 금발로 물들인 긴 머리를 바람에 나부끼며 때때로 창밖으로 손을 내밀어 바람을 맞는 몸짓을 한다. 운전하는 남자. 유행에 뒤처진 펀치퍼머를 하고서 계속 여자와 이야기를 나누는 남자. 그 얼굴을 자세히 들여다보던 카스미는 서서히 얼굴이 굳어졌다. 이시야마가 틀림없다. 사업에 실패해서 빚쟁이에게 쫓기고 있다는 말을 들은 탓인지, 지난밤 내내 카스미의 뇌리에 그려진 이시야마는 힘없고 초라한 모습이었다. 그런데 실제는 산속에서 이물을 만난 듯한 느낌이 들만큼 경박한 차림을 하고 있다.

　"저기에서 오른쪽으로 돌죠?"

　우쓰미가 오른쪽에 보이는 '이즈미자트 별장지'라는 흰색 간판을 가리켰다. 카스미는 간판을 응시한다. 작년보다 녹이 많이 슬고, 부식이 심해졌다. 점점 폐허가 되어가는 느낌이다. 차는 우회전해서 급경사 때문에 기어를 변속했다. 이시야마의 차는 그대로 직진해간다. 이 길이 끝나는 곳에는 오자키 온천밖에 없으니 그곳에 머무는 건지도 모른다. 카스미는 수십 미터 올라간 곳에서, 그제야 우쓰미에게 말하기로 했다. 시간이 조금 경과한 이유는, 상황이 어떻게 된 건지 잠시 생각에 잠긴 탓이었다.

"지금 지나간 차에 이시야마 씨가 타고 있었어요."

"저 BMW에요? 야쿠자가 여자 데리고 온천에 가나 보다 했더니."

"아뇨, 저 사람이 맞습니다."

"이시야마란 사람 저런 남자였습니까?"

"달라졌지만, 틀림없어요."

그렇게 사랑했던 남자를 자신이 잘못 알아봤을 리가 없었다. 우쓰미는 믿을 수 없다며 뒤를 돌아보았다. 이미 키가 큰 여름풀과 숨막히게 얽힌 수목에 둘러싸여 뒤는 보이지 않았다. 우쓰미의 차는 경사가 급한 언덕에 달라붙듯 어중간하게 멈춰서 있었다.

"미안하지만, 오자키 온천 쪽으로 돌려 주세요. 저, 잠깐 이시야마 씨와 이야기를 하고 싶어요."

"좋습니다."

우쓰미는 호기심에 불이 붙었는지 야윈 몸을 민첩하게 움직이며 차를 돌렸다. 차는 뱀처럼 구불거리면서 위험하고 좁은 급경사를 내려갔다. 이윽고 아까의 분기점에서 방향을 바꾼다. 그곳에서 5분 정도 좁은 산길을 구불구불 달렸다. 산속에 온천 호텔의 빨간 지붕과 시코쓰 호가 보였다. 4년 전 여름, 카스미가 무슨 정보가 없을까 하고 소형차로 수도 없이 갔던 호텔이었다.

호수 입구를 둘러싸는 형태로 납작한 지붕이 옆으로 길게 펼쳐져 있다. 카스미는 단번에 주차장에 있는 빨간 BMW를 발견했다. 여자의 모습은 없고, 이시야마 같은 남자가 차 문을 잠그고 있었다. 카스미는 차에서 혼자 내렸다.

"이시야마 씨."

이시야마가 돌아보며 옆에 금장식이 붙은 화려한 선글라스를 벗었다. 카스미임을 알아본 순간, 그 기묘한 얼굴에 진지한 표정이 떠오르더니, 이윽고 기쁨을 띤 밝은 표정으로 바뀌었다. 카스미는 그의 경박한 차림새를 바라본다. 다채로운 색이 든 여름 니트에 헐렁한 백바지. 굵은 줄의 금목걸이가 칼라 밖으로 보이고, 다이어가 박힌 금시계가 햇빛에 번쩍인다. 예전의 깔끔한 이시야마에게서는 상상할 수도 없었던 복장이다.

"오랜만이야, 잘 지냈어?"

이시야마는 미소를 띠며 자연스럽게 물었다. 이시야마는 예전엔 저렇게 느물거리는 말투를 쓰지 않았는데, 하고 카스미는 또 미묘한 위화감을 느꼈다.

"네. 당신도 건강해 보이네요."

"그럭저럭. 즐겁게 살고 있어."

이시야마는 쑥스럽게 웃었다.

"즐겁다면 됐죠. 지금은 뭘 하고 있어요?"

이시야마는 호텔 프런트 쪽을 잠깐 돌아보았다. 그곳에 같이 온 여자가 있을 것이다.

"뭐하긴. 아무것도 안 해. 못 들었어, 사업 이야기? 망했잖아."

"잠깐 듣긴 했지만 자세히는 몰라요. 아무것도 하지 않으면 디자인도 안 한다는 말이에요? 어떻게 먹고 살아요?"

"기둥서방이지, 말하자면."

"기둥서방?"

카스미가 되물었다.

"당신이 기둥서방이에요?"

"그렇게 밖에 표현할 길이 없네. 여자한테 부양받고 있으니까."

이시야마는 거침없이 말했다.

"아까 그 여자?"

"응. 이제 스물세 살이야."

"이제요? 젊군요."

응, 하고 이시야마는 끄덕인다. 이 화려한 옷도 차도 아까의 여자가 사 준 것일까. 한창 잘 나가던 시절의 이시야마를 알고 있는 카스미는 너무나 큰 변화에 내심 경악했다. 그러나 자신이 엘리베이터 속에서 강렬하게 키스를 했을 때도 이시야마는 묵묵히 받아만 주지 않았던가. 카스미는 애초에 여자에 대해서는 수동적인 남자였는지도 모르겠다고 그날 일을 떠올리며 생각했다.

"당신도 많이 달라졌군요."

이시야마는 카스미의 얼굴을 보았다.

"어떻게?"

"뭐랄까, 모든 걸 참고 있는 얼굴이에요. 어딘지 안 어울려요."

"어쩔 수 없잖아, 그런 큰일이 있었는데."

카스미는 남의 일처럼 말하는 이시야마에게 반감을 느끼면서 말했다.

"나, 한 번 실수했었어요."

"응, 나도 그래."

이시야마는 손에 쥐고 있는 차 열쇠로 시선을 떨어뜨린다. 그것은 화려한 루이뷔통의 열쇠 지갑에 들어 있었다.

"할 수 없지, 뭐."

"이런 곳에서 만나게 될 줄은 생각도 못 했어요."

"어째서?"

이시야마는 의외란 표정으로 반문했다.

"당신 8월 11일이어서 온 거 아냐?"

"전 그렇지만요……."

"난 당신을 만날 수 있을지도 모른다고 생각하고 온 거야."

보고 싶었단 말도 하지 않고, 여자를 데리고 온 사실을 사과하는 표현도 없었다.

"당신이 행방불명 됐다는 말을 들었기 때문에……."

"그래, 그래, 그렇지. 그런 걸로 되어 있지. 그러니까 여기서 만났다는 말 아무한테도 하지 마."

카스미는 공범자가 된 기분으로 끄덕였지만, 예전에 둘이서 죄를 범하던 때와는 비교도 안 될 정도로 마음은 가벼웠다. 자신의 입에서 무심코 그 말이 흘러나와 이시야마가 체포되었다 해도 통한을 느끼지는 않을 것 같았다. 자신에 대한 이시야마의 정열도 이미 식었다는 걸 카스미는 확실히 느꼈다. 그것이 서글프지 않은 것은 카스미도 이미 이시야마를 좋아하지 않기 때문이었다. 그렇게 한 사람에게 몰두해 있었는데 허무하게 사라져버린 감정. 그 정열은 대체 무엇이었을까. 그 때문에 없어진 유카를 생각하자 한심하기 그지없었다.

"참, 텔레비전 봤어. 오타루 건은 어떻게 된 거야?"

"아니었어요. 남자아이였어요."

"그랬군. 어떻게 된 걸까, 그 아이는."

이시야마는 한숨을 쉬며 호텔 뒤에 펼쳐진 시코쓰 호로 시선을 돌렸다. 호수에서는 끊임없이 보트며 저트스키의 모터 소리가 다가왔다 멀어졌다 하고 있었다. 두 사람 다 묵묵히 그 소리를 듣고 있다. 차 안에서 그 모습을 지켜보던 우쓰미가 찬스라고 생각했는지, 이쪽을 향해 다가왔다.

이시야마가 우쓰미의 모습을 의식하고 주머니에서 담배를 꺼내 문다. 카스미는 유카가 없어졌을 때, 낚시와 담배를 끊겠다고 했던 이시야마의 말을 떠올렸다. 그는 혼자서 모든 걸 정리해 버렸구나……

"안녕하세요, 처음 뵙겠습니다."

이시야마는 가볍게 인사를 건네며 눈으로 카스미에게 누구냐고 물었다.

"우쓰미 씨예요. 전직 형사이신데 함께 유카를 찾아주고 계세요."

"그것 참 잘됐네."

이시야마는 별로 관심없는 모습으로 물었다.

"그래, 어떻습니까, 우쓰미 씨."

"글쎄요, 현재로썬 아무것도……."

우쓰미는 관찰하는 눈으로 이시야마를 바라보고 있다.

"그렇겠죠. 그렇게 간단한 일이 아니니까."

이시야마는 햇빛에 그을린 팔을 긁었다. 카스미는 이시야마의 몸에서 더 이상 강 냄새는 나지 않을 거라고 생각한다. 우쓰미가 이시야마의 담배 연기를 피하면서 물었다.

"이시야마 씨, 저는 그때, 도마코마이 서에 있어서 수색에도 참가했습니다. 당신도 멀리서 몇 번 봤죠. 취향이 제법 많이 바뀌셨군요."

"아, 이거요."

이시야마는 쓴웃음을 짓는다.

"저 아이가 이런 걸 좋아해서 사다 준 겁니다."

우쓰미는 이시야마가 기둥서방 같은 생활을 하고 있다는 걸 눈치챘는지, 비웃는 표정을 짓고 있었다. 아까의 여자가 하이힐 굽소리 요란하게 달려와 숨을 헐떡거리며 소리쳤다.
"자기, 무슨 일이야?"
"아무것도 아냐."
여자는 노골적으로 카스미와 우쓰미를 노려보았다.
"무슨 볼일이세요?"
"아무것도 아니라니까."
이시야마는 말리려 하지만, 여자는 이시야마를 지키려는 듯이 카스미 앞에 섰다. 아랫볼이 통통한 평범한 얼굴에, 젊은 나이의 날카로움이 강한 눈매와 입술 끝에 나타나 있었다. 카스미와 우쓰미가 이시야마를 쫓고 있는 빚쟁이라 생각했을 것이다. 카스미는 젊은 여자의 정열이 부러웠다.
"됐어, 정말로. 이 사람들은 유카를 찾고 있는 거야. 자, 여기가 유카의 어머니. 여기는 마나. 나와 함께 살고 있지."
이시야마의 소개에 마나는 짙은 분노가 재빨리 스쳐간 눈으로 카스미에게 시선을 고정시켰다. 이시야다가 예전에 사랑한 여자에게 질투를 느낀 것이리라. 카스미는 이시야마가 이렇게 젊은 여자에게 자신들의 이야기를 했다는 사실에 배신감 같은 것을 느꼈다. 그렇게 아무에게도 말하지 말자고 자신이 먼저 다짐을 했으면서. 이시야마와의 거리는 점점 멀게 느껴졌다.
"마나, 이 사람과 둘이 이야기 좀 하고 싶은데."
이시야마의 말에 마나는 순순히 끄덕거렸다.
"알겠어. 난 먼저 온천에 들어가 있을게."
"응, 곧 갈게."
잘들 노는군, 하고 옆에서 우쓰미가 중얼거리는 소리가 들렸다.

우쓰미는 마음에 들지 않는다는 모습으로 양손을 주머니에 찔러넣고, 야윈 어깨뼈가 툭 불거져 나온 채 무뚝뚝한 얼굴을 했다.
"이시야마 씨, 당신 쫓기고 있다면서요."
"네, 뭐."
이시야마는 그런 현실을 잊고 있는지 태평스레 대답했다.
"잡히면 아마 제법 혼날 텐데요."
"아마 그렇겠죠."
"그래서 기둥서방이 됐습니까? 좀처럼 눈에 띄지 않고 아주 좋군요."
"아뇨, 별로. 그럴 생각은 없었습니다. 돈이 없어서 술집에서 일하고 있을 때, 저 아이가 손님으로 왔다가 알게 된 것뿐이죠."
이시야마는 화를 내는 기색도 없이 험악해 보이는 우쓰미에게 부드럽게 응했다.
"어느 술집인가요?"
"도요카와 씨의 술집에서 허드렛일을 했었습니다. 아무 데도 갈 데가 없어서요."
이시야마가 약간 주저하면서 말했다. 도요카와에게 해가 돌아갈까 그걸 두려워하고 있는 것이다. 그러나 카스미는 도요카와에게 의지하려고 삿포로까지 온 이시야마를 쾌히 용서할 수 없었다.
"'호케야'란 체인점 말입니까? 그런 싸구려 술집에 마나 양 같은 여자가 갈까요? 호스트 클럽이 아닌가요?"
이시야마는 모호하게 웃으며 대답하지 않았다.
"돈이 많아 보이는데요. 뭐 합니까, 저 아가씨."
"그런 계통일 건 뻔하지 않습니까?"
"과연."

우쓰미는 경멸과 호기심이 섞인 눈으로 이시야마의 머리를 보았다.

"어울리는군요, 펀치퍼머."

이시야마는 쑥스러운지 꼬불꼬불 웨이브가 심한 머리를 몇 번이나 어루만졌다. 자신의 머리를 만져보기 전에는 스스로도 실감이 안 나는 모양이었다.

"나도 의외랍니다. 우쓰미 씨, 이 사람과 이야기 좀 하고 싶은데 자리를 비켜주시겠습니까?"

"아, 좋습니다. 난 미즈시마한테 가서 이야기 좀 들어보고 오겠습니다."

"미즈시마 씨도 알고 있습니까?"

이시야마는 의외라는 얼굴을 했다.

"알고 있습니다. 이즈미 노인도 알고 있습니다. 그 노인은 한때 사업을 크게 해서 이 일대에서는 모르는 사람이 없죠."

"그렇군요. 그러고 보니, 이즈미 씨는 왜 자살을 했을까요?"

이시야마는 동의를 구하듯이 카스미 쪽을 보았다.

"그 사람, 당신을 내 아내라고 착각했었지?"

"네, 그때는 깜짝 놀랐어요."

별장에 온 그날, 정원에서 잠깐 인사를 하러 들어온 이즈미가 카스미에게 '사모님'이라고 불렀던 일이 있다. 개의 시체. 그건 어떻게 된 일이었을까. 카스미가 그런 기억을 떠올리고 있자, 우쓰미가 사이에 끼어들었다.

"그건 무슨 소립니까?"

이시야마는 이야기해도 되는지 어떤지 카스미의 얼굴을 보았다.

"괜찮아요, 이 사람은 뭐든 다 알고 있어요."

"그렇군."

이시야마는 카스미와 우쓰미의 사이가 자신과 마나와 같다고 맘대로 해석한 것 같다.

"그 별장에 도착한 날 모두 맥주를 마시고 있는데, 이즈미 씨와 미즈시마 씨가 왔어요. 내 아내가 옆에 있는데도 이 사람을 '사모님'이라고 불렀답니다. 뭔가 알고 빈정거리는 건가 하고 깜짝 놀랐죠."

"호오, 어째서 그랬을까요?"

"글쎄요, 지금은 단순한 착각이었다고 생각합니다만."

"그 후 노리코 씨의 태도가 급변했죠."

"그래, 그래, 맞아. 그것 때문에 들통났어."

이시야마는 거리낌없이 말했다. 이상한 기분이었다. 두 사람 사이의 비밀을 지금 이렇게 우쓰미라는 제3자 앞에서 이야기하고 있다.

"우쓰미 씨, 신경쓰지 마세요. 이미 끝난 일이니까."

이시야마가 나름대로 배려를 했다. 우쓰미가 진지한 얼굴로 부정했다.

"아닙니다. 모리와키 씨와는 어제 처음 만난 사이입니다. 제가 곧 죽게 될 거라는 사실 때문에, 이분은 제게 이야기해도 상관없겠다고 안심한 거랍니다."

"안심이 아니에요."

우쓰미에게 이야기한 것은 둘 다 현실과 타협할 수 없는 처지가 닮았다는 생각이 가슴 밑바닥에 있었기 때문이다. 예전에는 그런 생각을 이시야마와 나눠가졌는데, 이시야마가 여자를 데리고 왔다는 말을 듣고 마음에 동요가 일었기 때문이다. 카스미는 이시야마의 속편해 보이는 얼굴을 바라보았다.

"죽는다고요?"

이시야마는 놀라서 우쓰미를 보았다.

"암이라서 오래 버티지 못합니다."

"그것 참 안됐군요. 놀랍네요, 세상에는 참 여러 사람이 있구나……."

이시야마는 엄숙한 표정이 되었다. 우쓰미는 익숙하다는 듯 아무렇지도 않게 말했다.

"그럼, 난 미즈시마에게 가서 이야기를 듣고 오겠습니다. 모리와키 씨는 어떻게 할래요?"

"1시간 정도 뒤에 데리러 와주지 않겠어요?"

"네."

우쓰미는 막 가려다 말고 다시 되돌아왔다.

"잊어버린 게 있네요, 이시야마 씨."

"뭡니까?"

"그 사건에 관한 당신의 감상을 들려줬으면 합니다."

"감상이요? 그것 역시 제3자적인 거군요."

이시야마는 생각에 잠기듯 팔짱을 꼈다.

"생각해둘 테니 나중에 다시 물어주시겠습니까?"

우쓰미는 끄덕이며 차 쪽으로 걸어갔다. 이시야마가 그 뒷모습을 바라보면서 말했다.

"정말로 죽는구나. 뭔가 알 것 같은 느낌이 들어."

"위암이래요. 고치지 못한다나 봐요."

"어째서 저 사람이 이 사건을 조사하려는 건지 알 것 같은 느낌이 들어."

"어째서요?"

"대답이 나오지 않기 때문이 아닐까. 이를테면 자살한 사람의 마음을 아무리 생각해봤자 절대로 알 수 없잖아. 유서가 있다 해도 진실은 몰라. 그렇지만 경찰은 그걸로 한 건 일단락 지어버려. 지금까지 명확한 답만 내오던 사람이 도무지 알 수 없는 사건을 만나면 자극을 받겠지."

이시야마는 호텔을 향해 먼저 걷기 시작했다. 프런트를 지나 잔디 정원으로 나오자, 시코쓰 호가 눈앞에 펼쳐졌다. 여름 오후의 햇살을 받으며 졸음이 밀려올 것 같은 평온함으로 가득하다. 카스미가 한 번도 본 적 없는 시코쓰 호였다. 에니와 봉우리에 하얀 구름이 한 조각 걸려 있고, 잔잔한 물결이 이는 수면에는 많은 보트들이 떠 있다.

"노리코 씨와 헤어졌다면서요."

카스미의 말에 이시야마가 돌아보았다. 돌아볼 때 먼저 상대의 입술을 한 번 본 후 시선을 드는 버릇은 여전히 변하지 않았다. 예전에 이시야마의 이런 몸짓을 볼 때마다 더할 수 없이 부드러운 몸짓이라고 가슴 설레던 기억이 났다.

"그래. 벌써 1년이 되어가는군. 그 일 이후, 노리코와 원만하지 못했어. 나를 용서해 주지 않았어. 서먹해진 감정을 수습하지도 못한 채 헤어졌지. 아이들 소식 들었어?"

카스미는 고개를 저었다.

"나도 몰라. 어떻게 지내고 있는지 궁금한 반면, 해방되어 기쁜 마음도 있어. 내게 그런 면이 있다는 걸 몰랐으니, 인간은 참 알 수 없는 존재라고 생각해. 모리와키 씨는 잘 있어?"

"잘 있어요. 일이 잘 풀리지 않아서 문제지만. 하지만 나도 그 집에서 나왔어요."

"유카 문제가 아닌 것 같군. 나와의 일이 들통난 거야?"

"양쪽 다 있어서 용서할 수 없었겠죠."

"마찬가지군."

이시야마는 한숨을 쉬었다.

"모리와키 씨 충격이었을 거야. 당신이 모리와키 제판에 견습생으로 있을 때의 일, 지금도 가끔 꿈에 보일 때가 있어. 눈을 뜨면 생각하지. 상상도 할 수 없는 인생이었다고 말이야."

"그래요."

"하지만 아무도 모르는 거야."

이시야마는 잔디 정원에 앉아 담배에 불을 붙였다. 카스미는 여러 가지 소리 속에서 찰싹찰싹 잔물결 치는 소리를 골라 들으며 자신에게 무엇을 알리려는지 생각했다. 물의 기운. 그것은 자신에게 공포이며, 출발점이었다.

"우쓰미 씨, 좋아해?"

이시야마의 물음에 카스미는 웃음으로 대답한다.

"좋아하지 않아요. 돈이 없으니까 그 사람을 이용하는 건지도 몰라요. 하지만 아무 데도 갈 곳 없는 내 마음이 어딘가 그 사람과 통하는 데가 있는 것 같아요. 그 사람, 곧 죽게 되겠죠. 옆에서 간호를 해줄까 생각하고 있어요."

"간호? 아무 상관도 없는데……? 그것 참 친절하군."

"친절해서 하는 게 아녜요. 죽어가는 사람이 무엇을 보는지 알고 싶기 때문이에요. 나란 여자 잔혹해요."

이시야마가 자신의 옆얼굴을 바라보고 있는 게 느껴졌다.

"어째서 알고 싶은 거야?"

"그 사람은 분명 그렇게 젊은데 죽어가야 한다는 사실을 견딜 수 없을 거예요. 받아들이는 듯한 얼굴이지만, 마음속으로는 불공평하다 생각하면서 두려워하고 있어요. 그래서 텔레비전을 보고는 내게 연락을 해왔어요. 처음에는 수사라고 말했지만, 아닐 거라 생각했어요. 그 사람은 내가 현실과 타협하지 못하고 방황하는 모습을 보고 싶었던 거예요. 그러니까 나도 그 사람이 죽는 것을 볼 거예요."

"경쟁하는 것 같군."

이시야마의 말투에 동정이 배어 있다.

"하지만 골인 지점은 보여요. 그 사람은 가엾지만, 곧 죽게 되잖아요. 나만 영원히······."

카스미가 말을 얼버무리자 이시야마가 조용히 이었다.

"표류하고 있을 것이다?"

이시야마의 입에서 표류라는 말이 나오리라고는 생각하지 못했다. 카스미는 잔디 사이에서 하얀 돌을 찾아내서는 몇 미터 앞의 호수에 던졌다. 그것은 너무나 작아서 물소리조차 내지 않았다.

"그래요, 아직 육지는 보이지 않아요."

"가엾게도."

이시야마의 낮은 중얼거림이 들려왔다. 이시야마는 낯선 고장에 상륙하여 그곳에서 생활을 시작했다.

"동정하는 건가요?"

"하면 안 돼?"

이시야마가 다정한 목소리로 대답한다.

"당신이 정말 안됐어. 빨리 예전의 당신으로 돌아갔으면 좋겠어."

"원래의 내가 되는 일은 없을 거예요. 다른 내가 될 거예요."

"그것도 괜찮겠네."

이시야마는 웃었다.

"당신은 마나 양을 좋아해요?"

"좋아한다고 생각해."

이시야마는 고개를 갸웃거렸다.

"하지만 연애가 아냐. 당신과는 연애를 했지만, 마나는 달라. 스무 살이나 차이가 나는 여자와 연애 같은 건 불가능해. 그 아이에게서 빼앗을 게 있을 리 없잖아. 또, 그 아이가 빼앗을 것도 내게는 없어. 없앤 게 아니라, 준비할 필요가 없었어."

"나 때는 있었어요?"

"있었지. 당신의 시간을 빼앗고, 가족으로부터 당신의 사랑 전부를 빼앗고, 당신의 몸을 당신에게서 빼앗았어. 마지막에는 자유조차 갖고 싶었어."

"나도 그랬어요."

"그래. 나도 여러 가지를 내줬지. 그런데 그 결과 당신 딸이 없어져 버렸어."

카스미는 햇빛에 반짝이는 호수 저편을 바라보았다.

"어디로 갔나 몰라. 저기에 가라앉았을까."

예전의 이시야마라면 그런 상상은 관두라고 말했을 것이다. 하지만 이시야마는 묵묵히 있었다.

"당신은 왜 마나 양과 같이 지내요? 도망치는 데 필요해서?"

"당신처럼 말이야? 당신은 언제나 어디로든 도망쳤지."

이시야마는 잡초에 담뱃불을 비벼 껐다.

"내게 그녀는 도망 다니는 데 편리한 존재이긴 하지만, 그게 전부는 아냐. 이런 인간관계는 가져본 적이 없어서 즐거워. 생활비며 용돈이며 모두 그녀에게서 받지. 집안일도 하지 않아도 돼. 단지 아무 소리 없이 그녀와 살기만 할 뿐이야. 일이라곤 차를 운전하는 정도밖에 없어. 할 만한 생활이지. 마나가 내게 질렸을 때는 버림을 받겠지만, 그건 그것대로 좋을 거라는 생각이 들어. 당신과 연애할 때는 주위를 억지로 뒤집어엎더라도 당신과 함께 있고 싶었어. 하지만 지금은 달라. 마나가 하기에 따라 어떻게든 변할 수 있는 내가 된 거야. 나는 어쩌면 물 같은 남자였는지도 몰라."

"물 같은 남자?"

"그래, 어떻게라도 변할 수 있어. 어떤 때는 열탕이 되기도 하고, 어떤 때는 얼음물이 되기도 하고."

카스미는 당혹스러움을 느끼면서 이시야마의 백바지 자락에 붙은 잔디를 보았다.

"그렇지, 이 말 우쓰미 씨한테 전해 주지 않겠어? 그 사건에 대한 내 감상."

"좋아요. 하지만 직접 말하지 그래요."

"아냐, 그 사람은 좀 어려워. 그러니까 당신이 말해줘. 난 말이야, 이렇게 생각했어. 당신을 알고 있는 줄 알았는데 참 많은 부분 모르고 있었다고. 2년 동안 사귀며 당신을 사랑하고, 당신에 대해서라면 뭐든 알고 있다고 생각했어. 하지만 당신이 고향을 버린 것이며 도쿄에 나왔을 때의 아픔 같은 걸 전혀 눈치 채지 못했어. 당신이 시코쓰 호란 말을 듣고 나서 가는 걸 왠지 꺼렸을 때, 당신의 아픔을 상상하지 못한 내가 나빴단 말이야. 그러니까 말이지, 내가 당신에게 미안한 것은 당신을 충분히 이해하지 못했다는 한 가지야. 사건 그 자체는 관계없어."

멀리서 "자기야." 하고 부르는 소리가 났다. 돌아본 이시야마가 쓴웃음을 짓는다.

"대책이 안 선다니까."

카스미가 상체를 돌려 소리 나는 쪽을 돌아보자 호수 쪽으로 난 노천탕 울타리로 알몸의 마나가 몸을 내민 채 손을 흔들고 있었다.

"다 보여."

이시야마는 부끄러운 듯 눈을 감았지만, 카스미는 반대로 더 눈을 똑바로 뜨고 젊은 마나의 육체를 바라보았다. 오늘밤 또 수면제를 먹은 우쓰미의 귀에 이시야마와 보낸 밤의 모든 이야기를 해야겠다고 마음먹었다. 유카가 없어지기 전날 밤, 이시야마와 함께 하기 위해서라면 자식도 버릴 수 있다고 생각했던 것도.

6장
근원

1

 하늘이 갑자기 흐려졌다. 눈에 보이는 세계가 일변한다. 잔물결이 반짝거리며 춤을 추던 수면은 음산하리만큼 고요가 감돌고, 호반의 자작나무 잎이 조용히 흔들리고 있다. 잿빛 새 한 마리가 관목 수풀 속에서 날아오르고, 어딘가에서 물고기가 팔딱거리는 물소리가 났다.
 "비가 오려나."
 카스미가 작은 동물처럼 코를 킁킁거렸다. 야생 동물. 카스미와 만날 때마다 느끼는 카스미만의 특징. 그것이 아직 남아 있다는 것에 묘한 그리움을 느끼면서 이시야마는 카스미의 옆얼굴을 바라보았다. 전보다 도시 냄새가 짙어지고 세련된 듯하다. 유카의 일이 있고 난 후, 위험을 감지하고 달아나는 타고난 능력에 자신감을 잃었는지도 모른다. 이시야마는 한 번 무너진 카스미가 보다 강직해진 게 아니라, 세련이라는 형태로 자신을 방어하게 된 거라면 시시하다고 생각했다. 그렇다면 노리코 같은 도시 여자와 다를 게 없다. 카스미가 얼마나 고통스러운 경험을 했는지는 알고 있다. 자신도 그 무너진 느낌을 공유했다. 그러나 카스미에게는 잔혹한 결론이라 생각하지만, 이시야마는 이미 카스미에 대한 흥미를 잃었다.

 이시야마는 노천탕 쪽을 보았다. 두 사람을 계속 감시하듯이 마나의 나체가 울타리에 기대어 아직 이쪽을 보고 있다. 목욕탕이 환히 다 보이는 잔디에는 이시야마와 카스미밖에 없기 때문에 들여다볼 사람도 없다고 생각하는 모양이다. 너무나 무방비 상태인 마나를 보고 있으면 '지켜주겠다'기보다 그 유치함이 얼마만큼 현실을 견딜 수 있을지 마지막까지 '지켜보고 싶다'는 생각이 든다.

 "내가 당신을 오해한 것 같아요."

 카스미가 등을 보인 채 말했다. 몸매는 4년 전과 별로 달라지지 않았다. 등뼈가 끝나고 골반이 시작되는 부분이 깊이 패였다. 매끄러운 등이었다. 헐렁한 청바지에 가슴 모양이 도드라지게 몸에 붙는 티셔츠를 입었다. 등에 딱 붙은 브래지어에서 비어져 나온 살, 그것이 좋았다. 속옷에 조여지고 남는 여분의 살이 그 여자의 본질이라고 생각했다. 전혀 없지도 너무 많지도 않다. 카스미의 그것은 적당한 질감과 볼륨을 갖추고 있었다. 하지만 그런 건 이제 아무래도 좋다. 여자는 각기 다른 살을 비어져나오게 하니까, 남자는 그걸 그 여자 각자의 본질이라 생각하고 받아들이면 된다. 이시야마는 카스미의 등을 바라보았다. 갑자기 카스미가 돌아섰다.

 "당신은 변한 게 아니라, 원래 그렇게 자유로운 사람이었는지도 몰라요. 그런데 난 당신을 다른 사람이라고 줄곧 생각해왔던 것 같아요."
"어떻게?"
"자신의 주변을 깨끗이 정돈하고 싶어하는 사람이라고 생각했어요. 사람과의 거리는 적당히, 멋있는 직업, 우아한 아내와 영리한 아이들을 갖고 싶어한다고 생각했어요. 당신을 얕보고 있었나 봐요. 난 내 고향에 대해서며, 그곳을 어떤 생각으로 탈출해왔는지, 당신에게 이야기해도 모를 거라 생각해서 말하지 않았어요. 하지만 말하는 게 좋았을 뻔했어요. 분명 당신은 이해해 주었을 거고, 그랬더라면 그런 이별을 하진 않았을지도 모르는데."
무척 고통스러웠던 것 같은데 일일이 떠올릴 수가 없다. 세월이 꽤 많이 흐른 듯한 느낌이 들었다.
"당신은 정리할 때까지 기다려달라 하고, 나는 기다리지 못하겠다고 했죠. 당신을 정말로 필요로 했지만, 눈앞의 문제는 그것으로 해결할 수 없는 거였던가 봐요. 안타까웠어요."
"당신은 의미가 없다고 말했지."
카스미는 입술을 뾰족하게 만들며 생각에 잠겼다.
"그랬나요……"
"잊었어? 내가 기다려달라고 했더니, 당신은 '내게는 언제나 지금밖에 없어요' 하고 거절했잖아."
"바보 같은 소릴 했군요."
카스미는 후회하는 듯했다.
"아무리 그래도 당신, 너무 변했어요."
카스미는 이시야마의 펀치퍼머를, 그리고 헐렁한 백바지를 빈정거리는 눈으로 본다.
"그런가. 난 줄곧 나야. 변하지 않았어."

남자는 각각의 여자를 받아들이는 것뿐이라고 생각했다. 유카의 사건과 카스미와의 이별을 계기로 자신도 달라진 걸까? 아니면 모호했던 자기 자신의 모습이 이제야 정체를 드러낸 걸까? 카스미가 같은 것을 지적했다.

"아니에요. 이제야 본색을 드러낸 거예요. 그렇지 않고는 그렇게 변할 수가 없어요."

"변한 건 겉모습뿐이겠지."

"겉모습 바뀌는 것도 쉬운 일은 아니잖아요."

카스미는 희미하게 웃었다. 이시야마는 갑자기 기온이 떨어진 바람에 날리는 퍼머 머리를 어루만지면서, 모든 것의 시작이 된 4년 전 이 곳에서의 일을 이것저것 떠올리고 있었다.

스스로 고백하기 전에 노리코에게 카스미와의 관계가 발각된 것이 최대의 실수였다.

이즈미의 발언이 결정적이었던 것은 의심할 여지도 없다. 이즈미는 사람들 앞에서 당연한 듯 카스미를 '사모님'이라고 불렀다. 노리코는 이시야마에게 여자가 있다는 것을 눈치 채고는 있었지만, 상대가 누구인지 몰라 초조해하고 있었다. 설마 모리와키의 아내, 카스미라고는 생각도 못 했을 것이다. 카스미를 내심 우습게 생각하고 있었다. 하지만 이즈미의 한마디로 노리코는 모든 것을 파악하게 된 것 같다. 항상 무언가에 신경을 곤두세우고 있는 인간은 묘하게 감이 좋다. 미미한 틈새여도 억지로 벌려서 찢어버리면 진실로 다가오는 법. 그날의 노리코가 그랬다.

이시야마는 몇 번인가 바람을 피웠다. 지금까지 회사 아가씨나 일로 알게 된 카피라이터와 깊은 사이가 되어 몇 년인가 계속되다가 자연 소멸 되거나, 여자 쪽에서 떠나갔다. 노리코는 항상 묵살했지만, 이번만은 다르다고 생각했던 것 같다. 그렇다. 카스미는 특별했다.

카스미의 살 냄새며 감촉. 무엇보다 자신을 포로로 만든 것은 읽을 수 없는 카스미의 마음이었다. 읽지 못해 주위를 빙빙 돌고만 있으면 그녀가 어느 날 갑자기 어디론가 사라져버릴 것만 같았다. 그것이 두려워서 어떻게든 마음을 잡고 싶었다. 막상 잡았다 싶어서 보면 카스미의 마음은 자신이 알 수 없는 것으로 가득 차 있었다. 카스미의 마음을 나타내는 언어를 이시야마가 갖고 있지 않았던 것일까.

노리코도 그렇지만 지금까지 만난 여자들은 금방 마음을 읽을 수 있었다. 외톨이로 있는 것을 두려워하거나, 사업상의 야심이 있거나, 그저 즐거운 생활을 하고 싶어하거나. 그런데 카스미는 어느 것도 아니었다. 카스미의 마음에는 혼자 살아가겠다는 것 외에 아무것도 없었다. 도쿄는 카스미에게 위험하지만 풍요로운 숲이었다. 작은 구멍으로 먼저 상반신을 내밀고 풍향이며 천적들이 사는 곳을 확인한 후, 안전하면 재빨리 행동한다. 위험을 감지하면 달아난다. 이시야마는 카스미에게 안전한 장소를 제공하고, 적이 오면 싸워주며 줄곧 함께 있고 싶은 것뿐이었다. 이시야마는 지금도 유카가 실종되지 않았더라면 자신과 카스미는 어떻게 되었을까, 생각할 때가 있다. 언젠가는 자신의 존재도 카스미를 가두는 우리가 되었을지도 모른다. 이시야마는 이즈미가 그 자리에서 카스미를 '사모님'이라고 부른 것은 이즈미의 복수, 아니 짓궂은 장난기가 아니었을까 하고 생각한다. 그것이 우연히도 사실과 맞아떨어졌다. 하찮은 일이었지만, 이즈미의 발언으로 많은 이들의 운명이 달라졌다.

살아간다는 것은 바로 이처럼 종이 한 장의 차이를 극복해나가는 것이 아닐까? 자신들은 공교롭게도 그걸 극복하지 못했지만.

카스미네 가족이 오기 사흘 전, 이시야마는 이즈미의 집을 방문했다. 어두운 구름이 드리워진 우울한 날이어서 이시야마는 모리와키 일가를 초대한 것을 후회하기 시작했다. 노리코는 산 속에 있는 별장 생활이 불편하다고 계속 신경질이었다. 노리코와 성실하기 그지없는 미치히로의 사이에 끼여 그들의 눈치를 보며 카스미와 만나겠다는 바보 같은 계획을 세운 자신이 저주스러웠다. 그러나 이제 와서 돌이킬 수도 없었다. 도저히 수습할 수 없는 착잡한 마음을 달래려고 이즈미와 낚시라도 갈까 생각했다.

이즈미의 집 앞에 미즈시마의 고물 차가 서 있었다. 관리 사무소에 인사를 하러 갈까 생각했던 이시야마는 저 아래 있는 관리 사무소까지 가기 귀찮았는데 마침 잘됐다고 생각했다. 인터폰을 눌렀지만 아무도 나오지 않았다. 정원을 둘러봐도 인적이 없었다. 체념하고 돌아가려 하는데 쓰타에의 목소리가 들렸다.

"이시야마 씨죠?"

쓰타에는 새파란 반팔 블라우스를 입고 거실 창으로 얼굴을 내밀었다. 몇 번 만나 이야기를 했지만, 처음 만났을 때부터 쓰타에는 상대하기 힘든 여자였다. 늙었지만 아름다운 여자라는 것이 어색했고, 끈적거리는 몸짓도, 징징대는 말투도 마음에 들지 않았다. 이시야마는 빨리 그 자리를 벗어나려고 가볍게 고개를 숙였다.

"앞으로 잘 부탁드립니다."

쓰타에는 마치 고귀한 사람인 양 천천히 인사를 받아주었다. 구름 낀 하늘에 파란 블라우스가 짜증스러웠다. 이시야마는 그 색깔조차 싫었다.

"언제까지 계시나요?"
"한 1주일이요."
"어린아이들은요?"
"예, 저희 집이 둘이고 나중에 둘이 더 옵니다."
"오, 그것 참 기대되는군요."
"심심해서 이즈미 씨가 혹시 낚시하러 가시지 않을까 싶어 들러 봤습니다."
"어머나, 저런……. 남편은 산책하러 갔어요."
"그럼 나중에 다시 들르겠습니다."
쓰타에는 생긋생긋 웃었다.
"미안합니다. 남편에게 전할게요."
이시야마는 묘한 것을 보았다. 쓰타에의 블라우스 단추가 잘못 채워져 있었다. 단정하게 화장을 하고 머리도 곱게 빗고 있는데, 그곳에만 불길한 것이 머물러 있는 듯한 느낌이 들어 눈을 돌렸다. 갑자기 창 안을 들여다보고 싶은 유혹에 휩싸였다. 미즈시마는 이 집에서 무엇을 하고 있는지 궁금했다. 하지만 쓰타에는 이시야마가 갈 때까지 웃는 얼굴로 턱을 괸 채 창에서 움직이려 하지 않았다. 이시야마는 도로로 나왔다. 그러자 부스럭거리는 소리와 함께 숲 속에서 갑자기 이즈미가 나타났다. 순간, 곰이 나타난 줄 알고 깜짝 놀라 멈춰선 이시야마를 이즈미는 굳어진 얼굴에 불쾌한 빛을 띤 채로 바라보았다.
"뭐야, 이시야마 씨였소?"
"안녕하세요. 오늘 도착해서 지금 댁에 다녀온 길입니다."
"아, 그래요."
이즈미는 떨떠름한 얼굴이었다.

이시야마는 쓰타에의 블라우스 단추가 머리에 떠올라 망설였다. 이즈미는 그 망설임을 재빨리 파악했다.
"예, 부인이······."
"그래요."
이즈미는 차갑게 대답했다.
"친구 일가도 이따가 오기로 되어 있습니다. 잘 부탁드립니다."
"아, 예."
이즈미는 귀찮은 듯이 한 손을 들었다. 이시야마는 낚시를 하러 가자는 말을 할 기회를 잃고 어색하게 목례를 했다. 이즈미는 고물차가 아직 서 있는 것을 보고 다시 산 속으로 들어가 버렸다. 화난 짐승 같은 뒷모습이었다.
하지만 그것뿐이었다. 그러나 이시야마는 자신이 봐서는 안 될 것을 봤기 때문에 이즈미가 거실에서 그런 발언을 한 거라고 믿고 있다. 무엇 때문에? 복수를 위한 악의의 장난인가? 그런 것은 모르겠다. 그 일로 노리코가 카스미와 자신의 사이를 눈치챈 것과, 게다가 카스미의 끝이 없어진 것은 모두 우연이 겹친 것에 지나지 않는다. 그러나 그 모든 일의 단서는 세월이 흘러도 경찰에게 말할 수 없는 사소한 것이었다고 생각한다. 어디로 날아갈지 모르는 종이 한 장의 차이가 미친 파급. 그것이 터무니없는 비극을 불러일으켰다. 이시야마는 진실은 아무도 모른다고 생각했다. 그 두려움이 자신을 조용히 변화시켜 왔는지도 모른다.
이즈미가 찾아온 날 밤, 이시야마와 카스미는 미치히로와 노리코의 눈을 속이고 대담하게도 거실 소파에서 몸을 섞었다. 새벽녘 혼자 방으로 돌아와서 아침에 일어날 때까지, 어리석게도 그는 노리코가 알게 되었다는 사실은 눈곱만치도 몰랐다. 노리코는 거칠게 방문을 열고 들어와서 느닷없이 퍼부어댔다.
"어젯밤, 카스미, 그 여자와 둘이 있었다면서?"
그 소리에 잠이 깬 이시야마는 노리코의 서슬에 놀랐다.
"뭐야, 깜짝 놀랐잖아."
"당신은 정말 저질이야."
노리코는 누워 있는 이시야마의 머리를 발로 찼다. 관자놀이를 차인 이시야마는 아픔에 벌떡 일어나 노기 띤 낮은 목소리로 노리코를 야단쳤다.
"어이, 뭐 하는 거야."
노리코는 난폭함을 싫어했다. 언쟁을 하는 일은 있어도 거친 폭언이나 행동은 하지 않는다. 이시야마는 그런 노리코가 머리를 찬 것이 무엇보다 충격이었다.
"저질이야."
노리코는 다시 베개를 걷어찼다. 이시야마는 창틀까지 날아가 내동댕이쳐진 베개를 멍하니 바라보았다.
"저질!"
노리코는 발을 동동 구르며 어쩔 줄 몰라 했다.
"이봐, 대체 무슨 일인지 설명을 좀 해봐."
"설명?"
노리코는 신음했다.
"당신이 해 보시지."
"왜 화가 난 거야?"
"화가 나? 난 질렸어. 아무리 그래도, 설마 했다고."
"무슨 소리야?"
이시야마는 이불 위에 앉아 베갯머리에서 담배를 집어 불을 붙였다. 내심 초조함은 있었지만 될 대로 되라는 심정도 없잖았다. 지금 소중한 것은 노리코보다 카스미며, 자신의 부부 문제보다 아무것도 눈치 채지 못한 미치히로가 알게 되는 것이 더 두려웠다.

"이즈미 씨가 카스미를 나와 착각했지. 그래서 감을 잡았어. 카스미, 아주 당황하는 것 같더군. 보통의 경우라면 '아닙니다' 하고 웃을 텐데. 그렇지만 그 여자는 내게 미안한 듯한 얼굴을 했어. 얼굴이야, 얼굴. 바로 그 얼굴로 알았다고. 모든 걸 알았다고! 당신과 그 여자는 여태 사귀고 있었던 거야. 그렇지! 지난 2년 동안, 당신에게 여자가 있다는 건 눈치 채고 있었지만 설마 그 여자일 줄은 몰랐어. 그렇잖아, 상대가 카스미라니. 아무것도 내세울 것 없는 형편없는 여자를. 자존심 상해!"

"실례야."

"뭐라고? 어째서? 실례를 한 건 당신들 아냐?"

"아냐. 그만 해!"

이시야마가 짧게 말을 자르자 노리코는 미간을 잔뜩 찌푸렸다. 불상에서 보았지, 저런 표정. 전혀 상관없는 것을 생각하면서 의외로 냉정하게, 이시야마는 아내의 분노를 받아내고 있다.

"당신은 아주 심하게 오해를 하고 있어. 사실은 아무것도 아냐."

이시야마는 고개를 저었다.

"도대체 무슨 근거로 그런 소릴 하는 건지 난 도무지 모르겠어."

"근거 따윈 없어. 근거 같은 거 없다고. 하지만 감이 와. 어째서인지 모르겠어. 당신들이 정말 증오스러워."

노리코는 양손에 얼굴을 묻었다.

"미워! 나를 바보로 만들다니!"

"잠깐만."

이시야마는 담배를 비벼 끈다.
"이봐, 잠깐만. 착각이야, 정말로. 그렇게 생각할 거면 왜 어젯밤에 먼저 잤어? 자지 않고 우리를 지키고 있었으면 됐을 거 아냐. 상상이라도 그런 소리로 사람 잡지 마."
이시야마는 딱 잡아떼며 오히려 화를 냈다. 만약 그랬더라면 무방비 상태의 두 사람은 현장을 들켰을 것이고, 노리코는 더 미쳐 날뛰었을 것이며, 미치히로에게도 아이들에게도 다 알려졌을 것이다. 이시야마는 노리코의 집요함과 기세에 눌려 기가 죽었다.
"어젯밤엔 피곤했고, 설마 해서 일찍 잤어. 그것뿐이야. 그런데 아침에 일어나니까 아무도 없는 거야."
"아무도 없다니?"
"그래, 아까 일어나보니 아무도 없더군. 아이들 모습도 없고. 놀라서 아래로 내려가 봤더니 거실이 그대로인 거야. 깜짝 놀랐지."
"왜 깜짝 놀랐다는 거지?"
이시야마는 어젯밤 거실에 뭔가 흔적을 남겼나 하고 내심 걱정스러웠다.
"뒷정리를 하나도 하지 않았잖아. 술을 마신 그대로 칠칠치 못하게. 아마, 모두 같이 취해서 그냥 잤나 보다 하고 치우고 있는데 모리와키 씨와 아이들이 산책에서 돌아오대. 도요카와 씨의 아들을 만나고 왔다면서. 카스미는 벌써 방에 돌아가 있었어. 모리와키 씨에게 어젯밤의 일을 물어봤지. 그랬더니 어젯밤에는 먼저 잠이 들어 당신과 카스미 둘이서만 마셨다더군. 그래서 다시 감을 잡았지. 당신들은 나와 모리와키 씨가 먼저 잠들기를 기다렸다가 거실에서 뭔가를 한 거야. 그래서 뒷정리할 틈도 없었던 거고. 내 말이 틀림없을걸."

"함부로 추측해서 떠들지 마."

이시야마는 노리코의 육감에 혀를 내두르며 또다시 혐오를 느낀다. 노리코가 성가셔서 견딜 수 없었다.

"어쨌든 적당히 해둬. 나와 아이들 앞에서 부끄러운 꼴 보이지 마."

"이봐, 오해야. 적당히 해줬으면 하는 건 내 쪽이야."

"카스미한테도 말해둘 테니까."

"관 둬. 모리와키 씨의 부인이잖아."

"그러니까 말한다고. 그러니까 말해 즈는 거야. 당신, 그런 짓 하고도 부끄럽지 않은가 보지?"

노리코의 눈 아래가 처져 더 늙어 보였다.

"그렇게까지 자신 있다면 말해봐."

"알겠어."

노리코는 노기등등해서 밖으로 나갔다. 그렇게 말하긴 했지만, 소란을 피우면 큰일이다. 이시야마는 훌급히 뒤를 쫓았다. 거실에 들어서자 소파에 앉아 있던 카스미와 눈이 마주쳤다. 티셔츠에 청바지, 화장기 없는 카스미. 내 여자가 있구나, 하고 이시야마는 생각했다. 언제나 자연 그대로의 모습으로 남자인 자신을 포로로 만드는 신비한 여자. '아무것도 내세울 것 없는 형편없는 여자'라고 노리코가 욕했던 카스미는 노리코보다 몇 배나 소중한 여자로 그 자리에 확실히 존재하고 있다. 이시야마는 끓어오르는 사랑스러움에 잠시 현기증이 일 것만 같았다. 카스미도 오늘 아침에는 뭔가가 솟구치는 모양이다. 격렬한 눈빛으로 이시야마를 바라보고 있었다. 두 사람의 에너지에 말려든 듯 노리코가 평소보다 공격적으로 덤벼들었다. 이시야마는 자신도 모르게 노리코와 말싸움을 하고 있었다. 무슨 일이든 다투는 걸 싫어하는 미치히로가 자리를 피해 그나마 이시야마는 안도할 수 있었다.

카스미는 걱정스러운 듯이 몇 번이나 이시야마를 돌아보았다. 그 강하게 흔들리는 눈길을 받는 순간, 이시야마는 어이없이 카스미를 선택했다. 노리코가 두 사람 사이를 냉철하게 관찰하고 있다. 이시야마는 여기까지 왔으니 어쩔 수 없다고 그때 확실히 결단을 내린 것이다. 노리코와 헤어지고 카스미를 택하자. 그러고는 정원으로 나가 카스미에게 신호를 보냈 다. 새벽 2시에 옷방에서 만나자고.

옷방에서 카스미와 껴안고 있을 때, 이시야마는 조심스레 계단을 내려오는 숨죽인 발소리를 들은 듯했다. 그것이 환청인지 뭔지는 확실하지 않았다. 혹시 노리코가 문밖에서 귀를 기울이고 있는 거라면 자신들의 기쁨의 소리를 더 분명히 들려 주고 싶었다. 이시야마는 카스미를 더욱 격렬하게 공격했다. 카스미는 금방이라도 숨이 넘어갈 듯한 신음 소리를 연신 토해냈다. 이봐, 들려? 하고 이시야마는 마음속으로 노리코에게 말했다. 아니, 노리코 뿐만이 아니다. 미치히로가 그 어둠 속에 서 있다 해도 마찬가지였을 것이다. 듣고 있나, 노리코? 듣고 있나, 모리와키? 나는 카스미를 이렇게도 원하고 있다. 카스미도 나와 마찬가지다. 한 여자를 갖고 싶다는, 스스로도 믿을 수 없을 만큼 강한 에너지가 미쳐 날뛰고 있다. 노리코와 미치히로를 조롱하고 싶은 마음은 카스미에 대한 격렬한 집착과 뒤섞여 분리할 수 없었다.

그러나 이시야마는 결코 노리코를 미워하는 것은 아니다. 오히려 학생 시절부터 친했던 여자로서 좋아했다. 동지였다. 그런데 그 별장에서 그녀는 카스미와 자신의 앞을 가로막는 방해자였다. 그래서 미웠다. 그 도착(倒錯)된 생각……. 그렇다. 그 순간 자신은 분명 선을 넘었다. 선을 넘는다는 건 자존심을 버리는 것이었다.

　새벽녘에 카스미와 헤어져 자기 방에 돌아오기 전, 이시야마는 아이들 방을 가만히 들여다보았다. 이미 아까의 믿기 어려운 흥분은 식어 있다. 이시야마는 걱정이 되었다. 하지만 노리코는 가볍게 코까지 골면서 깊은 잠에 빠져 있었다. 이시야마는 문밖에 서 있던 것은 자신의 망상이었다고 생각했다. 카스미를 택하고 노리코를 버리겠다는 욕망. 그런 결심에 흥분되어 스스로 만들어낸 망상이었다.

　다음 날 아침, 유카가 없어졌다는 말을 들었을 때의 공포를 잊을 수 없다. 이시야마는 옷방 밖에 서 있던 자신의 망상이 유카를 데려간 듯한 느낌이 들어 견딜 수 없었다 어리석은 상상이란 것은 알고 있다. 이시야마는 현실로 돌아와 곧 바깥으로 찾아나섰다. 유카는 뭔가 사고나 사건에 휘말린 게 틀림없다. 아니면 아직 막을 수 있는 사고든지. 이시야마는 혼자 산길을 걷는 유카를 뒤에서 와락 껴안는 자신을 상상하면서 뛰어다녔다. 하지만 늦었다. 유카는 이미 누군가가 데려간 것이다.
　유카는 귀여운 아이였다. 미치히로를 닮은 곳은 전혀 없고 카스미를 그대로 빼닮았다. 카스미가 절대 이야기하지 않으려는 카스미의 과거를 방불케 하는 존재였다. 이시야마는 모리와키의 집에 놀러 갈 때마다 카스미가 어린 시절에는 이런 몸짓을 하고, 이렇게 재잘거렸을 거라 생각하며 유카를 관심 있게 관찰했다. 자신의 아이인 루리코와 류헤이보다도 귀엽다고 생각했던 적조차 있다. 단발머리는 까맣고 윤기가 흘렀다. 하얗고 투명한 피부에 가냘픈 체격이면서, 항상 남자아이처럼 티셔츠에 바지 차림을 하고 있다. 그것이 카스미의 취향이라는 것도 마음에 들었다. 유카도 이시야마를 좋아해서 이시야마가 오면 강아지처럼 달려들어 이시야마의 몸에 코를 묻었다. "아저씨, 좋은 냄새." 하면서. 어느 날, 그것이 카스미도 곧잘 하는 몸짓이라는 걸 깨달은 이시야마는 유카에게서 여자를 느낀 묘한 경험을 한 적도 있다.

유카가 없어진 것은 카스미의 일부가 떨어져나간 것과 같다. 어째서 리사가 아니었을까. 어째서 루리코나 류헤이가 아니었을까. 리사가 없어졌더라면 이만큼의 충격은 받지 않았을 텐데. 리사는 유카와는 달리 미치히로를 닮았다. 리사가 없어졌다면 카스미의 일부가 떨어져나간 거라는 생각은 들지 않았을 것이다. 또, 만약 자신의 아이 가운데 하나가 없어졌다면, 아마 카스미와 헤어지지는 않았을 거라고 생각했다. 자기 아이들은 역시 노리코에게 속해 있다. 아버지는 아버지이지만, 가족이라는 단위 속에서는 어딘가 이방인 같은 느낌을 갖는 존재였다.

이시야마는 산길을 왕복하며 유카를 찾아 돌아다니다 허탈한 피로를 느끼며 별장으로 돌아왔다. 이미 연락을 받은 이즈미와 미즈시마, 주재소의 와키다 등이 도착해 있었다. 카스미가 불안스러운 눈으로 이시야마를 올려다본다. 은근히 기대가 담겨 있던 그녀의 눈은 이시야마의 모습에 이내 실망으로 흐려졌다. 이시야마는 자신도 모르게 달려가 카스미를 안아주었다. 두 사람의 관계를 주위에 드러낸 순간이었다. 몇 명이 보고 있었을까. 이시야마는 돌아보았다. 와키다도 미치히로도 마침 이야기를 나누고 있긴 했지만, 미즈시마는 시선을 마주치지 않으려고 일부러 피하고, 반대로 이즈미는 이시야마에게 다가와서, "당신 괜찮은 거야?" 하고 걱정스러운 얼굴로 이시야마의 어깨를 툭툭 쳤다. 두 사람이 자신들의 태도에서 뭔가를 감지한 건 명확했다. 당신이 쓸데없는 소릴 해서 이렇게 된 거야. 이시야마는 이즈미에게 그렇게 소리쳐 주고 싶었다. 이즈미는 복잡한 표정을 지으며 이시야마와 불안에 떨고 있는 카스미의 얼굴을 번갈아 보았다.

"이시야마 씨, 어떡하죠? 정말 큰일났습니다."

미치히로가 이시야마에게 울며 매달렸다. 미치히로가 가장 당황하고 있었다. 안절부절못하는 표정으로 거실을 우왕좌왕 돌아다니며 타인들은 전혀 눈에 들어오지 않는 모습이었다.

"괜찮습니다. 분명 찾을 수 있을 겁니다."

"하지만 이렇게 찾았는데도 없잖아요."

"모리와키 씨가 그렇게 말씀하시면, 카스미 씨 걱정합니다."

"알고 있습니다. 하지만 어떻게 해야 좋을지 모르겠군요."

이시야마는 오랜 지인이기도 한 미치히로를 일적으로는 존경하면서도 그다지 좋아하지는 않았는지도 모른다. 미치히로의 당황하는 모습을 차가운 눈으로 바라보고 있었다. 미치히로는 유카를 잠시라도 혼자 놔두고 들어온 자신을 마음속으로 원망하고 있을 것이다. 그리고 홋카이도까지 초대한 이시야마도. 하지만 절대 입 밖에는 내지 않을 것이다. 미치히로는 그런 남자다. 체면 때문에 솔직한 표현을 싫어하는 주제에 세상을 삐딱한 눈으로 본다. 아니, 그렇기 때문에 솔직함과는 무관해진다. 카스미와 정반대였다.

더욱이 처음 봤을 때부터 반했던 카스미를 손에 넣은 순간, 미치히로는 카스미에게 고압적이 되었다. 자신의 소중한 여자 카스미를 데려간 남자. 자기 앞에 확실한 방해꾼으로 존재하는 남자. 도저히 미치히로를 용서할 수 없는 것은 자신의 질투일까. 거기까지 생각이 이르자 이시야마는 자신의 책임도 통감했다.

"모리와키 씨, 죄송합니다. 제가 이런 산 속에 초대하지만 않았더라도……."

"됐습니다. 이시야마 씨 탓은 아니잖습니까. 곧 나오겠지요. 아니, 걱정은 안 합니다. 그렇게는."

미치히로는 손을 떨면서 힘겹게 대답했다. 그러나 눈에는 원망이 가득하다는 걸 느꼈다. 미치히로가 자신과 카스미의 일을 알면 어떻게 할 것인가. 자신이 카스미와 만나고 싶은 일념으로 이번 여행을 계획한 걸 알면 미치히로는 격분해서 미쳐버릴지도 모른다. 이시야마는 카스미와의 관계를 비밀 중의 비밀로 하지 않으면 모두가 무너진다고 생각했다. 그 바탕에는 자신의 망상이 유카를 데려갔다는, 누구에게도 말할 수 없는 죄책감이 있었다.

점심때가 지나, 경찰견이 도착하고 소방대와 경찰이 산 수색을 시작했다. 상공에는 헬리콥터가 날았다. 유리창이 울리고, 여기저기서 "유카!" 하고 부르는 소리가 났다. 산은 야단법석이었다. 이시야마는 저공으로 나는 헬리콥터의 굉음 속에, 부엌에서 차를 끓이는 노리코와 눈이 마주쳤다. 이시야마의 시선에서 무언가 느꼈는지 갑자기 노리코가 다가왔다.

"저……. 나는 아무것도 몰라."

노리코는 굉음에 지지 않으려고 이시야마의 귀에 얼굴을 가까이 가져왔다. 눈에 두려움이 가득 차 있다.

"알고 있어, 그런 건."

이시야마는 동정하며 오랜만에 아내를 안아주려 했다. 그러나 노리코는 몸을 비틀며 포옹을 거부했다.

"하지만 당신은 그런 눈으로 보고 있는걸."

"아냐."

"아니, 의심하고 있어. 내가 카스미를 곤란하게 만들기 위해 유카를 빼돌렸다고 생각하고 있어."

"그렇지 않아."

이시야마는 지쳐서 의자에 걸터앉았다. 미치히로는 산 수색대에 합류해 있고, 카스미는 도로에 나가 멍하니 그 모습을 지켜보고 있을 것이다. 아이들은 간식을 주어 2층으로 쫓았다. 이시야마는 전화연락병으로 별장에 남아 노리코와 둘이 있게 되었다. 노리코가 차를 끓이면서 중얼거린다. 헬리콥터가 멀리 사라지자 이번에는 중얼거림이 또렷이 들렸다.

"내가 아무리 그 여자를 미워한다고 해도 아이를 도구로 삼지는 않아."

"알고 있다니까."

"진심이야, 알아줘."

노리코가 갑자기 이시야마의 티셔츠 소맷자락을 잡아끌었다. 팔꿈치까지 늘어질 정도의 힘이었다.

"난 안 했다고."

"알아."

이시야마가 크게 끄덕거렸다.

"안다고. 당신 그런 사람 아니란 건 잘 알아."

"내게도 자존심이 있어. 유카를 숨길 만큼 당신들을 미워하는 건 아냐."

"무슨 말이야?"

"그렇잖아. 난 당신들을 경멸해. 그걸로 충분하잖아. 그렇게 추한 짓 하지 않아도……."

노리코는 조용히 말했다.

"하지만 용서하지 않겠지?"

"물론, 절대로."

이시야마는 상관없다고는 생각하지 않았다. 비록 경멸을 당하더라도 용서받지 못하는 것보다는 낫다고 생각했는지도 모른다. 그러나 노리코와 헤어질 결심을 한 이상, 경멸을 받든 마찬가지다. 무거운 외로움이 이시야마를 감쌌다.

"그럼 유카는 어떻게 된 거라고 생각해?"

"글쎄, 누군가가 데려간 게 아닐까."

"누군가가? 차는 들어오지도 않았어."

"몰라!"

노리코는 안절부절 못하며 소리를 질렀다.

"내가 어떻게 알아. 세상 모르고 자고 있었다고."

"몇 시에 일어났는데."

"8시 지나서."

"왜 그렇게 늦게 일어났어? 내가 아침부터 카스미하고 뭘 할지 걱정되지 않았어?"

노리코는 팔짱을 낀 채 입을 다물었다. 이시야마는 새벽녘의 발소리가 생각나 자신도 모르게 말투가 거칠어졌다.

"당신은 몇 시에 잤어? 아이들과 함께라면 10시에 잤겠지. 그런데 왜 그렇게 늦게 일어난 거야. 루리코도 류헤이도 7시 전에 일어나서 놀고 있는데, 당신은 열 시간이나 잤다는 거야?"

"왜 말을 그런 식으로 해?"

노리코는 자존심이 상한 듯 허탈한 얼굴을 했다.

"아냐. 그저 궁금했을 뿐이야."

"난 어젯밤 이걸 먹고 잤어. 그래서 10시쯤 자서 아침 8시 넘도록 숙면을 했어. 아이들이 깨는 것도 모르고."

노리코는 앞치마 주머니에서 수면제를 꺼내 보였다.

"한 알만 먹어도 된다는 걸 두 알이나 먹었어. 밤중에 일어나는 게 싫었거든. 그 탓에 오늘은 몸이 나른해 죽겠다고."

"왜 밤중에 일어나고 싶지 않았는데?"

이시야마는 노리코의 파랗게 질린 얼굴을 들여다본다. 마치 거기서 자신과 카스미를 비난하는 빛을 발견하려는 듯이. 하지만 노리코는 등을 돌린다.

"아무것도 알고 싶지 않았기 때문이야. 모르고 지내고 싶었기 때문이라고. 알아, 당신이? 나의 지옥을 만든 당신이."

이시야마는 입을 다물고 바깥의 웅성거리는 소리에 귀를 기울였다. 노리코는 계속한다.

"아침이 되어 눈을 떴더니 아이들은 벌써 일어나 나가고 없었어. 그대로 누워 있고 싶었지만, 아래층이 시끌시끌하기에 신경이 쓰여서 일어났어. 그랬더니 아이들 셋이 지친 얼굴을 하고 텔레비전을 보고 있잖아. '유카는 어디 갔니'하고 물었더니 루리코가 '유카가 없어졌어' 하더라고. '유카 아저씨랑 아줌마랑 찾으러 나갔어'라면서. 놀라서 자세히 물었더니 아침 산책에서 일단 되돌아온 후에 유카만 나가서 없어졌다고 하잖아. 난 너무 무서웠어."

"어째서?"

"당연하잖아. 아무도 오지 않을 이 산 속에서 아이가 없어지다니. 불길하고 무섭지. 난 처음부터 이 산이 뭔가 기분 나빴어."

"그랬군."

이시야마는 무기력해져 말도 제대로 나오지 않았다.

"아침을 준비해서 아이들에게 먹이고 있는데 카스미 씨가 새파랗게 질린 얼굴로 돌아왔어. 안됐더라고."

이시야마는 눈을 감았다. 카스미의 모습을 떠올리기 위해서였다.
"나, 그 여자에게 말했어. 내 탓이 아니라고. 아무리 카스미 씨가 밉다 해도 그런 짓은 절대 하지 않는다고. 그랬더니 카스미는 '알겠습니다'하고 끄덕였어."

'그런 짓'이란 게 뭘까, 하고 이시야마는 멍하니 생각했다. 유카를 목 졸라 죽이는 것. 마음속으로 무심결에 내뱉은 대답은 이시야마를 진저리치게 했다. 이시야마는 다시 노리코를 향했다.

"당신이 나를 용서해 주지 않는 것은 당연해. 하지만 만약 유카의 행방을 정말 모르게 된다면, 아니면 최악의 사태가 일어난다면, 미안하지만 나와 카스미의 일을 아무에게도 말하지 않겠다고 약속해줘. 나를 위해서 하는 말이 아냐. 당신을 위해서야."

노리코는 깊은 한숨을 내쉬었다.

"말하지 않을 거야. 말할 리가 없잖아."

"말하면 끝이야. 귀찮은 꼴을 겪게 될 거라고. 먼저 당신이 이유 없이 의심받게 될 거니까. 아니면 미치히로 씨가. 당신에게 잘못한 건 인정해. 정말 미안해. 하지만 세상 사람들이 무슨 말을 할지도 모르고, 우리 두 가족도 무너지고 말 거야. 그러니까 제발 잠자코 있어줘. 아무 일도 없었던 것처럼 해줘. 난 가능한 한 당신을 지킬 테니까. 지금은 그것밖에 없어."

"그럼 카스미는 어떻게 돼?"

노리코는 이시야마를 신용할 수 없다는 얼굴로 보았다.

"지금은 참아달라고 해야지. 그리고 기다려달라고."

"그럼 우리는 헤어지는 거로군."

노리코는 웃는 것 같았다.

"하지만 당신은 지금은 내 옆에 있어주겠다는 거야? 자기는 카스미와 아무 상관없다는 얼굴로 유카를 찾고. 카스미가 불쌍하군."
 이시야마는 말이 없었다. 아내의 말은 깊은 상처를 남기는 것이었다. 현관문이 열리는 소리가 나고 カスミ가 들어왔다. 새파랗게 질린, 불안해하는 모습이다. 이시야마는 노리코 앞이었지만 참지 못하고 달려가 카스미의 어깨를 안아주었다.
 "어땠어?"
 "아직 아무것도……."
 카스미는 시선을 떨구었다. 카스미의 양팔이 싸늘하다. 머리에서 약간의 가솔린 냄새가 났다. 산 속에 순찰차와 경찰의 차량이 가득하기 때문일까.
 "분명히 찾을 거야."
 "누군가가 데려간 거예요."
 카스미의 두 눈에서 굵은 눈물이 방울방울 떨어졌다. 뒤에서 노리코가 다가오는 걸 느꼈지만, 이시야마는 그래도 카스미를 안고 있었다.
 "괜찮다니까. 반드시 찾을 거야."
 와키다 순경과 아사누마라는 에니와 서의 형사가 세 사람을 멀리서 지켜보고 있었다. 수사가 벌써 시작된 걸까. 카스미는 흐느껴 울고 있지만, 이시야마는 두 사람의 시선이 신경쓰여 카스미를 어깨에서 떼어놓았다. 그것이 너무 무정해 보였던지 대신 노리코가 카스미를 안아주었다.
 "울지 말아요, 카스미 씨. 유카는 분명 어딘가에서 놀고 있을 거예요. 괜찮아요."
 "하지만 벌써 다섯 시간이나 지났는걸요."
 카스미가 노리코의 어깨에 얼굴을 묻었다.

"이상하잖아요. 누군가 멀리 데려가 버린 걸 거예요."

"그렇다 해도 금방 잡을 거예요."

"그럼 빨리 해줘요. 빨리 잡아줘요. 그렇지 않으면 유카가 너무 불쌍해요."

"정말 불쌍해요."

두 사람은 서로 부둥켜안고 울었다. 노리코가 연기를 하고 있으리라고는 생각할 수 없었다. 이시야마는 아까의 노리코와의 약속을 떠올리면서 자신들에게 대체 무슨 일이 일어난 걸까, 여전히 혼란에서 빠져나오지 못했다.

2

노리코는 자신을 용서하지 않겠다고 했다. 정말일까. 이시야마는 도쿄로 돌아간 후 한동안 그 생각만 했다. 노리코가 아무 일도 없었던 듯이 평소처럼 생활을 재개했기 때문이다. 수색에 입회하느라 1주일이나 늦게 귀경한 이시야마에게 노리코는 아주 걱정스러운 듯 수사 상황을 물었을 뿐이다.

그러나 날이 갈수록 점점 아무것도 묻지 않게 되고, 어느 틈엔가 이시야마의 가족은 모리와키 가족의 이야기를 하지 않게 되었다. 루리코와 류헤이의 기억에서도 불행한 유카의 기억이 점점 사라지겠지. 노리코는 새로 만든 초가을 옷을 입고 출근을 하고, 이시야마도 여름 휴가가 길었던 것을 사죄하면서 회사에 복귀했다.

이시야마는 시코쓰 호에 혼자 남아 여기저기 찾아다니는 카스미를 생각하며 눈물 흘리는 일이 많았다. 이를테면 회사에서 제작국 의자에 앉아, 긴자 거리에 복잡하게 둘러친 전선을 멍하니 보고 있으면, 뭔가 참을 수 없는 감정이 북받쳤다. 왠지 끊긴 전선이 연상됐다. 이시야마는 둘이 만나던 초라한 러브호텔 앞을 일부러 지나가기도 했다. 창문이 닫힌 좁은 방을 올려다보았다. 그리고 그곳에서 보낸 시간을 떠올리고는 문득 밀려드는 안타까움과 카스미에 대한 그리움에 몸부림쳤다. 그러나 어떻게도 되지 않았다. 두 가족의 파멸을 두려워한 자신이 모든 것을 숨겼기 때문이다.

실의에 빠진 미치히로가 카스미와 자신의 사이를 알게 되면 어떤 혼란을 겪게 될지 모른다. 카스미를 위해서도 잘된 일이라고 확신하고 있었지만, 따지고 보면 자신의 책임 회피라고밖에 할 수 없었다. 이시야마는 유카가 없어진 것이 자신의 망상 탓이라고 생각했던 그 무서운 시간을 떠올리며 몸서리쳤다. 그런데 정작 자신은 아무런 피해도 입지 않았다. 어느 날 문득 이시야마는 노리코가 만약 자신을 용서했다면, 그건 자신이 능숙하게 대처를 한 탓인지도 모른다고 생각했다. 하지만 그걸 물을 용기는 나지 않았다.

에니와 서에서 몇 번인가 조사를 받았을 때, 카스미와의 일은 아사누마가 잠시 물었을 뿐 아무도 의심하는 모습은 없었고, 노리코도 잘 견뎌주었다. 이시야마가 노리코의 입을 막음으로써 모두를 지킬 수 있었던 것은 사실이다. 하지만 이시야마가 지킨 것은 카스미와 자신이 아니라 두 사람 사이를 덮어 가리고 있던 막에 불과했다. 막 아래에 지켜야 할 것이 있다면 필요한 조치인지도 모른다. 그러나 결국 카스미와 헤어졌으니 아무런 의미도 없었다. 더욱 공허하고 비참한 것은 자신이 그 바깥쪽 막에 속했다는 한심한 결말이었다. 이시야마는 카스미의 애원을 받아들여서, 자신도 남아서 같이 찾으며 쌍방의 가정을 뿌리째 파멸시키는 편이 나았는지도 모른다고 생각하게 되었다.

늦더위가 심한 9월의 도쿄는 12년 전 카스미와 처음 만난 날을 떠올리게 했다. 에어컨이 고장난 모리와키 제판의 찌는 듯한 공기. 깊숙한 배꼽에 땀이 고인 채 부채질을 하던 어린 카스미의 옆얼굴. 카스미와의 기적적인 해후 끝에 이런 잔혹한 이야기가 준비되어 있다니. 일을 계속하는 것이 갑자기 허무해진 이시야마는 회사를 그만두기로 결심을 굳혔다.

9월 11일, 이시야마는 별장에 전화를 걸었다. 카스미가 받았다. 차갑게 가라앉은 분위기에서 이시야마는 홋카이도의 쓸쓸한 가을을 떠올렸다. 그곳에 혼자 남아 있는 카스미는 어떤 기분일까. 그 목소리는 낮게 가라앉아 있었다.

"한 달이 지났구나. 유카는……. 무슨 단서라도 잡혔어?"

"이상할 정도예요. 닮은 아이를 봤다는 제보는 몇 가지 있었지만, 최근에는 그것마저도 없어요."

"그 제보는 어떻게 됐는데?"

"아사누마 씨가 조사해 보니 모두 허위 제보래요."

"그랬구나. 정말 걱정이군."

"시코쓰 호 바닥까지 수색했는데 아무것도 없대요."

"설마, 그곳에……. 그럴 리야 없겠지."

"희망은 갖고 있지만, 잠도 오지 않아요. 누가 우리 유카를 데려간 걸까요?"

"유카가 너무 귀여워서 말이야."

"아니면 벌써 죽이지 않았을까요?"

"포기하면 안 돼."

"모두 마음속으로는 그렇게 생각하고 있어요. 이즈미 씨 부인이

'어딘가 묻혀 있는지도 모르겠네. 아, 기분 나빠'라고 했다는 말을 이웃 사람에게서 들었어요. 모두 그렇게 생각하고 있는 거예요."

"난 달라. 마음속으로라도 절대 그렇게 생각하지 않아."

카스미는 그런 이시야마에게 내뱉듯이 말했다.

"그걸 어떻게 알아요."

"나, 거기 가서 같이 찾을게."

이시야마가 결심을 굳히고 말했지만, 카스미는 침묵했다.

"왜 말이 없어? 회사 그만두고 갈게."

"됐어요. 이제 됐어요."

카스미는 멀어진 목소리로 대답한다.

"난요, 이 한 달 동안 죽을 것 같았어요. 유카가 불쌍해 견딜 수 없어서 잠도 잘 수 없었어요. 얼마나 고독하고 외로울까, 어디서 뭘 하고 있을까 생각하면 한밤중에 당장이라도 뛰쳐나가고 싶을 만큼 초조해요. 하지만 어디를 가야 좋을지 몰라요. 그래서 항상 가슴이 덜덜 떨려요. 그리고 가슴속에 딱딱하고 묵직한 응어리가 생겼어요. 슬픔의 응어리, 불안의 응어리. 그게 아무리 해도 풀리지 않아요. 이런 건 태어나서 처음이에요. 이러다 미쳐버리는 건 아닌가 너무 두려웠어요. 그거, 알아요?"

"알아."

"아뇨, 당신은 몰라요. 나를 안고 같이 자지 않는 이상 몰라요."

"미치히로 씨가 있잖아."

"하지만 그 사람은 돈을 벌지 않으면 안 돼요. 당신도 남의 남편이니까 어쩔 수 없고……. 그래서 나 혼자 해야만 해요. 하지만……."

"하지만?"

"힘들었어요."

"나도 힘들었어."

"난 무너졌어요. 죽는 게 차라리 편하다는 걸 알지만, 유카가 돌아올 거라 생각하면 절대로 죽을 수 없어요."

"갈게, 곧."

"아뇨, 이제 됐어요. 내일 돌아가는걸요."

낙담보다도 깊은 실망에 잠긴 이시야마를 남겨두고 전화는 끊겼다. 무엇이 불과 한 달 만에 카스미를 포기하게 했는가. 말로 다 표현 못 할 지옥에 그녀 혼자 있었으니 당연했는지도 모른다. 사랑하는 여자를 지옥으로 밀어넣어 버렸다. 두 사람이 지금까지 해온 것은 무엇이었던가……

손을 맞잡고 서로 다 채울 수 없는 꿈을 꾼다. 사랑은 두 사람을 서로의 포로로도 만들고 자유롭게도 한다. 두 사람만의 세계에서 자유롭게 하는 것이다. 다른 세계와의 알력과 충돌이 찾아왔을 때, 두 사람이 보다 강해지기 위해서는 연애만으로는 부족했다. 뭔가 한 가지가 더 필요했다. 카스미는 그것을 위해 싸우려고 손을 내밀었는데, 이시야마는 겁을 먹었다. 이시야마가 아직 다른 세계에 속해서 미련이 있었기 때문이다. 노리코와 미치히로로는 얻을 수 없는 것을 추구한 결과가 이렇게도 공허하고 나약한 것이었던가. 이시야마는 자신이 보다 강한 세계를 구축하지 못했다는 것을 깨달았다. 이시야마는 처음으로 무너지는 자신을 느꼈다.

1년 후, 드디어 이시야마는 회사에 사표를 냈다. 언젠가 회사를 그만두겠다는 결심을 실행했을 뿐이지만, 마음속으로는 모리와키 제판과의 인연을 끊고 싶은 바람이 컸다. 또 카스미가 이상한 종교가에게 빠져 있다는 풍문에 환멸도 느끼고 있었다. 행방을 모르는 유카를 찾고 있는 카스미가 무엇으로 영혼의 평온을 얻든 상관없지 않나 생각되는 반면, 카스미에게는 너무 안 어울린다는 생각이 들었다. 아니, 카스미가 더 이상 자신을 의지하지 않는다는, 자신에게서 이미 너무도 멀어졌다는 실감이 쓸쓸했던 건지도 모른다.

퇴직금과 별장 판 돈과 저축을 합하자 그럭저럭 목돈이 되었다. 하지만 이시야마에게 특별히 하고 싶은 일은 없었다. 몇 달 동안 집에서 빈둥거렸다. 어느 날 노리코의 아버지가 찾아왔다. 오랫동안 은행원 생활을 한 장인은 사위를 몹시 걱정스러워했다.

"디자이너로서 독립할 생각은 없는가?"

"아뇨, 지금까지와는 다른 일을 해 보고 싶습니다."

이시야마는 우물거렸다.

"지금부터 말인가?"

장인은 놀란 표정이었다. 이시야마는 아무 말도 하지 않았지만, 자신의 대답에는 만족했다. 실제로 지금까지와 다른 일이라면 뭐든 좋았다. 대부분의 직업이 그렇지 않은가. 이시야마는 해방감을 느꼈다. 장인이 돌아간 후 노리코가 쟁반을 치우면서 이시야마의 눈을 보지 않고 물었다.

"헤어지기로 했던 거, 어떻게 됐어?"

"누가?"

"우리지 누군 누구야."

노리코는 이시야마의 눈을 보며 웃었다. 그녀의 눈에는 의기양양한 빛이 서려 있었다.

"벌써 잊었어? 자기가 말해놓고."

"아, 그때 별장에서 이야기했던 거…… 내가 곧 당신과 헤어지고 카스미와 같이 살겠다고 한 거?"

이시야마는 옆방에 있는 아이들의 귀를 신경쓰며 목소리를 낮추었다.

"그래. 난 잊지 않았어."

이시야마도 잊지는 않았다. 하지만 노리코가 한 번도 입에 올리지 않았기 때문에 이야기하고 싶지 않은 건가 하고 자신도 내심 접어두고 있었다. 게다가 카스미와 만나지 않게 된 후부터 거의 생각해본 적이 없다. 그렇기 때문에 노리코가 이야기를 먼저 꺼냈는지도 몰랐다. 이시야마는 노리코가 원망스러웠다.

"그랬군. 어떻게 할까."

노리코는 생각에 잠긴 듯 머리를 뒤로 젖혔다. 조금 긴 머리가 조명을 등지고 반짝거렸다. 무척 아름다워 보였다.

"난 헤어지고 싶어. 나, 말했지. 너희들을 용서하지 않는다고. 그래서 지금까지 기다린 거야."

"내가 회사를 그만두기를 기다린 건가?"

"그래. 말하자면 불안정해지기를 기다린 건지도 몰라. 난 불안정한 당신을 지탱해 주거나 같이 의논을 하거나, 미래지향적인 일은 전혀 함께 하고 싶지 않거든."

"미워하는군."

"미워하기 이전에 우리 별장에 여자를 불러들이는 당신의 사고를 이해할 수 없어. 내가 그전까지 알고 있던 동창생 '요헤이'라고는 도저히 생각되지 않아. 더 이상 신뢰할 수 없어. 그건 카스미 역시 마찬가지야. 경멸한다고 말했지. 정말이야. 그런 기분에서 도저히 벗어날 수 없어. 그리고 이렇게 말하면 당신 상처받겠지만 분명히 말할게. 유카 일, 난 당신 책임이라고 생각해."

이혼보다도 더 이시야마의 가슴을 찌른 것은 마지막 한 마디였다.

"당신에게도 카스미에게도 못 할 짓을 했다고 생각해."

"유카에게도."

노리코는 덧붙였다.

"카스미가 고통스러운 건 분명 유카 때문일 거야. 당신 때문이 절대 아닐 거라고."

카스미가 유카를 생각하는 것은 엄마이니 당연하다. 그렇다면 자기한테는 아무 감정도 없다는 것인가. 자기하고 헤어지는 건 고통스럽지도 않을 거라는 얘긴가. 자기가 아무리 이기적이었긴 하지만, 노리코의 말에 문득 슬픔이 밀려왔다. 이시야마는 눈물을 감추며 간신히 이렇게 말했다.

"알았어, 헤어지자. 어떻게 해야 마음이 풀리겠어?"

"아이들은 내가 키워. 그리고 이 집도 내가 가질게."

"좋아. 내겐 이 집밖에 없으니까."

"현금은 어떻게 할 거야?"

"조금만 남겨주면 돼."

"좋아, 그럼 시간을 좀 여유 있게 줄게. 반년 정도는 준비할 시간이 필요할 테니까. 양육비는 대줘야겠지."

"물론. 얼마나 할까?"

"적긴 하지만, 한 사람당 5만 엔쯤으로 하지."

노리코는 웃었다. 심각한 이야기를 너무 건조하고 사무적으로 주고받는 자신들이 스스로도 우스운 모양이다.

"그렇게 하지. 아이들 잘 부탁해."

학교 때부터 커플이었던 노리코와의 이별은 어이없을 만큼 간단히 끝났다. 이시야마는 그렇게 망설이고 고민했던 이혼이라는 것이 카스미와 헤어진 후에야 성립된 것은 두 여자를 배신한 벌이라 생각했다. 또 자신이 노리코에게 준 상처가 그녀가 살아가는 자세를 근본적으로 해친 건 아닐까 걱정도 되었다. 그러나 모든 것은 이미 돌이킬 수 없었다.

노리코와 이혼 이야기를 한 몇 주일 뒤의 일이었다. 이시야마가 회사를 그만두고 놀고 있다는 말을 어디에선지 들은 학창시절의 친구, 다카하시가 만나고 싶다고 연락을 해왔다. 화가 지망생에서 일러스트레이터를 거쳐 이벤트 프로듀서를 하던 친구였다. 그렇게 화려한 일을 해온 다카하시였지만, 지금은 불황이어서 무엇을 하고 지내는지 잘 모르던 참이었다.

다카하시는 약속 장소에 느지막이 나타났다. 술 탓인지, 그는 몰라볼 정도로 살이 쪘다. 다카하시는 갈색 카우보이 모자를 소중하게 벗어서 카운터 위에 올려놓고 이시야마의 얼굴을 바라보며 미소 지었다.

"홀가분한 표정이구나."

이시야마는 모든 것에 매듭을 지었기 때문일 거라고 속으로 대답했다.

"너, 회사는 왜 그만뒀냐?"

"다른 일을 하고 싶어서."

"확실히 지금은 너 같은 타입의 디자이너는 살아가기 힘들지."

다카하시는 멋대로 지껄였다.

"디자이너도 카피라이터도 지금은 모두 디렉터야. 큰 장삿거리를 생각하지 않으면 안 되지. 넌 장인 체질이라 힘들었을걸."

"뭐, 그냥……."

이시야마는 모호하게 끄덕이며 위스키 잔을 비웠다.

"잘 그만뒀어. 그래서 혼자 해나갈 계획이야? 사무실이라도 열었어?"

"아니."

이시야마는 고개를 가로저었다. 다카하시는 뚱뚱한 몸을 앞으로 불쑥 내밀었다.

"그럼 나하고 일 한번 해 보지 않을라? 전부터 생각해오던 건데."

다카하시는 낚시 도구를 비롯한 레저용품 상품 개발을 하지 않겠냐고 했다. 이시야마가 낚시를 좋아하는 걸 알고 하는 소리였다. 그 사업은 아주 유망하니 돈이 있으면 투자해 보지 않겠느냐고 이시야마를 유혹했다. 일이라면 뭐든 좋았지만, 이시야마는 사건 이후 낚시를 그만두었다. 주저하는 것은 그것뿐이었다. 일을 위해 다시 낚시를 시작하게 되는 게 싫었다.

"일이라고 해서 낚시를 할 필요는 없어."

다카하시는 웃으면서 말했다.

사업은 1년 남짓 만에 파산했다. 그리고 이시야마는 눈 깜짝할 사이에 자신의 부채에다가 다카하시의 배임 행위로 인한 채무를 짊어지는 꼴이 되었다. 장사에 서툴고 사람이 너무 무른 탓이라고 주위에서는 비웃었다. 이시야마는 노리코와 헤어지길 잘했다고 생각하며 가족에게 피해가 가지 않은 것에 안도했다. 한편으로는 이런 생각도 들었다. 어딘지 수상쩍었던 다카하시를 만났을 때, 내심 이런 결말을 은근히 기대했던 게 아닐까 하고. 채무를 갚을 마음은 털끝만큼도 없었다.

12월, 진눈깨비가 내리는 추운 날이었다. 요코하마에 세를 얻어

살던 이시야마의 맨션에 드디어 채권자가 보낸 '해결사'가 쳐들어왔다. 이시야마는 부엌 창으로 우선 필요한 것들을 담은 가방부터 아래로 던진 다음, 자신도 그곳으로 뛰어내렸다. 빌딩의 좁은 틈새였다. 뛰어내린 그는 바닥의 차가운 물웅덩이에 무릎이 빠졌다. 이시야마는 바지의 참담한 얼룩을 보며 어째선지 카스미를 떠올렸다. 모리와키 제판에서 아직 견습생이었을 때, 카스미가 날라 온 차를 엎질러 이시야마의 바지에 얼룩이 진 일이 있었다. 카스미는 당황하며 자신의 손수건으로 얼룩을 닦아주었다. 어째서 그때 카스미를 좋아하지 않았을까. 자신은 아직 진정한 자신을 몰랐다. 그런 생각을 한 순간, 이시야마는 후련해졌다. 이것으로 드디어 해방됐다고 생각했다.

이시야마는 시내에 잠시 잠복해서 도주 자금을 조달하기로 했다. 알 만한 사람들에게는 이미 연락이 가 있어서 아무도 이시야마를 만나주려 하지 않았다. 아, 이런 거였군. 이시야마는 스미다 강이 내려다보이는 비즈니스호텔에서 혼자 유쾌해 했다. 가족과 헤어지고, 일과 신용을 잃고, 친구에게 절교당했다. 이시야마는 핸드폰을 창 밖 스미다 강으로 던져버렸다. 그러나 노리코와 아이들에게만은 제대로 작별을 해야겠다는 생각이 들었다. 이시야마가 연락을 하자 노리코는 다카타노바바 역의 플랫폼을 지정했다. 그날, 섣달 그믐날의 혼잡한 홈에서 기다리고 있자 노리코가 등 뒤에서 속삭였다.

"요헤이."

귀에 익숙한 학창시절의 호칭이었다. 이시야마는 반가운 마음에 얼른 돌아보았다. 그러나 아이들의 모습은 없고, 해가 저물기 시작한 하늘을 등진 채 노리코가 혼자 서 있다. 오랜만에 만난 노리코는 이시야마가 본 적도 없는 메이커 제품의 코트를 입고 태연자약한 모습이었다.

"이거 일부러, 미안해."

"당신, 이거 가져가는 거 잊었지? 우리 집 짐 속에 있었어."

재빨리 건네준 물건은 50만 엔의 현금과 부친의 낡은 롤렉스였다.

"이런 게 있었군. 류헤이에게 주지."

"됐어. 곤란할 때 팔면 되잖아."

전철이 들어왔다. 이시야마는 노리코가 하다못해 할아버지의 흔적조차도 아이들에게 남기고 싶지 않은 것임을 깨닫고 쓴웃음을 지었다. 그 동안의 결혼 생활이 낳은 결과이다. 노리코가 나쁜 게 아니다. 그런 관계를 구축해온 자신에게도 책임은 있다. 노리코가 살던 집을 팔고 어디론가 이사할 준비를 하고 있다는 것은 알고 있었지만, 갈 곳을 물을 마음은 없었다. 헤어져도 자신이 떳떳이 일만 하고 있다면, 아이들의 아버지로서 책임을 다하는 거라고 노리코는 안심했을 것이다. 모든 것에 실패한 이상 이시야마는 외면당해도 어쩔 수 없는 존재였다. 이시야마는 노리코에게 양육을 책임지지 못하는 미안함을 느끼면서도, 한편으로 홀가분한 마음으로 전철에 올랐다.

"그럼, 연락은 하지 않을게."

"조심해서 가."

"폐 끼쳐서 미안해."

"서로……. 참 뜻밖의 인생이 되었네."

닫히는 문 저편에서 노리코가 눈물을 닦는 것이 보였다. 이시야마는 모르는 척하고 차 안으로 비집고 들어갔다. 모두 떨쳐버리고 낯선 곳에서 낯선 사람들과 만나자. 그것이 어떤 것인지는 모르지만, 불안과 기대가 교차되어 묘하게 흥분된다. 이 나이에 그런 생각을 하리라고는 상상도 못 했다. 이시야마는 열차 연결부의 문에 기대어 카스미를 생각했다. 카스미가 좋아했던 곳. 카스미가 가출하듯 도쿄에 나왔을 때, 아마 이런 기분이 아니었을까. 이시야마는 그리운 동지처럼 카스미를 떠올렸다.

정말 카스미를 잊을 수 있을지도 모른다고 생각한 것은 의외로 한창 도피 생활을 하던 중이었다. 카스미의 기분에 가까워져, 비로소 카스미의 심경을 알겠다고 생각했을 때부터 카스미는 이시야마의 마음속으로 가라앉았다. 더 이상 카스미를 생각하며 괴로워하지 않았다. 이시야마는 새롭고 낯선 곳에 갈 때마다 자신의 내부에서 카스미를 느꼈다. 어떻게 살아남을까 처음에는 두려웠지만, 그래도 나름의 희망을 갖고 여기저기 돌아보는 동안에 차차 호기심과 의욕이 넘치기 시작했다. 카스미도 분명 이렇게 살아왔을 것이다. 이제야 자신도 카스미로 동화했다. 이시야마는 기뻤다.

이시야마는 익숙하지 않은 술집 일과 막노동을 하며 생계를 이어나갔다. 빚쟁이들이 찾아오는 걸 피하기 위해 한 곳에 오래 머물지는 않았다. 그래서 언제나 마음이 조급하고, 쫓기는 듯한 기분이 들어서 안정되지 않았다. 접근하는 남자가 있으면 혹시 자기를 미행하는 게 아닌가 하고 가슴이 철렁 내려앉곤 했다. 항상 주위를 살피며 다니고, 어두운 길은 절대 걷지 않았다.

이시야마는 가출한 카스미도 처음에는 그랬겠지, 하고 생각했다. 도로 끌려가는 게 두려워 연락을 하지 않는 동안 가족과 완전히 끊겼을 것이다. 카스미는 그런 쓸쓸함과 허전함이 있었기 때문에 혼자 살아가는 것을 인생의 목표로 삼았다. 카스미를 사랑한 자신이 그걸 깨닫지 못했다니. 이시야마는 여행 도중에 새롭게 카스미를 이해해가는 작업을 되풀이했다.

이시야마는 북으로 북으로 해서 동북 지방을 돌아다녔다. 겨울에 추운 지방을 찾는 우를 범하고 있다는 것은 알고 있었지만, 어찌 된 일인지 자신도 모르게 유카가 실종된 방향을 향해 이동하고 있었다. 그리고 그것은 카스미의 고향이기도 하다. 이윽고 주머니가 허전해진 이시야마는 아오모리에서 노동자 합숙소 생활을 해 보았다. 첫 체험이라 처음에는 제법 재미있었으나 점점 마음이 우울해졌다. 너무나 가혹한 노동이었다. 몸이 망가질 것 같다 싶었을 때 다행인지 불행인지 건설 현장의 일도 떨어졌다.

갖고 있던 돈이 바닥 난 이시야마는 아오모리의 번화가에서 나이키 옷을 입은 고등학생에게 아버지의 롤렉스 시계를 15만 엔에 팔았다. "좀 구식이어서 3분의 1 가격밖에 안 받은 거야. 넌 싸게 잘 산 거라고." 하고 말하는 순간 양심의 가책을 느꼈다. 그러나 한편으로는 고등학생을 속인 돈으로 당분간은 연명할 수 있게 되었음을 기뻐했다. 슬슬 마음이 가난해지는 것 같다. 이시야마는 큰맘 먹고 삿포로에 가서 도요카와를 찾아봐야겠다고 생각했다. 5월이었다.

도요카와 부부가 항상 나와 있는 가게는 'HOCKEY'라는 이름의 새로 생긴 술집이라고, '호케야'라는 체인점에서 알려 주었다. 알려준 대로 찾아간 그곳은 술집이라고는 하지만, 문을 밀고 들어가는 것이 망설여질 만큼 고급스럽고 세련된 가게였다. 이시야마는 복도에서 잠깐 망설였다. 도피 생활을 시작한 후로는 추적당하는 것이 두려워 아무에게도 연락을 취하지 않았다. 하지만 도요카와와의 관계는 아무도 모를 것이다. 마지막에 매달릴 사람은 도요카와밖에 없다. 마음을 굳히고 문을 열자, 미니 드레스를 입은 젊은 여자가 놀란 얼굴로 쳐다봤다. 번지수를 잘못 찾았다고 생각한 모양이다. 이시야마는 주눅이 들었다. 다행히 가게 안에는 한 커플의 남녀 손님이 조용히 술을 마시고 있을 뿐이었다.

"도요카와 씨라고 계십니까?"

카운터 안에서 대답이 들렸다. 도요카와였다. 땅딸막한 체격에 흰 스탠딩 칼라의 셔츠를 입고 검은 앞치마를 하고 있었다. 이시야마의 얼굴을 본 도요카와는 그제야 카운터 안에 있는 아내를 불렀다.

"이봐, 여보! 빨리 나와 봐!"

남자 같은 분위기의 키가 큰 가즈코는 남장 배우처럼 양복을 입고 갈색 머리에 화장기 없는 얼굴을 하고 있었다. 그래도 너무나 달라진 이시야마의 모습이 놀라웠는지 금속성의 소리를 지르며 맞아 주었다.

"이시야마 씨 아닌가요!"

"그렇습니다. 오랜만에 뵙겠습니다. 그런데 용케 기억하시는군요. 한 1주일밖에 같이 지내지 못했는데."

"알죠. 그렇게 큰일이 있었는데요. 정말 잊을 수 없는 사건이었잖아요. 지금도 어떻게 되었을까, 하고 가끔 생각해요. 고생 많았죠?"

"예, 그랬습니다."

"유카는 아직 못 찾았나요?"

"예, 그런 것 같습니다. 잘 아시는군요."

"이즈미 부인에게는 가끔 연락을 하거든요."

도요카와가 이시야마 앞에 깨끗하게 닦은 잔을 놓고는 옆으로 와서 맥주를 부었다. 이시야마는 인사를 하고 한 모금 마셨다.

"모리와키 씨의 부인, 건강한지 모르겠네요. 마지막에 봤을 때 많이 울었더랬죠. 혼자 그 별장에 남겨두고 오는데 불쌍해서……."

가즈코의 술회에 도요카와가 끄덕거린다.

"우리 아들도 한참 동안 우울증에 빠져 있었어요. 정말 가엾은 일이었죠."

이시야마는 눈을 감고 카스미와 통화할 때 떠돌던 절망의 냄새를 떠올렸다.

"그런데 많이 변했군요, 이시야마 씨. 무슨 일이 있었나요?"

가즈코는 솔직하게 물었다. 도요카오는 묵묵히 이시야마의 빈 잔을 채워 주었다.

"회사를 그만두고 집을 나왔습니다."

"집을 나오다니요, 부인하고 헤어졌나요?"

"그렇습니다."

가즈코가 그 차림으로 봐서는 무슨 사정이 더 있을 거라는 표정을 지었다. 도요카와가 약주 같은 투명한 액체를 마시면서 끼어들었다.

"하지만 전보다 멋있습니다, 이시야마 씨."

"그런가요."

이시야마는 쓸쓸한 표정이었다. 빨아 입긴 했지만, 잿빛 티셔츠와 작업복 바지. 텁수룩한 수염에 더러운 가방을 들고 다니면 지나가는 사람들이 비켜간다.

"정말요. 늠름하고 눈매도 매서워졌네요."

가즈코는 경박스럽게 담배를 옆으로 꼬나물며 웃었다. 이시야마는 그런 말을 들어도 기쁘지 않았다. 정체 모를 남자로 보일 거라고 부정하려 했을 때, 카스미의 매력과 비슷한 것이 자신의 몸에 배웠는지도 모른다는 생각이 문득 들었다. 카스미의 야성과 행동력. 그것은 생존을 위해 불가결한 것이었다.

"그래서 요즘은 뭐 해요?"

가즈코가 탐문하는 눈으로 보았다.

"솔직하게 말씀드리겠습니다. 일할 것 좀 없겠습니까? 무슨 일이든 하겠습니다."

부부는 서로 얼굴을 마주보았다. 본색을 드러내는군, 하는 얼굴은 아니었다. 두 사람 사이에는 예전에 이시야마의 인상이 강하게 남아 있었고, 그 이시야마와 지금 눈앞의 이시야마가 도저히 일치되지 않는 것에 당황한 것 같았다.

"없을 것도 없죠. 하지만 이시야마 씨가 뭘 하겠어요? 당신 도쿄에서 좋은 일 했었잖아요."

"그래, 맞아. 우는 애도 그친다는 협공사의 디자이너였잖아."

"그건 이미 그만두었습니다. 뭐든 좋습니다. 접시닦기든 뭐든, 허드렛일 있으면 시켜주십시오."

"허드렛일이라도 좋다 하지만 고용하는 쪽은 그렇지가 않아요."

가즈코가 말했다.

"이시야마 씨는 어딘가 도회적이어서 부리기 힘들어요."

이시야마는 어깨를 떨구었다. 어째서 당신이, 하는 의심스런 눈초리로 본다. 그런 경험은 수없이 많았다.

"뭔가 안 좋은 일 있는 거 아니오?"

도요카와가 나지막이 속삭인다.

"빚쟁이에게 쫓기고 있습니다. 죄송합니다, 무리한 부탁을 해서."

이시야마가 머리를 숙이자, 가즈코가 입술을 깨물었다.

"괜찮아요. 모두 말해 주지 않으면 우린 신용하지 않아요. 신용하지 않는 사람에게 일을 소개시켜 줄 순 없잖아요?"

이시야마의 사정을 듣고, 도요카와는 가게 일을 완전히 가즈코에게 맡긴 것 같다. 카운터에 있는 의자를 끌고 와서 본격적으로 마시기 시작했다. 문을 열어 주었던 젊은 여자는 손님에게 붙어서 이쪽을 보려고도 하지 않는다.

"실은 친구의 빚을 떠맡아서 쫓기고 있습니다."

"일해서 갚으면 되잖아요."

"그럴 마음은 없습니다."

이시야마는 단호히 말했다.

이시야마의 속에서 뭔가가 폭발한 듯한 분위기가 모두에게 전해졌다. 가즈코가 또 담배에 불을 붙였다.

"사람 일이라는 건 참 알 수 없군요."

"글쎄말입니다."

이시야마는 웃었다. 실제로 가족과 일이 있든 없든, 사람은 여러 가지 형태로 삶의 방식을 선택할 수 있다는 걸 한창 배우는 중이었다.

"그랬군요. 자, 어떻게 할까."

가즈코는 담배를 비벼 끄면서 의논이라도 하듯 돌아보며 도요카와의 얼굴을 본다.

"거기는 어때요? '스코트.'"

"좋네. 하지만 이시야마 씨, 하지 않을 걸."

"뭔데요?"

이시야마가 묻자 가즈코는 조금 쑥스럽게 웃었다.

"우리 호스트 바도 하고 있어요. 어때요, 호스트 해 보지 않을래요? 당신이라면 충분히 할 수 있는데."

과연 제 아무리 궁한 이시야마라 해도 놀랐다.

"마흔넷이나 됐는데요, 무리겠지요."

"당신 이 장사 모르는군요. 젊어야 좋은 건 아니에요. 우리 집은 두 곳이 있는데, '뉴 스코트'는 새파란 아이들 층, '스코트' 쪽은 20세에서 60세까지 폭넓게 있어요. 그러니 여러 연배의 남자들이 있는 게 좋죠. 손님 층도 다양하니까."

자신이 호스트 바의 호스트가 되다니. 이시야마는 전혀 상상 밖의 일이라 적잖이 놀랐다. 가즈코는 진지했다.

"이시야마 씨, 당신 여자들에게도 인기 많죠? 도망 다니면서 여자들한테 도움받은 적 많지 않아요?"

긍정은 하지 않았지만, 그 말은 옳았다. 여자는 남자가 갈 곳 없어 하면 참으로 친절하게 대해준다는 걸 처음으로 알았다. 독특한 심리가 있는지, 말을 하지 않아도 "무슨 사정이 있나 보죠? 자고 가세요." 하는 말을 여러 번 들었다. 외로운 여자들은 특히 더 친절했다. 얼마 안 되는 월급으로 옷을 사주고 헤어질 때는 용돈까지 주었다. 빌딩 청소를 할 때 동료였던, 혼자 사는 나이든 여자의 집에 1주일 정도 머문 적도 있다. 이시야마에게 친절하게 대해 주는 동안 연애 감정을 가진 여자도 있었다. 이시야마는 오다가다 만나 좋아져 내일이면 헤어질 여자를 안는 경험을 처음 해 보았다. 도쿄에서 안전하게 살던 시절에는 생각도 못 할 만큼 풍부한 교류도 있었고, 헤어진 후에 자기혐오에 빠져 이불 둘둘 말고 술을 그리워했던 밤도 있었다. 기묘한 체험들이었다. 묵묵히 있는 이시야마에게 가즈코가 웃으며 말했다.

"역시, 그렇죠? 난 알아요. 이시야마 씨에게는 재능이 있는 것 같아요."

"재능이요? 전혀 없는데요."

도요카와가 의기양양한 얼굴을 했다. 아내에게 동의하는 도요카와는 마치 아줌마 같다.

"그래. 이시야마 씨에게는 여자를 끄는 매력이 있어. 당신, 의외로 여자한테 잘 맞추죠?"

"글쎄요."

이시야마는 진지하게 생각에 잠겼다.

"이것 봐, 벌써 맞추고 있잖아요."

가즈코가 놀린다.

"그럼 지배인에게 소개할 테니까 옷만 조달하세요."

가즈코가 카운터에서 만 엔짜리를 30매 세어서 건네주었다.

"이건 선불."

"이렇게 많이요?"

"주는 거 아닙니다. 빌려 주는 거죠. 이자는 필요없지만."

"물론입니다. 그렇지만 이렇게……."

"좋은 옷 사세요."

이시야마는 고맙다는 인사를 했다. 전혀 뜻밖의 일들이라 믿을 수가 없었다. 일을 하던 시절에는 대단찮던 액수의 돈다발을 소중하게 주머니에 찔러 넣었다.

3

이시야마는 다음 날, 백화점에 쇼핑을 갔다. 무엇을 입어야 하는지 몰라서 아르마니에서 될 수 있는 한 화려한 양복을 골라, 무리

하게 부탁해서 한 시간 만에 소매며 바지 길이를 줄였다. 저녁 무렵 가즈코가 말한 '스코트'에 가자 흰 셔츠의 소매를 걷어 올린 남자가 개점 준비를 하기 위해 가게를 정리하고 있었다.

"이시야마라고 합니다만……."

"아, 사장님께 들었습니다. 지배인 미야오입니다."

미야오는 '호케야'에서 몇 년 동안 점장을 한 뒤에 가즈코에게 발탁되어 '스코트'를 맡게 되었다고 한다. 어딘지 차갑고 싸늘해 보이는 눈매가 자못 짓궂을 것 같았다. 이시야마는 과연 자신이 상품 가치가 있는지 어떤지 믿을 수 없었지만, 미야오는 한눈에 보고 이시야마를 마음에 들어했다.

"사장님 말씀이 아주 멋있는 남자라고 하시더니 정말이군요."

"천만에요. 전혀 그렇지 않습니다."

"아닙니다. 사장님의 사람 보는 눈은 정확하죠. 빈말이 아닐 겁니다. 그리고 여기는 괜찮은 남자밖에 없답니다. 괜찮은 남자만 괜찮은 일을 하니까요. 아시겠어요? 이쪽 한번 보시죠."

미야오는 벽에 붙은 호스트들의 사진을 가리켰다. 20대 전반의 젊은 남자가 반 이상을 차지하고 있었다. 밝은 색의 화려한 양복에 금발, 갈색 머리. 연예인 뺨치는 얼굴에 적외선 살롱에서 피부를 태우고, 이름도 10대 우상들의 이름을 흉내내고 있었다. 거기에 비해 30대 후반부터 60대까지의 호스트는 수수한 비즈니스 양복 차림으로 중후함을 강조하고 있다. 그 나이의 남자가 외모에 신경을 쓰면 쓸수록 공허함만 드러나는 것 같았다.

미야오가 아이펜슬로 눈썹을 그린 50세 호스트 사진을 보면서 심술궂은 말투로 속삭인다.

"이 사람은 완전 저질이죠. 하지만 제법 벌었어요. 옛날에는 사기

꾼이었다더군요. 얼굴이 안 되니까 머리로 승부하는 거죠. 젊은 놈들은 머리가 비어서 얼굴로 승부한다며 우습게 봐요. 바보죠. 백날 해도 기본급밖에 못 받는 얼간이들뿐이랍니다. 제대로 된 남자는 제대로 된 일을 하는 법이죠."

"이것은 제대로 된 일이 아닙니까?"

"아니죠. 여자를 품평하는 일이 어디 제대로 된 일입니까. 어떤 여자가 얼마만큼 돈을 쓸 건지, 그것만 맞추면 되는 거지요. 그게 승부인걸요. 여자가 젊다, 아름답다. 그것은 바깥세상의 가치 기준. 여기서는 돈이 많은가 적은가, 그것밖에 없답니다. 여자도 그걸 알기 때문에 가능한 한 돈을 많이 쓰며 겉멋을 부리죠. 그래야 호스트들에게 사랑받으니까. 그것이 여기에 오는 이유랍니다."

자신이 전혀 모르는 세계였다. 이시야마는 자신이 여자를 품평할 수 있을지 자신이 없었다. 그러나 지금 할 수 있는 일은 여기서 호스트를 하는 것밖에 없다.

"어떻게 하면 돈을 쓰게 할 수가 있습니까?"

"제일 좋은 것은 이시야마 씨, 단순한 겁니다. 인간관계의 기본, 마음을 잡는 겁니다. 여자를 기분좋게 해 주고 아껴 주는 척하는 거죠. 돈이 필요하다는 냄새를 풍기면 그걸로 끝장이랍니다. 여자 쪽에서 자발적으로 돈을 쓰도록 해야 되요. 그러기 위해서는 자면 안 돼요. 자면 여자는 '뭐야, 뭐 이런 게 다 있어'하고 우습게 보니까요."

"우습게 봅니까?"

"여자는 탐욕스러워요. 한 번 잔 남자는 모두 버리죠. 다른 호스트에게 가 버려요. 그 점이 호스티스들과 다른 점이라고나 할까요."

"어째서 버릴까요?"

"여자란 말이죠, 남자를 갖고 싶다는 게 절대 자고 싶다는 의미가 아니랍니다."

미야오는 이시야마와 이야기하는 것이 즐거운 것 같다. 눈의 험악함이 사라지고 말투도 부드러워졌다.

"마음을 갖고 싶은 겁니다. 부드럽게 대해 주길 원하는 거죠. 환영받고 있다는 느낌을 받고 싶은 거예요. 아까 사기꾼은 그걸 알고 있죠. 그렇게 해서 포르쉐도 한 대 얻었어요."

이시야마는 그런 것은 필요 없다. 단지, 어떻게 하면 이곳에서 생존할 수 있는가. 카스미처럼 오로지 그것밖에 생각할 수 없었다.

"손님은 어떤 사람들입니까?"

"거의 물장사 쪽이죠. 마찬가지입니다. 자신들이 남자에게 봉사를 하니까 가게가 끝나면 이제는 남자에게 봉사를 받길 원하죠. 이른 시간에 오는 손님은 거의 그런 사람들입니다. 돈을 헤프게 쓰니까 좋은 손님이죠."

왜 돈 씀씀이가 헤픈지는 묻지 않아도 안다. 이시야마는 그녀들을 노릴 수밖에 없다고 생각했다.

"복장 말인데요, 그거 아주 좋아요. 아르마니죠? 좀 떨어지는 메이커를 입으면 여자들이 무시하거든요. 젊은 여자일수록 그래요. 그러니까 가능한 한 비싸고 좋은 옷으로 입고, 자신을 최대한 비싸게 파는 겁니다. 비싼 옷을 좋아하고, 그런 취향이라는 걸 과시해야 여자들이 더 쉽게 반해요. 여자들이 기를 쓰고 비싼 옷을 사주기도 하고요."

이시야마는 자신의 손목을 만졌다. 시계는 팔아서 아무것도 차고 있지 않다. 미야오가 재빨리 그것을 보고 웃었다.

"롤렉스든 파텍이든 뭐든 사 오게 만드세요. 그런 건 당신 하기 나름입니다. 의욕만 있으면 재미있을지 모릅니다."

"그렇습니까."

젊은 여자를 속인다는 것에 아직은 아무래도 거부감이 있었다.

"이시야마 씨. 이건요, 속이는 게 아닙니다. 게임……. 게임에 가깝습니다. 여자도 룰은 알고 있죠. 바보 같은 놈은 아무리 해도 이기지 못하고, 바보 같은 여자는 돈을 쏠수록 웃음거리가 될 뿐이죠."

"미야오 씨, 당신은 하지 않습니까?"

"안 합니다."

미야오는 쓴웃음을 지었다.

"나같이 교활한 타입은 여자들이 가까이 오지 않아요. 정말, 감(感)만은 비상하게 좋아요, 그 애들. 언제나 남자 손님만 보고 있으니까요. 당신은 좋겠어요."

"왜요?"

미야오는 그 수수께끼를 해명하려는 듯이 이시야마의 얼굴을 바라보았다.

"이런 곳에 절대 없는 타입이어서, 라고밖에 달리 표현할 수가 없겠군요. 당신 같은 남자는 멀쩡한 직업을 갖고 있고, 제대로 된 여자가 있을 것 같은 느낌이 들어요. 그런데 이시야마 씨, 이름은 어떻게 하겠어요?"

"생각해 보지 않았는데 하나 지어주십시오."

"그럼, 본명으로 하기는 그러니까……. 이건 어때요? 류헤이."

이시야마는 쓸쓸하게 웃었다. 자신의 사정을 들은 것 같기는 하지만, 미야오가 정해준 이름은 공교롭게도 자신의 아들 이름이었다.

8시 반이 되자 동료들이 거의 출근했다. 이시야마는 미팅 때 40명의 호스트에게 소개되었다. 그리고 어젯밤의 매상 순위 발표를 했다. 젊고 핸섬한 남자가 월등한 차이로 1위를 하여 표창을 받았고, 사기꾼은 2위였다. 9시 개점 시간이 되었다. 가게는 지하에 있다. 세련된 장식의 손잡이가 있는 나선형 계단에는 빨간 주단이 깔려 있었다. 이제 손님을 기다리면 되는 거였다.

호스트 전원이 일렬로 서서 손님이 나타나기를 이제나저제나 기다리고 있다. 첫 손님 몇 사람이 또박또박 계단을 내려왔다. 호스트들은 최대한 공손하게 허리를 굽힌다. 얼굴을 든 순간 이시야마는 주위가 활력으로 가득한 것을 느꼈다. 호스트의 눈이 봉을 찾으려 번쩍이고 있다. 그때까지 이시야마는 여자들이 이런 곳에서 돈을 쓰고 노는 것이 이상했다. 젊은 여자들이야 주변 술집에 가면 남자들이 먼저 말을 걸고 따라다닐 텐데. 하지만 호스트의 사냥개 같은 야비함을 느꼈을 때, 그 이유를 알 것 같은 느낌이 들었다. 손님인 여자들은 스스로 먹이가 되고 싶은 것이다. 먹이든 뭐든, 누군가가 자신을 탐내어 소중하게 다뤄준다는 느낌을 즐기고 싶은 것이다. 미야오의 말처럼 여자들은 대부분 유흥업소에 몸담은 사람들인지, 한결같이 화려한 미니 드레스에 두꺼운 화장을 하고 어딘지 지친 표정을 하고 있었다.

여자들은 호스트에게 손을 흔들거나 지명을 했다.

"어서 오십시오."

직업적인 민첩함으로 호스트들은 인사를 하고 난 후 재빨리 움직이기 시작한다. 금세 테이블이 준비되고 몇 명의 호스트가 손님들을 둘러싼다. 가게 안이 흥청거리기 시작했다. 이시야마는 선 채 미야오의 지시를 기다리고 있었다. 한가운데의 테이블에서 교성과

환성이 동시에 들렸다. 생일인 여자가 있어서 돈 페리의 핑크 샴페인을 터뜨리려는 것이다. 얼굴이 반반한 호스트 대여섯 명이 모였다. 이시야마는 곁눈으로 보면서 30만 엔 정도는 하겠다고 생각했다. 한 호스트가 샴페인이라고 전원에게 뿌리고 돌아다녔다. 그렇게 해서 다른 손님의 경쟁심을 부추기는 것이다. 교묘하지만, 손님으로 온 여자들도 같은 일을 하니까 이해할지 모른다. 얼핏 화려해 보여도 실은 서로를 잡아먹는 허무가 감돌았다.

"저쪽 호박한테도 좀 해줘."

젊은 남자의 속삭임이 들려왔다. 이시야마처럼 들어온 지 얼마 안 된 열아홉 살짜리 남자였다. 젊다는 것 외에는 아무것도 내세울 게 없는 데다, 행동도 말도 거칠어서 여자들이 싫어할 것 같다. 그러나 다른 젊은 호스트들도 오십보백보였다. 손님인 여자를 소중히 대하는 게 아니라, 방약무인하고 센스 없이 대해 여자가 오히려 비위를 맞추고 있다. 이시야마는 진절머리가 나기 시작했다. 미야오에게는 미안하지만, 손님도 호스트도 게임의 룰 따위는 전혀 모르고 있다. 시시했다. 이런 거라면 주방장 보조나 하는 편이 훨씬 나을지도 모른다는 생각을 할 때였다.

"류헤이 씨, 지명입니다."

목소리에 놀라 돌아보자 20대 전반의 젊은 여자가 이시야마를 가리키고 있었다. 그것이 바로 마나였다. 귀에는 샤넬 귀고리가 달랑거리고, 금색으로 물들인 머리에는 펜디 머리띠. 옷도 백도 구두도 아픔을 느낄 만큼 찬란한 메이커 제품으로 장식하고 있었다. 이것이 자신의 '봉'인가. 이시야마는 다물고 있어도 앞니가 조금 보이는 여자의 입가를 주시했다.

"류헤이입니다. 지명 감사합니다."

이시야마는 호스트가 할 일이라면 댄스 말고는 무엇이든 자연스럽게 할 수 있는 자신에게 놀라고 있었다. 여자에게 음료수를 만들어주는 것도, 담뱃불을 붙이는 것도, 무릎에 냅킨을 펴주는 것도, 여자의 이야기에 열심히 맞장구를 쳐주는 것도, 여자를 보며 웃고, 부드럽게 배려를 해 주는 것도······.

이건 일도 아니었다. 하지만 자신을 지명해준 여자가 자신을 마음에 들어해서 양주라도 시키지 않으면 매상이 오르지 않고, 자신의 실적도 올라가지 않는다. 디자인 일은 스스로 어느 정도 실력과 결과를 예측할 수 있었다. 하지만 호스트의 일은 실력도 결과도 모두 예측할 수 없다. 상대의 판단에 모든 걸 완전히 맡길 수밖에 없다는 사실에 소름이 끼칠 만큼 무섭기도 했다. 새로운 경험이었다.

"당신, 첨이죠?"

어리다는 게 느껴지는 말투였다. 커다란 두 개의 앞니는 삐드렁니이고, 아랫볼이 불룩하다. 둔해 보이는 쥐 같은 얼굴이긴 하지만 탱탱한 피부는 윤기가 돌고, 쭉 뻗은 다리가 아름다웠다. 이런 곳에 오지 않아도 얼마든지 젊은 남자들과 놀 수 있을 텐데 말이다. 그러나 마나는 자신이 없는 듯 주저하는 어두운 인상이다.

"네, 그렇습니다. 오늘부터입니다."

"전에는 뭐 했어요? 뭔가 분위기가 다르네요."

헬퍼로 붙어 있던 젊은 호스트가 찰나를 놓칠세라 끼어들었다.

"류헤이 씨는 특이한 분이세요. 전직 디자이너셨대요. 난 고작 자동차 정비공이었는데."

자연스럽게 자신도 어필하고 있다. 마나는 젊고 몸매가 예뻐서 기왕 공을 들일 거라면, 하고 호스트들 사이에서 인기가 높은 것 같다.

"너한테 안 물었어."

마나는 매정하게 톡 쏘아붙였다. 그 말을 들은 젊은 호스트는 살살거리며 웃고 있었지만, 눈은 위협적이었다. 상대가 힘이 센 남자일 경우에는 손님 쪽에서도 거절하는 데 위험이 따를 것 같았다. 이시야마는 그런 호스트로부터 마나를 지킬 필요가 있다고 생각했다. 자신의 '봉'이기 때문이다.

"그런데, 어디서요? 삿포로에서 했어요?"

마나는 이시야마의 다리에 손을 올렸다. 꽤 오랜 동안 했던 육체노동 탓에 오랜만에 입은 양복이 전과 같은 사이즈인데도 몸에 끼는 듯했다.

"도쿄입니다."

"어째서 삿포로까지 와서 호스트를 하는 거예요?"

마나는 이시야마의 허벅지를 팔꿈치로 짚고 응석 부리듯이 물었다. 이미 헬퍼들은 마나에게 브랜디며 비싼 칵테일을 사달라고 조르고 있다. 이시야마는 가엾어졌다. 어떤 일을 하고 있는지 모르지만, 기껏 번 돈을 여기서 써버리지 않아도 될 텐데, 하는 생각이 들었다.

"이런 일도 재미있을 것 같아서요."

"재미있을까, 이런 일이. 여자들 등이나 치고 말이야."

마나는 불퉁해져서 호스트들을 노려보았다. 분위기가 썰렁해졌다. 룰을 모르는 것이다. 안타까웠다.

"글쎄, 어떨까요. 난 처음이어서 재미있는데."

"그럴까요. 재미없어요."

마나는 의심스럽게 이시야마를 보았다.

"싫다면 오지 않는 게 좋아요."

근원 357

"그렇긴 하지만……"

마나는 문득 주위를 둘러보았다. 그제야 정글 한가운데서 먹을 것도 마실 것도 없이 있었다는 것을 깨달은 듯한 얼굴을 했다.

"있죠, 나 무슨 일 할 거 같아요?"

"모르겠습니다."

호스트들이 쿡쿡거리며 웃었다. 마나가 또 룰을 위반하기 시작한다. 해서는 안 될 푸념을 늘어놓는다.

"나 말이에요, 자위 쇼 보여주고, 매일 페니스만 빨아요. 매일 60개 정도 빨까. 많을 때는 100개를 빨 때도 있어요. 하지만 이제 싫어요, 싫어. 그거 한 개 얼마일 것 같아요?"

"한 개 3000엔. 나, 가 본 적 있어요."

전직 정비공인 호스트가 웃었다.

"그렇게 비싸지 않아. 2000엔이야, 2000엔. 네 것 같으면 가늘어서 500엔이다."

"너무해, 언니."

"페니스 60개에 12만 엔이죠. 여기에 오면 그 돈 다 뜯겨도 부족해요. 나요, 당신한테 다 뜯기고 싶어."

술에 약한 듯 마나는 이시야마에게 기대왔다.

"아깝습니다."

"그래요, 아까워요."

이시야마는 마나에게 새 브랜디를 만들어주고, 말려 올라간 미니 드레스 자락을 바르게 고쳐주었다.

"있죠, 당신 몇 살이에요?"

마나가 물었다.

"난 마흔넷입니다."

"난, 스물셋. 스무 살이나 차이가 나네. 당신 누구 있어요?"
"없습니다."
이시야마는 고개를 가로젓는다.
"나 이제 가야 되니까. 당신 핸드폰 번호 가르쳐줘요."
느닷없는 마나의 말에 깜짝 놀랐다. 이시야마는 가게의 명함을 내민다.
"전화는 여기로 부탁합니다."
"알겠어요."
11만 엔을 지불하고, 마나는 돌아갔다. 이 가운데 자신의 지명료는 얼마나 되는지 이시야마는 고개를 갸웃거렸다. 언제쯤 가즈코에게 30만 엔을 갚을 수 있을지 계산한다. 멀리서 흘끗흘끗 상황을 지켜보던 미야오가 한쪽 눈을 찡긋한다.
"좋아요. 곧 베스트 텐에 들겠는걸요."
"그런가요."
과연 그렇게 되고 싶은 건지 어떤 건지 스스로도 알 수 없었다. 마나 같은 어린 여자, 아픔을 받은 여자, 남자에게 착취당한 여자가 여기에 온다. 그리고 뒤에서는 호스트들에게 욕을 먹으면서도 앞에서는 봉사를 받았다는 것에 만족해서 돌아간다. 그렇다면 힘껏 봉사하자. 마나를 보내고 아직 입구에 있을 때 가게의 전화가 울렸다.
"류헤이 씨요? 잠깐 기다려 주세요."
전화는 마나였다.
"영업 끝나면 만나요."
"좋습니다. 그런데 새벽 3시는 되어야 합니다만."
"내 맨션에 와요. 알았죠, 꼭이에요. 안 나오면 손목 끊어버릴 거예요."

"알겠습니다."

"밖에서 기다릴게요."

가게가 끝나고 정리를 마칠 때까지 한 시간은 걸렸다. 해방된 것은 새벽 4시 반이 지나서였다. 초여름의 하늘은 벌써 부옇게 밝아오고 있었다. 이시야마가 재킷을 팔에 걸치고 뒤쪽 출구로 나오자 신호를 하듯 차의 헤드라이트가 켜졌다. 빨간 BMW를 탄 마나가 약속대로 기다리고 있었다.

"미안합니다. 많이 기다리셨죠?"

"괜찮아요. 언제나 이러니까."

같은 경험이 몇 번이나 있는 걸까. 이시야마는 마나가 열어 준 문으로 조수석에 올라탔다. 기온은 쌀쌀할 정도인데, 차 안은 소름이 돋을 정도로 차갑게 냉방을 하고 있었다. 이시야마가 모르는 여자 가수가 달콤한 목소리로 실연을 노래하고 있다.

"우리 집, 바로 저기예요."

"가도 괜찮습니까?"

"네, 오세요. 아주 넓어요."

이시야마는 마나의 생활에 아무런 흥미도 없다. 상상의 범위를 벗어나는 것은 아무것도 없으리라고 짐작하고 있었다. 하지만 젊은 여자의 고독이 스며들 듯 전해져 와 거절할 수가 없었다.

마나의 맨션은 본인이 말한 만큼 그리 넓지는 않고, 넓다고 느낀 외로움만이 가득한 것 같았다. 사용하기 불편할 것 같은 작은 방이 세 개쯤 나란히 있었다. 방마다 가구들이 복잡하게 놓여 있고, 옷과 소품들이 흩어져 있다. 마나는 대형 텔레비전 앞에서 자신 없는 표정으로 이시야마에게 안겼다. 커튼이 걷혀 있어 빌딩 사이로 아침 해가 떠오르는 것이 보였다. 이시야마는 팔 안에 있는 젊은 여자의 얼굴에 햇빛이 내리는 것을 보았다. 창백하게 시든 꽃처럼 힘없는 얼굴.

"같이 자요. 졸려요."

마나는 이시야마의 손을 잡고 침실로 데려갔다. 좁은 방은 더블 침대로 꽉 차 있었고, 침대 머리맡에 여성 잡지가 흩어져 있었다. 이시야마는 마나를 눕히고 커튼을 쳤다 한 벌밖에 없는 장사 도구인 양복을 옷걸이에 걸고 셔츠를 벗는다. 마나는 가게에 왔을 때 입고 있던, 아무리 보아도 어울리지 않는 펜디 드레스를 구겨진 채 입고 말없이 천장을 바라보고 있다. 이시야마가 옆에 눕자 얼른 품 속으로 들어왔다. 옷 구겨지니까, 하고 드레스의 지퍼를 열어 주려 했지만 그녀는 거부했다.

"나, 그렇게 금방 몸 주는 여자 아녜요. 싸구려 여자 아니라고요."

"미안합니다."

마나는 이시야마의 눈을 들여다보며 되풀이했다.

"나, 싸구려 여자 아니라니까요."

"알고 있습니다."

"당신이 어떻게 알아요. 호스트 주제에."

이시야마는 말을 잃고 마나의 끝이 갈라진 푸석한 머리를 어루만졌다. 마나는 이런 말도 했다.

"나 미안하지만 섹스 싫어해요. 그러니까 내가 잠들 때까지 당신 깨어 있어요."

"예."

그리고 마나가 잠들 때까지 한참의 시간이 걸렸다. 창밖의 거리가 움직이는 기척이 났다. 이시야마는 그 소리를 들으면서 움직이지 않도록 조심스럽게 마나를 안고 있었다. 한낮이 지나 이시야마가 눈을 떴을 때 마나가 그의 페니스를 쥐고 있었다. 마치 의무처럼 만지는 게 가엾어서 이시야마는 그 손을 잡았다.

"괜찮아요. 그러지 않아도."

"어째서요. 미안하잖아요."

야단맞은 아이처럼 마나는 이시야마의 얼굴을 들여다본다.

"괜찮아요. 섹스 싫어한다면서?"

이시야마는 일어나서 돌아갈 준비를 시작했다. 가즈코의 도움으로 아파트를 빌리게 되어 있었다. 마나가 헝클어진 머리를 얼굴에 드리운 채 이시야마를 바라보고 있다.

"섹스 싫어하지 않아요. 나 안아줘요."

"젊은 남자와 하면 되잖아요."

손님과 자지 말라고 한 미야오의 충고를 따르려는 것은 아니었다. 마나에게 아무런 매력도 느끼지 못했던 것이다. 마나가 나직한 목소리로 물었다.

"내가 싫어요?"

"그렇지 않아요."

이시야마는 마나를 안았다.

"그럼 여기서 계속 살아요."

일어서서 티셔츠를 입은 이시야마는 마나를 돌아보았다.

"무슨 말이지?"

"나와 같이 살아요. 당신 아무것도 하지 않아도 돼요. 그 가게도 그만두고요. 내가 벌 테니까."

"하지만 그 일 하고 싶지 않다면서?"

"싫지만, 난 사무 보는 일 같은 거 못 하니까, 이걸로 됐어요."

그럴까, 이시야마는 고개를 갸웃거렸지만, 마나는 필사적이었다.

"부탁이에요. 그렇지 않으면 손목 끊어버릴 거예요."

"빚이 있어. 신세를 진 사람에게 갚아야 돼."

"얼마?"

불안으로 일그러진 마나의 얼굴이 활짝 펴졌다. 돈이라면 지지 않겠다고 하는 기세였다.

"내가 갚아줄게요."

"30만 엔."

사실은 2억이나 있다고 고백한다면 이 아이는 뭐라고 할까. 그래도 갚겠다고 큰 소리 칠지 모른다. 돈을 척도로 해서 살아간다……. 이시야마는 존경에 가까운 느낌이 들었다. 자신이 할 수 없기 때문이었다. 마나는 침대에서 뛰어 내려가 화려한 펜디 백을 가져왔다. 두터운 지갑을 꺼내 지폐를 센다.

"자요, 30만 엔. 다신 이거 갚고 뺨이라도 때려 주고 와요. 이런 푼돈으로 나를 우습게 보지 마, 하고."

이시야마는 쓴웃음을 지으며 받을지 말지 망설였다.

"난 여기서 뭘 하면 되는데?"

"파친코라도 해요."

"기둥서방 같군."

마나는 그것이 이시야마의 체면에 손상을 입힌다고 생각했는지, 잠시 입을 다물었다. 이시야마는 그래도 상관없다고 생각했다. 해본 적 없는 일을 한다. 여자가 벌어 먹여주는 것. 그것도 재미있을지 모르겠다. 마나가 얼굴을 들었다.

"당신, 내 방패가 돼 줘요."

말을 바꾸면 이시야마의 마음도 수습될 거라 생각했을까. 이시야마는 그 유치함이 귀여워서 쓴웃음을 지었다.

"방패?"

"그래요, 나 놀림받는 것 싫어요. 그러니까 야쿠자 같은 차림 하고 나랑 같이 살아요. 그러면 나 힘을 얻을 수 있을 거예요. 지금의 당신은 너무 멋있어서 어딘지 나와 안 어울려요. 왠지 주눅이 든다고요."

이시야마는 문득 어떤 일이 떠올랐다. 고등학생 때, 미술부에 적을 두었던 이시야마는 연극부 친구의 부탁으로 무대 장치를 거들어준 적이 있었다. 무대 배경을 그리는 것이었다. 재미있는 경험이었다. 무대 배경에 따라 배우들의 표정이 바뀐다. 적막하고 어두운 분위기의 숲을 그리면 배우는 불안한 얼굴이 되고, 설원을 그리면 추운 표정이 된다. 이시야마는 무대 미술을 해볼까 생각했을 정도로 그 일에 빠져들었다. 그런 경험을 떠올렸다. 자신이 옆에 있어서 마나가 달라진다면 그걸로 충분하다. 마나가 원하는 방향대로 연출해 주자. 이시야마는 마나와 함께 살아보기로 했다.

4

연극 무대의 배경이 되어 산다. 그것이 기둥서방의 생활이었다. 마나가 원하는 세계를 비추는 거울이 되면 된다. 얼핏 어려울 것 같지만, 마나를 귀엽다고 생각하면 의외로 간단한 일이었다. 마나를 데려다주고 마중 나간다. 마나가 먹고 싶은 것을 물어보고 식사를 하러 간다. 좋아하는 것을 물어서 주문해 주고, 요리를 접시에 덜어준다. 더할 수 없이 세심하고 부드럽게 대한다. 호스트의 일과 어떤 면에서는 비슷했다. 간단할 뿐만 아니라 말할 수 없이 기쁘기까지 했다.

마나의 가게는 스스키노의 외곽에 있다. 9시에 일이 끝나기 때문에 이시야마는 가게 앞에 BMW를 세워둔다. 가능한 한 눈에 띄는 곳에서 기다려줘요, 하는 것이 마나의 희망이었다. 일을 끝낸 마나의 동료들이 몰려나온다. 스물세 살인 마나는 이미 고참이다. 동료들은 아직 스무 살 전후. 어린 티가 나는 얼굴에 최대한 두텁게 화장을 하고 있지만, 일을 마친 해방감보다 안고 있는 굴욕이 느껴지는 어두운 얼굴들이다.

"잘 가. 수고했어."

마나가 차에 뛰어오르며 동료들에게 의기양양한 표정으로 손을 흔든다. 여자들은 이시야마와 외제 차를 보고 순간 질투로 가득한 얼굴이 된다. 동시에 나이를 먹을 만큼 먹어서 젊은 여자 기둥서방이나 하는 이시야마에게 노골적으로 경멸을 드러내는 것으로 부러움을 삭이려는 빛이 역력했다. 여자들은 시치미를 떼며 마나와 이시야마를 남기고 환락가 쪽으로 흩어진다. 이시야마는 아직 승리의 미소를 흘리고 있는 마나에게 부드럽게 묻는다.

"식사하러 갈까? 뭐 먹고 싶어?"

"불고기."

마나는 웃음을 그치고 무표정하게 중얼거렸다.

"불고기 싫어하는 줄 알았어."

이시야마는 의외의 대답에 놀랐다. 마나는 한 번도 '불고기'라고 한 적이 없다. 마나는 15센티미터는 될 것 같은 힐을 벗고, 차 안에서 맨발이 되었다.

한쪽 무릎을 세우고 페티큐어를 살펴보면서 어두운 목소리로 이시야마에게 말한다.
"나, 열 받게 했던 불고기집이 있어. 거기 가."
왜, 라고 이시야마는 묻지 않았다. 마나가 '열 받은' 경우는 그곳에서 업신여김을 당했다는 이유이기 때문이다. 얼핏 보아 술집 계통이라는 티가 나면 아무리 돈을 헤프게 써도 상대방은 무시한다. 마나가 약올라 하는 것은 언제나 그런 것이었다.
"장소는 어디야?"
"나카지마 공원 쪽."
언젠가 분명 복수를 해 주겠다고 생각했을 것이다. 욱하지 말라고 하는 것은 그런 경우를 당한 적이 없는 자의 교만이다. 이시야마는 시키는 대로 차를 달린다. 화려한 고급 음식점을 상상했는데 의외로 아주 평범한 불고기집이었다. 빨간 간판을 내걸고 진열장에는 먼지 앉은 냉면, 비빔밥, 고기 접시 등의 모형이 놓여 있다. 마나는 결심을 한 듯 자동문 앞에 섰다. 이시야마는 마나의 허리를 안고 함께 들어갔다. 문이 열리고, 어서 오십쇼, 하고 카운터에 선 뚱뚱한 중년 남자가 큰 소리로 인사를 했다. 속옷 같은 검은 원피스를 입은 마나를 보고 히죽 웃다가, 같이 온 이시야마를 보더니 안색이 바뀐다. 마나는 감쪽같이 속였다는 듯 흐뭇한 표정으로 속삭였다.
"보세요, 저 남자, 당신이 야쿠자인 줄 알고 있어요. 난 야쿠자의 애인이라고 생각할 거예요, 분명."
이시야마는 가게 거울에 비친 자신의 펀치퍼머와 베르사체의 화려한 셔츠를 보자 이상한 기분이 들었다. 자신이면서 자신이 아니다. 마치 꿈속에 있는 듯했다. 무대 배경을 그리는 자신이 연기를 하는 일원으로 출연을 요청받고 있다. 하지만 어디까지나 주연이 아니다. 배경의 기쁨은 주연인 마나가 자신에 따라 달라지는 것을 보는 데 있다.

"메뉴입니다."

가게 남자가 벌벌 떨며 메뉴판을 내놓았다. 마나가 복수를 하기 위해 온 것을 아는 모습이었다. 이시야마는 메뉴를 들어 마나에게 건넨다.

"네가 골라."

그리고 다시 남자를 향해 사납게 소리쳤다.

"왜 이렇게 늦어. 앉은 지 벌써 몇 분이 지났는지 알아! 그리고 여자한테 먼저 내밀어야지."

"죄송합니다."

고개 숙인 남자를 무시하고, 메뉴를 펼쳐든 마나가 웃음을 참고 있다.

"뭐가 먹고 싶어?"

"생맥주하고 갈비."

마나가 대답한다.

서둘러 가게 남자가 주문을 받아 적자, 이시야마는 손으로 가로막는다.

"내가 주문한다."

"죄송합니다."

마나는 이시야마에게만 메뉴를 계속 불러준다.

"그리고 로스구이도 먹을래요. 마지막에는 냉면으로 할까요, 비빔밥으로 할까요?"

"네가 좋아하는 걸로 해."

이시야마는 마나에게 부드러운 목소리로 말하면서, 아주 소중한 보석을 보는 듯한 눈으로 바라본다. 연기는 이제 일상이 되어, 어느 것이 연기인지 본심인지 이시야마 자신조차 분간이 되지 않았다. 주문을 다 받은 남자가 겁을 먹으면서 확인하는 걸 들은 후, 마나가 토하듯이 내뱉는다.

"병신, 저질. 저렇게 태도가 달라지다니……."

이시야마는 마나의 지갑을 갖고 다닌다. 통 크고 씀씀이 좋은 남자의 연기를 해야 하기 때문이다. 마나를 위해서. 마나가 옷을 살 때는 반드시 같이 가서 의견을 말하지 않으면 안 된다.

마나가 가는 가게는 거의가 해외 브랜드 가게였다. 그곳에서 마나는 이시야마의 취향에 맞지 않는 것만 고른다. 이시야마는 마나의 기분을 건드리지 않는 한도 내에서 수정하고, 가게 사람이 마나를 무시하지 않도록 눈을 번뜩이는 역할을 한다.

"이쪽이 색이 더 좋잖아."

"정말?"

마나는 실은 취향이 없다.

"그럴까……."

"그렇군요. 손님의 피부에는 이쪽이 더……."

이시야마는 점원의 친절을 무시하고, 망설이는 마나를 치켜세운다.

"망설일 거라면 처음에 좋다고 생각했던 걸로 해. 둘 다 좋으니까."

"그럼 이거."

최종적으로 마나는 이시야마의 마음에 들지 않는 것을 고르지만, 이시야마는 과장되게 끄덕인다.

"그게 더 어울리는구나, 마나."
하지만 점원에게는 난폭하다.
"어이, 얼마야."
뒷주머니에 찔러넣은 루이비통 지갑에서 신권으로 지불한다. 사실은 마나가 자위 쇼와 펠라티오로 벌어들인 돈인데 마치 자신이 벌어서 사주는 듯한 얼굴을 한다. 그것이 이시야마의 일이다. 비참하다고 생각하지 않는다. 오히려 기쁘다. 문득 이시야마는 자신이 했던 디자인이라는 일도 비슷한 것인지 모르겠다는 생각을 했다. 아름다운 사람이 기뻐해줄 만한 것, 쾌락이라고 느껴줄 만한 것을 찾아내고 만들어서 제출한다. 인연이 끝난 뒤에야 알게 되는 것. 카스미도 그랬다.

"저 아가씨 좋아해요?"
이시야마는 갑자기 옆에서 카스미의 육성이 들려오는 바람에, 비로소 현실로 돌아왔다. 두 사람은 여전히 흐린 하늘 아래서 호반의 잔디에 앉아 있었다. 이시야마는 마치 지금까지 줄곧 카스미와 같이 살아온 듯한 착각에 빠졌다. 이시야마는 마나의 얼굴이 어떻게 생겼는지 잊어버렸다.
"왜 그래요?"
카스미는 이시야마의 얼굴을 들여다보았다.
"그 아이 좋아하죠?"
이시야마는 겨우 마나의 웃는 얼굴과 입을 헤 벌리고 자는 아이 같은 표정을 떠올렸다.
"응, 좋아해. 귀여워."
"다행이네요."

"내 자신이 물 같다고 했지만, 내가 이렇게 바뀔 수 있을 줄은 몰랐어. 점점 다른 내가 나타나. 스스로도 깜짝 놀랄 정도로."

"당신처럼 나도 그 물의 근원을 찾아야겠어요. 왠지 억울해요."

카스미는 이시야마를 보지 않고 말했다.

아직 방황하고 있는 카스미를 피부로 느끼며 이시야마는 먼 곳까지 와버린 자신을 생각했다. 자신이 먼저 자유를 얻었기 때문일지도 몰랐다.

"카스미, 유카에 대해서 뭔가 알게 되면 연락주지 않겠어?"

"네, 연락할게요. 어디로 전화하면 돼요?"

이시야마는 휴대전화 번호를 가르쳐주었다. 카스미는 가방에 그 종이를 넣으며 노천탕 쪽을 보았다.

"저 아가씨, 벌써 들어갔네요. 몸매 예쁘던데."

"추웠겠지."

"착해요?"

이시야마는 끄덕였다. 언제까지 이 생활이 계속될지 두려워하는 모습이다. 카스미는 서둘러 일어섰다.

"나 갈게요. 우쓰미 씨가 올 때 됐네요."

카스미와는 이제 만날 일도 없을 것이다. 이시야마는 멀어져가는 카스미의 기운을 등으로 느끼면서 쓰타에의 파란 블라우스를 떠올렸다. 잘못 채운 단추. 하지만 그래도 좋다. 자신은 그렇게라도 살아남을 것이다.

7장
선창

1

사람들이 부산을 떨며 우루루 달려갔다. 호수에 사람이 빠진 모양이었다. 우쓰미는 카스미가 아닐까 하고 황급히 풀숲에서 몸을 일으켰다. 오자키 온천까지 카스미를 마중 갔다가 호반의 레스토랑에서 늦은 점심을 먹기 위해 내려왔다. 그 후 카스미는 그 주변을 산책하고 싶다며 혼자 나갔기 때문이다. 하지만 카스미가 몸을 던질 리는 없다. 우쓰미는 다시 성긴 풀 위에 걸터앉았다. 젊은 남자들의 왁자지껄한 웃음소리가 들려왔다. 유람선 선착장에서 서로 장난치다 떨어진 모양이다.

우쓰미는 카스미가 죽음을 선택할 리가 없다고 확신했던 이유를 다시 생각해 보았다. 한 가지는 유카에게 있다. 다른 한 가지는 집을 나와 마음이 안정되었는지, 지금의 카스미에게 이상한 생기가 돌고 있다는 점이다. 그 생기가 죽음으로 향하는 우쓰미를 들뜨게 한다. 쓰타에도 미즈시마도, 시종 무언가가 꿈틀거리고 무언가가 끓어오르는 것 같아 우쓰미를 초조하게만 하던 기억을 떠올렸다.

카스미가 이시야마와 이야기를 나누는 동안 우쓰미는 이즈미자토 별장지에 올라가서 이시야마의 별장을 겉에서 보고 왔다. 다른 별장이 모두 폐허가 되어 있는 데 비해, 이시야마의 별장만은 매물로 내놔도 될 정도로 잘 관리되어 있었다. 별장 앞에 걸려 있는 유카를 찾는 간판 때문에 미즈시마가 관리를 소홀히 하지 않는 거라면, 그건 왜일까. 미즈시마 본인에게 물어봐야겠다 생각하고 관리 사무소에 가보았지만, 폐건물처럼 사람의 흔적은 보이지 않았다. 우쓰미는 이즈미의 집으로 향했다.

이즈미의 집 주위에는 해바라기며 코스모스가 흐드러지게 피어 있고, 정원의 잔디도 잘 가꾸어져 있었다. 주차장에는 러닝셔츠를 입은 미즈시마가 체격 좋은 몸으로 땀범벅을 한 채 새로 뽑은 듯한 지프를 열심히 닦고 있었다. 미즈시마는 우쓰미의 차가 올라갔다 내려갔다 왕복하는 모습을 관찰하고 있었을 것이다. 우쓰미가 집 앞에 차를 세우자 이제야 나타났군, 하는 표정을 지었다.

"무슨 일입니까?"

미즈시마는 더러워진 수건에 손을 닦으면서 천천히 우쓰미 쪽으로 돌아섰다. 벗겨진 머리는 땀으로 젖어 있고, 커다란 눈으로 너무 마른 우쓰미의 모습을 위에서 아래까지 쭉 훑어보았다.

"미안합니다. 나는 전에 도마코마이 서에 있던 우쓰미입니다. 기억 안 나십니까?"

경찰 관계자라는 걸 안 미즈시마는 갑자기 긴장하며 수건을 작업복 바지 주머니에 찔러 넣었다.

"실례했습니다. 전에 뵌 적이 있었던가요?"

"유카 양 수색에 지원 왔었죠. 그때 미즈시마 씨도 봤습니다만."

"아, 그렇군요. 그때는 정말 감사했습니다."

미즈시마는 상체를 90도로 숙여 정중하게 인사를 했다. 우쓰미는 좀처럼 본심을 드러내지 않는 미즈시마를 덮은 막 같은 것이 거슬렸다. 거기에서는 자신이 몸담았던 경찰과 비슷한 냄새가 났다.

"일전에 오타루 쪽에서 제보가 들어와서 잠깐 조사 중입니다만."

"아, 그렇군요. 그렇군요."

미즈시마는 몇 번이나 끄덕거렸다.

"그럼 우쓰미 씨는 지금 에니와 서에 계십니까?"

"아뇨, 퇴직했습니다."

그 말을 하는 순간 미즈시마의 얼굴에 더욱 경계의 빛이 짙어졌다. 경찰도 아니라면 뭐 하러 왔느냐. 어째서 너한테 말을 해야 할 의무가 있는 거냐. 갑자기 벽을 만든 눈이 그렇게 말하고 싶어하는 것 같았다.

"그래서 오늘은 무슨 일로?"

"아. 모리와키 씨 부탁으로 이것저것 조사하는 중입니다."

"그렇군요. 모리와키 부인이 올 때가 된 것 같아 기다리던 참입니다만. 우리 사모님도 잠깐 뵙고 싶다 하시고."

미즈시마는 그렇게 말하며 집 쪽을 돌아보았다. 고요가 감도는 집은 사람의 기척이 없었다.

"모리와키 씨 부인은 지금 오자키 온천에 있습니다. 이시야마 씨를 만나서요."

"아, 내가 전화로 전해줬습니다. 이시야마 씨를 보고 정말 깜짝 놀랐습니다. 그렇게 달라지다니. 느닷없이 젊은 여자를 데리고 나타나서는. 사람은 정말 겉보기와 다른 모양입니다."

우쓰미는 미즈시마의 수다를 무시했다.

"한데 미즈시마 씨, 이시야마 씨의 별장은 깨끗하더군요?"

"예. 그곳은 매년 모리와키 씨 부인이 오시고, 만에 하나 유카가 돌아올지도 몰라서 와보고 실망하지 않게 제가 손질을 계속하고 있습니다. 당장이라도 살 수 있도록. 전기도 수도도 사용할 수 있죠."

"그건 이즈미 씨의 유언인가요?"

"아뇨, 사장님이 특별히 말씀하신 건 없습니다. 모두 제가 알아서 관리하고 있습니다. 대단한 일도 아니고 해서."

미즈시마는 선량한 인물로 보이려는 듯 연신 생글거렸다. 우쓰미는 정체를 드러내지 않는 미즈시마에게 반감이 생겼다.

"마치 돈 들여서 명소 유적을 만들어놓은 것 같더군요. 관광객들 아직도 옵니까? 아니면 유령 저택으로 팔아보려는 거니까?"

미즈시마의 안색이 바뀌었다.

"그런 실례의 말씀을 하시다니. 사모님이 들으면 화내십니다."

"그렇습니까."

우쓰미는 미즈시마의 온화하던 눈빛이 날카로워지는 모습을 재미있게 바라보고 있다.

"이즈미 씨의 부인이 '아이는 어디에 묻혀 있을까'라고 하셨다던데요?"

"누가 왔어요? 들어오시라고 하지."

쓰타에가 현관에서 얼굴을 내밀었다. 빛나는 은발을 뒤로 묶고 새빨간 루주를 칠하고 있다. 우쓰미는 어두운 집 안에서 갑자기 나타난 새하얀 피부의 노파를 보자 마치 유령이라도 본 듯이 등골에 소름이 오싹 끼쳤다. 미즈시마는 떨떠름한 얼굴로 다시 차를 닦기 시작했다.

우쓰미는 처음으로 이즈미의 집에 들어갔다. 쓰타에는 나이값도 못 한다는 말을 들을 만하게, 어깨가 다 드러난 새파란 드레스를 입고 있다. 의외로 체격이 컸다. 그리고 은발만 아니라면 40대 후반이라 해도 될 만한 몸매였다. 우쓰미가 자기 소개를 하자 쓰타에는 점잖은 말투로 맞아주었다.

"오, 남편에 대해서도 아세요? 이런, 반가운 분이 찾아오셨군요."

넓게 트인 방은 온통 꽃무늬 투성이었다. 연어색 카펫, 커튼, 소파, 쿠션, 식탁보, 냅킨. 모두 색조와 모양이 조금씩 다른 장미와 카네이션, 다알리아, 그리고 이름도 모르는 남국의 꽃들로 덮여 있다. 거기다 몸에 뿌리는 게 아닌가 싶을 정도의 방향제 향. 정원은 아름다운데 실내는 한 걸음만 발을 들이밀면 인공의 독에 오염될 것 같았다. 여자 냄새 나는 방을 제일 싫어하는 우쓰미는 가슴이 답답해져 창밖으로 시선을 돌렸다. 계절에 맞지 않게 배추흰나비가 날아다니고 있었다.

"뭐가 보이나요?"

쓰타에가 아이스티 같은 것을 담은 잔을 쟁반에 받쳐왔다.

"배추흰나비가 있어서요."

우쓰미의 싱거운 대답에 쓰타에는 맥이 풀렸는지, "네, 그러세요." 하고 정원을 보았다. 나비의 모습은 이제 없다.

"타관 사람들은 홋카이도의 생물은 모두 계절에 맞지 않다고들 하죠. 그러나 홋카이도에선 여름에 모든 꽃이 일제히 피잖아요. 계절에 상관없이. 해바라기 옆에서 코스모스가 봉오리를 맺고 있고, 그 옆에서 보라색 등꽃이 피는 일도 있죠. 그게 좋아요. 참말 예뻐

선창 375

요. 한꺼번에 생명이 꽃피는 느낌이 들어 마구 설레죠."
 자기 같은 남자라도 오랜만에 온 방문자여서 반가운지, 쓰타에의 이야기는 끝이 없다. 우쓰미는 맞장구를 치는 것조차 귀찮아져서 너무 달게 탄 아이스티를 빨대로 천천히 빨았다.
 "부인은 참 건강하시군요."
 우쓰미는 도중에 가로막았다. 거의 나이를 느낄 수 없는 쓰타에의 얼굴. 희고 깨끗한 피부라는 것을 스스로도 알고 있는 여자. 쓰타에는 아직 충분히 요염한 색기를 풍기고 있다.
 "나, 올해로 예순여덟이에요."
 "도저히 그렇게는 안 보이시는군요."
 우쓰미의 말에 쓰타에는 만족스러운 표정이었다. 우쓰미와 같이 있어서 마음이 들뜬 것 같다. 미즈시마는 이렇게 장식 많은 방에 질리지도 않을까. 쓰타에를 닮은 이 방은 묘하게 신경에 거슬렸다. 남자뿐인 자위대에 오래 있었던 미즈시마는 이 방을, 쓰타에를, 어떻게 생각할까? 우쓰미는 미즈시마가 사는 흔적을 찾으려고 방 여기저기를 훑어보았다. 넓은 거실 저쪽에 굳게 닫힌 문이 보인다. 손잡이에 프릴이 달린 커버가 씌워져 있지만, 문은 견고하게 닫힌 채 비밀을 지키려는 듯 보였다.
 저곳이 두 사람의 침실인가? 우쓰미는 지저분한 상상을 했다. 동쪽으로 있는 주방은 거실에 비해 흔한 식기와 바닥이 눌어붙은 냄비가 걸려 있는 게 약간 지저분했다.
 "그래, 그 집 따님은 어떻게 됐나요?"
 드레스 자락을 펼치며 우아하게 의자에 앉은 쓰타에는 우쓰미를 걱정스러운 듯이 바라보았다. 의례적인 질문이라는 것이 빤히 보였다.

"요전에 텔레비전 방송할 때 제보가 들어왔었죠."

"아, 그거라면 봤어요. 그 사람, 예쁘게 나오더군요. 남편도 이제 관록이 붙어서 잘 어울리는 한 쌍으로 보였어요."

엉뚱한 소리를 한다.

"오타루에서 봤다는 제보였는데, 역시 허위였습니다."

쓰타에는 우쓰미의 간결한 답에 그럴 줄 알았다는 듯 끄덕였다.

"옛날에는 한참 구경하러 오는 사람이 많아서 불쾌했는데 말이죠. 최근에는 모두에게 잊혀졌나 봐요. 이웃 사람들도 아무 말 안 하게 되었어요. 뭔가 소문이 날 법도 한데, 그런 것도 없고 말이죠. 얼마 전까지는 시코쓰 호에 가라앉았다느니, 곰한테 물려갔다느니 하는 무책임한 말을 하는 사람도 있었습니다만."

쓰타에가 들고 있는 잔이 주루룩 미끄러져 손에서 떨어졌다. 당황한 쓰타에의 얼굴에 나이와 어울리는 당혹스런 표정이 잠깐 나타났다가 이내 사라졌다.

"소문이라면 있습니다."

우쓰미가 입을 열었다.

"어머나, 뭔데요?"

쓰타에는 감은 눈을 천천히 뜨고 부드럽게 우쓰미를 돌아보았다.

"이즈미 씨와 미즈시마 씨가 결혼한다는."

"어머, 망측해라."

쓰타에는 웃으면서 교태를 부리는 듯한 시선으로 우쓰미를 흘겨 봤다.

"누가 그런 말을 해요. 이런 할망구하고 결혼하다니 미즈시마가 가엾죠."

"그럴까요. 부러운 일이지 않습니까?"

얼굴이 붉어진 쓰타에는 몹시 기쁜 표정이었다.
"아이 참, 무슨 말씀이세요."
하지만 우쓰미는 물러나지 않는다.
"이 집과 지프가 손에 들어올지도 모르잖습니까?"
"말도 안 돼요. 빚투성이인 걸요. 남편이 왜 자살했는지 아시죠?"
쓰타에는 갑자기 톤을 낮추며 전혀 다른 이야기를 꺼냈다.
"아뇨, 모르는데요. 말씀해 주시겠습니까?"
우쓰미는 살살 아파오기 시작한 배를 문지르면서 물었다.
"사업에 실패해서 그래요. 엄청난 빚을 떠안게 됐거든요. 그래서 사재도 거의 없는 거나 다름없어요. 지프도 겨우 샀는걸요. 미즈시마의 차가 너무 낡아서요. 나도 연금 생활자이다 보니……."
새삼스럽게 궁색함을 강조해도 쓰타에의 생활은 그리 나빠 보이지 않았다. 나이에 어울리지 않는 드레스도 손가락에서 빛나는 반지도 사치스러운 것이었다. 우쓰미는 질문을 시작했다.
"이즈미 씨가 자살했을 당시를 자세히 들려 주시겠습니까?"
"좋습니다만, 그게 그 따님의 일과 무슨 관계가 있나요?"
쓰타에가 의심스러운 표정을 짓는다.
"없겠죠. 하지만 저는 흥미가 있어서."
"흥미라고 하셔도……."
우쓰미는 갑자기 언짢아진 쓰타에를 유도한다.
"이즈미 씨, 엽총 자살이었다죠? 어딘가의 수렵장에서. 어디였죠?"
"구시로의 시라누카마치였어요. 정말 깜짝 놀랐죠. 갑자기 경찰에서 전화가 와가지고는……. 그 사람, 해마다 시라누카마치에 사냥하러 가요. 사슴 사냥을 하려고요. 아는 사람이 많으니까 여기저기서 불러서 따라가기도 하고요. 잔인하니까 그만두라고 내가 그리 부탁을 해도 듣지 않더니만……."

"사냥은 한 번 맛들이면 끊기가 힘들죠."

"남자들은 그럴지도 모르겠네요."

우쓰미가 이야기에 잘 이끌려온다고 생각했는지, 쓰타에는 갑자기 하류로 갈수록 물의 양이 많아지는 강처럼 마구 이야기를 늘어놓기 시작했다.

"하지만 그 전화를 받았을 때 정말 혼이 쭉 빠졌답니다. 글쎄 느닷없이 이러는 거예요. '댁의 남편이 엽총 사고로 사망하셨습니다.' 라고요. 그것도 아직 사고인지 자살인지 자세한 건 모른다는 겁니다. 그러나 총을 입에 대고 방아쇠를 당겼다, 유서가 있다, 그러니 그건 자살밖에 없잖아요? 나를 두고 혼자 가버렸다고 생각하니 얼마나 슬프고 분한지……. 어떻게 살아야 할지 몰라 목을 놓고 울었지요. 그리고 곧 미즈시마를 현지에 보냈어요. 미즈시마가 너무 무참한 광경일 테니 난 보지 않는 게 좋겠다고 말려서 후에 뼛가루가 된 남편만 만났죠. 지금은 그러길 잘했다고 생각해요. 그 편이 더 좋은 기억만 간직하게 되지 않겠어요? 세월이 흐르면 어느 새 슬픔도 미움도 사라지는 법이니까요."

쓰타에는 이야기하는 동안 감정이 격해졌는지 눈물을 글썽거렸다. 우쓰미는 상관않고 물었다.

"유서에는 뭐라고 쓰여 있었습니까?"

"사업의 부채에 대한 내용이 자세히 있었고, 마지막에 미즈시마에게 날 잘 부탁한다는 말이 있었답니다."

"그렇군요."

우쓰미는 웃었다.

"그럼 미즈시마 씨는 유산의 일부를 받은 겁니까?"

우쓰미의 노골적인 추측에 쓰타에는 갑자기 입을 다물었다. 우쓰미는 쓰타에의 허연 목덜미를 바라보았다. 젊은 여자보다도 매끄러웠다. 마치 지나가는 사람들이 만질 때마다 더욱 윤기가 나서 반질거리는 대리석 조각 같다. 아사누마에게 들은 이야기로는 그날 아침 그 시간에 미즈시마는 이 집에서 쓰타에와 동침을 하고 있었다고 한다. 그것은 미즈시마를 감싸는 쓰타에의 위증이 아니었을까? 미즈시마가 롤리타 콤플렉스라는 소문이 우쓰미를 잡고 놓아주지 않는다. 그러나 롤리타 콤플렉스라면 훨씬 연상인 쓰타에와 관계를 가질 수 있을까? 자기라면 불가능하다. 원래 성적인 것을 심하게 혐오하는 우쓰미는 쓰타에의 뚝뚝 떨어지는 색기가 감염력 있는 독처럼 몹시 싫었다.

"하지만 미즈시마는 이곳 관리인으로 평생 직장을 보장받고 있으니 남편에게 항상 감사하고 있죠."

"이즈미자토 별장 개발은 파산했잖습니까. 그렇다면 부인의 관리인입니까?"

우쓰미의 농담에 쓰타에는 얼굴이 굳어졌지만 웃음은 사라지지 않았다.

"유카가 없어진 날 아침, 부인은 미즈시마 씨와 같이 잤다고 하던데요?"

"아뇨."

쓰타에는 침착하게 고개를 저었다.

"셋이서 텔레비전 뉴스를 보면서 아침을 먹었어요. 아직도 기억해요. 미즈시마는 일식을 좋아해서 일부러 밥을 지었죠. 된장국도

끓이고. 마침 된장국에 넣을 재료들이 없어서 남편이 뒤뜰에서 양하를 따다 주었어요. 그리고 우리는 와플파이와 아이스티와 계란 요리로 식사를 했죠. 내가 만든 와플은 맛있기로 평판이 높답니다. 다음에 오시면 당신에게도 꼭 만들어 드릴게요."

위가 안 좋은 우쓰미는 말만 들어도 토할 것 같았다.

"그날 아침 일입니다만, 댁에서는 아무 소리도 듣지 못했다는데 그건 확실합니까?"

"네. 아무도 보지 못했고 차 소리도 들리지 않았어요."

"하지만 여기서라면 어차피 도로는 보이지 않잖습니까?"

우쓰미가 말을 잘랐다.

"네. 하지만 그날 아침, 남편이 정원을 들락날락했거든요."

"남편은 뭔가 봤다는 말씀이 없었습니까?"

"뭔가 봤더라면 경찰에 말했겠지요. 그건 몇십 번도 더 증언했어요. 거짓말할 일이 아니잖아요."

"남편은 어째서 들락날락거리셨습니까?"

쓰타에는 무슨 생각이 났는지 갑자기 웃음을 터뜨렸다.

"그 사람은 아침에 정원에서 체조도 하고 화단 손질도 하고 이것저것 바쁜 사람이죠. 한 곳에 가만히 앉아 뭘 하는 타입이 아니에요. 지금 여기 있는가 싶으면, 벌써 저기 가 있고, 아주 신출귀몰했죠."

우쓰미는 아이스티의 빨대를 천천히 입에 가져가며 시간을 들여 빨았다. 쓰타에가 그런 우쓰미를 신기한 듯이 바라본다.

"그런데요, 우쓰미 씨. 남편은 파수꾼 같은 사람이었어요. 이 길을 지나는 사람들을 빠뜨리지 않고 보는 것이 취미였죠. 언제나 이 의자에 앉아 도로 쪽을 보고 있었어요. 그러니까 못 보고 놓쳤을

리는 없단 말입니다."

"그렇군요. 뭐, 좋습니다."

우쓰미는 무시하며 웃었다. 죽은 자는 말이 없는 법이니까.

"여러 모로 실례되는 말씀을 하시는군요."

쓰타에는 화가 났는지 화제를 바꾸었다.

"그러고보니 이시야마 씨가 나타났어요. 얼마나 놀랐는지."

"어째서요?"

"그야 그렇게 야쿠자 같은 모습으로 나타났으니 그렇죠. 동일 인물이라고는 도저히 생각되지 않았어요. 혹시 이시야마 씨가 수상한 게 아닌가 하고 미즈시마와 이야기를 나누었을 정도인걸요."

"이유는요?"

"글쎄요, 모르겠어요."

쓰타에는 꼬리를 내렸다.

"그럼 저도 한 가지 물어보겠습니다만. 미즈시마 씨는 자위대에 있을 때 롤리타 콤플렉스 사건도 일으킨 적이 있잖습니까? 그 사람은 그런 악취미가 있는 걸로 유명합니다. 그런 사람을 이즈미 씨가 떠맡아서 이쪽으로 데리고 왔죠. 그건 그 사람이 부인이 좋아하는 타입이어서이지 않습니까? 이즈미 씨는 부인이 남자를 좋아해서 힘들어했다는 소문도 있던데요?"

우쓰미는 자신이 기운이 넘치는 것을 느낀다.

"덧붙이자면, 미즈시마 씨는 별장에 셋이나 되는 여자아이들이 온 걸 알고 몹시 기뻐했겠죠. 그래서 이즈미 씨도 부인도 그걸 경계해서 망을 봐야만 했다는 소문도 있고요."

쓰타에는 유쾌한 듯이 큰 소리로 솔직하게 말했다.

"내가 미즈시마가 마음에 들어서 노예처럼 부린다는 말인가요?"

"뭐, 그렇죠. 말하자면. 남자 노예가 어떤 일을 하는지는 모르겠습니다만."

우쓰미의 심술이 고개를 든다.

"소문이라는 건 정말 무책임해요. 자기 멋대로 떠들고 다니죠. 하지만 나만 미즈시마를 좋아하는 건 아녜요. 미즈시마도 나를 좋아해요. 내가 할망구라서 못 믿겠지요? 그럼 그 사람을 데려올 테니까 기다려봐요."

쓰타에는 가볍게 일어섰다. 이윽고 미즈시마를 데리고 돌아왔다.

"유카 일로 당신을 의심하고 있어요. 우리 관계, 분명히 이야기해주세요."

"이런 사람에게 말할 필요 있어요?"

미즈시마는 퉁명스럽게 말했다.

"어때요, 두 번 다시 만날 일 없을 텐데. 분명히 말해줘요."

"난 쓰타에 씨를 사랑합니다. 곧 결혼할 겁니다."

말재주 없는 미즈시마의 고백. 쓰타에는 응석을 부리듯이 미즈시마의 얼굴을 보았다. 우쓰미는 꽃무늬 소파에 기대어 거의 같은 키의 두 사람을 비교했다. 그리고 둔통과 싸우면서 기이한 생각을 하게 되었다. 상대가 어린 여자든 늙은 여자든 추문이 된다는 기묘함에 관해서였다. 죽음으로 가고 있는 자신은 여태 이 두 사람 같은 정열을 가져본 적이 없다. 그것도 기이하지 않은가. 자신은 남들보다 생명력이 약한지도 모른다는 생각에 우쓰미는 문득 허무해졌다. 처음으로 느끼는 감정이었다.

"그럼 이즈미 씨는 당신들에 대한 질투 때문에 죽었습니까? 일흔이 넘어서도?"

"우쓰미 씨, 나이는 관계없어요. 젊어서 죽는 사람도 있잖아요."

우쓰미는 풀숲에 벌렁 드러누워 눈을 감았다. 오후의 태양이 슬슬 스러져가는 것을 눈두덩으로 느끼면서 다양한 소리들을 듣는다. 끊임없이 도착하는 관광버스들이 토해내는 사람들의 웅성거림. 돌계단을 걸어가는 구두 소리. 난폭하게 닫히는 차 문. 흥분한 목소리들. 휴게소에 흘러나오는 팝송. 그 사이에 찰싹찰싹 기슭에 부딪치는 호수의 잔물결 소리가 들려왔다.

우쓰미는 카스미가 어째서 이 산 속의 호수를 보며 무서워하는지가 의아했다. 카스미의 마음속에는 어떤 바다가 있을까. 그 출렁거림과 잔잔함을 들여다보고 싶다. 티셔츠 위로 복부의 수술자국이 만져졌다. 조금만 더 얌전하게 있어줘, 조금만 더 살게 해줘, 하고 부탁한다. 하지만 저 잔물결처럼 죽음은 확실하게 밀려오고 있을 것이다. 자신은 대체 어디서 죽는 걸까.

풀 위는 차갑고 매끄럽지만 풀 끝은 가시처럼 살을 찌른다. 얇은 티셔츠의 등에 따끔거리는 아픔을 느끼며 우쓰미는 머리 위에 아무렇게나 던져두었던 양손으로 풀을 잡았다. 성긴 풀 몇 가닥이 손가락 사이를 비집고 나온다. 풀 위에서 죽는다면 아픔과 평안, 양쪽 다 느낄 수 있을 것이다. 순간, 어떤 환상이 떠올랐다. 우쓰미는 그것이 너무나 생생함에 얼른 눈을 떴다. 새파란 한낮의 하늘이 들어와 눈이 부시다. 그러나 우쓰미가 몽상 속에서 본 하늘은 아직 푸르스름한 이른 아침의 하늘이었다. 가을빛을 띠고 있는 하늘이 멀리 보였다.

죽기 직전에 우러러보는 하늘.

죽기 직전에 느끼는 풀의 보드라움과 따끔함.

죽기 직전에 보는 얼굴.

지금 막 우쓰미는 유카가 맛보았을 고통과 공포를 환상으로 본 듯한 기분이 들었다. 그런 경험은 태어나서 처음이었다. 우쓰미는 벌떡 일어나 이마의 땀을 두 팔로 닦았다. 그리고 초점이 맞지 않는 눈으로 잡초가 난 검은 흙을 바라보았다. 어쩌면 4년 전의 오늘 이즈미자토에서 이런 일이 일어났는지도 모른다.

이즈미 마사요시는 창가에 둔 자신의 전용 의자 앞에서 팔짱을 끼고 있다.
쓰타에가 만든 꽃무늬 정글에 어울리지 않게 가죽을 입힌 멋없는 의자다. 가죽은 갈라지고, 담뱃불에 눌은 자국도 군데군데 있다. 쓰타에가 버리라고 명령할 때마다, "난 좋으니까 괜찮아." 하고 지켜왔다. 스스로도 교두보처럼 이 의자를 두겠다고 고집하는 것이 우스웠다. 없애버리면 쓰타에에게서 벗어날 수 있는 유일한 장소를 잃게 된다. 재혼한 지 20년 가까이 되어가는 아내인데, 이즈미는 아직도 쓰타에가 무섭게 느껴질 때가 있다.
쓰타에는 칠흑 같은 어둠 속에 피는 색깔 선명한 꽃이나, 모르는 사이 친친 감고 올라가는 덩굴 식물을 닮았다. 보통 사람들보다 훨씬 더 강한 생명력이 흘러넘친다. 무익한 생명력은 늙어가는 자신에게 부담스러울 따름이다. 쓰타에의 과다한 에너지에 노인인 이즈미는 당황하고 있었다. 아니, 당황하는 정도가 아니라 늙을 줄 모르는 쓰타에는 경이를 넘어 역겹기까지 했다. 아침에 일어나 쓰타에의 피부가 촉촉하게 새로운 피지를 공급하는 것을 보면 괴물 같이 느껴질 때도 있다.
때때로 이즈미는 자신을 식충화(食蟲花)한테 잡힌 한 마리 파리 같다고 생각했다. 달콤하고 진한 과즙처럼 피부에 닿아 끈적거리는 여자. 그것이 쓰타에다. 언젠가는 잡아먹힐 것이다. 전처와 헤어지게 된 것도, 전처와 아이들을 만나지 못하고 고독하게 늙어가는 것도 쓰타에 탓이 아닌가. 지금 생각하면 모든 일이 그녀가 원하는 대로 움직였던 것 같다.

이즈미는 어젯밤의 아픔을 떠올리고 있었다. 미안한 기색도 없이 이 의자에 앉아 석간을 읽고 있던 미즈시마. 이즈미의 언짢은 얼굴을 보고 황급히 일어서긴 했지만, 의자 등받이에 미즈시마의 머릿기름이 묻어 번질거렸다. 주제도 모르고 건들거리는 놈. 이즈미의 마음은 그에 대한 멸시로 가득찼다. 분노를 느끼는 동안은 차라리 낫다. 하지만 멸시만은 도저히 주체할 수 없는 감정이었다. 그것을 느끼는 것만으로 자신이 오염될 것 같은 혐오감에 참을 수가 없다. 해결법은 상대가 어디론가 사라져주든지, 자신이 떠나든지 하는 것밖에 없다. 이번에야말로, 하고 이즈미는 뼈가 앙상한 주먹을 꽉 쥔다.

미즈시마는 이즈미 앞에서는 여전히 충직하고 예의바른 부하를 연출하지만, 속으로는 이즈미가 빨리 죽기만을 바라고 있을 것이다. 미즈시마는 태연히 거짓말을 했다.

"사장님, 저는 사장님의 수족이니 무엇이든 말씀해 주십시오."

분노를 참는 것은 고통스러운 일이었다.

애초에 미즈시마를 도와준 것은 다름 아닌 자신이었다. 이즈미는 미즈시마의 지금과는 전혀 다른 6년 전의 모습을 떠올린다.

지방 기업의 오너였던 이즈미는 자위대 원호협회의 고문 역을 장기간 맡고 있었다. 자위대원의 제대 후 취업 알선에 앞장서는 게 주요 역할이었다. 미즈시마가 이즈미를 찾아온 것도 그 때문이었다. 제복을 입고 서류 봉투를 안고 온 미즈시마는 허리를 쭉 펴고 군대식 동작으로 이즈미에게 정중하게 인사했다.

"지토세 기지의 제2 항공단 시설대의 미즈시마 쇼지입니다. 잘 부탁드립니다."

딱딱해 보이는 외모와 달리 젊은 대머리 특유의 동그란 얼굴 생김은 가부키 배우처럼 잘생겼다. 큰 눈은 부드러웠고, 말투도 세련되었다. 그러나 미즈시마에게는 자위대라는 조직이 상당히 잘 어울렸겠다고 생각되는 데가 있었다. 규칙적인 생활과 제식훈련이 몸에 밴 건장한 체구. 그리고 어딘가 상반되는 두 가지 기운이 있었다. 오로지 명령만 기다리는 수동적인 부분과 유무를 불문하고 명령만 하는 폭력적인 부분. 하사관들에게 공통되는 성질이기는 하다.

"미즈시마 씨, 당신은 몇 살 정도에 퇴임할 생각입니까?"

이즈미는 돋보기를 걸치고 미즈시마의 얼굴을 바라보았다. 미즈시마의 눈매가 이즈미를 보자 한층 더 부드러워졌다.

"예. 가능하면 지금 당장이라도."

"그건 어째서죠?"

"저는 실사회에 빨리 적응하고 싶습니다. 부끄럽지만, '자위대 바보'라고나 할까요. 학교를 나온 후 줄곧 자위대 밥만 먹고 살아서 다른 세상을 전혀 모릅니다. 이래서는 안 되겠다 싶어서 언젠가 나갈 거라면 빠를수록 좋다고 생각하게 됐습니다."

자위관은 정년이 빠르다. 하사관의 정년은 53세니까 민간기업이라면 한창 일할 나이다. 미즈시마가 하는 말은 옳았다. 그러나 이즈미에게는 미즈시마가 마흔을 넘었는데 아직 독신이라는 것이 마음에 걸렸다. 원래 여자하고는 인연이 먼 직장이긴 하지만, 어느 정도 나이가 있는 사람의 재취직인 경우에는 가족이 있는 편이 신용도가 높다. 그리고 또 한 가지. 이 나이로 아직 하사관이라는 것이다. 자위관으로서는 물론이고, 사회에 나가서도 별로 내세울 만한 경력이 되지 않는다. 의욕이 없는 건가? 능력이 없는 건가? 이즈미는 눈앞에 서 있는 미즈시마를 관찰했다. 우둔해 보이거나 의욕이 없어 보이지는 않았다.

"부대에서는 어떤 일을 했죠?"

이즈미는 메모를 하려고 만년필 뚜껑을 열며 물었다.

"처음에는 지토세에 있었습니다만, 와카나이에도 3년간 갔었습니다. 그후로는 12년째 줄곧 시설대에 있었습니다."

"그렇군요."

이즈미는 고개를 들었다.

"시설대라면 보통 잘 풀리지 않나요?"

시설대란 항공 공병부대를 말한다. 기술 쪽이었다면 민간 기업에도 재취업하기가 쉽다. 하지만 미즈시마는 고개를 저었다.

"그런데 말입니다, 도저히 적성에 맞지 않아서 최근 10년 동안은 자위대 입대 권유를 하는 일을 맡고 있었습니다. 그건 미혼자에게 맞는 일인 데다, 제가 이야기하는 걸 좋아해서요."

이즈미는 메모에 받아 적었다. 입대 권유란 적령기 소년이 있는 집을 돌아다니며 입대를 권유하는 것을 말한다. 주말에 모집을 나가기 때문에 가정이 있는 사람들은 꺼리는 일이다. 그러나 독신이라고 해서 계속할 만큼 편한 일은 아니다.

이즈미는 '의외로 적극적이고 달변이군' 하고 생각하면서 미즈시마의 얼굴을 보았다. 미즈시마는 이즈미의 시선을 느끼고 점잖은 척했다.

"아주 우수했겠군요."

"예. 폭주족 같은 아이들은 반드시 입대시켰습니다. 스피드 광들이 많으니까요. '전투기 같은 것도 잘 타겠구나. 한번 도전해 봐'라고 부추기면서 말이죠. 뭐, 그런 적성을 가진 녀석들은 만 명에 한 명 있는 정도입니다만, 제법 효과가 있었습니다. 그리고 콤플렉스가 심한 아이들도 많은데, 그 아이들에게는 '너 남자다워지고 싶지 않냐? 군대라면 얼마든지 너 자신을 연마할 수 있어' 이렇게 설득을 했습니다. 의외로 쉽게 따라오더군요. 실제로 팔굽혀펴기 같은 걸 많이 하거나 해서 골격이 튼튼해진 자신의 모습을 비춰보며 만족해하기도 하죠. 그리고 돈을 벌고 싶어하는 아이들에게는 자위대가 얼마나 메리트가 있는 곳인가를 설명하기도 하고요. 임기응변이라고나 할까요. 아주 보람 있었습니다."

미즈시마는 쉼없이 자랑을 늘어놓았다. 이즈미는 적당히 맞장구를 치며 말했다.

"그럼 당신은 영업 쪽으로 적성이 맞겠군요."

"아뇨, 저는 꿈이 있습니다. 산 속에서 혼자 하는 일을 하고 싶습니다. 그런 일이 있으면 부디 부탁드립니다."

미즈시마는 자세를 고쳐 부동자세로 대답했다.

"어째서요?"

이즈미는 고개를 갸웃거렸다.

"당신 같으면 아직 젊어서 여러 가지 일을 할 수 있을 텐데요. 실사회에 나가고 싶다고 조금 전에도 말했잖습니까?"

"아뇨, 혼자가 되고 싶은 것이 저의 실사회랍니다. 철이 든 후부터 줄곧 집단생활만 해서요. 혼자 사는 게 어떤 것인지 해 보고 싶습니다."

이즈미는 실없는 궤변에 농락당한 기분이 드는 것도 사실이었지만, 그렇다면 자기 회사에서 개발 판매한 이즈미자토 별장지의 관리인으로 고용해볼까 싶었다. 겨울이 몹시 추운 지방이라 좀처럼 맡으려는 사람이 없었다. 만성적 인력 부족으로 허덕대던 호경기 시절이었기 때문에 외로운 별장 관리인 일은 아무도 하고 싶어하지 않는다. 미즈시마라면 시설대 출신이라니 간단한 기계 조작도 할 수 있을 것이고, 전직 자위대원이었으니 무슨 일이 생겼을 때 민첩할 것 같았다. 이즈미는 좋은 인재를 얻었다고 내심 기뻐했다. 왜 미즈시마가 산 속에서 혼자 살고 싶어하는지, 어째서 갑자기 퇴관하려고 했는지, 그 이유를 알게 된 것은 고용한 직후였다.

이즈미는 쓰타에의 침실 앞에서 서서 문에 귀를 대고 안에서 나는 소리를 몰래 엿들었다. 일찍 일어나는 두 사람이라 이미 깨어 있는 것은 알고 있었다. 예상대로 이상한 대화가 들려왔다. 목소리는 초로의 여자와 중년 남자이다.
"…… 그랬쪄요?"
"그래, 이름은?"
"내 이름은 유카예요."
"아, 유카구나."
이즈미는 소름이 끼쳤다. 미즈시마에게 어린 여자아이를 좋아하는 취미가 있다는 것은 고용한 지 1년 후, 동업자의 귀띔으로 알게 되었다.
미즈시마는 입대 권유를 간 소년의 집에서 그 여동생을 성폭행하려다가 고소당할 뻔했다. 그것도 한두 번이 아니었다. 고소당할 때마다 부대의 조치로 겨우 무마시켜 왔지만, 이번에만은 덮어둘 수가 없어 강제 제대시키기로 결정되자 이즈미에게 매달렸던 것이다. 그래서 미즈시마는 피해자가 있는 시내 주변이 아니라 눈에 띄지 않는 산 속에서 근무하기를 희망한 것이다. 어쩌면 이즈미가 별장 관리인을 찾고 있다는 것을 사전에 알고 지원했던 것인지도 모른다. 속았다고 생각한 이즈미는 곧 해고시키려 했지만, 필사적으로 반대한 것은 쓰타에였다.

"미즈시마는 두 번 다시 그런 짓 안 해요. 이번에 그런 짓을 하면 아무도 지켜주지 않을 거고 갈 데도 없잖아요. 그렇게 해고시키면 이즈미자토는 어떻게 돼요. 그렇게 일 잘하는 사람도 없다고요."

"그건 그렇지만……."

이즈미는 주저했다. 확실히 미즈시마는 누구나 인정할 만큼 부지런히 일했다. 이른 아침부터 해가 질 때까지 자기 차로 별장지를 돌아다니면서, 수도관이며 배수관 고장도 잘 고치고, 목수 일도 능숙하게 했다. 위험한 벌목 작업도 두려워하지 않는다. 더욱이 손재주가 좋아서 쓰타에가 좋아하는 정원 가꾸기나 식사 준비까지 도와주었다. 쓰타에도 그를 신용하여 쇼핑을 하러 갈 때도 데리고 나갈 정도로, 별장 관리인이라는 일뿐만 아니라, 어느 틈엔가 이즈미 가의 집사에 가까워져 있었다.

"당신은 속았다고 하지만, 속은 쪽이 잘못 아닌가요? 그런 일 있었던 것은 알지만, 그냥 모른 척하고 써주겠다는 얼굴로 있어요. 그리고 무슨 일이 있으면, 그 일 내가 다 알고 있다, 하고 협박하는 거예요. 그러면 언제까지나 충성스러운 개로 키울 수 있다고요."

쓰타에는 코웃음쳤다. 쓰타에는 이즈미에게 언제나 사람이 물러서 탈이라고 나무랐다. 자신은 특별히 무르다고는 생각하지 않았다. 단지 이즈미에게는 이즈미 나름대로 장사를 하는 방법이라는 것이 있었다. 먼저 성의, 그 다음에 신용. 신용을 키우려면 오랜 시간이 걸린다. 미즈시마는 처음의 성의를 배신하였기 때문에, 신용이 생겨날 리가 없다. 나아가서는 사람보는 눈이 없었던 자신의 실수를 스스로 용서할 수 없었다.

하지만 이즈미는 쓰타에의 합리적인 사고에 졌다. 아니, 더 정확히는 별장은 순조롭게 팔리고 있는데 미즈시마를 대신할 만한 우수한 관리인이 없다는 눈앞의 편리함에 패배했다. 결국 이즈미는 미즈시마의 은밀한 변태성욕을 불문에 부치기로 했다.

쓰타에와 미즈시마가 예사롭지 않은 관계라는 것을 깨달은 것은 그 다음 해 겨울의 일이었다. 겨울 동안 별장은 폐쇄에 가까운 상태가 된다. 눈은 그리 많이 내리지 않았지만, 얼어붙을 정도의 추위 속에서 아무런 즐거움도 없는 별장에 오고 싶어하는 사람은 없기 때문이다. 그러나 쓰타에는 그 별장이 마음에 드니 겨울도 그곳에서 보내고 싶다고 고집을 부렸다. 이즈미는 할 수 없이 혼자 지토세 시에 있는 자택으로 돌아왔지만, 남겨두고 온 쓰타에가 걱정이 되어 견딜 수 없었다.

어느 날, 이즈미는 폭설 예보가 걱정이 되어서 일찌감치 별장으로 돌아왔다. 그러나 쓰타에의 모습은 거실에도 주방에도 없었다. 혹시 쓰러진 게 아닐까 하고 황급히 침실 문을 열었을 때, 쓰타에는 미즈시마와 함께 침대에 있었다. 이때의 이즈미의 경악은 이루 표현할 수 없다. 쓰타에는 예순이었다. 나이에 어울리지 않게 기름기가 흐르는 젊은 몸이라는 것은 알고 있지만, 미즈시마는 스무 살이나 연하로, 젊은 여자, 그것도 특히 어린 여자아이를 좋아하기 때문에 그런 일이 있을 거라고는 생각도 못 했다.

"어머나, 당신……. 어서 오세요."

침대에서 미소를 건네며 아무 일도 없었던 듯 옆에 있는 미즈시마에게 물었다.

"오늘 참 춥네. 몇 도였지?"

미즈시마는 일단 눈을 내리감고 미안한 표정을 지으면서도, 씩씩하게 대답했다.

"영하 10도쯤 되지 않을까요."

쓰타에는 무언의 이즈미에게 분명히 갈했다.

"미즈시마 자르지 마세요. 이 사람은 이것도 일이라고 생각하고 있으니까. 당신도 짐작하고 있었죠?"

예순이나 된 여자가 미즈시마 앞에서 남편의 능력을 무시하다니. 이즈미는 분노를 넘어 한심하기 그지없었다. 이즈미는 그때 둘의 관계를 직접 목격하고도 제대로 대응하지 못한 탓에 무시당하게 되었다는 것을 이내 깨달았지만 이미 늦었다. 아마 쓰타에가 한 말은 미즈시마의 마음을 대변하는 것이었을 게다.

'나는 별장과 함께 부인도 관리하고 있습니다.'

비록 두 사람이 이즈미 앞에서 노골적인 행위를 하지는 않았지만, 그들 사이의 친밀함은 눈이 녹아 똑똑 떨어지듯 주위로 새나갔다. 안 그래도 겨울 동안은 한가로운 관광지다. 출입하는 업자들, 이웃, 그리고 손님들에게로 소문은 퍼져나갔다.

이상하게 그 시점을 전후하여 별장은 인기가 떨어지고 매매도 줄어들었다. 이즈미의 회사는 급격히 기울었다. 지토세 시의 자택까지 팔게 되었을 때, 이즈미는 미즈시마 때문에 재수가 없어서인 것만 같아 그가 미워 견딜 수가 없었다. 그러나 미즈시마를 고용하고, 해고할 기회를 놓쳐 사태를 악화시킨 것은 자신이다. 이즈미는 언제부턴가 모든 과정을 다 지켜본 후 죽을 거라고 생각하기 시작했다. 게임을 포기한 것은 아니다. 오히려 그 반대였다. 승부에 참가하기로 한 것이다. 관찰이라는 수단으로.

침실에서는 여전히 역겨운 대화가 들려온다.
"유카."
"네에?"
"밖에 나가 놀까?"
"으으응, 여기 있쪄요."
이즈미는 얼굴이 빨개져서 학질에 걸린 사람처럼 부들부들 떨었다. 듣고 있을 수가 없었다. 굴욕을 맛보게 한 두 사람에게 화가 나서, 감정이 폭발할 것 같았다. 일흔이나 되어서 이런 꼴을 보게 되다니. 수치다. 그 이외의 아무것도 아니다. 순간, 자기 방의 금고에 넣어둔 사냥용 라이플로 두 사람을 쏘아버리고, 자살을 할까 하는 충동이 일었다. 언제나 머릿속으로 상상하던 그림이기도 했다.
이즈미는 자기 방으로 되돌아갔다. 다시 재빨리 계단을 뛰어올라가 2층 북쪽 끝에 있는 문을 연다. 햇빛도 잘 들지 않고, 적막에 싸인 이 방에서는 그늘 속에 고양이 같은 습한 냄새가 났다. 버려진 노인의 냄새. 그것이 이즈미의 분노를 부채질했다. 엽총이 든 금고의 자물쇠를 열고 애용하는 라이플을 꺼냈다. 마지막으로 사냥을 간 것이 2월이니까 거의 반년 만에 만져보는 총의 감촉과 무게였다. 구시로의 시라누카마치에서 사슴을 잡았던 총이다.
사슴 사냥을 해 보라고 권한 것도 미즈시마였다. 쓰타에와의 관계가 발각된 지 얼마 안 됐을 때의 일이었다.
"사장님, 사냥은 안 하십니까?"
"옛날에는 했지만, 요즘은 안 하네."
친구 가운데 사냥이 취미인 친구도 많다. 하지만 이즈미는 업무상 교제를 위한 골프나 낚시 정도밖에 흥미가 없었다. 그 즐거움을 떠올리며 신나서 떠드는 동안 미즈시마의 이마에 번들거리는 땀은

음탕해 보이기 그지없었다.
　"사냥은 취미 생활로 참 좋답니다. 저는요, 곧잘 활주로에 들어온 들개나 이리를 라이플로 쏘는 당번을 했는데요, 상당히 재미있었습니다. 맞는 순간 사냥감이 쓰러지겠지요. 그게 얼마나 통쾌한지 이루 표현할 수 없답니다. 곧잘 텔레비전에서 총에 맞은 사람이 손으로 자신의 몸에 난 상처를 누르며 무슨 일이 일어난 거지, 하는 얼굴로 멍하게 있잖습니까? 그저 거짓말입니다. 맞는 순간 털썩 하고 쓰러집니다. 명중하지 못하면 경련을 일으키며 이상하게 쓰러지기도 해서 좀 안됐긴 하지만요. 그러나 명중시켜보세요. 피가 끓는다는 말이 있지 않습니까? 그야말로 앗싸 하는 심정이죠. 온몸의 피가 끓어올라 정맥 구석구석까지 흘러가는 듯한 느낌입니다. 아, 이렇게 기분 좋은 일 절대로 그만둘 수 없다고 생각하게 되죠. 그건 인간의, 아니, 남자의 본능이라고 생각합니다. 사장님도 해 보면 좋아하실 겁니다. 물론 들개 사냥 정도로는 안 되죠. 새도 안 됩니다, 약아 빠진 놈이니까. 기왕 홋카이도에 살고 있으니 사슴 사냥 정도는 해야죠. 아니면 손햄니다. 보세요, 사슴이든 곰이든 마음대로 쏠 수 있잖습니까. 쏘는 법이요? 그런 건 금방 익숙해지실 겁니다."
　"하지만 체력이 필요할 거 아닌가?"
　"괜찮습니다. 사장님은 낚시하러 다닐 때도 많이 걷지 않으십니까?"
　미즈시마의 권유에 따랐다기보다 피가 끓는다는 미즈시마의 말에 마음이 움직였다. 그것은 성적인 흥분에 가까운 게 아닐까 하는 생각이었다. 자신에게 아직 그런 원초적인 흥분이 남아 있는가. 자신을 관찰해 보고 싶다는 생각도 없지 않았다.
　이즈미는 고생 끝에 수렵 면장과 총포 소지 허가증을 따서 사냥이라는 경험을 다시 맛보기 위해 착착 준비를 시작했다.

"사장님이라면 역시 사코죠."

이즈미는 미즈시마의 권유로 핀란드제 라이플을 구입했을 때, 문득 깨달았다. 자신이 은근히 미즈시마라는 남자에게 조금이라도 가까이 다가가고 싶어한다는 것을. 자신이 모르는 성의 세계를 통과해온 남자의 쾌락의 정체. 쓰타에를 미치게 하는 남자의 정체를 알고 싶어한다고. 그리고 될 수 있다면 미즈시마처럼 되고 싶었을지도 모른다. 자신이 이기지 못하는 쓰타에를 조종하는 미즈시마처럼……. 사냥을 하겠다는 착상의 출발점은 이즈미의 마음속 심지까지 똘똘 휘감고 있는 쓰타에의 덩굴이었다.

함께 모시고 가겠습니다, 하는 미즈시마를 뿌리치고 이즈미는 사냥 모임에 가입했다. 오랜만의 사냥은 생각보다 유쾌했다. 라이플 두 발을 발사했는데 당연히 빗나갔다. 그러나 사냥감의 행동을 먼저 읽고, 인내심을 갖고 절호의 기회를 기다리는 것은 자신의 적성에 맞다고 생각했다. 미즈시마가 한 말은 틀렸다. 이즈미의 경우는 명중이 아니라 사냥감을 기다리며 덫을 놓는 것이 쾌락이었다.

이즈미는 기뻐하며 돌아와 사냥의 성과와 감상을 두 사람에게 보고했다. 두 사람은 묵묵히 만족스러운 듯 고개를 끄덕여주었다. 하지만 한 건 했다는 듯 서로 시선을 주고받는 것을 목격했을 때, 덫에 걸린 것은 자신이었음을 직감했다. 쓰타에와 미즈시마는 언제나 공범이었다. 쓸모없는 자신에게 두 사람은 새로운 쾌락을 선물해준 것이다.

그때의 불쾌함을 떠올린 이즈미는 힘없이 라이플을 금고 속에 되돌려놓았다.

이즈미는 아침의 산길을 오르기 시작했다. 오르막길이든 내리막

길이든 어느 쪽이라도 좋았다. 하지만 아래로 내려가면 미즈시마의 관리 사무소가 나온다. 그것을 피해 가려면 위쪽으로 자꾸만 올라갈 수밖에 없었다. 별장이 다 팔렸을 무렵에는 아침 산책을 나서면 여기저기서 인사하는 소리를 듣곤 했지만, 지금은 쓸쓸하기 그지없다. 그것도 두 사람 탓이라는 생각이 들자 화가 치밀었다.

나무숲 바로 옆에서 약하게 비쳐들던 아침 햇빛이 각도를 조금 높였다. 그 각도를 따라 길에 깔려 있던 안개가 숲속으로 빨려 들어갔다. 나무숲 틈새로 들여다보이는 파란 하늘은 맑고 드높았다. 마치 붓으로 그린 듯한 구름 한 자락이 보인다. 올 여름 들어 가장 가을을 느끼게 하는 아침이었다.

조그만 발소리가 들렸다. 총총거리며 달려온다. 놀라서 얼굴을 들자 여자아이가 달아나듯 뒤를 돌아보면서 길을 내려오는 참이었다. 너무나도 뜻밖의 시간에 뜻밖의 인물을 만나자 놀란 이즈미는 귀신을 만난 듯 등골이 서늘해져 우뚝 검춰 섰다 . 여자아이도 깜짝 놀랐는지 발을 멈췄다. 단발머리가 흩날려 반쯤 벌린 입술 끝에 걸려 있다.

미즈시마가 마음에 들어하는 유카라는 여자아이였다. 오늘 아침 쓰타에와 미즈시마가 부르던 이름의 아이를 만나다니. 이즈미는 너무나 우연한 일에 놀라 유카의 얼굴을 말똥말똥 쳐다보았다. 얼핏 본 적이 있는 엄마를 닮았다. 아이의 시선에 잠깐 당황하는 빛이 돈다. 나이도 어린 것이 그늘이 진 얼굴이다. 그게 오히려 이상한 색기를 느끼게 했다. 이즈미는 미즈시마가 좋아하는 것도 무리가 아니라고 생각했다.

"아휴, 깜짝 놀랐네."

여자아이는 작은 손으로 가슴을 쓸어내렸다. 그 얼굴에는 이즈미를 낯익다고 생각하는 안도의 빛이 퍼진다.

"안녕, 유카지?"

"안녕하세요."

유카는 예의바르게 인사를 했다.

"어디 가냐?"

유카는 어른스럽게 대답했다.

"네, 산책 가요."

검은 카디건에 흰색 반바지를 입고 있다. 손발이 가냘퍼서 더 약해 보였다. 이런 귀여운 애를 성적 대상으로 보다니, 이즈미는 미즈시마가 더욱 경멸스러웠다. 경멸은 유카의 이름을 빌려 지금쯤 미즈시마와 서로 껴안고 있을 쓰타에에게까지 미쳤다. 이즈미는 또다시 엄습해오는 분노를 어떻게든 가라앉히려고 노력했지만 쉽지가 않았다.

"어디 가냐, 이렇게 일찍?"

한 번 더 묻는 이즈미의 얼굴은 굳어져 있다.

"그러니까 산책 간다고요."

유카는 이즈미의 얼굴을 약간 무서운 듯 바라보며 대답한다. 멋대로 혼자 산책 다니는 걸 야단치는 거라고 생각한 것 같다. 너무나도 가는 목이 작은 머리를 힘없이 지탱하고 있다. 이즈미는 그 연약함이 사랑스럽게 느껴지는 반면, 자신보다 약한 자, 부족한 자이기 때문에 심하게 증오스럽기도 했다. 자기보다 훨씬 연약한 자를 쓰러뜨리고 싶은 충동. 그러나 한순간이라도 그런 감정을 가진 자신이 부끄러웠다.

"할아버지는 야단치지 않아. 마음대로 해도 돼."

"하지만 지금 무서운 얼굴 했었어요."

"그랬냐? 미안하다. 그럼 할아버지랑 같이 산책할까?"
"네."

유카는 순순히 끄덕이며 땀이 축축하게 밴 이즈미의 마른 손 안에 작은 손을 넣었다. 이즈미는 그 이물감에 섬뜩했다. 유카는 이즈미의 얼굴을 올려다본다.

"지금 할아버지네 집에 놀러 가도 돼요?"
"아니. 거기는 절대 가면 안 돼."

유카는 이상하다는 얼굴로 이즈미를 올려다보았다.

"왜요?"
"거기는 더러워."

예민한 아이는 뭔가를 느꼈는지 살짝 등 뒤를 돌아보았다.

"왜 그러냐?"
"아무것도 아녜요."

입술을 다문다.

그 태도에는 절대 마음을 허락하지 않겠다는 벽의 두께가 엿보였다. 이즈미는 유카라는 어린아이의 속에 있는 여자를 느끼고 당황했다. 유카와 비교하면 차라리 쓰타에 쪽이 자기중심적이고 눈 앞의 욕망에 약한 어린아이 같았다. 미즈시마가 스무 살이나 연하이면서 쓰타에와 계속적인 관계를 갖는 이유를 알 것 같다. 하지만 그것이 자신에게는 없는 사랑법임에는 틀림없다. 일흔이나 되어 이제야 깨닫게 된 것이다. 다시 하고 싶어도 돌이킬 수 없는 것. 이즈미는 끓어오르는 증오와 동시에 깊은 슬픔을 느꼈다.

비명이 들렸다. 정신을 차리고보니 이즈미는 유카의 손을 너무 세게 잡고 있었다. 가는 뼈가 부러졌는지도 모른다. 유카가 울지 않으려고 이를 악물며 또 뒤를 돌아보았다. 뒤에서 누가 도와주러 오지 않는지 확인하는 것이다. 아까도 그랬다. 처음부터 자신에게 겁을 먹고 있었다. 자신은 산길을 올라갈 때부터 정상이 아니었던 건가. 이대로 돌아가서 부모나 이시야마에게 이야기한다면 그들이 뭐라고 생각할까? 돌이킬 수 없는 일이 여기서도 생겨버렸다. 이즈미의 눈과 유카의 눈이 마주쳤다. 유카는 겁에 질려 눈을 동그랗게 뜨고 뭔가 소리치려고 했다. 그 순간, 이즈미는 유카의 목을 양손으로 조르고 있었다. 이렇게 세게 조르면 죽어버릴지도 모른다. 하지만 이 아이가 소리치게 둘 수는 없다. 돌아가게 할 수도 없다. 초조한 가운데 내린 결론이었다. 유카가 없어지면 제일 먼저 의심받을 것은 어린 여자아이를 밝히는 변태 미즈시마가 아닐까? 그런 계산만은 머릿속에서 멋대로 진행되고 있었다. 사냥물의 동향을 읽고, 덫을 놓고 기다린다. 명중만이 쾌락이 아니다.

이즈미는 주름진 양손이 만든 원 안의 가는 목을 바라보았다. 갑자기 힘을 잃은 작은 생물. 여자아이는 어이없이 죽어버렸다. 이즈미는 멍해졌다. 문득 주위를 둘러보니 안개가 맑게 갠 아침 공기를 휘감고 있었다. 본 사람은 없을까? 이즈미는 본능적으로 주위를 둘러보았다. 어두운 숲속에서 동물의 기척이 났다. 이즈미는 깜짝 놀라 뒤를 돌아보았다. 누군가가 손짓하는 듯이 보인다. 이즈미는 금방이라도 터져나갈 듯이 두근거리는 자신의 심장 소리를 들으면서, 죽은 유카를 안고 숲속으로 들어갔다. 뭔가가 몸을 돌려 달아난다. 사슴이었다.

이런 곳에 사슴이 있을 리가 없다. 환상이야, 하고 이즈미는 지금 본 것을 지웠다. 하지만 혹시 그것은 뭔가의 계시가 아닐까? 당장 이즈미의 머리에 부근의 지형이 떠올랐다. 사슴은 쫓기면 반드시 골짜기 쪽으로 향하는 습성이 있다. 물론 시코쓰토야 국립공원은 사냥 금지 구역이어서 사냥을 한 적이 없지만, 이즈미는 조사해서 알고 있었다. 골짜기는 바로 눈앞이다. 가물었던 여름 탓에 수량이 많은 장소까지는 조금 더 올라가야만 한다.

이즈미는 필사적으로 골짜기를 올라갔다. 올라가는 도중에 유카를 안은 손등을 조금 다쳤지만 전혀 신경쓰이지 않았다. 이윽고 물이 많은 골짜기에 도착한 이즈미는 풀 위에 유카를 눕혔다. 신발을 벗고 물에 들어가 시체를 감추기에 적당한 장소를 찾는다. 물은 단 30초도 들어가 있기 힘들 만큼 차가웠다.

돌아오자 유카가 신음하며 가늘게 눈을 뜨고 있었다. 소생한 건가. 이즈미는 당황하며 다시 목을 졸랐다. 두 번의 살인. 유카의 가늘게 떴던 눈이 서서히 힘을 잃고 흐릿해진다. 이즈미는 이때 자신을 짐승이라고 생각했다. 곰이나 사슴 따위보다 훨씬 열등한 짐승이라고. 깊은 곳에 시체를 던지고 떠오르지 않도록 무거운 돌을 몇 개나 던져넣었다.

"나무아미타불."

이즈미는 합장했다. 뜻하지 않게 목을 졸라 숨지게 한 어린 여자아이의 생명을 위해. 그러나 어린 여자아이의 속에도 존재하고 있던 '여자'가 이즈미를 아직 분노하게 했다. 속이 시원하다. 힘이 없는 것을, 약하다는 것을 깨달았으면 됐다.

이즈미는 옷매무새를 고치고 날듯이 집으로 돌아왔다. 산책을 나간 지 아직 4, 50분밖에 지나지 않았을 것이다. 뒤뜰로 돌아가 급히 양하를 따서 주차장 쪽으로 해서 집에 들어왔다. 주방에는 얇은 여름 드레스로 갈아입은 쓰타에가 하품을 하면서 핫케이크를 굽고 있었다. 미즈시마의 모습 대신, 욕실에서 세찬 물소리가 들려왔다.

"당신, 어디 갔다 왔어요?"

여전히 손을 쉬지 않으면서, 켜놓은 텔레비전 화면에 눈을 고정시킨 채 물었다.

"방에 있었어. 깜빡 졸았나 봐."

"어머나, 그랬어요? 좀전에 이시야마 씨네 집에 놀러온 모리와키 씨가 왔었는데 몰랐어요?"

"아니, 자고 있어서."

언짢은 듯 고개를 가로저었다.

"한데 왜?"

"그 집 아이가 없어졌대요."

"유카란 아이가?"

이즈미는 시치미를 떼며 반문했다.

"그래요, 유카. 제일 귀여운 아이였대요. 그 아이가 없어졌다는 거예요. 이런 산 속에서 없어질 리가 없잖아요. 아이가 산에 혼자 들어갔을 리도 없고 부모의 감시 소홀이죠, 뭐."

"맞아, 그래."

이즈미는 손에 든 양하를 내밀었다. 너무 자란 양하에 작고 빨간 개미가 무수히 붙어 있다. 순간 깜짝 놀랐다. 쓰타에는 개미가 아니라, 이즈미의 손등에 난 상처를 발견한 것이다.

"그거 왜 그랬어요?"

"양하를 딸 때 어디다 베였나 봐."

"어머나, 저런."

쓰타에는 일부러 우아하게 웃었다. 미즈시마를 위해 이런 걸 따다가 미안하게도, 라는 말을 하고 싶었던 걸 거라고 이즈미는 쓴웃음을 지었다. 샤워로 정사의 흔적을 씻어낸 미즈시마가 동그란 얼굴을 번쩍거리며 거실로 들어왔다.

"사장님, 안녕히 주무셨습니까?"

"된장국에 넣을 거리 따왔네. 자네 좋아하지, 양하."

"아, 고맙습니다."

짧은 여름의 하루는 여느 때와 다름없이 시작되고 있었다. 미즈시마가 식탁에서 말했다.

"사장님, 그거 어떻게 할까요?"

"뭘?"

"개의 시체요."

그저께 도요카와가의 별장 정원에서 가져온 사냥개의 시체 이야기다. 비닐봉지에 넣어 쓰레기장에 방치해두고 있었다. 이즈미는 아까 목졸라 죽인 여자아이를 떠올리며 노골적으로 불쾌한 표정을 지었다.

"식탁에서 뭐야, 그런 이야기를 꺼내다니."

"죄송합니다."

"자네한테 맡기겠네. 나중에 어디다 묻든지 해."

"알겠습니다."

개의 시체 뒤처리라면 네놈한테 안성맞춤이다. 이즈미는 미즈시마의 뒷모습을 노려보았다.

갑자기 이마에 차가운 손이 놓이자, 우쓰미는 긴 백일몽에서 눈을 떴다.

"열이 있는 것 같아요."

눈앞에 미간을 모으고 걱정스러운 듯 바라보는 카스미의 얼굴이 보인다.

선창   403

"땅바닥에서 자는 건 독이에요."

우쓰미는 아직 현실로 돌아오지 못하고, 눈을 깜빡거리며 주위를 둘러보았다. 하늘은 슬슬 저물려고 그늘을 만들고 있었다. 확실히 시간은 흘렀다. 지금의 것은 꿈이었을까? 아니면 호수의 잔물결이 매개가 되어 그날 아침의 진실을 잠깐 보여준 것일까. 일을 할 때는 철저히 상상을 배제했던 자신인데, 갑자기 백일몽을 꾼 건 어째서일까? 대체 누가 꾸게 한 것일까? 우쓰미는 혼란 속에서 자신의 얼굴을 걱정스럽게 들여다보고 있는 카스미를 올려다보았다.

"왜 그래요. 멍한 표정이네요."

"꿈을 꾸어서요."

"어떤 꿈이요?"

카스미는 우쓰미의 이마를 만지며 물었다. 우쓰미는 아무 말도 하지 않고 카스미의 손을 치우고는 이마의 땀을 닦았다.

"풀밭은 차니까 차로 돌아가요."

카스미의 말에 따라 우쓰미는 풀밭에서 일어났다. 머리가 무겁고, 오한이 들어 몸이 달달 떨렸다. 카스미가 우쓰미의 어깨를 가만히 눌러주었다. 뼈와 가죽밖에 없는 마른 어깨에 보드라운 손이 놓이자, 우쓰미는 건강한 인간의 손의 무게와 따뜻함에 놀란다. 그러나 체온만은 우쓰미 쪽이 높았다.

"역시 뜨겁네요. 어떡하죠?"

"내릴 때까지 차에서 자고 있겠습니다."

"편히 누워 있는 편이 좋지 않을까요."

카스미는 냉정한 어조로 말했다.

"이 주변에 쉴 만한 여관이 있나 물어보고 올게요."

"괜찮습니다."

"하지만……."

"괜찮다니까요."

카스미는 우쓰미의 대답을 무시하고 달려갔다. 청바지에 싸인 엉덩이가 가볍게 사라지는 것을 바라보면서, 우쓰미는 백일몽의 내용을 카스미에게는 절대 말하지 않으리라고 굳게 결심했다. 꿈은 꿈, 상상은 상상이다. 곧 낙담한 표정으로 카스미가 돌아왔다.

"방이 모두 찼대요. 어떡하죠. 내가 운전이라도 할 수 있으면 좋을 텐데."

"어쨌든 차로 돌아갑시다."

우쓰미는 오한과 싸우면서 일어섰지만, 현기증으로 비틀거렸다. 황급히 부축하며 카스미가 물었다.

"우쓰미 씨, 해열제 가지고 있어요?"

우쓰미는 그 물음에는 답하지 않고, 어떻게든 기력을 차려서 걸으려고 했다. 여자에게 부축받으며 비틀비틀 걸어가는 우쓰미에게 관광객들의 호기심 어린 시선이 집중되고 있음을 느낀 것이다. 저 사람들은 내가 중병에 걸렸다는 걸 직감하고 있을 것이다. 혹시 이미 얼굴에 죽음의 빛이 드리워진 건 아닐까. 우쓰미는 얼른 주차장에 세워놓은 승용차의 유리창에 비친 자신의 얼굴을 보았다. 평소와 다름없는 말라빠진 들개가 열에 뜬 눈으로 자기 자신을 노려보고 있다.

"모리와키 씨. 내 얼굴 말인데요, 뭐 이상한 게 있습니까?"

카스미가 고개를 저었다.

"별로요."

"그래요."

우쓰미는 카스미가 자신의 불안을 이해하는 듯하자, 안심하며

선창 405

몸의 힘을 뺐다. 순간 다리가 비틀거렸지만, 병을 얻고 처음으로 타인에게 뭔가를 허락한 듯한 기분이 들었다. 그것은 자신의 약함을 보이는 것이었다. 우쓰미는 자신이 졌다는 생각이 들었다.

2

문틈으로 새어나오는 노란 불빛이 모포 위에 기다랗게 사다리꼴을 만들었다. 우쓰미는 어둠 속에서 눈을 뜨고 누워 오른손을 높이 들어 그 빛을 가렸다. 범인의 목을 조르거나, 재빨리 조서를 꾸밀 줄만 알았던 자신의 손은 아주 보란 듯이 야위어 있었다. 관절이 도드라지고 골격만 앙상하게 남은 손가락. 살은 없어지고 마른 가지만 모아놓은 듯한 손바닥. 머지않아 살이란 살은 모두 사라지고 뼈만 남겠지. 우쓰미는 그것이 자신의 본래 모습이라고 생각했다. 내 육체에서 본래의 모습이 서서히 드러난다. 쇠약해져 간다는 것은 얼마나 신기한 일인가. 우쓰미는 넋을 잃고 손등을 파랗게 달리는 정맥을 보았다. 이 혈관 속에도 암세포가 흩어져 있어 끊임없이 흘러다니겠지. 살이 완전히 빠졌을 때, 암세포도 죽겠지. 함께 화장터에서 태워져 재가 되겠지. 우쓰미는 그게 고소하다고 생각했다. 자신의 육체가 조금이라도 오래 버텨 줬으면 좋겠다고 희망하는 반면, 이렇게 약해질 거라면 빨리 소멸해 버리라는 증오스런 마음도 있다. 그 진폭이 점점 커지고 있었다.

"우쓰미 씨, 깼어요?"

"예."

카스미가 조심스럽게 문을 열었다. 복도의 불빛이 역광이 되어,

문가에 서 있는 카스미의 윤곽만이 빛났다.
"열은 어때요?"
"내렸습니다."
"다행이네요. 이야기 좀 해도 돼요?"
카스미가 안심한 듯이 방에 들어왔다.
"불 켤까요?"

카스미가 방의 불을 켰다. 밝디밝은 형광등 불빛에 떠오르는 방이 낮과는 다른 곳으로 보였다. 네 평짜리 방에 가구라고는 하나도 없다. 방의 불빛이 커튼도 없는 검은 유리창을 비추었다. 그 건너편에 둥근 달. 우쓰미는 앙상한 왼쪽 손목에서 빙빙 돌아가는 손목시계를 잡고 시간을 보았다. 9시를 지나고 있었다. 약을 먹고 잔 지두 시간 가까이 지났다.

"일어날래요?"
"아니, 좀 더."

건강한 카스미는 희미하게 웃었다. 담세포에 전신을 공격당하고 있는 우쓰미는 한없이 쉬고만 싶었다. 카스미가 우쓰미의 이불 옆에 앉았다. 쌀쌀한지 티셔츠 위에 흰 스웨터를 걸쳐 입고 있다.

"뭔가 이상한 느낌이 들어요. 4년 만에 이곳에 오다니. 평생 오지 않을 거라고 생각했는데 당신 덕분에 오게 됐네요."

카스미도 방을 둘러보고 있다. 우쓰기는 그 얼굴에 불안스러운 그림자가 떠올랐다. 사라졌다 하는 것을 멍하니 바라보기만 했다. 움직이지 못하는 우쓰미를 생각해서, 카스미는 쓰타에에게 이시야마의 옛날 별장에서 하룻밤 재워달라그 부탁하고 왔다. 우쓰미가 차 뒷자리에서 오한에 떨며 기다리고 있자, 곧 미즈시마가 지프로 와서 산 위까지 태워다 주었다. 우쓰미는 열에 떠서 비틀거리면서,

4년 전 유카가 혼자 내려갔다는 현관 앞의 콘크리트 계단을 올라가 수색대가 출입했던 거실을 곁눈으로 보며 2층 침실에 눕게 되었다. 가구도 식기도 이불도 모두 당시 그대로 남아 있었다. 이시야마가 모든 것을 그대로 끼워서 팔았기 때문이다.

"이 방에서 잤어요. 창으로 정원이 내려다보여요. 저기서 아이들이 신나게 뛰어놀았죠. 혼자 남아서 유카를 찾으러 다닐 때도 이 방에서 잤어요. 그런데 이 커튼은 어떻게 된 걸까요. 전에는 레이스 커튼이 걸려 있었는데."

"그 이후 말입니까?"

"네. 밖에서는 몇 번이고 봤지만 안에 들어온 것은 4년 만이네요. 혼자 남아 있을 때는 정말 고통스러웠어요. 어떤 어둠이 악의가 있어서 유카를 내 눈으로부터 숨겨놓고 있다고 생각했어요. 그런 경험이 있기 때문에 뭐든 견딜 수 있는 건지도 몰라요."

카스미는 허공을 보고 있었다.

"아무리 그렇다 해도 4년이나 지나도록 행방을 모르다니, 그애는 대체 어디에 있는 걸까요. 죽었을까요. 산에 묻혔다는 소문이 있는 것은 이 주변 사람이 범인이라는 말이 아닐까요. 그럼 누구지. 어째서 그랬을까……. 알고 싶어요, 너무. 하지만 나, 유카가 시체로 발견된다면 어떻게 살아가야 할지 모르겠어요. 그렇잖아요, 오로지 유카를 찾기 위해 살아올 수 있었는걸요. 그런 기분은 아무도 모를 거예요."

카스미는 혼잣말처럼 중얼거리고 있다. 우쓰미는 조금 아까 꾼 백일몽이 생각났지만, 이야기하면 안 된다고 다시 한번 마음먹었다.

"이 집, 기억했던 것과 좀 다르네요. 현관도 계단도 거실도 모두 조금씩 달라요. 더 큰 집이었던 것 같은데 의외로 좁고, 계단의 경사도 생각보다 가파르네요. 정원의 그네는 줄곧 흰색이라 생각했는데 아까 보니 연두색이에요. 그리고 이 방의 등이 램프형이란 건 지금 처음 알았어요. 인간의 기억이라는 건 참 모호하지요. 이래서야 유카조차도 잊혀지겠어요. 내가 찾는 아이는 대체 어떤 모습을 하고 있을까요. 자기 자식의 얼굴조차 모른다는 건 너무 이상하죠?"

카스미는 조명을 올려다보며 크게 한숨을 짓는 것으로 이야기를 끝냈다. 이시야마와 긴 이야기를 나눈 후 카스미는 가라앉은 모습이었다. 이시야마가 여자를 데리고 와서 충격을 받은 것일까 생각했지만, 지금 카스미의 말을 들으면서 그렇지 않다는 걸 느꼈다. 카스미는 자신만이 표류하고 있다는 고독감에서 벗어나지 못하고 있다. 우쓰미는 카스미의 마음이 지금의 자신과 비슷하다고 생각했다.

"이시야마 씨와는 무슨 이야기를 했습니까?"

"별 얘기 안 했어요. 그 사람은 완전히 자신의 세계에 빠져 있었어요. 이제 더 이상 할 이야기도 없어요. 서로에 대한 흥미도 없어졌고 공유하는 것도 없어요. 그때의 열병은 대체 뭐였나 하는 씁쓸한 기분이 들더군요."

"그런 건가 봐요?"

아직 밝은 빛에 익숙해지지 못한 우쓰미는 여전히 눈이 부신지 얼굴을 찌푸렸다. 카스미가 스스로에게 들려 주듯이 따라 한다.

"그런 건가 봐요."

"이시야마가 잘도 기둥서방이 됐구나 하고 감탄했습니다."

"왜요?"

카스미는 의외의 말을 들었다는 얼굴로 우쓰미를 보았다. 카스미의 눈은 무서우리만큼 맑았다.

"왜 그렇게 생각하세요?"

"아무리 빚쟁이에게 쫓기고 있다 해도 남자가 기둥서방이 되고 싶겠습니까? 난 그렇게 생각하지 않습니다."

우쓰미는 이시야마의 경박한 차림을 봤을 때 이유없이 화가 났던 기억을 되살렸다. 자신이었다면 아무리 사는 게 힘들어도 그렇게는 되지 않았을 거라 생각했다. 정좌하고 있던 카스미가 편하게 앉았다.

"쫓기고 있는 것과 관계없을 거예요, 분명. 그 사람은 나보다 자유로워졌어요. 그것이 내가 침울한 이유 가운데 하나예요."

"그럴까요? 기둥서방이 된다는 것은 자유를 잃는 걸 텐데요. 누군가와 산다는 것은 타협의 연속이죠. 아닙니까? 난 혼자 있을 겁니다, 끝까지."

"당신은 그럴지도 모르지만, 그 사람은 그것이 타협이니 뭐니 생각하지 않아요. 즐거운 일일지도 몰라요. 즐겁다는 건 자유에 가까워졌다는 것이잖아요. 이시야마 씨는 지금 그렇게 생각하고 있어요. 나만 언제까지고 유카를 찾아다니겠지요."

카스미는 적절한 말이 어디 떨어져 있지 않나 찾듯이, 방 여기저기를 둘러보며 천천히 말했다. 우쓰미는 무거운 머리를 지탱하느라 고생하면서 필사적으로 카스미 쪽을 보았다. 베개에서 머리를 들자 열은 내렸지만 빈혈 때문에 어지러웠다. 목 근육까지 약해졌다.

"계속 찾는다는 건 지겨운 일이지 않아요?"

우쓰미는 심술궂은 질문을 했다. 우쓰미의 말이 할 일이 있어 다행이라고 들리지 않는 것도 아니었다. 그러자 카스미는 우쓰미를 경멸하듯 차가운 눈으로 쳐다보았다. 그러고는 일어나서 창가로 가 창문을 열었다. 화가 났는지 말이 없다. 산 냄새가 나는 차가운 공기가 흘러 들어와 우쓰미의 어깨를 식혀주었다. 벌렁 드러누운 채 밤하늘을 바라보자니 끝이 조금 떨어져나간 달이 선명히 떠 있었다. 카스미가 돌아보았다.

"전할 이야기가 있어요. 그 사건에 대한 이시야마 씨의 감상."

"뭐라던가요?"

"나를 이해하지 못했다. 그게 감상이래요."

뭐야, 그건……?

우쓰미는 조소했다. 카스미는 우쓰미에게 등을 돌린 채, 창을 쾅 닫았다. 방 공기가 압축되면서 우쓰미의 뇌에 가벼운 충격을 주었다. 우쓰미는 오늘 만난 미즈시마와 쓰타에에게 감상을 묻는 걸 깜빡했다는 것을 떠올렸다.

'우쓰미 씨, 나이는 관계없어요. 젊어서 죽는 사람도 있고요.'

쓰타에의 대수롭잖은 한마디에 몹시 당황했기 때문이었다. 자신은 젊어서 죽는다. 그 사실을 아직 받아들이지 못하고 이렇게 살고 있다. 우쓰미는 현실로 되돌아와 옆에 서 있는 카스미의 바지 자락 사이로 보이는 맨발을 보고 있었다. 희고 예쁜 모양의 발이었다.

"나, 알았어요."

"뭘요?"

우쓰미는 카스미의 발에서 눈을 떼지 않고 물었다.

"이시야마 씨는 이제 나를 치유할 수 없어요."

우쓰미는 카스미를 올려다보았다. 카스미가 우쓰미의 시선을 마주받으며 끄덕였다.

"나하고 있으면 마음이 놓이죠?"

"네."

"그건 내가 죽어가는 인간이기 때문이겠죠?"

"그래요."

선창   411

카스미는 더할 수 없이 부드러운 목소리로 대답했다. 우쓰미가 누운 침대 옆에 털썩 주저앉아 아이 같은 질문을 했다.

"있잖아요, 곧 죽게 된다고 생각하니 어떤 기분이 들어요?"

순식간에 사방이 고요해졌다. 숨을 죽이고 대답을 기다리는 카스미의 규칙적인 숨소리만 희미하게 들렸다.

"그런 걸 지금 묻습니까?"

우쓰미는 자신도 모르게 소리내어 웃었다.

"글쎄요, 일단 앞으로 무슨 일이 일어날지 무서워서 견딜 수가 없군요."

"그리고요?"

카스미는 잔인하게 재촉했다.

"그리고 내 몸에 대한 신뢰를 모두 잃은 느낌이랄까요. 사람은 꽤 자기 몸을 신용하죠. 얼마만큼 자지 않아도 너끈하다든가 하는 식으로. 그런 자신을 서서히 잃어가고 있습니다."

"또요?"

카스미는 자신이 납득할 때까지 계속하라는 듯이 우쓰미의 얼굴을 들여다보았다.

"무엇이 무섭고 무엇이 싫은지 알 수 없어지고, 자신의 감각도 신용할 수 없게 돼요. 죽음이라는 것이 어떤 것인지, 짐작할 수 없는 탓이겠죠. 당연하잖겠습니까? 한 번도 죽어본 적이 없으니. 그리고 건강해서 아무것도 모르는 놈들에게 괜히 화가 납니다. 나는 시간이 없단 말이야, 하면서요."

"내게도?"

"당연하죠."

카스미는 우쓰미에게서 시선을 떼지 않은 채, 단 한마디만 했다.

"제법 정리가 되어 있군요."

"나는 처음부터 혼란 같은 건 없었습니다. 죽음을 어떻게 받아들일 건가 하는 것뿐입니다."

우쓰미는 그것이 진심인가 하고 자신의 마음을 돌아보았다. 타인의 말에 이내 동요하는 주제에, 하고 또 다른 자신이 비웃었다.

"과연……. 그래서 나와 같은 거군요."

우쓰미는 카스미와 눈을 마주치지 않았다.

"글쎄요, 당신에 대해서는 모르겠습니다. 단지, 나는 아직 내가 죽는다는 현실과 타협하지 않고 있습니다."

"나도 딸이 없어졌다는 현실과 타협하지 않고 있어요. 그것도 4년째."

그렇게 말하는 카스미의 눈이 반짝거렸다. 집을 나온 후로는 매일 생기를 발산하고 있는 카스미. 자신의 말에 카스미를 고무시키는 뭔가가 있는 것일까. 하지만 내가 죽어도 이 여자는 잘 살아갈 것이다. 우쓰미는 화가 났다.

"이제 슬슬 찾는 걸 끝내는 게 어떻습니까? 그만두시죠."

"어째서요?"

"그런 건 몰라요. 스스로 생각해 보는 게 어때요?"

"생각해도 못하는 일이란 게 있잖아요."

인생 상담이나 해 주고 있다니. 만사가 귀찮아진 우쓰미는 대화에 지쳐 눈을 감았다. 카스미가 일어서는 것 같다.

"난 샤워할래요. 우쓰미 씨, 어떻게 하시겠어요?"

"난 됐습니다."

체력을 소모하기 때문에, 라고 말을 잇지 않는 것은 지금의 대화 탓이다. 우쓰미가 옆을 돌아보자 카스미는 주저없이 방을 나갔다.

선창　413

쿵쿵 계단을 내려가는 발소리가 들렸다. 복도를 걸어다니고 있다. 우쓰미는 가만히 귀를 기울였다. 카스미는 부엌에 가서 냉장고에 뭔가를 넣고, 안에 있는 욕실 쪽으로 향하고 있다. 욕실 문을 여는 소리가 났다.

4년 전, 주의 깊게 귀를 기울이면 이내 동향을 알 정도로 넓지 않은 이 집에서 카스미와 이시야마는 서로 가족의 눈을 피해 밀회를 했다. 우쓰미는 두 사람의 대담함을 믿을 수 없었다. 카스미도 이시야마도 어리석고 불결하게 느껴졌다. 인간은 참으로 믿을 수 없는 짓을 저지르는 동물이구나, 하고 우쓰미 조차 감탄에 가까운 경악을 자아냈다.

그러고 보니 엉뚱한 사건을 만날 때마다 자신은 놀라움은 접어 두고 범죄 자체만을 좇아왔다. 아무리 생각해도 이해할 수 없는 사건의 핵심은 단순한 것이지 않았던가. 스스로를 우수한 형사라고 믿고 살아온 자신이지만 그런 것조차 알지 못했던 것 같다. 우쓰미는 이불 속에서 힘없는 웃음을 흘렸다.

잠이 완전히 달아난 우쓰미는 그냥 일어나기로 했다. 방에서 나가려다 이불에 발이 걸려 앞으로 넘어질 뻔했다. 황급히 다다미를 밟는데 다다미의 탄력이 전보다 강하게 발바닥에 느껴졌다. 체중이 줄어가고 있다. 겨우 뭔가를 알게 될 것 같은데 생명이 얼마 남지 않았다니. 아니, 생명이 다해가기 때문에 알게 된 건지도 모른다. 우쓰미는 쇠약해지는 자신의 몸과 갈고 닦은 감각의 차이가 귀찮게 느껴졌다.

우쓰미는 2층 계단으로 나와서 다른 두 방을 들여다보았다. 제일 큰 침실에는 2인용 침대가 있었다. 이시야마의 아내, 노리코와 두 아이들이 잤던 방이다. 다른 하나는 서향의 다다미방. 이시야마는 여기서 잤던 것 같은데 아무리 그래도 가족들 옆에서는 밀회를 즐기지는 못했을 것이다. 그러면 카스미와 이시야마는 어디서 밀회한 것일까.

우쓰미는 계단 아래로 내려가 소변을 본 후 거실 소파에 앉았다. 조용한 집 안에서 카스미가 사용하는 욕실의 물소리만이 들려왔다. 방이 또 있을 것이다. 우쓰미는 일어서서 복도를 걸었다. 현관 옆에 창고 같은 문이 있다. 우쓰미는 그 방을 열어보았다. 곰팡내가 코를 찌르며 냄새의 입자들이 콧구멍에 얽혀든다. 기분 나쁜 느낌이 들었다. 우쓰미는 불을 켜고 안을 보았다. 이불방인 듯, 쿠션과 이불이 입구 근처에 난잡하게 쌓여 있다. 그것들을 치우자 높은 창 아래 간이 침대가 있었다. 우쓰미는 침대 위에 놓여 있는 얇은 이불을 걷고 누워보았다. 이시야마와 카스미는 여기서 이렇게 포개져 있었나. 바로 위에서 자는 자신의 가족들을 잊고. 그날, 이 집 안 혹은 밖에서 무슨 일이 일어난 것일까.

문득 백일몽이 생각났다. 꿈에서 본 우카의 공포와 이즈미 마사요시의 범죄. 그 세부가 생생히 떠오르면서 몸이 떨렸다. 무서웠다. 이즈미 마사요시가 범했을지 모르는 범죄가 무서운 것이 아니었다. 지금까지 무참한 시체도 많이 보았고, 흉악 범죄도 몇 번이나 경험했다. 그러나 그런 것보다도 자신의 속 깊이 있는 무언가가 그 자리에서 이즈미의 죄에 감응했다는 것 자체가 무서웠다. 이런 경험은 태어나서 처음이었다. 충분히 알고 있다고 생각한 자신의 속에 대체 무엇이 남아 있는 것일까? 머잖아 죽을 거니까 별안간 모습을 나타낸 것일까? 이유도 없이 열이 나는 것처럼 자기 자신에 대한 신뢰감을 잃는 일이긴 하다. 우쓰미는 살이 다 빠진 후 서서히 드러날 내부의 골격을 떠올렸다. 그러나 그것도 역시 자기 자신이

선창 415

라고 한다면, 쇠약해짐으로써 나타난 새로운 능력이라고 하지 못할 것도 없다. 신기한 일이야, 하고 우쓰미는 생각했다.

노크도 없이 문이 열렸다. 목욕을 마친 카스미가 문을 열고 들여다보았다. 머리를 감았는지 새 티셔츠를 입은 어깨에 물방울이 뚝뚝 떨어졌다. 볼이 상기되어 있다.

"여기 있었어요?"

우쓰미는 아무 대답도 하지 않고 카스미를 보았다. 카스미가 그 시선을 받고 웃었다.

"좁은 방이죠. 게다가 곰팡내도 나고."

카스미는 물컵과 수면제가 든 약봉지를 들고 있었다.

"우쓰미 씨, 약 먹지 않으면 잠 안 오잖아요."

우쓰미는 이런 곳에서? 하고 생각했지만, 카스미는 아무렇지도 않게 우쓰미가 누운 침대 옆에 서서 컵과 약을 내민다.

"올라가서 잘 겁니다."

그러자 카스미는 생기가 도는 눈으로 우쓰미를 보았다.

"이 방에서 자요. 내가 여기서 일어난 일을 이야기해줄게요."

우쓰미는 카스미의 시선을 피해 부옇게 먼지가 쌓인 바닥을 바라보았다. 어쩌면 어젯밤의 카스미의 속삭임이 오늘 같은 백일몽을 꾸게 한 게 아닐까 하는 생각이 들었다. 그렇다면, 하고 얼굴을 든다. 오늘밤의 이야기도 언젠가 다른 꿈을 꾸게 할지 모른다. 낯선 자신이 나타나 낯선 사실들을 상상한다. 어느 것이 진실일지 모르지만, 어느 것이든 진실이라고 생각하면 된다. 인간은 무슨 일을 저지를지 모르는 동물이니까. 우쓰미는 카스미에게 물컵과 약을 받아서 시간을 들여 천천히 삼켰다. 카스미가 우쓰미의 손에서 컵을 받아들며 물었다.

"어느 정도면 잠이 들어요?"

"20분쯤."

우쓰미는 거짓말을 했다. 최근 약이 잘 듣지 않아 잠이 드는 데 30분 이상 걸린다. 그러나 가능한 한 많은 말을 카스미에게서 듣고, 또 머릿속에 녹음해 두고 싶었다.

"그럼, 곧 올게요."

어둠 속에는 분명 곰팡이 포자가 날아다니고 있을 것이다. 우쓰미는 높은 창으로 들어오는 달빛에 혹시 그것이 보이지 않을까 하고 눈을 가늘게 떴다. 감각이 맑아졌다면 미세한 것이 보여도 좋다. 혹은 눈에 보이지 않는 것이 보여도 좋다. 혹시 이곳에 유카의 유령이 존재하지는 않을까? 있다면 나와도 좋아. 이승의 선물로 무엇이든 경험하고 싶으니까. 우쓰미는 유령마저 반길 생각으로 방 여기저기를 열심히 둘러보았다. 아무것도 보이지 않고, 아무것도 들리지 않았다. 이윽고 눈 주위의 근육이 풀리면서 우쓰미는 눈을 감았다. 얼마나 바보 같은 생각을 하고 있는 건가. 자기는 어떻게 돼 버린 게 분명하다. 우쓰미는 경찰서의 차가운 철제 책상에 올려놓은 손바닥의 감촉과 중년 남자들이 발하는 기름기 밴 냄새를 생각해내려고 고개를 흔들었다. 그러나 그런 것들이 되살아나기도 전에 문이 열리고, 잘 준비를 한 카스미가 방으로 들어왔다. 카스미는 우쓰미 옆에 몸을 눕혔다. 작은 침대가 삐걱거리고, 우쓰미는 몸을 조금 옆으로 비꼈다.

"딱해라, 이렇게 마르다니……."

카스미는 티셔츠 위로 우쓰미의 두드러진 쇄골을 어루만졌다. 카스미는 온몸에서 생명이 불타는 열을 발하고 있다. 자신도 모르게 소름이 돋으며 카스미에 대한 혐오로 가득 찼다. 우쓰미는 소리쳤다.

"저리 가."

"싫어요."

카스미는 우쓰미의 마른 몸에 달라붙었다.

"안 가요."

금방 감은 카스미의 머리에서 나는 샴푸 냄새가 역겨웠다. 우쓰미는 거칠게 어깨로 카스미의 몸을 밀어냈다.

"혼자서 자."

"싫어요, 무서워. 나, 혼자 여기에 남았을 때 얼마나 무서웠는데요. 하지만 아무도 도와주지 않았어요."

"나도 도와주지 않아."

"왜요?"

카스미는 몸을 일으켜 바로 위에서 우쓰미의 얼굴을 들여다보았다.

"나는 당신을 도와주고 싶은데, 왜요?"

우쓰미는 깜짝 놀랐다. 텔레비전을 보면서 카스미의 아이를 찾아주겠다고 결심하게 된 진의를 자신도 알지 못했는데, 이제야 비로소 이해하게 됐다. 자신은 이 여자의 도움을 받고 싶었던 것이다, 아이를 잃고 방황하는 이 여자의 도움을. 갑자기 어깨로 전해지는 카스미의 열이 편안하게 느껴졌다. 피부 표면에서 살의 안쪽으로, 그러고는 내장으로, 뼛속으로 스며들 것 같은 온기.

지금까지 해본 적이 없는 것을 해라. 우쓰미는 자신에게 명령했다. 모든 것을 맡기는 것이다. 우쓰미가 눈을 감자 그것을 신호라고 생각했는지 카스미가 이야기를 시작했다.

"유카가 없어지기 전날 밤, 아니, 아침에 가까웠어요. 새벽 2시에 여기서 이시야마 씨와 만날 약속을 했어요. 여행을 가기 전부터 기회가 생기면 이 방에서 몰래 둘이 만나자고 약속은 했지만, 실행할 용기는 내지 못할 줄 알았어요. 그런데 그날 우리의 각오를 굳힐 만할 일이 생겼어요."

"뭐죠?"

우쓰미는 눈을 감은 채 묻는다.

"노리코 씨에게 들켰어요."

우쓰미는 놀라며 어둠 속에 빛나는 카스미의 눈을 보았다.

"이시야마의 아내는 알고 있었던 겁니까?"

"네, 예리한 사람이었는데 우리가 우습게 봤어요. 아니, 그런 의식조차 없었는지도 몰라요. 우리는 우리 밖에 생각할 줄 몰랐으니까요. 당신은 믿을 수 없다고 비난하겠지만, 어쩔 수 없었어요. 폭풍에 휩쓸리면서 피하지도 통과하지도 못하는 기분. 그저 흔들리기만 할 뿐이죠."

폭풍. 우쓰미는 중얼거렸다. 자신이 경험하지 못하고 죽어가는 것.

"무엇에 흔들렸습니까?"

"자기 자신."

카스미는 그렇게 대답하며 몸을 약간 뒤척였다.

"자기 자신의 뭡니까?"

"뭐랄까요. 하지만 내 속의 내가 계속해서 내게 속삭였어요. 이시야마 씨와 이렇게 있을 수 있다면 아이를 버려도 좋으냐고."

"당신은 아이를 버렸나요?"

우쓰미는 자신의 얇은 가슴팍에 머리를 올려놓고 있는 카스미의 어깨를 잡았다. 놀랄 만큼 동요했다.

"네. 한 번 마음속에서 버렸어요. 그 순간에요."

카스미는 무거운 목소리로 물었다.

"무섭죠?"

"아니, 별로……."

우쓰미는 당황하며 손을 저었지만, 가슴의 고동이 빨라졌다. 분명 카스미가 유카를 어떻게 했을 거라고 생각했을 것이다.

"그랬더니 다음 날 아침 없어진 거예요. 마치 그걸 물어본 것이 신이었던 것처럼요."

"여기서 당신들은……."

우쓰미는 침을 삼켰다. 목소리가 갈라져 말을 잘 할 수 없었다.

"뭘 했습니까? 난 모르겠어요."

말릴 틈도 없이 카스미는 우쓰미의 티셔츠 안으로 손을 넣었다. 뜨거운 손가락이 맨살을 더듬는다. 적당히 살이 붙은 가느다란 손가락이 우쓰미의 뼈와 가죽만 남은 앙상한 몸을 아래위로 더듬었다. 늑골의 수를 천천히 세다가, 그 틈 사이로 맥박치는 왼쪽 가슴의 심장 위에 멈추어 톡톡 리듬을 맞추다가, 살이 빠져서 움푹 팬 흉곽 아래로 들어간다. 수술 자국을 발견한 손가락은 부풀어 오른 흉터를 위로하듯 부드럽게 더듬었다. 우쓰미는 카스미의 손가락을 잡았다.

"그만 해."

카스미는 우쓰미의 뾰족한 어깨뼈에 얼굴을 묻고 눈을 감고 있다. 우쓰미에게 잡힌 왼손 손가락을 그대로 두고, 이번에는 오른손 손가락으로 우쓰미의 머리를 어루만졌다. 머리카락 끝에서 두피까지 찌릿찌릿 자극이 전해졌다. 우쓰미는 비명을 지를 것만 같았다.

"어째서 이런 짓을 하는 거지?"

"아파요?"

"아냐."

 카스미가 쇠약해져 가는 몸을 놀리는 것 같아 불쾌했다. 우쓰미는 한동안 몸을 비틀며 저항을 계속했다. 그러다 숨이 차서, 다시 수술 흔적에 카스미의 손가락이 닿았을 때, 피로를 느끼며 스르륵 온몸에 힘을 뺐다. 편안함과 졸음이 찾아온 것은 거의 동시였다.

 청소기가 웅웅대는 소리에 눈을 떴다. 순간 시끄러운 아내가 왔구나 하고 착각한 우쓰미는 반사적으로 머리맡에 있는 체온계를 겨드랑이에 끼려고 손을 뻗었다. 그러나 만져진 것은 침대의 차가운 헤드보드였다. 차츰 기억이 되살아난다. 열이 나서 이시야마의 별장에서 머문 것이다. 열은 떨어지고 속도 메슥거리지 않았지만, 우쓰미는 추위를 느끼며 이불을 다시 덮었다. 냉기가 바닥으로 가라앉아 으스스 몸이 떨린다. 이런 날은 가끔씩 명치가 지구의 인력에 이끌리는 듯 무겁고 쑤시며 아파 온다는 것을 알고 있었다.
 하지만 안정이 되지 않는 것은 몸의 컨디션 때문만은 아니었다. 어젯밤 수면제를 먹은 자신에게 카스미가 한 말과 한 짓……. 그것은 꿈이었나, 현실이었나. 요즘에는 확인하는 것 자체가 고통스러워지고 있다. 우쓰미는 그대로 누운 채 높은 창으로 보이는 네모난 하늘을 바라보았다. 어제와는 전혀 다르게 구름 낀 하늘이었다. 낮게 드리워진 구름 사이로 해가 깊숙이 가려졌다. 어느 틈엔가 청소기 소리가 사라졌다.
 베란다로 난 유리문이 활짝 열려 있고, 바깥 기운으로 가득 찬 거실은 서늘했다. 카스미가 테이블 앞의 의자에 앉아 무릎을 껴안은 채로 차를 마시고 있었다. 머리를 뒤로 묶고 감색의 긴팔 티셔츠를 입고 있다. 나이보다 젊어 보이지만, 안색은 창백하고 표정은 어두웠다.

"잘 잤어요? 기분은 어때요?"

우쓰미는 괜찮다는 듯이 끄덕여 보였다. 테이블 위에는 어젯밤 미즈시마가 가져다준 납작한 냄비에 든 죽이 있었다.

"우쓰미 씨, 약 아직 있어요?"

무슨 뜻인가 하고 우쓰미는 카스미의 얼굴을 보았다. 카스미의 공허한 시선이 정원 끝에 가 있었다.

"여기 좀더 있지 않을래요?"

"괜찮겠습니까?"

"이즈미 씨에게 부탁해 볼게요. 난 어차피 갈 곳도 없고……."

"난 상관없습니다."

"오늘 아침에요……. 나, 유카가 없어진 시각에 같은 일을 해 보았어요. 7시 전에 일어나서 일단 도요카와 씨 별장 근처까지 내려간 다음 그 아이들과 똑같이 현관까지 돌아와 몇 분 기다린 후 다시 계단을 내려가 보았어요."

"어땠어요?"

"계단은 내려갔는데 갈 곳이 없어서 길 한가운데 우두커니 서 있었어요. 그리고 이 집을 바라보고 있었어요."

우쓰미는 그 모습을 상상했다. 카스미가 2층 방을 올려다보는 모습을. 유카도 그랬을지 모른다. 아직 일어나지 않은 엄마를 원망하며. 아니면 현관 옆의 작은 방을 바라보았을지도 모른다. 그곳에서 뭔가가 일어났다는 것을 느끼고.

"그래서?"

"포기했어요. 더 이상 생각해봐야 소용없을 것 같아 포기했어요. 도저히 그 이상의 일은 아무리 생각해봐도 모르겠는걸요. 그 아이는 없어졌어요. 누가 데려간 게 아니라, 그 아이 스스로 없어진 건지도 모르겠어요."

"다섯 살짜리 아이에게 그런 의지가 있을까요?"

"글쎄요."

그러고는 입을 다물고 우쓰미에게 죽을 권했다. 우쓰미는 어젯밤 꾼 백일몽 이야기를 할까 생각했지만, 하루 지난 지금 기억의 윤곽이 조금씩 모호해져 자세한 것들은 벌써 잊혀져가고 있었다.

결국 우쓰미는 이즈미의 이야기를 하지 않았다.

그는 카스미보다 세 배의 시간을 들여 카스미의 3분의 1만큼의 죽을 먹었다. 식사 후 우쓰미는 댐핑 현상을 막기 위해 바닥에 누웠다. 냉기가 기어다니는 나뭇바닥에 등이 차가웠다. 우쓰미는 그것을 참으며 천장을 바라본다.

카스미는 우쓰미를 그냥 두고 설거지를 한 후 2층으로 가버렸다.

"실례합니다."

정원에서 남자가 들여다보았다. 미즈시마가 쑥색 작업복을 입고 서 있었다. 손에 검은 쟁반을 들고 있는 걸 보니 아마 쓰타에가 만든 점심을 가지고 온 것 같다. 꿀이며 설탕 따위가 잔뜩 묻어 끈적거리는 것을 상상하자 토할 것 같았다.

"우쓰미 씨, 어떠십니까?"

"예, 이제 괜찮습니다. 폐를 끼쳐서 죄송합니다."

우쓰미는 고개만 들어 미즈시마에게 인사했다. 미즈시마는 신을 벗고 들어왔다.

"이렇게 열어놓으면 춥지 않습니까. 오늘은 여름 같지가 않군요. 문 닫습니다."

문을 다 닫더니 미즈시마는 어색해졌는지 쟁반을 테이블에 놓고 안절부절못했다. 사람이 왔는데도 그대로 누워 있는 우쓰미가 거슬렸을 것이다.

"미즈시마 씨."

우쓰미가 말을 걸었다.

"어제 잊어버리고 물어보지 못한 게 있습니다."

"뭔가요."

"그 사건의 감상."

"감상?"

"예. 당신의 감상을 듣고 싶습니다."

우쓰미는 하얀 미즈시마의 양말을 보면서 말했다. 미즈시마는 우뚝 멈춰 섰다.

"감상이라 하기엔…… 너무 비극적인 일이어서……."

"비극인지 뭔지는 아직 모르죠. 어디서 잘 살고 있을지도 모르고……. 알 수 없는 일이잖소."

"그야 그렇습니다만."

미즈시마는 카스미가 어디 있나 살폈다.

"모리와키 씨는."

"없습니다. 마침 잘됐군요, 들려 주세요."

"전 말입니다. 좀 불쾌했습니다. 아니, 상당히 불쾌했습니다. 내가 롤리타 콤플렉스라느니, 실은 징계 처분을 받았다느니, 하는 사실 무근의 소문들이 무성했죠. 그래서 이즈미 씨에게도 사모님에게도 심려를 많이 끼쳤고요."

미즈시마는 롤리타 콤플렉스란 말을 아주 꺼림칙한 단어인 양 낮은 소리로 재빨리 말했다.

"그럼 그건 거짓말입니까. 당신은 롤리타 콤플렉스가 아닌가요?"

"물론입니다. 자위대 기록을 조사해 코면 다 나오는 일이니 자신 있게 말할 수 있습니다. 나와 사모님과의 일도 있는 말 없는 말 다 하는 것 같아서 괴롭습니다. 사건은 우리의 생활을 엉망진창으로 만들어놓았을 뿐입니다. 우리는 여기에 살고 있습니다. 여기 남아 이런저런 말 듣고 사는 고통을 도쿄 사람들이 뭘 알겠습니까. 사장님은 그런 마음의 고통을 견디다 못해 자살하셨을 겁니다. 나와 사모님 사이를 질투해서라는 말은 순 거짓말이죠. 어린아이 하나가 실종되니 온갖 소문이 나돌더군요. 내가 했다, 사장님이 했다, 아니 사모님일지도 모른다. 땅값은 떨어지고 살 사람은 나타나지 않고, 구경꾼은 몰려들고. 우리 집 정원에 묻혀 있다고 말한 사람을 난 용서하지 않을 겁니다. 사장님은 말이죠, 이곳을 노후를 위한 이상향으로 만들고 싶어하셨어요. 그런데 갖은 흉문만 도니까……. 절망하신 게 분명합니다. 어쨌든요, 이시야마 씨에게는 죄송하지만, 그 사람이 이 집을 사지 않았더라면 이런 일은 일어나지 않았을 겁니다. 난 그 사람들을 몹쓸 병을 퍼뜨린 사람들이라 생각합니다, 심한 말이긴 하지만. 사모님은 사장님의 자살 후 정말 뒤따라가시려고 했을 만큼 비통해하셨답니다. 내가 그분을 평생 모시려고 생각한 것은 그런 모습을 보았기 때문이죠. 나는 존경하는 그분을 평생 섬기고 싶습니다."

"자위대에는 그럴 만한 사람이 없었나요?"

"이것 보세요, 자위대는 직업 조직이잖습니까. 어디까지나 사적인 문제입니다."

우쓰미의 도발을 경멸하듯 미즈시마는 우쓰미를 곁눈으로 보았다.

"이즈미 사장은 당신이 보기에 어떤 사람이었죠?"

갑자기 배가 아프기 시작했다. 찬 바닥에 누워 있던 것이 좋지 않았던 것 같다. 우쓰미는 자세를 바꾸지 않고 애써 숨을 토하며 다른 데로 신경을 분산시키려 했다. 갑자기 일어서면 담즙이 거꾸로 올라올 것 같았다.

"사장님 말입니까? 순수한 분이셨지요."

"어린아이 같다는 말입니까?"

우쓰미는 식은땀을 흘리면서도 야유를 잊지 않았다. 미즈시마는 진지하게 항변했다.

"어린아이라는 말은 어폐가 있습니다. 순수했습니다. 사건이 일어난 후 이렇게 말씀하셨지요. 이제 끝이다, 미즈시마. 여기서 이런 일이 일어났으니 책임을 져야지, 라고요."

"책임을 지느라 자살한 건가요?"

미즈시마는 우쓰미가 통증을 참느라 입술을 일그러뜨리는 것을 조소라고 생각했는지 화가 난 표정을 감추지 않았다. 보기와 달리 성미가 급한 남자였다.

"그런 식으로 말하지 않아도……."

"왜요, 잘못됐습니까?"

"그런 건 아니지만요. 다만 책임을 진다고 하면 사장님이 범인이니 그런 거라고 멋대로 추측하는 놈들이 있기 때문에 말입니다. 몇 번이나 말했지만요, 사장님도 사모님도 나도 그 시간에는 분명히 집에 있었습니다. 이건 정말 틀림없습니다. 마침 그 시간에 주재소의 와키다 씨가 전화까지 걸어왔는걸요. 8시 조금 지나서였나. 와키다 씨는 다음 날이 비번이라서 사장님과 낚시를 하러 갈 약속을 했던 모양이라……."

"알고 있소, 그 녀석이라면."

우쓰미는 와키다의 얼굴을 떠올렸다. 붉은 빛이 도는 얼굴에 둔해 보이는 외모와 달리 민첩하고 요령 있게 수색대를 잘 지휘했다. 사건 후 다른 경찰서로 이동되어 형사가 됐을 것이다. 우쓰미가 수색대에 참가했을 때, 다가와 '형사가 되고 싶다'고 이야기했기 때문에 기억하고 있다.

"그 전화로 우리 세 사람이 얼마나 안도의 한숨을 쉬는지 모릅니다. 그게 없었더라면 이 마을에서 무슨 소릴 듣고 살았을지 모르죠. 생각만 해도 끔찍합니다."

"그럼 유카는 어떻게 됐을 거라고 생각하나요?"

미즈시마는 꼭 끼어 보이는 작업복의 팔을 걷었다.

"생각할 수 있는 것은 누군가가 데려갔다는 것밖에 없겠죠. 마을 밖에서 온 놈이 밤새 여기까지 올라와서 말이죠, 도요카와 씨네 집에서 죽은 사냥개처럼 말입니다. 숲 속에 숨어 있다가 유카를 보고 데려갔다, 그렇지 않을까요? 그 다음은 모르겠습니다. 걸어가든 어떻게 가든 30분이면 내려갈 수 있으니까요."

"목격자도 없는데요?"

미즈시마는 헤헤 하고 웃었다.

"아이니까요. 접으면 아주 작아지지 않겠어요? 그 사냥개도 20킬로그램 정도는 나갔거든요. 마찬가지겠지요."

"이상하게 자세히 아는군요."

우쓰미는 어두운 소리로 말했다.

"유카의 체구가 그 정도입니까?"

미즈시마는 아무 대답도 하지 못하고 거실을 돌아다니며 창이며 문을 둘러보았다.

"아, 이쪽 창틀도 이제 못 쓰겠네. 올 겨울 추워지기 전에 바꿔야겠군."

"미즈시마 씨, 어째서 이 집만 그렇게 신경쓰는 거죠?"

창을 열고 새시를 점검하던 미즈시마가 돌아보았다.

"이봐요, 우쓰미 씨. 이 집을 부수고 평지를 만들었다가는 사모님하고 나, 무슨 말을 들을지 상상하고도 남습니다. 아, 미즈시마가 증거를 인멸했구나, 하겠죠. 이제 오기로 지킵니다. 우리는 사건을 슬퍼하고 있다, 그대로 남겨두고 아이가 돌아오기를 기다리고 있다……. 그걸 보여주는 겁니다. 사장님이 그렇게 하라고 하셨죠. 그래서 내가 그 뜻을 이어받고 있는 겁니다. 이 땅에서 계속 살아갈 거니까요. 사모님은 이제 이 땅밖에 갖고 있지 않으니까요."

"부인이 죽으면?"

우쓰미의 심술궂은 물음에 미즈시마는 희미하게 웃음으로 대답했다. 그러고는 베란다의 문을 열고 신발을 신었다.

"글쎄요, 내 것이니까요. 그러면 팔아치우고 어딘가로 가겠죠."

미즈시마의 모습이 정원에서 사라진 후, 우쓰미는 천천히 일어섰다. 아직 아픈 배를 어루만지면서 약봉지를 찾으러 2층으로 가려던 그는 그제야 계단 한가운데 카스미가 앉아 있는 걸 발견했다. 창백한 얼굴이었다.

"우쓰미 씨, 삿포로로 돌아가요. 됐어요. 여기는 이제 지긋지긋해요."

그 말만 남기고, 2층으로 뛰어올라갔다.

3

날씨가 쌀쌀해지면 지갑 끈도 굳는 것 같다. 한여름의 금요일인데 스스키노의 술집 거리는 경기가 좋지 않았다. 간혹 걸어다니는 사람은 얇은 옷으로 추위를 견디느라 잔뜩 몸을 움츠린 관광객뿐이다. 시종 멈춰서서 지도를 펼치고 있는 관광객을 우로 좌로 피하며 보도를 걸어가는 우쓰미를 누군가가 불렀다.

"우쓰미 씨."

낯익은 경찰관이었다. 순찰 중인 것 같다.

"여어, 오랜만인데."

경찰관은 싱글거리며 경례를 했다. 데시카가 출신의 성격 좋은 녀석이었지, 하고 기억을 더듬었다. 우쓰미는 주머니에 손을 넣어 위 언저리를 눌렀다. 며칠 전부터 도저히 사라지지 않는 의심처럼 끈질기게 붙어 있던 통증은 오늘에야 겨우 사라졌다. 하지만 다음에 다시 악화될 것이 불안해 자신도 모르게 만지게 된다.

"건강하십니까?"

"건강하지 않아."

"몸은?"

"곧 죽을 거야."

경찰관은 안색이 바뀌었다. 우쓰미의 몸이 몹시 안 좋다는 게 육안으로 알 정도였을 것이다.

"그런 농담 하지 마세요."

그는 말까지 더듬거렸다.

"농담이라면 좋겠다. 농담이라면······. 그런데 'HOCKEY'라는 곳 모르나? 술집인 것 같은데."

"HOCKEY라고요? 들은 적 있습니다만."

경찰관은 주위를 둘러보았다. 우쓰미는 바지 주머니에서 메모지를 꺼냈다. 도요카와의 가게 이름이 적혀 있다.

"'호케야'란 체인점 있지. 그곳의 자매점인 것 같아."
"아, 그렇다면 호케야 1호점의 건너편 빌딩입니다."
"1호점? 그건 어디야?"
"저기 스스키노 빌딩 보이죠? 옛날에 총격이 있었던 곳이죠."
"그런가. 형사가 동업자에게 길을 묻다니, 다 됐군."
같은 말을 누군가가 했다. 그렇다, 아내인 구미코다. 머리까지 쇠약해져가는 건가. 우쓰미는 쓴웃음을 머금었다.

카스미를 데리고 시코쓰 호에서 돌아온 것은 이틀 전 저녁 무렵이었다. 아파트 부엌의 작은 창이 조금 열려 있었다. 접시라도 씻고 있었던지, 신경질적으로 수돗물을 트는 소리가 나더니, 구미코가 창으로 얼굴을 내밀었다. 우쓰미란 걸 확인하자마자 마구 나무라기 시작했다.
"어디 갔던 거예요!"
우쓰미는 꺼냈던 키를 다시 주머니에 넣었다. 조금 떨어져서 따라오던 카스미는 두 사람의 대화를 듣고 경직된 듯 아파트 바깥 계단 중간에 우뚝 멈춰서 있다. 현관문이 안에서 열렸다. 구미코는 예의 그 직업적인 눈초리로 우쓰미를 관찰했다. 전에는 불안해하며 그 눈에 나타나는 생각을 읽으려고 애썼지만, 이제는 아무래도 좋았다. 우쓰미는 간헐적으로 엄습해오는 통증을 견디는 중이었다.
"말랐어?"
"아뇨, 건강해 보여요."
이렇게 대답한 후, 구미코는 현관 앞에 나와 있는 자신의 신발을 치우고 우쓰미의 얼굴을 다시 올려다보았다.
"없어서 걱정했잖아요. 가출이라도 했나 하고."

"언제 왔어?"

"어제 저녁에요. 기척이 없어서 어딘가에서 자살이라도 한 건 아닌가 싶어 얼마나 애탔는데요."

"난 그런 타입 아니잖아."

"그렇긴 하지만요. 상황이 이러니까 나도 이런저런 생각을 많이 하게 되잖아요. 오전 근무 끝내고 졸린 것 참고 달려왔는데 없지 뭐예요."

구미코는 걱정했던 게 어지간히 억울한 모양이다. 볼멘소리로 계속 투덜거렸다. 지친 표정에 어울리지 않는, 화사한 핑크색 폴로 셔츠를 입고 있다.

"미안해, 오는 걸 몰랐어."

우쓰미는 등뒤를 돌아보며 망설이는 표정으로 서 있는 카스미에게 손짓했다. 카스미는 우쓰미에게 자신이 가도 되냐고 묻는 표정을 지었지만, 우쓰미가 끄덕이자 계단을 올라왔다.

"누구……?"

구미코가 놀란 얼굴로 현관 앞에 서 있는 카스미를 보고, 우쓰미를 돌아보았다.

"손님이야."

우쓰미는 카스미를 소개했다.

"모리와키 카스미 씨. 아이가 실종됐다는 분."

아연해 있던 구미코는 텔레비전 프로그램을 기억해낸 것 같다. 앗, 하는 소리를 냈다.

"처음 뵙겠습니다. 모리와키입니다."

카스미가 구미코에게 인사했다. 카스미는 좁은 현관에 우쓰미와 나란히 있는 것이 어색하다는 듯 몸을 움츠리고 있다. 구미코는 순간 당혹스러운 표정을 지었으나, 이내 접대용 미소를 지었다.
"자, 어서 들어오세요."
"실례하겠습니다."
 카스미가 등을 돌리고 신을 벗는 사이, 구미코는 우쓰미의 소매를 잡고 조그맣게 속삭였다.
"정말로 연락을 한 거예요?"
"응."
 우쓰미는 가볍게 끄덕였다.
"둘이서 어딜 갔던 거예요?"
"수사하러 다녀왔어."
"그럴 수 있는 몸이 아니잖아요. 조심하지 않으면 몸 엉망 돼요. 한번 눕게 되면 체력이 완전히 떨어진다고요."
 내버려둬, 하고 소리치고 싶은 것을 간신히 참으며 우쓰미는 방바닥에 누워버렸다. 시코쓰 호에서 삿포로까지 불과 한 시간 정도의 운전이었지만, 시내에서 도로가 밀리는 탓에 시간이 더 걸려 피곤했다. 신경이 지치면 금세 몸에 영향이 온다. 별장 거실 바닥에 누워 있는 동안 생긴 통증은 아직도 낫지 않고, 때로 대화를 할 수 없을 정도의 고통을 주었다. 우쓰미는 파래진 얼굴로 방석을 배에 갖다 댔다. 구미코는 우쓰미의 상태를 보면서 말했다.
"아파요?"
"좀."
"무리해서 그래요."
"언제나 이래."
 두 사람의 대화가 또렷이 들렸을 것이다. 카스미는 조심스럽게 현관에 서 있었다. 우쓰미는 카스미의 키가 여자치고는 상당히 큰 편이라는 것을 처음 느꼈다. 지금까지 그런 것에도 무관심했던 자신이 우스웠다. 식은땀을 흘리면서도 은은히 미소를 띠고 있는 카스미와 눈이 마주쳤다.

"어서 안으로 들어오세요." 마치 환자를 대하는 사무적인 어조로 구미코가 카스미에게 방석을 권한다. 카스미는 입속으로 인사를 하며 괴로워하는 우쓰미 옆에 앉았다. 구미코가 지금부터 조사라도 하겠다는 식으로 두 사람 앞에 앉았다.

"수사하러 어딜 다녀왔어요?"

"시코쓰 호."

"모리와키 씨, 뭔가 알아냈나요?"

이번에는 카스미를 향해 묻는다.

"아뇨, 아무것도."

카스미는 슬픈 얼굴로 대답하며 고개를 가로저었다.

"아이가 없어졌다는 건 정말 슬픈 일이에요. 동정합니다."

"감사합니다."

"텔레비전에서 제보가 있었잖아요. 그건 어떻게 됐어요?"

"아니었어요. 남자아이였어요."

우쓰미는 아내의 얼굴에 나타난 평범한 관심과 동정이 낯설다고 생각하며 멍하니 있었다. 당사자를 대신할 수 없는 이상 누구나 가질 수 있는 공감 따위는 그저 상대를 더 초조하게만 할 뿐이다. 하지만 카스미는 등을 곧게 펴고 구미코의 호기심을 잘 채워주고 있다. 우쓰미의 시선이 자꾸 카스미에게 간다는 것을 확인한 구미코가 이번에는 심문하듯이 우쓰미에게 물었다.

"당신은 어때요. 식사는 제때 잘했어요? 다섯 끼니를 먹지 않으면 영양이 부족해진다고요."

"글쎄."
 먹는 것은 겨우 두 끼뿐이었고, 그것도 보통 사람의 3분의 1 정도였다.
 "1주일 전보다 말랐어요. 체중 재봤어요?"
 "아니."
 "열은 나지 않아요?"
 "3일 전에 났었어. 곧 떨어졌지만."
 "지금, 아프죠?"
 "조금."
 "조심해요. 정말, 부탁이니까 무리하지 마세요."
 "어차피 죽을 건데 괜찮아."
 "또 저렇게 말한다니까."
 구미코는 화가 난 것 같았다.
 "말하는 사람은 걱정돼서 그러는데, 그런 말밖에 못 해요! 모리와키 씨도 좀 말해 주지 않겠어요. 이 사람, 병원에 가는 것도 끊고, 내가 있는 병원에 입원하는 것도 싫다 하고……. 아주 고집쟁이 환자랍니다."
 고집쟁이든 뭐든 카스미를 대신할 사람이 어디에도 없는 것과 마찬가지로, 나의 운명을 대신할 자도 없다. 온세상 어디를 뒤져도 없다. 너는 너 이외의 사람은 모두 너와는 다르다는 당연한 진실을 경험해본 적 있는가.내 배의 통증이 네게 전해지는가. 우쓰미는 구미코에게 분노를 느끼면서, 묵묵히 다다미만 바라보고 있었다. 아파트 앞에 있는 들판 같은 주차장에서 가을 벌레 우는 소리가 들려온다. 카스미가 눈으로 이렇게 말하는 것 같았다.
 '방해하는 사람은 이제 필요없죠?'

무슨 방해일까. 살아가기 위해서였는데. 역설적이지만 한정된 생명을 살아가기 위해서였다.
　구미코가 침묵을 견디지 못하겠다는 듯 벌떡 일어섰다. 테이블에 있던 찻주전자에 재빨리 차를 끓여 세 사람 분의 차를 내왔다. 구미코의 손은 잘도 움직인다. 우쓰미는 그 손놀림을 바라보고 있다. 여기서 자신의 침대를 정리할 때의 그 민첩하고 정확한 손놀림. 우수한 간호사인 구미코. 자기 아내……. 그러나 우쓰미는 자신이 원하는 것은 그런 것이 아니라고 생각했다. 행동이 아닌 사고. 흥분이 아닌 진정이다. 밤마다 들려 주는 카스미의 속삭임과 따뜻한 손가락의 온기가 가슴에 되살아났다. 마치 포근한 누에고치 속에 있는 듯한 느낌. 그대로 죽어갈 수 있다면 얼마나 좋을까, 생각했다. 잠시 통증이 누그러졌다.
　"나, 이제 그만 가야 돼요."
　구미코는 손목시계를 들여다봤다.
　"야근이에요. 다음 주에 올게요."
　"이제 안 와도 돼."
　우쓰미의 말에 구미코는 깜짝 놀랐다
　"무슨 말이에요?"
　"이 사람이 있으니까 괜찮아. 죽을 때까지 돌봐줄 거야."
　카스미가 차분하게 말했다.
　"제가 간호하겠습니다."
　"어머나, 간호사가 그런 소리를 듣다니 할 말이 없네."
　구미코는 입술을 찡그리며 빈정거렸다. 그것은 두 사람의 짧은 결혼생활 동안 우쓰미도 자주 보였던 표정이었다. 항상 자신의 일만 생각하느라 서로에게 상처를 주었던 생활. 우쓰미는 구미코에게 이별을 고해야만 한다고 생각했다.

"당신에게 신세는 많이 졌지만, 최후의 순간쯤은 혼자 어떻게든 보내보고 싶어."

"당신은 그렇게 말하지만, 그렇게 간단하고 멋있는 일이 아닐걸요."

"알고 있어."

"최후에는 움직일 수 없게 될지도 몰라요. 그럴 때야말로 내게 의지해 주었으면 해요. 난 간호사잖아요."

구미코가 간호사가 아니었더라면 뭐라고 했을까. 아내잖아요, 라고 했을까.

"그래도 좋아. 어떤 것인지 경험해 보겠어."

"나 따위는 필요없다는 거군요. 혼자 있다 아무 데나 쓰러져 죽겠다는 건가요?"

"그렇게 말하진 않았어. 그렇게 돼도 상관없지만."

우쓰미는 구미코의 입에서 나온 격한 말에 쓴웃음을 지었다.

"하지만 당신에게 무슨 일이 있으면 나한테 연락 같은 게 올 거예요."

구미코는 갑자기 해고된 회사원처럼 불만스러운 얼굴이 되었다.

"무슨 일이 있다면이겠지. 그때까지 맘대로 지내고 싶어."

"맘대로라고 하지만, 그건 너무 자기 멋대로예요. 내게도 걱정하고 돌봐줄 권리는 있다고요."

"난 죽는다는 걸 알고 행복하다고 생각한 게 한 가지 있어. 최후만은 맘대로 할 수 있는 시간이라는 것 말이야."

구미코는 아무리 말을 해도 소용없다고 생각했는지 힘없이 끄덕였다.

"그렇게까지 말한다면 됐어요. 안 을게요. 맘대로 죽도록 하세요."

"미안해."

"됐어요. 혹시 통증이 간장에까지 온다면 드레나지라는 수술을 받는 것이 좋으니까, 그때는 우리 병원으로 오세요. 약속해요."

"알았어."

구미코를 안심시키려고 대답은 했지만 우쓰미는 그럴 생각은 털끝만큼도 없다. 요즘 갑자기 약해진 느낌이 든다. 죽음은 생각보다 빨리 찾아올지도 모른다. 차라리 그 편이 낫다고 우쓰미는 생각했다. 카스미가 자기 옆에 있어주는 동안 찾아와주길 원했다. 그것이 우쓰미의 현재의 '욕망'이다. 구미코가 돌아간 후, 카스미가 미소를 지었다.

"내가 당신이었더라도 같은 말을 했을 거예요."

"당신은 내가 아냐."

"그렇군요."

카스미의 표정이 밝아졌다.

가르쳐준 건물은 이내 찾을 수 있었다. 맨션을 개조한 술집 빌딩이었다. 우쓰미는 제일 위층인 6층에서 엘리베이터를 내렸다. 안뜰을 둘러싼 회랑 식으로 되어 있는데, 방 하나가 가게 하나였다. 아래를 내려다보니 빛이 잘 들지 않는 비좁은 안뜰에는 검은 비닐봉지며 드럼통이 아무렇게나 놓여 있어 쓰레기장을 방불케 했다. 동쪽 모서리에 있는 'HOCKEY'는 이 빌딩 안에서도 가장 큰 방답게 문도 호화로운 조각으로 장식되어 있었다. 문을 열자 볼륨을 높이 올린 가라오케가 충격파처럼 우쓰미의 돈을 때렸다.

"어서 오십시오."

카운터 안의 남자가 붙임성 있게 맞아주었다. 도요카와 같았다. 술살이 찐 땅딸막한 체구. 흰 셔츠에 검은 에이프런을 두르고 있다. 가게는 바에 다섯 석, 룸이 두 개인 아담한 구조지만, 내부 장식을 새로 한 듯 아직 나무향이 감도는 게 그리 나쁘지 않았다. 룸에는 샐러리맨 손님이 세 사람 와 있었다. 파란 미니 드레스의 젊은 여자가 붙어앉아 함께 가라오케의 마이크를 잡고 있다. 카운터 안쪽에는 도요카와의 아내로 보이는 키 큰 중년 여자가 치즈를 썰고 있었다.

"뭘로 하겠습니까."

"우롱차."

우쓰미는 도요카와가 권하는 대로 카운터 끝에 앉았다. 한 곡이 끝나고 다음 곡이 시작되었다. 커다란 노래 소리에 얼굴을 찌푸렸다. 도요카와가 미안해하며 말을 건넨다.

"죄송합니다. 손님도 한 곡 부르시겠습니까?"

"아뇨, 됐습니다."

우쓰미는 손을 저으며, 말을 꺼내기 시작했다.

"도요카와 씨죠."

"그렇습니다만."

도요카와는 끄덕이면서 잽싸게 우쓰미의 전신을 훑어보았다. 이내 경계와 호기심이 동시에 얼굴에 떠오른다. 검은 양복에 흰색 티셔츠를 입은 우쓰미의 복장에 고개를 갸웃거렸지만, 도요카와는 이내 경찰의 냄새를 맡고 태도를 바꾼다. 이 역시 우쓰미에게는 익숙한 변화였다.

"전에 오신 적이 있었습니까? 성함은……?"

도요카와는 벽에 진열된 선반을 확인하는 척했다. 우쓰미를 평범한 손님이라고 생각하지 않는 것은 분명했다. 몸을 숙이고 있던 도요카와의 아내가 고개를 들고 우쓰미를 보았다. 남편보다 야무진 군, 하고 우쓰미는 이내 그녀를 파악했다.

"아뇨, 처음입니다. 실은 난 모리와키 씨의 부탁을 받아서 유카 양 실종사건을 조사하고 있습니다."

"형사님이십니까?"

"얼마 전에 그만두었습니다. 이건 자의봉사죠."

"호오, 자원봉사라고요."

홀 안의 손님은 모두 우쓰미와 도요카와의 이야기에 귀를 기울이고 있는지, 가라오케가 끝나자 가게 안은 조용해졌다. 손님들은 다시 맥주를 마시기 시작한다. 파란 드레스의 여자가 카운터로 치즈 접시를 가지러 왔다.

"유카 찾는 그 방송, 일전에 텔레비전에서 했잖아요. 오타루에서 전화 온 거 우리도 흥분하며 봤었는데."

도요카와의 아내가 옆에 와서 섰다. 도요카와가 뭔가를 속삭이자 아내가 놀란 얼굴로 우쓰미를 보았다. 화장기가 전혀 없는 갈색의 얼굴에 검은 아이라인만 선명했다. 약간 치켜올라간 작은 눈에 우쓰미의 몸 상태를 알아본 듯 동정이 서리는 것을 우쓰미는 계속해서 관찰했다. 여자의 눈은 남자보다 여리하다. 특히 이 여자는 똑똑해 보인다.

"처음 뵙겠습니다. 도요카와의 아내입니다."

여자는 우쓰미에게 인사했다. 낮고, 즈금 허스키한 목소리는 상상했던 대로였다.

"우쓰미입니다."

우쓰미는 가볍게 머리를 숙였다.

"오타루의 이야기, 물론 꽝이었지요?"

여자는 도요카와에게 건네받은 우롱차를 테이블 위에 놓았다.

"예, 아니었습니다. 그래서 말인데요, 잠깐 당시 이야기를 좀 들려주셨으면 싶어서요."

"당시라고 해봤자, 우리는 아무것도 모르죠……?"

담배에 불을 붙이며, 도요카와의 아내는 남편의 동의를 구했다.

"그날은 늦잠을 자고 있는데 남편인 모리와키 씨가 다급하게 찾아왔어요. 애가 없어졌다며 모르냐고 묻는데 우리도 뒤로 나자빠질 일이죠. 세수도 안 하고 잠도 덜 깼는데 경찰이 와서 집 안을 보여달라고 하질 않나. 아들은 제일 먼저 의심을 받아서 충격을 받고……"

도요카와는 아내의 이야기를 들으며 카운터 아래에서 글라스를 꺼내 약주를 가득 채우더니 단번에 3분의 1 정도를 비웠다. 우쓰미의 시선을 느끼고는 변명을 한다.

"이런 건 말이죠, 홀짝홀짝 마시면 들키니까요. 물 마시듯이 단번에 휙 마시는 게 요령이죠."

"들켜도 상관없잖아요."

"아뇨, 아뇨. 가게 주인이 술 마시는 거……. 싫어하는 사람 많습니다."

우쓰미는 모호하게 끄덕였다. 빨리 아내의 이야기를 듣고 싶었다.

"그곳은 삿포로에서 가깝잖아요. 별장 같은 것은 우리 분수에 맞지 않지만, 종업원이나 단골 손님을 초대해서 모두 즐겁게 마시고 놀자고 샀죠. 산 것까지는 좋았는데, 좀더 골프장에 가까운 곳이 좋으니, 겨울에도 갈 수 있는 곳이 좋으니, 하고 말들이 많아서 말입니다. 팔아버릴까, 생각하던 참에 생긴 일이었죠. 언제나 8월 휴가 때 그곳에 가거든요. 그 해는 8일부터 1주일 예정이었던가. 갈수록 별장지가 적막해져서 점점 싫어지던 참인데 마침 이시야마 씨네가 와서 오랜만에 사람 사는 것 같았죠."

"이시야마 씨와 만났었습니까?"

"최근에요?"

아내는 미심쩍은 표정을 애써 감추며 우쓰미의 진의를 살폈다.

"언제 얘기죠?"

"일을 알선해 주셨지요. 며칠 전에 시코쓰 호에서 만났습니다. 젊은 여자와 같이 있더군요."

"만났다면 됐습니다만. 그 사람에게 호스트바를 소개해줬더니 이내 젊은 여자를 꿰차고서는⋯⋯. 처음엔 가정 교육 잘 받고 유복한 환경에서 잘 자란 사람인 줄 알았는데, 그렇게 근성이 있을 줄은 몰랐어요. 침 발라두었으면 좋았을걸"

이시야마를 좋게 생각하지 않는 우쓰미는 무뚝뚝하게 듣고 있다.

"개의 시체⋯⋯."

도요카와가 아내를 쿡쿡 찌른다. 도도카와는 언변이 서툰지 끄덕거리기만 했고 말하는 것은 아내의 몫이었다.

"맞아, 맞아. 개의 시체가 있었죠. 그게 처음부터 재수없었어."

"개의 시체요?"

우쓰미는 그런 이야기를 들은 것 같다고 생각하면서 도요카와 아내의 화장기 없는 모습을 보았다.

"도착한 다음 날인가. 우리 아들이 정원에서 냄새가 난다는 겁니다. 정원이라 해야 산과 이어지고 있는데, 산에서 냄새가 날 리는 없잖아요? 살펴봤더니 개의 시체가 썩고 있는 거예요. 토할 만큼 기분 나빴죠."

"그래서 미즈시마 씨에게 부탁해서……."

도요카와가 거들었다.

"이즈미 씨와 둘이 치워주었지만, 어째서 그런 곳에 죽어 있었느냔 말입니다. 기왕이면 이즈미 씨네 집에서 죽어 주었더라면 좋았을 텐데. 치울 사람이라도 있으니까 말이죠."

"그래요. 처음에는 누가 장난으로 버려놓은 건지도 모른다고 생각했지만, 길도 멀고 말이죠……. 우연이겠지만 뭔가 불길한 예감이 들었어요."

응, 하고 도요카와는 아내와 같이 끄덕였다.

"이상한 일이라면 그 정도인가요."

"다른 건 별로 없었습니다."

아내는 남편을 보았다. 도요카와가 '없었지' 하고 고개를 가로젓는다. 아내가 계속했다.

"하지만 그 사건은 정말이지 비극의 시작이었어요. 물론 모리와키 씨가 가장 가엾지만, 이즈미 씨도 불쌍해요. 별장지가 폐허가 되어버렸잖아요. 이즈미 씨는 자살하고 말이죠. 이시야마 씨도 이혼했잖아요. 모두 그 일이 원인이 되어 엉망진창이 된 거죠. 누가 범인이고 아이도 어떻게 됐는지 모르겠지만, 정말 그 사건으로 여러 사람의 인생이 완전히 달라져버렸어요."

"우리 집뿐인가. 별일 없는 건."

남편이 익살스럽게 말했지만, 아내는 묵살했다. 모두 엉망진창이 되었 다. 카스미도 이시야마도 그렇다. 자신도 그렇지 않은가.

"아드님은 어디 가면 만날 수 있습니까?"

"모토히코 말인가요?"

아내는 어깨를 으쓱거린다.

"글쎄요."

아까 아내가 도요카와의 말을 무시했을 때 느낀 위화감. 우쓰미는 흘끗 도요카와를 돌아보았다. '나중에'라는 식으로 손짓을 한다. 역시 사연이 있는 건가. 잠잠하던 가라오케가 다시 시작됐다. 적절한 타이밍이었다. 우쓰미는 인사를 하고 자리에서 일어섰다. 우롱차 값을 내려고 하자 도요카와가 됐다고 손을 젓는다. 이제 형사도 아닌데요, 하고 말하려던 우쓰미는 귀찮아서 그대로 가게를 나왔다. 헉헉거리며 도요카와가 쫓아나왔다. 복도 형광등 아래에서 보는 도요카와는 가게에서보다 훨씬 늙어 보였다.

"우쓰미 씨, 잠깐만 기다리세요."

우쓰미는 막 열린 엘리베이터를 그냥 보냈다. 엘리베이터에서는 관광객으로 보이는 남자들이 기대에 찬 눈으로 우루루 내린다. 도요카와는 손님들이 어느 가게에 들어가는지 직업적인 눈으로 확인한 후 우쓰미의 얼굴을 보았다.

"아드님 이야깁니까?"

"예. 대개는 이곳에 있습니다. 모토히코라고 하는데요······. 실은 가게를 하나 맡겼는데, 그것도 실패해서요. 제 엄마에게 야단맞고 집에도 들어오지 않습니다."

도요카와는 조그만 성냥갑을 던져주었다.

'그랜드블루'라는 가게 이름이 적혀 있다. 주소를 보니 그리 멀지 않다.

"아, 도요카와 씨."

우쓰미는 도요카와의 등에 대고 그를 불렀다. 목 둘레에 붙은 군살이 칼라에까지 흘러내린다.

"뭐죠?"

"아까 묻는 걸 잊어버렸습니다. 당신의 감상도 듣고 싶은데요. 부인은 말씀을 잘해 주셨습니다만."

"그 사건의……?"

"그렇습니다."

"이상한 걸 묻는군요."

도요카와는 앞에 두른 에이프런 끈을 풀어 다시 묶으면서 잠시 생각했다.

"감상……. 감상이라, 단 한 마디. 꺼림칙한 일이었다는 걸까요? 우리 아들과도 가끔 이야기하지만, 정말 꺼림칙한 일이죠, 그건. 우리가 바로 그 별장을 팔려고 내놓은 건요, 땅값이 떨어지는 것과는 상관이 없었습니다. 단지 꺼림칙했기 때문입니다. 보세요, 시간 경과를 볼 때, 분명 우리 집 앞이나 그 근처에서 여자아이가 사라졌다는 게 되겠죠. 하지만 그런 일, 불가능하지 않겠습니까. 그야, 우리는 모두 자고 있어서 차 소리도 들리지 않았고, 아무도 보지 못했으니 뭐가 뭔지 모르겠지만, 그 여자아이가 그 주변에서 살해되어 묻힌 것만은 틀림없어요. 만약 우리 집 정원에서 그게 나오는 날에는 무서워서 죽을 겁니다. 그래서 우리는 그 후 한 번도 그쪽으로 발을 들이지 않았어요. 난 불과 얼마 전에 다녀왔지만."

"어째서 도요카와 씨만 갔었습니까."

우쓰미가 물었다.

"실은요……."

도요카와는 목소리를 낮추었다.

"개의 시체가 있던 곳이 마음에 걸려서요. 혹시 그 아래 아이가 묻혀 있지 않을까, 해서요."

"파보았습니까?"

도요카와는 쑥스러운 듯이 손으로 입을 가렸다.

"설마요. 무서워서 그냥 돌아왔습니다."

우쓰미의 취향으로는 이해하기 힘든 가게였다. 가게 전체가 바닷속이라는 컨셉트의 바였다. 벽도 바닥도 짙은 블루로 칠해져 있고 문에는 선창을 표현한 동그란 구멍이 뚫려 있다. 벽에는 큰 수조가 박혀 있고, 색깔 선명한 산호숲을 작은 상어와 바다거북이 헤엄치고 있었다. 그리고 카운터는 바닷속의 돌을 연상시키는 모래색이었다. 돈이 많이 들었겠군. 우쓰미의 첫인상이었다. 손님은 하나도 없었다. 젊은 남자가 혼자 카운터에 기대어 돌아갈 수 없는 우라시마 타로(거북을 살려준 덕으로 용궁에 가서 호화롭게 지내다 돌아와보니 많은 세월이 지나 아는 사람이며 친척이 모두 죽고, 모르는 사람뿐이었다는 동화 속의 주인공 — 옮긴이)처럼 멍한 표정으로 수조와 비디오 모니터를 번갈아 쳐다보고 있다.

"도요카와 씨?"

우쓰미는 카운터 옆의 의자에 앉았다.

"예."

도요카와 모토히코는 귀찮은 듯 우쓰미에게 시선을 돌렸다. 마른 체격에 길어 보이는 체형은 어머니를 닮았지만, 힘없는 눈매는 아버지도 어머니도 닮지 않았다.

"우쓰미라고 합니다. 지금, 아버님 가게에서 오는 길입니다."

"왜죠?"

모토히코는 햇볕에 탄 긴 머리를 끊임없이 어루만지다 고무줄로 묶었다. 막 목욕하고 나온 것처럼 그의 머리는 윤기 없이 푸석거렸다.

"모리와키 유카 사건을 조사 중입니다. 전에는 형사였지만, 지금은 자원봉사로 수사를 하는 중이니 경찰과는 관계없습니다."

"그런 것도 자원봉사를 합니까?"

"예, 보수를 받지 않겠다는 약속을 했으니, 자원봉사라 해도 되지 않을까 싶어서요."

모토히코는 별 관심 없다는 듯이 끄덕거렸다. 카운터 위에 물로 희석한 위스키 잔이 놓여 있지만, 얼음은 거의 녹아 있었다. 구석의 비디오 모니터에는 바닷속 영상이 비치고 있다. 모토히코는 달아나고 싶은 듯이 그쪽을 들여다보며 넋을 놓고 있었다.

"그때 이야기를 좀 해 주세요."

우쓰미가 부탁하자 모토히코는 카운터 앞에 턱을 괴고 앉았다.

"괜찮지만, 무슨 이야기를 하면 되는 거죠? 난 그때 대학 3학년이었죠. 몹시 쇼크를 받아서, 앞으로 내가 정상적으로 살아갈 수 있을까, 고민까지 했습니다. 그런데 그 고민이 맞았어요. 대학을 졸업한 후 은행에 들어가기도 하고, 이것저것 다 해봤지만 실패였습니다. 이 가게도 역시 그런 것 같아요. 그래서 아버지께는 아직 말하지 않았지만 남국의 섬에라도 갈까 진지하게 생각 중입니다. 가서 어떻게 될지 모르겠지만, 다이빙 코치라도 하면서 살아가면 안 될까 싶어서."

"남국의 섬이라고요?"

우쓰미는 며칠 전 남국의 섬에 가서 뜨거운 바람을 맞고 싶다고 생각했던 기억을 떠올렸다.

"그래요. 케라마 제도에 있는 자마미라는 곳. 딱 한 번 간 적이 있는 곳입니다만, 투명하고 깨끗한 바다죠. 나이트 다이빙을 하면 바닷속에서도 달이 보여요. 머리 위에 흔들리는 달빛이 떠 있죠. 정말 좋아요. 그렇게 바닷속 물고기처럼 살아갈 수 있으면 좋겠는데."

"아까 쇼크라고 했는데, 그 부분은 경찰의 의심을 받았기 때문인가요?"

꿈을 닫아버리는 우쓰미의 질문에 도토히코는 무표정한 얼굴로 돌아봤다.

"그것도 있겠죠. 하지만 난 그것보다 그 여자아이가 그날 아침에 갑자기 실종됐다는 것이 이상해서 견딜 수가 없어요. 전날 아침에 우리 집 앞에서 만났거든요. 귀여운 아이였죠. 그 아이가 갑자기 없어진 겁니다. 이상하지 않아요? 다른 차원의 세계로 갔다고밖에 생각할 수 없지 않냐고요. 나는 그 이후, 세상은 합리적인 것으로 결론 지을 수 없다, 아니 결론 지어서는 안 된다고 생각하게 됐습니다. 신의 존재를 믿느냐고 물으면 예, 하고 대답할 겁니다. 유카의 일이 있었기 때문에요."

"요컨대 당신은 그 사건을 범죄라고 생각하지 않는다는 말이군요."

우쓰미는 수조 저편에서 유유히 헤엄치는 노란색 물고기를 노려보았다.

"합리적으로 생각하면 절대로 해결할 수 없잖아요. 이웃 사람들, 나와 내 가족도 포함해서 범인은 없어요. 밖에서는 아무도 들어오지 않았다고 하고 그런 흔적도 없었죠. 기상하지 않아요? 그런 건 심령술사에게 봐달라고 할 수밖에 없습니다."

"그럼 낫지 않는 병도 심령술사는 고칠 수 있다는 건가요?"

"그렇죠."

모토히코는 진지하게 말했다. 그 옆에 있는 우쓰미를 보는 것 같으면서도 전혀 보고 있지 않았다. 모토히코는 살아 있는 인간에게는 관심이 없는 것일까.

"사건 말입니다만, 뭔가 보지 않았습니까?"

"아무것도 안 봤는데요."

모토히코는 처음으로 우쓰미의 얼굴로 시선을 옮기더니, 순간 당황하는 표정을 지었다. 우쓰미에게 다가온 죽음의 그림자를 발견한 걸까.

"당신의 방이 2층 끝이라고 했는데, 그러면 도로뿐만 아니라 그 주차장도 보였을 겁니다. 뭔가 봤다면 말해 보세요."

"아무것도 보지 못했어요. 봤다면 말하죠. 본 것은, 그 개 시체뿐인걸요."

또 개의 시체 이야긴가. 우쓰미는 피로를 느끼며 고개를 돌렸다. 모토히코는 생각에 잠긴 건지, 팔꿈치로 카운터를 짚고 양 팔 사이에 턱을 집어넣은 채 얼굴을 들려 하지 않았다. 색이 바랜 티셔츠 밖으로 나온 가느다란 팔에서 우쓰미의 시선이 멈췄다. 손목에 상처가 있다. 모토히코는 소라게처럼 천천히 턱을 집어넣었다.

"이 상처 어떻게 된 건가요. 자살미수?"

"아, 이거요……."

모토히코는 감추지도 않고 스스럼없이 자신의 상처를 보았다.

"그래요."

"어째서……?"

"염세 자살이라는 거죠. 뭐라고 할까……. 그 사건 이후, 모든 것이 싫어졌어요. 어머니는 점점 잔소리가 심해지고, 아버지는 한심해지고. 이건 신이 모두에게 벌을 주는 거라고 생각하니 무서워졌어요. 그래서 살아가는 것이 귀찮아졌습니다. 내 방에서 손목을 끊었는데, 하필 어머니가 일찍 돌아오셔서 난리가 났죠. 그 후 아버지도 어머니도 겁을 먹어서요. 이 가게를 실패했는데도 아무 말도 안 하죠."

"사건 후, 당신 가족에게는 무슨 일이 있었죠?"

모토히코는 비디오 모니터를 보았다. 쥐가오리가 물속에서 너울너울 놀고 있다.

"별건 아니지만, 모두 달라졌어요. 신의 벌을 받았으니."

"어떤 식으로 달라졌죠?"

"어머니는 돈밖에 믿지 않게 되었죠. 탐욕의 벌을 받은 겁니다. 뭐든, 돈, 돈, 돈만 찾게 됐어요. 그 별장도 원래 팔 생각이었다고 하지만 새빨간 거짓말입니다. 유카 사건 때문에 서둘러 팔려고 내놓은 거죠. 땅값이 떨어지느니 어쩌니 소란을 부리면서요. 아무 생각도 없어요. 그저 손해 보는 게 싫은 것뿐이죠. 이런 불쌍하고 이상한 일이 일어났는데, 자기들 생각밖에 안 하는 겁니다. 저질이죠. 아버지는 사건 후 여자가 생겼어요. 그것도 동사무소 다니는 평범한 아줌마였어요. 우습죠? 색욕의 벌을 받은 겁니다, 분명. 그렇지만 그 아줌마도 어머니보다는 훨씬 나았어요. 이혼해서 같이 살면 될 텐데, 이번에는 어머니가 죽어도 이혼하지 않겠대요. 심술이죠. 아버지도 어머니와 헤어지면 먹고 사는 게 곤란하니까 이혼을 못 했어요."

"당신은 뭐가 달라졌죠?"

"나는요, 그때까지 사귀던 여자와 헤어졌어요. 이름이 '유카'였어요. 우연의 일치. 사건 후에 '유카'와 사귀면 나쁜 일이 일어날지도 모른다는 생각을 하게 됐어요. 그랬더니 괜히 싫어져서 급기야 헤어졌어요. 이런 것은 무슨 벌일까요. 어리석은 자의 벌?"

"그렇겠군요."

우쓰미는 맞장구를 치는 것조차 바보같이 느껴졌다.

"나도 이대로라면 아버지처럼 될지도 모르겠어요. 바깥 세상에 나가도 먹고 살 줄 모르고, 그런 배짱도 없고, 용기도 없어요. 귀찮아요."

우쓰미는 가게 안을 둘러보았다. 실내장식에는 돈을 들였어도 청소는 전혀 하지 않아 구석구석 먼지가 뽀얗게 쌓여 있었다. 손님이 올 것 같지 않다.

"이대로 살아가려고요? 좋겠군요."

우쓰미의 빈정거림에 모토히코를 어깨를 떨군다.

"살아가는 것이 귀찮아서 자살하려고 했죠."

"손목 긋는 정도로는 안 죽어요."

우쓰미는 조소했다. 모토히코에게는 들리지 않는지 그는 아직 비디오에서 눈을 떼지 않는다.

"어머니가 당신을 집에 들이지 않을 거라고 했다고 아버지가 말하던데요."

"아아."

모토히코는 마지막 얼음조각도 녹아버린 위스키를 다 비웠다.

"어머니는 이곳도 말아먹었다고 화가 났어요."

"하지만 당신을 해고시키진 않겠지."

방약무인한 우쓰미의 얼굴을 모토히코는 초점이 맞지 않는 눈으로 바라보았다.

"그렇겠죠. 하지만 점점 장사에 열을 올려 군림하더군요, 여왕님으로."

우쓰미는 산호 숲을 방황하는 작은 바다거북을 보았다. 잡힐 때

생긴 것인지 얼굴과 등에 무수한 상처가 있다.

"어머니도 아버지도 속물이야. 진절머리가 나요."

"속물, 좋잖아. 뭐가 불만인 거요?"

"나는 싫어요."

우쓰미는 조소했다. 애들이 뭘 알아, 하고 비웃었다.

"유카가 없어진 것도 신의 벌인가. 당신의 신도 참 가혹하군."

"하지만 나는 신을 믿어요."

모토히코는 빈 잔을 밀어냈다.

"바다에 들어가면요, 보이는 것 모두가 살아 있어서 깜짝 놀라게 돼요. 살아 있지 않은 것이 없을 정도로, 숨이 콱 막힐 듯한 생명으로 가득 차 있어요. 그럴 때, 이것 역시 신이 만든 거라는 묘한 감동을 받게 되죠. 모두 대단하구나, 살아 있는 것들은 대단하구나, 하고요. 더욱이 생물은 절대로 나쁜 짓을 하지 않아요. 그래서 나는 그쪽으로 가고 싶어요. 바다의 생물이 되고 싶어요. 아무리 관계를 맺어도 배신하거나 상처 입히지 않을 거예요."

"물고기라면 이름이 같다는 이유로 여자를 차지 않을 거고."

우쓰미의 빈정거림에 모토히코는 얼굴을 찡그렸다.

"어리석었다고 생각합니다. 그래서 자살하려 했지 않습니까."

"제대로 죽은 후에나 그런 말을 해요."

"죽으면 말할 수 없잖아요."

모토히코는 입을 삐죽거렸다.

"과연. 당신의 세계가 그렇게 생명으로 가득 차 있다면, 죽어가는 자는 어떻게 하면 되는 거지?"

모토히코는 우쓰미와 눈을 마주치지 않고 나직이 말했다.

"그런 건 아무래도 좋아요. 그 사람이 생각나면 되는 일이니까."

선창 451

"그렇군."

우쓰미가 눈을 들자 상처투성이의 바다거북이 얼빠진 얼굴로 이쪽을 보고 있었다.

풍향이 바뀌었다. 갑자기 멀리서 감도 나쁜 스피커를 통해 봉오도리(음력 7월 15일에 남녀가 모여서 추는 윤무 — 옮긴이)와 북소리가 들려왔다.

"축제하나 보네, 가봐요."

카스미가 읽고 있던 석간을 내려놓았다. 도요카와의 가게에 다녀와서 체력을 소모한 우쓰미는 카스미에게 덮을 것을 달라고 해서 다다미에 누워 있었다.

"멀어요."

카스미는 듣지 않았다.

"그래도 가고 싶어요. 우리 동네는요, 바다가 보이는 교정에서 여름 축제를 해요. 나중에 불꽃놀이를 하기도 하고, 무척 즐거웠어요."

"그럼, 갈까요."

우쓰미는 마지못해 일어났다.

"괜찮아요? 갈 수 있겠어요?"

카스미는 배려하는 척했지만, 눈은 아이처럼 반짝이고 있었다. 우쓰미와 카스미는 나란히 아파트 방을 나섰다. 밤이 깊어지자 기온은 또 내려가 한여름인데도 오가는 사람 모두 점퍼를 걸치거나 긴팔을 입고 있다.

열은 없다. 하지만 우쓰미의 배는 어두운 움막에 사는 뱀이 꿈틀거리듯 완만한 통증이 이따금씩 덮쳤다. 오늘 아침 겨우 나았나 싶어서, 도요카와의 가게까지 갔는데 다시 시작되다니. 피로해지면 이내 뱀이 움직이기 시작한다. 아픈 빈도와 통증의 정도가 점점 심해졌다. 우쓰미는 통증이 일어날 것 같을 때마다 명치를 위에서 세게 누르면서 걸었다. 뱀이 움직이기 직전에 눌러두어야 한다. 이제 그것은 우쓰미의 강박관념이 되었다. 통증은 견디기 힘들 정도로 고통스러웠다. 카스미는 우쓰미의 상태를 알아차리지 못하고 뒤에서 천천히 걸어오고 있다. 이윽고 스피커가 부서질 듯이 들려오던 아이들 대상의 봉오도리 곡이 딱 멈췄다.

"끝난 걸까요?"

카스미가 불안스러운지 총총걸음으로 앞장서서 간다. 우쓰미는 손목시계를 보았다. 밤 9시가 지났다.

"슬슬 끝날 시간이군요."

"유감이네요."

대회장이 보였다. 홍백의 막이 둘러쳐진 5미터 정도의 대가 서 있고, 상점 이름을 적은 흰색과 분홍색의 제등이 흔들거렸다. 뒷정리가 시작되고 있었다. 길에 늘어서 있던 장사꾼들이 남은 얼음을 버리거나, 큰 비닐봉지에 금붕어를 담고 있다. 주최측 사람들이 테이블을 꺼내 술을 마시는 옆에서 남녀 중학생들이 기대 가득한 눈길로 회장 구석의 어둠을 지켜보고 있었다.

"역시 끝났어요."

카스미가 실망한 목소리로 말했다.

"도쿄도 이렇습니까?"

"축제는 어디나 똑같죠."

카스미는 주위를 둘러보다 중학생 무리를 가리켰다.

"우리는 이게 끝나고 난 다음, 해안으로 가서 불꽃놀이를 하면서 놀았어요. 저 아이들처럼 자리를 뜨기가 아쉬워서요. 왠지 들떠서 말이죠. 오늘밤만은 밤늦게 놀아도 용서해 주겠지 싶어서, 남자아이가 유혹해 주기를 기다리기도 했죠."

"나는 축제 때 천막치고 장사하는 장사꾼들 돈 엄청 많이 벌겠구나, 하는 생각만 했었습니다."

카스미는 뭔가 더 말하고 싶어 보였으나 입술을 깨물었다. 우쓰미는 줄째 당겨져 어이없이 땅에 떨어진 제등을 바라보는 척하며 카스미의 입이 열리기를 기다렸지만, 카스미는 입을 꼭 다물고만 있었다. 두 사람은 온 길을 되돌아갔다. 별이 보이지 않는 흐린 밤하늘을 멀리 번화가의 조명들이 붉게 채색하고 있다. 카스미는 바지 주머니에 양손을 넣고 화난 듯 걸어갔다. 카스미가 돌아보았다.

"있잖아요, 나 지금 생각났는데요."

"뭔데요?"

우쓰미는 위에서 다시 꿈틀거리기 시작한 뱀을 누르기 위해 숨을 크게 토했다. 통증은 사라지지 않았다. 식은땀이 이마에 흥건하다. 하지만 그것을 감추면서 카스미의 말을 기다렸다.

"내가 태어난 마을에 가보고 싶어요. 우쓰미 씨, 함께 가줄래요?"

"좋아요. 단, 빨리 가는 편이 좋겠어요."

카스미는 그제야 우쓰미의 용태를 깨달은 듯 안색이 바뀌었다.

"몸이 안 좋아요?"

"아뇨, 대단한 건 아닙니다. 하지만 내가 움직일 수 있는 동안에 갑시다."

우쓰미는 카스미의 얼굴에 어두운 그림자가 드리워지는 것을 남의 일처럼 바라보고 있다.

그날 밤, 우쓰미의 침대에 들어온 카스미에게는 우쓰미가 사용하는 비누와 치약 냄새가 났다. 우쓰미는 이제 카스미를 거부하지 않고, 카스미가 오면 팔베개를 해 주었다. 살이 없어서 이내 뼈에 무게가 느껴져 아프다. 카스미는 그것을 눈치 채고, 우쓰미가 팔베개를 하려고 하면 먼저 살며시 뺀다.

"이상해요. 한번 돌아가려고 마음먹으니 여러 가지 일이 떠올라요. 억지로 막아놓은 게 열리는 것인지도 모르겠어요. 댐처럼요. 잊고 있던 것이 상당히 많다는 사실에 놀랐어요."

"옛날 일인가요? 어린 시절의 일?"

우쓰미는 봉오도리를 보러 가자고 조른 카스미의 정열을 생각하며 물었다.

"그것도 있지만, 이상해요. 이즈미 씨의 일이에요."

카스미는 부드러운 손놀림으로 우쓰미의 수술 자국을 만지고 있다.

"뭐죠?"

"그 사람이 자살하던 해에 이즈미자토에 갔을 때, 이즈미 씨가 이상한 말을 했어요. 그게 내내 마음에 걸렸는데……."

우쓰미는 자신의 백일몽을 떠올리며 그 내용과 카스미의 이야기가 일치할지 안 할지 갑자기 호기심이 가슴이 떨림을 느꼈다. 자기도 모르게 돌아누워 어깨 너머로 카스미의 얼굴을 보았다. 희미한 어둠 속에 어렴풋이 보이는 것은 카스미의 통통하고 하얀 볼뿐이다.

"이즈미 씨는 이렇게 말했어요. '모리와키 씨, 당신 악마를 본 적 있어요? 악마란 사람의 형상을 하고 있어요'라고. 그집 창가에 있는 검은 가죽 의자에 앉아 있었어요. 부인은 부엌에서 아이스티를 준비하고 있었고요. 미즈시마 씨는 없었어요. 나는 분명히 미즈시마 씨나 부인 이야기를 하는 걸 거라고 생각했어요. 그런데 이즈미 씨는 부인 따위는 상관없다는 식으로 말했으니, 아마 아닐 거예요. 그래서 혹시 내가 아닌가 하고 걱정했어요. 이즈미 씨는 나와 이시야마 씨의 일을 알고 있다고 확인했기 때문에요. 하지만 그런 느낌도 아니었어요. 뭔가를 떠올리고 불쑥 말했던 것 같은 느낌이었는데……."

"뭐죠, 그건?"

카스미의 손가락은 우쓰미의 등으로 돌아와 튀어나온 척추를 하나하나 확인하면서 꼬리뼈로 내려간다. 우쓰미는 툭툭 불거진 뼈가 부드러운 살에 부딪치는 간지러움을 참지 못하고 몸을 움직였다.

"그런데 그때 이즈미 씨가 경영난에 허덕인다는 이야기를 들었어요. 찰거머리 같은 빚쟁이들이 몰려와 있다는 말도 들었고요. 그 얘길 거라고 생각했어요. 그래서 잊었어요."

"이즈미가 뭔가 봤다는 건가요?"

"그럴지도 몰라요."

"어째서 당신은 그걸 확인하지 않았어요?"

"이즈미 씨는 필요한 말밖에 하지 않으니까 물을 수 없었어요."

우쓰미는 살이 없는 무참한 등으로 카스미의 풍만한 유방을 느끼고 있다. 생명. 그것은 불길하게도 우쓰미를 초조하게 만들지 않았다. 오히려 지금은 죽어가는 우쓰미를 달래주고 있다. 우쓰미는 자신의 가슴을 어루만지는 카스미의 팔을 꼭 잡았다.

"빨리 당신 고향에 갑시다."

8장
소항
(溯航:배로써 물을 거슬러 올라감)

1

카스미의 고향에 가려고 마음먹은 순간, 마치 뭔가가 방해라도 하듯이 우쓰미는 다음 날부터 열이 나기 시작했다. 참을 수 없는 나른함과 가끔씩 엄습해 오는 통증에 필사적으로 견디는 우쓰미를 약마저도 배신했다. 해열과 진통을 위한 약이 서서히 듣지 않게 된 것 같다. 인간의 최후는 이렇게 고통밖에 주어지지 않는 건가. 그렇게 바보 같을 리가 없다고 생각하며 카스미는 간호에 더욱 열을 올렸다.

카스미는 얼음을 사와서 작은 비닐 봉지에 넣어 타월로 싸서 열심히 우쓰미의 이마와 겨드랑이 아래를 식혔다. 아파, 아파, 하고 우쓰미가 신음하기 시작하면, 그 배에 자신의 따뜻한 손바닥을 갖다 댔다. 그렇게 하고 있으면 우쓰미는 조금 안정이 되는지 카스미의 손이 움직이지 않도록 위에서 자신의 야윈 손으로 눌렀다.
"이것만은 약속해줘요."
우쓰미가 열에 뜬 눈으로 카스미를 본다.
"뭔데요?"
"내 목숨을 억지로 연장하지는 말아줘요."
"아파도 좋아요?"
카스미의 질문에 우쓰미는 몇 번이고 끄덕이며 침대 옆에 무릎을 꿇고 있는 카스미의 머리에 손을 올렸다.
"참을 겁니다."
"어째서요?"
"자연스럽게 죽고 싶으니까."
"알겠어요."
카스미는 대답했다. '자연스럽게 죽는' 게 어떤 건지 모르겠지만, 옆에서 자고 있는 우쓰미가 어느날 아침 차가워져 있을지도 모른다는 각오는 하고 있었다. 또 우쓰미에게 '자연스러움'이란 자신이 언제나 옆에 있는 것이라고도 생각했다. 매일 밤, 우쓰미는 카스미와 함께 자고 싶어하고, 카스미의 이야기를 듣고 싶어했다. 우쓰미는 이제 수면제를 먹지 않는다. 꿈을 꾸고 싶다는 것이다. 이미 유카의 실종에 관한 이야기는 바닥이 나서, 도쿄에서의 생활, 미치히로와의 결혼, 이시야마와의 사랑의 경위까지도 이야기했다. 드디어 카스미는 자신의 어린 시절 이야기를 하기 시작했다.
"나는 귀엽지 않은 아이였던 것 같아요. 내 마음에 드는 일밖에 하지 않았거든요. 그러면서 내 마음에 드는 일이 남들하고 똑같으면 싫어했어요. 아마, 제멋대로인 아이로 보였겠지요. 이를테면 이런 일이죠. 초등학교 때, 산으로 소풍을 갔어요. 담임 선생님 외에 교생 선생님이 따라왔죠. 삿포로에 있는 대학에 다니는 아사히가와 출신의 남자 선생님이었을 거예요. 아직 대학생이었으니 옷도 행동도 멋있어서 굉장히 인기가 많았답니다. 나도 그 선생님을 좋아했어요. 그 교생 선생님은 무슨 일이 있으면 새빨간 스위스 아미 나이프를 꺼내요. 산포도를 딸 때도, 땅을 파서 벌레를 보여줄 때도. 그것도 모두에게 동경의 대상이었죠. 도시락을 다 먹은 후 갑자기 비가 쏟아졌어요. 교생 선생님은 예의 스위스 아미 나이프로 그 주변에 있는 커다란 머위 잎사귀를 하나씩 꺾으며 말했어요. '얘들아, 이걸로 우산하자.' 모두 기뻐했죠. 선생님은 내게 제일 큰 잎을 따주었지만, 나는 내가 가지고 온 우산을 폈어요. 파랗고 예쁜 색의."

"왜 그랬어요?"

"머위 잎사귀 같은 건 촌스럽다고 생각했어요. 선생님은 곤란한 표정을 짓더니, 참 대책없는 아이군 하는 표정으로 날 봤어요. 멋을 모르는 아이, 아이답지 않은 아이라고 생각했던 게 아닐까요. 그렇지만 나는 내 파란 우산 쪽이 훨씬 낫다고 생각했던 것뿐이거든요."

"그 녀석, 아미 나이프 가지고 폼 재고 다녔구나."

"맞아, 당신 같은 교생이었어요."

우쓰미의 뼈 같은 손가락이 머뭇머뭇 카스미의 풍만한 가슴을 만졌다. 처음 있는 일이었다. 카스미는 그 손으로 자신의 유방을 잡게 해 주었다. 우쓰미의 손가락은 뼈만 앙상하지만 힘은 강했다. 카스미는 잡힌 유방의 아픔에 자기도 모르게 소리를 질렀다. 우쓰미는 머잖아 그렇게 살아 있지 못하게 될 자신이 피로워서 견딜 수 없을 것이다. 육체의 아픔은 견딜 수 있다고 장담한 우쓰미도 정신의 아픔은 아직 견디지 못하는 것이다. 카스미가 가만히 있자 우쓰미는 겨우 손가락에서 힘을 뺐다.

"자요."

"깨어 있고 싶어."

"왜요, 자면 몸이 편해지잖아요."

"당신의 이야기를 들을 시간이 없잖아."

"괜찮아요, 많이 있어요."

평소의 우쓰미라면 '정말 그럴까?'하며 빈정대는 표정을 지었을 텐데, 그 날 밤은 순순히 눈을 감았다. 우쓰미는 이내 잠이 들었다. 우쓰미가 잠이 들고 얼마 지나지 않아 전화벨이 울렸다. 카스미는 벌떡 일어나 전화가 있는 거실로 달려갔다. 겨우 잠든 우쓰미가 잠을 깰까봐 걱정이었다. 유카와 리사가 아기일 때 겨우 재워놓고 나면 걸려오는 심술궂은 전화 같았다. 누가 걸었을까 하고 카스미는 망설이다가 수화기를 들었다. 우쓰미의 집에는 좀처럼 전화 같은 게 걸려오지 않는다. 온다고 하면 상태를 묻는 구미코나, 구시로에 살고 있는 누나나, 어머니, 세 사람밖에 없다. 카스미는 친한 친구도 동료도 없는 우쓰미가 깨끗해서 좋았다.

"여보세요, 우쓰미입니다."

수화기 저편에서 놀라는 기색이 전해왔다.

"나야."

미치히로였다. 카스미는 오랜만에 듣는 남편의 목소리에 깜짝 놀랐다.

"카스미지?"

"그래요. 오랜만이에요."

"잘 있었어? 어디서 뭘 하는지 걱정했어."

미치히로에게 이별을 고한 지 벌써 한 달이 지나고 있었다.

"삿포로에 있어요. 지금 우쓰미 씨네 집에 신세를 지고 있어요."
"그랬구나. 유카 쪽은 어때? 우쓰미 씨에게서도 아무 연락이 없어서 어떻게 됐는지 걱정이 돼서……."
"행방은 몰라요, 열심히 찾고 있지만."
"돌아오지 않을 거야?"
미치히로는 약해진 목소리로 말했다. 하지만 카스미는 거기에는 대답하지 않았다.
"리사는 어때요? 학교는 잘 다녀요?"
"응, 잘 지내고 있어. 올 여름은 물사마귀가 유행이어서 말이야. 수영장 갔다가 옮아왔어."
미치히로는 리사가 다니는 병원 이름을 말했다. 평소 아이들을 데리고 다니던 피부과였다. 카스미는 도쿄에서의 일상을 떠올린다.
"그곳이라면 다행이네요. 그랬군요, 가엾게."
미치히로는 어렵게 말을 꺼냈다.
"이시야마 네도 이혼하고 연락두절인 것 같고, 나도 이렇게 되고 나니 쓸쓸해. 서로 반성하고 다시 시작하지 않을래?"
"고마워요. 생각해 볼게요."
"그럼 우쓰미 씨한테 전화하면 연락이 되는 거지? 그런데 거기서 뭘 하고 있는 거야?"
우쓰미의 병에 대해서 아무것도 모르는 미치히로는 새로운 의심을 품는 것 같다. 카스미는 우쓰미와 자신의 사이를 누구도 이해하지 못할 거라고 생각해 설명하지 않았다.
"여러 가지요. 그럼, 리사 잘 부탁해요."
카스미는 아직 더 이야기하고 싶어하는 미치히로의 미련을 느끼며 수화기를 내려놓았다. 끊었다 생각해도 이어져 있는 끈. 오랜만에 듣는 미치히로의 목소리 탓에 마음이 흐트러졌다. 집 생각이 나서가 아니라 그 반대였다. 이류은 어떻게 잘 했으니 착지를 잘 해야지 생각하는 참이었는데, 처음부터 다시 시작해 보자는 제의가 왔다. 카스미는 전화 코드를 뽑았다. 이렇게 하면 이제 아무도 연락할 수 없을 것이다. 발소리를 죽이며 우쓰미에게 돌아오자 어둠 속에서 우쓰미가 눈을 뜨고 있었다.

"누구야?"

"남편이요."

우쓰미는 아무 말도 하지 않고 자신의 마른 손가락을 보고 있다. 아까 카스미의 가슴을 만졌던 손가락이었다. 카스미는 그 눈에 힘이 넘치는 것을 감지했다.

"조금 자고 나니 개운한걸."

"그래요? 아, 잘 됐다."

"내일 열이 없으면 출발하자."

우쓰미는 모리와키가 쫓아오는 걸 두려워하듯이 빠른 말로 제안했다.

"좀 더 쉬는 게 낫지 않을까요?"

"아니, 시간이 없어."

카스미는 달리는 차 안에서 바깥을 내다보고 있다. 우쓰미는 1주일이나 열이 났었다는 것이 믿어지지 않을 만큼, 오늘 아침에는 건강했다. 아마 이번이 우쓰미와 함께 가는 여행의 마지막일 것이다. 우쓰미도 그것을 알고 있는지 긴장과 교차하는 듯한 표정이었다.

급속히 모든 힘이 빠지고 시들어간다. 카스미는 가는 곳마다 잇따라 펼쳐지는 들판과 산림을 보면서 생각했다. 기세좋게 우거졌던 여름풀도 누렇게 변하고, 수목의 잎사귀는 퇴색하고 있었다. 잠시 피어 있던 분홍색 코스모스도 고개를 숙이기 시작했다. 산도 들도 모두 억새로 덮인 망망한 들판과 검은 고목의 산으로 변하고, 머지 않아 모두 눈으로 덮일 것이다. 모두가 낯익은 풍경이었다. 카스미는 창을 열고 차가운 공기를 들이마셨다. 목 안에 그립고 황량한 냄새가 들어와 오열할 것 같았다. 그 신음하던 바다와 들판을 건너는 바람의 냄새였다.

홋카이도에 온 지 한 달. 도쿄에서 아등바등대며 살던 것도, 자신에게 남편이며 어린 딸이 있다는 것도, 전생에 있었던 일처럼 아득해졌다. 그리고 지금은 잃어버린 또 한 명의 딸을 찾으러 여행을 떠난 거라는 사실조차 잊어가고 있다. 여기서 확실히 시간이 흐른다는 엄연한 사실을 나타내는 존재는 우쓰미라는 인간뿐.

카스미는 핸들을 잡은 우쓰미를 바라보았다. 처음에 만났을 때보다 우쓰미의 얼굴은 더 작고 뾰족해졌다. 야수 같은 날카로운 눈길만은 변함이 없지만, 전보다 맑고 강하다. 그의 눈길은 대상을 보고 있는 듯하면서도, 실은 멀리 있는 다른 것에 마음이 가 있을 때가 많다. 어린아이가 성장하는 것과 마찬가지로 죽음을 향하는 병자만이 쇠퇴라는 형태로 시간의 경과를 여실히 나타낼 수가 있다. 불가시의 시간을 나타내는 가시의 존재. 카스미의 시선을 느낀 우쓰미는 물리치지 않고 그대로 부드럽게 받아들였다. 아니, 마치 엑스레이 선처럼 카스미의 시선은 우쓰미의 몸을 빠져나간다. 쓸쓸했다.

"뭡니까?"

우쓰미가 카스미 쪽을 보았다. 아무것도 아녜요, 하고 카스미는 고개를 가로젓는다. 목소리만은 야위지 않는 걸까. 카스미는 우쓰미의 약간 콧소리나는 저음을 처음에 들었을 때의 기억과 은근히 비교해 보았다. 이렇게 자신이 우쓰미의 변화에 신경쓰는 것을 우쓰미는 알고 있을 것이다.

우쓰미는 앞으로 몇 달을 살 수 있을까. 아니, 며칠일까. 시간을 멈출 수는 없다. 무엇 때문에 자신은 우쓰미를 만난 걸까.

"시간으로 치면 앞으로 얼마나 더 걸립니까?"

우쓰미가 신호대기를 하며 물었다. 이미 이시가와 강 하구 근처까지 왔다. 큰 다리로 아래 흐르는 건지 머무르는 건지 모를 만큼 많은 갈색 물이 보였다. 카스미는 그 버스 시간표가 뇌리에 떠올랐다. 카스미가 잠자코 있는 것을 보고 우쓰미는 스스로 대답했다.

"두 시간 정도일까?"

"삿포로였던 편이 좋았을까요."

"뭐가요?"

"도쿄가 아니라 말이에요."

자신이 삿포로로 가출했더라면 유카는 없어지지 않아도 됐을 것이다. 그때, 후루우치에게 전화를 했더라면 이런 운명을 만나지 않아도 됐을 것이다. 그러나 모든 것은 우연의 고리. 카스미는 싫어했던 물 기운이 엄습해오는 느낌이 들어, 먼지 냄새 나는 좌석에 몸을 묻었다. 하지만 이내 다시 몸을 일으킨다. 어쩌면 그 해변의 작은 마을에 유카가 있지 않을까 하는 상상을 지울 수가 없기 때문이다. 카스미는 끓어오르는 희망과 불안을 삼키듯이 눈을 감았다.

카스미라는 이름은 내가 지었다.

딸이 태어나면 카스미라는 이름을 붙여주기로 마음먹고 있었다. '카스미(霞)'라는 말이 좋았기 때문이다. '카스미'라고 하면 봄 끝의 보드라운 구름이 떠오르며 마음이 평온해진다. 그런데 나는 진짜 '카스미(봄안개)'를 아직 본 적이 없다. 이 지방의 봄은 눈이 남아 있어서 춥다. 어떤 때는 햇빛이 쏟아지기도 하고, 마음이 우울해질 정도로 무겁게 구름 낀 날이 계속되기도 하는 불안정한 날이 많다. 그러고는 급속도로 여름을 향해 간다. 그러니까 '봄안개가 깔린 날씨'라는 걸 한번 천천히 음미해 보고 싶은 게 늘 소원이었다.

나는 이 마을에서 5킬로미터 정도 산으로 들어간 곳에 있는 탄광 마을에서 자랐다. 어머니는 일찍 돌아가시고, 지금은 루모이에 살고 있는 언니가 나를 키워주었다. 광부였던 아버지는 내게 '너는 바다 가까운 곳에서 살았으면 좋겠구나, 공기가 좋으니까'하고 입버릇처럼 말씀하셨다. 산으로 둘러싸인 곳, 거기서도 산 속에 들어가는 광부라는 일이 싫었기 때문일지도 모른다. 아버지의 말이 마음 어딘가에 자리잡고 있었던 것일까? 결혼 상대는 바닷가의 작은 마을에서 대대로 어부 생활을 해온 집의 남자였다. 남편은 나와 결혼하자 곧 작은 식당을 열었다. 그것이 기라이 장이다.

카스미는 손을 안 타는 아이였다. 외동딸이어서 곱게 키우고는 싶었지만, 식당 일을 하고 있으면 바빠서 눈을 뗄 때가 많다. 어쩌다 모습이 보이지 않으면 나는 심장이 멈출 것 같았다. 그 아이가 파도에 떠내려갔으면 어쩌지? 국도에서 놀다 차에 치었으면 어쩌지? 이 국도를 지나가던 사람이 충동적으로 데려가 버렸으면 어쩌지? 하지만 카스미는 언제나 혼자 집 주변에서 얌전히 놀고 있었다. 모래사장에서 툭툭 부서지는 사암을 주워서는 예쁘게 늘어놓고 모래집을 만들기도 하고, 들개와 뛰어다니기도 하고, 떠다니던 나뭇조각을 주워 젖은 모래사장에 그림을 그리기도 하며 놀고 있었다.

"카스미, 뭐 하니?"

해안에 있는 카스미를 부르면 카스미는 기뻐하며 내게로 달려왔다. 같이 놀던 개도 따라서 달려오지만, 그것은 도중까지고 내 주변에는 절대 가까이 오지 않았다. 개는 카스미밖에 좋아하지 않았다. 어쩌면 카스미도 내가 아니라, 개들에게만 마음을 열었는지도 모른다. 아직 어린아이였을 때부터 카스미는 까다로운 데가 있었다. 그렇다고 카스미 때문에 고생을 했는가 하면 그런 건 없었다.

카스미는 사물을 가만히 관찰하다가 싫은 일이면 절대로 타협하지 않는 면이 있었을 뿐이다. 신중한 것도 아니다. 결단은 오히려 대담했고, 자신이 좋다고 생각하면 어이없을 정도로 말을 잘 들었다. 그러나 남편은 카스미가 어린 것이 너무 고집이 세다며 어른의 뜻대로 되지 않는 그런 면을 싫어했다.

가끔씩 계절 노동자들이 가게에 왔다. 태반은 임업이나 건설업에 종사하고, 아주 가끔 데시오나 하보리 주변에서 오는 수산업을 하는 사람도 있었다. 그들은 바닷가의 국도를 이동하는 탓인지, 우리 식당을 보면 사람이 그리워 찾아왔다. 그들이 유난히 어린아이를 귀여워하는 것은 알고 있었다. 가족과 떨어져 있는 쓸쓸함 혹은 떠돌아다니는 불안이 평소 자주 보지 못하는 아이에 대한 애정 때문인지, 모두 아이만 보면 끔찍해했다.

그래서 어린 카스미가 가게에 있으면 최고의 인기였다. 귀엽다고 무릎 위에 올려놓고 보드랍다고 몇 번이고 볼을 비빈다. 남편은 '완전히 식당 마스코트군' 하며 기뻐했지만, 나는 내심 좋은 기분은 아니었다. 내 자식처럼 카스미를 귀여워해 주는 사람만 있는 건 아니란 것을 알고 있었다. 개중에는 카스미를 껴안고 애완동물로나 생각하는 사람도 있었다. 그때마다 나는 남편에게 불평했지만, 남편은 손님에게 뭐라고 할 수는 없는 거라고 뒷걸음질을 쳤다.

어느 날, 걱정했던 일이 일어났다. 카스미가 댐 건설 때문에 온 중년 남자를 따라 어딘가로 간 것이다. 카스미는 다섯 살. 맑은 날씨가 이어지던 들뜬 6월이 끝나갈 무렵이었다. 남자는 우리 집에 와서 낮부터 술을 마셔대더니 해질녘이 되어 계산을 마치고 가게를 나갔다. 카스미가 없는 걸 알게 된 것은 그리고나서도 한참 후였다. 밖에서 놀고 있어야 할 카스미가 어두워져도 돌아오지 않는 것이다. 하필 그때 나는 몸이 안 좋았다. 지병인 메니에르 증후군 (갑자기 현기증, 이명, 난청, 구토 등을 일으키는 병 — 옮긴이)이 나타나 아침부터 현기증 때문에 간신히 서 있는 정도였다. 겨우 주문을 받고는 있었지만 카스미까지 신경쓸 수는 없었다. 남편은 그런 나를 대신해서 청주를 데우는 일까지 하게 되자, 계속 저기압이었다. 카스미 좀 봐요, 하고 몇 번이나 부탁했지만 남편은 대답도 하지 않았다. 남편만큼 자기중심적이고 어린아이 같은 사람은 없겠지만, 이날의 일은 지금까지 용서할 수 없다. 카스기가 자라서 나를 경멸하게 된 것은 남편과 헤어지지 못했기 때문이란 걸 알고 있다.

이틀 후, 카스미는 무사히 돌아왔다. 아사히가와 시내의 한 여관에서 친자식이 아니라는 걸 눈치챈 주인이 신고한 것이다. 가게 문을 닫고 남편과 데리러 가자 카스미는 경찰서 의자에 앉아 누군가에게서 받은 사탕을 앞에 두고 고개를 숙이고 있었다. 양과자집의 인형을 안고 혁란한 분홍색 원피스를 업고 머리에 같은 색의 커다란 리본을 묶고 있었다. 남자는 카스미를 여자아이답게 꾸며서 자기 딸이라고 하며 데리고 다닌 것 같다.

"카스미!"

나는 달려가서 꼭 껴안았다. 카스미는 깜짝 놀라 나를 보았다.

"미안해, 카스미. 무서웠지?"

"아니."

태연한 얼굴로 고개를 저었다.

"무섭지 않았어?"

남편이 어이없는 표정으로 말했다. 카스미는 고개를 끄덕였다. 하지만 내가 카스미의 머리에서 리본을 떼는 순간, 카스미는 긴장이 풀렸는지 정신을 잃는 듯했다.

"뭐야, 이 따위 것을!"

나는 리본을 바닥에 던지고 발로 밟아 짓이겼다. 카스미는 그것을 멍하니 보고 있었다. 가져간 옷으로 갈아입히자, 카스미는 그제야 안정이 됐는지 눈물을 쏟았다.

"왜 그런 아저씨를 따라간 거야."

카스미는 어이가 없다는 듯 울어댔다. 다섯 살짜리 아이에게 책임이 있을 리 없다. 나는 말을 바꾸었다.

"이제 됐어, 미안해. 엄마가 바빴기 때문에 이렇게 된 거야. 너를 잘 돌봐야 했는데."

카스미가 단호히 부정했다.

"아냐. 그 아저씨가 버스 타 보지 않겠냐고 했어."

"버스 타는 게 뭐가 그리 신기해. 언제나 탈 수 있는걸."

남편이 옆에서 거들었다.

"하지만 그 아저씨는 '여기가 아닌 곳에 너희 친엄마, 친아빠가 있단다' 그랬어."

카스미는 진지한 눈으로 말했다.

"어째서 우리 말고 친엄마, 친아빠가 있다고 생각한 거니?"

나는 몇 번이나 카스미의 어깨를 흔들었지만, 카스미는 먼산만 보고 있었다. 억지로 시선을 마주쳐도 막이 덮여 있는 듯 초점이 맞지 않았다. 경찰들이 '걱정하지 마세요, 불만이 있는 게 아니라 어린아이들은 곧잘 암시에 걸리기 쉬우니까요'하고 위로해 주었지만 그래도 충격이었다. 남편도 마찬가지였는지 그후 한참동안 카스미에게 좀 거칠게 대했던 것 같다.

겨우 이틀이었지만 카스미가 유괴당한 일로 마을에서는 갖은 소문이 무성했다. 소문은 갖가지로 과장된 것 같다. 너무 잔혹한 내용이었는지 내 귀에는 들어오지 않았다. 남편이 카스미의 명예를 지켰는지는 모르겠다. 남편에게는 남편의 교우 관계가 있어서, 그것은 타관 사람인 나는 들어갈 수 없는 것이었기 때문이다. 그러나 그다지 걱정하지 않았다. 어쨌거나 다섯 살 때의 기억이다. 성장하면서 그것을 극복할 수 있을 거라고 낙관했다. 말 많은 사람들의 안주 거리가 되는 것이 어떤 것인지 내가 너무 무르게 생각했는지도 모른다.

그 탓인지 카스미는 조금 특이한 아이로 자랐다. 카스미 주변에는 언제나 다른 사람들과 다른 바람이 불고 있는 것 같았다. 사람들이 추워하는 것 같으면 혼자 기분좋아하고, 사람들이 웃으면 뭐가 우습냐는 얼굴로 외면했다. 사람들이 자신을 색안경 끼고 보는 게 재미있는지, 카스미는 일부러 더 튀는 짓을 즐기는 것 같았다. 옷이 너무 화려하다고 손가락질을 받기도 했다. 카스미는 화려하지 않았다. 단지 다른 바닷가 사람들과 달리 의도적으로 세련된 복장과 머리 모양을 하고 다녔다. 특이하다는 말을 들으면 좋아했다. 아는 사람을 만나도 인사도 않는다고 욕도 먹었다. 나는 카스미를 믿었지만, 카스미가 모두에게서 벗어나려 하는 것만은 잘 이해할 수 없었다.

아무 말도 하지 않고 갑자기 카스미가 가출했을 때의 충격은 말로 다 할 수가 없다. 나는 충격을 받아 며칠이나 앓아누웠다. "카스미는 어딘지 별나서 가출할 징조는 처음부터 다분했어." 하고 마을 사람들은 입을 모았다. 분명 그렇기는 했다. 카스미는 고등학교를 졸업하면 삿포로나 도쿄에 나가고 싶어했고 마을의 인간 관계를 싫어했다. 내가 충격을 받은 것은 가출하면서 행선지도 알리지 않을 만큼 나를 믿지 않았다는 것이다. 그리고 자신의 흔적을 모조리 지웠다는 사실이다. 카스미는 자신의 일기, 사진, 노트, 모든 것을 정리한 후 나갔다. 편지 한 줄 남기지 않고, 카스미라는 딸이 정말 있었는가 하고 우리는 서로 얼굴을 마주 보았을 정도로 딸은 홀연히 우리 앞에서 사라졌다.

무엇이 그렇게 싫었을까? 엄마가 제멋대로인 남편과 살고 있기 때문이었을까? 남편이 카스미를 전혀 이해해 주지 않아서였을까? 이 마을 자체였을까? 마을의 인간관계였을까? 그 전부였을까? 그러나 그런 것들이 이런 처사를 할 만큼의 가치가 있는 일이었을까? 나는 병이 들고, 남편은 화가 나서 매일 술만 마셨다. 우리 부부는 상처입었다. 딸에게 복수라는 건 말도 안 되는 소리였지만, 그때의 남편은 카스미가 있는 곳을 알았더라면 당장이라도 복수하러 달려갔을지도 모른다. 카스미가 다섯 살 때 남자에게 유괴당했을 때 한 말이 몇 번이고 우리 부부 사이에 되살아났다가는 사라졌다.

"하지만 그 아저씨는 '여기가 아닌 곳에 너희 친엄마, 친아빠가 있단다' 그랬어."

설마 카스미는 그 말을 줄곧 믿고 있었던 건 아닐까?

그러나 시시하다고 생각하는 생도 꾹 참고 기다리면 된다고 생각한 것은 이런 일이 있기 때문이다. 10년 전, 놀랄 만한 일이 일어났다. 도쿄의 모리와키 미치히로라는 남자에게 느닷없이 편지가 왔다. 편지에는 이렇게 적혀 있었다.

(전략)

갑작스러운 편지를 드리게 된 무례를 용서해 주십시오.

저는 도쿄에서 제판업을 하는 모리와키 미치히로라고 합니다. 나가노 출신으로 현재 서른여덟 살입니다.

6년 전부터 제가 경영하는 회사에서 하마구치 카스미 양이 근무하고 있었습니다. 카스미 양이 성실하게 일하는 모습을 깊이 신뢰하게 된 저는 이번에 카스미 양에게 청혼을 하여 허락을 받았습니다.

예전부터 카스미 양이 부모님 이야기를 전혀 하지 않아서 이상하게 생각했습니다만, 홋카이도 루모이 군 출신이라는 것만 알고 실례지만 몰래 조사를 했습니다. 그래서 부모님께 편지를 드리게 됐습니다.

저로서는 혼인이라는 관계를 맺는 이상 부모님께 알려드리고 허락을 받지 않을 수 없습니다. 승낙해 주실 수 있으시겠습니까?

이 일은 카스미 양은 모르는 일이므로 꼭 비밀로 해 주실 것을 부탁드립니다. 제 쪽에서 추후 다시 보고를 드리도록 하겠으니 부디 안심하십시오.

남편도 나도 몹시 놀랐다. 10년이나 연락두절이었던 딸의 근황을 이런 형태로 다른 사람에게 듣게 되리라고는 생각도 못 했다. 나는 얼른 미치히로에게 답장을 썼다. 결혼을 승낙하고 말고 할 것도 없다. 멋대로 집 나간 딸이니 우리의 승낙 따위 이제 와서 상관도 없을 것이다, 라고. 그러자 다시 편지가 왔다.

(전략)

　카스미 양과의 결혼은 부모님께서 허락해 주신 것으로 받아들이겠습니다. 저희는 10월에 식을 올립니다. 이것으로 부모님의 사위가 되는 것이니 부디 잘 부탁드립니다.
　카스미 양이 가출했다고 하셨는데, 아마 10대의 경솔함에 저지른 짓이라 사료됩니다. 부디 용서해 주십시오. 카스미 양을 행복하게 하겠습니다.

　그 대담한 카스미가 고른 결혼 상대가 이렇게 신중하고, 절대 싸움을 좋아하지 않는 남자라는 것이 의외였다. 남편도 어이가 없는 것 같았다. 그러나 나는 이제 죽었을 거라고 포기하고 있던 딸과 이렇게 몰래라도 다시 연결됐다는 것이 실은 기뻤다. 몇 개월 후, 미치히로가 결혼식 사진을 보내왔다. 10년 만에 카스미의 사진을 보고 나도 모르게 오열을 터트렸다. 아주 예쁘고 차분해져 있었다. 도쿄에서 혼자 어떤 생활을 했을까. 아무 원조도 없이 얼마나 힘들었을까. 이것도 부모 자식 간의 형태이기는 할 것이다. 남편은 혼자 해안에 나가 한동안 돌아오지 않았다. 울었을 것이다.
　한편으로는 가출해서 10년도 지나 어엿하게 결혼까지 한 딸이 직접 아무 연락도 하지 않는다는 사실에 심한 분노가 일어 참을 수 없었다. 결혼을 했으니 곧 손주도 생기겠지. 그러나 우리에게는 분명 알리지 않겠지. 미치히로의 부모가 손주를 독차지하게 되겠지. 그런 생각을 하는 중에 손녀가 생겼다고 사진이 왔다. 남편도 나도 미치히로가 보내는 연락에 날 듯이 기뻐했다. 이윽고 편지를 손꼽아 기다리게 되었다. 미치히로는 세심하게도 아이의 사진을 많이 보내주었다. 나는 특히 큰 손녀 유카라는 아이가 마음에 들었다. 카스미의 어릴 적 모습을 빼다박아서 마치 시간이 되돌아온 듯했다. 남편도 같은 생각인 것 같았다. 우리는 유카의 사진을 보면서 또 눈물을 흘렸다. 시간은 돌아와준다. 목숨이 이어져 있는 이상, 운명은 줄곧 반복된다. 잃은 딸을 다시 찾은 느낌에 몹시 기뻤다. 우리는 유카에게 흠뻑 빠져 어른이 된 카스미를 잊을 수 있었다. 그래서 미치히로가 손녀들의 사진과 카스미의 사진 등을 보내줄 때마다 아무것도 모르고 태연히 살고 있는 카스미에 대한 분노가 더해진 것은 부정할 수 없다.

카스미가 결혼한 지 6년이 지난 어느 날, 미치히로에게 전화가 왔다. 편지만 받다 직접 목소리를 듣게 되니 정말 놀라웠다.

"도쿄의 모리와키입니다."

"아, 늘 신경써 주어서 고마워요. 카스미 엄마예요."

나는 주뼛거렸다.

"어머님, 안녕하세요."

처음 거는 전화인데 미치히로의 목소리는 어둡게 가라앉아 있었다. 나는 뭔가 나쁜 일이라도 생겼나 걱정이 됐다.

"애들에게 무슨……?"

"아뇨, 아이들이 아닙니다. 이런 말을 아무한테도 할 수가 없어서 저도 모르게 전화를 드리게 됐습니다. 죄송합니다."

"무슨 일인가요? 카스미에게 무슨 일이 있나요?"

"예에."

미치히로는 말을 더듬었다.

"실은 최근 알게 됐습니다만, 카스미가 바람을 피우고 있습니다. 그것도 2년 정도 계속되고 있었나 봅니다. 저는 배신을 당했습니다."

소항 473

"세상에. 무슨 오해가 있는 건 아닌가요?"
"아뇨, 다 조사해봤습니다."

미치히로니까 우리를 찾았을 때처럼 야무지게 알아봤을 것이다. 나는 말을 잃었다. 이 사위에게 어떻게 사과를 해야 할지. 손님을 상대하던 남편이 의아한 얼굴로 나를 돌아보았다. 연락두절된 딸의 부주의를 빌고 있는 것도 이상했지만, 미치히로는 카스미와 손녀와 우리를 연결시켜주는 더할 나위없이 소중한 인물이었다.

"그래서 어떻게 할지 난감해하고 있습니다. 이게 바람이 아니라 진심으로 사랑하는 것 같아서요."

"저기, 상대는……?"

"상대는 저희 회사 거래처 남자입니다. 이시야마라는 사람인데 물론 처자식도 있습니다. 그쪽도 상당히 진지하다는 게 조사원의 말입니다."

"그렇다면 그렇게 못된 인간하고 헤어져 버리세요."

"아뇨, 그러면 아이들을 빼앗길지도 모릅니다."

나는 퍼뜩 정신이 들었다. 그렇다, 또 카스미에게 손녀를 빼앗겨 버릴 것이다. 뭐든 제멋대로이고 행실 나쁜 딸. 나는 카스미를 증오하게 되었다. 뭔가 이상한 사태가 일어났음을 눈치챘을 것이다. 남편이 내 손에서 수화기를 뺏었다.

"여보세요, 미치히로. 자세히 좀 얘기해 주지 않겠나?"

남편과 미치히로는 한참을 상담했다. 그후로 미치히로의 전화가 자주 걸려왔다. 7월, 남편이 내게 말했다.

"우리가 큰애를 맡기로 했으니까 당신 놀라지 마."

"무슨 말이에요?"

"유괴 같은 거야."

남편의 이야기에 안색이 바뀌었다. 아무리 그래도 친딸에게서 손녀를 빼앗아 오다니. 절대로 안 된다. 그러나 남편은 진심이었다. 반대하는 나를 무서운 얼굴로 가로막았다.

"그년이 아무리 집을 뛰쳐나가서 전혀 모르는 사람처럼 살아간다 해도 핏줄은 그렇게 단순한 게 아냐. 미치히로가 없었다면 우리는 손녀가 생긴 것조차 몰랐을 거야. 얼마나 한심한 이야기야? 그런 그년이 이제는 또 바람이니 뭐니 지저분한 짓을 해서 미치히로가 걱정하고 있어. 미안하지도 않냐. 미치히로 말대로라면 이제 손녀조차도 뺏기게 될 판이라고. 어떡할 거야. 우리가 데려올 수밖에 없지."

여름 휴가 때 미치히로와 카스미는 이시야마라는 남자의 별장에 초대받아 가기로 했단다. 그곳에서 이시야마와 카스미는 밀회를 나눌 게 뻔하다. 그런 짓을 용서할 수 없으며, 아이들을 위해서도 좋지 않다. 그래서 미치히로는 이런 계획을 세웠다. 다행히 장소는 여기서 멀지 않은 시코쓰 호다. 큰 아이 유카를 몰래 숨겨서 유괴를 가장해, 우리 집에 맡길 테니 잘 돌봐달라는 것이다. 그러면 카스미는 충격을 받아 집으로 돌아갈 것이고, 바람피운 대가를 이시야마에게도 물릴 수 있다는 것이다.

유괴란 쉬운 일이 아니다. 제정신이냐고 반문하고 싶었다. 그러나 남편은 미치히로와 계획을 짜고 있었다. 그리고 사전 약속대로 8월 10일에 집을 나갔다. 나는 큰일났다고 생각하면서도 손녀를 맞을 준비에 열을 올리고 있었다. 새 책상, 새 이불, 새 옷. 더욱이 유카는 카스미를 쏙 빼닮았다. 아이를 다시 한 번 잘 키워볼 수 있는 기회가 왔다. 유괴라는 거친 방법에는 반대지만, 나는 손녀를 안아보고 싶어 좀이 쑤셨다. 게다가 카스미를 키울 때처럼 실패하지 않으리라는 결의도 불타고 있다. 한번 절연당했던 부모가 예순 가까운 나이에 다시 한번 부모가 될 수 있는 것이다. 기뻤다.

남편은 8월 10일부터 시코쓰 호반에서 혼자 묵고, 다음 날 아침 일찍 이시야마의 별장이 있는 산으로 올라갔다. 별장 앞에서 기다리고 있으면, 유카가 혼자 나오게 되어 있다. 그러면 남편은 유카를 데리고 마을로 돌아오는 것이다. 만에 하나 누군가에게 잡힌다 해도 할아버지니까 범죄가 되지는 않을 거라고 미치히로는 장담했다. 그래도 낯선 노인을 만난 유카가 싫어하면 난감할 거라고 남편은 걱정했다. 그러나 미치히로는 '할아버지가 몰래 만나러 오시니까 비밀이야' 하고 유카에게 미리 얘기해두겠다고 했다. 실제로 유카는 남편의 모습을 보고 기뻐하며 손을 잡고 미끄러지듯이 산을 내려왔다고 한다. 남편은 별장지 입구에 세워둔 차에 유카를 태우고 마을까지 데리고 왔다. 그리고 유카는 지금 이 집에서 우리 부부와 함께 살고 있다.

올해 유카는 아홉 살이 되었다. 한 해에 수차례 미치히로가 몰래 만나러 오지만, 유카는 우리를 부모라고 믿고 있다. 그러나 내게 이렇게 물은 적이 없었다.

"유카의 엄마는 어디에 있어요?"

"이런, 내가 엄마잖아."

내가 가슴을 가리키면 유카는 답답하다는 얼굴로 눈을 돌려 창밖을 바라보았다. 카스미가 썼고, 지금은 유카의 방이 된 2층 방에서는 바다가 보인다. 언젠가 유카도 다섯 살 때의 카스미가 경찰서에서 했던 말을 하는 게 아닐까. 내 걱정은 그것뿐이다.

"하지만 그 아저씨는 '여기가 아닌 곳에 너희 친엄마, 친아빠가 있단다' 그랬어."

이번의 애 키우기는 잘 되고 있다고 믿고 있다. 유카는 카스미처럼 해안에서 혼자 놀지도 않고 개도 싫어한다. 어른의 얼굴을 의심스런 눈으로 뚫어지게 바라보지도 않고, 학교에서는 눈에 띄지 않는 평범한 학생이다. 남편도 완전히 자상한 할아버지, 관대한 남편으로 바뀌었다. 새로운 생명은 새로운 시간을 준다. 다시 할 수 있는 기쁨. 그것이 인생이다.

미치히로에게 전화가 왔다. 카스미가 오타루의 정보를 확인하러 집을 나갔다고 한다.

"집을 나갔다니, 여보게. 그 아이, 이지 그리로 돌아오지 않는 건가?"

"예. 좀 다퉜습니다."

"왜?"

"저도 모르게 그만 이시야마의 이야기를 꺼냈습니다."

"이제 와서 그런 말을 왜 했나."

"착한 사람인 척하는 것도 피곤할 때가 있습니다, 저도."

미치히로는 전화 저편에서 웃었지만 쓸쓸한 목소리였다. 미치히로는 말은 그렇게 해도 카스미를 좋아한다. 카스미는 지금 어디를 방황하고 있는걸까. 여기 네 대신 네 딸이 있단다 하고 가르쳐 주고 싶은 충동이 일 때도 있다. 카스미가 너무 가엾어서. 하지만 나는 죽을 때까지 말하지 않을 것이다. 카스미에게 유카를 빼앗길 수는 없다. 카스미에게 우리의 인생을 두 번씩 빼앗길 수는 없다. 유카는 절대로 돌려 주지 않을 것이다.

카스미는 뭔가 비명을 지르는 소리가 들려 눈을 떴다. 자신이 지른 비명이었다는 것을 안 것은 왜 그러냐고 묻는 우쓰미의 눈을 보고서였다. 차는 국도를 달리고 있었다. 양쪽은 억새풀이 무성하게 자란 들판이었다. 아무것도 없는 왼쪽 지평선 끝쪽으로 바다가 펼쳐질 기미를 보이고 있었다. 아아, 하고 카스미는 크게 한숨을 내쉬었다. 동시에 눈물을 글썽였다. 꿈의 충격으로 아직 가슴이 심하게 뛰고 있다.

자신이 다섯 살 때 계절 노동자를 따라갔던 기억은 전혀 없다. 사실인지 어떤지 모르겠지만, 꿈은 모든 것이 너무나 상세하고 리얼해서 카스미를 넉다운시켰다.

"꿈꿨죠?"

우쓰미가 묻는다.

"네, 꿈이라기보다 환시 같아요. 내가 우리 엄마가 되어 이것저것 나에 대한 생각을 하고 있어요. 스토리가 제대로 되어 있어요. 우리 부모와 남편이 결탁해서 유카를 데려갔어요."

"어째서요?"

"나와 이시야마 씨의 일을 남편이 알고 몹시 화를 냈어요."

우쓰미는 잠시 침묵했다.

"그건 나도 생각한 적 있어요."

"가끔 기라이 마을에 유카가 있는 상상을 하지만, 모리와키가 얽혀 있으리라고는 생각도 못했어요. 꿈이라고 하지만 너무나 충격적이에요."

"나도 시코쓰 호에서 꿈을 꾸었어요."

"어떤 꿈?"

"이즈미가 유카를 죽이는 꿈."

"설마."

"자세한 것은 잊어버렸지만, 꽤 실감났습니다."

"꿈은 꿈이에요."

"당신도 그래요."

"우리 대체 어떻게 된 건지 모르겠네요."

우쓰미는 아무 대답도 하지 않았지만, 카스미는 무서웠다. 지금 가는 곳에 무엇이 기다리고 있을까. 다음 모퉁이 끝이 미래의 모습 같은 느낌이 들어 카스미는 두 손으로 얼굴을 가렸다.

2

규모가 아주 큰 편의점이 있었다. 9월의 오후 햇살이 건물 정면에 쏟아지자, 마치 영화의 세트처럼 눈부시게 빛났다. 아니, 한낮인데도 형광등을 있는 대로 켜서 안에서도 빛을 내뿜고 있다. 갈색 모래사장을 배경으로 멀리 보이는 바다와 흰 건물의 대비가 눈에 띄는 아름다운 전망이었다. 단지, 현실감이 따라주지 않는 게 흠이다.

카스미는 자신의 집이 있던 곳에 우뚝 선 편의점을 한참동안 어이없이 바라보고 있었다. 주위는 옛날과 다름없는 바닷가 정경인데 건물만 달라져 있다. 뒤를 돌아보니 여전히 국도는 이어지고 차들은 연달아 지나가며, 그 건너편에는 완만한 언덕배기. 그 중턱에 있는 중학교 교사. 꼭대기의 애완동물 묘지. 모두 달라진 게 없다. 부모님이 살던 집만이 이 세상에서 사라졌다. 차 안에서 꾼 백일몽이 갑자기 힘없이 흩어진다. 안심과 실망이 카스미를 또 한번 덮쳤다. 안심은 아까의 백일몽과 현실이 다르다는 것. 실망은 유카가 여기에 없다는 것. 우쓰미가 뼈가 불거진 손으로 카스미의 어깨를 토닥거렸다.

"내가 물어보고 올게요."

카스미는 국도의 지저분한 가드레일에 앉았다. 허벅지 뒤쪽을 파고드는 가드레일의 가장자리를 아프게 느끼면서, 자신이 어릴 적에 이곳에 가드레일이 있었던가 기억을 반추해 본다. 카운터 앞에서 우쓰미가 젊은 남자 점원에게 묻는 것이 유리 너머로 보였다. 유니폼을 입은 점원이 연신 고개를 갸웃거리는 것을 봐서 아무것도 모르는 것 같다. 여기서 언제 무슨 일이 일어난 것일까. 아버지와 엄마는 어디로 가버린 걸까. 카스미는 20년 만에 바라보는 경치를 마음속에 있는 기억과 대조했다. 마을 중심가에 있는 건물의 위치며 전체 분위기는 같아도 하나하나가 새로워졌다. 기억과 아주 조금씩 달라진 집들. 20년이라는 세월이 흘렀다는 증거였다. 정말 자신은 여기서 살았던 걸까? 카스미는 그 기억 자체를 의심하기 시작했다.

카스미는 편의점 옆을 지나 어릴 적에 자신이 놀던 모래사장으로 갔다. 발이 푹푹 빠질 정도로 가늘고 보드라운 모래를 밟으며 수십 미터를 걸어간다. 방풍을 위해 세워둔 갈대로 엮은 담까지 갔다. 그 앞으로 바닷바람이 세차서 모래가 날리는 것이 보인다. 카스미는 몸을 구부려 모래에 묻혀 있던 회색 돌을 주웠다. 깨려고 해도 깨지지 않는다. 개의 모습도 없고, 대신 도둑 고양이 몇 마리가 갈대 그늘의 낡은 벽돌 위에 앉아 있다. 모든 것이 자신의 마음속 풍경과 닮은 듯하면서도 닮지 않았다. 카스미는 큰맘먹고 고개를 들어 그때까지 바로 보지 못했던 바다를 바라보았다. 바로 옆에 펼쳐진 압도적인 물의 양과 모습. 카스미는 악의를 던져오듯이 끊임없이 밀려드는 파도를 보며, 역시 이곳은 내 고향이 틀림없다고 확신했다.

초등학생으로 보이는 여자아이 둘이 다가왔다. 혹시 하고 자세히 보았지만, 아무리 봐도 유카는 아니었다. 카스미는 가까이 다가가 여자아이들에게 말을 걸었다.

"모리와키 유카라는 애 아니?"

"모르는데요."

"그럼 여기 있던 기라이장이라는 식당 모르니?"

"몰라요."

"하마구치란 성 들은 적 없니?"

"없어요."

여자아이들은 연거푸 갑작스러운 질문을 던지는 카스미에게 놀랐는지 얼떨결에 대답을 하다가 곧 달리기를 하는 척하며 도망치듯 가버렸다.

"모리와키 씨."

소리도 없이 어느 틈엔가 우쓰미가 옆에 서 있었다. 우쓰미는 강한 바람을 정면으로 받아서 괴로운지, 아니면 모래 위를 걷는 것이 익숙하지 않은 탓인지 거친 숨을 토하고 있었다. 모랫바람에 재킷이 펄럭이고 티셔츠를 입은 마른 몸이 그대로 드러나는 것을 카스미는 안타깝게 바라본다.

"이렇게 걸어도 힘들지 않아요?"

"그런 건……"

호흡이 이어지지 않는 우쓰미는 말을 끊었다.

"아무래도 좋아요."

카스미는 침묵했다. 우쓰미가 물어보고 온 결과는 듣지 않아도 알 것 같았다.

"아무것도 모르는 것 같습니다. 하마구치란 성도 들어본 적이 없대요. 저 큰 편의점 주인은 아사히가와라는 사람이더군요."

"그럴 거라고 생각했어요. 아버지에게 그런 돈이 있을 리가 없어."

"언제쯤 이사하셨을까요. 모리와키 씨, 누구 물어볼 만한 사람 없어요?"

"있긴 있지만······."

카스미는 과연 자신이 정말로 알고 싶은 것인지 자문하고 있다. 버린 가족을 이제 와서······. 하는 생각이 들었다.

"알고 싶지 않은 마음도 들어요."

"어째서요?"

우쓰미는 안타까워하며 모래를 찼다.

"기껏 여기까지 와서······."

"친했던 친구가 한 명 있어요. 집에 있는지 모르겠지만 가 볼게요."

"이름은?"

"아베 사치코."

사치코는 카스미가 가출한다는 말을 듣고 재미있어 하며 적극적으로 협력해준 친구다. 카스미가 가져갈 짐을 몰래 날라다 버스 정류장 뒤쪽에 숨겨주었다. 사치코는 "네가 없으면 외로우니까 나도 나갈 거야."라고 했다. 그러나 담배를 피우고 술은 마셔도 사치코는 두 번 다시 돌아오지 않을 가출 같은 모험을 할 만한 아이가 아니었다. 아마 이곳에 남아 있을 거라고 생각했는데, 역시 사치코는 친정에서 토목업을 하는 남편과 평범하게 살고 있었다.

"누구세요?"

완전히 중년 부인이 된 사치코는 의심스러운 표정을 지었다. 카스미는 어떻게 할까 망설이며 어두운 현관 앞에 서 있었다. 우쓰미는 차에서 기다리겠다며 오지 않았다.

"하마구치 카스미인데……."

그 이름을 입 속으로 한번 되뇌던 사치코는 앗! 하고 깜짝 놀라며 황급히 현관 불을 켰다. 이 주변의 집들은 진눈깨비와 강한 바닷바람을 피하기 위해 현관도 창도 이중 구조로 되어 있다. 현관은 낮에도 어둡다. 사치코는 카스미의 얼굴을 보자 환호성을 질렀다.

"정말이다. 아, 반가워라!"

"가출할 때는 참 고마웠어. 인사도 제대로 못 했구나."

"아냐. 네 짐들, 없어지지 않을까 걱정돼서 매일 보러 갔단다. 그러다가 너도 짐도 같이 없어졌기에 성공했구나 하고 안심했지. 그 일은 아직도 기억이 생생해."

세월이 흐른 지금도 두 사람은 공범자처럼 얼굴을 마주보며 쿡쿡 웃었다. 주간지며 과자봉지가 흐트러진 거실로 들어서자 사치코는 거친 손으로 카스미의 두 손을 꼭 잡았다.

"하나도 안 변했구나."

불이 켜진 석유난로에서 주전자가 스리를 내고 있다. 방에서는 은근히 알코올 냄새가 났다.

"너도 안 변했네."

"거짓말. 나 늙었어."

사치코는 제대로 손질하지 않은 흐트러진 퍼머 머리를 부끄러운 듯 어루만지면서 부엌으로 달려가 청주를 가져왔다.

"얘, 데울까? 너도 마시자."

"난 됐어."

카스미는 손을 저었다.

"사람이 기다리고 있어서."

"그럼 혼자 마실게."

사치코는 차를 마셨던 것 같은 컵에 그대로 술을 따라 단숨에 마셨다.

"이러니저러니 이유를 붙여서 한잔씩 마시지. 낮부터 이러고 있단다. 정말 대책없어, 나도."

"밤에는?"

"밤에도 마시지. 마시지, 그럼. 너, 이런 곳에서 무슨 낙이 있냐. 겨울바다? 좀 봐. 죽고 싶어지지."

알코올 중독인가. 카스미는 사치코의 거친 피부를 바라보았다. 불량스러웠던 사치코는 긴 스커트를 질질 끌며 늘 카스미 뒤를 따라다녔다. 머리가 좀 모자란다는 소문도 있었지만, 카스미를 잘 이해해 주었던 걸로 기억한다.

"저어, 우리 엄마, 아버지 어떻게 됐니?"

두 잔째의 청주를 컵에 가득 채운 사치코는 천천히 카스미 쪽을 보았다.

"모르니?"

"몰라."

"그후 전혀?"

카스미가 끄덕이자 사치코는 슬픈 표정을 지었다.

"네가 나간 후 곧 화재가 나서 돌아가셨어. 너 그거 모르고 돌아온 거야?"

카스미는 "응." 하고 심각한 얼굴로 끄덕였다. 사치코는 분한 듯이 말했다.

"멋있다. 그런 점 때문에 널 좋아했지."

"잠깐만. 그게 언제 때 일이야?"

카스미는 술을 마시려는 사치코의 팔을 잡았다. 더 취하기 전에 들어두고 싶었다.

"네가 나간 것이 졸업 후 바로였지? 나도 기타보 수산에 취직이 결정돼서 자세히 기억하고 있어. 그해 가을쯤일까. 너희 집이 전부 타버렸어. 담뱃불을 잘못 버린 모양이야. 그래서 난 네가 없길 다행이라고 생각했단다. 있었더라면 같이 죽었을 거 아냐."

"어째서?"

"어째서는. 새벽 3시 경이었는걸. 그런 시간에 누가 도울 수 있겠니?"

"하지만 가출하지 않았더라도 학교 다니느라 삿포로에 있었을 거야."

"그런가. 그럼 어차피 살았을까. 아무튼 카스미 넌 운이 좋은 애야."

사치코는 남의 일처럼 아하하 웃어댔다. 양친은 이미 20년 전에 세상을 떠났다. 단절했다고 생각하고 있었지만, 자기도 모르는 사이에 정말 단절되어 있었다. 양친이 죽은 것도 모르고 자신은 겨우 익숙해진 도쿄에서 길을 갈 때도 늘 뒤를 돌아보며 살고 있었다. 만일 거처가 알려져 아버지가 데리러 오면 어떡하나 걱정하면서. 홋카이도 이야기가 나오면 자신도 모르게 아는 척할까 봐 항상 조심했다. 그곳에서 들통이 나 부모님께 알려지면 큰일이라고 생각했기 때문이다. 그런 노력 모두가 헛수고였다. 아니, 그렇게 생각하는 것 자체가 헛수고였다. 지금까지의 자기자신이 무너지는 듯한 위태로움을 느끼면서 카스미는 애써 태연한 척했다.

"오늘까지 모르고 지냈어."

"그럼 너 정말 연락 끊고 지냈구나."

"응."

"멋있다. 나도 그런 것 한번 해 보고 싶었는데."

사치코는 지저분한 테이블에 턱을 괴었다.

"지금이라도 하면 되잖아."

"그렇구나."

사치코는 우울한 얼굴로 술병을 본다.

"술만 홀짝홀짝 마셔봐야 아무 소용 없을 거야. 어디로 사라지는 것도 아니니까."

"이 근처에 모리와키 유카라는 아이 안 사니? 몰라?"

"몰라, 그런 애."

사치코는 고개를 저었다.

"그런 걸 왜 묻는데?"

"내 딸이야."

사치코는 어안이 벙벙했다.

"왜? 네 딸이 어떻게 됐는데?"

"아무것도 아냐."

카스미는 사치코에게 인사하고 어두운 집에서 바깥으로 뛰어나왔다. 바깥은 빛으로 가득 차 있었다. 울퉁불퉁한 콘크리트 국도도 겨울에는 어둡고 검은 바다도 오늘은 반짝거리며 빛나고 있다. 바로 저 앞까지 겨울이 왔다고는 하지만, 온화한 가을 오후였다. 우쓰미가 지친 모습으로 차에 기대어 서 있었다. 시든 풀섶귀처럼 힘이 하나도 없다.

"안에 들어가서 앉아 있으면 좋을 텐데."

카스미는 우쓰미의 몸을 부축했다.

"다리가 아파서 서 있는 편이 좋습니다."

우쓰미는 살점이 없는 허리를 손으로 두들겼다.

"운전한 게 안 좋았던 거 아녜요?"

"그런 것보다 어떻게 됐어요?"

국도를 따라 편의점이 보인다. 멀리 떨어져 있어도 흰 건물은 눈에 두드러졌다. 카스미는 우쓰미의 눈을 보지 않고 대답한다.

"두 분 다 돌아가셨대요."

"사인은?"

우쓰미는 놀라지도 않고 반문했다.

"화재였대요."

"그럼 경찰에 가면 기록을 볼 수 있겠군요."

"봐도 소용없잖아요."

카스미는 우쓰미의 눈을 보았다.

"이제 와서 말이에요."

"이제 와서라니요. 언제 일이랍니까?"

"20년 전, 내가 가출하던 바로 그해 가을이었대요."

우쓰미는 고개를 갸웃거렸다. 카스미는 말하는 동안 이것저것 만사가 허무해져 견딜 수가 없었다. 양친의 죽음과 함께 유카의 행방을 알 최후의 수단까지 잃어버린 느낌이 들었다. 무엇 때문에 그런 꿈을 꾸었을까. 누가 그런 꿈을 꾸게 한 걸까. 카스미는 꿈 내용을 자세히 기억하려 했지만, 생각하는 것조차 귀찮았다. 순간 뜻밖의 말이 튀어나왔다.

"바보!"

자신을 비난하는 카스미의 외침에도 우쓰미는 꼼짝하지 않는다. 우쓰미의 주변만이 조용했다. 그러나 카스미는 모든 것을 던져버리고 싶었다. 없어진 아이도, 그 아이를 찾는 자신도, 그리고 이 죽어 가는 남자도. 모두. 카스미는 우쓰미 앞에 성큼성큼 다가가서 얼굴을 들여다보았다. 우쓰미의 움푹 패인 눈 주위의 그림자. 홀쭉해진 볼. 죽으려면 혼자서 죽으면 되잖아. 실컷 꾸고 싶은 꿈이나 꾸면 되잖아. 자신들은 둘 다 유카를 찾는 척하며 자기 생각밖에 하지 않았다.

"나, 이제 됐어요. 딸도 포기하고, 찾아다니는 것도 그만두겠어요."

우쓰미는 카스미의 선언을 묵묵히 듣고 있다. 이윽고 그 눈이 하늘을 향해 부신 듯 깜박거렸다. 시선이 대상을 벗어나 허공을 떠도는 우쓰미의 눈길. 체념과 고독밖에 없는 눈길. 그걸 보자 카스미는 마을의 국도를 터덜터덜 걷기 시작했다. 삿포로 방향이었다. 그러다 곧 우쓰미의 차에 나일론 가방을 두고 온 게 생각났지만 아무래도 좋았다. 그 안에는 유카의 새 옷이 들어 있을 뿐이니까. 카스미 뒤에서 천천히 우쓰미의 차가 따라왔다.

"모리와키 씨."

걸어가면서 뒤를 돌아본다. 우쓰미가 운전석으로 야윈 얼굴을 내밀었다.

"아까 이야기 말인데요. 좀 이상하니까 한 번 더 확인해 봐야겠어요."

"어디가 이상해요?"

"느낌입니다."

대답하고 우쓰미는 희미하게 웃었다.

"어쨌든 누군가에게 물어보겠습니다. 작은 마을이니까."

우쓰미는 공중전화를 발견했는지 차를 세웠다. 카스미는 예의 편의점에서 주스를 사서 바닷가로 갔다. 고양이를 쫓아내고 벽돌에 앉아 주스를 마시면서 바다를 바라보았다. 우쓰미가 돌아왔다. 이미 해는 기울고 있다.

"어머니, 살아 계십니다."

"어디에요?"

카스미는 깜짝 놀라서 돌아보았다. 석양을 정면으로 받은 우쓰미가 얼굴을 찡그린다.

"술집을 하고 있다고 합니다."

이 마을에 식당 겸 술집은 기라이장 한 곳밖에 없었는데 술집이라니. 카스미는 아직 반신반의했다.

"아버지는?"

"글쎄요."

우쓰미는 어깨를 으쓱해 보였다. 오늘의 피로가 얼굴에 선명히 새겨져 있었다.

어머니가 하고 있는 술집은 '오하마'라는 이름이었다. 카스미는 우쓰미와 함께 마을에서 유일한 환락가로 향했다. 술집이 여러 집 모여 있을 뿐인 거리지만, 카스미가 살던 시절에는 없었다. 오하마는 가장 끝에 있었다. 흰 페인트칠을 한 작은 2층집으로 간판이 커서 눈에 띄었다. 이른 시간이어서 카스미는 조심스럽게 합판 문을 노크했다.

"네, 들어오세요."

기분좋은 어머니의 목소리가 났다. 이렇게 통통 튀는 엄마의 목소리는 한 번도 들은 적이 없다. 정말 엄마일까? 맥박이 빨라졌다. 카스미는 큰 마음먹고 문을 열었다. 카운터밖에 없는 실내는 여섯 명이 들어가면 만원이 될 것 같은 조그만 가게였다.

이미 먼저 온 손님이 있었다. 카운터 끝에 초로의 남자, 그리고 또 한 사람 작업복을 입은 중년 손님이 맥주를 마시고 있었다. 어머니는 카운터 안에서 손님을 상대하면서 안주 준비를 하느라 바빴다. 여전히 재빠른 손으로 중화 냄비에다 생강향이 나는 것을 졸이고 있다. 화사한 꽃무늬 셔츠를 입고 분홍색 앞치마를 하고 있었다. 어머니는 얼굴을 들어 카스미를 보았다. 백발이 되어 돋보기 너머로 사람을 보는 자세는 할머니 같았지만, 기라이장의 주방에서 신경질적인 얼굴밖에 본 적이 없는 카스미에게는 깜짝 놀랄 만큼 젊어 보였다.

"어서 오세요."

어머니는 웃는 얼굴로 인사했다. 자기가 누군지 모른다. 예상 밖의 일에 카스미는 말을 잃고 땅에 못이 박힌 듯 우뚝 서 있다. 어머니는 순간 당혹스러운 표정으로 카스미와 우쓰미를 보더니, 이내 한가운데 자리를 권했다.

"이리 앉으세요."

"엄마."

놀란 어머니의 입이 딱 벌어졌다.

"어머나!"

이 외마디 비명뿐, 말이 나오지 않는다. 손님들이 무슨 일인가 하고 두 사람을 번갈아 보고 있었다. 우쓰미는 문을 등지고 어두컴컴한 곳에 서 있었다.

"카스미니?"

"응."

"어머나……."

어머니는 또 같은 소리를 냈다. 이번에는 조금 곤혹스러움이 섞여 있다.

"깜짝 놀랐구나, 이게 몇 년만이냐?"
"미안해, 20년만이야."
"무슨 일이오?"
카운터 끝에서 의자에 올라앉아 칠칠맞게 가부좌를 틀고 앉아 있던 초로의 남자가 물었다. 태도와는 정반대로 걱정스러워하는 모습이었다.
"아뇨, 얘가 내 딸이에요. 깜짝 놀랐네."
"그러고 보니 당신에게 딸이 있었다는 말을 들은 적 있는 것 같네."
"그래요. 카스미라고 해요. 고등학교를 나온 후 없어졌죠."
두 사람은 카스미를 제쳐두고 당시의 이야기에 열중했다. 카스미는 어쩔 줄 몰라하는 우쓰미 쪽을 돌아보았다. 말라서 그림자도 옅어진 우쓰미는 구석의 어둠에 녹아 표정도 뭣도 보이지 않았다. 작업복을 입은 손님이 보다못해 일어섰다.
"여기는 됐으니까 잠깐 2층에 가서 이야기 나누고 와요."
미안합니다, 하고 어머니는 가스 불을 껐다. 가게 안에 있는 사다리 계단을 올라갔다. 어머니의 다리를 뒤에서 바라보면서, 카스미는 두 번 다시 어머니와는 만나지 않을 거라고 집을 나갔던 일을 떠올렸다. 자신의 종아리와 똑같이 생겼다.
2층은 누군가 머물고 있는지 이불이 한 채 구석에 놓여 있다.
"오랜만이구나."
우는가 싶었지만, 어머니는 아직도 얼떨떨해 하고 있었다.
"살아서 너를 만나게 될 줄은 꿈에도 생각 못했다."
"미안해. 나도 돌아올 거라고는 생각하지 않았어."
"그렇겠지."
어머니의 얼굴이 굳어졌다.

"좀처럼 눈물의 대면을 할 수는 없겠구나."
"그러게."
카스미는 마음 한구석으로는 자신이 환영받을 거라고 생각했다. 그러나 아무 말 없이 집을 나온 자신을 어머니는 용서하지 않고 있다. 자신은 잡힐까봐 계속 도망치고 있었는데, 어머니는 이미 정나미가 떨어졌던 것이다. 카스미는 자신의 착각이 한심해서 웃음이 나왔다. 부모와는 두 번 다시 만나지 않겠다고 뿌리치고 나온 일과, 지금까지 혼자 살아온 것이 헛수고로 느껴지는 순간이었다. 어머니는 눈을 내리뜨고 무릎이 닳은 바지의 보푸라기만 계속 뜯고 있었다. 카스미는 늙은 동물을 연상시키는 그 행위를 물끄러미 바라보았다. 어머니가 고개를 들었다.
"어떻게 돌아온 거냐?"
"기쁘지 않아?"
"그야 당연히 기쁘지. 그런데 어째서 또 갑자기……."
귀찮아하는 듯한 모습이 없는 것도 아니다. 카스미는 할 수 없이 유카의 이야기를 했다.
"딸이 시코쓰 호에서 행방불명이 됐어. 4년 동안이나 찾아다니고 있는 거야. 그래서 혹시라도 여기 있는 게 아닐까 싶어서."
어머니는 카스미와 꼭 닮은 손가락으로 입술을 눌렀다. 주름진 눈에 눈물이 흘러넘치고 있다. 오열을 참았는지도 몰랐다.
"있을 리 없잖아. 너도 버리고 떠난 마을에 있을 리 없잖아."
화를 내는 것임을 겨우 깨달았다.
"그렇지. 아무것도 없지. 시시한 동네였어."
"시시한 동네에 말이다. 오래 붙어 사는 것도 여간 힘든 게 아니란다. 도망가는 사람은 모르겠지만."

"나 잘못한 건가?"

"잘못하진 않았어. 네 인생이니까. 나는 말이야, 너한테 멸시만은 당하지 않으려고 기를 쓰고 살아왔단다. 너도 힘내라."

살이 찐 어머니의 얼굴에는 지금까지 카스미가 몰랐던 결연한 표정이 서려 있었다. 카스미는 시선을 돌렸다. 다다미가 새 것이었다.

"아버지는?"

"3년 전에 죽었어, 뇌내출혈로. 그후 혼자 살다가 재작년에 재혼했단다."

"아, 재혼했구나."

"아래층에 있었지?"

어머니의 말투에서 자신과 여유가 느껴졌다. 카운터 끝에 있던 초로의 남자가 상대인 모양이다.

"어디서 만났어?"

"건설 현장에서 일하다 우리 가게에 자주 들러주던 사람. 나보다 다섯 살이나 아래야. 오무라 유키히로라고 해. 그래서 하마구치와 두 개 합쳐서 '오하마'가 된 거야. 지금은 빚을 안고 있어서 가난하지만 그래도 행복하다."

"함께 사는 사람이 있어서?"

"그렇겠지. 나는 이걸로 충분해."

"내가 행방불명 됐는데도?"

"응."

어머니는 거칠어진 손으로 시선을 떨구었다. 그곳에는 본 적 없는 반지가 반짝거리고 있었다.

"나를 찾으려고 한 적은 없어?"

"없어. 끌고 와봤자 어차피 또 나갈 거 아니냐."

소항 493

"하지만 난 딸을 찾는데 너무 지쳤어. 어떻게 할까, 응? 엄마, 나 어떻게 해야 좋을까?"

"그야 남편과 함께 아이를 찾을 수밖에 없겠지."

"그렇지만 엄마는 나를 찾지 않았잖아."

카스미는 자신이 버린 어머니를 원망했다.

"열여덟 살짜리 딸과 다섯 살짜리 아이는 사정이 달라."

알고 있지만 지금까지의 자신의 시간과 어머니의 시간이 크게 벌어져 있다는 카스미는 아직 익숙해질 수가 없었다. 그러나 눈앞에 있는 어머니는 이미 재혼이라는 다른 문을 열어, 이미 카스미의 '어머니'가 아니었다. 어머니가 옆에 있던 앞치마를 주워들었다.

"내려가봐야겠다. 가게에 사람이 아무도 없어서."

"응."

갑자기 피로를 느끼며 카스미는 방바닥에 벌렁 드러누웠다.

"이불 써도 돼. 그리고 같이 온 남자, 남편 아니지?"

"어떻게 알아?"

카스미는 눈만 움직이며 물었다.

"괜히 주뼛거리며 서 있는 것도 그렇고, 두 사람 부부라는 느낌이 들지 않아."

"맞아, 부부 아냐."

"그 사람, 뭔가 어둡지 않니?"

"병자야."

카스미는 어머니의 얼굴에 그림자가 드리워지는 것을 아래에서 올려다보았다. 귀찮아하는구나. 그러나 졸음이 밀려와 눈을 뜨고 있을 수가 없었다.

"할 수 없구나. 얘, 감기 걸린다."

어머니가 재빨리 이불을 펴주었다. 술시중 드는 여자라도 썼는지 이불에는 분냄새가 났다. 하지만 카스미는 상관없이 눈을 감았다. 우쓰미 따위 아무래도 좋았다.

방은 어두웠다. 아래층에서 끊임없이 흥청거리는 웃음소리가 들려왔다. 그 중에 한층 톤 높은 엄마의 웃음소리. 문득 인기척이 느껴졌다. 창 아래 우쓰미가 기대서서 카스미를 내려다보고 있었다.

"우쓰미 씨."

"일어났어요?"

"응, 나 얼마나 잤는지 모르겠네요."

"한 시간 정도."

"그렇게 있지 말고 이리 와요."

카스미는 이불을 권했다. 우쓰미가 천천히 카스미 옆에 누웠다.

"운전 피곤했죠?"

"아뇨."

우쓰미는 뻔한 거짓말을 했다.

"열 안 나요?"

카스미는 우쓰미의 이마에 손을 짚었다. 서늘한 것이 평열보다 낮게 느껴져 불안했다.

"오늘은 컨디션 좋아요."

언제까지 계속될까. 요즘 우쓰미에게는 죽음이 확실히 가까이 다가온 듯한 느낌이 들었다. 먼 산을 보는 시선. 카스미는 못 보게 하려고 우쓰미의 눈을 가렸다. 놀란 우쓰미가 카스미의 손을 떼려 했지만, 카스미는 고개를 저었다.

"안 돼, 보면 안 돼."

"어째서?"

"하여튼."

카스미는 강제로 우쓰미의 입술에 자신의 입술을 포갰다. 한참 뒤에 카스미가 입술을 떼자 우쓰미가 탄식과 함께 중얼거렸다.

"이런 인생이 기다리고 있을 줄은 상상도 못 했어."

"어떤 인생?"

"병 이야기가 아냐, 당신 말이야."

곧 종말을 고하게 된다. 카스미는 슬퍼졌다. 좋아하지도 않던 남자가 지금은 사랑스러웠다. 우쓰미가 혼자 먼저 죽어가기 때문이었다. 우쓰미가 죽을병을 앞에 두고 있지 않았다면, 이렇게 만날 일도 없었으며, 함께 여행할 일도 없었을 거다. 밤이면 밤마다 잠든 우쓰미의 귀에다 잃어버린 날들을 속삭일 일도 없었을 거다.

"우쓰미 씨, 당신 몇 살이에요?"

"서른넷."

"어째서 그렇게 빨리 죽는 거예요. 이것저것 가르쳐줄 것도 많은데."

"뭘?"

"당신이 모르는 것."

"몰라도 돼, 그런 건."

"모르는 주제에 무슨 말이에요."

카스미는 우쓰미의 옷을 난폭하게 벗겼다. 옷이 크다. 건강했던 시절의 우쓰미는 분명 건장하고 잘 다듬어진 체격이었을 것이다. 지금은 뼈와 살가죽만 남았다. 카스미는 자신도 알몸이 되어 우쓰미 위에 올라갔다. 우쓰미의 배에 있는 긴 수술 자국을 입술로 핥는다. 우쓰미는 묵묵히 밤하늘이 보이는 창 쪽을 보고 있다. 카스미가 우쓰미의 죽어 있는 남근을 핥기 시작하자 손바닥을 카스미의 머리에 부드럽게 올려놓았지만, 시선은 그대로였다. 어딘가로 가

버리자, 아직 가서는 안 된다. 카스미는 우쓰미의 눈을 감게 하려고 손을 뻗치려 했다. 하지만 우쓰미가 그 손도 잡아버렸다.

"안 되겠어."

우쓰미가 조용하게 말했다.

"나는 이제 안 돼."

"왜 그런 말을 하는 거예요."

"안 되는 건 안 돼."

우쓰미는 몸을 비틀어 카스미의 혀에서 겨우 벗어났다. 카스미는 무릎을 꿇고 있던 자세에서 시트 위에 털썩 주저앉았다. 우쓰미의 몸에 이불을 덮어준다. 아무것도 못 하겠다는 무력감이 밀려든다. 그리고 약해진 우쓰미에게 행위를 하려고 하는 자신이 이상했다. 어쨌든 카스미는 어딘가로 가고 싶다. 고향에 돌아가겠다는 목적 한 가지를 이루었고, 그곳에 아무것드 없다는 것을 알게 되었다. 갑자기 행선지를 잃은 탓일지도 모른다. 자신이 텅 빈 듯하다.

"어머니와 어땠어요?"

우쓰미가 물었다. 카스미는 말없이 계단 아래에서 들려오는 웅성거림에 귀를 기울였다. 손님들과 까르르 웃는 소리에 섞여 뭔가를 볶는 소리가 났다. 활기가 전해져 왔다.

"그 사람은 당신을 닮았어요."

카스미가 아무 말도 하지 않자 우쓰미가 말을 계속했다. 카스미의 손은 이불 속으로 들어가 우쓰미의 시든 남근을 찾았다. 우쓰미는 숨을 헐떡이며 교묘히 피했다.

"무슨 이야길 했어요?"

"듣고 싶어요?"

"당연히 듣고 싶죠."

"엄마는 내게 화를 냈어요. 오랜만에 만나서 기뻐하기보다 왜 이제 와서, 하는 느낌이었어요."

"그게 충격이었어요?"

"상상과 달랐어요. 그것뿐이에요."

카스미는 우쓰미의 질문에 고개를 갸웃거린 후, 이렇게 대답했다.

"익숙하지 않았던 것뿐입니다. 익숙해지면 이내 아무렇지도 않게 돼요."

우쓰미가 카스미의 손을 잡았다. 카스미는 될 대로 되라는 식으로 우쓰미 옆에 눕는다. 우쓰미가 카스미의 손을 자신의 명치 위에 올려놓았다. 그리고 그 위에 자신의 손바닥을 포개놓았다.

"이제 유카 찾는 거 그만둘래요."

카스미는 언제나처럼 이야기를 시작했다.

"내가 불안해서 견딜 수 없으니까 찾아다닌 걸 거예요. 유카가 죽었는지 살았는지 모르니까 계속 찾아다녔던 걸 거예요. 엄마가 아까 이렇게 말하더군요. 너한테 멸시는 당하지 않으려고 기를 쓰고 살아왔다고. 이제 그만두려고요. 유카를 잊지는 않겠지만 더 이상 찾지도 않을래요. 그냥 언젠가 만날 일도 있겠지, 생각하며 살아가겠어요. 아까 사치코에게 부모님 모두 돌아가셨다는 거짓말을 들었을 때 내가 그동안 얼마나 허무한 시간을 살아왔는가 하고 몹시 후회했어요. 못된 내 자신에게 환멸이 느껴졌어요. 나는 그들을 버렸으면서 살아 있을 거라고 믿고 있었던 거예요. 환상의 시간을 살아온 게 무서워졌어요. 살아 있을 거라고 맘 편하게 믿고 있었던 나를 용서할 수 없었어요. 그렇지만 같은 것일지도 몰라요. 유카가 반드시 살아 있을 거라고 믿고 찾았는데 죽어 있다면, 그것도 환상의 시간이겠죠. 죽었을 거라고 포기했는데 살아 있다면 그것도 역시……. 그런 걸 모르니까 그 어느 쪽도 아닌 진정한 나의 시간을 찾아 살아갈 수밖에 없는 거예요. 그렇지 않아요?"

"응."

우쓰미가 끄덕였다.

"아까 오는 도중에 꾼 꿈은 무서운 꿈이었어요. 무서운데도 나는 그게 현실이라면 얼마나 좋을까 생각했어요. 왜냐하면 이 끝없는 여행에 종말을 고할 수 있으니까요. 유카를 찾을 수 있으니까요. 하지만 어느 쪽이 좋은지는 모르겠어요. 나는 여행을 계속할 거예요. 그러나 유카를 찾는 것이 목적은 아니에요. 그렇겠죠?"

"그럼 뭐가 목적이야?"

"목적은 없어요."

카스미의 손을 잡은 우쓰미의 손가락에 힘이 더해졌다.

"그저 꿋꿋이 살아가는 거죠."

우쓰미가 몸의 위치를 바꾸어 카스미를 껴안았다. 카스미는 자신의 건강함이 조금이라도 우쓰미에게 활력을 줄 수 있다면, 하고 커다란 우쓰미를 감싸듯이 안아주었다. "따뜻하다." 하고 우쓰미가 중얼거렸다. 카스미는 우쓰미가 잠들 때까지 안아주고 싶었다.

3

다음 날부터 우쓰미는 자리에 누웠다. 카스미는 밤에 가게 일을 돕기로 하고 '오하마' 2층을 빌려 그의 간호를 하기로 했다. 어머니는 가게 뒤의 방 한 칸짜리 집에서 오무라와 같이 살고 있었다.

"저 사람이 좋아질 때까지 있게 해줘."

"좋아. 2층은 어차피 일 도와주는 사람들이 쓰는 방이니까 언제까지고 있어도 돼."

우쓰미의 생명이 다해간다는 것을 눈치챘겠지만, 어머니는 아무 말도 하지 않았다.

"카스미가 와줘서 참 다행이야. 엄마가 건강해졌어."

"건강하지 않았어요?"

"아니, 건강했지. 하지만 지금은 더 건강해졌다고."

오무라는 기쁜 듯이 웃었다. 59세라고 들었는데 오랜 세월 동안 육체 노동을 한 탓인지 햇볕에 타고 주름진 오무라는 나이보다 더 늙어 보였다. 즐거움은 술을 마시는 것과 어머니를 사랑해 주는 것. 오무라는 충성스러운 개처럼 어머니를 지키며 따라다니고 있었다.

카스미는 우쓰미의 간병에 몰두했다. 가게 주방을 빌려 우쓰미와 자신의 식사를 만들었다. 우쓰미가 입으로 음식을 먹을 수 있는 동안은 무엇이든 먹여주고 싶었다. 우쓰미가 몸이 늘어진다고 하면, 계속 등을 문질러주고, 열이 날 때는 얼음으로 식혀 체력을 소모하지 않고 열을 내리도록 했다. 가게의 얼음이 떨어져 밤중에 옛날 집이 있었던 편의점까지 달려간 적도 있다. 우쓰미의 용태는 하루하루 나빠졌다. 하지만 복통으로 정신을 잃을 지경이어도 우쓰미는 카스미와 함께 자고 싶어했다. 카스미는 매일 밤 우쓰미를 안고 잤다. 종말이 바로 눈앞에 와 있기 때문에 더욱 안쓰럽고 사랑스러웠다. 또 유카찾기를 그만둔 카스미가 할 유일한 일이기도 했다.

"너 참 열심히 간병하는구나. 남편도 아닌데."

어머니는 감탄한 듯 말했다.

"남편이라면 그렇게 하지 않지."

오무라가 농담처럼 말참견하면 두 사람은 또 깔깔거리고 웃었다. 오무라는 위압적이던 아버지와 달리 가게는 모두 엄마에게 맡겼다. 그렇지만 혼자 있는 게 심심하니 이내 가게에 나온다. 그러잖아도 좁은 가게에 남편이 죽치고 있으니 방해된다고 불평을 했지만, 그래도 오무라가 카운터 끝에 앉아 있으면 한층 기분이 좋아 보였다. 두 사람은 사이가 좋아 휴일이면 오무라의 차로 드라이브를 갔다. 여유가 없다고 하면서 돌아오는 길에 만두며 양갱을 사 와서는 선물이라고 카스미에게 주었다. 어머니는 밝은 모습으로 손님들과 이야기도 잘 하고, 재빠른 손놀림으로 안주를 만들어 타이밍 좋게 내놓았다. 어머니의 인기가 좋아 가게는 의외로 잘 됐다. 어머니가 이렇게 시원스러운 사람이었을 줄이야. 기라이장에서는 주방에서 퉁퉁 부은 얼굴로 조리하던 모습밖에 보지 못했다. 카스미는 집을 나갈 때의 자신은 아무것도 모르는 어린애였다고 생각했다.

10월에 들어선 어느 추운 날 밤, 사치코가 가게에 찾아왔다. 두터운 코트 아래는 파자마 같은 옷을 입고 있었다. 사치코는 카운터 안에 있는 카스미를 보고 깜짝 놀라 소리쳤다.

"카스미 아냐?"

"요전에는 고마웠다."

사치코는 먼저 온 손님에게 맥주를 따르는 어머니에게 눈웃음을 쳤다.

"어머니, 늘 마시던 걸로 주세요."

추하이(소주에 탄산수를 섞은 음료 ─ 옮긴이)를 즐기는 것 같다. 어머니가 카스미에게 추하이를 만들라고 했다. 카스미는 묵묵히 사치코 앞에 추하이를 내밀었다.

"미안해."

사치코는 사과했다.

"거짓말 할 생각은 없었는데 말야. 뭐랄까, '이제야 돌아오다니 못된 계집애!' 이런 생각이 들었어."

"돌아온 거 아냐."

어머니는 모르는 척하고 단골 손님과 경마 이야기에 열을 올리고 있다.

"말은 그렇게 하지만 아직도 있잖아."

사치코는 불만스러운 듯이 입을 삐죽거렸다.

"언제까지 있을지 몰라."

맛있게 추하이를 다 비운 사치코는 한 잔 더 주문했다. 카스미는 자기가 만든 찜 요리를 작은 그릇에 수북하게 담아 내놓았다.

"이거 네가 만든 거니?"

"응."

"금방 배우네."

카스미는 쓴웃음을 지었다. 사치코는 곁눈으로 카스미의 표정을 확인한 후 재촉했다.

"추하이 아직이야?"

짙게 타지 말라고 어머니가 옆에서 눈짓을 했다. 술버릇이 나쁜 모양이다.

"뭔가 말이야, 나……. 너한테 버림받은 기분이 들어서 널 용서할 수 없었어."

사치코는 뒷주머니에서 꺼낸 담배에 불을 붙였다.

"그때 말이야. 그래, 고등학교를 졸업하던 봄. 집은 날라줬지만 정말 네가 그런 짓을 할 수 있을지 시험해볼 기분이었어. 그런데 너 정말 가버렸더라. 너희 아버지가 우리 집에 오셔서 얼마나 야단을 치시던지. 그랬죠, 어머니?"

동의를 구하자 어머니는 사치코를 보며 말했다.

"그 이야긴 벌써 다 잊어버렸다."

"어째서요. 얘, 도쿄에 가서 폼 내며 멋있게 살려고 나 같은 건 버리고 가서 아버지한테 얼마나 혼났는데요. 이년아, 네 탓이야, 하면서요. 지금도 생각하면 열 받아요."

"미안했어."

카스미가 사과해도 사치코는 용서하지 않았다.

"너도 말이야. 부모가 됐으니 알 거다. 어떤 기분으로 모두 기다리고 있었는지. 너희 엄마는 훌륭하셔. 많이도 원망했을 텐데 이렇게 너를 있게 하시다니. 어차피 또 도망치겠지."

잠자코 듣고 있던 오무라가 거들었다.

"사치코는 술로 도망갈 수 있어서 좋겠구나."

"그래요."

사치코는 울컥했다.

"나는 좋아요. 이렇게 매일 밤 술을 마실 수 있어서."

"매일 밤? 낮부터 벌개져서 있잖아. 남편이 미치려고 하지 않아?"

"뭐야, 옆에서 열받게."

오무라와 사치코의 싸움이 될 것 같았다.

"카스미, 너 가게 좀 다녀올래? 파가 떨어졌네."

어머니가 재치있게 카스미를 내보냈다. 카스미는 가게 입구에 걸려 있는 어머니의 코트를 걸치고 밖으로 나갔다. 주머니에 노란 지갑이 들어 있었다. 옆집 가게의 불빛에 비춰 안을 들여다보니 1000엔짜리가 석 장 들어 있다. 그걸 보는 동안 안타까워졌다. 이곳에서 참고 살고 있다. 카스미는 그게 무거운 짐처럼 느껴져 뿌리치고 싶었다. 가게로 가는 발걸음을 서둘렀다. 아무것도 생각하고 싶지 않았다. 부리나케 파를 사서 가게 뒤쪽의 바다를 보러갔다. 모래를 밟고 걸어가서 밤바다와 마주섰다. 바다는 잔잔했다. 하지만 조용한 듯하면서 저 밑바닥에서는 웅웅거리며 불길한 소리를 내고 있다. 바람은 없다. 카스미는 이 땅에서 도망갈 때, 오른쪽 뺨과 왼쪽 뺨으로 다가오던 공포를 다시 되찾고 싶었다. 이대로는 이 땅에서 녹아버릴 것 같았다.

파를 들고 가게 문을 열자 사치코는 취해서 다른 남자에게 시비를 걸고 있었다. 어머니가 위로 올라가라고 눈짓을 했다. 카스미는 파가 든 봉지를 내려놓고 얼른 2층으로 올라갔다.

"빨리 왔네."

우쓰미가 체온계를 꺼내려던 참이었다. 베갯머리의 불은 켜져 있고 텔레비전은 꺼져 있었다.

"응, 사치코가 와서요."

"아아, 단골인가."

우쓰미는 불쾌한 얼굴을 했다.

"열은 어때요?"

우쓰미가 대답하기 전에 카스미는 체온계를 꺼내 직접 보았다. 38도가 약간 넘었다. 열에 익숙해졌는지 우쓰미는 비교적 태연했다. 온화한 눈으로 카스미를 본다. 처음 만났을 때 우쓰미는 뭔가에 쫓기는 야수 같은 눈에 늘 기분나쁜 표정이었다. 비열하고 사악한 눈빛이었다. 지금은 다르다. 우쓰미는 이제야 현실을 받아들인 것이다. 현실을 받아들인다는 것은 약한 일이다. 카스미는 우쓰미를 되돌려놓기 위해 애를 태웠다.

"무슨 일 있었어?"

"아니."

카스미는 고개를 저으며 우쓰미의 이불 속으로 들어왔다. 따뜻하다. 전에는 같이 자고 있으면 서로의 열로 더웠는데, 하고 카스미는 불안을 느낀다. 카스미의 손가락이 닿자 "차가워요." 하고 우쓰미가 싫어했다. "밖에서 금방 들어와서 그렇죠." 하고 카스미는 변명했지만, 우쓰미의 손발이 최근에는 더욱 차가워졌다는 이야기는 하지 않았다. 카스미는 옷을 벗어던지고, "안아줘요." 하고 우쓰미의 마른 가슴에 얼굴을 기댔다. 체력이 없는 우쓰미가 느린 동작으로 카스미를 팔 안에 넣었다.

"이건 싫어, 남자라면 꼭 안아줘요."

카스미는 고집을 부렸다.

"그건 못 해."

"싫어. 안아줘요. 당신과 하고 싶어요. 하다가 당신이 죽어도 좋으니까 죽을 때까지 하고 싶어요."

"무리야."

"싫어!"

우쓰미는 살이 없는 손가락으로 카스미의 가슴을 만졌다. 카스미는 손을 끌고 온몸을 만지게 했다. 억누를 수 없는 거친 욕망이 끓어오른다. 우쓰미가 거친 숨을 몰아쉬었다. 심장에 부담이 가면 어쩌나 걱정하는 자신이 있는 한편, 좀 더, 좀 더 하고 우쓰미를 다그치고 싶은 자신도 있다.

"내것도 빨아줘요."

카스미는 우쓰미에게 몸을 만지게 한 후, 유방을 우쓰미의 입 앞에 내밀었다. 우쓰미가 유두를 빤다. 발열 탓에 입 안이 뜨겁다. 타액이 적어서 화상을 입는 듯한 묘한 느낌이었다.

"힘들어요?"

카스미는 우쓰미의 작아진 머리를 껴안으며 속삭였다. 우쓰미가 입술을 떼며 천천히 대답했다.

"괜찮아."

그러나 우쓰미의 동작은 둔하고 맥박은 가쁘다. 카스미는 애처로움을 느꼈지만, 자신의 생명력이 흘러넘쳐 주체할 수 없는 게 괴로웠다. 카스미는 안달이 난 나머지, 우쓰미의 손가락을 가져다 자신의 속으로 집어넣었다. 우쓰미가 손가락을 움직이는 순간, 카스미는 어이없이 절정을 맛보고 이마에 밴 땀을 우쓰미의 앙상한 가슴에 비볐다. 숨을 헉헉거리며 사과한다.

"미안해요."

"느꼈어?"

우쓰미가 웃었다.

"느꼈어요. 정말 미안해. 힘든데."

카스미는 몸을 일으켜 타월로 우쓰미의 몸을 닦아주었다. 약을 먹이고 우쓰미의 등을 비벼주면서 잤다. 아직 안타까움은 사라지지 않았다.

"애완동물 묘지가 있는 언덕에 가보고 싶어."

우쓰미가 이런 말을 한 것은 며칠 후였다. 카스미가 언젠가 옛날이야기를 했던 걸 기억하고 있었던 모양이다. 눈발이 조금씩 흩날리는 추운 날이었다. 언덕 위에는 바람도 세차다. 카스미는 말리려고 했다.

"좀 더 따뜻한 날에 가요. 왜 가고 싶은 거예요?"

"지금 안 가면 이제 못 갈 것 같아서."

우쓰미는 조금도 물러서지 않았다. 할 수 없이 카스미는 오무라에게 언덕까지 차로 데려다달라고 부탁하기로 했다. 우쓰미의 소지품은 삿포로에 두고 와서 방한용 옷은 아무것도 없다. 오무라는 몸집이 작았지만 야윈 우쓰미가 입을 정도는 됐다. 우쓰미는 오무라에게 빌린 바지와 스웨터를 입고 걸어도 얼마 걸리지 않는 거리를 소형 자동차로 올라갔다. 우쓰미는 도중에 중학교 교정에서 차를 세워달라고 했다.

"여기서 됐어. 밖에 나가보고 싶어."

우쓰미는 카스미가 말리는 것도 뿌리치고 차에서 내렸다. 강풍에 날려가지 않을까 걱정될 만큼, 장신의 우쓰미가 쇠약해진 것이 눈에 두드러졌다. 우쓰미는 바람 속에 10분 이상이나 서서 바다 쪽을 물끄러미 보았다. 눈 아래 국도가 뻗어 있고, 그 건너편에 흰색 건물의 편의점이, 그 배경에는 회색 바다가 보였다.

"춥지 않아요?"

카스미가 물어도 우쓰미는 대답하지 않았다. 차 안에서 기다리는 오무라가 지루한 듯 하품을 했다.

"뭘 봐요?"

"카스미가 살던 곳."

우쓰미는 눈 속에 새겨두려는 듯 편의점 뒤에 펼쳐진 바다를 한참 바라보다, 이윽고 등 뒤의 애완동물 묘지를 올려다보았다. 시든 초목 사이에 서 있는 하얗고 가는 굴뚝에서 연기가 나고 있다. 바람 때문에 연기는 옆으로 흩어지고, 냄새만이 주변에 떠돌고 있다.

"여기 어떻게 생각해요?"

우쓰미는 내뱉듯이 말했다.

"시시한 곳이네."

"그렇죠."

"내가 죽으면 빨리 떠나."

그런 것을 확인하러 온 건가. 카스미는 우쓰미의 눈 속을 들여다보았지만, 우쓰미는 카스미 앞의 뭔가를 바라보고 있다. 시선이 더 멀어졌다. 머지않아 우쓰미는 죽는다. 카스미는 그것이 며칠 후일 거라고 예감하며 숨을 삼켰다. 우쓰미는 중학교 교정에서만 만족하고 애완동물 묘지까지 올라가지 않고 돌아왔다. 저녁 무렵, 찬바람을 오래 쐰 탓인지 우쓰미는 고열이 났다.

"추운 데.있어서 그렇잖아요."

카스미는 얼음을 넣은 비닐봉지를 겨드랑이 아래 끼워 넣었다. 안정을 시키는 데 지나지 않았다. 우쓰미가 카스미의 무릎에 손을 짚고 기댔다.

"이시야마를 보고 싶은데, 연락할 수 있을까?"

"이시야마 씨를? 왜요?"

"만나 두고 싶어."

그렇게 싫어하더니. 카스미는 가방에 들어 있던 메모를 꺼내 이시야마의 휴대전화로 연락을 해 보았다. 이시야마가 금방 받았다.

"예, 여보세요."

경계하는지 이름을 말하지 않았다.

"카스미예요."

"카스미? 어디 있는지 걱정했어."

"건강해요. 지금 친정에 돌아와 있어요."

"무슨 일이야?"

"우쓰미 씨가 안 좋아요."

그렇구나, 하고 이시야마는 탄식 섞인 숨을 내쉬었다. 잠깐 말을 잃었다가, 겨우 이렇게 물었다.
"유카는 어떻게 됐어?"
"여기에 단서가 있을까 하고 기대도 했지만, 아무것도 없네요. 실은 우쓰미 씨가 당신을 만나고 싶어하는데, 괜찮다면 와주지 않겠어요?"
"서두르는 편이 좋을까?"
"네, 가능한 빨리."
이시야마는 내일 갈게, 하고 대답했다. 카스미는 장소를 가르쳐주고 전화를 끊었다. 우쓰미는 그 대답을 전해 듣고 만족스러운 듯이 잠이 들었다.

다음 날 오후에 카스미가 가게 앞을 청소하고 있는데 이시야마의 목소리가 들렸다.
"카스미."
이시야마가 에르메스 제품 같은 황토색 가죽 재킷을 입고 서 있었다. 펀치퍼머를 한 머리색도 전보다 더 밝고 노란빛이 돌았다. 마침 집에서 나오던 오무라가 호화롭고 화려한 이시야마의 옷차림을 보고 입을 딱 벌렸다. 오무라가 입고 있는 점퍼 정도라면 오십 벌은 살 수 있는 가격일 거라고 생각하며 카스미는 속으로 쿡쿡 웃었다.
"색깔이 좋네요."
카스미는 노란 가죽을 쓰다듬었다. 부드럽고 촉촉했다. 이시야마는 안에 검은 캐시미어 터틀넥 스웨터를 입고 흰색 머플러를 하고 있었다. 오무라는 삿포로에서 야쿠자가 왔다고 생각했는지, 황급히 집으로 되돌아갔다.
"마나가 사왔어."

이시야마는 뒤쪽을 가리켰다. 국도에 세워둔 빨간 BMW에 타고 있는 마나가 이쪽을 걱정스러운 듯이 내다보고 있다.

"여기가 당신이 살던 곳인가."

이시야마는 흥미진진한 듯 술집 몇 채가 늘어서 있을 뿐인 빈티나는 번화가를 둘러보았다.

"우리 집이 있던 곳은 지금 편의점이 되어 있어요."

"그래? 지금 들렀다 왔어. 마나가 아이스커피를 샀지."

이시야마가 웃었다.

"그래요, 그 바다예요."

카스미는 고향 이야기를 이시야마에게 일절 하지 않았다. 만난 지 2개월도 안 된 우쓰미에게는 있는 얘기 없는 얘기 다 들려줬으면서 이시야마와는 육체적인 관계만 좇고 있었다. 그런 카스미의 생각이 전해졌는지, 이시야마는 곧장 가게 안으로 들어가지 않고 담배를 한 대 물었다.

"당신과 시코쓰 호에서 만난 후, 지금까지의 일들을 많이 생각했어."

"그래요? 나도 그래요."

"유카, 어떻게 할 거야?"

"이제 찾는 거 그만두기로 했어요."

"음."

이시야마는 끄덕이며 카르티에의 금색 라이터로 불을 붙였다.

"모르는 것은 모르는 거야. 거기서부터 시작할 수밖에 없어. 이제 겨우 그걸 깨달았어."

"나만 아직 사로잡혀 있었네요."

"당신은 엄마니까 어쩔 수 없지."

"하지만 이번에야말로 자유로워질 수 있을지 몰라요."

"잘됐네. 기뻐."

이시야마는 손으로 카스미의 볼을 만졌다. 누구도 흉내낼 수 없는 이시야마만의 부드러운 몸짓. 카스미는 순간 눈을 감고 이시야마로 인해 생겨난 많은 추억에 잠겼다. 하지만 이시야마는 얼른 뒤를 돌아보았다. 마나의 질투가 걱정인 걸까.

"질투할까요?"

"질투 좀 하게 할까? 요즘 나를 못살게 굴어. 해외여행을 가고 싶은데, 내가 여권이 없어서 같이 못 간다고 말이야."

대수롭잖은 이야기를 진지한 얼굴로 하는 이시야마를 카스미는 눈부시게 바라보았다.

카스미는 밝은 기분으로 가게 문을 열었다. 2층으로 올라가자 우쓰미는 일어나 창밖을 바라보고 있었다. 해가 지는 것이 빨라졌다. 우쓰미는 어두워지면 외로움을 타서 잠시도 카스미를 떠나지 않으려 한다. 곧 그 시간이 다가온다. 카스미는 우쓰미에게 부드럽게 말을 건넸다.

"이시야마 씨예요."

우쓰미는 머리를 들어 인사했지만, 더 이상 버틸 수가 없었다. 이내 힘없이 머리를 베개에 눕혔다.

"어서 오세요. 일부러 이렇게 미안합니다."

이시야마는 거리낌없이 베갯머리에 위문금 봉투를 놓았다.

"왜 나를 부르는지 맘에 걸렸어요. 사건의 감상을 말할까요?"

"이제 됐습니다."

우쓰미는 웃었다.

"카스미 씨에게 들었으니까."

"그래, 어때요?"

소항   511

"틀렸어요."

우쓰미는 거침없이 대답했다.

"오늘 만나서 반가웠습니다. 슬슬 오고 있군요."

"뭐가요?"

"눈이 점점 보이지 않아요. 그래서 조금이라도 보일 때 이시야마 씨에게 힘을 넣어달라고 하고 싶었답니다."

"내가 건강한가요?"

"예."

우쓰미는 눈을 감았다.

"시내 냄새가 납니다."

우쓰미가 갑자기 지친 모습을 보여서 카스미와 이시야마는 밖으로 나왔다.

"오늘 정말 고마웠어요."

"뭘. 저 사람, 이제 틀렸네."

이시야마는 가게 2층을 올려다보며 목소리를 낮췄다.

"응. 자기도 알고 있는 것 같아요."

"앞으로 어떻게 할 거야? 삿포로에 오면 전화해 주지 않겠어?"

이시야마는 진지한 얼굴로 말했다. 이미 우쓰미가 죽은 다음이라는 전제였다. 둘이서 그런 이야기를 하는 것에 잔혹함을 느끼면서도 카스미는 끄덕였다.

"하겠지만, 왜요?"

"당신 소식만은 항상 알고 있고 싶어."

"알겠어요."

이시야마는 카스미에게 손을 흔들며 국도에 세워둔 빨간 BMW로 돌아갔다. 기다리다 지친 표정으로 마나가 차에서 내렸다. 토라졌는지 난폭하게 차를 닫는 소리가 여기까지 울렸다. 달래듯이 마나의 허리를 안은 이시야마가 문을 열고 정중하게 마나를 태워주고 있다. 그 순간 카스미는 어떤 기억을 떠올렸다. 후루우치였다. 빨간 외제차를 타고 삿포로에서 온 후루우치. 액체에서 젤리로 자신의 의지를 확실하게 굳혀 준 남자. 이시야마는 후루우치였다. 삿포로에 가면 후루우치를 만나볼까 하고 생각했다. 오랜만에 앞으로 옆으로 무한히 펼쳐지는 시간을 생각하고 있다. 그것은 바꿔 말하자면 욕망이었다.

2층으로 돌아오자 우쓰미가 카스미의 발소리를 듣고 있다가 말했다.

"불 켜줘."

불은 켜져 있었지만, 카스미는 "네." 하고 대답했다. 눈이 보이지 않는다던 우쓰미의 말이 생각났다. 드디어 왔다. 각오는 했지만 슬펐다. 우쓰미는 천장을 보며 중얼거렸다.

"좋겠다, 이시야마."

"왜요. 기둥서방질 한다고 경멸했잖아요."

"멋있어, 화려하고. 노란 가죽 재킷이었지. 흰 머플러를 하고. 좋겠다, 시내 냄새가 나서."

같은 말을 되풀이한다. 카스미는 우쓰미의 손을 잡았다. 놀랄 만큼 차가웠다.

"좋겠다. 나도 스스키노 일대를 어깨로 바람을 가르며 걷고 싶어. 이야, 1과의 우쓰미 씨가 간다, 하는 말 들으면서 말이야."

우쓰미는 카스미를 보고 희미하게 웃었다. 날카롭고 비열해진 눈이 예전의 우쓰미를 방불케 했다. 그날 밤부터 우쓰미는 혼수상태에 빠졌다.

9장
방류

　우쓰미의 의식은 들판을 뛰어다니고 있었다. 황금색 갈대며 가시 있는 엉겅퀴가 무성하고, 조그만 돌멩이가 굴러다니는 들판. 우쓰미는 그곳에서 한 마리의 여우인지 뭔지가 되어 있었다. 말라빠진 늪을 지나 이탄지(泥炭地)를 달려 침엽수림으로 들어가서는 젖은 흙을 거칠게 찼다. 하늘을 올려다보는 순간, 우쓰미는 새가 되어 날아갔다. 주둥이가 검고 굽어 있는 것을 보니 자신은 새다. 우쓰미는 곧장 숲을 향했다. 시내라는 이름의 숲. 거대한 수목, 빌딩을 보금자리로 삼고 상공을 배회했다. 뒷골목에 잠시 멈췄다가는 전선에 머무는 비둘기들을 위협하고, 먹이를 찾아 분주하게 날아다녔다. 여기저기 날아다니고, 뛰어다니는 의식(意識). 그것은 빠른 속도와 현기증으로 우쓰미를 압도하고 겁먹게 했다. 하지만 몸을 맡겨버리면 편해질 수 있다. 그렇게 생각했을 때, 우쓰미라는 남자를 만들고 있는 확고한 의식이 크게 부풀어올랐다. 나는 형사다, 형사일 수밖에 없다. 뛰어다니던 자유로운 의식이 돌아와서 형사인 우쓰미에게 흡수되려고 한다. 우쓰미는 그 불안과 괴로움에 신음했다. 어느 쪽에 몸을 맡겨야 좋을지 몰랐다. 의식을 잃은 우쓰미의 내부에서는 그런 싸움이 계속 되고 있었다.

'힘들어요? 딱해라⋯⋯.'

카스미의 목소리가 아득하게 들려왔다. 육체의 고통이 아니라고 말하고 싶었지만 소리가 나오지 않았다. 육체의 괴로움은 이미 예전에 느끼지 않게 되었다. 의식이 멋대로 멀리 갔다가 갑자기 다가와서 이제까지의 의식과 팽팽히 맞서는 것이 우쓰미는 괴로웠다. 마구 뛰어다니는 쪽에 몸을 맡기고 싶어도, 우쓰미가 키워온 우쓰미 자신이 그것을 방해한다.

느닷없이 이상한 것이 보였다. 수상한 빛. 그 빛에 이끌려 어린 여자아이가 혼자 걸어가고 있다. 단발머리에 흰 반바지. 카스미의 딸, 유카가 틀림없다. "유카!" 하고 우쓰미는 소리쳤다. 여자아이가 돌아보았다. 놀랄 만큼 카스미를 쏙 빼닮은 얼굴. 카스미가 곧잘 짓는 당혹스러운 표정. 그것은 카스미가 아닐까.

'지금, 유카라고 했어요?'

카스미의 목소리가 또 멀리서 들려왔다. 그때, 우쓰미가 뛰어다니는 쪽의 의식이 우쓰미를 아득한 저편으로 데려가려는 것을 느꼈다. 기다려줘. 데려가지 말아줘. 우쓰기는 안달하며 따라가지 않으려고 뭔가를 잡았다. 카스미의 손일지도 모른다고 생각한 것은 부드럽고 낯익은 느낌이었기 때문이다. 우쓰미는 필사적으로 매달렸다. 그러나 또 하나의 의식은 이미 움직이기 시작했다. 롤러코스터처럼 일단 타면 그걸로 끝, 스피드가 더해간다. 이번에는 뭐야, 어디로 가는 거야. 우쓰미는 끌려가면서도 마지막 용기를 쥐어짜며 전방을 응시했다.

우쓰미는 고등학교 자전거 주차장에 혼자 서 있었다.

이른 봄의 어느 흐린 날, 땅거미가 지기 시작할 무렵의 자전거 주차장은 인기척도 없고 어두웠다. 찌그러진 가방은 쓰레기투성이의 콘크리트 바닥에 아무렇게나 던져져 있지만, 헬멧만은 소중하게 왼팔에 안고 있다. 눈앞에 400cc의 오토바이 열 대가 늘어서 있었다. 제일 끝에 있는 오토바이는 여기저기의 부품이 무참히 빠져 있어 벌거숭이에 가까울 정도였다. 미러, 시트, 사이드커버, 미터판, 플러그까지 없는 것을 보니 누군가 심술궂은 장난을 친 게 틀림없다. 한참 바라보고 있던 우쓰미는 분노가 치밀어 눈을 돌렸다.

다시 나타난 우쓰미는 헬멧을 자전거 뒤에 살짝 올려놓았다. 바지 주머니에서 열쇠를 꺼내고는 목표물인 CB400 F에 다가갔다. 열쇠로 재빨리 가솔린 탱크 뚜껑을 열었다. 다른 한쪽 주머니에서 1회용 설탕을 꺼낸다. 우쓰미는 설탕 봉지를 찢어서 내용물을 탱크 안에 넣었다. 전부 넣고 나서 주위를 둘러본 후 탱크 뚜껑을 닫았다. 원래대로 열쇠를 잠그고 아무렇지 않은 얼굴로 헬멧을 왼팔에 안고 걸어갔다. 5분 동안의 일이다.

우쓰미는 교실로 돌아가 의자에 걸쳐놓은 기름기 번들거리는 학생복 주머니에 오토바이 열쇠를 던져넣었다. 운동장에서는 급우들이 야비한 비명소리를 올리며 축구를 하느라 정신없다. 다른 무리들은 체육관 뒤에 모여 앉아 담배라도 피우고 있을 것이다.

현관에서 실내화를 운동화로 바꿔 신고 있는데, 밖에서 놀던 학생들이 흙먼지를 일으키며 들어왔다. 그 가운데 한 명이 우쓰미에게 말을 걸었다.

"우쓰미, 너, 오토바이 부품 도둑맞았다며?"

"응."

"그럼, 걸어갈 거냐?"

헬멧을 보며 웃었다.

"그럼, 그 헬멧 필요없겠네. 나 좀 빌려줘라."

일없다, 하고 우쓰미는 상대하지 않고 그냥 가버렸다.

다음 날, 그 학생은 오지 않았다. 급우가 우쓰미에게 속삭인다.

"엔진이 타버려서 거꾸로 뒤집혔대. 골절로 전치 2개월이라더라."

"바보 같은 놈 아냐. 클러치도 쓸 줄 몰랐대?"

우쓰미의 마음속에서 쾌락이라고 불러도 좋을 감각이 신이 나서 미쳐 날뛰기 시작했다.

"여자를 태우고 있어서 당황했나 봐. 여자도 다쳤대."

도둑놈이니까 그 녀석이 다리를 다치든 죽든 우쓰미에게는 아무 상관없다. 자신에게 피해를 줬으니 대가를 치르는 건 당연하다. 단지, 여자를 태우고 있었던 것은 계산 밖이었다. 여자의 상처가 걱정되지 않는 것도 아니었지만 곧 잊었다. 오토바이 부품을 도둑맞는 일이 없어졌기 때문이다.

훗날, 여자가 헬멧을 쓰고 있지 않아 얼굴에 몇십 바늘이나 꿰매는 상처를 입었다고 들었을 때, 우쓰미는 자신도 범죄자의 끼가 있는 게 아닐까 하고 전율했다. 한없이 범죄에 가까운 짓을 태연히 해치운 인간. 고등학생인 우쓰미에게 그것은 무서운 발견이었다. 자신이 탱크에 설탕을 넣지 않았거나, 혹은 헬멧을 빌려 주기만 했다면 여자의 인생은 달라졌을 것이다. 하지만 우쓰미는 잘못한 사람에게 제재를 가하는 게 너무 좋았다. 보복이라고 말을 바꿔도 좋다. 더 심하게 말하면 그 본질은 공격적인 경쟁을 좋아하는 데 있었다. 우쓰미는 경쟁을 해서 최종 승자가 되는 것을 좋아했다. 우쓰미는 자기같은 사람은 범인을 잡는 쪽에 서야 된다고 생각했다. 단순한 일이었다. 자신을 대신해서 윗사람이 제재를 하고, 보복을 한다. 범죄자에 가까운 자신의 끼를 거기에 사용하면 효과적일 것이고, 자신은 분명 우수한 경찰이 될 수 있을 것이다. 우쓰미가 경찰학교에 가고 싶다고 하자, 형사인 아버지는 복잡한 표정을 지었다.

"너는 어떤 경찰이 되고 싶으냐?"

어떤 경찰이냐고 묻자, 우쓰미는 대답이 궁했다. 우쓰미는 아버지처럼 말단 경찰로 끝내지 않을 거라고 처음부터 다짐했다. 우쓰미의 머리에는 이미 확고한 피라미드 그림이 구축되어 있었다. 그 끝까지 올라가는 것밖에 없다. 위로 올라가면 갈수록 제재와 자기 자신은 동화되어간다. 요컨대 제재의 쾌락을 얻기 위해서는 권력을 잡아야 하는 것이었다. 경찰 조직이 갖는 특성은 우쓰미의 바람과 훌륭하게 일치했다. 우쓰미에게는 '어떤 경찰'이 아니라, '어떤 지위에 있는 경찰인가'가 문제였다.

"나는 도경 1과의 형사가 될 거예요. 형사 부장이 되어 출세하겠어요."

"어째서?"

"그게 좋으니까요."

"어째서 좋으냐?"

"멋있잖아요."

"멋있는 일이 아니다."

아버지는 걱정스러운 듯 우쓰미를 보았다. 어쩌면 아들의 본질을 알아차린 건지도 모른다. 우쓰미는 아버지를 패기 없는 경찰이라고 경멸하며 자신은 그렇게 되지 않을 거라고 굳게 맹세했다.

하지만 경찰학교에 들어가는 순간, 우쓰미는 건방지다고 선배들 눈에 찍혀 이유 없는 제재를 받았다. 경찰이라는 조직의 섭리에 맞아떨어지는 인간은 비슷한 인간을 발견하는 데도 능숙하다고 배웠다. 자신이 우수하니까 억누르려고 한다. 우쓰미는 그건 어쩔 수 없는 일이라고 결론지었다. 그 후의 우쓰미는 우수했다. 동기들 가운데 자신이 피라미드를 형성하는 것으로 곤경을 타개했다.

두뇌와 완력과 기로 동기들의 꼭대기에 선 우쓰미는 가만히 앉아서 연약한 동기생을 부려먹었다. 1년 3개월의 학교 생활 후반에 이르렀을 때는 그야말로 감옥의 왕초처럼 학교에 군림했다. 약한 자는 심부름꾼으로 부렸다. 담배나 음료수, 만화책을 직접 산 적이 없다. 그리고 자신에게 반항할 것 같은 사람, 능력이 있는 사람은 모두 배제했다. 좀처럼 없었지만 분명히 못 당할 것 같다고 생각되는 사람에게는 일단 잘 대해 주어서 경찰이 된 후 잘 이용할 방법을 생각한다. 자신보다 뛰어난 인물이라면 경찰 조직에서도 빨리 출세할 게 뻔하기 때문이었다.

선배며 동기, 후배는 그렇게 대처하는 반면 절대권자인 교관에게는 우등생으로 통했다. 겉으로는 온갖 굴욕에도 참고 견뎠다. 머리를 짧게 깎는 것도, 저지 차림으로 가는 소풍이라고 부르는 행진도, 모두 솔선하여 리더가 되어 점수를 땄다. 교관도 결국 우쓰미에게는 아무 말도 할 수 없게 되었다. 우쓰미는 조직이란 것 참 우습군, 하고 생각했다.

경찰관이 된 우쓰미는 경찰학교에서 배운 것을 완벽하게 실행했다. 그것은 경찰이라는 조직에서 살아남기 위해 우쓰미가 만든 우쓰미를 위한 매뉴얼이었다. 그렇게 바랐던 도경 1과 형사를 목표로, 여정은 길더라도 절대 샛길로 새지 말 것. 길은 외줄기, 멀지만 확실히 보였다. 우쓰미가 걷어차서 밀어낸 사람은 몇이나 될까, 떠나간 자, 패배한 자의 수 같은 건 헤아려본 적도 없다.

우쓰미는 범죄를 증오하지 않았다. 이 세상에 범죄가 있기 때문에 자신이 영광을 얻을 수 있는 것이다. 경찰 조직 속에서의 생존, 그곳에서밖에 자신이 살아갈 가치는 없다. 우쓰미는 이윽고 생존할 줄 알면, 그에 따라 수입도 늘어난다는 사실도 깨달았다. 범죄를 적발한다는 것은 범죄 자체를 배우는 것이기도 하다. 사기꾼의 수법을 알면 어떻게 하면 적발되지 않는가를 배울 수 있다. 러시아를 상대로 한 밀수, 도검법 위반으로 몰수한 칼의 행방, 중고차 매매, 뒤로 벌 수 있는 수단은 얼마든지 있었다. 권력만 있으면 벌이는 많다. 여자를 제공하는 매춘업자 같은 건 발에 치일 정도로 많다. 우쓰미는 또다시 자신에게 범죄자의 끼가 있다는 걸 깨달은 고교 시절을 떠올렸다.

그러나, 하고 우쓰미는 주위를 둘러보았다. 주위는 울창한 숲이었다. 여기에 와서 막다른 길이라는 느낌이 얼핏 들었다. 내심 초조했다. 모든 경험은 출세를 위해 없어서는 안 되는 거라고 하지만, 이 주재소 근무만은 명확히 샛길이었다. 여기서는 사건이라고는 도무지 일어나지 않았다. 우쓰미는 도무지 울리지 않는 전화를 노려보았다. 시내에 있지 않으면 활약을 할 수 없다. 인간이 꿈틀거리고 서로 부딪치는 곳이 아니면 욕망도 생겨나지 않고, 범죄도 일어나지 않는다.

범죄를 양식 삼아 겨우 여기까지 왔는데, 우쓰미의 점수는 전혀 늘지 않았다. 2년이나 이런 촌구석에서 썩고 있다. 슬슬 큰 도시에 있는 경찰서로 이동하고 싶었다. 그러나 상사의 연락조차도 끊어질 판이었다. 어쩌면 이대로 잊혀진 채 끝나버릴지도 모른다. 불안해서 견딜 수 없어진 우쓰미는 들고 있던 연필의 심을 힘껏 부러뜨렸다.

탁, 소리가 나며 회색의 데스크 패드에 작고 검은 구멍이 뚫렸다. 거기에는 무수한 구멍이 뚫려 있었다. 빌어먹을, 뭔가 좀 일어나 봐. 그때 우쓰미의 바람이 이루어지듯이 전화가 울렸다.

우쓰미는 와키다가 되어 있었다. 시코쓰 호 옆에 있는 작은 주재소에서 전화를 받고 있었다.
"예, 경찰입니다!"
힘이 넘치는 목소리였다.
"여보세요, 이즈미입니다만."
뭐야, 이 노인이야? 와키다는 실망했다. 수화기를 들면서 해가 저물어가는 하늘을 배경으로 유리에 비친 자신의 얼굴을 보았다. 땅딸막한 몸. 불그스름한 볼. 찢어진 눈.
"네, 와키다입니다."
이즈미가 무슨 일이지, 하고 와키다는 생각했다. 곰이라도 나타난 것일까. 이즈미는 별장지를 사는 사람들에게는 전혀 말하지 않는 것 같지만, 최근 들어 곰도 산을 따라 이 부근까지 내려온다. 허투루 볼 수 없는 영감이야, 하며 와키다는 이즈미의 얼굴을 머리에 떠올렸다.
"와키다 씨, 낚시 안 가겠소?"
또 낚시인가. 1주일에 한 번은 그런 전화가 걸려와, 두 번에 한 번 꼴은 거절하고 있었다. 이번에는 거절할 수 없다. 이제는 한물갔다고 하지만 그래도 이즈미는 지토세 시의 권력자다. 무슨 일이 있을 때 도움을 요청할 수 있을지도 모른다. 친하게 지내서 절대로 손해 볼 일은 없는 상대다. 와키다는 친절하게 대답했다.
"예, 좋습니다."

"비번이 언제요?"

"모레입니다만."

"그럼, 우리 집에 먼저 들러주지 않겠소. 만나서 갑시다."

"알겠습니다."

전화를 끊으려다, 문득 와키다는 이즈미를 만나면 물어보려고 했던 것이 생각났다.

"참, 그렇지! 이즈미 씨. 올해는 도요카와 씨네 왔습니까?"

"응, 와 있소. 그리고 당신에게 말하지 않았던가. 꼭대기에 있는 별장, 그거 도쿄 사람한테 팔렸다오."

"오, 그래요? 그거 잘됐군요."

와키다는 놀라웠다. 도요카와는 물장사로 성공한 삿포로의 부자지만, 도쿄에 있으면서 일부러 홋카이도에 별장을 사는 사람도 있다니.

"응. 이시야마 씨라고 하는데 말이지. 아주 낚시광인 모양이야."

"아, 그렇군요."

"다음번에는 그 사람도 있을 때 함께 가봅시다."

"예, 꼭 가죠."

"그렇지, 아마 오늘쯤 도착할 모양이던데. 이제야 활기가 돌 거요."

이즈미는 기쁜 듯했다. 와키다도 마음이 설레었다. 이 주재소에는 와키다 혼자밖에 없다. 가족들은 이런 환경을 싫어해서 지토세 시에 살고 있었다. 비번일 때는 에니와 서에서 교대 요원이 온다. 그들은 와키다의 야심을 아는지 모르는지 "와키다, 좋은 곳에 있는걸." 하고 곧잘 놀렸다. 그럴 때마다 '그럼 네가 한번 매일 있어 봐!' 하고 소리쳐 주고 싶은 충동을 억누른다. 관광객이 찾아오는 호반에는 관광 시즌에만 순찰차가 출동한다. 호반 쪽은 좋다. 관광객의 트러블이 끊이지 않고, 도난 사고나 날치기 사고가 빈발하니까. 그러나 이곳은 관할이 넓지만 온통 산뿐이고, 인구가 거의 없다. 이즈미의 별장지와 한물 간 캠프장, 그리고 오자키 온천. 긴 겨울 동안은 순찰하는 것조차 고통이었다. 요컨대 이 주재소 근무는 벽지의 한직이었다. 그대로 이와미자와 서에 있었더라면 형사과 근무를 할 수 있었을 텐데, 전근한 에니와 서에 형사과의 빈자리가 없었던 것이다. 다음에도 벽지 주재소로 이동되어, 디대로 잊혀진 채로 끝날 가능성도 없지 않다. 와키다는 애가 탔다.

슬슬 순찰할 시간이다. 와키다는 헬멧을 쓰자 주재소 옆에 세워둔 소형 오토바이에 올라앉아 시동을 걸었다. 자전거도 지급되었지만, 산길뿐이어서 도움이 안 된다. 주재소 앞은 국도로, 양쪽에 원시림이 펼쳐진 아무것도 없는 외길이었다. 와키다는 주재소를 나와 직선 도로를 오토바이의 한계인 시속 85킬로미터까지 속력을 냈다. 여름 바람이 귓전에서 윙윙거렸다. 오토바이 앞바퀴가 불안정하게 흔들려 언제 구를지 모르는 스릴이 재미있다. 전방에서 승용차가 와서, 황급히 브레이크를 밟았다. 어디에 사람의 눈이 있을지 모른다. 급히 법정 속도로 떨어뜨리고 천천히 달렸다. 하지만 들뜬 기분은 계속되었다 이즈미의 별장도 한 채 팔렸다고 하고, 여름 휴가를 맞아 관광객들도 많이 오고 있다. 자신의 관할에도 뭔가 사건이 일어날지 모른다는 기대에 가슴이 설레었다.

와키다는 오자키 온천에 가서 온천 호텔의 프런트에 있는 지배인에게 밖에서 경례를 했다. 지배인은 저복 차림의 경찰관이 호텔에 들어오는 것을 싫어했다. 그것을 알기 때문에 와키다는 일부러 정문으로 들어간다. 지배인은 표정이 굳어졌다.

"안녕하십니까, 와키다 씨."

"별일 없습니까?"

"아뇨, 특별한 일은. 올해는 예약을 취소하는 손님이 속출하는군요."

지배인은 떨떠름한 표정으로 말한다. 자신이 부임하기 전에, 이곳에 남녀 두 사람을 살해한 여자가 투숙했다가, 호수로 도망치는 바람에 대소동이 일어났다. 그 이야기를 들었을 때 와키다는 몹시 유감스러워했다. 자신이 두각을 나타낼 수 있는 그런 사건은 이제 일어날 것 같지도 않다. 얼핏 들여다본 로비에는 온천물에 붉은 얼굴을 한 가족들이 쉬고 있을 뿐이었다.

"그럼 무슨 일이 있으면 연락해 주십시오."

와키다는 경례를 하고, 다시 소형 오토바이를 탔다. 이제부터는 별장을 돌아야 한다. '이즈미자토 별장'이라는 간판 근처에 왔을 때, 전방에서 차가 오더니 별장지 쪽으로 우회전해서 갔다. 낯선 일가가 타고 있었다. 세련되고 유복한 가족이라는 것을 한눈에 알아볼 수 있었다. 화려하면서 어딘가 교활한 도요카와나, 시골의 실업가인 체하는 이즈미네와는 달랐다. 안정되고 아름다운 얼굴의 남녀와 사랑스러운 아이들. 모두 세련된 옷을 입고 있었다. 저 사람이 꼭대기의 별장을 산 도쿄의 이시야마라는 남자가 틀림없다. 와키다는 자석에 끌리듯이 그 뒤를 따라갔다. 소형 오토바이의 마력이란 뻔하다. 승용차는 순식간에 멀어져 갔다.

관리인인 미즈시마에게 인사하고 가려고 들렀지만 부재중이었다. 와키다는 속으로 웃었다. 미즈시마와 이즈미의 아내, 쓰타에가 그렇고 그런 사이라는 것은 이 지방 사람 누구나 알고 있다. 미즈시마는 별장지를 둘러보러 갔거나, 쓰타에에게 갔거나 둘 중 하나였다. 겨울에는 미즈시마도 한가해서 거의 이즈미의 집에서 보내고 있다는 소문이었다.
 그 고목 같은 이즈미가 두 사람 앞에서 어떤 얼굴을 하고 있을까. 와키다는 겨울에 한번 찾아가서 이즈미의 표정을 확인해 보고 싶다고 생각했다. 긴 겨울의 즐거움이 한 가지는 생겼다는 생각에 위안이 되었다. 하지만 그것은 목적과는 한없이 떨어진 즐거움이다. 와키다는 허무함을 느꼈다. 그리고 그 정도의 즐거움밖에 느끼지 못하는 상황에 처해 있다는 것이 와키다의 가슴 속에서 막연한 원망이 되었다. 무엇에 대해서인지는 모른다. 하지만 와키다는 원망하고 있다. 이즈미의 집으로 향하는 도중에 자신의 고물차에서 내리는 미즈시마와 딱 마주쳤다.
 "여어, 어디가?"
 미즈시마가 운전석으로 얼굴을 내밀었다. 와키다와 미즈시마는 말을 트고 지내는 친한 사이였다.
 "근무 중이야."
 와키다는 웃으며 운전석 옆에 오토바이를 세웠다.
 "사장님, 있어?"
 "있어."
 미즈시마는 활기차게 대답했다. 미즈시마가 이즈미를 존경까지는 가지 않더라도 일종의 경외하는 마음을 가지고 있는 것은 알고 있다. 이 녀석은 이즈미가 전임자에게 자신의 전과 조회를 의뢰한 것을 알고 있을까. 결과는 결백했지만, 이즈미는 미즈시마가 롤리타 콤플렉스라는 비밀스러운 소문을 듣고 걱정이 되었던 모양이었다. 와키다가 본 범위 내에서는 미즈시마가 롤리타 콤플렉스라는 소문은 의문이었다. 그 증거는 스무 살이나 연상인 쓰타에에게 빠져 있다는 것밖에 없지만. 그러나 자신의 관할에 범죄자 예비군이 있다는 것은 틀림없었다. 왠지 모르게 가슴 설레는 기쁨이었다.

"사무소로 돌아가는 길인가?"

와키다는 미즈시마의 늠름한 두 팔을 보면서 물었다. 미즈시마는 여름 동안은 일부러 피부를 노출하는 경향이 있다.

"아니, 사모님 볼일 때문에……."

미즈시마는 말끝을 흐린다.

"잠깐 지토세까지 가는 길이야."

"고생이군, 자네도."

"아냐."

그렇지, 너는 좋아서 하는 짓이니까. 와키다는 본심을 숨기며 미즈시마의 고물차를 지켜보았다. 이즈미의 집 앞으로 간다. 이즈미가 넋을 잃고 도로를 지켜보며 서 있었다.

"사장님."

와키다가 길에서 소리치자 이즈미는 깜짝 놀란 모습으로 와키다를 보았다. 그리고 대화를 원하지 않는다는 듯이 손을 저었다.

"아무 일도 없소, 아무 일도 없어."

"그렇습니까, 그럼 수고하십시오."

와키다는 고개를 까딱하고 산을 올라갔다. 이즈미는 저 나이에 정서불안을 보일 때가 있다. 쓰타에 탓일까. 할망구 주제에 묘하게 섹시하니까, 세월이 아무리 흘러도 남편이 고생하는 것이다. 분명 쓰타에가 이즈미에게는 냉담하게 대하고 미즈시마에게는 살살거렸던 게 분명하다.

쓰타에가 자신에게 접근해 오면 어떻게 할까. 와키다는 마음속으로 몇 번이고 상상해 보았다. 대답은 그때마다 바뀌었다. 어떤 때는 기쁘게 받아들이고, 또 어떤 때는 혐오를 느끼며 거절한다. 정서불안인 것은 다름 아닌 와키다 자신일지도 몰랐다.

곧장 도요카와 별장으로 향했다. 도요카와네는 인기척이 없다. 꼭대기의 주차장 겸 차 돌리는 곳까지 올라갔지만 도요카와네 지프가 없는 것을 보면 가족 동반으로 외출이라도 한 모양이다. 와키다는 간 길에 이시야마에게 인사나 할까 하고 다가갔다. 정원 앞에서 싸우는 소리가 들렸다.

"그렇게 화낼 것 없잖아."

감정을 억제한 남자의 목소리가 난다. 이시야마인 것 같다.

"생각해 봐. 가게도 없는데 어떻게 식사 준비를 할 수 있냐고."

"그러니까 안 해도 된다잖아."

"안 하면 피자라도 배달해 주는 데가 있어? 아이들은 어떻게 하고? 당신은 그래도 될지 몰라도 여자는 곤란하다고. 당신이라는 사람은 정말 자기밖에 생각하지 않아."

정원 앞에서 부부싸움이 시작되고 있었다. 와키다는 나무 그늘에 숨어서 엿들었다.

"미안해. 사올 테니까 목록을 써줘."

"목록을 언제 쓰고 있어. 모리와키 씨네도 오니까 많이 사야 되는데. 아니, 구입한 지 얼마 되지도 않은 남의 별장에 오다니 그 사람들은 대체 생각이 있는 사람들이야, 없는 사람들이야?"

"나쁘게 말하지 마."

"미안해."

아내는 순순히 사과했지만 앞으로 올 손님 때문에 더 초조한 모양이다. 싸움은 아직 계속될 것 같았다. 방문은 다른 날 해야겠다고, 와키다가 발길을 돌리려는 참이었다. 돌계단 위에 아이들이 서 있는 것이 보였다. 머리칼이 긴 여자아이로 아버지를 닮은 얼굴이 귀여웠다. 와키다는 즉석에서 미즈시마를 떠올렸다. 미즈시마가 이 아이를 어떻게 건드려서 저 신경질적인 엄마가 난리를 쳐서 사건이 되면 좋을 텐데. 그러면 자신이 나설 차례가 생긴다. 그러나 성추행은 좀처럼 입건하기가 힘드니 어떨지 모르겠다.

그런 생각까지 하던 와키다는 앗, 하고 제정신으로 돌아왔다. 범죄가 일어나지 않는다고 범죄를 날조하려 하고 있다. 정신 차려야지, 하며 와키다는 고개를 좌우로 저으며 오토바이를 타고 그대로 산을 내려오기 시작했다.

도중에 사용하지 않는 별장 몇 채를 보러 갔다. 사람들이 오지 않아 폐허가 된 채 내버려져 있었다. 그 가운데 한 곳은 마루가 썩어서 아래에 물이 고여 있다. 미즈시마도 여기까지는 손이 미치지 못할 것이다. 누군가가 들어가면 위험하니까 이즈미에게 해체하도록 부탁할 수밖에 없다. 폐허를 조사하다, 썩은 마룻바닥을 잘못 밟는 바람에 와키다는 다리에 찰과상을 입은 데다가, 고인 물에 발이 빠져 양말이 흠뻑 젖었다. 이런 한심한 일을 하고 있기 때문이야. 와키다는 화가 났다.

이틀 후, 주재소의 전화가 울린다. 야호, 사건인가 하고 신나서 전화를 받자 도요카와의 아내에게서였다.

"와키다 씨, 도요카와인데요, 저기, 어떻게 좀 해 줄 수 없을까?"

"무슨 일이 생겼습니까?"

"정원에 개의 시체가 있는데, 썩어가고 있어요."

"예, 개의 시체라고요?"

"그래요."

도요카와의 아내는 화가 나 있다.

"지금까지 몰랐습니까?"
"그래요, 빨리 버려줘요!"
"하지만, 그건……."
"경찰은 그런 일 해 주지 않는 건가요?"
"아뇨, 해도 됩니다만……."
"그럼, 미즈시마 씨에게 전화하겠어요 됐어요."

미적지근한 와키다의 태도에 화가 난 모양이다. 전화가 찰칵 하고 끊겼다. 와키다는 갑자기 분노가 폭발했다. 사람의 시체라면 몰라도 왜 경찰관이 개의 시체까지 치워야 한단 말인가. 미즈시마에게 시키면 되잖아. 시간이 지나도 분노는 가라앉지 않고, 지금까지 쌓인 분노까지 포함해서 엄청나게 커졌다. 와키다는 밖으로 나가 자전거를 발로 걷어차서 쓰러뜨렸다. 그러나 아무리 발작을 일으켜도 여기는 사람 하나 지나가지 않는 곳이다. 쌓인 불만을 아무 데도 풀 데가 없다. 그 사실도 와키다의 분노에 기름을 쏟아 부었다. 이래서 시골에서 이렇게 사는 게 싫다. 이대로 탈출도 하지 못하고 줄곧 주재소 근무만 시킨다면 어떻게 하지? 그런 생각을 하자 공포마저 느꼈다.

갑자기 별장지에서 떠올렸던 생각이 되살아났다. 자신이 범죄를 만들면 된다, 그것도 과감하게 큰 범죄를. 수사본부가 설치될 정도의 범죄를. 자신이 진두지휘하여 두드러진 활약을 하면 다시 본서로 되돌아갈 기회를 잡을 수 있을지도 모른다. 이틀 전에는 당치 않은 생각이라고 곧 자제했지만, 이날 와키다는 그 즉흥적인 생각을 계속 방류했다. 와키다는 잘 아는 현장을 머릿속에 그리며 치밀한 계획을 세우는 데 몰두했다.

준비는 완벽했다.

아이들끼리 아침에 산책을 가는 일이 있다는 말을 듣고, 이른 아침밖에는 찬스가 없다고 생각했다. 유괴할 아이는 나중에 도착한 집의 아이 가운데 하나로 하자. 이시야마의 장녀는 7살로 좀 컸으니까, 만에 하나 실패했을 때 뭔가 지껄인다면 만사 끝장이다. 동생인 남자아이는 미즈시마에게 죄를 뒤집어씌울 수 없으니 안 된다. 나중에 온 아이는 나이도 적당하고 귀여워서 유괴될 가능성이 있을 것 같다. 문제는 타이밍이었다.

와키다는 전날 밤에 몰래 자전거를 끌고 별장지의 정상까지 올라갔다. 아래 길에서 올라오는 데 40분 정도 걸렸지만 오토바이를 이용하면 소리가 나기 때문에 처음부터 고려하지 않았다. 자전거를 사전에 조사해둔 숲 속에 감추고, 그 옆에서 경찰복 위에 점퍼를 걸쳐 입고 밤을 새웠다. 제복을 입고 있으면 무슨 일이 있어도 변명하기 쉬울 거라는 계산이었다. 위험한 도박이라는 것은 잘 알고 있다. 산 위는 한여름이라도 춥다. 추위에 떨면서 날이 새기를 기다리고 있자니, 마치 잠복근무를 하는 것처럼 흥분되었다. 동시에 이런 고생을 해서 과연 보상받을 것이 있기는 할까 불안도 컸다. 이시야마의 집에서는 무엇을 하는지 밤새도록 누군가가 깨어 있는 기미가 보였다.

약간 졸았던 모양이다. 아이들의 밝은 목소리가 울리고, 현관문이 열려 있었다. 밤은 물러가고, 상쾌한 산 공기가 아침 햇빛에 서서히 따뜻해지려 하고 있다. 와키다는 잔뜩 긴장하여 기회를 노렸다. 이윽고 아이들이 나타났지만, 아버지 같은 사람이 함께 있다. 와키다는 낙심하고 습기 찬 땅바닥에 한쪽 무릎을 짚었다. 내일 아침에 또 같은 짓을 해야 하는가.

네 명의 아이들과 남자는 아래까지 내려갔다가 곧 되돌아왔다.

전부 집으로 들어간다. 어쩔 수 없이 돌아갈 틈을 엿보고 있는데, 놀랍게도 노리고 있던 여자아이가 혼자 나왔다. 콘크리트 계단을 내려와 아무 주저도 없이 혼자 길을 내려가기 시작했다. 와키다는 길로 뛰어나갔다. 여자아이가 돌아다보고 흠칫 놀랐지만, 이내 경찰복을 보고 안심했는지 어깨를 떨어뜨렸다. 와키다는 다짜고짜 소리를 내지 못하도록 여자아이의 입을 손으로 틀어막았다. 그 다음은 계획대로 하는 것밖에 없었다.

와키다는 자전거를 꺼내 죽인 여자아이를 짐칸에 묶어놓았던 골판지 상자에 쑤셔넣고, 급히 산을 내려왔다. 오를 때는 40분 걸린 길도 내려갈 때는 5분밖에 걸리지 않았다. 브레이크를 계속 잡고 있었다. 급경사에서 핸들이 흔들리자, 그때마다 뒤의 상자가 미끄러지려 했다. 와키다는 식은땀을 흘리며 정신없이 내려왔다. 아무도 만나지 않고 산기슭의 길까지 내려왔을 때 와키다는 겨우 긴장을 풀고 호흡을 가다듬기 위해 잠시 자전거를 세운 정도였다. 땀을 닦을 틈도 없이 주재소로 돌아와 여자아이의 시체를 세 겹으로 겹친 비닐봉지에 넣어 천장 위에 감추었다. 시계를 보니 오전 7시 반이다. 지금쯤 부모들은 온 산을 찾아다니고 있겠지. 와키다는 약간 유쾌해졌다.

신고를 기다리는 동안 자신이 한 짓에 허술한 실수는 없었는지 와키다는 몇 번이나 반추했다. 목격자만 없었다면 완벽했다. 만약 어떤 증거를 남겼다면, 신고를 받고 현장으로 갔을 때 몰래 처리하면 된다. 와키다는 뻔뻔스러울 정도로 침착했다.

여자아이 한 명이 산에서 없어졌다. 아마 산을 수색할 것이고, 경찰견도 여기저기서 데리고 오겠지. 시체가 금방 발견되면 곤란하다. 괜히 엉뚱한 물증이 나와 자신이 의심받을 가능성이 높다. 그러나 시체가 발견되지 않아도 곤란하다. 사건이 되지 않기 때문이다. 그런 점의 균형을 맞추기가 어려웠다. 유괴 살인사건이 되지 않으면 의미가 없다. 시체 처리는 나중에 생각하기로 하고 와키다는 경찰견이 이 주재소에서 냄새를 발견하는 걸 막아야 한다고 생각했다. 그렇게 하기 위해서는 빨리 여자아이의 옷 같은 증거물을 입수해서 여기에 둘 수밖에 없다.

달력을 보다가, 다음 날이 비번이어서 이즈미와 낚시 약속을 한 것이 생각났다. 빨리 취소해 두는 편이 좋을지도 모른다. 게다가 별장지의 분위기도 궁금했다. 그런데 미즈시마가 전화를 받는 바람에 놀라지 않을 수 없었다.

"와키다야. 좋은 아침."

"아, 좋은 아침. 사장님 찾아?"

미즈시마는 여전히 밝은 목소리였다. 수화기 저편에서 NHK의 연속극 소리가 띄엄띄엄 들려왔다.

"그래, 자네 거기서 뭘 하고 있어?"

"아침 얻어먹었어."

거짓말하지 마, 거기서 잤잖아. 와키다는 짓궂은 생각을 했지만 미즈시마에게 알리바이가 있으면 곤란한데, 싶어 초조해졌다. 계획에 없었던 것이다. 미즈시마에게 죄를 뒤집어씌우기 위한 공작이었으니까. 와키다는 잘 해서 미즈시마가 혐의를 받게 되면 태연히 거짓 증언을 할 생각이었다. 그런 미즈시마에게 알리바이가 있다면 뜨내기의 범행으로 할 수밖에 없다.

"사장님은 지금 손님이 와 있는데."

"아, 그래. 그럼 내일 낚시 가는 것 때문에 전화 왔었다고만 전해 줘."

"알았어."

손님이란 그 여자아이의 관계자가 아닐까. 와키다는 거기까지 생각했지만, 쓸데없는 말을 지껄여서 무덤 파기 전에 전화를 끊었다.

통보는 그로부터 한 시간 후였다. 이즈미 본인에게서였다. 곧 가겠습니다, 하고 와키다는 대답하고 오토바이를 타고 출동했다. 도착해 보니 역시 상상한 것 이상으로 큰 소동이 나 있었다. '산길에서 여자아이가 갈 수 있는 곳은 거의 없으며, 외부에서 차가 들어온 흔적도 없다'하면서 여자아이의 아버지가 미친 듯이 날뛰고 있었다. 울고 있는 아이의 어머니를 보았을 때 제아무리 사악한 와키다지만 마음이 아팠다.

"곧 지원부대도 도착할 테니까, 부인, 아무쪼록 안심하세요."

와키다는 그렇게 말을 하며 자신이 저지른 범죄임에도 불구하고 그 사실을 잊고 있었다. 그 다음은 무서울 정도로 자신의 시나리오대로 척척 진행됐다. 와키다는 현장을 솜씨 있게 통솔하여, 에니와 서뿐만 아니라 지토세 서, 도마코마이 서에서의 지원부대로부터 신뢰를 받았다. 다만, 이즈미와 대화를 나누다 몸이 얼어붙을 것 같은 일이 있었다.

"당신, 지금 처음 왔소?"

이즈미가 첫 마디에 그렇게 물었다.

"그렇습니다만."

와키다는 간담이 서늘했다. 어쩌면 이른 아침에 이 영감이 자전거를 본 게 아닐까. 이즈미의 집 앞을 통과할 때는 특히 신경을 썼는데.

"그런가."

이즈미는 그 이상 아무 말도 하지 않고 별장지의 지도를 펼쳤다.

폐가가 되어 있는 별장을 중점적으로 보자고 했다. 와키다는 안도의 숨을 내쉬었다. 속이려면 어떻게든 속일 수 있겠다고 확신했다.

와키다는 우쓰미라는 도마코마이 서에서 온 형사와 이야기를 나눌 기회가 있었을 때 흥분했다. 이 인간에게 들키는 게 아닐까 하는 생각이 들었다. 그러나 이 인간에게 잡힌다면 그것도 괜찮겠다고 생각했다. 뒷골목에서 노는 날라리 차림에 빨빨거리고 잘 돌아다니며, 경박한 말을 쓰면서도 절대 타협하지 않는 인물이다. 너무 탐욕스러워서 징그러운 놈이라고 노골적으로 험담을 하는 동료도 있었지만, 와키다에게는 이상적인 경찰이었다. 우쓰미는 산을 수색하는 지휘에 잠깐 참여했다가 그냥 돌아가 버렸다. 저렇게 되고 싶다, 아니 절대로 될 것이다. 와키다는 결심을 굳히고 정열적으로 뛰어다녔다. 잠도 자지 않고, 쉬지도 않는 자신의 활약과 정확한 지시를 내리는 태도는 상사에게도, 다른 경찰서의 간부에게도 충분히 어필했을 거라고 만족했다. 3일째 되는 날, 경찰견은 돌아갔다. 다음 날도 그 지방 소방대 직원들이 산을 계속 수색하기로 되어 있다. 와키다는 다락방에 감춘 시체 처리가 곤란해지기 시작했다. 적당한 시기에 좋은 장소에서 그럴 듯하게 발견되었으면 좋겠다. 그러길 원했지만, 사람 눈이 많아서 운반하는 게 불가능했다. 할 수 없이 옷을 갈아입고 오겠다고 말하고 차를 빌려, 몰래 천장 위에서 시체를 꺼내, 에니와타케 산기슭의 원생림 속에 묻었다.

와키다는 수색대와 매스컴이 돌아간 후에도 계속 찾는 척을 했다. 수색 전단을 뿌리고, 오토바이로 일일이 검문하며 돌아다녔다. 가끔 혼자 남은 여자아이의 엄마가 소형차를 타고 지나갈 때도 있었다. 와키다는 반드시 그녀를 격려했다.

"어머니도 기운 잃지 말고, 힘내세요. 저도 열심히 찾겠습니다."

"감사합니다."

아이의 엄마는 그 말만으로도 울며 쓰러졌다. 예쁜 여자였지만, 마음 고생으로 까칠해져 있었다. 불쌍하다고 생각했다. 빨리 그 시체가 발견되어 입건할 수 있으면 좋을 텐데. 그렇다고 자신의 손으로 발견할 수도 없다. 수사 쪽은 같은 서의 아사누마라는 형사가 담당하게 된 탓인지 느릿느릿 진척이 없었다. 진짜 범인으로서는 다행이지만, 설마 자신에게 수사가 미칠 리 없다고 하찮게 보고 있는 와키다로서는 불만이었다. 우쓰미가 담당이었으면 하고 바랐던 것은 비슷한 인간이기 때문이었을까?

사건이 미궁에 빠지는 양상이 깊어지기 시작한 무렵, 낭보가 있었다. 와키다에게 발령이 난 것이다. 이번 사건의 활약을 눈여겨본 상사가 비바이 서로 끌어준 것이다. 와키다는 바라던 대로 형사가 되었다. 시코쓰 호를 떠나는 날, 와키다는 여자아이를 묻은 에니와타케 산의 산기슭을 돌아다보았다. 그리고 이른 아침에 필사적으로 비탈길을 내려올 때의, 흔들거리던 자전거 핸들과 브레이크에서 나던 마찰음을 떠올렸다.

"그럴 리 없어!"

우쓰미는 제정신으로 돌아와서 분노에 찬 소리를 질렀다. 이게 무슨 꿈인가. 임종을 맞아서 꾸는 꿈이 이런 거란 말인가. 우쓰미는 눈물을 흘렸다. 심장은 이미 멈춰가고 있는데 의식만은 또렷했다.

"왜 그래요?"

카스미가 몸으로 우쓰미를 덮듯이 올라가 눈을 들여다보았다.

"뭐가 그럴 리 없다는 거예요?"

고함을 지른 탓에 우쓰미의 심장은 당장이라도 멈출 것 같았다.

우쓰미는 거친 숨을 토하며 계속 눈물을 흘렸다. 슬퍼서 견딜 수 없었다. 카스미가 손을 잡아준 것 같은데, 우쓰미는 이미 카스미의 손 감촉도 얼굴도 알 수 없었다. 다만, 거기 카스미가 있다는 기척만 느껴질 뿐이었다. 미안해, 하고 우쓰미는 카스미에게 사과하려고 했다. 하지만 소리가 나오지 않았다. 유카는 자신이 죽인 것이나 다름없다. 그것이 자신의 본래의 모습이다. 이제 알았다. 우쓰미는 몇 번이고 끄덕거리며 죽어갔다.

길고 큰 숨소리와 함께 우쓰미의 몸에서 생기가 빠지는 것이 분명히 느껴졌다. 이상한 힘을 뿌리던 맑은 눈동자는 까맣게 뜬 채 빛을 잃고, 뭔가를 전하고 싶어 필사적으로 허공을 허부적대던 손은 힘없이 축 늘어졌다. 이것이 죽음이다. 우쓰미의 생각은 뚝 끊겨서 지금 이 방의 공기 속에 녹아들고 있다. 카스미는 검게 그을린 천장을 올려다보았다. 우쓰미의 혼이 아직 몸 위에서 떠돌고 있지 않을까 생각했다. 그러나 우쓰미가 혼이 되어 자신에게 알리려고 했던 것은 없을 것이다. 끝났다. 더할 수 없이 소중한 것을 상실한 듯한, 이제야 끝내서 개운한 듯한 미묘한 심정이었다. 카스미는 뒤에 있던 어머니를 돌아다보았다.

"죽었어."

마음과는 반대로 자신의 목소리가 몹시 들떠 있는 듯했다.

"그래."

어머니는 조용히 끄덕였다.

"죽었어, 어떻게 하지?"

이번에는 신음한다. 정작 보내고 나니, 너무나 허탈해 어쩔 줄을 모르겠다.

"어쩔 수 없지, 무거운 병이었으니까. 이제 비로소 편해졌을 거야."

어머니는 무릎으로 기어와서 처음 보는 것처럼 우쓰미의 얼굴을 찬찬히 들여다보고 있다. 마디가 굵어진 손가락이 민첩하게 움직이며 우쓰미의 얇은 눈꺼풀을 감겨 주었다. 갑자기 피로를 느낀 카스미는 구석으로 물러나서 합판 벽에 몸을 기대었다. 카스미는 벽에 머리를 기대고, 시체가 된 우쓰미를 물끄러미 보았다. 우쓰미는 마치 수면제를 먹고 정신없이 잠들어 있을 때 같았다. 입을 반쯤 벌린 채 눈을 감고 있다.

"떨어져서 보니까 살아 있는 것 같아."

아직 동요하고 있는 카스미를 어머니가 엄한 목소리로 가로막았다.

"카스미, 의사한테 연락해야지."

"왜?"

"사망 진단서가 필요해. 그게 없으면 매장 허가가 나오지 않아."

"그래?"

카스미는 간신히 일어나 손목시계를 보았다. 10월 28일 오후 9시 20분. 우쓰미의 죽은 시간을 기억에 새겼다.

"의사는 됐다. 저 사람에게 연락하라고 하자. 너는 우쓰미 씨의 부인에게 전화해라."

"알았어."

어머니는 아침부터 우쓰미의 상태가 심상치 않아, 가게를 닫고 카스미와 함께 우쓰미의 머리맡에 있어 주었다. 사람 좋은 오무라는 걱정스러운 듯이 우왕좌왕하면서 사다리를 올라와 2층을 들여다보기도 하고, 가게 카운터에 엎드려 잠깐 졸기도 하며 불안해했다. 카스미는 이불 옆에 서서 바로 위에서 우쓰미를 내려다보았다. 뺨에는 임종 때 흘린 눈물 자국이 남아 있었다. 카스미는 무릎을 꿇고 우쓰미의 눈에서 흐른 눈물을 혀끝으로 핥았다. 아무런 맛도 나지 않았다.

"이 사람 왜 울고 있었지?"

"글쎄 말이다."

어머니는 우쓰미의 풀어진 팔을 잡고 가슴 앞에 모아주었다.

"죽을 때는 모두 우는 모양이더라."

"아버지도 그랬어?"

카스미는 아직 우쓰미에게 시선을 둔 채로 물었다.

"잊어버렸다."

어머니는 쌀쌀맞게 대답하며 카스미를 올려다보았다.

"빨리 부인에게 알려라. 너 여기서 장례 치를 생각은 아니겠지?"

카스미와 어머니의 눈이 마주쳤다. 이것으로 딸이 이 집에서 나가주겠군, 하는 안도의 표정이었다. 20년 만에 돌아온 딸을 쫓아내고 싶어도 중병 환자를 데리고 있었기 때문에 그럴 수 없었던 모양이다. 어머니는 오무라와 지내는 평온한 일상생활로 돌아가고 싶은 것이다. 카스미는 새삼스럽게 자신이 방치해온 세월의 무게를 느꼈다.

"알았어. 전화하고 올게."

"나는 이 사람 옆에 있을 테니까."

부탁해, 하고 남처럼 머리를 숙이고 카스미는 사다리 계단을 내려왔다. 어두컴컴한 카운터 끝에 오무라가 턱을 괴고 앉아서 따분하다는 듯이 포터블 텔레비전을 보고 있었다. 카스미가 2층을 가리키자 오무라는 의자에서 벌떡 일어났다.

"우쓰미 씨 지금 어떻게 됐어?"

"지금······."

이라고만 하고, 카스미는 고개를 숙였다. 오무라는 황급히 계단을 올라간다. 카스미는 가게의 낡은 분홍색 전화로 구미코의 병원 번호를 돌렸다. 전화는 직통으로 외과 간호사 대기실로 연결되고 몇 분 후에 구미코가 나왔다. 감기라도 걸렸는지 콧소리가 났다.

"우쓰미 씨가 조금 전에 돌아가셨어요."

"그래요. 여러 가지로 폐가 많았습니다."

냉담하게 대하지 않을까 생각했지만, 의외로 구미코는 정중하게 내일 시신을 데리러 오겠다 한다.

"장례식은 어디서 하세요?"

"삿포로에서 하겠어요. 아직 호적에 남아 있고 내가 상주니까요. 게다가 그렇게 아무 상관없는 곳에서 장례를 치르면 남편이 가엾잖겠어요."

"그럼 잘 부탁합니다."

카스미는 장소를 가르쳐주고 전화를 끊었다. 어이없으리만치 사무적으로 끝났다. 구미코는 우쓰미의 임종 때 어땠는지 물으려고도 하지 않았다. 병원에서 같은 일들을 많이 보아 왔기 때문일까. 그렇지 않으면 우쓰미가 구미코의 보살핌을 거부하였기 때문일까. 카스미는 그런 게 아니라 우쓰미의 죽음은 사전에 예상한 죽음이라, 의외성이라고는 눈곱만큼도 없었기 때문일 거라고 생각했다. 죽음으로 향하는 우쓰미의 공포는 그곳에 있었다. 주위가 자신의 변화를 훔쳐보고는, 그 앞을 미리 읽어버린다. 그런 죽는 방법밖에 선택할 수 없는 운명. 필경 분했을 것이다.

우쓰미의 타협하고 싶지 않은 현실에는 우쓰미의 병을 알고 있는 자들도 가담하고 있었다. 잃어버린 아이를 찾고 있는 자신만이 특별했다. 눈물이 쏟아졌다. 카스미는 수화기를 내려놓고 문을 열고 밖으로 나왔다. 뼛속까지 추위가 스며들었다. 다른 가게 간판의 불빛뿐, 어두운 거리에는 인기척도 없었다. 저편의 잡초 우거진 빈터에 바스락거리며 마른풀들이 흔들리고 있다. 하늘에는 별이 가득하고, 파도치는 소리인지 우뢰소리인지 분간할 수 없는 소리가 들리고 있었다.

"그럴 리 없어!" 하고 외친 우쓰미. 그건 무슨 말이었을까. 이 마을에서 죽는 것이었을까. 아니면 죽음 자체였을까. 아무리 생각해 봐야 우쓰미는 다른 세계로 가버렸으니 알 도리가 없다. 유카도 죽었겠지. 예전에는 유카의 죽음이란 건 생각하고 싶지도 않았는데, 우쓰미가 죽은 밤에는 마치 품속으로 비집고 들어오는 바람처럼 저절로 마음속으로 스며들었다. 유카의 최후는? 그것도 알 도리가 없었다. 유카도 우쓰미도 없어졌다. 이시야마도 떠났다. 자신을 달래줄 사람은 아무도 없다. 차디찬 바람이 바다에서 불어와 도로를 쓸고 갔다. 추위에 몸이 떨린다. 카스미는 양손으로 자신을 꼭 껴안았다. 떨고 있는 동안 눈물이 말라갔다. 그러나 카스미의 신경은 밤기운처럼 맑고, 나뭇잎처럼 바스락거렸다. 앞으로 어떻게 살아야 좋을까.

"내가 죽으면 빨리 떠나."

언덕에서 속삭이던 우쓰미의 목소리가 들리는 것 같았다. 탈출. 다시 한번 이 마을을 떠난다. 열여덟 살 때에 비하면 얼마나 쉬운 일인가. 카스미의 마음속에 도쿄에서 자유를 누리고 싶다는, 그 애타는 바람은 이미 없다. 막는 자도 떠미는 자도 없다. 이번에는 아무 목적도 없이 탈출하는 괴로움을 맛보아야만 한다. 카스미는 오로지 자기 혼자 이곳에 있다고 생각했다. 이런 정처없는 생각은 전에도 언젠가 했었다고 기억을 더듬는다. 시코쓰 호에 혼자 남아서 유카를 찾아다니던 나날들. 그때는 유카만 찾으면 됐지만, 지금은 이제 아무것도 없다. 남아 있는 것은 추위에 떠는 무력한 자신뿐이다. 카스미는 자신의 몸을 계속 꼭 껴안고 있었다. 갑자기 드르륵 창문 열리는 소리가 났다. 돌아다보니 우쓰미가 죽은 2층의 창이었다. 어머니가 환기를 시키려는 모양이다. 백열등의 노란 불빛이 어둠 속으로 새어나왔다. 카스미는 죽은 사람이 누워 있는 공허함도 여기까지 흘러나오지 않을까, 생각하며 창틀 안의 공간을 멍하니 바라보았다. 우쓰미의 혼이 있다면 맞이하려고 양팔을 벌린다. 그러나 오무라의 손이 나와서는 쾅 하고 소리도 높게 창문을 닫았다. 카스미는 "안녕." 하고 중얼거렸다. 우쓰미는 자신에게 알리려고 했던 뭔가를 품은 채 소멸했다. 언젠가 자신도 소멸할 것이다.

삿포로에 가자. 이시야마처럼 흐르는 대로 살다 보면 언젠가는 마음을 채워줄 것이 나타날지도 모른다 자신은 꿋꿋이 살아갈 것이다.

10장
사암

세 살 때, 다섯 살은 어른이라고 믿었다. 다섯 살이 된 지금은 초등학생이 굉장히 어른처럼 보인다. 이 세상은 어른과 아이들로 이루어져 있다고 생각했다. 하지만 엄마는 엄마, 아빠는 아빠, 리사는 리사. 이 사람들은 모두 자신의 가족이어서, 어른이니 아이니 하는 구별이 없다. 그러나 요즘 엄마는 엄마가 아닌 어른인 여자라고 생각될 때가 가끔 있다.

유카는 홋카이도로 가는 비행기를 타고 있다. 그리고 좌석 하나를 사이에 두고 저편에 앉은 엄마의 옆얼굴을 바라보고 있다. 엄마는 다른 여자보다 훨씬 예쁘다고 생각했다.

보육원에 오는 엄마들 중에서 제일 젊고 예쁜 사람은 마코토의 엄마이지만 우리 엄마 얼굴이 훨씬 좋았다. 게다가 딱 부러지는 강한 성격도 좋았다. 그러나, 하고 유카는 고개를 숙인다. 엄마의 마음속에는 다른 사람이 살고 있는 것 같은 느낌이 들어 견딜 수 없었다. 무릎 위에 리사를 안고 있지만, 전처럼 리사를 질투할 일도 없을 정도로 엄마가 딴 생각을 하고 있다는 것을 알 수 있다. 엄마는 옛날처럼 우리를 사랑하지 않게 된 건지도 모른다.

"이건 비밀이야."
오늘 아침에 아빠가 모노레일 안에서 가르쳐 주었다. 가르쳐 달라고 유카가 졸랐기 때문이다.
"지금 가는 홋카이도는 엄마가 태어난 곳이란다."
"그럼 유카의 할아버지나 할머니가 계신 거야?"
"계시겠지."
아빠는 조그맣게 한숨을 내쉬며 엄마 쪽을 흘끗 보았다. 엄마는 알아채지 못한 모습으로 리사를 안고 넓은 창으로 바깥을 내다보고 있었다. 반짝반짝 빛나는 바다가 창 가득히 펼쳐져 있어서 모노레일이 허공에 떠 있는 듯한 느낌이었다. 유카는 엄마가 떨어지지 않을까 걱정되었다.
"할아버지나 할머니는 어떤 사람이야?"
"만난 적이 없어서 몰라. 돌아가셨을지도 모르고."
아빠는 약간 귀찮아하는 것 같았다. 돌아가셨을지도 모른다는 말에 유카는 깜짝 놀랐다.
"왜 몰라?"
"엄마도 모른대."
"왜 모르는데?"
"글쎄다, 별로 좋아하지 않는 모양이지."
유카는 충격으로 입을 다물었다.
엄마를 좋아하지 않는 아이가 있을까. 엄마나 아빠가 죽었는지

사암 543

살았는지 모른다는 것이 있을 수 있는 일일까. 그것은 자신이 엄마가 싫어져서 두 번 다시 만나지 않게 되는 것과 같은 것이 아닐까. 그런 것은 생각하고 싶지도 않았다. 엄마는 자신에게는 늘 상냥하지만, 사실은 무서운 사람일지도 모른다. 처음에 들었을 때는 정말 기다려졌던 여행이 갑자기 싫어졌다. 어쩌면 홋카이도에 가면 할아버지와 할머니가 와서 엄마에게 복수를 할지도 모르고……. 그런 상상을 하니 무서워서 온몸이 달달 떨렸다.

홋카이도에 도착하자 공항에 이시야마 아저씨가 와 있었다. 나는 이시야마 아저씨가 좋다. 아빠보다 멋있고 다정하고 좋은 냄새가 난다. 이시야마 아저씨도 리사보다 나를 더 좋아하는 것 같다. 맨 먼저 손을 잡아 주고 껴안아 주는 것도 내가 먼저다. 그것은 리사보다 나이가 많다는 것과는 관계없다. 이시야마 아저씨는 유카라는 아이를 좋아하는 것이다. 나는 이시야마 아저씨에게 특별한 사람이라고 늘 생각했다.

엄마가 이시야마 아저씨와 눈을 마주치고 웃고 있다. 여느 때보다 엄마의 눈이 들떠 있는 것을 보았다.

엄마는 요즘 나를 보고 있는 것 같으면서도 보고 있지 않을 때가 있다. 하지만 이시야마 아저씨에게는 눈을 똑바로 마주보며 전하고 싶은 말을 전파처럼 흘려보낸다는 것을 알았다. 나는 그것이 슬픈 건지 기쁜 건지 잘 모르겠다. 왜냐면 두 사람 다 너무 좋아하니까. 이 세상에서 제일 좋아하니까.

이시야마 아저씨와 함께 있는 거라면 홋카이도도 즐거울지 모른다. 할아버지나 할머니가 복수하러 오는 것만 생각하지 않는다면.

흔들리는 차 안에서 잠이 들어버렸다.

꾸벅꾸벅 졸고 있을 때, 드문드문 들려오는 어른들의 이야기 소리가 자장가처럼 기분이 좋았다. 특히 이시야마 아저씨의 목소리가 제일 기분 좋다. 나지막하면서도 부드럽게 온몸에 울려온다. 엄마의 가슴에 기대어 그 소리를 들으면서 자고 있는데, 엄마가 이시야마 아저씨와 이야기할 때만 가슴이 두근거린다는 것을 알게 되었다. 엄마는 이시야마 아저씨를 좋아하는지도 모른다.

아빠가 이야기를 하고 있다. 아빠는 가족이어서 좋긴 하지만, 싫은 점도 많다. 집에서는 언제나 불쾌한 얼굴로 화만 내고 있다. 리사도 자신도 아빠가 있으면 답답하고 왠지 마음이 무겁다. 그래서 아빠한테는 미안하지만, 이시야마 아저씨가 아빠였으면 좋을 텐데 하는 생각을 할 때도 있다.

여기 와서 여러 사람들을 만났다. 노리코 아주머니는 좋다. 상냥하고 예쁘고 옷도 세련되었다. 내가 어른이 되면 엄마에게도 저런 옷을 많이 사줘야지 생각했다. 루리코와 류헤이도 좋다. 이즈미 아저씨는 싫다. 왠지 냄새가 나고, 자꾸만 손을 잡고 싶어하고 잡은 손은 끈적거린다. 루리코도 싫다고 했다. 도요카와 오빠는 덜렁거려서 재미있다. 어른인데도 아이 같았다. 할아버지도 할머니도 아직 나타나지 않는다. 다행이다.

하지만 솔직히 말하자면 이시야마 아저씨가 좀 싫어졌다. 오늘 아침에 노리코 아주머니와 싸우고 있었기 때문이다. 유카를 보고도 여느 때처럼 웃어 주지도 않았고, 마구 초조해 하면서 아주머니와 계속 소리지르고 있었다. 저런 아저씨는 싫다. 엄마는 그래도 이시야마 아저씨를 좋아할까?

유카는 어둠 속에서 눈을 떴다.

무슨 소리가 났기 때문일지도 모른다. 옆에서 자고 있는 엄마의 이불 속으로 들어가려고 바짝 다가갔는데 그곳은 텅 비어 있었다. 이불 속도 차갑다. 어디로 갔을까? 불안해서 둘러보았지만 방에는 없었다. 그때 아래층에서 희미한 소리가 들려오는 것 같았다.

저게 누구지, 설마 할아버지와 할머니가 복수하러 온 것은 아닐까. 엄마가 아래층에서 시달리고 있는지도 모른다. 만약 그렇다면 내가 엄마를 지켜주어야 한다.

유카는 결심하고 일어났다. 복도에는 불이 켜져 있기 때문에 무섭지 않았다. 그러나 계단 아래는 캄캄했다. 엄마는 어디로 갔을까.

유카는 용기를 내서 계단을 하나하나 내려갔다. 거실은 불이 꺼져 있어서 낮과는 다른 방처럼 보인다. 구석에 무엇인가가 숨어 있을는지도 모른다. 역시 무서워져서 방으로 돌아갈까 하고 생각했을 때 비명 소리가 들려왔다.

엄마 목소리다.

유카는 그 자리에 멈춰서서 귀를 기울였다. 소리는 현관 쪽에서 들리는 듯했다. 어두컴컴한 현관 문은 당장이라도 열릴 것처럼 무섭다. 바깥의 어둠은 더 무섭다. 하지만 또 소리가 난다. 막 걸어가려던 유카는 깜짝 놀라 멈춰 섰다 . 문 하나를 사이에 두고 저편에서 헐떡이는 소리와 비명 소리가 들린 것이다.

엄마와 이시야마 아저씨가 있다.

순간적으로 유카는 깨달았다. 두 사람은 지금 절대로 남이 보아서는 안 될 짓을 하고 있다. 게다가 왜인지도 알았다. 엄마가 지금 저기서 생각하고 있는 것이 문을 사이에 둔 유카에게 전해져 왔다.

엄마는 지금 이렇게 생각하고 있다. 이시야마 아저씨를 위해서라면 우리를 버려도 좋다고.

유카는 천천히 뒷걸음질쳤다. 그리고 계단을 올라가 방으로 돌아왔다. 이불 속에 들어가 눈을 뜬 채 한동안 온몸을 부들부들 떨었다. 추워서가 아니었다. 이 순간 외톨이로 있는 것이 외로워서 견딜 수 없었기 때문이었다. 저쪽에는 아빠가 자고 있고, 바로 옆에는 잠버릇 나쁜 리사가 있다. 그래도 유카는 혼자라고 생각했다. 유카는 겨우 다섯 살인데 초등학생을 건너뛰고 어른이 된 듯한 기분이 들었다.

아침에 일어나니 엄마는 이불 속에서 자고 있었다. 다가가 깨우자, 상냥한 엄마로 돌아와 있다. 다행이다.

유카는 엄마가 볼을 비비자 만족해서 어젯밤 일은 역시 꿈이었나 생각했다. 산책하러 가자고 리사가 졸랐다. 유카는 아빠와 리사와 나란히 아래층으로 내려갔다. 루리코와 류헤이도 함께 손을 잡고 산책을 나갔는데 리사가 오줌 마렵다고 하는 바람에 돌아와 버렸다. 아빠는 리사를 데리고 화장실로 달려갔다. "유카." 하고 밖에서 루리코가 부른다. 그러나 유카에게는 아무래도 마음에 걸리는 것이 있다. 그 방이다. 유카는 화장실에서 리사의 팬티를 내리느라 시간이 걸리는 아빠 몰래 현관 옆의 문을 큰맘 먹고 열었다. 어두컴컴했다. 이불과 시트가 쌓여 있는 저편에 침대가 있었다.

엄마 냄새가 난다. 평소와 다른 냄새다.

유카는 구역질이 나서 방에서 뛰쳐나왔다. 혼자 부리나케 돌계단을 내려와 도로에 나선다. 돌부리에 걸려 넘어질 뻔했다. 옛날에 엄마가 한 말이 생각났다.

엄마가 살던 곳에 말이지, 손으로 만지기만 해도 부서지는 돌이 있었단다. 모래가 굳어져 생긴 돌이거든. 유카는 돌을 주워서 부수려고 했다. 단단해서 부서지지 않았다. 거짓말이다. 유카는 돌을 던져버렸다. 그것은 이리 오라는 듯이 비탈길을 떼굴떼굴 굴러간다. 유카는 달려가기 전에 별장을 올려다보았다.

2층 방에 엄마가 자고 있다. 하지만 나는 외톨이.

유카는 엄마가 엄마의 엄마나 아빠를 싫어하는 감정을 겨우 이해할 수 있을 것 같았다. 뒤에서 무슨 소리가 나서 돌아다보니 한 남자가 생글생글 웃으면서 유카를 보고 있었다.

이 사람은 나를 죽인다.

유카는 빨리 죽여달라고 가는 목을 내밀었다.

옮긴이의 글

애인과 격정의 밤을 보내면서 이 사람과 함께라면 딸을 버려도 좋다고 생각한 다음 날, 딸이 실종되었다. 홋카이도 시골 마을에서 자유를 찾겠다고 부모를 버리고 도쿄로 나온 카스미가 공교롭게 애인과의 밀회를 즐기기 위해 간 홋카이도에서 딸 유카를 잃은 것이다. 유카가 실종되자 애인과의 관계는 바로 끝났다. 빠져 있는 동안에는 사랑이라고 착각하지만, 지난 뒤에 보면 불장난에 지나지 않는 것이 불륜의 본색이라고나 할까. 그러나 그걸 깨달았을 때는 이미 서로의 가정이 파탄 난 후였다. 카스미는 한때나마 애인과의 달콤한 애정 행각에 빠져 마음으로 딸을 버린 죄책감으로 유카의 생존 가능성에 집착한다. 4년이란 세월이 지나, 모든 사람들이 가슴아픈 일이긴 하지만 이미 과거라고 단정하고 포기했을 때도, 카스미에게 유카는 현재였다. 죽은 자식은 산에 묻고, 잃어버린 자식은 가슴에 묻는다던가.

기리노 나쓰오는 일본 최고의 미스터리 작가이고, 20세기 마지막 나오키상 수상작인 『부드러운 볼』은 그녀의 작품 가운데서도 백미로 꼽힌다. 작가 스스로 "내 최고의 작품으로 나오키상을 받아서 매우 만족스럽다."고 말한 바 있다. 하지만 『부드러운 볼』은 사건이 일어나고 탐정이나 경찰이 등장하여 사건을 파헤쳐나가다 결국 범인을 잡고 마는 그런 유의 미스터리 물이 아니다. 원래 기리노 나쓰오의 작품에서는 '범인 찾기' 보다는, 가족 붕괴라든가 해외 노동자 문제, 그때 그때 사회에 이슈가 된 사건을 다루는 경우가 많긴 하지만 말이다. 뭐랄까, 미스터리 소설이 아니라 미스터리적 요소가 많은 소설이라고 해야 하려나. 아이가 실종됐다. 살았을까? 죽었을까? 누군가에게 살해됐을까? 살해됐다면 범인은 누구일까? 독자는 궁금해죽을 것 같다. 소년 탐정 코난이라도 좀 불러오지 싶을 만큼 답답하다. 그러나 작가는 삶이 얼마 남지 않은 전직 형사 우쓰미의 환시(幻視)를 통해 이런저런 가능성만 제시할 뿐, 아이가 실종된 후 죄책감에 시달리는 엄마의 괴로운 심정만 집요하게 이야기하고 있다. 유괴한 범인을 알고 싶어서 작가만 졸졸 따라다니는 독자들에게 "자, 범인은 여러분이 생각한 사람입니다."라고 말하고 싶은 걸까.

허무하다는 생각이 들지 않는 것도 아니지만, 책을 덮고 곰곰이 작가가 들려준 긴긴 이야기를 반추하다 보면 범인을 지목하는 것은 사족에 지나지 않는다는 생각도 든다. 애초에 작가가 이야기하고 싶은 것은 '지나친 욕망은 자신과 가족을 상처입힙니다'가 아니었던가.

그런데 작가의 후일담을 보니, 초고에서는 범인을 밝혔는데 담당 편집자가 범인을 특정짓지 않는 편이 좋겠다고 이의를 제기했다고 한다. 참 오지랖도 넓은 편집자다(웃음).

『부드러운 볼』을 처음 번역할 때 유치원에 다녔던 정하가 지금은 중학생이다. 19금 장면이 심심찮게 나오는 이 책을 읽고 나서 너무 재미있다고 감탄하는 딸을 보며, 벌써 이렇게 컸구나 하는 생각에 감개무량했다. 동시에, 이 책이 처음 우리나라에 발표될 때는 전혀 무명이었던 기리노 나쓰오 씨가 지금은 어마어마한 한국 독자를 거느린 거물급 작가가 되었다는 사실 역시 감개무량한 일이다. 그 세월 동안 역자 역시 수많은 책을 번역했지만, 이렇게 멋진 소설을 만나는 일은 그리 흔치 않았다. 다시 만난 『부드러운 볼』에 광분했던 작업 시간은 딸을 버려도 좋다고 생각하며 애인과의 밀회를 즐겼던 순간의 카스미 만큼이나 행복했다.

권남희

옮긴이 | 권남희

1966년생. 일본문학 전문번역가. 지은 책으로 『동경신혼일기』, 『왜 나보다 못난 여자가 잘난 남자와 결혼할까』, 공저로 『번역은 내 운명』이 있으며, 옮긴 책으로 『러브레터』, 『무라카미 라디오』, 『빵가게 재습격』, 『밤의 피크닉』, 『퍼레이드』, 『막다른 골목에 사는 남자』, 『바다에서 기다리다』, 『마호로 역 다다 심부름집』, 『미나의 행진』, 『우연한 축복』, 『멋진 하루』, 『젖과 알』 등 다수가 있다.

부드러운 볼

1판 1쇄 펴냄 2009년 12월 31일
1판 3쇄 펴냄 2019년 12월 6일

지은이 | 기리노 나쓰오
옮긴이 | 권남희
발행인 | 박근섭
펴낸곳 | 황금가지

출판등록 | 2009. 10. 8 (제2009-000273호)
주소 | 06027 서울 강남구 도산대로 1길 62 강남출판문화센터 5층
전화 | 영업부 515-2000 편집부 3446-8774 팩시밀리 515-2007
홈페이지 | www.goldenbough.co.kr

도서 파본 등의 이유로 반송이 필요할 경우에는 구매처에서 교환하시고
출판사 교환이 필요할 경우에는 아래 주소로 반송 사유를 적어 도서와 함께 보내주세요.
06027 서울 강남구 도산대로 1길 62 강남출판문화센터 6층 민음인 마케팅부

한국어판 © ㈜민음인, 2009. Printed in Seoul, Korea

ISBN 978-89-6017-237-1 03830

㈜민음인은 민음사 출판 그룹의 자회사입니다.
황금가지는 ㈜민음인의 픽션 전문 출간 브랜드입니다.